U0640588

中华传世藏书
【图文珍藏版】

鲁迅全集

鲁迅⊙原著

姜涛⊙整理

第五册

六

从此以后,他在树林中和沙阜上,旋儿的旁边,似乎不再那么高兴和自得了。凡有旋儿所讲述和指示的,都不能满足他的思想。他每次必想那小书,但议论却不敢。他所看见的,也不再先前似的美丽和神奇了。云是这样的黑而重,使他恐怖,仿佛就要从头上压下来。倘秋风不歇地摇撼和鞭扑这可怜的疲倦的林木,致使浅绿的叶腹,翻向上边,以及黄色的柯叶和枯枝在空气中飘摇时,也使他觉得悲痛。

旋儿所说的,于他不满足。许多是他不懂,即使提出一个,他所日夜操心的问题来,他也永是得不到圆满分明的答案。他于是又想那一切全都这样清楚和简单地写着的小书,想那将来的永是晴明而沉静的秋日。

"将知!将知!"

"约翰,我怕你终于还是一个人,你的友情也正如人类的一样,——在我之后和你说话的第一个,将你的信任全都夺去了。唉,我的母亲一点也不错。"

"不,旋儿!你却聪明过于将知,你也聪明如同小书。你为什么不告诉我一切的呢?就看走吧!为什么风吹树木,至使它们必须弯而又弯呢?它们不能再,——最美的枝条折断,成百的叶儿纷坠,纵然它们也还碧绿和新鲜。它们都这样地疲乏,也不再能够支撑了,但仍然从这粗野的恶意的风,永是从新的摇动和打击。为什么这样的呢?风要怎样呢?"

"可怜的约翰!这是人的议论呵!"

"使它静着吧,旋儿。我要安静和日光。"

"你的质问和愿望都很像一个人,因此既没有回答,更没有满足。如果你不去学学质问和希望些较好的事,那秋日便将永不为你黎明,而你也将如说起将知的成千的人们一样了。"

"有这么多的人们吗?"

"是的,成千的!将知做得很秘密,但他仍然是一个永不能沉默他的秘密的糊涂的饶舌者。他希望在人间觅得那小书,且向每个或者能够帮助他的人,宣传他的智慧。他并且已经将许多人们因此弄得不幸了。人们相信他,想自己觅得那书,正如几个试验炼金的一样地热烈。他们牺牲一切,——忘却了所有他们的工作和他们的幸福,而自己监禁在厚的书籍,奇特的工具和装置之间。他们将生活和健康抛在一旁,他们忘却了蔚蓝的天和这温和的慈惠的天然——以及他们的同类。有时他们也觉得紧要和有用的东西,有如从他们的洞穴里,掷上明朗的地面来的金块似的;他们自己和这不相干,让别人去享用,而自己却奋发地无休无息地在黑暗里更向远处掘和挖。他们并非寻金,倒是寻小书,他们沉沦得越深,离花和光就越远,由此他们希望得越多,而他们的期待也越滋长。有几个却因这工作而昏聩了,忘其所以,一直捣乱到苦恼的儿戏。于是那山鬼便将他们变得稚气。人看见,他们怎样的用沙来造小塔,并且计算,到它落成为止,要用多少粒沙;他们做小瀑布,并且细算那水所形成的各个涡和各个浪;他们掘小沟,还应用所有他们的坚忍和才智,为的是将这掘得光滑,而且没有小石头。倘有谁来搅扰了在他们工作上的这昏迷,并且问,他们做着什么事。他们便正经地重要地看着你,还喃喃道:'将知!将知!'

是的,一切都是那么的可恶的山鬼的罪!你要小心他,约翰!"

但约翰却凝视着对面的摇动和呼哨的树木;在他明澈的孩童眼上,嫩皮肤都打起皱来了。他从来没有这样严正地凝视过。

"而仍然——你自己说过——那书儿是存在的!阿,我确实知道,那上面也载着你所不愿意说出名字来的那大光。"

"可怜的,可怜的约翰!"旋儿说,他的声音如超出于暴风雨声之上的平和的歌颂。"爱我,以你的全存在爱我罢。在我这里,你所觅得的会比你所希望的还要多。凡你所不能想象的,你将了然,凡你所希望知道的,你将是自己。天和地将是你的亲信,群星将是你的同胞,无穷将是你的住所。"

"爱我,爱我——霍布草蔓之于树似的围抱我,海之于地似的忠于我,——只有在我这里是安宁,约翰!"

旋儿的话消歇了,然而颂歌似的袅袅着。它从远处飘荡而来,匀整而且庄严,透过了风的吹拂和呼啸,——平和如月色,那从相逐的云间穿射出来的。

旋儿伸开臂膊,约翰睡在他的胸前,用蓝的小氅衣保护着。

他夜里却醒来了。沉静是蓦地不知不觉地笼罩了地面,月亮已经沉没在地平线下。不动地垂着疲倦的枝叶,沉默的黑暗掩盖着树林。

于是问题来了,迅速而阴森地接续着,回到约翰的头里来,并且将还很稚弱的信任驱逐了。为什么人类是这样子的?为什么他应该抛掉他们而且失了他们的爱?为什么?要有冬天?为什么叶应该落而花应该死?为什么?为什么?

于是深深地在丛莽里,又跳着那蓝色的小光。它们来来去去。约翰严密地注视着它们。他看见较大的明亮的小光在黑暗的树干上发亮。旋儿酣睡得很安静。

"还有一个问,"约翰想,并且溜出了蓝的小氅衣,去了。

"你又来了?"将知说,还诚意地点头。"这我很喜欢。你的朋友在哪里呢?"

"那边! 我只还想问一下。你肯回答我吗?"

"你曾在人类里,实在的吗? 你去办我的秘密吗?"

"谁会觅得那书儿呢,将知?"

"是呵,是呵! 这正是那个,这正是! ——你愿意帮助我吗,倘我告诉了你?"

"如果我能够,当然!"

"那就听着,约翰!"将知将眼睛张得可怕地大,还将他的眉毛扬得比平常更其高。于是他伸手向前,小声说:"人类存着金箱子,妖精存着金锁匙,妖敌觅不得,妖友独开之。春夜正其时,红膝鸟深知。"

"这是真的吗,这是真的吗?"约翰嚷着,并且想着他的小锁匙。

"真的!"将知说。

"为什么还没有人得到呢? 有这么多的人们寻觅它。"

"凡我所托付你的,我没有告诉过一个人,一个也不。"

"我有着,将知! 我能够帮助你!"约翰欢呼起来,并且拍着手。"我去问问旋儿。"

他从莓苔和枯叶上飞回去。但他颠踬了许多回,他的脚步是沉重了。粗枝在他的脚下索索地响,往常是连小草梗也不弯曲的。

这里是茂盛的羊齿草丛,他曾在底下睡过觉。这于他显得多么矮小了呵。

"旋儿!"他呼唤。他就害怕了他自己的声音。

"旋儿!"这就如一个人类的声音似的发响,一匹胆怯的夜莺叫喊着飞去了。

羊齿丛下是空的——约翰看见一无所有。

蓝色的小光消失了,围绕着他的是寒冷和无底的幽暗。他向前看,只见树梢的黑影,散布在星夜的空中。

他再叫了一回。于是他不再敢了。他的声音,响出来像是对于安静的天然的亵渎,对于旋儿的名字的讥嘲。

可怜的小约翰于是仆倒,在绝望的后悔里呜咽起来了。

<h1 style="text-align:center">七</h1>

早晨是寒冷而黯淡。黑色的光亮的树枝,被暴风雨脱了叶,在雾中哭泣。下垂的湿

草上面,慌忙地跑着小约翰,凝视着前面,是树林发亮的地方,似乎那边就摆着他的目的。他的眼睛哭红了,并且因为恐惧和苦恼而僵硬了。他是这样的跑了一整夜,像寻觅着光明似的,——和旋儿在一处,他是安稳地如在故乡的感觉。每一暗处,都坐着抛弃的游魂,他也不敢回顾自己的身后。

他终于到了一个树林的边际。他望见一片牧场,那上面徐徐下着细微的尘雨。牧场中央的一株秃柳树旁站着一匹马。它不动地弯着颈子,雨水从它发亮的背脊和粘成一片的鬃毛上懒散地滴沥下来。

约翰还是跑远去,沿着树林。他用了疲乏的恐惧的眼光,看着那孤寂的马和晦暗的雨烟,微微呻吟着。

"现在是都完了,"他想,"太阳就永不回来了。于我就要永是这样,像这里似的。"

在他的绝望中,他却不敢静静地站定,——惊人的事就要出现了,他想。

他在那里看见一株带着淡黄叶子的菩提树下,有一个村舍的大的栅栏门和一间小屋子。

他穿进门去,走过宽广的树间路,棕色的和黄的菩提叶,厚铺在地面上。草坛旁边生着紫色的翠菊,还随便错杂着几朵彩色的秋花。

他走近一个池。池旁站着一所全有门户和窗的大屋。蔷薇丛和常春藤生在墙根。半已秃叶的栗树围绕着它,在地上和将落的枝叶之间,约翰还看见闪着光亮的棕色的栗子。

冰冷的死的感觉,从他这里退避了。他想到他自己的住所——那地方也有栗树,当这时候他总是去觅光滑的栗子的。蓦地有一个愿望捆住他了,他似乎听得有熟识的声音在呼唤。他就在大屋旁边的板凳上坐下,并且静静地啜泣起来。

一种特别的气味又引得他抬了头。他近旁站着一个人,系着白色的围裙,还有烟管衔在嘴里。环着腰带有一条菩提树皮,他用它系些花朵。约翰也熟识这气味,他就记起了他在自己的园子里,并且想到那送他美丽的青虫和为他选取鸤鸠蛋的园丁。

他并不怕——虽然站在他身边的也是一个人。他对那人说,他是被抛弃,而且迷路了,他还感谢地跟着他,进那黄叶的菩提树下的小屋去。

那里面坐着园丁的妻,织着黑色的袜子。灶头的煤火上挂一个大的水罐,且煮着。火旁的席子上坐着一匹猫,拳了前爪,正如约翰离家时候坐在那里的西蒙。

约翰要烘干他的脚,便坐在火旁边。"镝!——镝!——镝!——镝!"——那大的时钟说。约翰看看呼哨着从水罐里纷飞出来的蒸汽,看看活泼而游戏地超过瓦器,跳着的小小的火苗。

"我就在人类里了,"他想。

然而于他并无不舒服。他觉得完全安宁了。他们都好心而且友爱,还问他怎样是他最心爱的。

"我最爱留在这里,"他回答说。

这里给他安全,倘一回家,将就有忧愁和眼泪。他必须不开口,人也将说他做了错事了。一切他就须再看见,一切又须想一回。

他实在渴慕着他的小房子,他的父亲,普烈斯多,——但比起困苦的愁烦的再见来,他宁可在这里忍受着平静的渴慕。他又觉得,仿佛这里是可以毫无搅扰地怀想着旋儿,在家里便不行了。

旋儿一定是走掉了。远远地到了椰树高出于碧海之上的晴朗的地方去了。他情愿在这里忏悔,并且坚候他。

他因此请求这两个好心的人们,许他留在他那里。他愿意帮助养园和花卉。只在这一冬。因为他私自盼望,旋儿是将和春天一同回来的.

园丁和他的妻以为约翰是在家里受了严刻的待遇,所以逃出来的。他们对他怀着同情,并且许他留下了。

他的愿望实现了。他留下来,帮助那花卉和园子的养护。他们给他一间小房,有一个蓝板的床位。在那里,他早晨看那潮湿的黄色的菩提树叶子怎样的在窗前轻拂,夜间看那黑暗的树干,后面有星星们玩着捉迷藏的游戏,怎样的往来动摇。他就给星星们名字,而那最亮的一颗,他称之为旋儿。

给花卉们呢,那是他在故乡时几乎全都熟识的,他叙述自己的故事。给严正的大的翠菊,给彩色的莘尼亚,给洁白的菊花,那开得很长久,直到凛冽的秋天的。当别的花们全都死去时,菊花还挺立着,待到初雪才下的清晨,约翰一早走来看它们的时候,——它们也还伸着愉快的脸,并且说:"是的,我们还在这里呢! 这是你没有想到的吧!"它们自以为勇敢,但三天之后,它们却都死了。

温室中这时还盛装着木本羊齿和椰树,在润湿的闷热里,并且挂着兰类的奇特的花须。约翰惊异地凝视在这些华美的花托上,一面想着旋儿。但他一到野外,一切是怎样地寒冷而无色呵,带着黑色的足印的雪,索索作响的滴水的秃树。

倘若雪团沉默着下得很久,树枝因着增长的茸毛而弯曲了,约翰便喜欢走到雪林的紫色的昏黄中去。那是沉静,却不是死。如果那伸开的小枝条的皎洁的白,分布在明蓝的天空中，或者过于负重的丛莽，摇去积雪，使它纷飞成一阵灿烂的云烟的时候，却几乎更美于夏绿。

有一次，就在这样的游行中，他走得很远，周围只看见戴雪的枝条——半黑，半白——而且各个声响，各个生命，仿佛都在灿烂的蒙茸里消融了，于是使他似乎见有一匹小小的白色的动物在他前面走。他追随它——这不像是他所认识的动物——但当他想要捉，这却慌忙消失在一株树干里了。约翰窥探着黑色的穴口，那小动物所伏匿的，并且自问道："这许是旋儿罢？"

他不甚想念他。他以他为不好，他也不肯轻减他的忏悔。而在两个好人身边的生活，也使他很少疑问了。他虽然每晚必须读一点大而且黑的书，其中许多是关于上帝的议论，但他却认识那书，也读得很轻率。然而在他游行雪地以后的那一夜，他醒着躺在床上，眺望那地上的寒冷的月光。他蓦地看见一双小手，怎样的伸上床架来试探，并且紧紧地扳住了床沿。于是在两手之间显出一个白的小皮帽的尖来，末后，他看见扬起的眉毛之下，一对严正的小眼。

"好晚上，约翰！"将知说，"我到你这里来一下，为的是使你纪念我们的前约。你不能觅得那书儿，是因为还不是春天。但你却想着那个吗？那是怎样地一本厚书呀，那我看见你所读的？那不能是那正当的呵。不要信它吧！"

"我不信它，将知，"约翰说。他翻一个身，且要睡去了。然而那小锁匙却不肯离开他的心念。从此他每读那本厚书的时候，也就想到那匙儿，于是他看得很清楚，那不是那正当的。

八

"他就要来走吧！"当积雪初融，松雪草到处成群出现时，约翰想。"他来不来呢？"他问松雪草。然而它们不知道，只将那下垂的小头，尽向地面注视，仿佛它们羞惭着自己的匆遽，也仿佛想要再回地里似的。

只要它们能！冰冷的东风怒吼起来了，雪积得比那可怜的太早的东西还要高。

许多星期以后，紫花地丁来到了；它们的甜香突过了丛莽，而当太阳悠长地温暖地照着生苔的地面的时候，那斑斓的莲馨花们也就成千成百地开起来。

怯弱的紫花地丁和它们的强烈的芳香是将要到来的豪华的秘密的前驱，快活的莲馨花却就是这愉快的现实。醒了的地，将最初的日光紧紧地握住了，还借此给自己做了一种金的装饰。

"然而现在！他现在却一定来了！"约翰想，他紧张地看着枝上的芽，它们怎样的逐日徐徐涌现，并且挣脱厚皮，直到那最初的淡绿的小尖，在棕色的鳞片之间向外窥探。约翰费了许多时光，看那绿色的小叶：他永是看不出它们如何转动，但倘或他略一转瞬，它们又仿佛就大了一点了。他想："倘若我看着它们，它们是不敢的。"

枝柯已经织出阴来。旋儿还没有到，没有鸽子在他这里降下，没有小鼠和他谈天。倘或他对花讲话，它们只是点头，并不回答。"我的罚还没有完好吧，"他想。

在一个晴朗的春日里，他来到池旁和屋子前。几个窗户都敞开了。是人们搬进那里去了吧？

站在池边的鸟莓的宿丛，已经都用嫩的小叶子遮盖了，所有枝条，都得到精细的小翅子了。在草地上，靠近鸟莓的宿丛，躺着一个女孩子。约翰只看见她浅蓝的衣裳和她金黄的头发。一匹小小的红膝鸟停在她肩上，从她的手里啄东西。她忽而转过脸来向约翰注视着。

"好天，小孩儿，"她说，并且友爱地点点头。

约翰从头到脚都震悚了。这是旋儿的眼睛，这是旋儿的声音。

"你是谁呀？"他问，因为感动，他的嘴唇发着抖。

"我是荣儿，这里的这个是我的鸟。当你面前它是不害怕的。你可喜欢禽鸟吗？"

那红膝鸟在约翰面前并不怯。它飞到他的臂膊上。这正如先前一样。她应该一定是旋儿了，这蓝东西。

"告诉我，你叫什好吗，小孩儿，"旋儿的声音说。

"你不认识我吗？你不知道我叫约翰吗？"

"我怎样会知道呢？"

这是什么意思呢？那也还是熟识的甜美的声音，那也还是黑暗的，天一般深的眼睛。

"你怎么这样对我看呢，约翰？你见过我吗？"

"我以为，是的。"

"你却一定是做梦了。"

"做梦了？"约翰想。"我是否一切都是做的梦呢？还是此时正在做梦呢？"

"你是在那里生的？"他问。

"离这里很远，在一个大都会里。"

"在人类里面？"

荣儿笑了,那是旋儿的笑。"我想,一定。你不是吗?"

"唉,是的,我也是!"

"这于你难受吗?——你不喜欢人们吗?"

"不!谁能喜欢人们呢?"

"谁?不,约翰。你却是怎样的一个稀奇的小家伙呵!你更爱动物吗?"

"阿,爱得多!和那花儿们!"

"我早先原也这样的。只有一次。然而这些都不正当。我们应该爱人类,父亲说。"

"这为什么不正当?我要爱谁,我就爱谁,有什么正当不正当。"

"呸,约翰!你没有父母,或别的照顾你的谁吗?你不爱他们吗?"

"是呵,"约翰沉思地说。"我爱我的父亲。但不是因为正当。也不因为他是一个人。"

"为什么呢?"

"这我不知道:因为他不像别的人们那样,因为他也爱花们和鸟们。"

"我也曾这样,约翰!你看见了罢。"荣儿还将红膝鸟叫回她的手上来,并且友爱地和它说话。

"这我知道,"约翰说,"我也喜欢你。"

"现在已经?这却快呀!"女孩笑着。"但你最爱谁呢?"

"谁……?"约翰迟疑起来了。他须提出旋儿的名字吗?对着人们可否提这名字的畏惧,在他的思想上是分不清楚的。然而那蓝衣服的金发东西,却总该就是那个名目了。此外谁还能给他这样的一个安宁而且幸福的感觉呢?

"你!"他突然说,且将全副眼光看着那深邃的目光。他大胆地敢于完全给予了;然而他还担心,紧张地看着对于他的贵重的赠品的接受。

荣儿又发一阵响亮的笑,但她便拉了他的手,而且她的眼光并不更冷漠,她的声音也没有减少些亲密。

"阿,约翰,"她说,"我怎么忽然挣得了这个呢?"

约翰并不回答,还是用了滋长的信任,对着她的眼睛看。荣儿站了起来,将臂膊围了约翰的肩头。她比他年纪大一点。

他们在树林里走,一面采撷些大簇的莲馨花,直至能够全然爬出,到了玲珑的花卉的山下。红膝鸟和他们一起,从这枝飞到那枝,还用了闪闪的漆黑的小眼睛,向他们窥伺。

他们谈得并不多,却屡次向旁边互视。两个都惊讶于这相遇,且不知道彼此应该如何。然而荣儿就须回家了——这使他难受。

"我该去了，约翰。但你还愿意和我同走一会吗？你真是一个好孩子，"她在分离的时候说。

"唯！唯！"红膝鸟说，并且在她后面飞。

当她已去，只留下她的影像时，他不再疑惑她是谁了。她和他是一个，对于那他，他是送给了一切自己的友爱的；旋儿这名字，在他这里逐渐响得微弱下去了，而且和荣儿混杂了。

他的周围也又如先前一样。花卉们高兴地点头，它们的芳香，则将他对于感动和养育他至今的家乡的愁思，全都驱逐了。在嫩绿中间，在微温的柔软的春气里，他觉得忽然如在故乡，正如一只觅得了它的窠巢的禽鸟。他应该伸出臂膊来，并且深深地呼吸。他太幸福了。在归途中，是嫩蓝衣的金发，飘泛

树林里长满莲馨花

在他眼前，总在他眼前，无论他向那一方面看。那是，仿佛他看了太阳，又仿佛日轮总是和他的眼光一同迁徙似的。

从那一日起，每一清晨，约翰便到池边去。他去得早，只要是垂在窗外的常春藤间的麻雀的争闹，或者在屋檐上鼓翼和初日光中喧嚷着的白头翁的咭喇或曼声的啾啾来叫醒他，他便慌忙走过湿草，来到房屋的近旁，还在紫丁香丛后等候，直到他听得玻璃门怎样的被推开了，并且看见一个明朗的风姿的临近。

他们于是经过树林和为树林作界的沙冈。他们闲谈着凡有他们所见的一切，谈树木和花草，谈沙冈。倘和她一同走，约翰就有一种奇特的昏迷的感觉：他每又来得这样的轻，似乎能够飞向空中了。但这却没有实现。他叙述花卉和动物的故事，就是从旋儿哪里知道的。然而他已经忘却了如何学得那故事，而且旋儿也不再为他存在了，只有荣儿。倘或她对他微笑，或在她眼里看出友情，或和她谈心，纵意所如，毫无迟疑和畏怯，一如先前对着普烈斯多说话的时候，在他是一种享用。倘不相见，他便想她，每做一事，也必自问道，荣儿是否以为好或美呢。

她也显得很高兴；一相见，她便微笑，并且走得更快了。她也曾对他说，她的喜欢和他散步，是和谁也比不上的。

"然而约翰，"有一回，她问，"你从何知道，金虫想什么吗，喵雀唱什么，兔洞里和水底

"它们对我说过,"约翰答道,"而且我自己曾到过兔洞和水底的。"

荣儿蹙了精美的双眉,半是嘲弄地向他看。但她在他那里寻不出虚伪来。

他们坐在丁香丛下,满丛垂着紫色的花。横在他们脚下的是池子带着睡莲和芦苇。他们看见黑色的小甲虫怎样的打着圈子滑过水面,红色的小蜘蛛怎样忙碌地上下泅水。这里是扰动着旋风般的生活。约翰沉在回忆中,看着深处,并且说:

"我曾经没入那里去过的,我顺着一枝荻梗滑下去,到了水底。地面全铺着枯叶子,走起来很软,也很轻。在那里永远是黄昏,绿色的黄昏,因为光线的透入是经过了绿的浮萍的。并且在我头上,看见垂着长而白的浮萍的小根。鲵鱼近来,而且绕着我游泳,它是很好奇的。这是奇特的,假如一个这么大的动物,从上面游来——我也不能远望前面,那里是黑暗的,却也绿。就从那幽暗里,动物们都像黑色的影子一般走过来。生着桨爪的水甲虫和光滑的水蜘蛛——往往也有一条小小的鱼儿。我走得很远,我觉得有几小时之远,在那中央,是一坐水草的大森林,其间有蜗牛向上爬着,水蜘蛛们做些光亮的小巢。刺鱼们飞射过去,并且时时张着嘴抖着鬐向我注视,它们是这样的惊疑。我在那里,和我几乎踏着它的尾巴了的一条鳗鱼,成了相识。它给我叙述它的旅行;它是一直到过海里的,它说。因此大家便将它当作池子的王了,因为谁也不及它游行得这么远。它却永是躺在泥泞里而且睡觉,除了它得到别个给它弄来的什么吃的东西的时候。它吃得非常之多。这就因为它是王;大家喜欢一个胖王,这是格外的体面。唉,在池子里是太好看了!"

"为什么你现在不能再到哪里去了呢?"

"现在?"约翰问,并且用了睁大的沉思的眼睛对她看。"现在?我不再能够了,我会在那里淹死。然而现在也无须了。我愿意在这里,傍着丁香和你。"

荣儿骇异地摇着金发的头,并且抚摩约翰的头发。她于是去看那在池边像是寻觅种种食饵的红朦鸟。它忽然抬起头,用了它的明亮的小眼睛,向两人凝眺了一瞬息。

"你可有些懂得么,小鸟儿?"

那小鸟儿很狡猾地向里一看,就又去寻觅和玩耍了。

"给我讲下去,约翰,讲那凡你所看见的。"

这是约翰极愿照办的,荣儿听着他,相信而且凝神地。

"然而为什么全都停止了呢?为什么你现在不能同我——到那边的各处去走呢?那我也很喜欢。"

约翰督促起他的记忆来,然而一幅他曾在那上面走过的晴朗的轻纱,却掩复着深处。

他已经不很知道,他怎样的失掉了那先前的幸福了。

"那我不很明白,你不必再问这些罢。一个可恶的小小的东西,将一切都毁掉了。但现在是一切都已回来。比先前还要好。"

紫丁香花香从丛里在他们上面飘泛下来,飞蝇在水面上营营地叫,还有平静的日光,用了甘美的迷醉,将他们沁透了。直到家里的一口钟开始敲打,发出响亮的震动来,才和荣儿迅速地慌忙走去。

这一晚约翰到了他的小屋子里,看着溜过窗玻璃去的常春藤叶的月影的时候,似乎听得叩窗声。约翰以为这许是在风中颤动的一片常春叶。然而叩得很分明,总是一叩三下,使约翰只能轻轻地开了窗,而且谨慎地四顾。小屋边的藤叶子在蓝色的照映里发光,这之下,是一个满是秘密的世界。在那里有窠和洞,月光只投下一点小小的蓝色的星火来,这却使幽暗更加深邃。

许多时光,约翰凝视着那奇异的阴影世界的时候,他终于极清楚地,在高高地挨着窗,一片大的常春藤叶下面,看见藏着一个小小的小男人的轮廓。他从那轩起的眉毛下的睁大的骇诧的眼,即刻认出是将知了。在将知的长的鼻子的尖端,月亮画上了一点细小的星火。

"你忘掉我了吗,约翰?为什么你不想想那个呢?这正是正当的时候了。你还没有向红膆鸟问路吗?"

"唉,将知,我须问什么呢?凡我能希望的,我都有了。我有荣儿。"

"但这却不会经久的。你还能更幸福——荣儿一定也如此。那匙儿就须放在那里吗?想一想罢,多么出色呵,如果你们俩觅得那书儿。问问红膆鸟去;我愿意帮助你,倘若我能够。"

"我可以问一问,"约翰说。

将知点点头,火速地爬下去了。

约翰在睡倒以前,还向着黑暗的阴影和发亮的常春藤叶看了许多时。第二天,他问红膆鸟,是否知道向那小箱的路径。荣儿惊异地听着。约翰看见,那红膆鸟怎样地点头,并且从旁向荣儿窥视。

"不是这里!不是这里!"小鸟啾唧着。

"你想着什么,约翰?"荣儿问。

"你不知道什么缘故么,荣儿?你不知道在那里寻觅这个吗?你不等候着金匙儿吗?"

"不,不!告诉我,这是怎的?"

约翰叙述出他所知道的关于小书的事来。

"而且我存着匙儿;我想,你有着金箧。不是这样的吗,小鸟儿?"

但那小鸟却装作似乎没有听到,只在嫩的碧绿的山毛榉树的枝柯里翻跹。

他们坐在一个冈坡上,这地方生长着幼小的山毛榉和枞树。一条绿色的道路斜引上去,他们便坐在这些的边缘,在沙冈上,在繁密的浓绿的莓苔上。他们可以从最小的树木的梢头,望见绿色的海带着明明暗暗的着色的波浪。

"我已经相信了,约翰,"荣儿深思地说,"你在寻觅的,我能够给你觅得。但你怎么对付那匙儿呢?你怎么想到这里的呢?"

"是呵,这是怎的,这是怎么一回事呢?"约翰喃喃着,从树海上望着远方。

他们刚走出晴明的蔚蓝里,在他们的望中忽然浮起了两只白蝴蝶。它们搅乱着,颤动着,而且在日光下闪烁着,无定地轻浮地飞舞。但它们却进来了。

"旋儿,旋儿!"约翰轻轻地说,蓦地沉在忆念里了。

"旋儿是谁?"荣儿问。

红縢鸟瞅唧着飞了起来,约翰还觉得那就在他面前草里的雏菊们,突然用了它们的大睁的白的小眼睛,非常可怕的对他看。

"他给你那匙儿吗?"女孩往下问——约翰点点头,沉默着,然而她还要知道得多一点——"这是谁呢吗?一切都是他教给你的吗?他在那里呢?"

"现在是不再有他了。现在是荣儿,单是荣儿,只还有荣儿。"他捏住她的臂膊,靠上自己的头去。

"糊糊涂涂孩子!"她说,且笑着。"我要使你觅得那书儿——我知道,这在那里。"

"那我就得走,去取匙儿,那是很远呢。"

"不,不,这不必。我不用匙儿觅得它——明早,明早呵,我准许你。"

当他们回家时,蝴蝶们在他们前面翻跹着。

约翰在那夜,梦见他的父亲,梦见荣儿,还梦见许多另外的。那一切都是好朋友,站在他周围,而且亲密地信任地对他看。但忽然面目都改变了,他们的眼光是寒冷而且讥嘲——他恐怖地四顾——到处是惨淡的仇视的面目。他感到一种无名的恐怖,并且哭着醒来了

九

约翰坐得很长久,而且等候着。空气是冷冷的,大的云接近了地面,不断的无穷的连续着飘浮。它们展开了暗灰色的,波纹无际的氅衣,还在清朗的光中卷起它们的傲慢的峰头,即在那光中发亮。树上的日光和阴影变换得出奇地迅疾,如永有烈焰飞腾的火。约翰于是觉得恐惧了;他思索着那书儿,难于相信,而还希望着,他今天将要觅得。云的中间,很高,奇怪的高,他看见清朗的凝固的蔚蓝,那上面是和平地扩张在不动的宁静中的,柔嫩的洁白的小云,精妙地蒙茸着。

"这得是这样,"他想,"这样高,这样明,这样静。"

于是荣儿来到了。然而红膝鸟却不同来。"正好,约翰,"她大声叫,"你可以来,并且看那书去。"

"红膝鸟在哪里呢?"约翰迟疑着问。

"没有带来,我们并不是散步呵。"

他一同走,不住地暗想着:那是不能,——那不能是这样的,——一切都应该是另外的样子。

然而他跟随着在他前面放光的灿烂的金发。

唉!从此以后,小约翰就悲哀了。我希望他的故事在这里就完结。你可曾讨厌地梦见过一个魔幻的园,其中有着爱你而且和你谈天的花卉们和动物们的没有?于是你在梦里就有了那知觉,知道你就要醒来,并且将一切的华美都失掉了?于是你徒然费力于坚留它,而且你也不愿看那冰冷的晓色。

当他一同进去的时候,约翰就潜藏着这样的感觉。

他走到一所住房,那边一条进路,反响着他的脚步。他齅到衣服和食物的气味,他想到他该在家里时的悠长的日子——想到学校的功课,想到一切,凡是在他生活上幽暗而且冰冷的。

他到了一间有人的房间。人有几多,他没有看。他们在闲谈,但他一进去,便寂静了。他注视地毯,有着很大的不能有的花纹带些刺目的色彩。色彩都很特别和异样,正如家乡的在他小屋子里的一般。

"这是园丁孩子吗?"一个正对着他的声音说。"进来就是,小朋友,你用不着害怕的。"

一个别的声音在他近旁突然发响："唔，小荣，你有一个好宝贝儿哩。"

这都是什么意义呢？在约翰的乌黑的孩子眼上，又叠起深深的皱来，他并且惑乱地惊骇地四顾。

那边坐着一个穿黑的男人，用了冷冷的严厉的眼睛看着他。

"你要学习书中之书吗？我很诧异，你的父亲，那园丁，那我以为是一个虔诚人的，竟还没有将这给了你。"

"他不是我的父亲，——他远得很。"

"唔，那也一样。——看罢，我的孩子！常常读着这一本，那就要到你的生活道上了……"

约翰却已认得了这书。他也不能这样地得到那一本，那应该是全然个别的。他摇摇头。

"不对，不对！这不是我所想的那一本。我知道，这不是那一本！"

他听到了惊讶的声音，他也觉得了从四面刺他的眼光。

"什么？你想着什么呢，小男人？"

"我知道那本书儿，那是人类的书。这本却是还不够，否则人类就安宁和太平了。这并不是。我想着的是一些个别的，人一看，谁也不能怀疑。那里面记着，为什么一切是这样的，像现状的这样，又清楚，又分明。"

"这能吗？这孩子的话是那里来的？"

"谁教你的，小朋友？"

"我相信，你看了邪书了，孩子，照它胡说出来罢吧。"

几个声音这样地发响，约翰觉得他面庞炽热起来，——他快要晕眩了——房屋旋转着，地毯上的大花朵一上一下地飘浮。前些日子在学校里这样忠诚地劝诫他的小鼠在哪里呢？他现在用得着它了。

"我没有照书胡说，那教给我的，也比你们全班的价值要高些。我知道花卉们和动物们的话，我是它们的亲信。我明白人类是什么，以及他们怎样的生活着。我知道妖精们和小鬼头们的一切秘密，因为它们比人类更爱我。"

约翰听得自己的周围和后面，有窃笑和喧笑。在他的耳朵里，吟唱并且骚鸣起来了。

"他像是读过安徒生了。"

"他是不很了解的。"

正对着他的男人说：

"如果你知道安徒生,孩子,你就得多有些他对于上帝的敬畏和他的话。"

"上帝!"这个字他识得的,而且他想到旋儿的所说。

"我对于上帝没有敬畏。上帝是一盏大煤油灯,由此成千的迷误了,毁灭了。"

没有喧笑,却是可怕的沉静,其中混杂着嫌恶和惊怖。约翰在背上觉得钻刺的眼光。那是,就如在昨夜的他的梦里。

那黑衣男人立起身来,抓住了他的臂膊。他痛楚,而且几乎挫折了勇气。

"听着罢,我的孩子,我不知道,你是否不甚了了,还是全毁了——这样的毁谤上帝在我这里却不能容忍。——滚出去,也不要再到我的眼前来,我说。懂吗?"

一切的眼光是寒冷和仇视,就如在那一夜。

约翰恐怖地四顾。

"荣儿! ——荣儿"

"是了,我的孩子要毁了! ——你当心着,你永不准和她说话!"

"不,让我到她那里! 我不愿意离开她。荣儿,荣儿!"约翰哭着。

她却恐怖地坐在屋角里,并不抬起眼来。

"滚开,你这坏种! 你不听! 你不配再来!"

而且那痛楚的紧握,带着他走过反响的路,玻璃门砰然阖上了——约翰站在外面的黑暗的低垂的云物下。

他不再哭了,当他徐徐地前行的时候,沉静地凝视着前面。在他眼睛上面的阴郁的皱纹也更其深,而且永不失却了。

红膝鸟坐在一座菩提树林中,并且向他窥看。他静静地站住,沉默地报答以眼光。但在它胆怯的侦察的小眼睛里,已不再见信任,当他更进一步的时候,那敏捷的小动物便鼓翼而去了。

"走吧! 走吧! 一个人!"同坐在园路上的麻雀们瞅唧着,并且四散地飞开。

盛开的花们也不再微笑,它们却严正而淡漠地凝视,就如对于一切的生人。

但约翰并不注意这些事,他只想着那人们给他的侮辱;在他是,仿佛有冰冷的坚硬的手,污了他的最深处了。"他们得相信我,"他想,"我要取我的匙儿,并且指示给他们。"

"约翰! 约翰!"一个脆的小声音叫道。那地方有一个小巢在一株冬青树里,将知的大眼睛正从巢边上望出来,"你往那里去?"

"一切都是你的罪,将知!"约翰说。"让我安静着罢。"

"你怎么也同人类去说呢,人类是不懂你的呵。你为什么将这样的事情去讲给人类的？这真是呆气！"

"他们笑骂我，又给我痛楚。那都是下贱东西；我憎恶他们。"

"不然，约翰，你爱他们。"

"不然！不然！"

"他们不像你这样，于你就少一些痛苦了，——他们的话，于你也就算不得什么了。对于人类，你须少介意一点。"

"我要我的匙儿。我要将这示给他们。"

"这你不必做，他们还是不信你的。这有什么用呢？"

"我要蔷薇丛下的我的匙儿。你知道怎么寻觅它吗？"

"是呀！——在池边，是吗？是的，我知道它。"

"那就带领我去吧，将知！"

将知腾上了约翰的眉头，告诉他道路。他们奔走了一整天，——发风，有时下狂雨，但到晚上，云却平静了，并且伸成金色和灰色的长条。

他们来到约翰所认识的沙冈时，他的心情柔软了，他每次细语着："旋儿，旋儿。"

这里是兔窟——以及沙冈，在这上面他曾经睡过一回的。灰色的鹿苔软而且湿，并不在他的脚下挫折作响。蔷薇开完了，黄色的月下香带着它们的迷醉的微香，成百地伸出花萼来。那长的傲兀的王烛花伸得更高，和它们的厚实的毛叶。

约翰细看那冈蔷薇的精细的淡褐色的枝柯。

"它在哪里呢，将知？我看不见它。"

"那我不知道，"将知说，"是你藏了匙儿的，不是我。"

蔷薇曾经开过的地方，已是满是淡漠地向上望着的黄色的月下香的田野了。约翰询问它们，也问王烛；然而它们太傲慢，因为它们的长花是高过他，——约翰还去问沙地上的三色地丁花。

却没有一个知道一点蔷薇的事。它们一切都是这一夏天的。不但那这么高的自负的王烛。

"唉，它在哪里呢？它在哪里呢？"

"那么，你也骗了我了？"将知说，"这我早想到，人类总是这样的。"

他从约翰的肩头溜下，在冈草间跑掉了。

约翰在绝望中四顾，——那里站着一窠小小的冈蔷薇丛。

"那大蔷薇在哪里呢？"约翰问，"那大的，那先前站在这里的？"

"我们不和人类说话,"那小丛说。这是他所听到的末一回,——四围的一切生物都沉静地缄默了,只有芦叶在轻微的晚风中瑟瑟地作响。

"我是一个人吗,"约翰想。"不,这不能是,不能是。我不愿意是人。我憎恶人类。"

他疲乏,他的精神也迟钝了。他坐在小草地边的,散布着湿而强烈的气息的,柔软的苍苔上。

"我不能回去了,我也不能再见荣儿了。我的匙儿在哪里呢?旋儿在哪里呢?为什么我也须离开荣儿呢?我不能缺掉她。如果少了她,我不会死吗?我总须生活着,且是一个人——像其他的,那笑骂我的一个人吗?"

于是他忽又看见那两个白蝴蝶;那是从阳光方面向他飞来的。他紧张着跟在它们的飞舞之后,看它们是否指给他道路。它们在他的头上飞,彼此接近了,于是又分开了,在愉快的游戏中盘旋着。它们慢慢地离开阳光,终于飘过冈沿,到了树林里。那树林是只还有最高的尖,在从长的云列下面通红而鲜艳地闪射出来的夕照中发亮。

约翰跟定它们。但当它们飞过最前排的树木的时候,他便觉察出,怎样的有一个黑影追蹑着有声的鼓翼,并且将它们擒拿。一转瞬间,它们便消失了。那黑影却迅速地向他射过来,他恐怖地用手掩了脸。

"唉,小孩子!你为什么坐在这里哭?"贴近他响着一个锋利的嘲笑的声音。约翰先曾看见,像是一只大的黑蝙蝠奔向他,待到他抬头去看的时候,却站着一个黑的小男人,比他自己大得很有限。他有一个大头带着大耳朵,黑暗地翘在明朗的暮天中,瘦的身躯和细细的腿。从他脸上,约翰只看见细小的闪烁的眼睛。

"你失掉了一点什么吗,小孩子?那我愿意帮你寻。"他说。

但约翰沉默着摇摇头。

"看罢,你要我的这个吗?"他又开始了,并且摊开手。约翰在那上面看见一点白东西,时时动弹着。那便是白色的蝴蝶儿,快要死了,颤动着撕破的和拗断的小翅子。约翰觉到一个寒栗,似乎有人从后面在吹他,并且恐惧地仰看那奇特的家伙。"你是谁?"他问。

"你要知道我的名字么,小孩子?那么,你就只称我穿凿,简直穿凿。我虽然还有较美的名字,然而你是不懂的。"

"你是一个人吗?"

"听走吧!我有着臂膊和腿和一个头——看看是怎样的一个头罢!——那孩子却问我,我是否一个人哩!但是,约翰,约翰!"那小男人还用咿咿哑哑的声音笑起来。

"你怎么知道我是谁呢?"约翰问。

"唉,这在我是容易的。我知道的还多得很。我也知道你从那里来以及你在这里做什么。我知道得怪气的多,几乎一切。"

"唉,穿凿先生……"

"穿凿,穿凿,不要客气。"

"你可也知道……?"但约翰骤然沉默了。"他是一个人,"他想。

"你想你的匙儿罢?一定是!"

"我却自己想着,人类是不能知道那个的。"

"胡涂孩子!将知已经泄漏了很多了。"

"那么你也和将知认识的?"

"呵,是的!他是我的最好的朋友之一——这样的我还很多。但这却不用将知我早知道了。我所知道的比将知还要广。一个好小子,然而糊涂,出格地糊涂。我不然!全不然。"穿凿并且用了瘦小的手,自慰地敲他的大头。

"你知道吗,约翰,"他说下去,"什么是将知的大缺点?但你千万永不可告诉他,否则他要大大地恼怒的。"

"那么,是什么呢?"约翰问。

"他完全不存在。这是一个大缺点,他却不肯赞成,而且他还说过我,我是不存在的。然而那是他说谎。我是否在这里!还有一千回!"

穿凿将蝴蝶塞在衣袋里,并且突然在约翰面前倒立起来。于是他讨厌的装着怪相笑,还吐出一条长长的舌头。约翰是,时当傍晚,和这样的一个奇特东西在沙冈上,心情本已愁惨了的,现在却因恐怖而发抖了。

"观察世界,这是一个很适宜的方法,"穿凿说,还总是倒立着。"如果你愿意,我也肯教给你。看一切都更清楚,更自然。"

他还将那细腿在空中开合着,并且用手向四面旋转。当红色的夕光落在颠倒的脸上时,约翰觉得这很讨厌——小眼睛在光中瞟着,还露出寻常看不见的眼白来。

"你看,这样是云彩如地面,而这地有如世界的屋顶。相反也一样得很可以站得住的。既没有上,也没有下。云那里许是一片更美的游步场。"

约翰仰视那连绵的云。他想,这颇像有着涌血的红畦的生翼的田野。在海上,灿烂着云的洞府的高门。

"人能够到那里去,并且进去吗?"他问。

"无意识!"穿凿说,而使约翰很安心的,是忽然又用两脚来站立了。"无意识! 倘你在那里,那完全同这里一模一样——那就许是仿佛那华美再远一点儿。在那美丽的云里,是冥蒙的,灰色而且寒冷的。"

"我不信你,"约翰说,"我这才看清楚,你是一个人。"

"你去吧不信我,可爱的孩子,因为我是一个人吗? 而你——你或者是别的什么吗?"

"唉,穿凿,我也是一个人吗?"

"你怎么想,一个妖精吗? 妖精们是不被爱的。"穿凿便交叉着腿坐在约翰的面前,而且含着怪笑目不转睛地对他看。约翰在这眼光之下,觉得不可名言地失措和不安,想要潜藏或隐去。然而他不复能够转眼了。"只有人类被爱,约翰,你听着! 而且这是完全正当的,否则他们也许早已不存在了。你虽然还太年青,却一直被爱到耳朵之上。你正想着谁呢?"

"想荣儿,"约翰小声说,几乎听不见地。

"你对谁最仰慕呢?"

"对荣儿。"

"你以为没有谁便不能生活呢?"

约翰的嘴唇轻轻地说,"荣儿。"

"唉,哪,小子,"穿凿忍着笑,"你怎么自己想象,是一个妖精呢? 妖们是并不痴爱人类的孩子的。"

"然而她是旋儿……"约翰在慌张中含糊地说。

于是穿凿便嫌忌地做作地注视,并且用他骨立的手捏住了约翰的耳朵。"这是怎样的无意识呢? 你要用那蠢物来吓我吗? 他比将知还糊涂得远——糊涂得远。他一点不懂。那最坏的是,他其实就没有存在着,而且也没有存在过。只有我存在着,你懂吗? ——如果你不信我,我就要使你觉得,我就在这里。"

他还用力摇撼那可怜的约翰的耳朵。约翰叫道:"我却认识他很长久,还和他巡游的很远的!"

"你做了梦,我说。你的蔷薇丛和你的匙儿在哪里呢,说吗? ——但你现在不要做梦了,你明白吗?"

"噢!"约翰叫喊,因为穿凿在掐他。

天已经昏黑了,蝙蝠在他们的头边纷飞,还叫得刺耳。天空是黑而且重,——没有一片叶在树林里作声。

"我可以回家去吗?"约翰恳求着。"向我的父亲?"

"你的父亲? 你要在那里做什吗?"穿凿问。"在你这样久远地出外之后,人将亲爱的对你叫欢迎。"

"我念家,"约翰说,他一面想着那明亮地照耀着的住室,他在那里常常挨近他父亲坐,并且倾听着他的笔锋声的。那里是平和而且舒畅。

"是呵,因为爱那并不存在的蠢材,你就无须走开和出外了。现在已经太迟。而这也不算什么,我早就要照管你了。我来做呢,或是你的父亲来做呢,本来总归是一件事。这样的一个父亲却不过是想象。你大概是为自己选定了他的罢? 你以为再没有一个别的,会一样好,一样明白的吗? 我就一样好,而且明白得多,明白得多。"

约翰没有勇气回答了;他合了眼,疲乏地点头。

"而且对于这荣儿,你也不必寻觅了,"穿凿接下去。他将手放在约翰的肩头,紧接着他的耳朵说:"那孩子也如别个一样,领你去上痴子索。当人们笑骂你的时候,你没有见她怎样的坐在屋角里,而且一句话也不说吗? 她并不比别人好。她看得你好,同你游嬉,就正如她和一个金虫玩耍。你的走开与否,她不在意,她也毫不知道那书儿。然而我却是——我知道那书在那里,还要带你去寻觅。我几乎知道一切。"

约翰相信他起来了。

"你同我去吗? 你愿意同我寻觅吗?"

"我很困倦,"约翰说,"给我在无论什么地方睡觉罢。"

"我向来不喜欢这睡觉,"穿凿说,"这一层我是太活泼了。一个人应该永远醒着,并且思想着。但我要给你安静一会儿。——明晨见!"

于是他做出友爱的姿态,这是他刚才懂得做法的。约翰凝视着闪烁的小眼睛,直至他此外一无所见。他的头沉重了,他倚在生苔的冈坡上。似乎那小眼睛越闪越远,后来就像星星在黑暗的天空。他仿佛听到远处的声音发响,地面也从他底下远远地离开……于是他的思想停止了。

十

当他有些微知觉,觉得在他的睡眠中起了一点特别事情的时候,他还没有完全醒过来。但他不希望知道,也不愿意四顾。他要再回到宛如懒散的烟雾,正在徐徐消失着的那梦中,——其中是荣儿又来访他了,而且一如从前,抚摩他的头发,——其中他又曾在有池的园子里，看见了他的父亲和普烈斯多。

"噢！这好痛！是谁干的?"约翰睁开眼，在黎明中，他就在左近看见一个小小的形体，还觉出一只正在拉他头发的手来。他躺在床上，晨光是微薄而平均，如在一间屋子里。

然而那俯向着他的脸，却将他昨日的一切困苦和一切忧郁都叫醒了。这是穿凿的脸，鬼样较少，人样较多，但还如昨晚一样的可憎和可怕。

"唉，不！让我做梦，"他恳求道。

然而穿凿摇撼他："你疯了吗，懒货? 梦是痴呆，你在那里走不通的。人须工作，思想，寻觅，——因此，他蠢材是一个人！"

"我情愿不是人，我要做梦！"

"那你就无法可救。你应该。现在你在我的守护之下了，你须和我一同工作并且思想。只有和我，你能够觅得你所希望的东西。而且直到觅得了那个为止，我也不愿意离开你。"

约翰从这外观上，感到了无限的忧惧。然而他却仿佛被一种不能抵御的威力，压制和强迫了。他不知不觉地降伏了。

冈阜，树木和花卉是过去了。他在一间狭窄的微明的小屋里——他望见外面，凡目力所及，是房屋又房屋，作成长长的一式的排列，黯淡而且模糊。

烟气到处升作沉重的环，并且淡棕色雾似的，降到街道上。街上是人们忙乱地往来，正如大的黑色的蚂蚁。骚乱的哄闹，混沌而不绝地从那人堆里升腾起来。

"看呀，约翰！"穿凿说，"这岂不有点好看吗? 这就是一切人们和一切房子们，一如你所望见的那样远——比那蓝的塔还远些——也满是人们，从底下塞到上面。这不值得注意吗? 比起蚂蚁堆来，这是完全两样的。"

约翰怀着恐怖的好奇心倾听，似乎人们给了他一条伟大的可怕的大怪物。他仿佛就站在这大怪物的背上，又仿佛看见黑血在厚的血管中流过，以及昏暗的呼吸从百数鼻孔里升腾。当那骇人的声音将要兆凶的怒吼之前，就使他恐怖。

"看哪，人们都怎样的跑着呵，约翰，"穿凿往下说。"你可以看出，他们有所奔忙，并且有所寻觅，对不对? 那却好玩，他自己正在寻觅什么，却谁都不大知道。倘若他们寻觅了一会儿，他们便遇见一个谁，那名叫永终的……"

"那是什么人呢?"约翰问。

"我的好相识之一，我早要给他绍介你了。那永终便说：'你在寻觅我吗?'大多数大概回答道：'阿，不，我没有想到你！'但永终却又反驳道：'除了我，你却不能觅得别的。'于是他们就只得和永终满足了。"

约翰懂得，他是说着死。

"而且这永是，永是这么下去吗？"

"一定，永是。然而每日又来一堆新的人，即刻又寻觅起来，不知道为什么，而寻觅又寻觅，直到他们终于觅得永终，——这已经这样地经过了好一会儿了，也还要这样地经过好一会儿的。"

"我也觅不到别的东西吗，穿凿，除了……"

"是呵，永终是你一定会觅得一回的，然而这不算什么；只是寻觅罢！不断地寻觅！"

"但是那书儿，穿凿，你曾要使我觅得的那书儿。"

"唔，谁知道呢！我没有说谎。我们应该寻觅，寻觅。我们寻觅什么，我们还知道得很少。这是将知教给我们的。也有这样的人，他们一生中寻觅着，只为要知道他们正在寻觅着什么。这是哲学家，约翰。然而倘若永终一到，那也就和他们的寻觅都去了。"

"这可怕，穿凿！"

"阿，不然，全不然。永终是一个实在忠厚的人。他被看错了。"

有人在门前的梯子上踬着脚。橐橐！橐橐！在木梯上面响。于是有人叩门了，仿佛是铁敲着木似的。

一个长的，瘦的男人进来了。他有深陷的眼睛和长而瘦的手。一阵冷风透过了那小屋。

"哦，这样！"穿凿说，"你来了，坐下罢！我们正谈到你。你好吗？"

"工作！许多工作！"那长人说，一面拭着自己的冒出的灰白的额上的冷汗。

不动而胆怯地约翰看着那僵视着他的深陷的眼睛。眼睛是严正而且黑暗，然而并不残忍，也无敌意。几瞬息之后，他又呼吸得较为自由，他的心也跳得不大剧烈了。

"这是约翰，"穿凿说，"他曾经听说有那么一本书儿，里面记着，为什么一切是这样，像这似的，而且我们还要一同去寻觅，是吗？"穿凿一面别有许多用意地微笑着。

"唉，这样，——唔，这是正当的！"死亲爱的说，且向约翰点头。

"他怕觅不到那个呢——但我告诉他，他首先须要实在勤恳地寻觅。"

"诚然，"死说，"勤恳地寻觅那是正当的。"

"他以为你许是很残忍；但你看罢，约翰，你错了，对不对？"

"唉，是呵！"死亲爱的说，"人说我许多坏处。我没有胜人的外观，——但我以为这也还好。"

他疲乏地微笑，如一个忙碌于一件正在议论的严重事情的人。于是他的黑暗的眼光从约翰弯到远方，并且在大都市上沉思地恍惚着。

约翰长久不敢说话，终于他低声说：

"你现在要带着我好吗？"

"你想什么，我的孩子？"死说，从他的梦幻中仰视着。

"不，现在还不。你应该长大，且成一个好人。"

"我不愿意是一个人，如同其他那样的。"

"去吧，去吧！"死说，"这无从办起。"

人可以听出他来，这是他的一种常用的语气。他接续着：

"人怎的能成一个好人，我的朋友穿凿可以教你的。这也有各样的方法；但穿凿教得最出色。成一个好人，实在是很好看，很值得期望的事。你不可以低廉地估计它，年青小子！"

"寻觅，思想，观察，"穿凿说。

"诚然，诚然，"死说；——于是对着穿凿道："你想领他到谁那里去呢？"

"到号码博士那里，我的老学生。"

"唉，是呀，那是一个好学生，人的模范。在他这一类里，几乎完备了。"

"我会再见荣儿吗？"约翰抖着问。

"那孩子想谁呀？"死问。

"唉，他曾经被爱了，至今还在幻想，成一个妖精，嘻嘻嘻。"穿凿阴险地微笑着。

"不然，我的孩子，这不相干，"死说，"这样的事情，你在号码博士那里便没有了。谁要寻觅你所寻觅的，他应该将所有别的都忘掉。一切或全无。"

"我要以一铸将他造成一个人，我要指示他什么是恋爱，他就早要想穿了。"

穿凿又复高兴地笑起来，——死又将他的黑眼睛放在可怜的约翰上，那竭力忍住他的呜咽的。因为他在死面前羞愧。

死骤然起立。"我应该去了，"他说，"我谈过了我的时间。这里还有许多事情做。好天，约翰，我们要再见了。你只不可在我面前有害怕。"

"我在你面前没有害怕，——我情愿你带着我。请！带我去吧！"

死却温和地拒绝了他，这一类的请求，他是听惯了的。

"不，约翰，你现在去工作，寻觅和观察罢。不要再请求我。我只招呼一次，而且够是时候的。”

他一消失，穿凿又完全恣肆了。他跳过椅子，顺着地面滑走，爬上柜子和烟突去，还在开着的窗间，耍出许多可以折断颈子的技艺。

“这就是那永终呵，我的好朋友永终！”他大声说，——“你看不出他好来吗？他确也见得有点儿可憎，面且很阴惨。但倘在他的工作上有了他的欢喜，他也能很高兴的，然而这工作常常使他无聊。这事也单调一点。”

“他该到那里去，是谁告诉他的呢，穿凿？”

穿凿猜疑地，侦察地用一目斜睨着约翰。

“你为什么问这个？他走他自己的路。他一得来，他就带着。”

后来，约翰别有见地了。但现在他却没有知道得更分明，且相信穿凿所说的总该是真实的。

他们在街道上走，辗转着穿过蠕动的人堆。黑色的人们交错奔波着，笑着，喋喋着，显得这样地高兴而且无愁，不免使约翰诧异。他看见穿凿向许多人们点头，却没有一个人回礼，大家都看着自己的前面，仿佛他们一无所见似的。

“现在他们走着，笑着，似乎他们之中没有一个认识我。但这不过是景象。倘或我单独和他们在一处，他们就不再能够否认我，而且他们也就失却了兴趣了。”

在路上，约翰觉得有人跟在他后面走。他一回顾，他看出是那用了不可闻的大踏步，在人们中间往来的，长的苍白的人。他向约翰点头。

“人们也看见他吗？”约翰问穿凿。

“一定，他们个个，然而他们连他也不愿意认识。唔，我喜欢让他们高傲。”

那混乱和喧闹使约翰昏聩了，这即刻又使他忘却了他的忧愁。狭窄的街道和将天的蔚蓝分成长条的高的房屋，沿屋走着的人们，脚步的橐橐和车子的隆隆，扰乱了那夜的旧的幻觉和梦境，正如暴风之于水镜上的影像一般。这在他，仿佛是人们之外更无别物存在，——仿佛他应该在无休无歇的绝息的扰乱里，一同做，一同跑。

于是他们到了沉静的都市的一部分，那地方站着一所大房屋，有着大而素朴的窗门。这显得无情而且严厉。里面是静静的，约翰还觉到一种不熟悉的刺鼻的气味夹着混浊的地窖气作为底子的混合。一间小屋，里面是奇异的家具，还坐着一个孤寂的人。他被许多书籍，玻璃杯和铜的器具围绕着，那些也都是约翰所不熟悉的。一道寂寞的日光从他头上照入屋中，并且在盛着美色液体的玻璃杯间闪烁。那人努力地在一个黄铜管里注视,也并不抬头。

当约翰走得较近时,他听到他怎样的喃喃着:

"将知! 将知!"

那人旁边,在一个长的黑架子上,躺着一点他所不很能够辨别的白东西。

"好早晨,博士先生,"穿凿说,然而那博士还是不抬头。

于是约翰吃惊了,因为他在竭力探视的那白东西,突然起了痉挛的颤抖的运动。他所见的是一只兔身上的白茸皮。有那动着的鼻子的小头,向下缚在铁架上,四条腿是在身上紧紧地绑起来。那想要摆脱的绝望的试验,只经过了一瞬息,这小动物便又静静地躺着了,只是那流血的颈子的急速的颤动,还在显示它没有死。

约翰还看见那圆圆的仁厚的眼睛,圆睁在它的无力的恐怖中,并且他仿佛有些熟识。唉,当那最初的有幸的妖夜里,在这柔软的,而现在是带着急速的恐怖的喘息而颤动着的小身体上,他曾经枕过自己的头。他的过去生活的一切纪念,用了威力逼起他来了。他并不想,他却直闯到那小动物面前去:

"等一等! 等一等! 可怜的小鬼,我要帮助你。"他并且急急地想解开那紧缚着嫩脚的绳子来。

但他的手同时也被紧紧地捏住了,耳边还响着尖利的笑声。

"这是什么意思,约翰? 你还是这样孩子气吗? 那博士对你的怎样想呢?"

"那孩子要怎样? 他在这里干什吗?"那博士惊讶地问。

"他要成一个人,因此我带他到你这里来的。然而他还太小,也太孩子气。要寻觅你所寻觅的,这样可不是那条路呵,约翰!"

"是的,那样的路不是那正当的,"博士说。

"博士先生,放掉那小兔罢!"——

穿凿掐住了他的两手,致使他发起抖来。

"我们怎样约定的,小孩子?"他向他附耳说。"我们须寻觅,是不是? 我们在这里并非在沙冈上旋儿身边和无理性的畜类里面。我们要是人类——人类! 你懂得吗? 倘或你愿意止于一个小孩子,倘或你不够强,来帮助我,我就使你走,那就独自去寻觅!"

约翰默然,并且相信了,他愿意强。他闭了眼睛,想看不见那小兔。

"可爱的孩子!"博士说,"你在开初似乎还有一点仁厚。那是的确,第一回是看去很有些不舒服的。我本身就永不愿意看,我只要能避开就避开。然而这是不能免的,你还应该懂得:我们正是人类而非动物,而且人类的和科学的尊荣,是远出于几匹小兔的尊荣之上的。"

"你听到吗?"穿凿说,"科学和人类!"

"科学的人,"博士接着说,"高于一切此外的人们。然而他也就应该将平常人的小感触,为了那大事业,科学,作为牺牲。你愿意做一个这样的人吗? 你觉得这是你的本分么,我的小孩子?"

约翰迟疑着,他不大懂得"本分"这一个字,正如那金虫一样。

"我要觅得那书儿,"他说,"那将知说过的。"——

博士惊讶了,并且问:"将知?"

但穿凿却迅速地说道:"他要这个,博士,我很明白的。他要寻觅那最高的智慧,他要给万有立一个根基。"

约翰点头。——"是的!"他对于这话所懂得的那些,即是他的目的。

"唉,那你就应该强,约翰,不要小气以及软心。那么我就要帮助你了。然而你打算打算罢:一切或全无。"——

于是约翰用着发抖的手,又将那解开的绳帮同捆在小兔的四爪上。

十一

"我们要试一试,"穿凿说,"我可能旋儿似的示给你许多美。"

他们向博士告了别,且约定当即回来之后,他便领着约翰到大城的一切角落巡行,他指示它,这大怪物怎样的生活,呼吸和滋养,它怎样的吸收自己并且从自己重行生长起来。

但他偏爱这人们紧挤着,一切灰色而干枯,空气沉重而潮湿的,阴郁的困苦区域。

他领他走进大建筑中之一,烟气从那里面升腾,这是约翰第一天就见过的。那地方主宰着一个震聋耳朵的喧闹,——到处鸣吼着,格磔着,撞击着,隆隆着,——大的轮子嗡嗡有声,长带蜿蜒着拖过去,黑的是墙和地面,窗玻璃破碎或则尘昏。雄伟的烟突高高地伸起,超过黑的建筑物,还喷出浓厚的旋转的烟柱来。在这轮子和机器的杂沓中,约翰看见无数人们带着苍白的脸,黑的手和衣服,默默地不住地工作着。

"这是什吗?"他问。

"轮子,也是轮子,"穿凿笑着,"如果你愿意,也可以说是人。他们经营着什么,他们便终年的经营,一天又一天。在这种样子上,人也能是一个人。"

他们走到污秽的巷中，天的蔚蓝的条，见得狭如一指，还被悬挂出来的衣服遮暗了。人们在那里蠢动着，他们互相挨挤，叫喊，喧笑，有时也还唱歌。房屋里是小屋子，这样小，这样黑暗而且昏沉，致使约翰不大敢呼吸。他看见在赤地上爬着的相打的孩子，蓬着头发给消瘦的乳儿哼着小曲的年青姑娘。他听到争闹和呵斥，凡在他周围的一切面目，也显得疲乏，鲁钝，或漠不相关。

无名的苦痛侵入约翰了。这和他现以为愧的先前的苦痛，是不一样的。

"穿凿，"他问，"在这里活着的人们，永是这么苦恼和艰难吗？也比我……"他不敢接下去了。

"固然，——而他们称这为幸福。他们活得全不艰难，他们已经习惯，也不知道别的了。那是一匹糊涂的不识好歹的畜生。看那两个坐在她门口的女人罢。她们满足地眺望着污秽的巷，正如你先前眺望你的沙冈。为这人们你无须颦蹙。否则你也须为那永不看见日光的土拨鼠颦蹙了。"

约翰不知道回答，也不知道为什么他却还要哭。

而且在喧扰的操作和旋转中间，他总看见那苍白的空眼的人，怎样的用了无声的脚步走动。

"总而言之统而言之是一个好人，对不对？他从这里将人们带走。但这里他们也一样地怕他。"

已经是深夜，小光的百数在风中动摇，并且将长的波动的影像投到黑暗的水上的时候，这两个顺着寂静的街道蹀行。古旧的高的房屋似乎因为疲劳，互相倚靠起来，并且睡着了。大部分已经合了眼。有几处却还有一个窗户透出黯淡的黄光。

穿凿给约翰讲那住在后面的许多故事，讲到在那里受着的苦楚，讲到在那里争斗着的困苦和生趣之间的争斗。他不给它省去最阴郁的；还偏爱选取最下贱和最难堪的事，倘若约翰因为他的残酷的叙述而失色，沉默了，他便愉快得歪着嘴笑。

"穿凿，"约翰忽然问，"你知道一点那大光吗？"

他以为这问题可以将他从沉重而可怕地压迫着他的幽暗里解放出来。

"空话！旋儿的空话！"穿凿说，"幻想和梦境。人们和我自己之外，没有东西。你以为有一个上帝或相类的东西，乐于在这里似的地上，来主宰这样的废物们吗？而且这样的大光，也决不在这黑暗里放出这许多来的。"

"还有星星们呢，星星们？"约翰问，似乎他希望这分明的伟大，能够来抬高他面前的卑贱。

"那星星们吗？你可知道你说了什么了，小孩子？那上面并不是小光，像你在这里四面看见的灯烛似的。那一切都是世界们。比起这带着千数的城镇的世界来，都大得多，我们就如一粒微尘，在它们之间飘浮着，而且那是既无所谓上，也无所谓下，到处都有世界们，永是世界们，而且这是永没，永没有穷尽。"

"不然！不然！"约翰恐惧地叫喊，"不要说这个，不要说这个罢！在广大的黑暗的田野上，我看见小光们在我上面。"

"是呀，你看去不过是小光们。你也向上面呆望一辈子，只能看见黑暗的田野里在你上面的小光们。然而你能，你应该知道，那是世界们，既无上，也无下，在那里，那球儿是带着那些什么都不算，并且不算什么地消失了去的，可怜的蠕动着的人堆儿。那么，就不要向我再说'星星们'了，仿佛那是二三十个似的，这是无意识。"

约翰沉默着。这会将卑贱提高的伟大，将卑贱压碎了。

"来罢，"穿凿说，"我们要看一点有趣的。"对他们传来了可爱的响亮的音乐。在黑暗的街道之一角，立着一所高大的房屋，从许多高窗内，明朗地透出些光辉。前面停着一大排车。马匹的顿足，空洞地在夜静中发响，它们的头还点着哦！哦！闪光在车件的银钉上和车子的漆光上闪烁。

里面是明亮的光。约翰半被迷眩地看着百数抖着的火焰的，夺目的，颜色的镜子和花的光彩。鲜明的姿态溜过窗前，他们都用了微笑的仪容和友爱的态度互相亲近着。直到大厅的最后面，都转动着盛装的人们，或是舒徐的步伐，或是迅速地旋风一般的回旋。那大声地喧嚣和欢喜的声音，摩擦的脚步和綷縩的长衣，都夹在约翰曾在远处听到过的柔媚的音乐的悠扬中，成为一个交错，传到街道上。在外面，接近窗边，是两个黑暗的形体，只有那面目，被他们正在贪看的光耀，照得不一律而且鲜明。

"这美呵！这堂皇呵！"约翰叫喊。他耽溺于这么多的色彩，光辉和花朵的观览了。"出了什么事？我们可以进去吗？"

"哦，这你却称为美呀？或者你也许先选一个兔洞罢？但是看罢？人们怎样的微笑，辉煌，并且鞠躬呵。看哪，男人们怎么这样地体面和漂亮，女人们怎么这样地艳丽和打扮呵。跳舞起来又多么郑重，像是世界上的最重要事件似的！"

约翰回想到兔洞里的跳舞，也看出了几样使他记忆起来的事。然而这却一切盛大得远，灿烂得远了。那些盛装的年轻女子们，倘若伸高了她们的长的洁白的臂膊，当活泼的跳舞中侧着脸，他看来也美得正如妖精一般。侍役们是整肃地往来，并且用了恭敬的鞠躬，献上那贵重的饮料。

"多么华美！多么华美！"约翰大声说。

"很美观，你不这样想吗？"穿凿说。"但你也须比在你鼻子跟前的看得远一点。你现在只看见可爱的微笑的脸，是不是？唔，这微笑，大部分却是诓骗和作伪呵。那坐在厅壁下的和蔼的老太太们就如围着池子的渔人；年青的女人们是钓饵，先生们是那鱼。他们虽然这么亲爱的一同闲谈，——他们却嫉妒地不乐意于各人的钓得。倘若其中的一个年轻女人高兴了，那是因为她穿得比别人美，或者招致的先生们比别人多，而先生们的特别的享乐是精光的脖子和臂膊。在一切微笑的眼睛和亲爱的嘴唇之后，藏着的全是另外一件事。而且那恭敬的侍役们，思想得全不恭敬。倘将他们正在想着的事骤然泄露出来，那就即刻和这美观的盛会都完了。"

当穿凿将一切指给他的时候，约翰便分明地看见仪容和态度中的作伪，以及从微笑的假面里，怎样的露出虚浮，嫉妒和无聊，或则倘将这假面暂置一旁，便忽然见了分晓。

"唉，"穿凿说，"应该让他们随意。人们也应该高兴高兴。用别样的方法，他们是全不懂得的。"

约翰觉得，仿佛有人站在他后面似的。他向后看。那是熟识的，长的形体。苍白的脸被夺目的光彩所照耀，致使眼睛形成了两个大黑点。他低声自己喃喃着，还用手指直指向华美的厅中。

"看呵！"穿凿说，"他又在寻出来了。"

约翰向那手指所指的处所看。他看见一个年老的太太怎样的在交谈中骤然合了眼，以及美丽的年青的姑娘怎样的打一个寒噤，因此站住并且凝视着前方。

"到什么时候呢？"穿凿问死。

"这是我的事，"死说。

"我还要将这一样的社会给约翰看一回，"穿凿说。他于是歪着嘴笑而且眯起眼睛来。"可以吗？"

"今天晚上吗？"死问。

"为什么不呢？"穿凿说。"那地方既无时间，又无时候。现在是，凡有永是如此的，以及凡有将要如此的，已经永在那里了。"

"我不能同去，"死说，"我有太多的工作。然而用了那名字，叫我们俩所认识的那个罢，而且没有我，你们也可以觅得道路的。"

于是他们穿过寂寞的街，走了一段路，煤气灯焰在夜风中闪烁，黑暗的寒冷的水拍着河堤。柔媚的音乐逐渐低微，终于在横亘大都市上的大安静里绝响了。

忽然从高处发出一种全是金属的声音,一片清朗而严肃的歌曲。

这都从高的塔里蓦地落到沉睡的都市上——到小约翰的沉郁昏暗的魂灵上。他惊异着向上看。那钟声挟了欢呼着升腾起来,而强有力的撕裂了死寂的,响亮的调子悠然而去了。这在沉静的睡眠和黑暗的悲戚中间的高兴的声音,典礼的歌唱,他听得很生疏。

"这是时钟,"穿凿说,"这永是这样的高兴,一年去,一年来。每一小时,他总用了同等的气力和兴致唱那同一的歌曲。在夜里,就比白天响得更有趣,——似乎是钟在欢呼它的无须睡觉,它下面是千数的忧愁和啼哭,而它却能够接续着一样地幸福地歌吟。然而倘若有谁死掉了,它便更其有趣地发响。"

又升腾了一次欢呼的声音。

"有一天,约翰,"穿凿接续着,"在一间寂静的屋子中的窗后面,将照着一颗微弱的小光。是一颗沉思着发抖,且使墙上的影子跳舞

矗立在都市里的高塔

的,沉郁的小光。除了低微的梗死的呜咽之外,屋子里更无声音作响。其中站着一张白幔的床,还有打皱的阴影。床上躺着一点东西,也是白而且静。这将是小约翰了。——阿,于是这歌便高声地高兴地响进屋里来,而且在歌声中,在他死后的最初时间中行礼。"——

十二下沉重的敲打,迟延着在空中吼动了。当末一击时,约翰仿佛便如入梦,他不再走动了,在街道上飘浮了一段,凭着穿凿的手的提携。在火速地飞行中,房屋和街灯都从旁溜过去了。死消失了。现在是房屋较为稀疏。它们排成简单的行列,其间是黑暗的满是秘密的洞穴,有沟,有水洼,有废址和木料,偶然照着煤气的灯光。终于来了一个人的门带着沉重的柱子和高的栅栏。一刹那间他们便飘浮过去,并且落在大沙堆旁的湿草上了。约翰以为在一个园子里了,因为他听得周围有树木瑟瑟地响。

"那么,留神罢,约翰!还要以为我知道得比旋儿不更多。"

于是穿凿用了大声喊出一个短而黑暗的,使约翰战栗的名字来。幽暗从各方面反应

这声响,风以呼啸的旋转举起它,——直到它在高天中绝响。

约翰看见,野草怎样的高到他的头,而刚才还在他脚下的小石子,怎样的已将他的眺望遮住了。穿凿,在他旁边,也同他一样小,用两手抓住那小石,使出全身的力量在转它。细而高的声音的一种纷乱的叫唤,从荒芜了的地面腾起。

"喂,谁在这里? 这是什么意思? 野东西!"这即刻发作了。

约翰看见黑色的形象忙乱着穿插奔跑。他认识那敏捷的黑色的马陆虫,发光的棕色的蠼螋带着它的细巧的铗子,鼠妇虫有着圆背脊,以及蛇一流的蜈蚣。其中有一条长的蚯蚓,电一般快缩回它的洞里去了。

穿凿斜穿过这活动的吵闹的群,走向蚯蚓的洞口。

"喂,你这长的裸体的坏种! ——出来,带着你的红的尖鼻子,"穿凿大声说。

"得怎样呢?"那虫从深处问。

"你得出来,因为我要进去,你懂吗,精光的嚼沙者!"

蚯蚓四顾着从洞口伸出它的尖头来,又向各处触探几回,这才慢慢地将那长的裸露的身子稍稍拖近地面去。

穿凿遍看那些因为好奇而奔集的别的动物。

"你们里面的一个得同去,并且在我们前面照着亮。不,黑马陆,你太胖,而且你带着你的千数条爪子会使我头昏眼花。喂,你,蠼螋! 你的外观中我的意。同走,并且在你的铗子上带着光! 马陆,跑,去寻一个谜光,或者给我拿一个烂木头的小灯来!"

他的出令的声音挥动了动物们,它们奉行了。

他们走下虫路去。他们前面是蠼螋带着发光的木头,于是穿凿,于是约翰。那下面是狭窄而黑暗。约翰看见沙粒微弱地照在淡薄的蓝色的微光中。沙粒都显得石一般大,半透明,由蚯蚓的身子磨成紧密的光滑的墙了。蚯蚓是好奇地跟随着。约翰向后看,只见它的尖头有时前伸,有时却等待着它的身子的拖近。

他们沉默着往下,——长而且深。在约翰过于峻峭的路,穿凿便挽扶他。那似乎没有穷尽;永是新的沙粒,永是那蠼螋接着向下爬,随着道路的转弯,转着绕着。终于道路宽一点了,墙壁也彼此离远了。沙粒是黑而且潮,在上面成为一个轩洞,洞面有水点引成光亮的条痕,树根穿入轩洞中,像僵了的蛇一样。

于是在约翰的眼前忽然竖着一道挺直的墙,黑而高,将他们之前的全空间都遮断了。蠼螋转了过来。

"好! 那就同到了后面了。蚯蚓已经知道。这是它的家。"

"来,指给我们路!"穿凿说。

蚯蚓慢慢地将那环节的身子拖到黑墙根,并且触探着。约翰看出,墙是木头。到处散落成淡棕色的尘土了。那虫便往里钻,将长的柔软的身子滑过孔穴去。

"那么,你,"穿凿说,便将约翰推进那小的潮湿的孔里。一刹那间,他在软而湿的尘芥里吓得要气绝了,于是他觉得他的头已经自由,并且竭全力将自己从那小孔中弄出。周围似乎是一片大空间。地面硬且潮,空气浓厚而且不可忍受地郁闷。约翰几乎不敢呼吸,只在无名的恐怖中等待着。

他听到穿凿的声音空洞地发响,如在一个地窖里似的。

"这里,约翰,跟着我!"——

他觉得,他前面的地,怎样的隆起成山,——由穿凿引导着,他在浓密的幽暗中踏着这地面。他似乎走在一件衣服上,这随着脚步而高低。他在沟洼和丘冈上磕碰着,其时他追随着穿凿,直到一处平地上,紧紧地抓住了一枝长的梗,像是柔软的管子。

"我们站在这里好!灯来!"穿凿叫喊。

于是从远处显出微弱的小光,和那拿着的虫一同低昂着。光移得越近,惨淡的光亮照得空间越满,约翰的窘迫便也越大了。

他踏过的那山,是长而且白,捏在他手里的管子,是棕色的,还向下引成灿烂的波线。

他辨出一个人的顾长僵直的身体,以及他所立的冰冷的地方,是前额。

他面前就现出两个深的黑洞,是陷下的眼睛,那淡蓝的光还照出瘦削的鼻子和那灰色的,因了怖人的僵硬的死笑而张开的唇吻。

从穿凿的嘴里发一声尖利的笑,这又即刻在潮湿的木壁间断气了。

"这是一个惊奇,约翰!"

那长的虫从尸衣的折叠间爬出;它四顾着,将自己拖到下颚上,经过僵直的嘴唇,滑进那乌黑的嘴洞里去了。

"这就是跳舞会中的最美的,——你以为比妖精还美的。那时候,她的衣服和卷发喷溢着甜香,那时候,眼睛是流盼而口唇是微笑,——现在固然是变了一点了。"

在他所有的震慑中,约翰的眼里却藏着不信。这样快么?——方才是那么华美,而现在却已经……?

"你不信我吗?"穿凿歪了嘴笑着说。"那时和现在之间,已经是半世纪了。那里是既无时候,也无时间。凡已经过去的,将要是永久,凡将要来的,已经是过去了。这你不能想,然而应该信。这里一切都是真实,凡我所指示你的一切,是真的,真的!这是旋儿所不能主张的!"

　　穿凿嬉笑着跳到死尸的脸上往来,还开了一个极可恶的玩笑。他坐在眉毛上,牵着那长的睫毛拉开眼睑来。那眼睛,那约翰曾见它高兴地闪耀的,是疲乏地凝固了,而且在昏黄的小光中,皱蹙地白。

　　"那么,再下去!"穿凿大呼,"还有别的可看哩!"

　　蚯蚓慢慢地从右嘴角间爬出,而这可怕的游行便接下去了。

　　不是回转,——却是向一条新的,也这么长而且幽暗的道路。

　　"一个老的来了,"当又有一道黑墙阻住去路的时候,蚯蚓说。"他在这里已经很久了!"

　　这比起前一回来,稍不讨厌。除了一个不成形的堆,从中露着白骨之外,约翰什么也看不见。成百的虫豸们和昆虫们正在默默地忙着做工。那光惹起了惊动。

　　"你们从那里来? 谁拿光到这里来? 我们用不着这个!"

　　它们并且赶快向沟里洞里钻进去了。但它们认出了一个同种。

　　"你曾在这里过吗?"虫们问。"木头还硬哩。"

　　首先的虫否认了。

　　他们再往远走,穿凿当作解释者,将他所知道地指给小约翰。来了一个不成样子的脸带着狞视的圆眼,膨胀的黑的嘴唇和面庞。

　　"这曾是一位优雅的先生,"他于是高兴地说,"你也许曾经见过他,这样地富,这样地阔,而且这样地高傲。他保住了他的尊大了。"

　　这样地进行。也有瘦损的,销蚀了的形体,在映着微光而淡蓝地发亮的白发之间,也有小孩子带着大头颅,也有中年的沉思的面目。

　　"看哪,这是在他们死后才变老的,"穿凿说。

　　他们走近了一个络腮胡子的男人,高吊着嘴唇,白色的牙齿在发亮。当前额中间,有一个圆的,乌黑的小洞。

　　"这人被永终用手艺草草完事了。为什么不忍耐一点呢? 无论如何他大概总得到这里来的。"

　　而且又是道路,而且是新的道路,而且又是伸开的身体带着僵硬的丑怪的脸,和不动的,交叉着叠起来的手。

　　"我不往下走了,"蠼螋说,"这里我不大熟悉了。"

　　"我们回转罢,"蚯蚓说。

"前去,只要前去!"穿凿大叫起来。

这一行又前进。

"一切,凡你所见的,存在着,"穿凿进行着说,"这一切都是真的。只有一件东西不真。那便是你自己,约翰。你没有在这里,而且你也不能在这里。"

他看见约翰因了他的话,露出恐怖的僵直的眼光,便发了一通响亮的哗笑。

"这是一条绝路,我不前进了,"蠼螋烦躁着说。

"我却偏要前进,"穿凿说,而且一到道路的尽头,他便用两手挖掘起来了。"帮我,约翰!"

约翰在困苦中,不由自主地服从了,挖去那潮湿的微细的泥土。

他们浴着汗水默默地继续着工作,直到他们撞在黑色的木头上。

蚯蚓缩回了环节的头,并且向后面消失了。蠼螋也放下它的光,走了回去。

"你们进不去的,这木头太新,"它临走时说。

"我要!"穿凿说,并且用爪甲从那木头上撕下长而白的木屑来。

一种可怕的窘迫侵袭了约翰。然而他必得,他不能别的。

黑暗的空隙终于开开了。穿凿取了光,慌忙爬进去。

"这里,这里!"他叫着,一面跑往头那边。

但当约翰到了那静静地交叉着叠在胸脯上面的手那里的时候,他必须休息了。他见有瘦的,苍白的,在耳朵旁边半明半暗的手指,正在他前面。他忽然认得了,他认识手指的切痕和皱襞,长的,现在是染成深蓝了的指甲的形状。他在示指上看出一个棕色的小点来。这是他自己的手。

"这里,这里!"穿凿的声音从头那边叫喊过来。"看一下子罢,你可认识他吗?"

可怜的约翰还想重行起来,走向那向他闪烁着的光去。然而他不再能够了。那小光消灭成完全的幽暗,他也失神地跌倒了。

十二

他落在一个深的睡眠里,直到那么深,在那里没有梦。

当他又从这幽暗中起来,——慢慢地——到了清晨的苍茫凉爽的光中,他拂去了斑斓的,温柔的旧梦。他醒了,有如露珠之从一朵花似的,梦从他的灵魂上滑掉了。

还在可爱的景象的错杂中,半做着梦的他的眼睛的表情,是平静而且和蔼。

但因了当着黯淡的白昼之前的苦痛,他如一个羞明者,将眼睛合上了。凡有在过去的早晨所曾见的,他都看见。这似乎已经很久,很远了。然而还是时时刻刻重到他的灵魂之前，从哀愁的早晨起，直到寒栗的夜里。他不能相信，那一切恐怖，是会在一日之中出现的。他的窘迫的开初，仿佛已经是这样远，像失却在苍茫的雾里一般。

柔和的梦，无影无踪地从他的灵魂上滑去了——穿凿摇撼他——而沉郁的时光于是开始，懒散而且无色，是许多许多别的一切的前驱。

但是凡有在前夜的可怕的游行中所见的，却停留在他那里。这单是一个骇人的梦想吗？当他踌躇着将这去问穿凿的时候，那一个却嘲笑而诧异地看着他。

"你想什么？"他问。

然而约翰却看不出他眼里的嘲笑，还问，他看得如此清楚而且分明，如在面前的一切，是否真是这样地出现了？

"不，约翰，你却怎样的糊涂呵！这样的事情是决不能发生的。"

约翰不知道他须想什么了。

"我们就要给你工作了。那么，你便不再这样痴呆地问了。"

他们便到那要帮助约翰，来觅得他所寻觅的号码博士那里去。

在活泼的街道上，穿凿忽然沉静地站住了，并且从大众中指出一个人来给约翰看。

"你还认识他吗？"他问，当约翰大惊失色，凝视着那人的时候，他便在街上发出一声响亮的哗笑来。

约翰在昨夜见过他，深深地在地下。——

博士亲切地接待他们，并且将他的智慧颁给约翰。他听至数小时之久，在这一天，而且在以后的许多天。

约翰所寻觅的，博士也还未曾觅得。他却几乎了，他说。他要使约翰上达，有如他自己一般。于是他们俩就要达到目的。

约翰倾听着，学习着，勤勉而且忍耐，——许多日之久，——许多月之久。他仅怀着些少的希望，然而他懂得，他现在应该进行，——进行到他所做得到。他觉得很奇特。他寻觅光明，越长久，而他的周围却越昏暗。凡他所学的一切的开端，是很好的，——只是他钻研得越深，那一切也就越凄凉，越黯淡。他用动物和植物，以及周围的一切来开手，如果观察得一长久，那便成为号码了。一切分散为号码，纸张充满着号码。博士以为号码是出色的，他并且说，号码一到，于他是光明，——但在约翰却是昏暗。

穿凿绊住他，倘或他厌倦和疲乏了，便刺戟他。享用或叹赏的每一瞬间，他便埋怨他。

约翰每当学到，以及看见花朵怎样微妙地凑合，果实怎样的结成，昆虫怎样不自觉地

助了它们的天职的时候,是惊奇而且高兴。

"这却是出色。"他说,"这一切是算得多么详尽,而且造得多么精妙和合式呵!"

"是的,格外合式,"穿凿说,"可惜,那合式和精妙的大部分,是没有用处的。有多少花结果,有多少种子成树呢?"

"然而那一切仿佛是照着一个宏大的规划而作的,"约翰回答。"看罢!蜜蜂们自寻它们的蜜而不知道帮助了花,而花的招致蜜蜂是用了它们的颜色。这是一个规划,两者都在这上面工作,不识不知地。"

"这见得真好,但欠缺的也还多。假使那蜜蜂觉得可能,它们便在花下咬进一个洞去,损坏了那十分复杂的安排。伶俐的工师,被一个蜜蜂当作呆子!"

在人类和动物之间的神奇的凑合,那就显得更坏了。他从约翰以为美的和艺术的一切之中,指出不完备和缺点。他指示他能够侵略人和动物的,苦恼和忧愁的全军①,他还偏喜欢选取那最可厌的和最可恶的。

"这工师,约翰,对于他所做的一切,确是狡狯的,然而他忘却了一点东西。人们做得不歇手,只我要弥补一切损失。但看你的周围罢!一柄雨伞,一个眼镜,还有衣服和住所,都是人类的补工。这和那大规划毫无关系。那工师却毫不盘算,人们会受寒,要读书,为了这些事,他的规划是全不中用的。他将衣服交给他的孩子们,并没有盘算他们的生长。于是一切人们,便几乎都从他们的天然衣服里长大了。他们便自己拿一切到手里去。全不再管那工师和他的规划。没有交给他们的,他们也无耻地放肆地拿来,——还有分明摆着的,是使他们死,于是他们便往往借了各种的诡计,在许多时光中,来回避这死。"

"然而这是人们之罪,"约翰大声说,"他们为什么任性远离那 天然的呢?"

"呵,你这糊涂的约翰!倘或一个保姆使一个单纯的孩子玩耍火,并且烧起来了,——谁担负这罪呢?那不识得火的孩子,还是知道那要焚烧的保姆呢?如果人们在困苦中或不自然中走错了,谁有罪,他们自己呢,还是他们和他相比,就如无知无识的孩子们一般的,无所不知的工师呢?"

"他们却并非不知,他们曾经知道……"

"约翰,假如你告诉一个孩子,'不要弄那火,那是会痛的!'假使那孩子仍然弄,因为他不知道什么叫作痛,你就能给你脱去罪名,并且说:'看呀!这孩子是并非不知道的吗?'你深知道,那是不来听你的话的。人们就如孩子一般耳聋和昏惯。但玻璃是脆的,粘土是软的。谁造了人类而不计算他们的昏惯,便如那等人一样,他用玻璃造兵器而不顾及它会破碎,用粘土做箭而不顾及它一定要弯曲。"

这些话像是纷飞的火滴一股,落在约翰的灵魂上。他的胸中萌生了大悲痛,将他那先前的,在夜间寂静和无眠的时候,常常因此而哭的苦痛驱除了。

唉!睡觉呵!睡觉呵!——曾有一时——多日之后,——睡觉在他是最好的时候了。其中没有思想,也没有悲痛,他的梦还是永永引导他重到他的先前的生活去。当他梦着的时候,他仿佛觉得很华美,但在白昼,却不再能够想象那是怎样了。他仅知道他的神往和苦痛,较胜于他现今所知道的空虚和僵死的感觉。有一回,他曾苦痛地神往于旋儿,有一回,他曾时时等候着荣儿。那是多么华美呵!

荣儿!——他还在神往吗?——他学得越多,他的神往便越消失。因为这也散成片段了,而且穿凿又使他了然,什么是爱。他于是自愧,号码博士说,他还不能从中做出号码来,然而快要出现了。小约翰的周围,是这样的黑暗而又黑暗。

他微微觉得感谢,是在他和穿凿的可怕的游行里,没有看见荣儿。

当他和穿凿提及时,那人不说,却只狡狯地微笑。然而约翰懂得,这是并不怜恤他。

约翰一有并不学习和工作的时间,穿凿便利用着领他到人间去。他知道带他到各处,到病院中,病人们躺在大厅里,——苍白消瘦的脸带着衰弱或苦痛的表情的一长列——那地方是忧郁的沉静,仅被喘息和叫唤打断了。穿凿还指示他,其中的几个将永不能出这大厅去。倘在一定的时间,人们的奔流进向这厅,来访问他患病的亲戚的时候,穿凿便说:"看哪,大家都知道,便是他们也将进这屋子和昏暗的大厅里面来,为的是毕竟在一个黑箱子里抬出来。"

——"他们怎么能这样高兴呢?"约翰想。

穿凿领他到楼上的一间小厅中,其中充满着伤情的半暗,从邻室里,有风琴的遥响,不住地梦幻地传来。于是穿凿从众中指一个病人给他看,是顽钝地向前凝视着沿了墙懒懒的爬来的一线日光的。

"他在这里躺了七年了,"穿凿说。——"他是一个海员,他曾见印度的椰树,日本的蓝海,巴西的森林。现在他在七个长年的那些长日子,消受着一线日光和风琴游戏。他不再能走出这里了,然而还可以经过这样的一倍之久。"

从这一日起,约翰是极可怕的梦,他忽然醒来了,在小厅中,在如梦的声响中的伤情的半暗里——,至于直到他的结末,只看见将起将灭的黄昏。

穿凿也领他到大教堂,使他听在那里说什么。他引他到宴会,到盛大的典礼,到几家的闺房。

约翰学着和人们认识，而且他屡次觉得，他应该想想他先前的生活，旋儿讲给他的童话和他自己的经历，有一些人，是使他记起那想在星星中看见它亡故的伙伴的火萤的，——或者那金虫，那比别个老一天，而且谈论了许多生活本分的，——他听到故事，则使他记起涂鸦泼刺，那十字蜘蛛中的英雄，或者记起鳗鱼，那只是躺着吃，因为一个肥胖的年青的王，就显得特别体面的。对于自己，他却比为不懂得什么叫作生活本分，而飞向光中去的那幼小的金虫。他似乎无助地残废地在地毯上各处爬，用一条线系着身子，一条锋利的线，而穿凿则牵着，掣着它。

唉，他将永不能再觅得那园子了，——沉重的脚何时到来，并且将他踏碎呢？

他说起旋儿，穿凿便嘲弄他。而且他渐渐相信起来了，旋儿是从来没有的。

"然而，穿凿，那么，匙儿也就不成立了，那就全没有什么成立了。"

"全无！全无！只有人们和号码，这都是真的，存在的，无穷之多的号码。"

"然而，穿凿，那么，你就骗了我了。使我停止，使我不再寻觅罢，——使我独自一个罢！"

"死怎么对你说，你不知道了吗？你须成一个人，一个完全的人。"

"我不愿意。这太可怕！"

"你必须——你曾经愿意了的。看看号码博士罢，他以为这太可怕吗？你要同他一样。"

这是真实。号码博士仿佛长是平静而且幸福。不倦地不摇的他走他的路，学着而且教着，知足而且和平。

"看他罢，"穿凿说，"他看见一切，而仍然一无所见。他观察人类，似乎他自己是别的东西，和他们全不一样。他闯过疾病和困苦之间，似乎不会受伤，而且他还与死往还，如不死者。他只希望懂得他之所见，而凡有于他显然的，在他是一样地正当。只要一懂得，他便立即满足了。你也须这样。"

"我却永不能。"

——"好，那我就不能帮助你了。"

这永是他们的交谈的无希望的结束。约翰是疲乏而且随便了，寻觅又寻觅，是什么和为什么，他不复知道了。他已如旋儿所说的许多人们一般。

冬天来了，他几乎不知道。

当一个天寒雾重的早晨，潮湿的污秽的雪躺在街道上，并且从树木和屋顶上点滴着的时候，他和穿凿走着他平日的路。

在一处,他遇见一列年青的姑娘,手上拿着教科书。她们用雪互掷着,笑着,而且彼此捉弄着,她们的声音在雪地上清澈地发响。听不到脚步和车轮的声响,只有马的,或者一所店门的关闭,像似一个铃铛的声音。高兴的笑声,消彻地穿过这寂静。

约翰看见,一个姑娘怎样的看他而且向他凝望着,她穿一件小皮衣,戴着黑色的帽子。他熟识她的外貌,却仍不知道她是谁。她点头,而且又点一回头。

"这是谁呢?我认识她。"

"是的,这是可能的。她叫马理,有几个人称她荣儿。"

"不,这不能是。她不像旋儿。她是一个平常的姑娘。"

"哈!哈!哈!她不能像一个并不存在的或人的。然而她是,她是的。你曾经这样得很仰慕她,我现在要将你弄到她那里去了。"

"不,我不愿意见她。我宁可见她死,像别人一样。"

约翰不再向各处观看了,却是忙忙地前奔,并且喃喃着:

"这是结局。全不成立!全无!"

十三

最初的春晨的清朗温暖的目光,弥漫了大都市。明净的光进到约翰住着的小屋子中;低的顶篷上有一条大的光条,是波动着的运河的水的印象,颤抖而且闪动。

约翰坐在日照下的窗前,向大都市眺望,现在是全然另一景象了。灰色的雾,换成灿烂的蓝色的阳光,笼罩了长街的尽头和远处的塔。石片屋顶的光线闪作银白颜色;一切房屋以清朗的线和明亮的面穿过日光中,——这是浅蓝天中的一个温暖的渲染。水也仿佛有了生气了。榆树的褐色的嫩芽肥而有光,喧嚷的麻雀们在树枝间鼓翼。

当他在眺望时,约翰的心情就很奇特。日光将他置身于甜的昏迷中了。其中是忘却和难传的欢乐。他在梦里凝视着波浪的光闪,饱满的榆芽,还倾听着麻雀的啾唧。在这音响里是大欢娱。

他久没有这样地柔和了;他久没有觉得这样地幸福了。

这是他重行认识的往日的日照。这是往日叫他去到自由的太阳,到园子里,他于是在暖地上的一道旧墙荫中,——许多工夫,可以享用那温暖和光辉,一面凝视着面前的负暄的草梗。

在沉静中,于他是好极了,沉静给他以明确的家乡之感,——有如他所记得,多年以前在他母亲的腕中。他并不饮泣或神驰,而必须思想一切的过去。他沉静地坐着,梦着,除了太阳的照临之外,他什么也不希望了。

"你怎么这样沉思地坐着呢,约翰?"穿凿叫喊,"你知道,我是不容许做梦的。"

约翰恳求地抬起了出神的眼睛。

"再给我这样地停一会罢,"他祈求说,"太阳是这样好。"

"你在太阳里会寻出什么来呢,喂?"穿凿说。"它并非什么,不过是一枝大蜡烛,你坐在烛光下或是在日光下,完全一样的。看罢!街上的那阴影和亮处,——也即等于一个安静地燃烧着而不闪动的灯火的照映。而那光,也不过是照着世界上的极渺小的一点的一个极渺小的小火焰罢了。那边!那边!在那蔚蓝旁边,在我们上面和底下,是暗,冷而且暗!那边是夜,现在以及永久!"

但他的话于约翰没有效。沉静的温暖的日光贯彻了他,并且充满了他的全灵魂了,——在他是平和而且明晰。

穿凿带着他到号码博士的冰冷的住所去。日像还在他的精神上飘泛了一些时,于是逐渐黯淡了,当正午时分,在他是十足的幽暗。

但到晚间,他又在都市的街道上趑行的时候,空气闷热,且被潮湿的春气充塞了。一切的发香都强烈了十倍,而在这狭窄的街中,使他窘迫。唯在空旷处,他觉出草和树林的新芽。在都市上,他看见春,在西方天际嫩红中的平静的小云里。

黄昏在都市上展开了嫩色的柔软的银灰的面纱。街上是寂静了,只在远处有一个手拉风琴弄出悲哀的节奏,——房屋向着红色的暮天,都扬起一律的黑影,还如无数的臂膊一般,在高处伸出它们的尖端和烟突来。

这在约翰,有如太阳末后照在大都市上时的和蔼的微笑,——和蔼地如同宽恕了一件傻事的微笑似的。那微微的温暖,还来抚摩约翰的双颊。

于是悲哀潜入了约翰的心,有这样沉重,致使他不能再走,且必须将他的脸伸向远天中深深地呼吸了。春天在叫他,他也听到。他要回答,他要去。这一切在他是后悔,爱,宽恕。

他极其神往地向上凝视。从他模糊的眼里涌出泪来。

"去罢!约翰!你不要发呆罢,人们看着你哩,"穿凿说。

朦胧而昏暗地向两旁展开着长的单调的房屋的排列。是温和的空气中的一个苦恼,是春声里面的一声哀呼。

人们坐在门内和阶沿上,以消受这春天。这于约翰像是一种嘲侮。污秽的门敞开着,浑浊的空间等候着那些人。在远处还响着手拉风琴的悲哀的音调。"呵,我能够飞开这里,远去,冈上,海上!"

然而他仍须伴着高的小屋子,而且他醒着躺了这一夜。

他总要想念他父亲,以及和他同行的远道的散步——如果他走在他的十步之后,那父亲就给他在沙土上写字母。他总要想念那地丁花生在灌木之间的处所,以及和父亲同去搜访的那一天。他整夜看见他的父亲的脸一如先前,他在夜间安静的灯光中顾盼他,还倾听他笔锋写字的声响。

于是他每晨祈求穿凿,还给他回乡一回,往他的家和他的父亲,再看一遍沙冈和园子。现在他觉出他先前的爱父亲,过于普烈斯多和他的小屋子了,因为他现在只为他而祈求。

"那就只告诉我,他怎样了,我出外这么久,他还在恼我吗?"

穿凿耸一耸肩。——"即使你知道了,于你有什么益呢?"

春天却过去了,呼唤他,越呼越响。他每夜梦见冈坡上的暗绿的苔藓,透了嫩的新叶而下的阳光。

"这是不能长久如此的,"约翰想,"我就要支持不住了。"

每当他不能入睡的时候,他往往轻轻地起来,走到窗前,向着暗夜凝视。他看见蒸腾的蒙茸的小云,怎么慢慢地溜过月轮旁边,平和地飘浮在柔和的光海里。他便想,在那远方,冈阜是怎样地微睡在闷热的深夜中!在深的小树林间,绝无新叶作响,潮湿的莓苔和鲜嫩的桦条也将发香,那该是怎样地神奇呵。他仿佛听得远处有蛤蟆的抑扬的合唱,满是秘密地浮过田野来,还有唯一的鸟的歌曲,是足以伴那严肃的寂静的,它将歌曲唱得如此低声地哀怨地开头,而且陡然中断,以致那寂静显得更其寂静了。鸟在呼唤他,一切都在呼唤他。他将头靠着窗沿,并且在他的臂膊上呜咽起来了。

"我不能!——我受不住。倘我不能就去,我一定会就死了。"

第二天穿凿叫他醒来的时候,他还坐在窗前,他就在那里睡着了,头靠在臂膊上。——

日子过去了,又长又热,——而且无变化。然而约翰没有死,他还应该担着他的苦痛。

有一日的早晨,号码博士对他说:

"我要去看一个病人,约翰,你愿意同我去吗?"

号码博士有博学的名声,而且对于病和死,有许多人来邀请他的帮助。约翰是屡次伴过他的。

穿凿在这早晨异常地高兴。他总是倒立,跳舞,翻筋斗,并且玩出各种疯狂似的说笑来。他不住地非常秘密地窃笑着,像一个准备着给人一吓的人。

但号码博士却只是平常一样严正。

这一日他们走了远的路。用铁路,也用步行。约翰是还没有一同到过外边的。

这是一个温暖的,快乐的日子。约翰从车中向外望,那广大的碧绿的牧场,带着它欲飞的草和吃食的家畜,都在他身边奔过去了。他看见白蝴蝶在种满花卉的地上翩跹,空气为了日热发着抖。

但他忽而悚然了:那地方展布着长的,起伏的连冈。

"唉,约翰,"穿凿窃笑着,"那就要中你的意了,你看罢!"

半信半疑地约翰注视着沙冈。沙冈越来越近。仿佛是两旁的长沟,正在绕着它们的轴子旋转,还有几所人家,都在它们旁边扑过去了。

于是来了树木:茂密的栗树,盛开着,带着千数大的或红或白的花房,暗蓝绿色的枞树,高大而堂皇的菩提树。

这就是真实:他须再见他的沙冈。列车停止了,——三人于是在成荫的枝柯下面行走。

这是深绿的莓苔,这是日光在林地上的圆点,这是桦条和松针的幽香。

"这是真实么?——这是实际吗?"约翰想,"幸福要来了罢?"

他的眼睛发光了,他的心大声地跳着。他快要相信他的幸福了。这些树木,这地面,他很熟识,——他曾经屡次在这树林道中往来。

只有他们在道路上,此外没有人。然而约翰要回顾,仿佛有谁跟着他们似的。他又似乎从槲树枝间,望见一个黑暗的人影,每当那路的最末的转角,便看不分明了。

穿凿阴险地暧昧地注视他。号码博士大踏步走,看着目前的地面。

道路于他更熟识,更相信了,他认得每一丛草,每一块石。约翰忽然剧烈地吃了一惊,因为他站在他自己的住所前面了。

屋前的栗树,展开着它那大的手一般的叶子。直到上面的最高枝梢上,在繁密的圆圆的丛叶里,煊赫着华美的白色的繁花。

他听到开门的熟识的声响,——他又齅到他自己的住所的气味。于是他认出了各进路,各门户,每一点,——都带着一种离乡的苦痛的感觉。凡有一切,都是他的生活的,他的寂寞而可念的儿童生活的一部分。对于这些一切物事,他曾经和它们谈天,和它们在自己的理想生活中过活,这里是他决不放进一个他人的。然而现在他却觉得从这全部老屋分离,推出了,连着它们的各房间,各进路和各屋角。他觉得这分离极难挽回,他的心绪正如他在探访一个坟庄,这样地凄凉和哀痛。

只要有普烈斯多迎面跳来,那也许就减少一点非家的况味,然而普烈斯多却一定已经跑掉,或者死掉了。

然而父亲在哪里呢?

他回顾开着的门和外面的日光下的园子,他看见那人,那似乎在路上追随着他们的,现在已经走向房屋来了。他越来越近,那走近仿佛只见加增。他一进门,门口便充满了一个大的,寒冷的影子。于是约翰就认出了这人。

屋里是死静,他们沉默着走上楼梯去。有一级是一踏常要做响的,——这约翰知道。现在他也听到,怎样的发了三回响,——这发响像是苦痛的呻吟。但到第四回的足踏,却如隐约的呃逆了。

而且约翰在上面还听到一种喘息,低微而一律,有如缓慢的时钟的走动,是一种苦痛而可怕的声音。

他的小屋子的门敞开着。约翰赶紧投以胆怯的一瞥。那地毯上的奇异的花纹是诧异而无情地凝视他,时钟站得静静地。

他们走进那发出声音来的房里去。这是父亲的卧室。太阳高兴地照着放下的绿色的床帏。西蒙,那猫,坐在窗台上的日照里。全房充满着葡萄酒和樟脑的郁闷的气味。一种低微的抽噎,现在就从近处传来了。

约翰听到柔软的声音的细语和小心的脚步的微声。于是绿帏便被掣起了。

他看见了父亲的脸,这是他近来常在目前看见的。然而完全两样了。亲爱的严正的外貌已经杳然,但在可怕的僵视。苍白了,还带着灰色的阴影。看见眼白在半闭的眼睑下,牙齿在半开的口中。头是陷枕中间,每一呻吟便随着一抬起,于是又疲乏地落在旁边了。

约翰屹立在床面前,大张了僵直的眼睛,瞠视着熟识的脸。他想什么,他不知道,——他不敢用手指去一触,他不敢去握那疲乏地放在白麻布上的,衰老的干枯的双手。

环绕他的一切都黑了,那太阳,那明朗的房子,那外面的丛绿,以及历来如此蔚蓝的天空,——一切,凡有在他后面的,黑了,黑,昏昧地,而且不可透彻地。在这一夜,他也别无所见,只在前面看见苍白的头。他还应该接着只想这可怜的头,这显得如此疲乏,而一定永是从新和苦痛的声息一同抬起的。

定规的动作在一转瞬间变化了。呻吟停歇,眼睑慢慢地张开,眼睛探索似的向各处凝视,嘴唇也想表出一点什么来。

"好天,父亲!"约翰低声说,并且恐怖地发着抖,看着那探索的眼睛。那困倦的眼光于是看了他一刹那,一种疲乏的微笑,便出现在陷下的双颊上。细瘦的皱缩的手从麻布上举起,还向约翰作了一种不分明的动作,就又无力地落下了。

"唉,什么!"穿凿说,"只莫是愁叹场面!"

"给我闪开,约翰,"号码博士说,"我们应该看一看,我们得怎么办。"

博士开手检查了,约翰却离开卧床,站在窗口。他凝视那日照的草和清朗的天空,以及宽阔的栗树叶,叶上坐着肥大的蓝蝇,在日光中莹莹地发闪。那呻吟又以那样的规定发作了。

一匹黑色的白头鸟在园里的蒿草间跳跃——大的,红黑的蝴蝶在花坛上盘旋,从高树的枝柯中,冲出了野鸽的柔媚的钩辀,来到约翰的耳朵里。

里面还是那呻吟,永是如此,永是如此。他必须听,——而且这来得一律,没有变换,就如下坠的水滴,会使人发狂。他紧张着等候那每一间歇,而这永是又发作了,——可怕如死的临近的脚步。

而外面是温暖的,适意的日和。一切在负暄,在享受。因了甘美的欢乐,草颤抖着,树叶簌簌着,——高在树梢上,深在蠢动的蔚蓝中,飘浮着一只平静地鼓翼的苍鹭。

约翰不懂这些,这一切于他都是疑团。他的灵魂是这样的错乱和幽暗。——"怎么这一切竟同时到我这里呢?"他自己问。

"我真是他吗? 这是我的父亲,我本身的父亲吗? ——我的,我约翰的?"

在他,似乎是他在说起一个别的人。一切是他所听到的故事。他听得有一个人讲,讲约翰,讲他所住的房屋,讲他舍去而垂死的他的父亲。他自己并非那他,他是听到了谈讲。这确是一般悲惨的故事,很悲惨。但他和这是不相干的。

是的! ——是的! 偏是! 他自己就是那他,他! 约翰!

——"我不懂得这事情,"号码博士站起身来的时候,说,"这是一个疑难的症候。"

穿凿站在约翰的近旁。

"你不要来看一看么,约翰? 这是一件有趣味的事情。博士不懂它。"

——"放下我,"约翰说,也不回头,"我不能想。"

但穿凿却立在约翰的后面,对他絮语,照例尖利的传入他的耳朵来。

"不想？——你相信,你不能想什么? 那是你错了。你应该想。你即使看着丛绿和蓝色的天,那是于你无益的。旋儿总是不来的。而且在那边的生病的人,无论如何就要死的。这你看得很明白,同我们一样。他的苦恼是怎样呢,你可想想什么?"

"我不知道那些,我不要知道那些。"

约翰沉默了,并且倾听着呻吟,这响得如低微的苛责的哀诉。号码博士在一本小书上写了一点略记。床头坐着那曾经追随他们的黑暗的形象。——低着头,向病人伸开了长臂膊,深陷的眼睛看定了时钟。

尖利的絮语又在他的耳边发作了。

"你为什么这样凄凉地注视呢,约翰? 你确有你的意志的。那边横着沙冈,那边有日光拂着丛绿,那边有禽鸟在歌唱和蝴蝶在翩跹。你还希望什么呢,等候旋儿吗? 如果他在一个什么地方,那他就一定在那地方的,而他为什么不来呢? ——他可是太怕那在头边的幽暗朋友吗? 但他是永在那里的。"

"你可看出,一切事情都是想象吗,约翰?"

"你可听清那呻吟吗? 这比刚才已经微弱一点了,你能听出它不久就要停止。那么,怎么办呢? 当你在外面冈蔷薇之间跑来跑去的时候,也曾有过这么多的呻吟了。你为什么站在这里,悲伤着,而不像你先前一般,到沙冈去呢? 看哪! 那边是一切烂漫着,馥郁着,而且歌唱着,像毫无变故似的。你为什么不参与一切兴趣和一切生活的呢?"

"你方才哀诉着,神往着,——那么,我就带领你去,到你要去的地方,我也不再和你游览了,我让你自由,通过高草,躺在凉荫中,并且任飞蝇绕着你营营,并且吸取那嫩草的香味,我让你自由,就去吧! 再寻旋儿去吧!"

"你不愿意,那你就还是独独相信我。凡我所说给你的,是真实不是? 说谎的是旋儿,还是我呢?"

"听那呻吟! ——这么短,这么弱。这快要平静了。"

"你不要这样恐怖地四顾罢,约翰。那平静得越早,就越好。那么,就不再有远道的游行,你也永不再和他去搜访地丁花了。因为你走开了,这二年他曾经和谁游行了呢? ——是的,你现在已经不能探问他。你将永不会知道了。你就只得和我便满足。假使你略早些认识我,你现在便不这样苦恼地注视了。你从来不这样,像现在似的。从你看来,你以为号码博士像是假惺惺吗? 这是会使他忧闷的,正如在日照中打呼噜的那猫一样。而且这是正当的。这样的绝望有什么用呢? 这是花卉们教给你的吗? 如果一朵被折去了,它们也不悲哀。这不是幸福吗? 它们无所知,所以它们是这样。你曾经开始,知道一点东西了,那么,为幸福计,你也就应该知道一切。这唯我能够教授你。一切,或简直全无。"

"听我。他是否你的父亲,于你有什么相干呢?他是一个垂死的人,——这是一件平常事。"

"你还听到那呻吟吗?——很微弱,不是吗?——这就要到结局了。"

约翰在恐怖的窘迫中,向卧床察看。西蒙,那猫,跳下窗台,伸一伸四肢,——并且打着呼卢在床上垂死者的身边躺下了。

那可怜的,疲乏的头已经不再动弹,——挤在枕头里静静地躺着,——然而从半开的口中却还定规地发出停得很短的疲乏的声音。这也低下去了,难于听到了。

于是死将黑暗的眼睛从时钟转到沉埋的头上,并且抬起手来。于是寂静了。僵直的容貌上蒙上了一层青苍的阴影。寂静,渺茫的空虚的寂静!——

约翰等待着,等待着。——

然而那定规的声息不再回来了。止于寂静,——大的,呼哨的寂静。

在最末的时刻,也停止了倾听的紧张,这在约翰,仿佛是灵魂得了释放,而且坠入了一个黑的,无底的空虚。他越坠越深。环绕他的是寂静和幽暗。

于是响来了穿凿的声音,仿佛出自远方似的。

"哦,这故事那也就到结局了。"

"好的,"号码博士说,"那么,你可以看一看这是什么?了。我都交付你。我应该去了。"

还半在梦里,约翰看见晃耀着闪闪的小刀。

那猫做了一个弓腰,在身体旁边冷起来了,它又寻得了日照。

约翰看见,穿凿怎样的拿起一把小刀,仔细地审视,并且走向床边来。

于是约翰便摆脱了昏迷,当穿凿走到床边之前,他就站在他前面。

"你要怎么?"他问。因为震悚,他大张着眼睛。

"我们要看看,这是怎么一回事,"穿凿说。

"不用,"约翰说,而且他的声音响得深如一个男子的声音。

"这是干什么?"穿凿发着激烈的闪烁的眼光,问。"你能禁止我这事吗?你不知道我有多么强吗?"

"我不要这事,"约翰说。他咬了牙关,并且深深地呼吸。他看定穿凿,还向他伸出手去。

然而穿凿走近了。于是约翰抓住他的手腕，而且和他格斗。

穿凿强，他是知道的，他向来未曾反抗他。但是他不退缩，不气馁。

小刀在他眼前闪烁，他瞥见红焰和火花，然而他不弛懈，并且继续着格斗。

他知道他倘一失败，将有何事发生。他认识那事，他先前曾经目睹过。然而躺在他后面的是什么呢，他的父亲，而且他不愿意看见那件事。

当他们喘息着格斗时中，他们后面横着已死的身体，伸开而且不动，一如躺着一般。在平静的瞬息间，眼白分明如一条线，嘴角吊起，显着僵直的露齿的笑容。独有那两人在他们的争斗中撞着卧床的时候，头便微微地往来摇动。

约翰还是支持着，——呼吸不济，他什么都看不见了。当他眼前张起了一层血似的通红的面纱。但他还站得住。

于是在他掌握中的那两腕的抵抗力，慢慢地衰退了。他两手中的紧张减少，臂膊懒散地落下，而且捏着拳的手里是空虚了。

他抬眼看时，穿凿消失了。只有死还坐在床上，并且点头。

"这是你这边正当的，约翰，"他说。

"他会再来吗？"约翰低声说。死摇摇头。

"永不，谁敢对他，就不再见他了。"

"旋儿呢？那么，我将再见旋儿呢？"

那幽暗的人看着约翰许多时。他的眼光已不复使人恐怖了——却是温和而加以诚恳：他吸引约翰如一个至大的深。

"独有我能领你向旋儿去。独由我能觅得那书儿。"

"那么你带着我吧，——现今，不再有人在这里了，——你也带着我吧，像别人一样！我不愿意再下去了——……"

死又摇摇头。

"你爱人类，约翰。你自己不知道，然而你永是爱了他们。成一个好人，那是较好的事。"

"我不愿意——你带着我吧……"

"不然，不然。你愿意——你不能够别样的……"

于是那长的，黑暗的形体，在约翰眼前如雾了。它散成茫昧的形状，一道霏微的灰色的烟霭，透过内房，并且升到日光里去了。

约翰将头俯在床沿上，哭那死掉的人。

十四

许多时之后，他抬起头来。日光斜照进来，且有通红的光焰。这都如直的金杖一般。

"父亲！父亲！"约翰低声说。

外面的全自然，是因了太阳，被灿烂的金黄的炽浪所充满了。每一片叶，都绝不动弹地挂着，而且一切沉默在严肃的太阳崇奉中。

而且和那光，一同飘来了一种和软的声息，似乎是明朗的光线们唱着歌：

"太阳的孩子！太阳的孩子！"

约翰昂了头，倾听着。在他耳朵里瑟瑟地响：

"太阳的孩子！太阳的孩子！"

这像是旋儿的声音。只有他曾经这样地称呼过他的，——他现在是在叫他吗？——

然而他看见了身边的相貌——他不愿意再听了。

"可怜的，爱的父亲！"他说。

然而他周围又忽地作响，从各方面围着他，这样强，这样逼，致使他因为这神奇的怅触而发抖了。

"太阳的孩子！太阳的孩子！"

约翰站起身来，且向外面看日。怎样的光！那光是怎样地华美呵！这涨满了全树梢，并且在草莽间发闪，还洒在黑暗的阴影里。这又充满了全天空，一直高到蔚蓝中，最初的柔嫩的晚云所组成的处所。

从草地上面望去，他在绿树和灌木间看见冈头。它们的顶上横着赤色的金，阴影里悬着天的蓝郁。

它们平静地展伸着，躺在嫩采的衣装里。它们的轮廓的轻微的波动，是祷告似的招致和平的。约翰又觉得仿佛先前旋儿教他祷告的时候了。

在蓝衣中的光辉的形象，不是他吗？看哪！在光中央闪烁，在金蓝的雾里，向他招呼的，不是旋儿吗？约翰慌忙走出，到日光中。他在那里停了一瞬息。他觉到光的神圣的敬礼，枝柯这样地寂静，他几乎不敢动弹了。

然而他前面那里又是光辉的形象。那是旋儿，一定的！那是。金发的发光的头转向他了，嘴半开了，似乎他要呼唤。他用右手招致他，左手擎着一点东西。他用纤瘦的指尖高高地拿着它,并且在他手中辉煌和闪烁。

约翰发一声热情洋溢的幸福的欢呼,奔向那心爱的现象去。然而那形象却升上去了,带着微笑的面目和招致的手,在他前面飘浮。也屡次触着地面,慢慢地弯腰向下,但又即轻捷地升腾,向远处飘泛,仿佛因风而去的种子似的。

约翰也愿意升腾,像他先前,像在他的梦里一般,飘向那里去,然而大地掣回他的脚,他的脚步也沉重地在草地上绊住了。他穿过灌木,尽力觅他的道路,柯叶瑟瑟地拂着他的衣裳,枝条也鞭打他的脸。他喘息着爬上苔封的冈坡。然而他不倦地追随着,并且目不转睛地看着旋儿的发光的现象和在他擎起的手里闪烁的东西。

他于是到了冈中间。炎热的谷里盛开着冈蔷薇,用了它们千数浅黄的花托,在日光中眺望。也开着许多别的花,明蓝的,黄的和紫的,——郁闷的热躺在小谷上,并且抱着放香的杂草。强烈的树脂的气味,布满空气中。约翰前行时,微微地觉得麝香草和柔软地在他脚下的干枯的鹿苔的香气。这是微醺的美观。

他又看见,在可爱的,他所追随的形象之前,斑斓的冈蝴蝶怎样的翩跹着。小而红的和黑色的蝴蝶,还有沙眸子,是带着淡蓝色的绸似的翅子的有趣的小蝶儿。生活在冈蔷薇上的金色的甲虫,绕着他的头飞鸣,又有肥胖的土蜂,在晒萎的冈草间嗡嗡着跳舞。

只要他能到旋儿那里,那是怎样地华美,怎样的幸福呵。

然而旋儿飘远了,越飘越远。他必须绝息地追随。高大的浅色叶片的棘丛迎面而来,并且抓他,用了它们的刺。他奔跑时,倘将那黯淡而蒙茸的王烛挤开了,它们便摇起伸长的头来。他爬上沙冈去,有刺的冈草将他的两手都伤损了。

他冲过桦树的矮林,那地方是草长至膝,有水禽从闪烁于丛莽之间的小池中飞起。茂密的,开着白花的山栀子,将它的香气夹杂着桦树枝和繁生在湿地上的薄荷的芳香。

但那树林,那丛绿,那各色的花朵,都过去了。只有奇异的,淡黄的海蓟,生长在黯淡的稀疏的冈草里。

在最末的冈排之巅,约翰看见了旋儿的形象。那东西在高擎的手里,耀眼地生光。那边有一种大而不停地腾涌,十分秘密地引诱着作声,被凉风传到。那是海。约翰觉得,这于他相近了,一面慢慢地上了冈头。他在那上面跪下,并且向着海凝望。

当他从冈沿上起来的时候,红焰绕着他的周围。晚云为了光的出发,已自成了群了。它们如一道雄伟的峰峦的大圈子,带着红炽的墙,围绕着落日。海上是一条活的紫火的大路,即是一条发焰的灿烂的光路,引向遥天的进口的。

太阳之后,眼睛还未能审视的处所,在光的洞府的深处,蠕动着蓝和明红掺杂起来的娇嫩的色彩。在外面,沿着全部的远天,晃耀着通红的烈焰和光条,以及从垂死的火的流血的毛羉中来的明亮的小点。

约翰等待着——直到那日轮触着了通日的红炽的路的最外的末端。

他于是向下看。在那路的开端上,是他所追随的光辉的形象。一种乘坐器具,清晰而晃耀如水晶,在宽广的火路上飘浮。船的一边,立着旋儿的苗条的丰姿,金的物件在他手中灿烂。在另一端,约翰看出那幽暗的死来。

"旋儿!旋儿!"约翰叫喊。但在这一时,当约翰将近那神奇的乘具的时候,他一瞥道路的远的那一端。在大火云所围绕的明亮的空阴之中,他看见一个小小的黑色的形象。这逐渐大起来了,进来了一个人,静静地在汹涌的火似的水上走。

红炽的波涛在他的脚下起伏,然而他沉静而严正地进来了。

这是一个人,他的脸是苍白的,他的眼睛深而且暗。有这样的深,就如旋儿的眼睛,然而在他的眼光里是无穷的温和的悲痛,为约翰所从来没有在别的眼里见过的。

"你是谁呢?"约翰问,"你是人吗?"

"我更进!"他说。

"你是耶稣,你是上帝吗?"约翰问。

"不要称道那些名字,"那人说,"先前,它们是纯洁而神圣如教士的法衣,贵重如养人的粒食,然而它们变作傻子的呆衣饰了。不要称道它们,因为它们的意义成为迷惑,它的崇奉成为嘲笑。谁希望认识我,他从自己抛掉那名字,而且听着自己。"

"我认识你,我认识你,"约翰说。

"我是那个,那使你为人们哭的,虽然你不能领会你的眼泪。我是那个,那将爱注入你的胸中的,当你没有懂得你的爱的时候。我和你同在,而你不见我;我触动你的灵魂,而你不识我。"

"为什么我现在才看见你呢?"

"必须许多眼泪来弄亮了见我的眼睛。而且不但为你自己,你却须为我哭,那么,我于你就出现,你也又认识我如一个老朋友了。"

"我认识你!——我又认识你了。我要在你那里!"

约翰向他伸出手去。那人却指向晃耀的乘具,那在火路上慢慢地漂远的。

"看哪!"他说。"这是往凡有你所神往的一切的路。别一条是没有的。没有这两条你将永远觅不到那个。就选择罢。那边是大光,在那里,凡你所渴欲认识的,将是你自己。那边,"他指着黑暗的东方,"那地方是人性和他们的悲痛,那地方是我的路。并非你所熄灭了的迷光,倒是我将和你为伴。看哪,那么你就明白了。就选择罢!"

于是约翰慢慢地将眼睛从旋儿地招着的形象上移开。并且向那严正的人伸出手去。并且和他的同伴,他逆着凛冽的夜风,上了走向那大而黑暗的都市,即人性和他们的悲痛之所在的艰难的路。

……

……

我大概还要给你们请一回小约翰,然而那就不再像一篇童话了。

附录一

拂来特力克·望·蔼覃

[荷兰]波勒·兑·蒙德　著

在新倾向的诗人们——我永远不懂为什么,大概十年以前,人还称为颓废派的——之中,戈尔台尔,跋尔卫,克罗斯(Kloos),斯华司,望兑舍勒,科贝路斯,望罗夷(van Looy),蔼仑斯(Ehrens),——那拂来特力克望蔼覃,那诗医,确是最出名的,最被读的,最被爱的,而且还是许多许多的读者。望兑舍勒因为实况的描写有时有些粗率,往往将平均读者推开,克罗斯因了诗体和音调上的一点艰涩,斯华司是因了过甚的细致和在她的感觉的表现上有些单调。而他触动,他引诱,借着他的可爱的简明,借着理想的清晰,借着儿童般的神思,还联结着思想的许多卓拔的深。

当他在八十年代之初,发表了他的最初的大的散文诗,《小约翰》(De kleine Johannes),这迄今,——在荷兰的一件大稀罕事,——已经到了第四版的,这书惹起了偌大的注目,一个真的激动在北方和南方,而且竟在麻木的荷兰人那里。

许许多,是的,大部分,是愤怒了,对于那真的使人战栗的坟墓场面,当那穿凿,那科学的研究的无情的精神,"不住地否认的精神",将可怜的幼小的约翰,领到坟墓之间,死尸之间,蛆虫之间,那在经营腐烂事业的……

许多人以为这是"过度"(overspannen,荷兰人所最喜欢的一个字),然而几乎一切都进了那在故事的开端的,魅人的牧歌的可爱的幻惑里:寂寞的梦幻的孩子在冈阜间的生活,在华美的花朵和许多动物之中,这些是作者自己也还是孩子一般永远信任的:兔,蛤蟆,火萤和蜻蜓,这都使荷兰的冈阜风景成为童话的国土,一个童话的国土,就如我们的诗人爱之过于一切似的。

这故事的开演,至少是大部分,乃在幻惑之乡,那地方是花卉和草,禽鸟和昆虫,都作为有思想的东西,互相谈话,而且和各种神奇的生物往还,这些生物是全不属于精神世界,也全不属于可死者的,并且主宰着一种现时虽是极优胜,极伟大者也难于企及的力量和学问。

但在"童话"这字的本义上,《小约翰》也如谟勒泰都黎的小威绥(Wouterje)的故事似的,一样地这样少。却更胜于前一作品,仅有所闻和所见,在外界所能觉察的诗。这全体的表现虽是近于儿童的简单的语言,而有这样强制的威力,使人觉得并非梦境,却在一个亲历的真实里。

《小约翰》也如哲学的童话一般,有许多隐藏的自传。这小小的寓言里面的人物:旋儿,将知,荣儿,穿凿,我们对于自然的诗,有着不自识的感觉,这些便是从这感觉中拔萃出来的被发现的人格化,而又是不可抵抗的知识欲,最初的可爱的梦,或是那真实的辛辣的反话,且以它们的使人丧气的回答,来对一切我们的问题:怎么样,是什么,为什么?

《爱伦,苦痛之歌》,作为抒情诗的全体,是一个伤感的心的真实的呼号,而且那纯净伟大的人性的高贵而正直的显现,我们在这书的每一页中都能看出。蔼覃的这工作,是具有大的简素和自然的性质的,凡在一首强烈的伤感和纯净的感觉的歌中,尤须特别地从高估计。没有无端的虚掷,没有徒然的繁碎,而且在每一吟,在每一短歌或歌中,仍然足有很多的景象,为给思想和语气以圆备的表现起见,在极严的自己批评之际是极有用的。

将这歌的纯粹栖息在语气上的内容,加以分析,是我极须自警的。倘将这一类的诗,一如诗人在这"语气"里所分给我们的那样,照字面复述,怎样的自从爱伦出现之后,生活才在十分灿烂里为他展开,怎样的他为了她那出自心魂的对于他的善举的感化,在那歌中向她致谢,我以为是一种亵渎。所有现存的仇敌,沉默着和耗费着的,"不要声音也不要眼光的",却只是可怜的肉体自己,将他的星见从他的臂膊上掣去得太早,遂使这歌的大部分,除是一个止于孤寂的诗人的灵魂的无可慰安的哀诉,他的寂寞的歌的哀诉,大苦痛的卓拔的表白之外,不能会有别样了。

从他的《苦痛之歌》的外面的形式看来,望蔼覃可以被称为一个极其音乐的诗人。

"爱伦"的拈来和表出,即全如一种音乐的工作,但这工作,为那善于出惊的通常的读者,则又作别论。

然而这音乐底,几乎只限于字声的谐美,一种谐美,此外只能在我们的独创而天才的戈尔台尔那里可以觅得它。一切的子夜小歌,虽然我在第二首里指出了很失律的一行,——最末的夹出(Intermez-zo)中的诗,尤其是可惜不能全懂的:"All mooie dingen ver-minderen"和"尾声"(Nachspiel),在这观点上都负着赏誉。

这歌的最圆满的部分,照我的意见是第二和第三吟。单用这短歌(Sonett),已足举一个诗人如望蔼覃者为大的,真的,高的艺术家了。诗句是稀罕的,几乎是女性的娇柔,时时触动读者。在有几篇,例如这子夜小歌的第三首,是诗人用了仅足与一篇古代极简的民歌相比的简单来表出,在言语,形式,景象上,完全未加修饰的。例之一:"现在我愿意去死",人将读而又读,永不会厌倦。

"约翰跋妥尔",蔼覃的第三种显著的工作,据我的意见是被荷兰的读者完全误会了,连那原有文学的修养者。由我看来,这是一本书,只有我们时代的最美者足与相比的,却绝不是因了它的高尚的艺术的形式,也不是因了在里面说及的哲学的纯粹,这是一篇象征的散文诗,其中并非叙述或描写,而是号哭和欢呼,如现在已经长成了的约翰,当他在一个满是人类的悲痛的大都市中,择定了他的住所之后,在那里经历着哀愁的道路,由哀愁与爱,得了他自己的性格的清净,这两者是使他成为明洁的,遐想的纯觉的人的。我不大懂得这书,这个,我乐于承诺,并非这样地容易懂得,有如通行的抗宣斯(Conscience)的一个故事,或者颇受欢迎的望伦芮普(van Len-nep),或如珂支菲勒特(Koetsveld)或培克斯坦因(Bechstein)的一篇童话。这是一本书,人可以如侃丕斯(Thomasà Kernpis)的一般,读十遍,是的,读一百遍,为的是永远从中发现新的和美的。

《弟兄》是用戏曲的形式所成就的,而诗人却还称它为悲剧……并非照着古式的悲剧,倒不如说是一篇叙事诗,那外面的服饰使人忆及悲剧,但仍然并不尽合,虽然从中也发生合唱。这是一篇戏曲的叙事诗,一如玛达赫的《人的悲剧》(Madachs,《Tragadie des Men-schen》)浩司呵苇的《流人》(Hausohofers,《Vorbannte》),翟提的《孚司德》(Goethes,《Faust》)。我不愿深入这书的哲学地观察,虽然望蔼覃有着这样的一个目的,也是真的。在我,那《弟兄》用了艺术家的眼睛便够观察,而且我乐于承认,这工作,即使也有些人对于全体的结构或几部分有所责备,然而远过于中庸了。要从它来期待大的戏曲的效果,是不行的,但它的最好的地方,如彼得和伊凡在莫斯科侯家的弟兄血战,却给我们一个大的,成形的景象。

这《弟兄》的大反对，除了《理亚波》(《Lioba》)便难于着想了。这戏曲，较好不如说是这戏曲的童话，所施给我们的印象，大部分其实是风俗图。然而较之那样的戏曲，即倘有艺术家们，如那时在波亚（Lugné Poé）之下，最新的法国和德国的戏场改革者所曾经实演的许多新试验一般，起而开演，便将收获不少的欢迎，如那别有较胜于它之处的默退林克的《沛莱亚和美理桑》(Maeter-lincks.《Pelléas et Mélisande》)者，也已相去得如此之远。

按材料和根本思想，《理亚波》彻头彻尾是德国的。在拈得上，尤其是在结末上，多多少少，和《孚司德》的第二部分相同。

Jam vitae flamina,

rumpe o animal

Ignis ascendere

gestit, et tendere

ad coeli atria;

Haec mea patria.

虽然也还远一点，这不使人忆及《孚司德》的奇美的结末合唱："一切过去的不过是一样"吗？因为叙述恋爱，这一样的根本思想也贯彻全篇中。

这篇的开首，是那女的主要人物，将作苦行的童贞的理亚波，当她将入庵院的前一天，立在她的花卉之间；她在高兴她还无须穿童贞的法服。她沉思地站着时，有游猎的事接近了。她观看苍鹭和鹰在空中的斗争，而当她打算救那可怜的受伤的鸟的时候，进来了荷兰的诺尔王，赫拉尔特（Harald）。王一见她柔和地怀抱和爱护那禽鸟时，他对她说：

阿，你温和的柔顺的小姑娘，

你要这么柔和地怀抱这野的鸟儿，

你不肯喜欢是一个母亲么，

并且静稳地抚育一个小儿？

他用这话触动了理亚波心情中的强有力之处，即母爱的冲动。她随着年老的白发的王，忘却了禁欲的誓愿，而且成为他的妻子。然而她没有生产一个孩子，永不生产，虽然人们责备她，以为她有和一个勇士私通的有罪的恋爱——和她在寂寞中爱过的丹珂勒夫（Tan—colf），纵或全然无罪，因为她的嘴唇只有一次当月夜里在沙冈上触着他的马的胸脯，——却生了一个孩子。她丈夫死后，被一切所摈弃了，负着重罪，她和他一同烧死在烈焰的船里。

既不论那直到现在还未完成的《影象和实质之歌》（德译《Liede von Schein und Wesen》），更不论那哲学的，社会的，医学的和文学的论著的种种的结集，这固然含有许多值得注意的，而且也如凡有望蔼覃所写的一切一样，在现今的荷兰文学上，显然是最高和最贵的东西，然而我为纸幅所限，我临末只还要揭出《零星的韵言》（《En-kele Verzen》）来，这是几月以前所发表的他的最近的工作，克罗斯也在《新前导》上说过："诗人只是那个，那诗，无论为谁，都不仅是空洞的文字游戏，却是他的灵魂的成了音乐的感觉……"

倘在这一种光中观察它，则拂来特力克望蔼覃的这《零星的韵言》，在我们现今的文学所能提示的书籍里，是属于最美的。宛如看不见地呼吸着，喷出它的幽静的生活来的，幽静而洁白的花朵者，是这韵文。它将永远生存。

望蔼覃，先前以医生住在亚摩斯达登，自停止了手术以来，就也如许多别的北荷兰的著作家一样，住在蒲松。他不仅是最大的我们的现存的诗人之一，也是最良善，最高超的人。到他那里去，人说，正如往老王大辟（David），是"负着负担的人，以及有着信仰的人"。的确，虽然他从来不索报酬，而他医治他的病者，抚养衰老者，无告者，人说，他的医治，大抵是用那上帝给他多于别个诗人的，神奇的力，——磁力的崇高的电流，那秘密，他已经试验而且参透了。因为充当医生，他也是属于第一等……

附录二

动植物译名小记

关于动植物的译名，我已经随文解释过几个了，意犹未尽，再写一点。

我现在颇记得我那剩在北京的几本陈旧的关于动植物的书籍。当此"讨赤"之秋，不知道它们无恙否？该还不至于犯禁罢？然而虽在"革命策源地"的广州，我也还不敢妄想从容；为从速完结一件心愿起见，就取些巧，写信去问在上海的周建人君去。我们的函件往返是七回，还好，信封上背着各种什么什么检查讫的印记，平安地递到了，不过慢一点。但这函商的结果也并不好。因为他可查的德文书也只有 Hertwig 的动物学和 Strassburger 的植物学，自此查得学名，然后再查中国名。他又引用了几回中国唯一的《植物学大辞但那大辞典上的名目,虽然都是中国字,有许多其实乃是日本名。日本的书上确也常用中国的旧名,而大多数还是他们的话,无非写成了汉字。倘若照样搬来,结果即等于没有。我以为是不大妥当的。

只是中国的旧名也太难。有许多字我就不认识,连字音也读不清;要知道它的形状,去查书,又往往不得要领。经学家对于《毛诗》上的鸟兽草木虫鱼,小学时对于《尔雅》上的释草释木之类,医学家对于《本草》上的许多动植,一向就终于注释不明白,虽然大家也七手八脚写下了许多书。我想,将来如果有专心的生物学家,单是对于名目,除采取可用的旧名之外,还须博访各处的俗名,择其较通行而合用者,定为正名,不足,又益以新制,则别的且不说,单是译书就便当得远了。

以下,我将要说的照着本书的章次,来零碎说几样。

第一章开头不久的一种植物 Kerbel 就无法可想。这是属于缴形科的,学名 Anthriscus。但查不出中国的译名,我又不解其意,只好译音:凯白勒。幸而它只出来了一回,就不见了。日本叫作ヅセク。

第二章也有几种:——

Buche 是欧洲极普通的树木,叶卵圆形而薄,下面有毛,树皮褐色,木材可作种种之用,果实可食。日本叫作ゑ(Buna),他们又考定中国称为山毛榉。《本草别录》云:"榉树,山中处处有之,皮似檀槐,叶如栎槲。"很近似。而《植物学大辞典》又称椈。椈者,柏也,今不据用。

约翰看见一个蓝色的水蜻蜓(Libelle)时,想道:"这是一个蛾儿罢。"蛾儿原文是 Feuerschmetterling,意云火蝴蝶。中国名无可查考,但恐非蝴蝶;我初疑是红蜻蜓,而上文明明云蓝色,则又不然。现在姑且译作蛾儿,以待识者指教。

旋花(Winde)一名鼓子花,中国也到处都有的。自生原野上,叶作戟形或箭镞形,花如牵牛花,色淡红或白,午前开,午后萎,所以日本谓之昼颜。

旋儿手里总爱拿一朵花。他先前拿过燕子花(Iris);在第三章上,却换了 Maiglöckchen(五月钟儿)了,也就是 Maiblume(五月花)。中国近来有两个译名:君影草,铃兰。都是日本名。现用后一名,因为比较的可解。

第四章里有三种禽鸟，都是属于燕雀类的：——

一，Pirol。日本人说中国叫"剖苇"，他们叫"苇切"。形似莺，腹白，尾长，夏天居苇丛中，善鸣噪。我现在译作鹣鹩，不知对否。

二，Meise。身子很小，嘴小而尖，善鸣。头和翅子是黑的，两颊却白，所以中国称为白颊鸟。我幼小居故乡时，听得农人叫它"张飞鸟"。

三，Amsel。背苍灰色，胸腹灰青，有黑斑；性机敏，善于飞翔。日本的《辞林》以为即中国的白头鸟。

第五章上还有两个燕雀类的鸟名：Rohrdrossel und Drossel。无从考查，只得姑且直译为苇雀和嗌雀。但小说用字，没有科学上那么缜密，也许两者还是同一的东西。

热心于交谈的两种毒菌，黑而胖的鬼菌（Teufelssehwamm）和细长而红，且有斑点的捕蝇菌（Fliegenschwamm），都是直译，只是"捕"字是添上去的。捕蝇菌引以自比的鸟莓（Vogelbeere），也是直译，但我们因为莓字，还可以推见这果实是红质白点，好像桑葚一般的东西。《植物学大辞典》称为七度灶，是日本名 Nanakamado 的直译，而添了一个"度"字。

将种子从孔中喷出，自以为大幸福的小菌，我记得中国叫作酸浆菌，因为它的形状，颇像酸浆草的果实。但忘了来源，不敢用了；索性直译德语的 Erdstern，谓之地星。《植物学大辞典》称为土星菌，我想，大约是译英语的 Earthstar 的，但这 Earth 我以为也不如译作"地"，免得和天空中的土星相混。

第六章的霍布草（Hopfen）是译音的，根据了《化学卫生论》。

红膝鸟（Rotkehlchen）是译意的。这鸟也属于燕雀类，嘴阔而尖，腹白，头和背赤褐色，鸣声可爱。中国叫作知更雀。

第七章的翠菊是 Aster；莘尼亚是 Zinnia 的音译，日本称为百日草。

第八章开首的春天的先驱是松雪草（Schneeglöckchen），德国叫它雪钟儿。接着开花的是紫花地丁（Veilchen），其实并不一定是紫色的，也有人译作堇草。最后才开莲馨花（Primel od.Schlüsselblume），日本叫樱草，《辞林》云："属樱草科，自生山野间。叶作卵状心形。花茎长,顶生穗状的花序。花红紫色,或白色;状似樱花,故有此名。"

这回在窗外常春藤上吵闹的白头翁鸟,是 Star 的翻译,不是第四章所说的白头鸟了。但也属于燕雀类,形似鸠而小,全体灰黑色,顶白;栖息野外,造巢树上,成群飞鸣,一名白头发。

约翰讲的池中的动物,也是我们所要详细知道的。但水甲虫是 Wasserkäfer 的直译,不知其详。水蜘蛛(Wasserläufer)其实也并非蜘蛛,不过形状相像,长只五六分,全身淡黑色而有光泽,往往群集水面。《辞林》云:"中国名水黾。"因为过于古雅,所以不用。鲵鱼(Salamander)是两栖类的动物,状似蜥蜴,灰黑色,居池水或溪水中,中国有些地方简直以供食用。刺鱼原译作 Stichling,我想这是不对的,因为它是生在深海的底里的鱼。Stachelfisch 才是淡水中的小鱼,背部及腹部有硬刺,长约一尺,在水底的水草的茎叶或须根间作窠,产卵于内。日本称前一种为硬鳍鱼,俗名丝鱼;后一种为棘鳍鱼。

Massliebchen 不知中国何名,姑且用日本名,曰雏菊。

小约翰自从失掉了旋儿,其次荣儿之后,和花卉虫鸟们也疏远了。但在第九章上还记着他遇见两种高傲的黄色的夏花:Nachtkerzeund Königskerze,直译起来,是夜烛和王烛,学名 Oenother biennis et Verbascum thapsus。两种都是欧洲的植物,中国没有名目的。前一种近来输入得颇多;许多译籍上都沿用日本名:月见草。月见者,玩月也,因为它是傍晚开的。但北京的花儿匠却曾另立了一个名字,就是月下香;我曾经采用在《桃色的云》里,现在还仍旧。后一种不知道底细,只得直译德国名。

第十一章是凄惨的游览坟墓的场面,当然不会再看见有趣的生物了。穿凿念动黑暗的咒文,招来的虫们,约翰所认识的有五种。蚯蚓和蜈蚣,我想,我们也谁都认识它,和约翰有同等程度的。鼠妇和马陆较为生疏,但我已在引言里说过了。独有给他们打灯笼的 Ohrwurm,我的《新独和辞书》上注道:蠼螋。虽然明明译成了方块字,而且确是中国名,其实还是和 Ohrwurm 一样地不能懂,因为我终于不知道这究竟是怎样的东西。放出"学者"的本领来查古书,有的,《玉篇》云:"蜖螋,虫名;亦名蠼螋。"还有《博雅》云:"蜖螋,蛃蜖也。"也不得要领。我也只好私淑号码博士,看见中国式的号码便算满足了。还有一个最末的手段,是译一段日本的《辞林》来说明它的形状:"属于直翅类中蠼螋科的昆虫。体长一寸许;全身黑褐色而有黄色的脚。无翅;有触角二十节。尾端有歧,以挟小虫之类。"

第十四章以 Sandäuglein 为沙眸子,是直译的,本文就说明着是一种小蝴蝶。

还有一个 münze,我的《新独和辞书》上除了货币之外,没有别的解释。乔峰来信云:"查德文分类学上均无此名。后在一种德文字典上查得 münze 可作 minze 解一语,而 minze 则薄荷也。我想,大概不错的。"这样,就译为薄荷。

一九二七年六月十四日写讫　鲁迅

童话集

[俄国]B.R.爱罗先珂　著

序

　　爱罗先珂先生的童话，现在辑成一集，显现于住在中国的读者的眼前了。这原是我的希望，所以很使我感谢而且喜欢。

　　本集的十二篇文章中，《自叙传》和《为跌下而造的塔》是胡愈之先生译的，《虹之国》是馥泉先生译的，其余是我译的。

　　就我所选译的而言，我最先得到他的第一本创作集《夜明前之歌》，所译的是前六篇，后来得到第二本创作集《最后之叹息》，所译的是《两个小小的死》，又从《现代》杂志里译了《为人类》，从原稿上译了《世界的火灾》。

　　依我的主见选译的是《狭的笼》，《池边》，《雕的心》，《春夜的梦》，此外便是照着作者的希望而译的了。因此，我觉得作者所要叫彻人间的是无所不爱，然而不得所爱的悲哀，而我所展开他来的是童心的，美的，然而有真实性的梦。这梦，或者是作者的悲哀的面纱罢？那么，我也过于梦梦了，但是我愿意作者不要出离了这童心的美的梦，而且还要招呼人们进向这梦中，看定了真实的虹，我们不至于是梦游者（somnambulist）。

　　　　　　　　　　　　　　　　　　　一九二二年一月二十八日　鲁迅记

狭的笼

一

老虎疲乏了……

每天每天总如此……

狭的笼,笼里看见的狭的天空,笼的周围目之所及又是狭的笼……

这排列,尽接着尽接着,似乎渡过了动物园的围墙,尽接到世界的尽头。

唉唉,老虎疲乏了……老虎疲乏极了。

每天每天总如此……

来看的那痴呆的脸,那痴呆的笑声,招呕吐的那气味……

"唉唉,倘能够只要不看见那痴呆的下等的脸呵,倘能够只要不听到那痴呆的讨厌的笑呵……"

然而这痴呆的堆,是目之所及,尽接着尽接着,没有穷尽,渡过了动物园的围墙,尽接到世界的尽头;那粗野的笑声,似乎宇宙若存,也就不会静。

唉唉,老虎疲乏了……老虎疲乏极了……

老虎便猫似的盘着,深藏了头,身体因为嫌恶发了抖,想着:

"唉唉,所谓虎的生命,只在看那痴呆的脸吗? 所谓生活,只在听那痴呆的哄笑的声音吗? ……"

从他胸中流露了沉重的苦痛的叹息。

"喂,大虫哭着哩,"看客一面嚷,一面纷纷地跑到虎槛这边来。虎的全身因为愤怒与憎恶起了痉挛,那尾巴无意识的猛烈地敲了槛里的地板。

他记起他还是自由的住在林间的时候,在那深的树林的深处,不知几千年的大树底下,饰着花朵的石头的神祇来了。人们从远的村落到这里来,都忘却了他在近旁,跪倒在这石头的神祇面前,一心不乱的祈祷。

时时漏出叹息来,时时洒泪在花朵上,这泪混了露水,被月光照着,可难解,夜明石似的发光。或者充满了欢喜在花上奔腾,或者闪闪的在叶尖耽着冥想,而且区别出人的泪和夜的露来,在那时的他是算一种心爱的游戏。

有一夜,他试舐了落在石神祇面前的,宝石一般神异的闪烁着的人间的眼泪了。他那时,还没有很知道在神祇之前,人们的贡献中,无论比宝石,比任何贵重的东西,都不能再高于眼泪的贡献。因此他只一回,但是只一回,舐着看了,于是就在这一夜,他被捉住了。他以为这是石神祇的罚。

现在一想到,虎的胸脯便生痛,痛到要哭了。他也学那人类在石神祇面前,虔诚地跪着祈祷这模样,向了石神祇,跪下叫道:

"神呵,愿只是不看见那痴呆的脸呵,愿只是不听到那痴呆的笑呵……"

这其间,不知什么时候,那痴呆的笑声已经渐渐的远了开去,低了下去,春梦似的消在幽隐里,老虎侧着耳朵听,在他耳中,只听得清凉的溪水的微音,而且要招呕吐的人类的臭味,也消失了,其中却弥漫了馥郁的花的香气。

老虎愕然地睁开着眼睛,张皇的四顾。

谁能想象这老虎的欢喜呢。觉得窘迫的笼中,人类的痴呆的影子,此刻全都不见了。他睡在不知几千年的大树底下的饰着花朵的石神祇面前。人的眼泪,还是映着月光,神奇的在花上闪烁。

现在才悟得,当想舐泪珠的时候,他便睡着了。

"阿阿愉快,一切全是梦,唉唉好高兴呵。"

老虎跳起来,尾巴敲着胁肋,在月光中欢喜的跳跃奔走,那胸膛里满了自由,那身体里,连到细小的纤维也溢出不可思议的力,凛凛的颤动。

阿阿愉快,我只以为狭的笼和人类的痴呆是真实的,却也不过一场可厌的梦罢了,但无论是梦是真,可再没有别的东西比笼更可厌。

"只有这一点是真实,只这一点,我便是到死也未必忘却的。"一面说,老虎并无目的地在树林间走。

二

忽而跳,忽而走,在草地上皮球似的翻腾,或则辗转,老虎已自不知经过了多少里了,待到或一处,正要走出大平原去的时候,他嗅到异样的气味,急忙立定了,他的巨大的鼻子,因为要辨别这气味,哆嗦地动了。

"哦,是羊哪,什么近处该有羊在那里……

但是，仿佛觉得久违了似的……"

一面说，老虎暗暗地藏着足音，将羊臊气当作目标，在高的草莽中匍过去。

暂时之间，他前面看见高峻的围墙，而且渐听得圈在那围墙里面的羊的懵懂的声息。这样的围墙，老虎是已经见过几百遍的罢。而且，几百遍跳过了这样的围墙，捕过羊与小牛的罢。但今夜，一见这围墙，虎的心里却腾起了不可言说的愤怒的火焰了。

"笼，狭的笼……"

他说着，疾于飞箭地扑上去。吐出比霹雳更可怕的咆哮。用了电光一般的气势，径攻这围墙。被那非将一切破坏便不罢休的大风似的，他的足一搏击，这用大柱子坚固的造就的围墙便如当风的蛛网一般摇荡起来。一刹那，那茁实的粗壮的柱子，仿佛孩子玩的积木的房屋似的，一枝一枝的倒下去，两三分间，高峻的围墙便开了一个通得马车的广大的门。

"喂，羊们。可爱的兄弟们。到自由的世界去。快出笼去呵。"他一面雷也似的吼，一面仍接续着围墙的破坏。但怕得失神的羊群，却在墙角里挤作一堆，毫不动弹，只是索索地抖。老虎以为从羊群看来，似乎再没有比自由世界更可怕，于是烈火般怒吼起来了。

"喂，人类的奴隶，下流的奴隶们。不要自由吗，狭的笼比自由的世界还要合不得吗？下劣东西。"

他说着，攻进了发抖的羊群中间，从一端起，用了他的强力的足，一匹一匹的捉了摔出围墙外面去。

虽然如此，那放出外面的羊，却发出一种仿佛用了钝的小刀活活的剜着肚肠似的，凄惨的哭声，又逃回原地方来了。牧人和守犬，却被这情景吓住了，只是惘然的拱着手看，但元气渐渐恢复转来，要打退这老虎，便一齐来袭击。两三粒枪弹打进了老虎的身中，犬群发出可怕的噪声，摆好了伺隙便咬的身段。

"羊呵，你们才是下流的奴隶，你们才是无法可想的畜生哩。比愚昧的狗还要下等的东西。你们才是永久不得救的！"

老虎吐血似的独自说，只五六跳便进了树林。于是那形象随即不见了。蹲在石神祇面前，他舐着伤痕，而且哭着。

"唉唉，但愿只是不听到那凄惨的声音……"

他塞住两只耳朵，祈祷石神祇。

"只是不听到那可怕的声音……那一直响到世界尽头的凄惨的奴隶的声音……"

他哭着。

三

老虎经过了拉阇的壮观的别馆的旁边。他动身向着喜马拉雅的崄峻的山，作长路的旅行的时候，在孟加拉国未加斧钺的郁苍的森林和荒野中，来往奔驰的时候，他在这别馆前面，已经走过好多回了。对于那高的石墙和深的壕沟，他常给以侮蔑的一瞥。

然而，这一回刚到别馆前面，老虎却仿佛被魔鬼攫住了似的，突然在壕端立定了。心脏的悸动很剧烈，呼吸也塞住了。

"笼，又是狭的笼……"

宏伟的别馆里，拉阇的二百个美人花一般装饰着，在那里度着豪侈的生涯。

走过这别馆的村人们，不知怎样的羡慕着那些女人的生活呢。年青的女儿们，当原野的归途中，许多回伫立在壕沟的树影里。而且背着草笼，反复的揣想着那奢华的却又放恣的生活，直待走到伊的穷乏的茅庐。然而怎的呢？老虎现在觉得明明白白地听到那美的女人们仰慕自由的深的叹息了。

他轧轧的切着牙齿。

他前面，看见石墙围着的别馆的高壮的屋顶，在树缝里，映了强烈的太阳，黄金似的晃耀；墙外是锁链一样，绕着深的二三丈的壕沟。

老虎是从小便嫌憎人类的。从很小的时候，从还捧着他母亲的乳房的时候，但虽如此，现在却连自己也不能解，一想到那高的石墙围着的女人们，他的心便受不住的突突地跳，那呼吸也塞住了。

他巡视了别馆两三回；他刚在大的铁门前面，惘然的看那从壕的那边曳起的长桥，便听得大路上有人进来了。

老虎跳进丛莽里，将身体贴着地面，等待人类的到来。停了一会，许多侍从环绕着的华丽的行列，从树木间通过了。在行列的中央，看见奴隶抬着的美丽的帖金的肩舆两三乘。一乘是拉阇的肩舆，一乘是拉阇的妙龄的第二百零一位新夫人的肩舆。没有知道丛莽阴里躲着的老虎，静静的过去了。老虎看见了拉阇的燃着欢乐之情的愉快的脸，而且也看见了从头到脚裹着宝石和绮罗的拉阇的第二百零一位新夫人，然而颜面遮了面幕，他却没有见，只看见美而且柔的春天似的蔚蓝润泽的眼，美丽的生光。一见这眼：老虎禁不住栗然了。

"我确乎在什么地方见过这眼的，确乎。那优美的，悲哀的，因为恐怖而颤抖的眼……

哦，有了。确乎是的。"

老虎悲哀地笑了。这眼，和老虎捉过许多回的鹿的眼，是完全相像的。

老虎凄凉地笑了。

想着这些事情的时候，拉阁的行列已经走到别馆这边去。长桥徐徐地放下，大的铁门开开了。将脸藏在这门的面幕后边的拉阁的二百夫人们，含着笑迎接这两人。

然而，桥便曳上，门便关闭了，虎的耳朵中，只听得下锁的大声长久的长久的响。

太阳跨过了西方的山，看不见了。豺犬的吠声来告人夏夜的将近。别馆的屋顶在树木深处溶入暮霭里，老虎仿佛受了石墙的蛊惑一样，茫然的伫立在壕沟的旁边。

老虎也有做不到的事。这二三丈阔的壕沟和那高的石墙，谁能够跳过去呢？

老虎叹息了。

"唉唉，老虎也有做不到的事……"

正对面有些声音，有谁逃着，有谁赶着。老虎睁了眼向着石墙那边看。这上面忽然现出面幕盖着脸的美眼睛的妙龄的女人。伊还穿着结婚的衣装，跣足立在石墙上。伊的袅娜的身躯充满了恐怖在晚烟中发抖；老虎很懂得，这全如鹿被老虎所逐似的。

伊想跳到壕沟里，但当伊将跳的时候，伊的眼突然遇到了立在对岸的看定伊的闪得奇异的眼。伊本能的一退后。这瞬间，后面奔来的拉阁便捉住伊，老虎衔鹿一般，硬将伊带走了。

虎耳里只留下伊的绝望的微声。一听到这声息，老虎便忘却了一切，全身火焰似的燃烧，瑟瑟地颤抖了；他出了全力忘其所有的跳下壕沟去。两三分时之后，他攀上石墙如一匹极大的猫。于是不久，他在墙头出现了。在这里立了片时，他便消失在拉阁的庭园里。

这地方已经一切都寂静。只是喷泉的清凉的声音。只是花的低语……虎的心逐渐沉静了。他暂时站住，嗅着什么似的，使鼻子翕翕的动。

弥漫了花香的夜气，茫漠的漂流，觉得消融了人类的臭味。老虎深吸了这香气两三次，这才分别出正在寻觅的香来。他全不出声地上了宽阔的廊沿，窥向天鹅绒的帷幔里。广大的华丽的房屋里，没有一个人，老虎偷偷地进去，再看一回这房屋。空旷的屋，因为壮丽的器具和宝石的光气，满着奇妙的光辉。靠近廊沿，放在云石台土的大玻璃匣中，金鱼正和月亮的光线相游戏。屋的一角里，金丝雀在豪华的笼的泊木上，静静的睡眠。老虎一见这，忘却了一切，又复怒吼起来了。

"笼,又是狭的笼……到处都是笼。"

老虎轻轻一跳,到了鸟笼的近旁。

"金丝雀呵,快出去,外而去吧,飞到自由的世界去。那美丽的树林浴着月光,正在等你呢。"一面说,老虎将一足轻轻一扑,便打破了这笼的一半了。金丝雀吃了一惊,抖着身子,逃向笼的最远的角落里,想躲起来,拍拍的鼓翼。

"我是给你自由的。快飞出这狭的笼去。快飞到自由的世界去……"

但似乎在金丝雀,是再没有比自由更可怕,再没有比自由世界更不安的吓人的东西了。

"人类的下流的奴隶。下劣东西。不要自由吗?"

老虎将一足伸进笼中,抓住了拍拍的金丝雀,扯出外面来。但到了外面的金丝雀已经不呼吸了。老虎将小死尸托在掌上,暂时就月光下茫然的只是看。

"虽然是奴隶。却可爱哪。而且美呢。……"

然而似乎忽而想到别的事了,他将死了的冷的金丝雀放在屋正中最亮的处所,又轻轻地跳到金鱼这边去,他由月光透了水看那玻璃匣里的金鱼。

金鱼张开大口。一口一口地吃着映在水中的月亮,时时一翻身,显出肚子,和月光游戏起来。

虎眼中露出同情之色了。

"可怜的小小的金鱼呵,

我带你到广而且美的恒河去吧。在那里是流着更干净的水。我带你到广大自由的无限的海里去吧……在那里是浮着更美的月亮。同到这自由的美的世界去吧……"

但金鱼吓得沉下去了;似乎在金鱼,是再没有比美的恒河更可怕,再没有比广大自由的海更不安的吓人的东西了。

"奴隶,又是人类的奴隶,到处都是奴隶。"

老虎将右侧的前足伸下水里,想去捉金鱼,然而金鱼却嘲笑他似的,毫不费力的滑出他足外去,老虎愤怒了。用后足坐着一般的直立起来,两个前足都漫在水中,要捉金鱼,泼削泼削的搅着水。

虽然这样,金鱼却箭似的从足间巧妙的滑出了。

"畜生,人类的奴隶!"

老虎很愤怒,更厉害的搅水,因这势子,玻璃匣失了平均,一声很大的声响,落在地板上了。被这声响吃了一惊的虎,便本能的跑到门口去。不出二三分时,从屋的深处,忽然掣开了帷幔,跳出右手拿着手枪,只穿寝衣的拉阇来。奋然地飞奔前来的拉阇的眼和怒得发抖的虎的锐利的眼,一刹那,只一刹那,对看了,……

尖锐的手枪声,连别馆的根基都震动了的虎吼。人类恋慕生命的最后的呻吟。

于是又接着印度之夜的不可思议的寂静。

只是喷泉的清凉的声音,只是花的低语……而壮丽的大厦的地板上,浴着月光,金鱼泼刺的跳着,拉阇的二百零一个女人们,连呼吸的根也停着。

四

老虎睡在森林深处的神祇面前,舐着胸间的深伤。胸脯,足,全体,无不一抽一抽的作痛,但他已经不愿意哭了;他只露出痛楚的深的太息。他并没有向石神祇祈祷,要治好他胸间的伤,他单是装着忧郁的脸,沉没在思想里。他已经不愿意像人类一般,向石的神祇求救了。

印度的夏夜又近了晚间,用那黑的外套静静的掩盖了一切。豺犬的远吠来报告他的来到了;虎也想睡,而远地里听得禽鸟地带着忧虑的声音。这不平安似的夜的寂静,使老虎难于平心静气的睡觉。他抬起头来,耸着耳朵,看定了前方。

"什么呢? 许是人罢……

哦,大约又有谁来祈祷了……阿,还不止一个人。

几个呢? 一个两个三个四个……呵,了不得。来得多着哩。"

他忧愁似的要辨别出气味来,使鼻子凛凛的动。

"阿,也有认识的在里面。是谁呢?

不是猎人的及谟……

也不是樵夫的阿难陀……

也不是托钵和尚的罗摩……哦,是了。像鹿的女人吗? 呀,也有拉阇的气息……

不要胡闹,将他的头本已打作四片了的……确乎是打作四片了的。

还有婆罗门在里面。一个两个……究竟什么事呢?

哦,秘密的组织又是将活的女人和棺木烧在一处吗? 未必便是那像鹿的女人和拉阇的棺木烧在一处罢。"

他抖着说。……

"这却不许的

无论怎样,只这像鹿的女人是。"

他躲在丛莽的阴影里探着动静。正在这时候,相反的方面起了一阵静风,将新的气息,通过林木送到虎的鼻间来了。

"那究竟是什么呢?"

他翕翕的动着巨大的鼻子,很注意的要辨别这气息。

"阿阿,又是人类吗?也有火药气。哼,印度土兵吗?还有白种人。许是官……

危险,似乎就要围住这地方,不给谁知道……

究竟想要怎样呢,仿佛就要捉谁似的……

未必要打猎罢。来的好多呵……

也许有百人以上哩。"

婆罗门引导着的,二三十人的壮观的葬式的行列,停在石神祇面前了,但是婆罗门以及伴当的人们,都似乎有所忌惮,怯怯的,竭力的要幽静,而且都露出恐怖的颜色,慌慌张张的看着近旁。像鹿的女人也将忧愁似的眼光射向树林里。这在老虎,也分明感得,伊仿佛等着什么人,想有谁快来,将伊救出婆罗门的手里去。

"等着我吧,没有知道我便在这里……

叫我出林去呢。"

老虎的心喜欢……老虎欣然地笑了。

奴隶们动手做起事来,不到十分时,美的森林中央便成了一座高的柴木的山。然而像鹿的女人还在祈祷。这悲哀的祈祷似乎没有穷尽。婆罗门和别的人们都焦急了。

"赶紧罢,赶紧罢,圣火等着你呢,提婆等着你的灵魂,等着你的清净的灵魂呢。"

奴隶们将壮丽的金饰的拉阇的棺材静静地放在柴木上。然而像鹿的女人还在祈祷,没有忙。伊用了绝望似的眼,透过了印度的夏夜叫着谁。老虎欣然地笑了。

婆罗门的小眼睛,针似的在骨出的脸上,锋利的发光。

"赶快罢,赶快罢,

摩诃提婆等着你的最后的清净的牺牲,等着你对于丈夫尽了最后的义务。"

奴隶们执着蛇舌一般通红地烧着的炬火,等久了婆罗门的号令,点火于柴木的山。

像鹿的女人向林间一瞥伊最后的眼,被两个婆罗门几乎强迫的引上柴木的山去,在微风飘动的面目底下,老虎分明看见伊的比面幕更加苍白的容颜。

婆罗门开始了异样的祈祷;奴隶们四面点起火来。

稀薄的烟如最后的离别的叹息一般,静静的升上夜的空中去。

老虎已经忘却了一切,便想跳到人中间去了。然而这刹那,却有直到这时候,谁也没有留心的红的军队,箭似的从四面飞到葬地这边来。婆罗门的脸和那伴当的脸,一见这印度土兵,便化成恐怖,都站住了。而且像鹿的女人的满心欢喜的呼声,仿佛到那远的喜马拉雅山也还发响。

这呼声,便短刀似的穿透了老虎的心胸了。

"并非我,是等着白人。"

他用两足抱了胸膛,使他不至于痛破……他用两足按了胸膛,使他不漏出悲哀的痛苦的叹息来。白人挥着异样的纸片,发了什么号令,于是忽然将像鹿的女人带下柴木,抱在自己的胸前。一见这,婆罗门的眼是闪电一般发光,而虎的心胸是坼裂似的痛。

不知道因为恐怖呢还是愤怒,婆罗门全身发着抖,高擎了两手,大叫道:"印度的神明,伊古以来守护印度国的神明众。今以无间地狱之苦,诅咒离叛诸神明的这女人!"

那伴当们都谷应似的复述道,"诅咒这女人!"

"诅咒爱印度之敌,爱印度的国民之敌,离叛了服役于印度诸神明的我辈的这女人!"

伴当们都一齐叫道,"诅咒这女人!"

听了诅咒的话,像鹿的女人颤抖了。然而白人愈听诅咒,却愈将发抖的女人紧抱到自己的胸间去。因为得胜而闪出喜色的白人的脸,凑近了像鹿的女人的脸了;而且老虎觉得听到了恋爱的言语。

于是拉阇的棺被奴隶抬着,婆罗门和那些伴当被军队带着;像鹿的女人抱在白人的手里,仿佛夏夜的梦,毫无痕迹的消灭了。

只有稀薄的烟如最后的叹息一般,微微的舞上空中去。

五

老虎跳起来了,那胸脯是受不住的痛,那胸脯是燃烧着连自己也不知道的到现在未尝感着过的苦痛的热情。他不出声音的,不使石神祇看见,也不使有人留心,静静地在高的草莽里匍过去,去追蹑那夏夜的梦一般的消去了的人踪。印度的夏夜是悄悄的深下去了,不知几千亿的树林的叶片们,浴雨似的浴着月光,都入了深沉的酣睡。

突然听得有谁的尖利的叫声,破了夜之寂寞了,接着是枪声两三发,人们的动摇。暴风一般飞过树荫中的黑影。于是那不可思议的夜之寂寞又复连接起来。

老虎暗暗地出了平原,那路上还看见微温的血迹,他从旁一瞥石神祇的脸。

"不妨事,什么也不知道,便是知道也没有什么大干碍,不过少了一个白人。"

他自己说着,又隐在丛莽的阴影里;但便是他,却也没有再到石神祇面前睡在那花上的勇气了。印度的夏夜以黑外套掩盖一切,很安静。

豺犬的远吠来通知到了夜半了。

忽而破了夜的黑外套,从林中到石神祇面前,来了那像鹿的女人,雪白的面目拖在后边,那毫无血色的苍白的脸上披着头发。那美的润泽的眼正如失望的象征,伊的纤柔的手里闪着锋利的银装的匕首。

跪在石神祇面前,伊想祈祷了,然而一切祈祷,一切祈祷的话,伊便是一句也忘却了。

这被月光照着的,将祈祷的话便是一句也忘却了的像鹿的女人的脸,石神祇定是永远不忘的罢。即使一句也好,伊要想出祈祷的话来,然而无效,因为那祈祷的话,在伊是便是一句也忘却了。

"我是为国里的诸绅明所诅咒的,我是违背了圣婆罗门的意志的。我爱了印度的敌人,印度诸神明的敌人。在我只剩了到地狱里头的路。"

伊手里的银匕首,明晃晃的闪在伊的胸前。

老虎如自己的胸脯上中了利刃似的叫喊起来。而且跳出丛莽中,他用一足举起那倒着的像鹿的女人的头来看。他从伊胸前拔出匕首来看……石神祇是先前一样的立着。向这神祇作为最后的贡献的,女人的胸中的血,滴在花朵上。老虎看着渐次安静下去的女人的脸而且想。

他这才分明悟到,人类是被装在一个看不见的,虽有强力的足也不能破坏的狭的笼中。一想到笼,老虎又愤怒了。

"人才是下流的奴隶,人才是畜生;但是将人装在笼里面,奴隶一般畜生一般看待的,又究竟是谁呢?"

他从旁一瞥石神祇的脸。

"不,不是那东西,那东西是什么都不知道……那么,谁呢?……"

落在花上的血点,和了露水,映着月光,不可思议的宝石似的晃耀。

"奴隶的血很明亮。红玉似的。

但不知什么味。

就想尝一尝……"

他又从旁一瞥石神祇的脸。

"不妨事,不知道的,只尝一滴——只一滴……"

他悄悄地要尝那落在花上的宝石一般发光的奴隶的血去。

这其间，宝石一般发光的血，石，石的神祇，都渐渐地远离了去，溪水的清凉的小流，不知几千年的大树的低语，都渐渐地变成人声了。消融心神的花香，不知什么时候变了要招呕吐的人类的群集的臭气了。

老虎睁大了眼睛向各处看，他盘着睡在狭的笼里面。向这笼的前面看，旁边看，目之所及都是狭的笼，以及乌黑的攒聚着的痴呆的脸，此外再不见一些别的东西了。老虎失望似的怒吼起来。

"狭的笼和人类的痴呆的脸，也终于是事实……"

看客喧哗着，大得意的喝彩道："大虫吼哩，大虫起来哩。"

老虎跳起身，用全力直扑铁阑干，但他的足已经没有破坏铁阑的力量了。

他又发出可怕的呻吟，重行跳起，而且将自己的头用力地去撞铁阑干，浴了血倒在槛里的地板上。

当初吓得逃跑了的看客，又挤到虎槛这边来，高兴的笑。

"唉唉，那痴呆的脸，那痴呆的下流的笑声……"

老虎闭了眼睛。

于是在自己面前，再忆出一回石神祇的形象来。

"石的神祇呵，

将这血献给你，作为最后的贡献。

但愿只是不看见那痴呆的脸，

但愿只是不听到那痴呆的下流的笑……"

这是对于印度的石神祇的，印度的虎的最后的祈祷。

这其间，痴呆的笑声渐渐远离了去，变为印度夏夜的低语了。

人类的群集的臭气，渐渐地变了印度原始森林的香。然而虎，已经不因为看那自己所爱的美的空地，石的神祇，不知几千年的大树，宝石一般不可思议的发光的奴隶的血，再睁开眼睛来。要睁开眼睛，在他已经没有这勇气了。

鱼的悲哀

一

　　那一冬很寒冷,住在池里面的鱼儿们,不知道有怎样的窘呢。当初不过一点结得薄薄的冰,一天一天的厚起来。逐渐的迫近了鱼们的世界。于是鲤鱼,鲫鱼,泥鳅等类的鱼儿们,都聚在一处,因为要想一个防冰的方法,开始了各样的商量,然而冰的压迫是从上面下来的,所以毫没有什么法。到归结,那些鱼们的商议,除了抱着一个"什么时候会到春天"的希望,大家走散之外,再没有别的方法了。所有的鱼儿们,便都悄悄地回到家里去。

寒冷的冬天

　　那池里面,住着鲫鱼的夫妻,而且两者之间,已有了一个叫作鲫儿的孩子。鲫儿在这夜里一刻也不能睡,只是"冷呵冷呵"的哭喊着。然而在池底下,是既没有火盆,也没有炬烛;既不能盖上五条六条暖和的棉被去睡觉,也不能穿起两件三件的棉衣服来的。鲫儿的母亲毫没有法子想,窘急得不堪,只好慰安鲫儿道,"不要哭罢,不要哭罢,因为春天就要到了。"

　　"然而母亲,春天什么时候才到呢?"鲫儿抬起泪眼。看着母亲说。

　　"已经快了。"母亲便温和的回答他。

"这怎么知道的呢?"鲫儿说,看着母亲的脸,有些高兴起来了。

"因为每年总来的。"母亲说。然而鲫儿却显出忧愁似的颜色。问道:

"然而母亲,倘若今年偏不来,又怎么办呢?"

"没有那样的事,一定来的。"母亲抚慰似的说。

"但是,母亲,为什么一定来?"鲫儿想象不通地问,母亲却不再说什么话,默着了。

"但是,母亲,鲤公公曾经说,'倘若春天有一回不到来,大家便都死了。'这是真的吗?"鲫儿又讯问说。

"这是真的呵。"

"那么,母亲,'死'是什么呢?"

"那就是什么时候总睡着。你的身子不动弹了,怕冷的事要吃的事都没有了,并且魂灵到那遥远的国里去,去过安乐的生活去了。那个国土里是有着又大又美的池,毫没有冬天那样的冷,什么时候都是春天似的温和的。"

"母亲,真有这样的好国土的吗?"鲫儿又复有些疑心似的,仰看着母亲的脸问。

"哦!有的。"母亲回答说。

"那么,母亲,赶快到那个国土去吧。"鲫儿这样说,母亲便道,"那个国土里,活着的时候是不能去的呵。"鲫儿又有些想象不通模样了,问道,"为什么活着的时候不能去呢?母亲,认不得路吗?"母亲说,"是的,我不认得路呢。""那么,寻路去吧,快快,赶紧去。"鲫儿即刻着起忙来。

"唉唉,这真窘人呵,"母亲吐一口气说,"没有死,便不能到这个国里去,不是已经说过了吗?"

"那么,赶快死吧,快快,赶紧,快。"

"说这样的话,是不行的。"

"便是不行,也死吧。快点,因为我已经厌恶了这池子了。"鲫儿全不听父亲和母亲的话,只是纠缠着嚷。因为这太热闹了,邻居的鲤公公吃了一惊,跑过来了,而且问道,"哥儿怎么了呢?"母亲便详细地告诉了鲫儿嚷着要死的事。于是鲤公公向鲫儿说,"哥儿,鱼到这池子里来,并不是为了专照自己的意思闹。是应该照那体面的国里的神明爷所说的话生活着,游来游去的。"

"公公,那神明爷怎么说?"鲫儿问。

"第一,应该驯良,听从父亲母亲和有了年纪的话。其次,是爱那池里的大哥们和陆上的大哥们,并且拼命地用功,成一条体面的鱼。那么办去,那个国土里的神明爷便会来叫哥儿,给住在那好看的大的池子里面的罢。"老头子说。

从这时候起,鲫儿便无论怎么冷,无论怎样饿,也再不说一句废话,只是嬉嬉的笑着。等候那春天的来到了。

二

春天到了,鲫儿一样的诚恳贤惠的小鱼,池里面和邻近的河里面都没有。而且鲤鱼哥哥们和泥鳅姊姊们,也是爱什么都比不上爱鲫儿。鲤鱼哥哥们和泥鳅姊姊们虽然都比鲫儿年纪大得多,但因为鲫儿很贤惠,所以无论什么时候总是一起到各处去游玩。因为是春天了,细小的流水从四面八方地流进池里来,因此无论是山里,林里,树丛里,田野里,随便那里都去得。鲤鱼哥哥们便将鲫儿绍介给山和林里的高强的先生们。这些先生们中,有一位称为兔的有着长耳朵的和尚。这和尚,是一位很伟大的和尚,暗地里吃肉之类的事,是一向不做的。也有从别墅里回来的黄莺和杜鹃等类的音乐的先生们。还有长着美的透明一般的翅子的先生们,因为鲫儿好,也都非常之爱他。并且将地上的世间的事,各式各样地说给鲫儿听。而鲫儿最爱听的话,便是讲人们。那谈话里说,"名叫人类的哥哥们,是最高强最贤惠的东西。"对于这一事,是大家的意见都一致的。也说,"自然,山上的政治家的狐狸,艺术家的猿婶母,鹦哥的语学家,鸟的社会学家,天文学家的枭博士,高强固然也高强,但比起人类的哥哥们来,到底赶不上。"

有的又说,"人类的哥哥们虽然比陆上的哥哥们走得蠢,但是不特会借用马的脊梁,还造出称为自动车呀,电车呀,汽车呀,自转车呀的这些奇妙的东西来,坐在上面走,比别的还快得多呢。游泳的本领,并不很高,飞在空中是丝毫不会的,然而人类的哥哥们却做了很大的火鱼,大的翅子的鸟,坐在这上面,在水上自由的游泳,在空中自在的飞翔。人类的哥哥们可真是不可思议的东西呵。"鲫儿遇到这类的话,便听得不会倦,几次三番的重重说,而且愈是听,便愈是不由得想要见一见所谓人类了。

三

那春天实在很愉快。从早晨起,黄莺和杜鹃这些音乐的高强的先生们便独唱,蜜蜂的小姐们和胡蜂的姑娘们是合唱,蝴蝶的姐儿们是舞蹈。到晚上,青蛙堂兄的诗人们便开诗社,开演说会,一直热闹到深夜。这些集会里,鲫儿也到场,用了可爱的口吻,去说

"那个国土"的事。

"倘若我们大家个个都相爱,快乐的生活起来,便可以到那更好的更美的国土里去的。那个国土里,没有缺少粮食的事,没有寒冷的事,也没有不顺手的事。鱼也能在地上走,能在天空里飞。鸟也能在透明的水里面进出,和鱼们一起游泳的。"鲫儿常常这样说。而且不多久,这"那个国土"的事,便成了音乐的作曲的材料,舞蹈的动作,演说和诗歌的资料。于是连那些苍蝇蚯蚓水蛭之流的靠不住的东西,也都谈起"那个国土"的话来了。

到黄昏,远远的教堂里的钟一发响,鱼的哥哥们便浮到水上,蛙的堂兄们便蹲在岸上,蝴蝶的姊姊们便坐在花上,都静静的倾听这晚钟的声音。

这钟声,正是人类的哥哥们,为了自己的小兄弟们的,那住在树上的鸟,浮在水里的鱼,宿在花中的虫而祈祷,祝他们平和快乐的过活呢。于是鱼和蛙和黄莺,也都祷告,愿人类的哥哥们也都幸福的过活。这祷告,带着花朵的美丽的香,和黄昏的金色的光,静静的升到"那个国土"的神明那里去。

那在远地方的教会里,有着一位哥儿,那哥儿也如鲫儿一样,又贤惠,有驯良,所有的人都称赞。小狗哥哥也极爱这哥儿,每逢来喝池水时候,往往提起哥儿的事。鲫儿久听了这些话,也渐渐地爱了这哥儿,想要和他见一回面,极亲热的谈谈心了。

四

或一时,池旁边很喧闹。鲫儿不知道什么事,出去打听时,却见蛙的堂兄们轩着眉,耸着肩,兴奋之极了,阁阁阁阁的吵架似的说着话。鲫儿试问是什么事呢,却原来就是刚才,兔和尚仍如平日一样的坐着禅,正在梦中的时候,那教会里的哥儿便走来,撮住兔和尚的长耳朵,捉了带回家去了。

都愕然,在这里茫然的相视,无所适从的慌张,其时又飞到了燕婶母,来通知一件骇人的事,是就在此刻,哥儿又捉了黄莺去了。黄莺因为想造一个不知什么歌的谱,刚在热心的用功,便被捉去了。而且这一夜,恰是十五的夜,蛙的堂兄们以为时世虽然这样不安静,但如并不赏月,却去睡觉,对于月亮颇有失礼的心情,于是依旧登了山,在那里开诗社。这时候,哥儿又跑来,捉了一个最伟大的诗人逃走了。

堂兄的诗人们很惊骇,这晚上所做的诗都忘却了。这一晚,池里面无论谁,都没有一合眼,只是谈着各种的话,一直到天明。而且一到天明,大家便立刻都出来,开一个大会,商量对于哥儿这样的胡闹,应该想一个什么方法的事。

在这会议上，鲫儿是跟了父母来出席的。鲫儿仿佛觉得世间很黑暗，似乎什么都莫名其妙了，鲫儿问父亲说，"为什么，哥儿做出这样的事来呢？"父亲道，"在地上的人类的哥哥们，高强固然高强，但常常要做狡猾的事。而且这世上，是再没比人类的孩子们更会狠心的胡闹的了。过几时，那些孩子们还要拿了钩和网，到这边的池上来，种种恶作剧，给我们吃苦哩。"鲫儿忧愁似的，慌忙又问他父亲说，"孩子们做了这样的事，怎么能到'那个国土'去呢？可有什么搭救他们的方法吗？"问的话还没有完，从陆地上，蝴蝶姊姊像被大风卷着的一片树叶似的，慌慌张张的飞来了。那脸已经铁青，翅子和触角都吓得栗栗的发着抖。大家围上去，问是怎么了呢？蝴蝶姊姊好容易略略定了神，这才坐在花朵上，说出话来了。那是这样的事：

这早上，天气非常好，恰恰闲空的胡蜂们，便忽然来约去看花，到了牧师的庭园里。春天正深了，这庭园中，红的白的和通黄的花，无论在庭树间，在花坛上，都缭乱地开着，花蜜的浓香，仿佛要渗进昆虫们的喉咙里似的流了进来。胡蜂们因为太高兴了，便忘却了怕这现在的世间的忧愁，或歌或舞地玩耍，不料又来了那照例的牧师的哥儿，突然取出小网，将许多同伴捉去了。

这新消息，使这日里的会议更加喧闹了。样样的议论之后，那结果，是待到黄昏，听教会钟鸣，人类的哥哥们开始祷告的时候，就请金色的蝴蝶姊姊到教会去，对人类的哥哥们说个分明，请他们劝止了哥儿的胡闹。

黄昏到了，聚在这里的动物们，却都放心不下，不能回到自己池中的洞穴里和巢上去。默默地，定了睛互看着各人的脸。心底里只是专等那金色的蝴蝶姊姊的回来。

不多久，金色的蝴蝶姊姊回来了，一看见悄然的那脸，聚在这里的大众便立刻觉得自己的心，仿佛从荷梗上抽出来的曼陀罗华似的，很不稳定了。而且谁也不说什么话。

"一切都是诳呵，"没精打采地坐在花上的蝴蝶姊姊说。"我们是无论怎样，总不能到'那个国土'里去的。"听了这话，大家都骇然了，根究说，"为什么不能去呢？"却道，"我们没有灵魂。灵魂是单给了住在地上的人类的哥哥们，单是有着这灵魂的人类的哥哥们，才能到'那个国土'里去呢。"听了这话，大家都骇然了。个个一齐回问说，"这没有错吗？"或说，"这不是有些弄错着吗？"蝴蝶姊姊答道，"不，一点都没有错的。因为在'那个国土'的神明的书上，明明白白写着呢。"大家接着的质问是，"那么，我们究竟到哪里去呢？"蝴蝶姊姊道，"说是我们的被创造，是专为了娱乐人类，给人类做食料的。"这样说着，用了悲哀的大的眼睛，怜悯似的爱惜似的对着大家看，但因为早晨以来的疲劳和心坎上所受的伤，也便倒了下去，成了可惨的收场了。大家对于单为给人类的哥哥们做食物而被创造的自己的命运，都很悲哀。鲁莽的鲤鱼哥哥们已经很兴奋，叫道，"胡闹，没有这样的话。"仿佛那将自己造出这样运命的对手的神明，就在这里似的，怒吼着直跳起来。而温顺的泥鳅姊姊们，却昏厥了，许多匹躺在池底里。

为大家尽了力，死掉了的金色蝴蝶的葬礼，在所有动物的热泪中，举行得很郑重。胡蜂哥哥们奏演葬礼的音乐。黄莺姊姊们唱着"伤心呵我的朋友"的哀歌，田鼠叔父掘坟洞。

这晚上，大家都很凄凉。而且叹着气，早就絮叨地说，"作为人类的东西而活着，可是不堪的事呵。"一面各自回去了。

五

在这一夜，回到池里以后，鲤鱼和泥鳅和蛙的堂兄弟们是怎样的只是哭，只是哭到天明呵。而且朝日也就起来了，然而出来迎接太阳的，却一个也没有。

鲫儿的悲哀也一样。怀着对于这世间毫无希望的心情，正在不见鱼影子的水际徘徊的时候，哥儿将小小的网伸下水里来了。"这是来捉我们的呵，"鲫儿一经这样想，便因了愤怒，全身仿佛着了火，索索的颤抖得生起波澜来。"请罢，捉了我去，没有捉去别个之前，先捉了我去。看见别个捉去被杀的事，在我，是比自己被杀更苦恼哩。"一面说，也就走进网里去。哥儿很高兴，赶紧捉住鲫儿，放在自己的桌上了。这屋的墙壁上，挂着黄莺先生的皮和兔和尚的皮，桌子上还散着他们的骨殖。玻璃匣里，是用留针穿过了心脏，排列着先前多少亲密的好几个蝴蝶姊姊们。桌上的解剖台中，前晚恰在赏月时候所捉去的蛙的大诗人，现在正被解剖了，摘出的心，还是一跳一跳的显出那"死"的惋惜。

见了这样的东西，鲫儿是心胸都梗死了。要想说，然而一开一合的动着嘴，说不出什么来，只用了尾巴劈劈啪啪的敲桌面。

过了一会，哥儿也便解剖了他，但看见鲫儿的心脏，是早已破裂的了。为什么，这小鲫鱼的心脏破裂着呢？却没有一个能将这不可思议的事，解说给哥儿的人。能将这因为悲哀，鲫鱼的心所以破裂的事，给哥儿说明的，是一个也没有。

这哥儿，后来成为有名的解剖学者了。但是，那池，却逐渐的狭小了起来，蛙和鱼的数目也减少了，花和草也都凋落了，而且到了黄昏，即使听到了远处的教会的钟声，也早没有谁出来倾听了。

我著者，从那时起，也就不到教会去了。对于将一切物，作为人类的食物和玩物而创造的神明,我是不愿意祷告,也不愿意相信的。

池边

　　黄昏一到,寺钟悲哀的发响了,和尚们冷清清的唪着经。从厨房里,沙弥拿着剩饭到池塘这边来。许多鲤鱼和赤鲫鱼,吃些饭粒,浮在傍晚的幽静的水面上,听着和尚所念的经文,太阳如紫色的船,沉到远处的金色的海里去。寒蝉一见这,便凄凉地哭起来了。

　　有今朝才生的金色和银色的两只蝴蝶。这两只蝴蝶,看见太阳沉下海底去,即刻嚷了起来。

　　“我们没有太阳,是活不成的。这究竟是怎么一回事呢?”

　　“呵,已经冷起来了。没有怎么使那太阳不要沉下去的法子吗?”

　　这近旁的草丛中,住着一匹有了年纪的蟋蟀。蟋蟀听得这年青的蝴蝶们的话,禁不住失笑了。

　　“真会有说些无聊的事的呵,一到明天,又有新的太阳出来的。”

　　“这也许如此吧,但这太阳沉了岂不可惜吗?”金色的蝴蝶说。

　　“不可惜的,因为每天都这样。”

　　“然而每天这样的太阳沉下海里去,第一岂非不经济吗? 还是想些什么法子罢。”

　　“不要做这些无聊的事吧。这怎么能行呢,况且明天太阳又出来的。”

　　但是今朝才生的年青的蝴蝶,不能领会那富于常识与经验的蟋蟀的心情。

　　“我无论如何,总不能眼看着太阳沉下去。”金色的蝴蝶说。

　　“大约未必有益罢,总之先飞到那边去,竭力地做一番看。”于是金色的蝴蝶对那银色地说,“成不成虽然料不定,但总之我们两个努力一试罢,要使这世界上没有一分时看不见太阳。你向东去,竭力的使太阳明天早些上来;我飞到西边,竭力的请今天的太阳再回去。我们两面,也不见得竟没有一面成功的。”

　　有一匹听到了蝴蝶的这些话的蛙,他正走出潮湿的阴地,要到池塘里寻吃的东西去。

　　“讲着这样的无聊的话是谁啊? 我吃掉他! 世界上有一个太阳,已经很够了。热得受不住。池塘里早没有水,还不知道吗? 今天的太阳再同来,明天的太阳早些上来。要这世界有两个太阳,是什么意思呢! 其中也保不定没有想要三四个太阳的东西。这正是对于池塘国民的阴谋。吃掉! 谁呀!,讲着这样的话的是?”

蟋蟀从草丛里露出脸来说：

"并不是我呵，我的意思是以为什么太阳之类便没有一个也很好。因为这倒是于池塘国民有益处的。"

然而蝴蝶说一声"再会"，一只向东，一只向西的飞去了。

寺钟悲哀的发了响，太阳如紫色的船，沉到金色的海里去。寒蝉一见这，便凄凉地哭起来了。

老而且大的松树根上，两三匹大蛙在那里大声地嚷嚷。这松树上有衙门，猫头鹰是那时候的官长。

"禀见。禀见。"蛙们放开声音的喊。"祸事到了。请快点起来吧！"

"岂不是早得很嘛。究竟为的是什么事呢？"猫头鹰带着一副睡不够的脸相，从高的枝条的深处走了出来。

"不是还早吗？"

"那里那里，已经迟了。已经太迟，怕要难于探出踪迹了。"那蛙气喘吁吁地说，"树林里有了造反，有了不得了的造反了。"

"什么，又是造反？蜜蜂小子们又闹着同盟罢工了吗？"

"不不，是更其可怕的事。是要教今天夜里出太阳的造反。"

"什么？怎么说？"猫头鹰这才吓人的睁开了他的圆眼睛。这是与衙门的存在有直接关系的问题了。这就是想要根本的推翻衙门。这就是想要蒙了一切官长的眼。这乱党是谁呢？

"喳，乱党是那蝴蝶。一个向西去寻太阳，一个向东去寻太阳早些上来。"

于是猫头鹰大吃一惊了。

"来！"他拍着翅子叫蝙蝠，"来，蝙蝠快来！闹出了大乱子来了。赶快来！"

蝙蝠带一副渴睡的脸，打着呵欠，走出松树黑暗的深处来。

"有什么吩咐呢？大人！"

"现在说是有一只向东，一只向西飞去了的蝴蝶，赶紧捉了来！"

"喳，遵命。但是，大人，怎能知道是这蝴蝶呢？"

"一只金色，一只银色的。"

"而且是四扇翅子的。"蛙们早就插嘴说

"你们，不是早有研究，只要一看见无论是脸，是翅子，是脚，便立刻知道是否乱党真的吗？"猫头鹰因为蝙蝠的质问，很有些生气了。"还拖延些什么呢，赶紧去，要迟了！"他怒吼地说。

两匹蝙蝠当出发之前,因为要略略商量,便进到树林里。

"不快去是不行的。我们要辨不出蝴蝶的踪迹的。"

"你以为现在去便辨得出来吗?哼。"

"但是造反的乱党岂不是须得捉住吗?"

"啊呀,你也是新角色呵。一到明天,蝴蝶不是出来的很多么?便在这些里面随便捉两只,那不就好吗?用不着远远的到远地方去。"

"只是捉了别的蝴蝶,也许说到我们不知情罢。"

"唉唉,你真怪了。便是捉了有罪的那个,也总是决不说自己有罪的。这是一定的事。倘若这么办去,即使小题大做的嚷,这嚷也就是损失了。走呀,山里去吧。"

明天,小学校的学生们被教师领到海边来了。在沙滩上,看见被海波打上来的一只金色蝴蝶的死尸。学生们问教师道:

"蝴蝶死在这里。淹死的罢?"

"是罢。所以我对你们也常常说,不要到太深的地方去。"先生说。

"但是我们要学游水呢。"孩子们都说。

"倘要游水,在浅处游泳就是了。用不着到深地方去。游水不过是一样玩意儿。在这样文明的世界上,无论到那里去,河上面都有桥,即使没有桥,也有船的。"教师擎起手来说,似乎要打断孩子们的话。

这时那寺里的沙弥走过了。

"船若翻了,又怎么好呢。"沙弥向教师这样问。然而教师不对答他的话。(这教师受了校长的褒奖,成为模范教师了。)

中学校的学生们也走过这岸边。中学的教师看见了这蝴蝶的死尸。

"这蝴蝶大约是不耐烦住在这岛上,想飞到对面的陆地去的。现在便是这样的一个死法。所以人们中无论何人,高兴他自己的地位,满足于他自己的所有,是第一要紧的事。"

然而那寺的沙弥,不能满意于这教训了。

"倘是没有地位,也毫无所有的,又应该满足于什么呢?"沙弥这样问。站在近旁的学生们,都嘻嘻地失了笑。但教师装作并不听到似的,重复说:

"只要能够如此,便可以得到自己的幸福与国家的幸福。使人们满足于他自己的地位,这是教育的目的。"(这教师不久升了中学校长了。)

同日的早上,大学生们也经过这地方。教授的博士说:

"所谓本能这件东西,不能说是没有错。看这蝴蝶罢,他一生中,除却一些小沟呀小流呀之外,没有见过别的。于是见了这样的大海,也以为不过一点小沟,想飞到对面去了。这结果,就在诸君的眼前。人生最要紧的是经验。现在的青年们跑出了学校,用自己的狭小的经验去弄政治运动和社会运动,正与这个很有相像的地方。"

"但青年如果什么也不做,又怎么能有经验呢?"沙弥又开了一回口。然而博士单是冷笑着说道:

"虽说自由是人类的本能,而不能说本能便没有错。"(听说这博士不远就要受学士院赏的表彰了,恭喜,恭喜。)

(沙弥在这夜里,成了衙门的憎厌人物了。)

但是两只蝴蝶,其实只因为不忍目睹世界的黑暗,想救世界,想恢复太阳罢了,这却没一个知道的人。

雕的心

雕这样体面的自由的鸟,是再也没有的了。雕这样强的勇的鸟,是再也没有的了。而且,在动物里面,像雕这样喜欢那高的冷静的山的,是再也没有的了。雕是被称为鸟类之王的。在人类里,虽然没有叫自己的王或豪杰们显出力量和勇气来看的人,但在雕队伙中,却即使翅子和嘴子生得大,也不能说是豪杰。这是雕的古来的习惯。

无论怎样的雕,都说不定能做王或豪杰,所以大家互相尊敬着。像人类的王或豪杰似的,借了自己的下属的力量和智慧,来争权利,以及为了一点无聊事,吵闹起来的事,是没有的。大家个个努了力,使自己的翅子和嘴愈加强,爪和眼睛愈加锐,至于这个吓那个,或者讲些客套的事,在雕世界里,是一直从古以来所没有的。

就这一节而论,雕和人是一直从古以来便不同的了。欺侮弱者,压迫弱者,取了弱者的力气和智慧,随便给自己用,这似乎是一直从古以来的人类的习惯。因为强者总是私有了弱者们的力气,所以不能真自由,而弱者也就非常之不幸了。

人类是怎样的倒运的动物呵。而人类却还说自己是万物之灵。这不是刻毒的笑话么。

一

却说山的国，被那比邻的大国度占去了，不拘什么时候，这两国总是是争闹。这国的最高的山上面，很幸福地生活着许多雕。这些雕，从古以来，几千年几万年的接连了燃烧着一种的希望。都便是要飞到永久温暖永久光明的太阳上去。他们相信，只要每日努力的向上飞，积练上几千年几万年，则雕的子孙们，大概一定可以得到那太阳。这事一连的积上了许多代，所以翅子的力量比祖宗强，也确然是事实了。

"爱太阳，

上太阳！

不要往下走，

不要向下看！

慕太阳是雕的力的源头，

上太阳是雕的心的幸福。

不要往下飞，

不要向下看！

下面是暗的狭的笼，

下面是奴隶的死所。

不要往下飞，

不要向下看！

下面是弱者的世界，

下面是无聊的人类的世界。

不要往下飞，

不要向下看。"

这是雕的母亲们一直从古以来教训那雕的孩子们的歌。受着压迫的山的国民们，听了这歌，不知道怎样的心情呢。雕王的心是在最高的山的最冷静的岩石上。王和王妃之间，有了两个可爱的王子。每早晨，王带了大王子，王妃带了小王子，都到岩石的尽边，便在这里将王子们直踢下去，他们刚近下面时，却又抓回岩上来了。这是每早晨的功课。到后来，王子们便能容容易易的飞到岩上来，飞到下边去。王和妃见了很欢喜，于是将王子们高高地抱上空中，试使他们跌落下去看。最初，王子们也完全发了昏，但练而又练,翅子渐渐的强了,从很高的空中,早能够容易地回到自己的窠里了。有一天,王对王妃说,今天要教孩子们落到那深谷底里看了。于是便将王子们带到很高的天空,给掉向那深的谷底去。这两个王子们,本也尽着所有的力来飞,然而才到中途,翅子已经乏了力,小王子叫道,"哥哥,我早没有力气了。"大王子便聚起残余的力量来,要救他兄弟。王和妃远远地眺望着,鼓着翅子只喝彩。正在这时候,两地之间流过了不知哪里来的云。便再看不见王子们了。王和妃都吃惊,比箭还快的穿出云间,飞下谷里去,却已经太晚了。大王子帮着小兄弟,自己也乏了力,气厥了,石子一般的径向谷里掉。王和妃刚要抓起气绝的王子们的时候,忽然现出一个强有力的猎人来,带着两个儿子,要捉王和妃。王和妃也暂时护着王子们,很奋斗,但猎人既然过于强,又以为王子们已经断了气,便舍了王子们,飞上天空去了。然而王子们其实没有死,待到带回猎人的家里,便已回过呼吸来。猎人剪了他们的翅子的翎,分给他两个儿子了。那时猎人的大儿子是七岁,其次是六岁,都很爱雕王子,无论到那里,总携着一同去,但猎人叮嘱说,只有山上万万去不得的。这山国的人们,听得谷里落下两个小雕来,以为一定是什么好兆头,个个很欢喜。他们的心里,暗暗地希望着,想不远便来两个雕,救了这国度,于是嘱托猎人,教他好好地看待雕的王子们,然而不到七天,异事出现了。这时失去了猎人的小儿子。据他的朋友说,从天空里,闪电似的飞下一匹很大的雕来,抓了猎人的儿子去了。大家听了很骇异。然而两三日之后,更其奇异的事又出现了。这是又失去了猎人的大儿子。

对于这事,山国的人们也有许多的议论,只有猎人却默默地不开口。他像先前一样,用心的养育着雕的王子们。王子们当初很凄凉,常常有不自由无宁死的模样。然而大王子爱抚小兄弟,小王子慰藉他大哥。他们被村中的孩子们所珍爱,渐渐地习惯了人间,爱好了人类了,只有被长链子系在木桩上这一节,总还是很难忍。

二

五年经过了。雕的王子们早长大,翅子也强壮了。正当五年以前王子们落在谷里这一日,猎人开了锁,带他们上了高山,而且放了他们,于是默默地回家来。

一听到放掉了两个雕,山国的人们便都嚷起来了。人们还在嚷的时候,先前不见了的猎人的儿子,都从山里回来了。

两个完全改了样,当初一见,谁也不知道是猎人的孩子们。他们都裸体,头发很长,身体是石一般坚,手脚有铁一般固,眼光锐利,鼻子是雕鼻似的弯曲了,牙齿是狼似的大了，指爪是虎似的尖长了。山国的人们见了他们，都很吃惊，而且兴致勃勃的连日去听他们的话。说是他们被雕王攫去之后，便养在雕巢里，始终受着王和王妃的珍重。每天，王和妃背了他们，飞上空中，将他们摔在云里，又帮他们下来，此外还有各样奇怪的事，孩子们虽然这样说，但听的人却不知道是真实还是说诳。只是飞腾，上山，浮水这些事，山国的人们里却是没一个比得上他们，也没有一个有他们这样的要自由的生活。这孩子们深知道用什么方法，可以燃烧山国的人们的心；而且用人类的语言，不够表明"自由"的意义的时候，他们便雕一般的叫。

他们这才教给山国的人们以雕的歌：

"爱太阳，

上太阳！

不要往下走，

不要向下看。……"

他们实在是不可思议的孩子们，山国的人们称他们为"雕的心"。见了这孩子们，受着压迫的山国的人们的心，不知道涌着怎样的希望呢。

三

那一面，雕王和王妃看见两个王子平安地回了家，自然很欢喜，但一检查他们的翅子和嘴，眼睛，指爪，便知道这些是全不中用了，雕王们看出了翅子和嘴上没有力，眼睛和指爪都钝了，真不知怎样的痛心哩。况且王子们的勇气以及爱自由的事，从王和妃看来，不知怎么的也总觉得有些不可靠。

每天，雕王和妃便来剧烈的锻炼王子们。每天，王妃唱着"爱太阳，上太阳！不要往下走，不要向下看！"的歌，竭力地想奋起两个王子的已经疲弱的心来，使将来可以成就勇敢的王。十年之间，每天每天的接连着，想从王子们的心里，除去那些人类的心；于是王子们终于比雕王和妃飞得更高，爪和眼也比他们更锐利了，独有那心，却总在什么地方有些不像雕的心，似乎带着近似人心的脆弱。王子们便是飞向太阳的时候，总仿佛眼睛看着下方；便是翱翔于无限的太空的时候，那心也似乎留恋着山谷；而且比别的雕飞得更高的时候，也不从胸中发出自喜得胜的叫喊。却只听得一种悲哀的寂寞的惓惓于下面的谷里的生活的声音。有时候，王子们竟两三天不去求饵，什么也不吃的饿着；或者捉住饵食，却又将他放走了，雕王们对于王子们的这模样，或耳闻，或目睹，那心里正不知怎样的悲哀呵。王子们的朋友们,都说他们的坏话,称他们为"人心"。一面则王和妃常常很恼怒这王子们,说他们是家门的耻辱。有一天,大王子飞翔空中之后,回到家里,坐在父亲的面前,凄凉地看着他的脸,说道:

"父亲,一直从古以来的上太阳这一个雕的理想实在是呆气罢了。向着太阳只是飞,是无谓的事。即使真能够上了太阳,雕也未必因此便幸福。父亲,我今天曾经要上太阳去,尽力地飞到高处去了,然而愈上去便愈冷,愈高便愈眼花,终于头眩,我便近乎昏厥地落了地。愈近太阳就愈冷的事,我以为很确凿的。所以上太阳这事,我要停止了。"

王子这样说:雕王叫一声"人心"之后,便用爪攫破了他的喉。王子只发出一种爱慕下面的凄凉悲哀的生活似的叫声,全不抵抗,死在王的爪下了。这晚上,小王子也从外面回来了,坐在王妃的面前说:

"母亲,向着太阳飞,我已经不愿意了。这事是全没有什么用处的。我决计到下面的谷里去,在树上造起窠来,就在那里和人类以及别的动物和睦的过活。说雕的幸福就撒满在太阳上,是不能相信的事。然而人类的友情中,便有着幸福,却是我已经经验了的。"

这样一说,王妃便叫道"卑下的人心",扑向王子用爪抓破了他的喉。王子只发出一种留恋山谷,企慕人类的友情似的声音,毫不回手,死在王妃的爪下了。这一夜,雕王们便将死掉的王子们带到下面的山谷里去,放在先前养育了王子们的猎人的门前。从此以后,王子们所唱的

"爱太阳,

上太阳!

不要往下走,

不要向下看。……"的那歌,便仿佛有些警诫"人心"似的了。

到早晨,山国的人们一看见两匹死雕,又发生了一顿嚷。这时候,山国的人们正被那称为"雕的心"的两个兄弟带领着,对于邻国起了大革命。两员大将"雕的心",极有机谋,邻国的人们毫没有对付的方法,正要败下去了。但现在一发现这两匹被杀的雕,虽然嘴里都不说,而各人的心中,却疑心这两匹雕便是这回的革命终于失败的前兆。山国的女儿们用美丽的花朵,装饰了死雕,唱着勇敢的

"雕的心"弟兄所教的

"爱太阳,

上太阳!

不要住下走,

不要向下看！……"的歌，将他们埋葬了，作为国里的英雄。

四

邻国的首都很热闹，很繁华。家家饰着灯火和旗，祝炮的响声，花火的炸声，鼓动欢心的音乐，远远地飘来，市人穿了好衣服，摇着提灯和旗，来来往往地走。首都的一切街，真像是美丽的串子了。一切人，都显得高兴。只有立在最大的一条街的大空地上的断头台见得凄凉。人们都凑到空地里来，唱着国歌，似乎等着什么事。在这晚上，在这台上，称为"雕的心"的两弟兄，要处死刑了，人们都谈着山国的话。于是从远地里，发出"反贼到了反贼到了"的低语来，大家立刻都沉寂，现出了兵卒环绕着的两弟兄。人们都沉默，大街就像坟墓一般静。只剩了"砰砰，砰砰"的鼓声。称为"雕的心"的两兄弟微笑着。那眼珠里，仿佛耀着无边的勇，而且满着使一切人心全都炎烧起来的力。他们含笑上了断头台，"砰砰，砰砰"的鼓声便停止了。人们咽着唾沫，看定称为"雕的心"的弟兄们。两弟兄全没有改了先前这模样，抬眼看着空中。这时候，静的空气微微地发抖，听到勇敢的雕声了。刚觉得空中发出应声，从天空里，蓦然间闪电似的飞下两匹很大的雕——市人们从来没有见过的这么大的雕——来，抓了"雕的心"两弟兄。刚一抓，便又蓦然间飞上天空去了。人们一见这，都变了僵石似的不动弹。全市街仿佛成了一个坟墓。人们的头上，只听得传来了这样的歌：

"下面是狭的笼，

下面是奴隶的死所。

不要往下飞，

不要向下看！

下面是弱者的世界，

下面是无聊的人类的世界。……"

五

在邻国正在大排胜利的贺筵的时候，革命失败了的山国里却很静。失了丈夫，抛了儿子的女人们的心，这夜里不知道怎样的凄凉呢。都说，今天的夜，正是称为"雕的心"的山国的英雄临刑的夜。女人们都带着小孩子，聚到称为"雕的心"的弟兄的门前来。那些女人的心的凄凉，谁能够知道呢！但是，虽然凄凉，女人们还将剩下的幼小的孩子们，动到无限的空中，将长大的孩子们给他们看，而且因为要救这山的国，祈祷在这些剩下的孩子们里，也给予那"雕的心"。一切都寂静，星星沉静的晃耀，而且在夜的寂静中，作为祈祷的答话，不知从哪里听到了这样的歌：

"不要往下走，

不要向下看！

墓太阳是雕的力的源头，

上太阳是雕的心的幸福。……"

读了这说话的诸君，也请祈祷祈祷，使能给以救这世界人类的

"雕的心"罢。

春夜的梦

一

很远的很远的，从这里看不见的山奥里，有一个大的美丽的镜一般通明的池塘。这四近，是极其幽静而且凄清，爱在便利地方过活的轻薄的人们，毫不来露一点脸。只有亲爱自然的画家和失了恋而离开都会的苍白的青年，有时到这里来，从那眼泪似的发闪的花，接吻似的甘甜的小鸟的歌曲里，接受了不可见的神明的手所给予的慰藉，欢悦他们的心。但在近时，画家以为这山的自然，不如自己的画室美，这美丽的通明的池，还不如作画范的姑娘的可爱了，所以便卷起画布来，回到东边的都市去；还有失了恋的苍白脸色的青年，也因为想用了猛烈的市街的灯火和香气极强的酒的沉醉，来忘却他灵魂底里的悲哀，便回到西边的港里去，因此这池边便看不见一些人影子了。

然而一到春天，却因为鸟兽和昆虫，这池塘很热闹。

有一年的春天，这池塘曾经有过格外好看的事。黄的睡莲，红的白的莲花，在平静的水面上，仿佛是展开了不动的梦似的，开得极美的浮着。莲花的妖女也因为再没有捉拿伊嘲笑伊的人类在这里了，便放心的出现，在透明的水里和金鱼游嬉，在花朵上和蝴蝶休息，给寻蜜的蜜蜂去帮忙。便是深夜中，妖精也在无所不照的月光底下，或者舞着欢喜的

舞蹈,或者和火萤竞走着游戏。这样的美的东西们都在一处,所以火萤、蛙、蝴蝶、禽鸟,都给这美所陶醉了,而做着春夜的梦。金鱼的游戏,鸟的歌,蝴蝶的舞,凡有一切,都因此美起来了。

<h1 style="text-align:center">二</h1>

有一晚上,温和的晚上,一个有着金刚石一般发光的翅子的美的火萤,慢慢地在池旁边飞舞。因为月光照着的池,太富于诗趣了,火萤便不知不觉地到了这池的中央。在这里,对着映在池中的美的月影,只是不倦的看。到后来,他觉到自己的翅子已经疲乏了。

"快回到花的卧室去吧。"火萤这样说,想飞向岸这一面去。然而略略一飞,他便知道了自己已没有到岸的气力。

"唉唉,伤心!这样的诗的晚上,这样的又静又美的地方,而我非死不可吗?"他说着,再一看自己的周围。他的上面,罩着一片装饰着辉煌的月和闪烁的星的深远无限的太空,他的下面,在幽静透明的池塘里,也展开着一片深远无限的太空,饰着闪烁的星和辉煌的月。上上下下,除了深远无限的太空之外,这之外,再看不见一些别样的东西。

"美丽的星,深远无限的天空,美的月,美的世界!告别了!"萤这样说,收了翅子,要落到水里去。

这时候,忽然从深的池塘里,现出一匹小小的金鱼来。这在火萤,仿佛是从无限的太空的深处,飞来一个身穿金氅的天使了。

"萤君,怎样了?"金鱼柔和地问说。

"我疲乏了!我已经没有飞到岸上的力量。所以只好离开了这美的世界。没有力,仿佛便没有活在这世界上的权利似的。"火萤吃了一惊,这样答。

"不不,没有这等事!"金鱼的和婉的声音,在平静的水面上造成波纹,扩大开去了。"说翅子的筋肉上没有力就应该死,是再没有比这更其糊涂的话了。感情的优丽,物的美,便都是世界的力。在许多优丽的和美的里面,说筋肉的力算最小,也无所不可的。赶紧到我的脊梁上来罢。你一面歇歇力,我就送你到岸边去。"

因为金鱼说得这样的恳切,火萤红了脸,说道:

"那就劳驾了。"他便坐在金鱼的脊梁上。

金鱼径向岸这一面泳过去。在途中的时候,金鱼忍着剧烈的羞愧,用了微细的声音说:

"我每晚上看着你飞。并且想,怎样的能够和你做朋友才好。像你这样美的,池里面并没有。"于是置身无所似的,暗地里漏出叹息来。

"我也常常看你在水里面游泳。"萤这样说。"而且一看见,我的心里便总觉得寂寞起来了。像你这样优丽的姑娘,在飞行空中的一伙里是没有……"说到这里,萤的声音便中止了。

这晚上,萤和金鱼的话只是这一点。但从这时候起,金鱼和火萤便每晚上都会见了。每晚上,他们一同在池塘里往来,一同在水边的芦苇里休息,金鱼对萤讲些池中的事,萤对金鱼讲些山上的事。而且两个都做着春夜的梦。

有一晚,莲花的妖女和山的精灵将莲叶当了船,在这上面游戏。这时候,金鱼和火萤正散步,恰巧走过了这地方。遵花的妖女看见了,伊道:

"像那火萤的翅子这样美的,世界上可是没有呵。"

"优丽如那金鱼的鳞的,在那里都没有见过。"然而山的精灵说。

妖女又道,"倘使你也如那火萤一般,有着美的翅子,你不知要显得怎样的美哩。"

精灵也道,"倘将那美的鱼鳞做了冠,戴在你的头上,那便无论在池里或山里,未必再有像你这样美的妖女了。"

"我便在梦中,也只看见美的事。"

"我也是无论睡着或醒着,都只想着美的事。"

这晚上,他们的话只是这一点。

有一晚,从池的左近的别墅里,走出一个十二三岁的公爵的小姐来。左手拿一个华丽的绿绢做的小小的萤笼,右手里是捕萤的兜网,走到池塘的近旁。

从小路上,走出一个十三四岁的百姓的男孩子来了。左手拿一个小小的金鱼钵,右手是钓鱼的竿子,到池这面来。小姐一看见他,略略行一个礼,说:

"我是这里的公爵的女儿。"

"我是公府对门的百姓的儿子。"男孩子这样答。

"我坐在家里的廊下的时候,男孩子便常常来走过我们的庭园。"小姐这样说。

"我坐在家里的廊下的时候,女孩子便总在庭园里散步。"男孩子这样说。

"我最讨厌男孩子。"

"便是我,也并不喜欢女孩儿。"

"男孩子总是用些下等的话,做些粗鲁的事,毫不知道规矩和礼仪。"

"女孩儿总是装着瞌睡似的脸,而且用了吞吞吐吐的句子,说些梦话一般的话,全不知道说的是什么东西。"

"男孩子总想着打架和吵闹,这我顶犯厌。"

"女孩儿总是想着衣服和首饰和香粉的事。所以我更嫌憎。比什么都嫌憎。"

公爵的小姐和百姓的儿子,在平静的池边的绿树阴下,争闹的没有完。聚在这里的蝴蝶蜜蜂和小禽鸟,全吃了一惊,仿佛说是人类的孩子们何以这样争闹似的,从枝上和树叶间,诧异的只对着两人看。

"男孩子总是衣服稀破,说到脸便漆黑,手脚也脏,而且有着异样的气味,好看的地方是一点也没有的。"小姐又开始说。

"便是女孩儿,也少穿衣服,脸是苍白的,手脚又细弱,全像一具死尸。"男孩子也回报说。

"我想,与其看男孩子,远不如看那美的火萤儿好。"

"我呢,与其看死尸似的女孩儿,倒不如看那美丽的金鱼好得多。"

"我一见男孩子,总想踢他几脚。"

"我呢,倘看见女孩儿,就想给伊几拳,按捺不得。"

两人的话在这里间断了。近旁的树上,寒蝉像是蓦然记得了似的,大声地叫起来了。

"我想将这火萤笼,放到南檐下,那园墙的低矮的地方去。"停了片时,小姐说。"再见!"

"再见!"男孩子回答说。"我想将这金鱼钵,放在北檐下的,那没有墙的地方去。"

"实在是失礼了。"

"哪里话,只是我失了礼。"

两人这样说着,行了礼,女孩儿向右,男孩子向左,分道走散了。

这晚上,伊和他的话,只是这一点。

三

从那一晚起,有着最美的金刚石一般发光的翅子的萤,便关在笼中,挂在公爵的别墅的南檐下(园墙低的廊沿下)。而且他所爱的最美的金鱼,也装在金鱼钵子里,放在对面的百姓家的北檐下(那没有墙的廊沿下)了。萤和金鱼的悲哀,恐怕是无论用笔或用话,都未必达得出来的。

然而,那山的精灵,听了他们的话,却非常忙碌了。夜一深,百姓家里寂静了的时候,他便暗暗地跑到廊下来。

"金鱼君，真是出了不可收拾的事了。"山精这样凄然的低声说："况且你也未必知道罢，你的亲爱的萤，关在笼子里，挂在对门的宅子里面了。"

金鱼为了极深的悲哀，单是用头撞着钵的口。精灵重复说：

"假如给萤得了自由，你怎样报答我呢？"

金鱼回复说："我这里，除了生命——悲惨的生命之外，再没有别的东西了。倘使为火萤得自由计，这生命也有一点什么用，便无论何时都可以心悦诚服的奉献的。"

"生命这些是不要的！"山精慌忙打断了金鱼的话。"但将你那美丽的鳞给了我吧。倘这样，我便为萤的自由尽力去。"

"赶快拿去！"金鱼浮上水面来了。"倘若这鳞，和我的亲爱者的自由有关系，我是连最后的一片也不惜的。赶快，不留一片的取了去。因为我希望着自己的亲爱者，早早地完全的得到原来的自由哩。"

山精全取了美的鳞，说道，"金鱼君，切勿灰心。我还要想些救你的方法哩。"于是便向对面的宅里走。但金鱼却失了神，石块一般沉到钵底下去了。

百姓的儿子因为这低微的声音，忽然张开眼。

"廊沿下，有谁说话似的。"他说着，慌忙起身，走出檐下看。然而这里已经没有人。只一个小小的谁的影，经过了公爵的别墅的墙根下。向钵子里一望，这中间抖着批了鳞片的金鱼。

"畜生！可恶！"男孩子愤怒的这样叫。

这其间，山精到了公爵别墅的南边的廊下了。

"萤君，真是出了不可收拾的事了。"他小心着提在手里的装着鱼鳞的袋，一面说，"你也许已经知道了罢，你的亲爱的金鱼也在对面的廊沿下，装在钵子里了。"

然而萤因为非常之痛心，说不出一句话。只用两脚按住胸膛，将金刚石一般发光的翅子来遮了凄凉的脸。山精重复说：

"假如我使金鱼自由了，送回池里去，你怎样报答我呢？"

萤回答说，"我的生命，——这充满了苦辛的梦的生命之外，我已经什么都没有了。为金鱼谋自由，这生命倘也有什么用，就请即刻拿去吧。"

"生命这些是不要的。"精灵这样说。"但是将你那金刚石一般发光的美的翅子，给了我就是。"

"你，"萤的悲哀的眼里，略有些非难之色了。"你要我的翅子吗？"

"是的。要你那美的,金刚石一般发光的翅子。"山精没有去看萤的脸。

"可以。请拿去!"萤的微细的声音,临末却是听不分明了。这瞬间,山精已经开了笼,取去了萤的美丽的翅子。

公爵的小姐正在这时候醒来了。

"的确有谁在廊下呢。"伊说着,慢慢地起来,向廊下望出去,在那里并没有人,只一个异样的影子走向园墙对面的百姓家去了。小姐赶紧走出廊下来看,萤笼里躺着没有翅子的火萤。

"阿,太难了,将火萤弄成这模样!"一面说,小姐哭起来了。

这晚上,只是这一点事。

太阳快要下去了。被照着那离别的光,池塘是仿佛为热情所燃烧似的晃耀。一切都寂静。只听得小鸟的狡狯的饶舌和归巢太迟了的蜜蜂的羽声。睡莲也受了亲昵的太阳的接吻,静静的合了瓣。

莲叶上面,坐着取去了金刚石一般发光的翅子的萤。就在近旁歇着金鱼,一半的身子出了水。

"我冷!我已经没有活着的元气了!"并不对谁,金鱼独自说。

"我凄凉!我的使命是在于飞的。没有翅子,也不要生命了!"火萤这样絮叨地说。

"但因为要救你,全给了自己的鳞,我却毫不以为可惜的。"

"因为要你得自由,卖了自己的翅子,在我是最满足的事。"

两个拥抱了,最后的话是这几句。

太阳下去了。照着这光,池塘像为热情所燃烧似的晃耀。而且太阳下去了之后,金鱼和萤的性命,也和那最后的光一同下去了。那性命,是溶在光中,上了无限的太空呢,还是溶入花香,成为轻霭而飞去了呢?这在我可是不知道了。

一切都寂静。只有小鸟的瞌睡似的叫声,归巢太迟了的蜜蜂的羽声,睡莲也已经睡了觉。

四

月亮慢慢地起来了。因为迎接这月亮,出来了许多美的萤。山的精灵们都高兴,在月光底下开始了跳舞。而在他们里,最美的是有着金刚石一般的闪闪的翅子的山精。

从莲花中,笑嘻嘻地走出妖女来了。金鱼的鳞所做的,惊人的美的冠,明晃晃的戴在

慢慢升起的月亮

那头上。妖女恭敬地对月行了礼,静静的遍看伊周围;忽而在莲叶上,看见了萤和金鱼的尸体。

"诸位! 赶快来!"伊发了吃惊的声音说。欣然的跳舞着的妖精们,都停了跳舞,嚷嚷的奔来。伊指着两个尸体道:

"那是什么? 谁杀了我的宝贝的萤和宝贝的金鱼了?"

大家看了这个,都默默地不开口。

"那萤的翅子是谁拿去的呢? 那金鱼的鳞是谁拿去的呢?"伊仿佛悲痛似的,用手掩了脸。

"昨天的晚上,孩子们捉了他们去了。"有着萤的翅子的精灵说。"萤将那翅子给了我,金鱼是给了鳞。我便救出了他们。而且那用鳞造成的冠,是明晃晃的在你的头上。"

"唉唉,伤心呵! 你是怎样的一个残酷者呵。我不要那样的冠。"

"但是,若要金鱼的鳞,只能从金鱼身上取;要萤的翅子,只能从萤身上取。这是造不出来的。"

"你是残酷的。你杀了他们了。"妖女这样说,并且哭起来了。

"我没有杀他们。那萤和金鱼,是并非一没有翅子和鳞,便非死不可的。我没有翅子的时候,也活着;你没有鳞,岂非也并不死掉么。那两个是自己死的。"

山精静静的剖白,但妖女没有从脸上除下伊的手来。

"我厌了这世界了。有所要,便不得不从别个那里取。一要鳞,便须从金鱼身上取。我有所得,对手便不能不有所损了。唉唉,好伤心的世界呵!"伊这样说着,进了莲花里。

妖精们两两的配着,开始了悲哀的舞蹈。只有有着萤的金刚石一般的翅子的山精,独自一个坐在寂寞的池的石上。

"造这世界的小子,是怎样的吝啬的东西呵。萤的翅子和金鱼的鳞,都略略多造些,岂不便好! 在偌大的世界上,哪有这样俭约的必要呢!"他惘然的絮叨着说。

公爵的小姐左手提着萤笼,右手拿了捕萤的网,静静的走到池边来。从小路上,百姓的儿子左拿金鱼钵,右拿钓竿,也静静的走出树林来了。

小姐谦恭的行过礼,说道:"我最讨厌百姓的男孩子。"

男孩子也谦恭的行过礼,说道:"便是我,也并不喜欢什么贵族的姑娘呢。"

"百姓的男孩子不但是衣服破,手脚脏,连心也残酷。"贵族的小姐说。

"贵族的小姐是只有衣服好看,那心的污秽,却没有东西可比了,我想。"百姓的儿子说。

"昨夜里,取去了我那捉住的火萤的翅子的是,总该是百姓的儿子罢。"

"昨夜里,将我的捉住的那美的金鱼的鳞,统统取去了的,一定是贵族的小姐了。"

"倘知道那取去了我的火萤的翅子的百姓的儿子是谁,我很想给这孩子一顿嘴巴。"

"我倘知道了拿去金鱼的鳞的贵族的姑娘是那一个,就很想敲杀了这姑娘。"

然而两人最后说:

"这回却打算将这萤笼,搁到那有着高墙的南边的客厅的窗间去。"

"我这回要将金鱼钵放在北边的有着旧扶阑的屋子的窗下去了。"

"再会!"

"再会!"

"实在失礼了。"

"好说好说,倒是我失了礼。"

他们略略行过礼,一个向右,一个向左,分了道回去了。

公爵的小姐静静地在池边走,看见了坐在大石上的小精灵。

"阿阿。那就是,乳母时常讲起的僬侥人儿了。"伊说着,竭力的不出声地走上石块去,想捉这精灵。其间脚一滑,伊便和山精都落在池子里。

"救人!"小姐吃了一惊,高声地叫,山精也很吃吓,便用了暗号,向池的王送了一个求救的通知。

正同时,那隔岸的百姓的儿子,也看见了坐在莲花上的妖女了。那妖女,有一项用很美的鱼鳞所做的冠,戴在伊头上。

"阿阿,那就是,母亲喜欢讲的池的妖女罢。"他这样说,偷偷地走近花丛里,赶快地伸

出手去,想拗那花,因为太急遽了,失却平均,便落在池里面了,他慌忙叫道:

"救人!"

"快来救!"妖女也发一个通知池的公主的暗号。

不到一分时,池的王便从深处上来了,而且不到一分时,公爵的女儿,精灵,百姓的儿子,妖女,都从王的魔力之杖救了命,而且都站在王的面前了。

"在这样静的地方,在这样静的夜里,谁想要胡闹呢?"池的王推问说。

于是山精禀告道,"胡闹的是,照例是人类这东西。"

"照例的,胡闹的是,两只脚的污秽的废物。"妖女也这样的一气说。

"然而,人类如果胡闹,淹死这些小子们,不就好吗。这方法,你们该是知道得很多的。淹死些什么人类之类,无论多少,我一点都不管。因为这是鱼和螃蟹,池的国民的最愉快的事。岂不是用不着小题大做的将我请出深处来的吗?"说到这里,王的口气全都改变,显然是涌出深的愤怒来了。"一到春天,你们还做得好事呵。金鱼和萤的话,也有些传到了我的耳朵里。这等事,也不像你们这样体面的妖精所做的事。"

池的王似乎一无所知,却是无所不知的。

"这事情,我想了一晚上。因此,被这可怕东西捉住了。"山精很认错。

"我也伤心着金鱼的死,在花里面哭了一晚上。"妖女也很后悔。"因此,被这丑陋东西捉住了。因为我没有了反抗的力气,所以求陛下的救的。"

池的王的脸和善了一些,指着公爵的小姐说:

"这个可怕东西,就是想捉精灵的吗?"

"我并不是可怕东西。"小姐几乎要哭了,说。"我是公爵的女儿。我所爱的是美的物事,昨晚上虽然捉了萤,却有谁取了翅子去了。后来连那萤也不见了。今晚看见了这可爱的娃儿,是想捉了去疼爱他的。然而滑了脚,落在水里了。对于美的物事,我捉去并不因为虐待,是因为疼爱的。"

"还有这丑陋的废物,是什么呢?"池的王向着百姓的儿子说。

"我不是丑陋的废物,是百姓的儿子呵。我昨天捉了金鱼,也并非要虐待,是因为要疼爱才捉的。但有谁取了鳞去,而且金鱼也不知道哪里去了。今夜看见这美的姑娘,也并不是为要虐待,却因为要疼爱,才想带回家去的。"

百姓的儿子这样回答的时候,王又较为和气了,转脸对着山精一面道:

"那就,你为什么给萤和金鱼吃苦,取了翅子和鳞的呢?"

"我是为了爱美而活着的。萤的翅子非常美。我想,倘戴上金鱼的鳞所做的冠,不知

中华传世藏书

鲁迅全集

童话集

道要见得怎样美呢，所以想给戴到头上去。是从这样想，取了萤的翅子，也取了金鱼的鳞的。然而毫没有想要杀掉他们。"精灵这样答。

"我也想要金鱼的鳞的。"妖女也接着说："并且想，那萤的翅子，假使精灵有着，不知精灵要显得怎样的美了，但是杀掉萤和命鱼，以及硬取那翅子和鳞，都是梦里也没有想到的事。"

这时候，王才现出爽朗的美的笑脸来。

"你们，仿佛都爱那美的事物似的。这就够了。因为这个，因为爱美，便被宽恕了许多罪。但从此还应该进一步去。凡有美的东西，无论是什么东西，倘起了一种要归于自己，夺自别人的心情，好好地记着罢，这心情，便已经不纯粹了。这时的爱美的心情，已经是从浑浊的源头里涌出来的了。见了美的东西，爱了表现在这里的美，若不涌出为此尽点什么的心，为此献点什么的心，则在这爱里，在这心情里，便不能说是不至于会有错。将这一节好好地记着罢。倘爱美，则愈爱，你们便愈强。人比兽强，就因为爱美。精灵和妖女比起人来，美的感觉更锋利，所以比人类有势力。天使的爱美的力，比精灵和妖女尤其大，所以比他们更其强。而且在一切东西上——即在丑的东西上，也感着美，对于一切东西，因为美，所以爱的，就是神了。"于是池的王对山精和妖女说，"因为你们的爱美的心情是失败了，所以便是这孩子们也能捉。"于是对孩子们说，

"因为你们想将美的东西作为自己的东西，所以连你们的性命也几乎不见了。爱美的心，是主宰宇宙的力。然而这爱美的心情，却是损害生命的破坏。将这事牢牢记着，此后可万不要错误了。"王说。呼呼的挥着魔力的杖。

五

睡在岸边的石上的公爵的小姐忽而醒来了。

"我什么时候睡在这样的地方的呢？"伊说，看着周围。

幽静的透明的池水里，愉快的游泳者金鱼。有着金刚石的翅子的萤，在这上面飞舞。

对面的岸上，百姓的男孩子忽而醒来了。

"奇怪。甚时候睡着的呢？"他一面说，慌忙地起来，环顾那照着月光的池的四近。

树林的深处，美的精灵们舞蹈于月光中。而且看着这个，莲花的妖女很美的笑。

两个孩子们，大家互相发现，互相走近了。

公爵的小姐略略行了礼，并且说，"我想，捉那火萤之类，是可怜的。因为也许有谁来

取翅子去。"

百姓的儿子也略略行了礼,答道,"我也没有捉金鱼的意思。就是怕有谁取去了鱼鳞。"

"倒不如每晚到这里来,看看萤的飞翔好。"

"我也还是每晚到这里。在透明的水中,看着金鱼的游泳,好得多哩。"

两人并排地坐在这地方,对那仿佛从春夜的欢喜中,涌溢出来的泪一般的露草的花,摘来投在池里,拧来撒在水里。

"百姓的儿子是,衣服破烂,手脚也脏,然而也还有不招厌的地方似的。我想,如果给他穿上新衣服,干干净净地洗了手脚,也便没有什么了。"女孩儿说。

"贵族的小姐虽然见得像一具死尸,然而其间也确有些美的地方的。我想,如果再努力些,走出外面运动起来,颜色和皮肤也便立刻强壮了。"

到这里,接续了片时的沉默。

"我独自在树林里走,是毫不害怕的。"小姐红晕了两腮,一面说。

"便是我,也什么山里都能去。"这样回答时候的百姓的儿子的心跳,我是很知道的。

"一个人在山上走,怕是不怕的。但我想,一个人比两个人却冷静。"

"我也想,两个人总比一个人热闹得多了。"

"两个人散步的时候,我最不愿意踢石头,顿脚,使屐子咯咯的响。"'

"便是我,倘若两个人散步,也最喜欢穿了草鞋,静静地走的。我要从那条大路回家去了。"

"我最爱那条路上的右手的大石头和奇妙的峭壁,我也想走那一条路回家去。"

"那条路上的左手的大松树和大楠木的枝条的样子,我是最爱看的。"

宇宙所流的泪一般的露草,在这里已经没有了。两个孩子终于站起身,并且说:

"即使你和我一同来,我也不要紧。虽然乳母也许说些什么话。"

"便是我,即使跟着你走,也不要紧的。虽然朋友也许笑。"

于是两个人都走进树林里去了。

那两个孩子的眼睛,先前虽然张开了,而他们的春的梦,还是接连着。

月光底下,精灵跳舞着。看着这个,莲花的妖女笑着。金鱼和萤,都做着欢乐的春夜的梦。

古怪的猫

我愿意忘却了那一日。

不知道有怎样的愿意忘却了那一日呵。

然而忘不掉。

那是最末的一日。

外面是寂寞而且寒冷。然而那一日的我的心，比起外面的寒冷来，不知道要冷几倍；比起外面的寂寞来，也不知道要寂寞几倍了。虽然并没有测量心的寂寞和寒冷的器械。……

我坐在火盆的旁边，惘然地想着。火盆的火焰里，朦胧地烧着留在我这里的恋恋的梦和美丽的希望。忽然，不知从哪里来，虎儿跳到了，（虎儿是这家里养着的雄猫的名字。）便倒在我膝上。将我的膝，用四条脚紧紧地抱着似的发着抖。我正在想：这是怎么一回事呢？虎儿便用了轻微的声音说出话来：

"哥儿。

唯一的亲爱的哥儿。

唯一的爱我的哥儿。"

虎儿还想要说些什么的，但说了这话之后，似乎再不能说下去了。他的声音断绝了。

我心里想："唉，又是梦吗？梦是足够了。然而事实却尤其足够哩。"可是毫不动弹，先前一般的坐着。于是虎儿的话接下去了。

"哥儿。我是已经不行了。对于一切，全都悲观了。"

这时候，我想说：

"说什么不安分的话。我自己，其实是早就悲观了的，然而并不说。"但觉得虎儿有些可怜，连这也不说了。

虎儿又说他的话：

"主人，使女，厨子，因为我不捉老鼠，都说我是懒惰者！然而我并非懒惰，所以不捉老鼠的。我已经不能捉老鼠了。我已经没有了捉老鼠的元气了。也并非是指爪和牙齿没了力。是在这——虎儿说着，拍拍他自己的胸脯——这心里没有了捉老鼠的力量了。因为我不捉老鼠，老鼠便在店里，仓库里，任意的弄破米袋，咬面包，偷点心。近日里，听说

将太太宝藏着的克鲁巴金的《面包的掠夺》这一部书都啃了。主人和使女和厨子都说这是老鼠的胡闹。然而这并不是老鼠的胡闹。老鼠是饿着，全然饿着。不这样，老鼠便活不下去了。哥儿，请你懂得我的心，一看我的真心的里面罢。"

虎儿用了颇为激昂的口吻说完话，便仿佛要催促我的理解似的，将尖利的指爪抓着我的膝。

"痛！好不安分的猫啊。小聪明的。便是老鼠没有食物，饥饿着，也不是什么一个要慷慨激昂的问题呵。便在人间，俄国德国奥国这些地方，有一亿几千万的人们在那里挨饿，然而我们不是漠不相关吗？况且那些宣传臭的病症之类的鼠辈受着饿，这倒是谢天谢地的事哩。"我很想这样的对他说，但在我也没有说出这些话来的元气了。

"因为我不捉老鼠，主人说不应该再给我吃饭。这是哥儿也很知道的罢。哥儿，说着这些话的我，也正饿着呢。肚子空空，没有法想。倘使终于熬不下去，随便地拿一点什么食物，便立刻说是'吓，猫偷东西了，'大家都喧嚷起来。假使没有哥儿，我怕是早就饿死了罢。然而哥儿，我的肚子也仍然是空空的。虽然这么说，我却也没有全变成野猫的元气。唉唉，我不行了……

主人和使女和厨子以为不给我饭吃，我便会捉老鼠，然而这是不行的。因为这心底里，想捉老鼠的一种要紧的元气已经消失了。唉唉，我已经不行。我是'古怪猫'了。倘是人，就叫作古怪人的罢。"

这时候，我想这样地对他说：

"唔，客气一点，也许说是古怪人罢，但通常确叫作低能或是白痴！只给这样的称呼的。"然而在我也没有说出这话来的元气了。

"有一天，我坐在仓间里，等候着老鼠来偷米。老鼠终于来到了。都口口声声叫着，

'米！米！米！'的来到，成了山的来到了。我就动手做。我咬而又咬，不知道咬杀了几百，几千，几万的老鼠。然而愈咬杀，且不必说想减少，却反而逐渐地增加起来。大鼠，小鼠，黑鼠，灰鼠，公鼠，母鼠，老鼠，幼鼠，亲鼠，子鼠，这都口口声声地说着一个题目似的，叫唤着，

'米！米！米！'

重重叠叠地来到了。那连串，想不到什么时候才会完。从宇宙创成以来的老鼠不必说，此后还要生出来罢。仿佛是无限大的鼠，一时全都出来了的一般。而个个都用了更可怕的执拗的声音，不断地叫着，

'米！米！米！'

我听着这种声音的时候，觉得自己的心情有些异样了。而且本以为只是老鼠们的叫声；却在这叫声里，似乎也夹着我辈猫的叫唤的声音了。阿，这猫鼠声音却渐渐的高大起来。什么时候之间，老鼠的声音已经消沉下去，只听得猫的声音却嚣嚣的响：

'米！米！米！'

这正是猫的声音。我觉得害怕，失了神逃走了。我伏在暗的角落里，不住的不住的索索地抖。

'米！米！米！'

这样叫的猫的声音，在我的耳中，不住的不住的只是叫唤着。

从此以后，我不知道抖了几小时，几日夜，几个月呵。我从这时候起便不行了。变成了古怪猫了。

这时候，我于'老鼠是我的可爱的可同情的兄弟'这一件事，这才微微的有些懂得了。

我从这时候起，便没有了捉老鼠的元气，而且不能不随意的暗地里取一点食物了。

不能不随意暗地里取一点食物的时候，这时候，'老鼠是我的真的兄弟'这一节，这才懂得更分明。至于此后的事，则是我的朋友们，便是最亲爱的朋友们，只要看见我，也便说是古怪猫，是疯猫，立刻逃走了的。不但这样，主人和使女和厨子，昨天也看出了我是发了疯。而且主人说要勒死我，勒死之类，我是不情愿的。

哥儿。唯一的爱我的哥儿。去买一点吗啡，给我静静地睡去罢。你要可怜我。"

虎儿的话是很长。而且虎儿仿佛是想要我切实的记取似的，又将指爪抓在我膝上。

"唷，痛呵，"我叫喊说。我才回复了意识。我的膝上，是用了四条脚紧紧地抱着膝髁似的虎儿，索索的发着抖。我半在梦里，静静的摩着他的脊梁。火盆的火全熄了。留在我这里的恋恋的梦和美丽的希望，也和这火焰一同灰色的崩溃了。

正在这时候，父亲仿佛要偷窃什么似的，悄悄地走进屋里来。父亲不出声的踮着脚尖，走转到我的背后，于是突然扑进来，用口袋罩住了虎儿。

"呀，捉住了捉住了。畜生。究竟也捉住了。"

我惊骇到要直跳起来。

"父亲，这，这是怎的？"我咳嗽着，一面问。

"这畜生疯了。发疯了。倒还没有抓了你。昨天，带着到猫的医生那里去，说是这已经发了疯，不早早杀却，是危险的。"

"那么，弄死吗？"

"唔唔，自然，昨天本就想弄死，但是这东西很狡狯，巧巧的逃脱了，大家都担心着，没有法子想。"

仿佛是这样了然的事,没有这样的仔细说明的必要似的,父亲便出去了。猫想逃出口袋去,挣扎着噪叫。然而是异样的无力而且凄凉的声音。

我跑开去,抓住了父亲正要拿出去的猫的口袋,而且说:

"等一等!"

"什么?"

"可是,岂不太可怜吗?"

"什么可怜? 不是发了疯的猫吗?"

"不要这样说,父亲,恳求你,饶了他吧。"

"胡说!"

"那么,单不要打杀罢。听我去弄死他。因为我会去买了吗啡来,悄悄地弄死他的。"

父亲目不转睛地看定了我的脸。

"感情的低能儿。说疯猫可怜……这白痴东西。"

"父亲,请听我……"

"呆子!"

父亲的紧捏的拳头,从旁边拍的飞到我的脸上了。

父亲便这样的出走了。

这时候,我觉得自己有些古怪了。这回并非梦中,却实际听得猫的声音不住地这样说:

"哥儿,哥儿,救救罢。救救罢。"

而且在这声音里,渐渐的加上了别的猫和老鼠的声音,于是这便成了可怕的凄凉的合奏:

"哥儿呵。我们在受饿。我们在被杀。"

"哥儿呵,哥儿,救救罢!"

他们的叫声渐渐的廓大开去,渐渐地强大起来了。

我掩住了耳朵。但是他们的叫声,是并非掩了耳朵便可以防止的;响彻了身体的全部里;有一种强率,一直瑟瑟的响到指尖。数目也增多,声音也增大了。从宇宙创成立以来生下来的一切鼠,一切猫,还有此后将要生下来的那无限的子孙,都想来增强这叫唤,增大这声音。我是什么也不知道,全然成了什么也不知道了。在这漆黑的旋涡的世上,只有一件,只一件。

"我已经不行了!"的事,却分明知道,宛然是成了雪白的浮雕。

"米! 米! 米!"

"哥儿,哥儿,救救罢。我们在挨饿! 我们在被杀! 哥儿,哥儿,救救罢!"

"喂,姊儿呵。"

"姊儿。"

我半在梦中的大声地叫。使女从门口露出脸来:

"什么事呢?"

"来一来。"

"有什么事呢?"使女走进三四步,显了异样的脸色说。

"再近一点,近一点,这里……"

"哥儿,你怎么了?"

我贴着伊的耳朵说:"姊儿,给我买一点吗啡来。"

使女出了惊:"啊呀你,要吗啡做什么呢?"

"不,我不行了。我是低能,是白痴。我发疯了。"

使女的脸色苍白了:"阿阿,这吓人,哥儿,哥儿。这真是,问你怎么! ……哥儿。"

"姊儿。我是……以为猫,老鼠,你们使女,全都是兄弟。而且不但是这样想,是这样的感着的,很强烈的这样的感着的。以为猫和老鼠和你们使女,全都是我的可同情可爱的兄弟……"

我的声音颤动了。

使女不说话,看着我的脸。那眼里是眼泪发着光。我愿意忘却了那一日。不知道有怎样的愿意忘却了那一日呵。然而……然而是……

两个小小的死

一

这是温暖的畅快的春天。太阳从东到西,自由的旅行在很高的青空上。时时有美丽的云片,滑泽的在青色的空中轻轻地流走,宛然是通过那青葱平静的海上的桃色的船。

云雀似乎想追上他,唱着什么高兴的歌,只是高,只是高,高到看不见的,屡次的飞上去。造在街的尽头的病院是幽静了。病院的花园,看着花园里的花的病人,一切都幽静。在那病院里,进了特别室,等候着"死"的来访的,有一个富家的哥儿。为要使哥儿不冷静,那旁边,蜷腾着一匹大的圣褒那的驯良的狗。笼子里,是可爱的金丝雀的一对,唱给听很美的歌。种在盆里的艳丽的花,也满开在屋子里。从对面的病室中间,也似乎为要使哥儿不冷静,有一个劳动者的孩子不断的送给他温和的微笑。那劳动者的孩子,也一样是等候着"死"的来访的一个人。他从出世以来,似乎已经等候着"死"的来访的了。而且无论什么时候,无论是还吸着多病的母亲的乳汁的时候,长大起来能够帮助母亲了的时候,后来又到那父亲在那里做工的工厂里去做工的时候。无论什么时候,他都等候着"死"的来访。凡有看见他的人,几乎无不心里想:"死"怎么不早到这孩子这里去呢?不知为什么迟延着的。

　　然而这孩子在自己的屋子里,却不能看见为要使他不冷静,坐在身边的圣褒那的驯良的狗,关在笼中的可爱的金丝雀,种在盆里的美丽的花。然而这劳动者的孩子,一看见那从病室的窗间,也如自己一样,眺望着从东到西,自由的旅行着的光明的太阳,和船一般轻轻地走过青空的,美的桃色的云的模样的富家的哥儿,都感着了兄弟似的温暖的爱和亲密的心了。于是哥儿的狗,和金丝雀,和盆花,他仿佛也就是自己的所有了。他已经有这样的爱哥儿,而且觉得和哥儿有这样的亲密了。

二

　　酣醉于春的香,"死"静静地在病院里仿徨地走,雪白的面纱里藏了脸,而且挥着银的钩刀……

　　"都死呵。一切是,因为死,所以生下来的。小的,老的,美的,丑的,爱的,被爱的,穷的和富的,贤的和愚的,以至于国王,非人,都死呵。在我这里才是无差别。我才是无政府主义者。我才是平等的主张者。

　　花是为死而开的。鸟是为死而唱的。人是为死而呼吸的。痛快哉。呜呼痛快哉。我喜欢破坏,因为我是很快的。"

　　絮絮叨叨的微语着,那"死"静静地走。雪白的面纱里藏了脸,而且挥着银的钩刀……

　　然而谁也没有听到"死"的声音。因为仿佛要追上那船似的渡过苍空的桃色的云去,蓦地里腾起来的云雀的爽朗的歌,以及温柔的春风,和夹着秘密的低声的言语的美的花气息,"死"的话便谁也没有听到了。

"死"静静的进了劳动者的孩子的屋子里,然而孩子正看着苍白的颜色,不觉得"死"的近来。

"喂喂,小子。茫然是不行的。你已经非死不可了。"

孩子诧异似的凝视了遮着面纱的脸。

"说我死,莫非我历来是活着的吗?"

"什么?你连自己历来活着的事都不知道么?"

"一点没有知道。单是今天,不知怎的略有一些疑心,觉得我莫非竟是活着……"

"钝东西。所以我说,劳动者这一流最讨厌。无论活着,无论死掉,似乎都以为是一样的事。是全不知道活着的价值的。即便取了这类东西的性命,也毫没有什么有趣!"自己对自己一般的唠叨着,于是又对孩子道:"喂,小子。你的性命再给延长一点罢,但得将你那最爱的朋友的性命让给我,好吗?"

"朋友的性命?"孩子诧异地凝视着白面纱的脸。

"唔,是的,就是那哥儿的性命。"那"死"用了银闪闪的钩刀的尖子,指着靠了窗口正在眺望那苍空的颜色的富家的哥儿。

"哥儿的性命是哥儿的性命。我不知道。怎么能由我让给呢。"

"不要讲什么呆道理!凡有你所爱的东西的性命,是都在你的手里的。只要说将这让给我,就够了。"

孩子很疑心的看定了那脸。

"这真吗?我所爱的东西的性命,都属于我的?"

"是的。赶快些,说道让给!"

劳动者的孩子静静的笑了。

"还有比劳动者这类东西更讨厌的吗!无礼已极的东西。"

"死"粗暴地挥着银钩刀。劳动者的孩子又笑了。

"我这才仿佛有些觉得自己是活着。高兴呵,高兴呵。所以笑着的。"

"算了算了!快将那哥儿的性命让给我罢!"

"不行。所爱的东西的性命倘若在我手中,那么,这并非为了交给'死'却为了防御'死'的罢。"

"专说随意的呆道理的东西!所以我说:我最讨厌的是劳动者。喂,小子,没有迟疑的时候了。将朋友的生命让给我呢，还是自己死呢，是两中拣一的了。”

“我自己死。”一面说，劳动者的孩子坦然地笑了。

“看来还没有懂得生命的价值哩。钝物！”独语着，“死”便焦躁起来，团团地挥着银钩刀。

“好吧好吧。朋友的性命怎么都可以，那就将那圣褒那的狗的性命让给我罢。”

“不不，不让的。给‘死’，是除了自己的性命之外，什么都不让的。”

“钝东西！那个金丝雀的性命怎么样？”

“便是金丝雀的性命也不行。”

“花的性命该可以罢？”

“这也不行。”

“钝东西呀！自己的生命的价值，竟丝毫不知道。所以我说，劳动者这一流东西，我是最讨厌的！”嫌恶似的独语着，又向了孩子粗莽地说道，“喂，小子，预备着死吧。”

“死”静静的走出房外去了。劳动者的孩子还是笑。

“唉唉，愉快呵！唉唉，愉快呵！我活着。这才分明的知道是活着了。比什么都更强的感到这个了。愉快呵，愉快呵。”

劳动者的孩子独自高兴着。

三

“死”静静的走进富家的哥儿的屋子里去了。然而谁也没有觉到这，都酣醉于懒散的快活，辗转于酣美的现实之中了。金丝雀正将从父母那里听来的远地里的热带的岛的传说，讲给朋友圣褒那的狗。那狗一面听，一面计划着，想用尾巴去打杀那些缠绕不休的苍蝇。对了种在盆里的花，春风暗暗地低语着蜜一般甜的说话。哥儿是正在眺望那宛如滑走于青的海上的轻舟似的，轻轻地流过太空的美丽的桃色的云。“死”站在他的近旁，沉甸甸的说话了。

“喂，哥儿！茫然是不行的。你已经非死不可了。”

因为病，成了青白色的哥儿的瘦小的脸，于是显了纯青。

“饶了我吧。再少许，很少许，放我活着罢。放我到看不见了那美丽的云的时候，那满着慈爱的太阳完全下去了的时候。”

“不要说任意的话。便是我这边，也不是任意地做的。”

"但是,但是,再少许。到那云雀落在树丛里为止。到那金丝雀的歌唱完了为止。请原谅,真是再少许……"

"你肯让给我那花的性命的罢?你所爱的东西的性命,是都在你手里的。给你的性命挨到云雀飞下来,但你肯将花的性命让给我吗?"

"行,让给你。"

"还有那金丝雀的性命呢?"

"行的。"

"还有那圣褒那的狗的性命呢?"

哥儿凄凉地凝视了包着白的面纱的脸。

"不是迟疑的时候了。死已经逼紧了。将圣褒那的狗的性命也让给我吗?你所爱的东西的性命,都在你手里……。"

"行,让给你罢!"

"还有,那个你的朋友的性命——"

哥儿全然青色,显着苦痛的表情,要窥探那藏在面纱中间的"死"的脸似的,目不转睛地看。

"倘这样,我便给你延长性命,一直到看不见了那桃色的云为止罢。到那光明的太阳沉下去了为止。"

"行,让给你!"

"死"静静的走出屋外去了。但哥儿却将那青白的脸,深深地埋在枕中,永久的永久的呜呜咽咽的啼哭着。

四

第二日,一个体面的葬仪举行了。盖着黑的丧绢的体面的灵柩上,有亲戚朋友们送来的许多花,看起来也就很美的装饰着。然而那些花是已经并不活着的了。许许多多的朋友们,都穿了美丽的衣装,悲哀的来送这灵柩。这是富家的哥儿的葬仪。

同时候,住在哥儿对面的房子里的,那劳动者的孩子的葬仪也举行了。小使两三个,将他的身体装进箱子里,运到不知哪里去了。像是来送模样的人,什么地方都没有。只有一个,遮着白的面纱的年青的看护妇,送这棺材到了病院的门口,而且从面纱下,不断地流下美的泪滴来。棺材渐渐的将要不见了的时候,看护妇决心似的说:

"我也去，我也非去不可。真理在那里。"她说着，静静的向着贫民窟走去了。

有谁目送着她，低声说：

"死似的，罩着白的面纱，而且看去似乎手里拿着银钩刀。"

为人类

序

如诸位也都知道，我的父亲虽然名声并不大，但还算是略略有名的解剖学家。因此父亲的朋友，也大概是相同的研究解剖的人们，其中也有用各种动物来供实验的，也有同我的父亲一样，几乎不用那为着实验的剖检的。而且也有开着大的病院的人们，至于听说是为了自己的实验，却使最要紧的病人受苦。那时候我常常听到些异样的事，现在要对诸君讲说的故事，也不外乎这些事里的一件罢了。

一

有一条很大的街上，住着一个名叫K的有名的解剖学家。这学者对于脑和脊髓的研究，在国内的学者们之间不必说，便是远地里的外国学者们之间也有名。这学者的府邸里，因为实验，饲着兔和白鼠和狗，多到几百匹。那实验室虽然离街道还很远，但走路的人们的耳朵里，时常听到那可怕的惨痛的动物的喊声，宛然是想要告诉于人类之情似的，一直沁进心坎去。路人大抵吃惊的立住脚，于是说道："阿阿，又是解剖学者的研究罢，"便竭力赶快地走过了这邸前。然而住在学者的家里的人们和邻家的人们，却早已听过了这惨痛的动物的叫声，无论从学者的实验室里发出怎样可怕怎样凄凉的声音来，大家都还是一个无所动心的脸。单有解剖学者的幼小的孩子，却无论如何总听不惯这叫声。倘若那叫声来得太苦恼了，幼小的哥儿便仿佛狂人一般，往往跳出窗门，什么也不见，什么也不辨，掩着耳朵，只是尽远尽远的逃走。一听得有这样的事，学者非常恼怒了，而且说着："低能儿！退化儿！"一面凝视着他的脸。随后似乎要防止什么可怕的思想模样，在面前剧烈的摇手，退到自己的实验室里去，此后便两三日不再出来，只是耽着实验。当这样的时候，从那里面，一定是不断的发出比平时更苦恼更惨痛的动物的叫声。家里的人不必说，便是邻人，也都明白的知道，这是解剖学者不高兴了。

哥儿的家里有一匹可爱的小狗叫 L，而且在学者的家里养着的许多狗里面，以及四近的许多狗里面，这是最优秀而且伶俐的狗。解剖学者一看见他的头，总是微笑的。有一天——哥儿那时刚九岁——是学者的心绪比平时更不高兴的一个日子，从实验室里发出使人肠断似的惨痛苦恼的动物的叫声来了。母亲怕哥儿又逃到什么地方去，守在他的近旁。哥儿是拼命地掩着耳朵，竭力地想要听不到一些事。其时又发出了一阵尖利的可怕的狗的悲鸣。哥儿脸色便发了青，说道："母亲！那是 L 呵！是 L 呵！是 L 儿！确是 L 儿呵！"于是自己忘了自己，摆脱了母亲的手便走。他走进实验室，一面叫着"父亲！父亲！"的，一径跳上解剖台，用自己的小手抓住了锋利的解剖刀。对于圆睁的不动的眼，结了冰似的坚硬的可怕的脸的表情，从嘴里涌到发抖的唇上的水波一般的泡沫，——哥儿的一切模样，怒视着的解剖学者，便怒吼道："低能！白痴！退化儿！"用一柄大的洋刀尽力地打在他头上。追着哥儿的母亲叫道："你！你！"捏住了学者的手，然而已经无及了。因为不能全留住学者的用劲的力量，那洋刀便砍进了哥儿的头。"唉！——"哥儿叹息似的叫喊，一双血污的手按着头，和小狗并排地倒在解剖台上了。女人将那看不见倒在解剖台上的儿子和拿着血污的刀的丈夫的伊的眼愕然似的惘惘地直看着说：

"阿呀你，你呵！"

男人惊异似的看着从刀上沥下来的腥气的血点，嘴唇却无意识的叫喊道："低能！狂人！退化儿！"

"啊呀你！你！"

和小狗并排，哥儿静静地躺着。

二

然而哥儿没有死。父亲自己给他医治，三个月之后，又和先前一样完全治好了，只留着从额上到后面的一条很阔的伤痕。至于哥儿是否是和头的伤一同治好了心的伤，这我可不知道。L 儿也没有死。暂时之后，他又和先前一样，喤喤地叫着，在学者的邸内闹着走。然而那小狗是否也治好了心的伤，这我可更其不知道了。

解剖学者为了儿子，三个月间不能做自己的事，所以哥儿的病一痊愈便用了加倍的精力，再去钻先前的研究了。那惨痛的动物的叫声，在三个月的平静之后似乎更厉害。

邻人们都嗤笑。说学者是对于无罪的动物在复仇，而学者的心情，仿佛每天只是坏下去模样了。便是深知道他的朋友们，见了他那阴郁而且时时因为神经性的痉挛而抽动的疲倦的脸，由于顽固和劳乏而锋利了的眼睛，也不知怎样的觉得古怪，觉得可怕了。

有一晚，K 解剖学者对着来访的友朋们说：

"我们为了研究，费去多年的日子，和几千匹的动物，努了力，而其结果大抵不过是一种假定。但要得和这相同的结果，不，比这尤其完全的结果，却有只在两三星期以内便能成功的方法的——"

这时候，客人一听，都诧异地看着他的脸。他们的眼睛里，判然的见得怀疑的光。

"……倘使我，代那兔和狗，却能够用活人的时候，……"在他眼里，似乎锋利的闪着黑色的光芒。

"阿呀你！你！"夫人只是这样说。

学者更其低声的接着说："倘使为了实验，许我用一个，只一个活的人，便是低能儿也可以，则我的脑髓的研究，我一定在两三星期之内成功给你们看！那么，不但本国，便是一切人类，因此不知道要怎样的得益哩！只要一个，低能儿也好的，就只是一个……为人类，……"

那古怪的发光的黑眼睛，看在驯良的坐在屋角的他的儿子上头了。"母亲！母亲！"孩子无意识的叫唤。客人但如矿石一般的凝视他，屹然地坐着，口和身体都不动。学者的妻全身索索的发着抖，对于儿子，竭力的想用自己的身体来遮学者的眼睛。

"阿呀你！你！"

从外面尖利地响来了。L 的凄凉的吠声，似乎要沁进很深的很深的心底里。……

这一夜，就床的时候，哥儿叫了母亲，紧紧地揪着，将自己的口贴着母亲的耳朵说：

"母亲，母亲！如果是为人类，我是不要紧的。对父亲，好吗，这样说去。将我也像那小狗一样，……因为不要紧的，如果是为人类。……"

听到这话的时候的母亲的心情，用了笔能写出什么呢？至少在我是不能描写了。伊将孩子紧抱在自己的胸前，而且永远是永远是反复的反复的不断地叫道："孩子！孩子！"从暗夜的昏暗里，听到了要沁透那很深的很深的心底里似的凄凉的叫声。

三

这一夜是黑暗的夜。哥儿无论怎样竭力地想要睡然而总是睡不去。他等到母亲的房里寂静了的时候,悄悄地离了床,跑到外面去了。哥儿试叫那小狗看:"L! L!"L 儿便幽鬼似的飞出了昏暗的暗地里,突然和哥儿说起话来,"阿阿,哥儿,哥儿。"

哥儿擦着眼睛,一面想,"这不知道是梦不是,倘不是,L 儿不会有能说话的道理。……"

然而 L 儿却道:"请罢,哥儿,到我的家里去吧,因为有话说。……"一面说,便牵了哥儿的寝衣的衣角,要领向昏暗的暗地里。

"去也可以的,但你岂不是不会有能讲话的道理吗? 如果喤喤的叫,那自然不妨事。……"

"这等事岂不是无论怎样都可以吗? 便是给小狗偶然说几句话,也未必就关紧要罢。"

"要这样说固然也可以这样说,但倘若不是做梦,这样的道理是行不通的。"

这样的谈着天,哥儿被 L 儿伴到了狗的小小的房子里。最奇怪的是那小小的房子的门口,哥儿也毫不为难的进去了,那里面坐着一个四十来岁的,很像哥儿的母亲的女人;伊旁边又有一个十五六岁的,也和哥儿的堂兄的中学生很相像的男孩子。L 儿便说:

"母亲,现在,领了哥儿来了呵。"

"来得好。"那女人行了礼,很和气地说。

"对不起,穿着什么寝衣来见大家实在失礼了。"哥儿说着,谦虚的行礼,但心里却想道,"这狗子! 畜生! 明天一定给一顿骂。"他这样想着,去看 L 儿。怎样呢? 原来 L 儿已经用了后脚直立起来,宛然是中学生脱着制服长靴和手套一样,正在脱下他小狗的皮来。于是和哥儿仿佛年纪的一个可爱的少年,便立在哥儿的面前了。

"你真会捉弄人。……"哥儿大惊地说。

L 儿不理会这话,只说道:"这是我的母亲。知道的罢?"

女人又谦恭的行礼说:"我是他的母亲,叫作 H 的。孩子始终蒙着照顾,委实是说不尽的感激。"

"那里那里!"哥儿想要这样说,但喉咙里似乎塞着一块什么坚硬的东西,什么都说不出来了。

"今天,又拜领了剩下的骨头和面包,实在很感谢。"

"不不,简慢得很。"哥儿想要这样说,但声音又堵住了,便单是微微的行一个礼。

"这叫 S,是我的堂兄。然而如果他的父亲是家里的牛狗,那才是我的真堂兄,假使是那富翁家里的叫作约翰的牛狗,那便和我毫没有什么相干了。"

这叫作 S 的十五六岁的美少年，便宛然那中学校三年级生对于一年级生似的，不过略打一点招呼。哥儿想道："不安分的东西！畜生！明天大大的踢一顿。……"但也什么都不说，却谦虚地回了礼。

L 儿和哥儿来接吻，并且说道："哥儿，我们角力罢，这回可不输给你了。"于是便和哥儿玩耍起来。s 赶紧做了审定人，发出"八卦好，八卦好，未定哩，未定哩"的喊声，在周围跑走。母亲给他们奖赏，哥儿是一个鱼头，L 儿也得了鱼尾巴，但哥儿因为客气，便将这让给 S 吃了。

哥儿虽然和 S 儿很有趣的游戏，但他的眼睛总不能离开那 L 儿先前脱下来的狗的衣裳。他乘了一个机会，便将衣服拿在手里，留心的仔细地看。S 一见这，便略略对他一笑，仿佛那大人对于孩子似的。

"哥儿，何必这样诧异呢？狗和牛和鸟，便是鱼，内容和人们是没有一点两样的。两样的单是衣服罢了。"s 说。

"不安分的东西。"哥儿又想。

"几千年之前，我们的衣服是和鱼的衣服全一样。至于我们的祖宗穿着狼的衣服，那可是近时的话了。哥儿，虽然不知道是几千年以后的事，我们也要你似的穿了洋服昂然地走给你看哩。"L 儿接着说。

"听说是这就叫进化，……"那母亲也插嘴，用了怯怯的声音。

"但在人们里面，也不能说是都进化。因为退化的东西正多得很哩。……"

哥儿的脸红起来了，他想："畜生！这是说我，听到了父亲所说的说了罢。明天得着实的打一顿。"

"那是，真有着人的价值的东西，实在不多呵。退化下去的东西，不是再改穿了狗和老虎的衣服，学学进化到人的事，是不成的了。"说着，S 牢牢地凝视着哥儿的脸。

但 L 儿的母亲却担心似的，看着哥儿的通红的脸安慰说："请你不要生气。这并不是你的父亲的事。……"

哥儿不说话。他穿起 L 儿的衣服来了。L 儿笑吟吟地嚷着"阿阿，好高兴，好高兴。"也替哥儿的穿那他的衣服去帮忙。哥儿戴上了手套和帽子，穿好了长靴，大家便都拍手称赞道："可爱的小狗，可爱的小狗。"

四

灿烂的朝日的光已经进了哥儿睡着的房里面，在他美丽的脸上，墙壁上，都愉快的跳舞起来了。"唉唉,好热。"哥儿醒来一面说。"唉唉,呆气。人也会做出很糊涂的梦来,——什么我去穿 L 儿的衣服。"哥儿独自絮叨着,一看那挂在对面壁上的大镜,而那镜里面,是一只小狗,骇怪似的正看着哥儿。"唉唉,不得了了。我是小狗了。母亲! 母亲! 我是小狗了。L 了。我是退化的人了。母亲! 母亲!"

哥儿的母亲正在服侍他父亲用饭呢。从那边的屋子里,伊听得哥儿的大嚷的声音,便说道:"孩子在做什么呢?"于是走向哥儿的房里来。伊到门口一窥探,只见哥儿像狗一般在全屋子里面走,嘴里也"嘤嘤!"的只有狗子的噪叫,或者是一种不能懂得的声音了。

"孩子! 孩子! 怎么了?"

哥儿看见母亲,高兴地走近身边,于是狗似的跳到母亲的膝上,喷喷地舔着伊的手。从他嘴里,只听到高兴的叫声道:"嘤嘤!"

"究竟是什么事?"从食堂那边,听得父亲的声音说。

"没有事,全没有什么事。不要到这里来!……"一面说,母亲便锁了门。而且伊将哥儿紧紧地抱在胸前,用接吻来防止这可怕的"嘤嘤"的叫声,想不传到父亲的耳朵里。

升得很高的朝日的光,进了屋里的角落,到处都在跳着高兴的跳舞了。

学者出现在窗前一瞬间。他一看,他只一看,便看尽了屋里的情形,于是退进自己的实验室去了。不多久,从那屋子里,便发出惨痛的苦恼的,仿佛发了疯似的阴惨的狗的噪叫来。这又和小哥儿的"嘤嘤"的声音混合起来,成了珍奇的合唱。而绝望的母亲说道"孩子! 孩子!"的悲哀的音响,便正是那伴奏了。

灿烂的太阳的光钱,和那凄厉的合唱也协合起来,还在各处作轻捷的欢欣的跳舞。

昏夜又到了。一切物又都平静在安睡里。疲乏了的哥儿的母亲也亲爱的抱着可爱的哥儿,和衣睡去了。仿佛就等着这样似的,哥儿悄悄地离了母亲的手,不出声息的急忙跑到房

黄昏来临

外面。他在昏暗的黑夜里,走向狗的家去了。那狗的家里,L 儿和母亲,和 S,正都等着哥儿的到来。大家见他一来到,便迎着说:"哥儿哥儿,快脱衣服。很遭了不得了的事了

罢?"于是大家都帮哥儿脱下 L 儿的衣服来。

"唉唉,实在不得了呵。我说的话谁也不懂我。我全然悲观了。"

"是罢。不知道你的母亲怎样的伤心哩。快回家去,给母亲欢喜罢。"L 儿的母亲一面说,和大家送哥儿到了那家的门口。

"再来罢。我的母亲说要给你做一套同我一样的新衣服。这么办,我们两个便来玩狗子游戏罢。"L 儿说。

哥儿走进卧房里去了。母亲还是和衣地睡在床上。照着电灯的光的那脸,毫不异于L 儿的母亲;只是因为眼泪,那眼睛显得红肿;因为忧愁,那面庞显得青白罢了。哥儿暂时看着母亲的脸,于是将手搭在肩上,叫道:

"母亲,我又变了原来的人了,还没有完全退化的。"

母亲惊醒了。

"母亲,狗和人单是衣服两样,内容是全都相同的。我和 L 儿一点没有不同。母狗 H 也全和母亲一样。"

母亲高兴地凝视着哥儿的脸。那眼睛里,很长久很长久的闪着美如玉的泪的光,于是这点点滴滴地落下来了。

五

解剖学者的研究渐渐的进行前去了。而且那研究愈进行,学者的眼光便愈是长久地留在 L 儿的上面,L 儿的头,人的眼光一般聪明的眼,——这些东西,在学者的眼睛里,似乎见得比别的无论什么动物都重要了。但是要分开哥儿和 L 儿,是谁都知道不能够,哥儿和 L 儿也其实似乎成了一个了。然而有一日,终于不见了 L 儿。而且他在那里,是没有一个不了然的。只是那科学者怕像先前一般,有谁走进实验室来搅扰他的研究,所以他已经下了锁将门紧紧地关闭起来了。

但一面和 L 儿同时也不见了哥儿。母亲仿佛成了狂人一样,这里那里的寻觅,邻人们和警察也帮着各处去搜寻;然而哥儿终子没有见。

两三日之后,那母亲突然出现在伊丈夫的实验室里了。

"你那,孩子寻不得呢。"伊说。

学者却是不开口。

"你那,L 儿怎么了?"

学者仍然不开口，指着一张挂在壁上的狗皮。

夫人取了那皮暂时目不转睛地只查看，但忽而指着头这一边说：

"你那！看罢。L儿的头上不应该有这样的伤痕的。你看。"

皮上面，从前额到后头部，分明有着大的洋刀的伤痕。学者还默着，但将伊和狗皮比较的看。

"你看，这样的伤疤，L儿的头上不是并没有吗？"

"你是狂人！"抖着嘴唇，学者喃喃地说。

"倘是狂人便也可以解剖我，供脑的研究之用么，为了人类的幸福！……"

不多时，学者的夫人也不在家里了。而且此后也没有一个和伊遇见；伊的踪迹，便是朋友里面也没有知道的人。而邻家的使女却说伊并未走出实验室。邻人和学者的朋友都相信，哥儿是被领到一个亲戚的家里去，在那里做养子了。然而邻家的使女和工人却说是不见了哥儿的那一日，从实验室里分明听得他的悲惨的痛苦的声音。有几个人还说在邸宅里确然看见了夫人和哥儿的鬼。

有了这事的两星期之后，对于脑髓的新研究，由K解剖学者发现了。这不但在本国，简直是给全世界的科学者一个大革命一般的惊人的事。当同志的人们开一个会给科学者做研究发表的纪念的时候，K氏曾在席上说过这样意思的话："将这需用十年以上的工夫的大研究，自己在极短的时间里的便能成就者，是全由自己家里所养的出奇的聪明的小狗的功劳。"朋友们都以为这是指着L儿的事。

此后又经过了多少时，K氏在研究中，忽然被癫狗所咬，死去了。在他桌子上留着这样的一封信：——

"我现在为狂犬所啮，非死不可了，为一匹小小的可爱的狂犬……。当我专心于实验的时候，这小小的可爱的小狗便走进实验室来。为了什么呢？他那凝视一处而不动的眼，开得很大的嘴，从嘴里拖着的通红的舌滴滴地流下来的白的浑浊的泡沫，——凡这些，只要一见，便无论何人一定便知道是狂犬。我自然也很知道。我立刻拿起解剖用的大洋刀。然而解剖过几千匹强壮的兽的我的手，无论如何，竟不够打杀这一匹小小的狂犬的力量了。我的逃路也很多，然而我却不动地站着。这什么缘故呢？我不知道。我不是心理学者。我不过一个解剖学者罢了。小小的可爱的狂犬于是咬了我。然而瞬息之后，这狂犬便睡在我膝上而且舐我的手。我是虽对自己的孩子，也可以说未尝给一回接吻的。然而对于这小小的可爱的狂犬，却接吻了多少回呵。于是从有生以来，在这时候我才想做诗。在这时候我才想试弹晶班的《夜曲》和革理喀的《春的醒》。我又为什么先前不将美童话讲给人们呢,自己觉得稀奇。抱了小小的可爱的小狗,我嗅着哥罗防而死亡。唱着修贝德的《圣母颂》,……"

写在信上的就是这一点。但对于 K 氏之死,朋友们最以为不可解的是学者抱着的小狗,却正是 L 儿。是朋友们先前以为给 K 氏的研究出奇的从速告成的那聪明的小狗 L 儿!……

六

这是数年以前的事了。我去访问一个现在还是活着的有名的解剖学者。这学者,是从在大学的时候起便非常爱我的人。这学者所立的病院,以及他那解剖学的实验室,几乎都是有名到无比的。此时他靠着大的解剖台,刚刚完毕了研究。我半躺在长椅上,凝视着他的脸。那瘦削的永远是疲劳着似的青白色的脸上,略显出为研究时情热所烧的微红。这学者的研究也专门是脑髓,所以我的说话,也便自然而然的移到 K 解剖学者的事情上去了:——

"要有他这样深,又有他这样细,真实的研究的事,觉得到底是为难的。恐怕虽在两三百年之后,也未必能有新的东西,加到他的研究上面去。他真是一个不可思议的天才。这是正确的。然而将他的脑髓的研究细细调查起来,愈调查,便愈觉得在他的研究上,用了和别的解剖学者所用的种类不同的材料。"

"材料?"

"材料呵。"我诧异地看着他的脸。

学者谜似的笑了。我又诧异地看着他的脸。解剖学者低声说:

"K 是确凿为了实验,歪少解剖了两个活的人,确凿。你听到过 K 的儿子和夫人的事了罢?"

"有的,从父亲那里听到过孩子还小就不见,此后不久夫人也走了,是罢?"

"就是……"他自言自语似的说,"至少两个。……"

我默默地又凝视着他的脸。学者并不对谁,但接着说:

"现在的社会上,为了土地和商业的利益,为了政治家和军人的野心,杀死了多少万年青的像样的人,毫不以为怎样。然而为人类为人间的幸福,为拼命劳作的科学者的实验,却不许杀死一个低能儿。这是现代的人道。这是我们自以为荣的二十世纪的文明。……"

学者拿着洋刀嘲弄的笑,而且激昂地站起,无意识似的锁了实验室的门。

"便是现在称为模范的人们,对于争利益,争权力,争女人,因而杀人,因而犯罪的事,也以为不算什么一回事。然而为了科学者的进步,为了人类的幸福,却不能杀死一个白痴。这是现代文明人的道德。"他说,那眼里烧着狂热的光,那拿在手里的洋刀,在我眼前古怪的闪烁。

没有逃的路。然而我也未尝想逃走,只是无意识的半本能地用双手掩了自己的头:——

"我是不要紧的,如果是为人类……。然而倘不更好地做……。不给一个别人知道,也不给警察那边知道,……"

科学者忽然平静了。他那眼睛里,已经可以看见还在大学时代的,爱重我的恳切的表情。他放下洋刀,像平常一样的抱我了。

"我说了笑话呵。懂得?"

"自然懂得。……"

"再会。"学者开了门,一面和我握手说。

"然而,"我在自己的手里接受了他的手,用力地握着说。"如果是为人类,我是什么时候都可以的。有必要时,倘若秘密的通知我……。因为我是不要紧的,像那小狗一样……,但不要给一个人知道,要秘密。……"

一回家,我便径走进父亲的实验室里去。

"父亲。K解剖学者的孩子和夫人,究竟是怎么的?"

"K的孩子和夫人?"父亲吃惊地凝视着我的脸。"就是向来说过,都不见了。"

"单是如此吗?"

"就是如此。"

"然而调查起那人的研究来,不是说至少也有两个活的人,用在实验上吗?"

"哼,这是那个科学者的话罢。你可曾问过他,他为了一样的事,自己亲手杀了多少人?"

"那结果是怎么了呢?"我什么都不懂了,看着父亲的脸。

"凡是糊涂东西,即使设立了很大的病院,为了实验杀死了几百个病人也一点没有功用的。然而在天才,有白鼠就足够了。所谓科学因材料而进步之类的话,正是那一流人的话。"

"但是,父亲,你可有K先生并不杀掉自己的儿子的确凿的证据吗?"

"有的。有着万无可疑的确凿的证据的。"

"那证据是？"

父亲异样地看定了我的脸。我无意识地用两手抱了自己的头。这里有一条从前额到后头部的可怕的伤痕，我在这时候方才觉着了。

"父亲！说是 K 先生的儿子就是我吗？还有那科学者，就是我的堂兄吗？"

"我什么也没有说。我岂不是并不开口吗？"

"父亲，这是诳的！什么时候，父亲不是曾经自己想亲手解剖过我吗？"

"这也说不定。……"父亲转过脸去，自言自语似的说。

我看看这情形，永远永远的茫然地站着。

世界的火灾

一

唉唉，寂寞的夜！又暗，又冷，……这夜要到什么时候才完呢？

哥儿，亲爱的哥儿呵，睡不着罢？无论怎样地想睡觉，总是不成的呵，唉唉，讨厌的夜！这样的夜里，怎么办才好呢？只要在这样的夜里能睡觉，什么法子都想试一试看；而且想将睡着的人，无论用什么法，强勉的催了起来，强勉的搅了醒来。……

唉唉，苦闷的夜！而且又是尽下去尽下去，不像要明的夜。……

便是住在家里，也仿佛在无限的沙漠上彷徨似的；便是靠了火，也仿佛被冷风吹着，身心都结了冰似的。

唉唉，可怕的夜，在这样的夜里，怎么办才好呢？

然而，哥儿，无论这夜有怎样的寂寞，有怎样的寒冷，啼哭是不行的。到这里来，给你拭眼泪，将哥儿坐在膝上，紧紧地抱着，爱抚你罢，给可以温暖转来。……

说是睡着的幸福吗？

也许幸福吧，便是关在狭的笼中，也可以做自由的梦的，无论夜有怎样寒冷，也可以做暖和的春天的美的梦的。

然而这样的夜，有已经醒过来的，便再也睡不着。……

哥儿呵,不是吸鸦片,不是注射吗啡,是再也睡不着的了,那已经醒了过来的是……

说是鸦片也好,吗啡也好,什么都好,只要给你能睡觉吗?唉唉,这真是可怜见的哥儿了,怎么的对付这哥儿才是呢。我更紧的拥抱你,在你颤动的嘴唇和悲凉的眼睛上,更久的给接吻罢,但愿再不要对我提起那鸦片和吗啡的事了。在你呢,想吸了鸦片去睡觉,原不是无理的事;想做那暖和的春的自由的梦,也是当然的。但与其吸了鸦片去睡觉,倒不如死得好,因为那是永久不会醒来,那是能永久地做着暖和的春的自由的梦。……

然而哥儿,再稍微的等一会看罢。

再稍微的……

便是这样的夜,也总该有天明的时候。……

更紧的更紧地抱住哥儿罢,更久的更久的给接吻罢,而且一面等着天明,一面给哥儿讲一点什么有趣的话罢。……

古老的话是怕不愿意,那就讲点现代的话罢,侦探小说模样的。……

二

有一回,我因为事情到 S 市去,市中的客店都满住了客人,没有一间空屋,便完全手足无措了。然而在一所大旅馆里,看见我正在为难,便有一个好人似的亚美利加人来说,倘若暂时,那就住在自己的房间里也可以。我很欢喜,立刻搬行李进了这房间。据旅馆的小使说,那放我在他房间里的外人,便是亚美利加有名的富户,人都知道是 S 市的大实业家。听说他是一日里用着五大国的言语算账的。一听这话,我就很安心了。夜膳时候,看那聚到食堂里来的客,全是显得瞌睡似的脸,做着金银的梦的诸公。那亚美利加的实业家虽然在用膳,一面还啃住算盘,用了五大国的言语在那里算什么账。大约夜里十点钟光景罢,我和亚美利加的实业家都靠近火炉闲坐着。我也不知道什么缘故,觉着不安,竭力的要不向那亚美利加的实业家方面去看了。于是这外人似乎定了什么决心,正对面看定了我的脸,说道:

"可以吗?"

我怯怯的将眼光移在他那精细的剃过的脸上。实业家的透明的黄鼬似的眼睛,锋利地看着我,嘴唇上浮着静静的微笑。

"我不见得有些像狂人吗?"他又问。

"那里那里,正是正式的亚美利加人的脸呵。"我回答说。

"我虽然也这样想。然而不觉得我已经死了似的吗?"他问。

我便说,"哪有这回事,分明是鲜健地活着似的。"

"我虽然也这样想,……"实业家机械地说,便在烟卷上点了火。秋风在火炉的烟囱里,唱起寂寞的秋之歌来。被烟卷的烟霭所遮盖,实业家的脸完全不见了。这也使我增添了不安。隐在烟霭里的实业家开口说:

"我在年轻时,也如你们青年一般,最喜欢游戏。在纽约,都知道我是野球和蹴球的选手。赛船和长路竞走(Marathon race)的时节,我得到过许多回的金牌。跳舞不必说,便是溜雪和滑冰,也始终都说我是第一等。那时候,大家都以为我活着,我自己也觉得是像样地活着的。……"

他暂时沉默了。遮蔽在烟雾里的幽魂似的他,我极想给哥儿一看呢。……外人又接着说:

"不但如此,我那时总以为生在带着温暖的光的明亮的世界里;而且那时候,也没有人将我当作狂人,想送进精神病院去,倒是凡有我的意见,大家都以为不错似的,然而有一夜,我被冷风搅起了,从那梦中醒了过来,我才发现在称为纽约的暗洞里。秋的风,庭园的白杨和枫树,都伸开枝条来,说是'我们冷,我们要光明,'敲着我的房子的窗户。我赶快起来,生了睡在炉中的火;旋开屋里的电气。点上了黄金的洋灯和白银的烛台。然而那风,那庭园的白杨和枫树,也还是说道'我们冷,我们暗,'伸开枝条来敲着窗户。我全开了窗,风便欣然地进了屋子里,来应援火;白杨和枫树也都将枝条伸进屋子里,来应援我。我所看不见的遮在暗夜里的声音,听得更分明了,他们都叫喊道,'我们冷,我们要光明。'

秋风吹乱了我的头发;白杨和枫树都叫着'荷荷'的应援我,剧烈地摇摆着他们的枝条。

我在屋子中央生起一个大的火,体面的交椅和紫檀的桌子都做了柴。然而在暗夜里便是那么大的火,也只像一点小小的贫弱的火花。看着这火,听着遮在暗中的眼不能见的寂寞的声音,我的心里发生一个大欲望了。我以为便是一小时也好,要试教这夜变成光明,便是一小时也好,要使那遮在暗中的得到温暖。抱着大火把,我于是一家一家的点起火来。阿阿,好个光明的夜呵,而且是愉快的。……"

他沉默了。但是只要看他的神情,我便能明明白白的想出那被秋风所吹的火海;从吹着烟囱的风的呜咽里,我便仿佛是分明的听到了吃惊的纽约的市民的纷乱和火海的呻吟。

外人微微地笑了。

"愤怒的他们,决计要将我活抛在火里了,然而这却是我的最为希望的事。比这更明,比这更暖的坟,在这世上是没有的了。我向着这明的,这暖的,欢迎我似的呻吟着的坟,飞奔过去,一面诅咒着暗的夜,……一面赞美着火的海。……

愿和烟焰同上了崇高的空际,溶在自然母亲的眷念的胸中。

然而我是一个有着在这世上还得觉醒一回的可诅咒的命运的不幸者。……

在纽约的狂人病院里,缚了手足,昼夜不断的,几星期用冰水从头顶直淋下去的我,不独是在这纽约的狂人病院里,简直是成了在全亚美利加的狂人名物了。……

叨了亚美利加有名的精神病科的博士们的荫,我不久便悟得自己是狂人了。而且分明的悟得之后,博士们便说我的病已经全好,教回到烧掉了的家里去。

我造起比先前更体面的房屋,度起比先前更愉快的生活来了。选代表到国民议会的竞争,举大总统的游戏,究竟比野球竞争更有趣,比打牌更愉快。至于赛船和抛圈之类,则无论如何,总不及摆着势派,坐兵船去吓各国,以及驾了飞机,练习从空中高高地摔下炸弹来。然而虽然过着这样有趣的生活,我总还想放一回火,这回并不单在纽约市,却是全亚美利加,是全世界了。……"

他从烟霭里伸出脸来,凑近了我的脸。我发着抖,竭力地退后了。他也并不留心,接着说:

"你以为这做不到吗?一个人也许难,然而我已经不是一个人了。你也是我的同道罢?四面八方的点起这暗的火来,那可就怎样的明亮呵,怎样的温暖呵!而且飞向这火海去,这回决不错误,要和烟焰一同上了崇高的空际,溶在自然母亲的眷念的胸中。比这更明,比这更暖的坟,在这世上是没有的了。……"

我站起来说:"你是狂人,确凿的狂人呵。"便跑出房外去。外人在我后面大声地笑了。一到廊下,却见比我的脸色更加苍白的旅馆主人和十二三个小使在那里抖。

一问"怎的",他们便默默地指着窗门。从窗门向外一探望,只见满是巡警和巡官,水泄不通地围住了旅馆。主人吃着嘴,暗暗地对我说,"说是这旅馆里,藏着一个带炸弹的无政府党哩。"

我打电话给狂人病院去。不到半小时,便有四个强有力似的男人,坐着狂人病院的摩托车来到了。他们听得这有名的实业家成了狂人,也很以为可怜。我领他们到狂人的房外,他们怯怯地问我说,"不会反抗吗?"我回答道:"不至于罢。"便走进房里去。狂人的实业家仿佛等着我似的,说道"劳驾",他便大声地笑了。而且接续着这可怕的笑,毫不抵抗,他被四个男人环绕着,便即上了摩托车。深知道这实业家的巡警和巡官,也都说道可怜,目送着那车的驰去。一小时之后,从警察署传到了从上到下施行家宅搜索的命令了。检查了狂人实业家的行李的巡官,这时才知道那实业家,便正是他们极想弋获的亚美利加的有名的无政府党。于是这回是巡官仿佛狂人似的,跑到狂人的病院去,然而已经迟误了。毫不抵抗,温顺地跟着病院的人们,那实业家平平稳稳的到了病院,但一出摩托车,他便对着茫然的病院的男人们,谦虚地说了应酬话,迈开大步逃走了。

也有巡官说,这是我故意给他逃走的,然而那些是随口说说的话。

三

哥儿虽然笑着,但从那时以来,我却很不安,很不安,打熬不住了。从那时以来,我失了做事的元气了。我的状态,仿佛是什么时候都等着火灾似的了。什么在全世界上放火,只有狂人才会有这样话。然而我总是很不安很不安,不知道怎么好。但是哥儿怎么了?为什么这样地握着我的手呢?

为什么对着我的脸,用了那样的眼睛只是看的?怎么说?我们……

说我和你试去放火吗?在哪里?在世界?

喂,哥儿,怎么了,头痛吗?这哥儿真叫人不知道怎么对付才好呢。然而哥儿,那声音是什么?听不出吗?那个……钟的声音吗?唉唉,是钟了!

火灾了!火灾了!

快打开窗门看罢,再开大些!……

唉唉,空中通红了,……大火灾了。……

哪里呢?……西也有,北也有?这里还很暗罢?阿,哥儿,又抓住了我的手了。还对着我的脸,用了那样的眼睛只是看吗?你再怎么说,说这回轮到我们了?轮到去做什么事呢?唉唉,这哥儿真叫人不知道怎么对付才好哩。这样的可怕的夜,怎么办才好呢?……

爱字的疮

一

我是寒冷的国度里的人。深的雪和厚的冰是我的孩子时候以来的亲密的朋友。冷而且暗,而且无穷无尽的连接下去的冬,是那国里的事实,而温暖美丽的春和夏,是那国里的短而怀慕的梦。——我在那国度里的时候虽然是这样,听说现在却是两样了。我愿意相信他已两样——

那国里的人们,也如这世间的国里的人们一般,分为幸福者和不幸者。虽不知道是怎么一回事,我可也仍在不幸者一类的中间。

幸福者为要忘却那冻结了心一般冷的,和威胁于心一般暗的事实,便到剧场和音乐会之类的愉快的会上去,做些艺术的梦,那自然是不足为奇的,然而在不幸者,却不能不从冷的浓雾的早晨直到吹雪怒吼的深更,来面会这事实。

要不听到可怕的寒冷,和凄凉的吹雪的呻吟,忘掉他们,幸福者是大抵躲到恋爱的城和友情的美丽的花园里去游玩着,然而在不幸者,却不得不自始至终,听那可怕的寒冷,和凄凉的吹雪的凄凉的歌,和比歌尤其凄凉的话。为了又冷又暗的那国度里的事实,身心全都冰结了的我,将脸埋在冰冷的枕上,紧紧的紧紧的,至于生痛的紧咬了牙关。诅咒着自己,诅咒着别人,我仿佛寒夜的狼一般,真不知哭了多少回了。然而比我哭得更甚的不幸者,还该有几千几万人罢?——现在是听说为了又冷又暗的事实而大哭的不幸者,在那国度里也减少了。我相信他已减少。这减少的事,我是从幼小时候就梦想着,从幼小时候就希望着的。我到现在还活着,大约也就为了这梦想和希望罢了。

只愿意永久的睡下去的一件事实,是成了那国度里的空气的。然而这心情却不限于寒冷的国度里,便在东洋的国度,南方的国度,这一种心情尤其强,这可是在当时未经知道的了。唉唉!那时候,我所不知道的事还是非常多;就是现在,我所不知道的事,比起知道的来,还该多于几亿倍罢……

二

十年以前的事了。那时我住在一个小村里。那村虽然小，然而村人们的无知实在大，迷信和偏见是多的。村旁就有一丛接连几里的白杨林；在这村的人们，是以为再没有比这白杨林更可怕，比这白杨林更可憎的了。倘使没有事，决没有人进这林子去。但因为村人所喜欢的我就憎厌，村人所憎厌的我却喜欢，所以我对于那树林也一样，村人愈憎厌，我也就愈加喜欢了。

先前什么时候，白杨树林所在的地方，本来是一片大平野。而那大平野，什么时候又曾经做过战场的。那时候，人类和动物，接连多年的争斗着；就在那一片平野上，熊和狼和狐狸之类的动物，都领着大队，和人类决了最后的争雄。在这一战，人类完全败北了。就在人类流了血的地方，埋了骨殖的上面，成功了白杨的林子。

据这村里的人们说，是凡有常到白杨林里的人们，一定要变成古怪人，舍了村庄，跑往外国，或者寻不见，或者遭着横祸的。但是我却毫不留心这些话，最喜欢走到那白杨的森林去。愈到森林去，村里的人们也就愈加猜疑我，终于说我是古怪人了。

有一夜是大雪纷飞的夜，狼在村的左近噪叫的夜，我往白杨树林走去了。为什么在这样可怕的夜里往那边去，那时我可并没有深知道。大约有着这样的心情，是要在大雪纷飞的夜间，在林中看见春的梦；也有着这样的心情，是要在豺狐吓人的噪叫的夜里，听些对于白杨的春的私语罢。现在想起来，这心情似乎颇古怪，但在那时候，在那大雪纷飞的时候，在那豺狼吓人的噪叫的时候，这心情是毫不觉得古怪的。我走进树林里，我在一株大的白杨下，柔软的雪垫子上坐下了。雪下得很大；狼就在我的近旁呻吟。我静静地坐着，听那白杨树林的说话。

"尽先前，尽先前，这里原是一片大平野。尽先前，尽先前，人类是和熊和狼和狐狸战斗了。人类败北了。完全败北了……"

听着这些话之间，一个异样的老女人在我的面前出现了。那全身紧裹着熊的氅衣，很深的戴着海狸的帽，腰间挂一盏小小的灯笼的那年老的女人，就将说不出的异样的印象给了我。那相貌，也是只要一看见，便即终身记得的形容。

那老女人一面对我说，"你是我的东西哩。从今以后，要跟着我走的呵。"一面径向林中走去了。我虽然说，"第一，我并不是'东西'。第二，我不愿意跟谁走。"然而说着的时候，我又不知不觉地起来跟着伊走去了。"好怪呀，"我自己想。

白杨的树木,似乎在那老女人的前面排成宽阔的长廊,行着规矩的敬礼。豺狼一见伊,也都行起举手的敬礼来。

我说,"祖母,那简直是兵队似的……"

伊却道,"兵队简直是这些似的。"

我这才觉得,高兴地笑道,"阿阿,这是梦呵。"

大雪纷飞着;四近就听得狼的声音。

"祖母,你是谁?"我问说。

"我是冬的女王呵。"伊回答,很认真的。

"的确,是梦了。"我笑着。

"还有,我们现存前去的是到你的宫殿早去吧?"

"对了。"伊又认真地回答说。

"祖母的宫殿是用了金刚石和玛瑙之类的宝石做起来的罢?"我问。

"对了。"伊又用了先前一样的口气回答说。

"唉唉,倒像一个有趣的梦哩。不使这梦更加有趣些,是不行的。"我想。

"祖母,在你的宫殿里,有一个年青的好看的雪的王女罢。"

"王女是没有的。"伊答说,"虽然有一个哥儿。"

"哥儿?"我又复述地说。

"十二岁的哥儿呵。"

"如果是哥儿,无谓得很呀。"我说着,自己觉得似乎受了嘲笑了。

"连梦也做不如意,好不无聊。若是梦,何妨就有一个好看的王女,一哥儿哩……无谓。"我一面絮叨着,却仍然紧跟在伊后面。

大雪纷飞着;狼就在四近呻吟。不一会,我们的前面就现出闪闪发光的东西来,又不一会,就分明知道那闪闪发光的东西便是金刚石的宫殿了。我想站一刻,远望他的景致,然而我的脚不听我,只是急急的跟着老女人走。伊毫不留滞,进了大开的门;我也跟随着。我们一进内,那金的门便锵的一声合上了。然而伊还怕那门没有关得好,又去摸着看。

"行了。不会开的。"伊自己说,似乎放了心。

我向屋里的各处看。地上是铺着虎和熊的上好的皮毛,四壁和顶篷上是饰着各样的宝石。只有窗户,却用铁棒交成虎柙一般,给人以一种监狱似的不愉快的感觉。

"祖母,所谓宫殿,简直是牢狱呵。"

"并非到了现在,宫殿才成了牢狱模样,是什么时候都是这样的。"伊絮叨似的回答说。于是从帽子和氅衣上拂去了积雪,一面向我说,"你在这里罢。我进去一会就来。"便自走向里面去了。

"胡说。肯等在这样的地方的吗?"我一面说,也悄悄地跟在伊后面。

走过了大屋二三间,伊就进了内室,紧紧地关了门。我走进门,暂时伫立着。伊在里面脱下衣裳来,一面又和谁说着话。

"今天晚上也是一个……"

"谁呢? 也是农人吗?"问的是可爱的哥儿的声音。

"那里,这么大雪的夜里,农人会进树林里来的吗?"

"那么,又是谁呢? 工人?"

"便是工人,这样的夜间也不到树林里来的。"

"那么,究竟是谁呢?"

"一定是一个呆子。"

听到这里,我愤然的就想打门了,然而竟也没有打。

"年青的?"

"廿一二岁罢。"

"那人也许知道我正在找寻的字呢。老年人虽然不知道这一个字,年青的人们却仿佛知道似的。"

"唔,怎样呢。虽然看去有些呆。……"

"问一问好罢? 可是即使知道,怕也未必肯教罢。"

"唔,怎样呢。虽然看去有些呆……"

"给点报酬呢? ……"

"可是已经死掉了的,什么报酬也未必要罢。"

"但是,祖母,便将那生命做了报酬,怎么样?"

"那是已经不行了。"

"祖母,怎么不行? 没有什么不行的。只要你答应……"

"已经不行了呵。是盖在雪里睡了两个时辰的。"

"但是,祖母,我如果不知道这个字,我就如死了的一样。年轻时便死掉,我是不愿意的。"

"已经不行了,是已经到了这里的。"

"但是,祖母,这倒也没有什么做不到。我知道的。"

"胡说,将你的生命当作那一条生命给了他,那又何须说得呢,自然是没有什么做不到的。"

"倘不是立刻给了我的生命,就不行?"

"并不是立刻。是到了那时候,到了廿二岁,便得承受那运命的。懂了吗?……"

邻室里面的哥儿便凄凉地哭起来了。

"祖母,如果不知道那字,我也还是不想活着呵。"

"然而岂不是没有办法吗?是已经盖在雪底下睡了两个时辰的。是已经到了这里的。但似乎自己却还没有知道死,是呆子呵。总之,照那人说过的话,给些报酬就是了。未必会要讨还自己的生命罢,因为还没有知道是死着的哩,而况又是呆子呢。姑且去问一问罢……"

哥儿站起身,走向我所站着的门口来了。我便竭力的不使出声,竭力的赶快回到先前的屋子里。而且作为最后的言语,送到我的耳朵里来的是,"要将自己的生命交出去,得用什么方法交付呢?"的哥儿的质问的声音。

"唉唉,有趣的梦呵。"

我说着,悠然地躺在虎皮上面了。不多久,我的屋子里,便毫无声响地走进一个十二岁上下的可爱的哥儿来。那哥儿,是没有一处不使我想起白杨树。模样宛然是白杨做成的美丽的雕刻;头发披在肩上,好像白杨的花;而那全身,又似乎弥漫着白杨的香味。他的声息,也给人起一种听到了白杨叶的摇动的心情。

"不相识的人呵,我是这家里的,是白杨的哥儿。"他一面对我行着礼,一面看定了我的脸,谦逊的开谈了。

"原来,是这府上的哥儿吗?请,请坐。"我率直地说。

哥儿便坐在我的旁边;屋子里充满了白杨的香气。

"什么事呢?"

"对于不相识的人,有一件重大的请求哩。"

"那请求是?……"

哥儿暂时沉默着;于是用了低微的声音,完全是白杨叶的瑟瑟的摇动似的,说出话来了。

"我是白杨的孩子。待长大起来,须得发出许多光和热,在这世界上燃烧。成了柴木和火把,来温暖这世界,光明这世界,这是白杨的使命。然而要热发得多,要火把烧得亮,有一个字是必要的。胸膛上一个'爱'字,是必要的。"

哥儿一面说,一面便脱了衣服,给我看那宛如白杨的皮色一般的胸膛。我全不知道怎么一回事,略略起身,向那胸前惘然的只是看。哥儿接着说:

"在这胸膛上,'爱'的一个字是必要的。在这胸膛上,请写一个'爱'字罢。"

"用什么写呢?"

我一问,哥儿便送过一把小小的金的刀子来,而且说:

"望你就用这金的刀子写。"

"要割得深吗?"

"愈深就愈好。"

"痛的呵。"

"不要紧的,因为是白杨的孩子。"

"还要出血呢。"

"不要紧的,因为是白杨的血……"

我接过金刀子,就在那胸前正当心脏的地方,认真的刻了一个"爱"的字。从胸脯上,就如清露滴在花上似的,流出几点鲜血来。一看见这刻着的字,哥儿的相貌便充满了喜欢。而且他又比先前更其可爱了。

"作为报酬,你愿意要什么呢?"白杨的哥儿这样问。

"要生命。"我笑着说。

我才说,哥儿的脸便变了青苍,那嘴唇,也如白杨的银叶似的,颤抖起来了。我看着,便觉得那美丽的哥儿很可怜。

"可爱的哥儿。白杨的哥儿呵。我只是说一句笑话罢了。我并不要生命。"一面说,我便和蔼地抱住了白杨的银叶似的抖着的哥儿。

"哥儿,不要怕罢。我单是说了笑话罢了。我并不是要生命的。作为报酬,我单希望给我接一回吻。只一回……"

我于是就在白杨的银叶似的发着抖的嘴唇上接了吻。忽然间,仿佛觉得有热的潮流通过了我的周身了。

"接吻是归还生命的方法。"哥儿紧握了我的手,低声说,"因为接吻,你取得了自己的生命了。至于我的生命是……"

——我睁开眼睛来。一瞬息中,便分明的知道了自己是在林中葬在积雪里,几乎要冻死的了。然而接吻的热,却似乎使全身都温暖。我竭力地站起身。大雪纷飞着。狼就在四近呻吟。我向村庄走去了。因为和白杨的哥儿接了吻，我的全身还温暖。我走到村庄了。大雪纷飞着，狼就在四近呻吟。

全村里的人们是没有一个不认识我的，因此我便去打第一家的门。听说有人受着冻，那家的主人便絮絮叨叨的来开门。然而待到分明的见是我，那主人却又变了异样的相貌了。

"今天晚上，兵和侦探都在到处搜寻你呢，要逃走，还是赶快逃走的好吧。"主人说。

"兵和侦探都在搜寻我？为什么？"

"还说为什么哩，你自己总该明白的。"主人说着话，又眼睁睁地看我了。

"我是不逃的。我冻着呢。你肯救我一救吗？"

"出多少？……"

"出十卢布，可以么？"

"太少。"

"二十呢？"

"如果出到二十五个，那可以……"

三

从那时候以来，早过了十年了。在这十年之间，我曾经住在东洋的国度里，也曾经住在南方的国度里。在这十年之间，我对于暖热的国度的梦话和东洋的国度的呓语，全都听得疲倦了。在这十年之间，我见了南方的国度的幻觉，也见了东洋的国度的催眠状态，于这世间已经厌倦了。我于是又回到那又冷又暗的事实的国度里去了。那时候，则正是那国度里所梦想着的春的时候。那国度里的人们，都希望这春比平常更其暖，也比平常更其长。一到了这国度里，我便又觉得总该一到那十年以前曾经住过的村庄去。但是这村庄，太阳虽然温和地照着，却是依旧的寒冷，虽在美丽的春季，却也依旧的凄凉。为人们所憎，为我所爱的白杨的树林也早已完全没有了。一看见曾经有过树林的大平原，便使我仿佛觉得人类和动物又挑中了这里开过战。而且这一回，是人类虽然得了胜，却毫没一处可以觉察出胜利的情形。

离村二里模样，还剩下一些大白杨的林子。我便从白杨的残株间，走向那剩下的林中去。正走着，又仿佛走在十年以前曾和冬的祖母一同走过的那廊下似的了。在这长廊的尽头，就是树林的边界，却看见一间小小的人家。我不由的走进家里去了，只见在屋子里,散乱着白杨柴木的中间,想些什么似的在床上坐着一个年老的妇女。那女人的相貌,便是只要一看见,便即终身记得的形容。

"是冬的祖母呵。"我心里说。心脏也怦怦的跳动,几乎生痛了。

"莫非又是做着梦吗?"我又疑心起来。

"祖母!"我低声的叫唤,伊什么都不说,只是看定了我的脸。我那心脏的鼓动比先前更剧烈了。我就用两手按在胸膛上。

"祖母,你就是冬的祖母罢。"我低声地说。

伊什么都不说,只是看定了我的脸。我几乎跌倒了……

我坐倒在白杨的柴火上。暂时是不断的沉默。于是伊仿佛定了神似的,粗鲁地说:

"我是这里的砍柴的老婆子。"

"十年前,"我又问,"祖母这里有过一个十二岁的哥儿罢?"

伊的脸色变成青苍了。我也发了抖。暂时是不断的沉默。

"有的,但是现在已经没有了。"伊仿佛记起了什么似的,说。

"现在在哪里呢?"

"谁?"

"哥儿呀。"

"现在是,什么地方都不住了。已经烧完了。"

"烧完了?"

"为了爱字的病呵。"

伊见我不能懂,仿佛很以为奇似的。又是锐利地看定了我的脸。在树林的幽静里,听到我的心脏的鼓动的声音。

"祖母,什么是爱字的病呢?"

"十年前,哥儿的胸膛上。生了一个'爱'字模样的疮。这'爱'字的疮!却又渐渐的浸进胸膛的深处去了。"

"还有呢?"

"哥儿的性子便古怪了。哥儿就说出这等话来,说是愿意拥抱了全世界的人,给他们温暖……"

"后来呢?"

"后来我窘了。哥儿还说是愿意做了火把,去照人们的暗路。"

"还有呢?"

"还有是做了火把,照着人们的暗路,于是烧完了。"

又是暂时的接着的沉默。伊却又看定了我的脸。

"你能写'爱'字吗?"

"唔唔。"

"那么,可肯给我在白杨的柴火上写个'爱'字呢?"

"祖母,为什么?"

"写了'爱'字的柴火,比平常的烧得更其暖,更其亮呵。"

伊异样地笑起来了。我一听到那笑声,便如淋了冰水似的发了抖。伊又站立起来,贴着我的耳朵低声说:

"在我的胸膛上,正当心脏的地方,可也肯给写一个'爱'字呢?我也愿意像白杨哥儿一样,成了火把,照着人们的暗路,一直到烧完。"

我急忙站起身:自己分明的知道,只要再在那屋里一分钟,我便会发狂的。于是也不再理会那老女人,我跳出屋子,向着村庄这面逃走了。

……

我在这晚上,便向着我所借宿的人家的主人,问他可知道住在树林里的砍柴的老婆子的事。

"知道的。"他说,"那是这里的有名的狂人;是树林里的妖怪。你遇见了吗?给你说了些'爱'字的疮之类的话了罢。什么写了'爱'字,柴木便烧得更其热,真是妖怪呵。十字架的力,和我们在一处!"他于是画了三回的十字。

"然而那哥儿是怎么死掉的呢?"我问说。

"那是全不足道的事。那是入了多数党,做了骑兵队,在这里活动的。幸而今年的骚扰时候,反给白军的骑兵队捉住,治死了。那样的东西吗,愈是死得多,我们便愈多谢。"他向四面张望着,低声地说。

"是怎么治死的呢?"我又问。

"因为要威吓那样的东西,是活活烧死的。然而这是讲白军坏话的人们所说的话,不足为凭的。那样的东西,无论怎么治死,谁也不会当做一个问题看。只有那老婆子却可怜。从那时候起便发了疯,说着走着,说是哥儿成了火把,照着人们的暗路,烧完了。总而言之,实在是无谓。"

他一面说,一面剧烈的吐唾沫,后来似乎又记起什么来了,便又说:

"但是讲些妖怪和杀人的话,晚上不相宜。十字架的力,和我们在一处!"

他怯怯地向着窗门看，画了十字许多回。我沉默着，凄凉的看他画十字。外面是渐渐地暗下来了；连着我的心……

……

我又出了这国度。向外国去了。然而便是到了外国，我的心还痛着。似乎觉得在我的心里，有了一条新的而且深的伤。而且这伤，又似乎渐渐的深下去了。而且这伤的模样，仿佛又并非"爱"字而为"憎"字。大的"憎"字的模样……而且这又渐渐的大了起来……

唉唉，将这心，须得怎么办才好呢……

小鸡的悲剧

一

这几时，家里的小小的鸡雏的一匹，落在掘在院子里给家里的小鸭游泳的池里面，淹死了。

那小鸡，是一匹古怪的小鸡。无论什么时候，毫不和鸡的队伙一同玩，却总是进了鸭的一伙里，和那好看的小鸭去玩耍。家里的主母也曾经想："小鸡总是还是和小鸡玩耍好，而小鸭便去和小鸭。"然而什么也不说，只是看着罢了。这其间，那小鸡却逐渐的瘦弱下去了。家里的主母吃了一惊，说道：

"唉唉，那小东西怎么了呢。不知道可是生了病。"

于是捉住了那小鸡，仔细的来看病。但是片时之后，主母独自说：

"小鸡的病是看不出的。因为便是人类的病，也不是容易明白的呵。"

一面却将那生着看不出的病的小病夫，给吃草麻油，用针刺出翅子上的血来，想医治那看不出的病，然而一切都无效。小鸡只是逐渐的瘦下去了。他常常垂了头，惘然的似乎在那里想些什么事。主母看见这，说道：

"唉唉，那小东西，不过是鸡，不过是小鸡，却在想什么呢？便是人类想，也就尽够了。"

这样说着，自己也常常不知不觉地落在默想里了。而且这些时，主母的嘴里便低声说：

"仍然是，小鸡总还是和小鸡玩耍好，而小鸭便去和小鸭。"

二

有一天，小鸡仍照常和小鸭游玩着。这时候，太阳已经要落山了。小鸡对着小鸭说：

"你最喜欢什么呢？"

"水呵。"小鸭回答说。

"你有过恋爱吗？"

"并没有有过恋爱，但曾经吃过鲤儿。"

"好吗？"

"唔唔，也还不错。"

白天渐渐地向晚了。小鸡垂了头，看着这白天的向晚。

"你在浮水的时候，始终想着什么事呢？"

"就想着捉那泥鳅的事呵。"

"单是这事？"

"单是这事。"

"在岸上玩耍的时候，想些什么呢？"

"在岸上的时候，就想那浮水的事。"

"总是这样？"

"总是这样的。"

白天渐渐地向晚了。小鸡已经不再看，只是垂了头。他又用了低声说：

"你睡觉的时候，可曾做过鸡的梦吗？"

"没有。却曾做过鱼的梦。梦见很大的，比太太给我们的那泥鳅还要大的。"

"我可是不这样。……"

沉默又接连起来了。

"你早上起来，首先去寻谁？"

"就去寻那给我们拿泥鳅来的太太呀。你也这样的吧。"

"我是不这样，……"

已经是黄昏了。然而垂着头的小鸡，却没有留心到。

"我想，我如果能够到池里，在你的身边游泳，这才好。"

"但是，怕也无聊罢，你是不吃泥鳅的。"

"然而到池里，难道单是吃泥鳅吗？"

"唔，不知道可是呢。"

到了黄昏之后，家里的主母便来唤小鸡。小鸭和别的小鸡都去了。只有这一匹，却垂了头，也垂了翅子，茫然的没有动。主母一看到，说道：

"唉唉，这小东西怎么了呢。"

三

第二天，清晨一大早，小鸡是投在池子里，死掉了。听到了这事的小鸭，便很美地伸着颈子，骄傲的浮着水说：

"并不能在水面上浮游，即使捉了泥鳅，也并不能吃，却偏要下水里去，那真是糊涂虫呵。"

家里的主母从池子里捞出淹死的小鸡来，对着那因为看不出的病而瘦损了的死尸，暂时惘然的只是看。

"唉唉，可怜的东西呵。并不会浮水，却怎么跑到池里去了呢。不知道可是死掉还比活着好。

但是无论怎样，也仍然，小鸡总还是和小鸡玩耍好，小鸭去和小鸭，……我虽然这样想，……虽然这样想，……"

伊独自说，对着那因为看不出的病而瘦损了的小小的死尸，永远是惘然的只是看。

朝日渐渐地上来了。

红的花

第一部曲

其一

我睡着，我睡了做着各样的梦，做着关于人类的运命的梦，和关于这世间的将来的

梦……。那梦很凄凉,是这世间似的黑暗而且沉重的梦,然而我又不能不做这些梦,因为我是睡着的……。

有谁敲了我的屋子的窗了。"谁呀,敲着窗门的是?"我暂时醒过来,讯问说。

"是我呵,春的风呵。"仍然敲着窗门,一面回答说。

"北京的风吗?讨厌的东西呀。"

"我是春风呢。"

"什么事呢?"

"新的春来了。"

"春便是来,和我有什么关系呢?我是睡着的,我是正在做着这世间的梦的,春便是来……。"

"春来了呵,真的春,比起你做着的梦来,春的现实美得多哩。"

"胡说……。"

"在这世上,新的花就要开了。"

"怎样的花?"

"红的花呵,通红通红的血一般的通红的铃兰呵,赶快起来,来迎新春罢,美的鸟儿也就要叫了。"

"怎样的鸟?"

"红的鸟呵,通红通红的天鹅……。"

"天鹅在临死之前,唱那凄凉的歌罢?"

"不的,那里那里,是天鹅在未生以前,唱那红的歌呵,通红通红的血一般的歌。"

"呸,要说谎,还该说得巧妙些,什么通红的歌……。"

"不相信吗?"

"谁会相信呢。不要再敲窗门了罢,我是睡着的,我是做着梦的。"

"这有什么要紧呢,还要打门哩!"他说着,就激烈的叩起门来了。

"唉唉,北京的风,怎样的善于捣乱呵。"我一面说,一面也便清醒了。

其二

有谁正在拼命的敲门。我想:大约是哥儿回来了罢。所谓哥儿者,是一个十六七岁的我的学生,和我住在一处的。我开了门,我的猜想也不错,那打门的也果然是这哥儿。

哥儿进了房,暂时没有话,只听到那急促的呼吸。

"哥儿怎么了?"

"我们学生又闹起来了,"他无力地说,"而且又行了示威运动了。"

"又有了什么冲突了吗?"

"对咧,给警察和兵队殴打了。"他低声回答说。

"很痛了罢。"

"那里,痛什么之类的事,有什么要紧呢。虽然并没有痛……。"

"只要没有痛,那就很好了。"我说。

暂时没有话。

学生运动

"打学生的也不只是警队和兵队,一到大街,也有从店铺里跳出来来打我们的。而且普通的人们也嘲骂我们,那些民众呵。"

"这真是劳驾劳驾了。"我笑着说。

"大哥,大哥,"哥儿看见我笑,便用两手掩了脸。我自己也觉得对于哥儿太残酷了,似乎很抱歉。

"哥儿,不要哭了罢,我不过是讲笑话。"我于是谢罪似的说。

"笑话是足够了,"哥儿脸向着我说。"各处都正在说笑话,我不愿意从你这里再听笑话了。你倘以为我可怜,就该说些正经话给我听的。"他说着,脸上又显出要哭的模样来。

"所谓正经话,是怎样的说话呢。文学的事,还是世界语的事呢?"

"并不是这些事呵。"

"那我吗的脸。

"为什么显了这样的相貌,看着我的呢?"我问。

"讲给我红花的事吧。"哥儿便断然地说。因为红花这一句话,来得太突然了,我不由得吃了一惊,张大了嘴和眼睛对他看。

"红的花的话?"

"是的,通红通红的血一般的通红的铃兰的话……。"

"并且和那红的鸟的话,通红通红的血一般的通红的天鹅的话?"

"还有这样的话吗?"这回是哥儿吃了一惊了。

"还有红的歌哩,通红通红的血一般的通红的歌……,唱一出试试罢。"我看见哥儿的惊疑的脸,又禁不住失了笑。

"又是笑话吗?"这一回,他也当真要哭了。

"阿阿,哭是不行的。从此不再说笑话了……。"

"你这里,一定有着红的花,"哥儿又看着我的脸说,"大家全都这样说着呢。"

"即使有着这样的花,这也已经是不开的枯掉的了。"

"这样看来,没有太阳的光和热,花便开不成的话,也竟是真话哪。"他自言自语地说,又向我说道,"但是,大哥,在这国度里,红的花开花的时候,也要来的,不多久。"

"怎么知道的呢?"

"因为太阳就要上来了……。"

我笑了。暂时是沉默,忽而哥儿似乎想到了什么了,用力地握了我的手。

"大哥,送给我你那红的花罢,便是枯的也可以。"

"喂,哥儿,你在那里说什么?"

"你该懂得的罢。"

"不懂呀。"

"也仍然不肯给我红的花罢了。虽然怎样的爱我……。"

哥儿苦笑着,放开了我的手。他走向窗面前,将湿着眼泪的脸,靠了玻璃,去看黑暗的夜主宰着黑暗的世界。什么地方鸡啼了。"那是第三回的鸡啼呵,"哥儿说。什么地方又是一回的鸡啼。

"大哥,那是第三回的鸡啼呵。"他又说,于是更加竭力地向着东边看。哥儿是热心地等着太阳的上来;我一见他那种热心的等着太阳,便也忍不下去了。

"哥儿呵,我来讲红的花的事给你听,就是不要再等太阳了罢。"

"为什么呢?"

"因为太阳是不上来的。"

"永远?"

"也许是永远。"

"可是已经第三回的鸡啼了。"

"那也许是第三千零三回的鸡啼哩。你以为只要鸡一啼,太阳就上来吗?"

"虽然是这样想……大哥,要怎么办,太阳才会上来呢?"那熬着眼泪的哥儿,竟孩子似的呜呜地哭起来了。我用尽了在东洋各国学来的所有恳切的话,去安慰这哭着的哥儿,然而都无效。只望他哭得稍平静,我便叫哥儿赶紧躺下了,将头搁在自己的膝上,讲起红花的话来。

"讲红的花罢。"哥儿一听到,便渐渐的平稳下去了。单是从他眼睛里,还滔滔的流出热泪来,那身体,也正如痉挛许久以后似的,不住的发着抖。

第二部曲

其一

红的花的故事,是一个国度里的故事。这国度,是从一直先前以来,为寒王和暗后所主宰的。那王有两个王子叫横暴和乱暴。叫作窃盗的人是这国里的总理;叫做精穷的一个术士是王的最忠的忠臣。受着这一流人物的统治的国民,那困难,像你似的哥儿怎么能领会呢。而且那国度的状态,像我似的不会说话的嘴,怎么能叙述呢。那凄惨的模样,实在是言语说不尽,笔墨也写不出的。那国度里的人民,从起来的时候起,到躺下的时候止,(这国里除了科学家以外,普通的人们都没有昼夜的分别,白昼称为起来的时候,黑夜称为躺下的时候。)总是迷路,碰着物和人,颠仆在泥土里,坠落在深沟里。因为寒王,这国里的人们的全身总是发着抖,因为暗后,连灵魂都缩小了。在这国里的人们的起来的时候和躺下的时候,横暴和乱暴这两王子都带了和自己一类的人物,唱着国歌道:

"喂,打打,推,

喂,撺呀,杀杀!"

一面疯狗似的在国度里跑,打男人,拉女人,惊孩子,威吓这全国度。唉唉,那种状态,在哥儿的国度里,是无论如何看不到的。

"那叫作窃盗的总理,又将那些'拿钱来''送孩子来,那边去,这边来'之类的命令,无论在这国里的人们的起来的时候,或者是躺下的时候,都不断地发表,而且差那叫做精穷的忠心的术士去施行这些命令去,这国里的人们是连夜梦里也发着抖的。点灯笼和洋灯不消说,即使点油松,对于暗后也是不赦的罪;倘想要自己住着的街和房子更便利,更温暖,虽然不过单是想,对于寒王也犯了不赦的罪的。犯了这样的罪的人们,那自然该受可怕的刑罚。"

哥儿完全不哭了,抬了湿着眼泪的可爱的脸,用了他吃惊的眼睛,只看着我的脸。

"大哥,这故事不太可怕吗?"

"那里那里,可怕的故事多得很哩。不消说,虽然不是童话,却是真事情的话。……"

"后来那国度怎么了呢?"

春风又来敲着窗门。第三千多少回的鸡啼,也来报黎明已到了……。

其二

"那国度是全然困顿了。那国里的人们只有唯一的希望,就是像你一样的希望太阳的上来。只因为这希望,大家所以一代一代地活着。

"寒王和暗后也拼命的劝谕,教大家静静地等候太阳上来,而且还说,太阳一升到这国度里,他们便即让位给太阳,自己却来和国民过平等的生活。这是什么缘故呢,因为统治一国,是很不容易,非常为难的;所以专等着太阳的上来是这国度里的人们的义务,而这国度里的人们也都驯良的等候着太阳。但是无论怎么等,太阳在别的国虽然也上来,也下去,只在寒王和暗后的国度里却不见有上来的模样。于是这国里的人们都不知道怎么办才好了。寒王和暗后之间,却又生了第三个王子,叫作失望。

"这时候,这国里来了一个称为希望的外人,那是伟大的学者,懂得许多事情的人。然在这国度里,却以为唯有外人最讨厌;而且这名叫希望的学者,便在别的外人之间,也很被憎恶的。因是他从起来的时候起,到躺下的时候止,只研究着不利于暗王国的事,而且还计划着各国的灾祸。据人们说,希望外人又曾宣言,说是寒王和暗后统治着国度的时候,太阳是不会上来的。那就是太阳不上来的时候,这国里的人们便不会得到幸福的理由了。

"但这国里的人们,虽然从一直先前以来,即使各人都不幸,却总相信自己的国度是世界上最为幸福的国度,从来没有怀过疑。听了希望学者的话,诚实的人们都不信,然而性急的勇敢的青年们却因此很担心,没法放下了,并且这才觉到自己的国度并非幸福的国度。听到了这些事,横暴和乱暴两王子带了和自己相像的人物,用了比先前更响的声音,唱着

'喂,打打,推,

喂,撺呀,杀杀!'

的国歌,比先前更厉害的在全国度里绕。窃盗总理和精穷术士也比先前更尽忠于寒王和暗后了。还有新降诞的叫作失望的王子,并不多久,也就长大起来了。但是虽然这

样,那性急的元气的青年们,却还是发各种的议论,终于跑到希望学者那里去商量。

"'要怎么办,暗王国才会幸福呢?'那青年们对了希望学者首先问。

"使全国开了红的花,就会幸福吧。'他简单地答。

"红的花的种子在这国度里是多到有余,性急的年青的人们便将那种子撒在学校和寺院的院子里,运动场里,市上的公园里,各处的田地里。"

哥儿兴奋了,抬了头看着我的脸。

"那红的花开了没有呢?"

"不,一朵也没有开。"

哥儿叹一口气,那眼珠又湿润了。

第三千多少回的鸡啼已经报了天明;春风微微的敲着窗户,说:

"可是这回却要开哩,红的花……,通红通红的血一般的通红的铃兰的……。"

然而哥儿将脸埋在我的膝上,没有听到了。

其三

"性急的元气的年青的人们,又跑到希望学者那里去,说:

"红的花的种子虽然各处都撒到了,但是红的花却一朵也没有开。'

"'那是光和热不够的缘故。'希望学者静静地回答说。

"听了这话,年青的人们都愕然了。

"那么,仍然是除了等候太阳上来之外没有法,这是寒王和暗后的国度,光和热当然不足的。'他们都失望了。希望学者却失了笑。他知道这国度的人们是以为各国各有一个太阳,即使别国的太阳早已上升,而本国的太阳没有上,是丝毫没有法子想的。希望外人这时候想到了这一节,于是就失笑了。

"'虽然对诸位很抱歉,但是在这世上,为这世间的太阳是只有一个的,就是这太阳,什么时候都无休无息,给这世上温暖和光明。然而因为寒王和暗后统治着这国度,横暴和乱暴这两王子又在各处走,所以这太阳的暖和光都达不到这国度里。倘没有了寒王和暗后,这国度的上面,是一定可以看见温暖光明的太阳的。使这国度里开了红的花,那妨碍看见太阳的东西也就自然而然的没有了。'

"听了这些话,年青的人们便是忧郁,失掉了元气了。

"'然而,能使开花的热和光不是不够吗?'他们又说。

"希望学者又笑了。

"'能使开花的热和光,无论在那一国,是多到有余的。'他说,而且笑。

"性急的年青的人们都目不转睛地看着希望学者的脸。他们里面,也有一个像你似的哥儿叫作有望,是最勇敢最高尚的青年。暂时看着希望学者的脸之后,那有望哥儿也笑了。他于是用了锋利的刀割开了自己的胸膛,在自己的心脏中,种下那红的花的种子去。从这哥儿的胸膛里,这才开了通红通红的,血一般的通红的铃兰的花……

"不多久,全国到处都开了红的花。一看见红的花,寒王和暗后便带了横暴,乱暴和失望这三个王子遁向东方,窃盗总理和忠心的精穷术士都忽而逃向西方了。在这国度上,从创世以来,那温暖光明的太阳这才给予光亮。从这时候起,这国度里的人们,这才学起生活于幸福的事来。

"然而,哥儿,那首先割开胸膛,使从这里面首先开花的有望哥儿们,却并没有看见光辉美丽温暖的太阳在这国度上。他们并没有在太阳之下,尝一点幸福的生活。

"有望哥儿们的生命,是成了红的花的生命了。哥儿呵,为了红的花,而交出了自己的生命和自己的心的热血的有望哥儿们,是忘记不得的。……"

然而我那可爱的,将眼泪沾湿了我的膝髁的哥儿,却已经睡着了。我目不转睛地看着泪湿的疲劳的美丽的脸,屹然的坐着,什么地方又起了第三千多少回的鸡啼;春风又静静的敲着窗户。

哥儿入梦了。我也一样……

第三部曲

其一

在将头藏在很高的青云里的山的山脚下,嚷嚷的聚集着许多工人们:他们都想走上那连着青云的一条很窄的山路去。但在狭路的两面,从山脚下一直到云端,都排列着几千几百个收税官吏一般的人物。他们因为要使不纳税的不能走上这条道路去,正和冲过去的工人们战争。正当这时候,工人们里忽然跳出一个青年来,一面将金钱递给站在左右的官吏,一面径自上去了。工人们也暂时停止了和官吏的争斗,羡慕似的看那青年向上走,直到看不见了影子,才又格外的喧嚷起来。我走向闹着的工人们那边去。

"你们为什么闹的呢?"我问一个工人说。

"我们么,"他先抛给我一个怀疑的眼光,"我们到这里来,是想要一同上山去的,然而那班畜生,"他指着两旁的官吏,"说是拿钱来。吃饭尚且没有钱,上山还会有钱么。"

"上山又做什么呢?"我问。

"说是山上有着红的花哩,能使工人们得到幸福的红的花。"

"通红通红的,血一般的通红的铃兰的花吗?"

"对咧,大家就是想要拿这个去,那些畜生们却是除了有钱的之外,谁也不放过去。"

"究竟前面的是什么山呢?"我问。

"你不知道?"工人又诧异地看我了,说,"那就是有名的学问山,是知识阶级的窠呵。在上面的能使工人幸福的红的花,就是知识阶级这些小子们在那里做出来的。但是知识阶级这羔子能够相信吗?我们也想自己上去看,然而那畜生……。刚才上去的小子虽然也是我们的一伙……。虽说替工人们去取了红的花,拿到这里来……。手头有钱的小子,能够相信的吗?有钱的都是强盗,都是吸我们的血的狗呵!"工人们各处叫喊,而且声音又逐渐的响起来了。

"打罢,动手!"工人们叫喊着,又开始了前进,在这时候,那青色的云端里恰现出先前上去的青年来。

"呀,回来了,回来了。"工人看见他,都大声说。

"喂,快下来,快下来罢,我们并不是到山上来旅行的。"工人喊着说。受着站在两旁的官吏的逐一的招呼,那少年走下来了。待他近来,我才知道他便是我的哥儿。他的眼睛发出光闪,那脸热得通红。哥儿一面往下走,一面对着工人热烈的说话。工人都张着嘴,茫然地听着。我虽然也分明地听到他的言语,却毫不懂那些言语的意义。我看着站在前面的一个工人的脸说:

"那说的是什么话呢?不懂呵。"

"不懂。似乎并不是我们所用的话。"

"那里的话呢?不懂呵,不知道可是美国话。"

"不。"一个工人说,"那是知识阶级所用的话啊,据说就是学问话。"

"喂喂,简单点!"各处发出工人的忍耐不住的声音来了。

"红的花怎么了?"

"拿出红的花来……。"

"谈天不关紧要,先拿出红的花来罢!"工人们都叫喊。

"红的花在这里!"在喧嚣里提高了喉咙说,哥儿将红的花擎起在工人们的头上了。忽而大家都寂静;而红的花照入各人的眼中。在忽而平静了的沉默中,我分明地听到工人们地充满了希望的胸膛的鼓动。但是过了一分时,工人们又像暴风雨中的大海一般的喧扰起来了。

"那是白的花,是染红的白的花……。那是白纸做的花……。那是用红颜色染过的纸的花。那是用原稿纸做的花,用红水染过的。"

"骗子!说谎的……。打这畜生,动手!"大家叫喊着,捏起拳头,都准备攻击哥儿了。

"且住,且住,那是我的哥儿呵。"我一面叫喊,因为想帮哥儿,便跳进工人们的队伍里……。

其二

幻景消失了。我的额上流着冷汗。一瞥那躺在我的膝上的哥儿的脸,只见他为恐怖所袭击,发着可怕的痉挛,我便不由地往后缩,我为要不看见他的脸,闭了自己的眼睛。我用手遮了他的额,许多回,无意识的反复地说道,"那不过是梦罢了,幻罢了。"

"我并不说谎;我并不想要欺骗工人,但是那红的花,那用红水染出来的,用原稿纸做成的那花,怎么会在我的手里的呢?"似乎被谁诘问着似的,哥儿用了笑话,替自己辩护说。我用手抚着他的脸,许多回,反复地说道,"那不过是梦罢了,幻罢了。"那脸相终于沉静;哥儿已经熟睡了。有谁开了门,走进我的房里来。我直觉的知道:那是新的梦又复进来了。

"已经足够了。不要进来!"我想说,然而竟不行。哥儿又在那里做梦了。我也一样。……

其三

在起了大波涛,可怕地呻吟着的无限的人们的大海中间,出现了一座铁和石造成的金字塔一般的高塔。那铁制的门户,都密不通风,关闭得紧紧的。从许多窗子里,却看见机关枪和大炮。塔上面和塔下面,以及门前面,都站着许多的军人。那军人,全是造塔的石头一般冷,造门的铁一般硬,毫不动弹,只是静静地看着起了大波涛,可怕地呻吟着的无限的人们的大海。

"开门罢！"无限的人们的海发出咆哮来。铁匠的锤，樵夫的斧，矿工的锄，这些作工的器具，都做了工人的武器，当军人前面，抡在空气中。

"开门，开门罢！"无限的人海的呻吟逐渐响起来了。然而塔是像石和铁所做的山一般冷，军人是像铁和石所做的塔一般不动摇，静看着这情状。

"开门，开门罢……。"

"那塔，是什么塔呢。"我向了一个抡着斧头的工人问。

"那是议院呵……。"

"议院？"

"是的，"工人说着，又抡起斧头，叫道"开门开门"了，但忽又向着正在惊疑的我，愤愤地说道。"据说那里面就有红的花哩。"

"红的花？"

"红的花呵，据说能使穷人得到幸福的红的花，就在这里面。"

"也有红的鸟吗？"我无意识地问。这回是工人吃了一惊，显了什么也不懂的脸相了。

"什么红的鸟？"

"通红通红的，血一般的通红的天鹅呵。"

"这样的东西，或者也有罢。我们已派了代表，教他无论如何，总要从有钱的小子们的手里，取了那能使穷人得到幸福的红的花来。但是红的鸟，却并没有说起呢。也许又受了富翁的骗了。畜生！我们的代表本该早已回来的了，现在是怎么的呢？只是等候着，等候着。……在那里面的东西是没有一个靠得住的，全是畜生。因为都是不能够相信的坏种。……"

"喂，开门罢，开门！"他们抡着工具，叫喊的声音比先前更响亮了。跟着这叫喊似的，静静的开了最上层的门；于是第二层，第三层，瞬息之间，一切门都开了。在那里面，能看见从底到顶的雪白的大理石的阶级，充满着大约是温室里养出来的美丽的奇花。那两边，是排列着远方各国的有名的绘画和很古的雕刻；而在中间，则站着不动如雕刻，美丽如图画的军人。

无限的人海忽而冰冻了。石级上面，静静的现出一个年轻的人来。

"那是我们的代表呵，体面罢。"拿斧的工人对我说。仔细地看了工人的代表，我的心却又鼓动起来了。

"喂喂，那是我的学生呵，那是我的哥儿呵。"我拉了工人的袖子说。

"胡说，畜生！"工人却仿佛骂我似的发恼了。

代表渐渐下来,工人的叫喊万岁的声音也渐渐的盛大,而在后面,铁的门也从上到下,一层一层的挨次关闭了。待到代表走完了石级,也就关上了最后的门,只见那高塔如石和铁做成的山一般,冰冷的先前一样的站着。

"红的花怎么了?拿出红的花来!"无限的人海如此呻吟。这时候,我已经知道那工人的代表确凿是我的哥儿了。哥儿很庄严地举了手,在那手里,便捏着鲜血染过了似的通红的花。无限的人海又冰冻了,然而这也不过是一瞬间的事。

"那是白的花。那是染了工人们的血的白的花;染了穷人们的血的白的花。奸细!凶手!"无限的人海又复呻吟,起了斧和锄和镰刀的波涛,奔向哥儿这面去。

"那是我的学生呵。那是我的哥儿呵。"我一面叫,便跳进了工人们的队伙里。

"教出奸细来,还要逞能吗?畜生!"一个拿斧工人吆喝着,就举斧来劈我的头。我惊叫一声,向后一仰面,那斧便顺势落在胸膛上,立刻劈成两半了。

"那是我的学生呵。那是我的哥儿呵⋯⋯。"

其四

幻景消失了。我颤抖着。我聚起所有的元气来,去一看靠在我的膝上的哥儿的脸。那脸苍白倒像一个死人,筋肉丝毫不动,也完全像是死尸的模样。

"死了!死了!"我叫喊着,又一摸他的额,冰冷如同石头。我又要去按哥儿的胸膛,这时才知道,他的胸膛已经分成两半了。

"死在斧上的罢。"我想。我又去一窥探,只见心脏还在那里面微微的动弹。

"死在斧上的呵!"我又想。而且这时才记得,我的胸膛也是受了斧劈的了。我一看自己的胸膛,我的胸膛也分了两半,又去一窥探,只见心脏还在那里面微微的动弹。在心脏中,隐约的看见红的花,已经就要枯起来了。"拿掉罢。"我勉励自己似的说,从心脏中取出红的花来。"将这送给故去的哥儿,作为最后的纪念罢。"我说着,便将花种在哥儿的心脏里。这时候,哥儿的心脏却又复活过来,发生了鼓动;那死人似的哥儿的苍白色的脸上,也流通了新的神秘的生命;他的嘴唇,也凄凉的微笑了。

"我并不是奸细。我是寻觅着真的花的,但那染了工人们的血的白的花怎么会在我的手里的呢?"他握着我的手,低声地说。

"可爱的哥儿呵。那是我知道的,然而那些不过全是梦罢了,可怕的幻景罢了。"

"是罢。"哥儿说着,将眼光转到那边去了。我也一样⋯⋯。

然而那边的墙壁已经看不见了。

其五

在我的面前，有无限的大都会中的一片空地方，左边看见学问山似的高山，右边看见仿佛议院塔一般的高塔。其间有许多人，动弹着，然而不出声。空地的中央立着奏乐的高台，四面都围满了兵队。人们里面，仿佛觉得最多的是农夫。

"那是什么？"我指着兵队围住的高台，问一个年青的农夫说。

"那是断头台呀，砍人头，绞人颈子的。"他低声的答，很坦然。

"今天也有人要受死刑吗？"

"对咧。"

我的心骤然间生痛了。

"今天是砍谁的头呢？"

"这我们怎么知道呢？虽然天天在这里砍人，绞人，但是砍的是什么人的头，绞的是为了什么事，我们统统不知道。总该是有什么缘故的罢，总该是因为做了什么坏事情罢。……"他仿佛有所忌惮似的向四面看，而且放低了声音。

"听说做了好事情的人的头也砍。然而我们是无智识的，所以什么也不懂的。"他于是接近了我的耳朵，用了更低的声音说：

"我们是小百姓呀，似乎不能排在人里面的。"

我吃了一惊，目不转睛地看着他的脸。

"我们是人的影子呵。"他极低声地说。

我的心寒冷了。我于是知道他实在是人的影子。我想从他这里逃开，便走向守着断头台的军人那边去。我还怕军人也是人的影子，就去一触其中一个的手，觉得确是人，我不由的非常高兴了。那被我触着了的军人，当即转过眼来对我看。

"究竟在这里，今天处谁死刑呢？"我问。

"这些事，"他微微一笑说，"我们是不知道的。虽然每天在这里砍人，绞人，但是砍的是什么人，绞的是为了什么事，我们统不知道的，总该有什么缘故的罢，总该是因为做了什么坏事情罢……。"他说着，也如先前的农夫一样，惴惴地向四面看，于是放低了声音，挨近了我，说道：

"听说做了好事情的人的头也砍。然而我们是无智识的，所以什么也不懂的。"他又

中华传世藏书

鲁迅全集

鲁迅全集

童话集

像那农夫一样,接近了我的耳朵,而且用了比先前更小的声音:

"我们是军人呀,似乎不能排在人里面的。"他说。

我更加吃了一惊,目不转睛地看着他的脸。

"我们是机器呵。"他在我的耳朵边,极低声地说。

我发了抖,我的心寒冷了。

有谁在我的后面笑;回头看时,是成了一小群,都是戴着红的假面和黑的假面的,正在站着笑我哩。我便走向他们那边去。

"究竟今天是砍谁的头呢?"我向了戴着红假面的一个人问。

"这我们是不知道的。虽然天天在这里砍人,绞人……"红假面也学着农夫的口吻说。红假面和黑假面都笑起来了,然而我却没有笑。

"你们是谁呢?"

"我们是假面。"

"你们为什么戴着红的和黑的假面的呢?"

"因为我们的脸还没有长成。"

"如果脸长成了?"

"便抛了假面了。"

"要什么时候,你们的真的脸才会长成呢?"

"红的花开了的时候……。"

"今天是砍谁的头呢?"

"你为什么要问这等事?"

"因为我的心生痛呵。"

戴着红的和黑的假面的人们,都诧异似的看我了。

"这似乎不是影子……。也不是机器……。说是有心的……。而且说是这心还会痛……。"他们用了很低的声音,大家切切地说。于是经我最先问过的红假面,便走近我的身边来了。

"今天是,要砍那种了红的花的人的头。"

"红的花?"

"红的花!今天就要砍那试种了使人们幸福的红的花的人的头呵。"

"那红的花是种在什么地方呢?那人是……。公园里,还是田地里呢?"

"种在什么地方,我们不知道。似乎不是在公园,也不是田地里。我们也曾将红的花的种子下在这些地方的,但是都无效,那花一朵也没有开。将花种在什么地方这一节,我们也正想探问他,所以特地来到这里的。"

"来了! 来了!"影子和机器都嚷起来了。影子们和机器们左右一分,让出一条大路,直通断头台,路上现出一辆自动车,棺木似的盖着黑布。这时候,捏着明晃晃的板斧的刽子手,也在断头台上站起来了。驶到断头台的阶级下,那黑的棺木似的自动车便停了轮。五六个军人和官吏,从车子里押出犯人来,并且带到断头台上去了,犯人的胸前,就开着很大的红的花。

"那是我的学生呵。那是我的哥儿呵。"我叫唤说。

军人将哥儿的头搁在高的树桩上,刽子手举起那明晃晃的板斧了。

"且住! 且住!"我一面叫喊,一面跳到断头台上去。

"且住,且住……。"

挂着许多勋章的官员一举手,刽子手的明晃晃的板斧停在哥儿上面的空中了。影子们和机器们全都不动了。

"且住,且住……。这红的花是我的,并不是哥儿的花。如果为了红花而死,不该是这哥儿,却应该是我……。"

挂着许多勋章的官员将他举着的手的小指只一弯,刽子手的明晃晃的板斧便闪电似的落下来了……。哥儿的头,掉在我的脚下了。

"哥儿,哥儿……

结末

其一

幻景消失了。我用两手掩了脸,啼哭着。

"说谎,说谎,这花是我的。这是我用了胸中的血和热养大来的红的花。"哥儿正在说笑话。

"哥儿,哥儿……。"

春风比先前更用力地来敲窗。

"新的春来哩。不起来迎接吗?"

哥儿醒来了。

"大哥,谁敲了窗门了?"

"谁也没有敲。"

"我分明听到的。"

"阿阿,那是春风罢了。"

"说了些什么罢,那春风?"

"不,也并不……"

"我分明的听到了。说是'新的春来哩。不起来迎接吗?'"

哥儿起来了。太阳升得很高了。

"大哥,我去了。"

"那里去?"

"那边,你不同去吗?"

"我的路是不同的。"

"我却也这样想……。"哥儿寂寞地说。

"哥儿,我们的路虽然不同,我们一同还要会见的。"

"在断头台上吗?……"

我们都走出外面了。天空很澄明,春天的太阳很愉快的晃耀。春风摇荡着杨柳的下垂到地的枝条,切切地说:

"春来了,还不起来吗?"

哥儿微笑了。临别的时候,他紧紧地握着我的手说:

"大哥,无论怎么说,那是总不还你的了。"

"什么?"

"你给我的那红的花呵。"

其二

在院子里,我和客寓里的主妇遇见了。

"唉唉,颜色好不难看,这是怎么一回事呢?"伊说。

"不,别的倒也没有什么。"

"昨晚上又是一点也没有睡着吗?"

"倒也还算是睡着的……。"

"和那美少年一起?"

"是的。"

"那可不好。"

"为什么?"

"还说为什么……。总之,还是再去睡一会罢。"

"叫我再去睡下吗?"

"自然,可是颜色太难看了………………………………………………………………………………。"

下垂到地的杨柳树,很深地吐一口气,说:

"开起花来试试罢。红的花却不成,虽然对诸君很抱歉……。"

我许多时,许多时,惘然的只站着。

时光老人

一

的确有一个大而热闹的北京,然而我的北京又小又幽静的。的确有一个住着阔气的体面的人们的北京,然而住在我的北京的人们,却全是质朴幽静而且诚实的。住在这样幽静的地方,混在这样幽静的人们里,我的心也本该平静一点的了。然而不然,无论如何,无论如何,总不平静,而且也不像会平静。到夜间,我尤其觉得寂寞,因为夜间是始终总是一个人的。一上床,我虽然竭力地想要做些什么梦,赶快的睡去,但是我的北京虽然睡着,却并非(使人)能睡的地方。

我的北京并不是做些美的梦的所在;便是先前什么时候做过的梦,也要给忘掉的了。一想起先前和那莫斯科的东京的朋友们,一同到剧场,音乐会,社会主义者的集会这些地方去,夜里嚷嚷的闹过的事来,我就悲凉的叹息。一想起那时和三四个朋友在一处,拥抱着朋友,为朋友所拥抱,立定从那富翁和野心家,以及一切罪人(的手里)救出社会,国,全人类的方针;并且做过梦,是从我们的手里成了自由的乐园的世界。想到这些事,我就寂寞的唏嘘了。太寂寞了的我,有时更将时辰钟放在身旁,想从那"滴答滴答"的音响中,听到辽远的朋友们的相思的声息。我是诗人,以为这该是能够的。

然而一直到现在,在时辰钟的"滴答滴答"的音响中,却并没有听到相思的朋友的声息。只听得始终训斥我的那时光老人的严厉的声音罢了。但在老人自己高兴时,也就说我可怜,讲给听各样的话,虽然也并非什么愉快的话,……

有一回,我非常之寂寞了。就如诸君所知道:我所相信,是以为人类大抵是向着自由,平等,同胞主义,和正义而前进的;我所希望,是想这不幸的世界,逃出了虐待弱者和穷人的利己主义者的压迫,变成爱人类,要求人类的幸福的主义者的天下的;而且无昼无夜,就是等候着,祈愿着这一回事。但看见青年的人们学着老年,许多回重复了自己的父亲和祖父的错处和罪恶,还说到我们也是人,昂然的阔步着,我对于人类的正在进步的事,就疑心起来了。不但这一件,还有一看见无论在个人的生活上,在家庭间,在社会上,在政治上,重复着老年的错处和罪恶的青年,我就很忧虑,怕这幸福的人类接连的为难了几千年,到底不能不退化的了。想到这事的时候,在我是最为寂寞的。

有一回,正适当时候了。一面想,这一回,青年的人们是一定要改正了父亲和祖父的错处,赎清了老年人对于人类的一切罪恶,绝无阻碍的,自由的进向幸福的时代的了。这样地安慰着自己,一面就上床,因为记挂着人类的事是苦痛的,便拿了时辰钟,以为这一次,在这"滴答滴答"的音响里,总该可以听到从富翁和野心家,和一切罪人的压迫中救了出来的朋友们的声音的了。于是将时辰钟放在自己的身旁,殊不料不到二三分,替代了朋友的声音,却是严厉的时光老人的絮絮叨叨训斥我的声音,又渐渐地听到了。时光老人开始了下面的那些话。……

二

人的蠢材。滴答滴答,……滴答滴答,……并不是现在才成蠢材的,什么时候都如此。……便是过去,……便是现在,……便是将来,……滴答滴答,……滴答滴答,……

人是不会聪明的了。没有可能的理。滴答滴答……

蠢材生蠢材,这蠢材又生下比自己更蠢的蠢材来。滴答滴答,……滴答滴答,……这就是人类的发达。羡慕罢?住口! 滴答滴答,……滴答滴答,……

想说是可怜罢? 有什么可怜! 滴答滴答,……滴答滴答,……

因为并非从别个教做蠢材。是自己教自己做蠢材的,有什么可怜呢? 滴答滴答,……滴答滴答,……你也是蠢材,连你的父亲……和祖父……住口！滴答滴答,……滴答滴答,……

你想说,即使父亲和祖父是怎么样的蠢材,也非尊敬不可的罢？请便请便。滴答滴答,……滴答滴答,……

跪在蠢才的祖宗面前,随意的拜他们去！横竖是不能更蠢上去的了。滴答滴答,……滴答滴答,……

你的孩子们也一定以蠢材生,做许多蠢材的事,而以蠢材死的。一面拜着蠢材的你,和你的祖宗。滴答滴答,……滴答滴答,……

蠢材生蠢材,蠢材拜蠢材,人类开出来的是怎么样奇怪的花呵！住口！滴答滴答,……滴答滴答,……

想要说,靠了现在之所谓新教育,人类便会好起来的罢？什么是新教育？就是讲英国话吗？以为年轻人学好了打弹子,野球,足球,人类就得救吗？蠢材,滴答滴答,……滴答滴答,……滴答滴答,……滴答滴答,……

我含了泪,默默地听着老人的说话。

暂时之后,老人又开始了说话了。

三

在这世界上有一所又大又古的寺院,有无从想象的那么大,也有无从想象的那么古。滴答滴答,……滴答滴答,……

在这里面便站着许多做成各式形状,涂着各样颜色的,有无从想象的那么古的神道们。滴答滴答,……滴答滴答,……

年老的人们,是拜着这古老的诸神,在他们面前奉行合格的仪式,年青的人们是不论昼不论夜,拼了自己的性命,守着这古老的诸神,管着这古老的寺院,帮助着对于诸神的仪式。滴答滴答,……滴答滴答,……

贵重的供养品之中,最多的是人的泪,人的汗,人的血。然而诸神最爱的供养,却是在年轻人的脑和心里面的东西。滴答滴答,……滴答滴答,……

住在寺院里,守护着诸神的人们的最大的职务,是在于将太阳的光和新的空气,丝毫也不放进寺里去。滴答滴答,……滴答滴答,……

有一个很古的传说,说是新的空气和太阳的光一入寺,就在这瞬间,住在寺里的人们便即一个不留的死掉了:这便是古的诸神的罚。所以这寺院里,什么时候总黑暗;那空气,只是一天一天的坏下去罢了。滴答滴答,……滴答滴答,……

古的诸神映着微弱的蜡烛光,笼着线香的烟篆,见得像是伟大而且神秘地活着的巨灵。一面念着神秘而含深意的圣经,一面行着将人们的脑和心献给古的诸神的仪式,是无可言喻的庄严。滴答滴答,……滴答滴答,……

在沉重的空气里,因为神秘的音乐,谁也听不出献给诸神的人们的惜命的声音,和诅咒诸神的句子来;因为照着微弱的烛光,笼着线香的烟篆,谁也看不见变了血的泪,怕死而青白了的脸,为苦恼而发的周身的可怕的痉挛。滴答滴答,……滴答滴答,……

谁也相信,供养了古的诸神的人们是最幸福,这是无论什么时候总如此。滴答滴答,……滴答滴答,……

虽然无论什么时候总如此,但是有一春,滴答滴答,……滴答滴答,……

那是一个不可思议的春天。这一春的太阳,比无论哪一春的太阳更明亮;那空气比无论哪一春的空气更纯净,更暖和;这一春的花,比无论哪一春的花更芬芳;鸟的歌也比无论哪一春的鸟的歌更可爱。滴答滴答,……滴答滴答,……

躲在寺院里,管着古的诸神的年轻人们的心,在这一春,便比无论哪一春更寂寞,比无论什么时候更其想着太阳的光了。滴答滴答,……滴答滴答,……

在这春天,献给古的诸神的,人们的惜命的声音,以及诅咒诸神的句子,也比无论什么时候更强大,分明的听到了。那些人们的变了血的泪,怕死而青白了的脸,为苦恼而发的周身的可怕的痉挛,在这春天,也给谁都看见了。而且在这春天,管寺的年青的人们这才起了疑,以为在烛光中见得像是活着的巨灵的诸神,也许不过是石头所做的怪物。滴答滴答,……滴答滴答,……

他们试去略略的开了一扇窗。滴答滴答,……滴答滴答,……

春的天空比无论什么时候更其青,走在这天空中的明亮的小小的云,也比无论什么时候更其美。见这些的年轻人们的心,便慕起真理来了。滴答滴答,……滴答滴答,……

从略开的窗间射进来的太阳照着古的诸神也分明的知道了不过是石头所做的怪物。滴答滴答,……滴答滴答,……

年青的人们,忘却了太阳的光和新的空气一进寺院里,住在寺里的人们便要瞬息死完的这一种很古的传说,一回就大开了寺院的窗和门。滴答滴答,……滴答滴答,……

从大开的窗和门,涌进太阳的光和新的空气来,古的诸神立刻都跌倒,全从高座上落在年青的人们的头上,年青的人们全都被压坏了。滴答滴答,……滴答滴答,……

很古的时候传下来的传说，并不是诳话。开了寺院的窗和门户的人们，是一个不留的死掉了。然临死的时候，他们却也没有一个吝惜性命的。滴答滴答……滴答滴答，……

而且临死的时候，他们还对着聚在他们身旁的，从古的诸神解放出来的年青的人们说，说是古的诸神不毁坏，人们便不会有幸福，作为最后的遗言。但是为自由的欢喜所醉的年青的人们，看见倒在地上的古的诸神，却立刻将他们忘却了。滴答滴答，……滴答滴答，……

醉在自由的欢喜里，或者去喝酒，下棋；或者神魂颠倒的，去耍野球，斗足球；或者又做些恋爱的歌，而且去歌唱。无忧无愁地玩耍着，暂时之间，那古的诸神不必说，便是为了自由而被压碎的人们，以及那些人们所遗留下来的言语，也全都忘却了。滴答滴答，……滴答滴答，……

然而当诸神倒坏的时候，惊得暂时惘然的年老的人们，却一分时也忘不了这诸神。诸神倒后不多久，那老年的人们便悄悄地再聚在古的寺院里，不怀好意地叫道，"倒了的诸神，并不是不能再修好；大开了的寺院的窗和门户，也并不是不能比先前关得更紧的。"滴答滴答，……滴答滴答，……

他们一面咒骂着太阳的光和芬芳的春的空气，一面修整着破了的诸神，将新的颜色，来涂改了丑恶的颜色，动手又要将他们摆在高座土。在紧闭了窗户的暗空气的沉重里，他们又在做起将人献给古的诸神的仪式的梦来了。滴答滴答，……滴答滴答，……

但是为自由的欢喜所醉了的年青的人们，却丝毫没急觉察到这一件事，或者是喝酒下棋，或者是神魂颠倒的去耍野球，斗足球，或者又做些歌而且去歌唱，竟将那古的诸神不毁坏，人们便不会有幸福的事，完全忘却了。滴答滴答，……滴答滴答，……

滴答滴答，……滴答滴答，……但是，古的寺院就要修好了，将年青的人们献给古的诸神的仪式，就要开始了！……

"且住且住，老翁，略等一等吧。所谓古的诸神，究竟是什么？而那古的寺院，又在哪里呢？"我迷惘地大声说。作为回答，时辰钟便铛地报了两点半。

四

我从床上起来，胸脯痛得要哭，头里是昏昏然，耳朵边还听到喊声，说是古的诸神不毁坏，人们便不会有幸福。唉唉！奉献了这不幸的生命，使人类能够幸福，这虽然是很好的事，……我独自言语着，便走出外面了。北京的十一月的夜间是冷的。十一月的夜间的北京是静的。唉唉！使我的心也像北京的十一月的夜间这么冷，也像十一月的夜间的北京这么静，这才好哩！向着一个谁，我这样的叫出来了！

坏孩子和别的奇闻

[俄国]A.P 契诃夫著

前记

　　这里的八个短篇,出于德文译本,却正是全属于"契红德"时代之作,大约译者的本意,是并不在严肃的介绍契诃夫的作品,却在辅助玛修丁(V.N.Massiutin)的木刻插画的。玛修丁原是木刻的名家,十月革命后,还在本国为勃洛克(A.Block)刻《十二个》的插画,后来大约终于跑到德国去了,这一本书是他在外国的谋生之术。我的翻译,也以绍介木刻的意思为多,并不着重于小说。

　　这些短篇,虽作者自以为"小笑话",但和中国普通之所谓"趣闻",却又截然两样的。它不是简单的只招人笑。一读自然往往会笑,不过笑后总还剩下些什么,——就是问题。生瘤的化装,蹩脚的跳舞,那模样不免使人笑,而笑时也知道:这可笑是因为他有病。这病能医不能医。这八篇里面,我以为没有一篇是可以一笑就了的。但作者自己却将这些指为"小笑话",我想,这也许是因为他谦虚,或者后来更加深广,更加严肃了。

译者　一九三五年九月十四日

坏孩子

　　伊凡·伊凡诺维支·拉普庚是一个风采可观的青年,安娜·绥米诺夫娜·山勃列支凯耶是一个尖鼻子的少女,走下峻急的河岸来,坐在长椅上面了。长椅摆在水边,在茂密的新柳丛子里。这是一个好地方。如果坐在那里罢,就躲开了全世界,看见的只有鱼儿和在水面上飞跑的水蜘蛛了。这青年们是用钓竿，网兜，蚯蚓罐子以及别的捕鱼家伙武装起来了的。他们一坐下，立刻来钓鱼。

"我很高兴，我们到底只有两个人了，"拉普庚开口说，望着四近。"我有许多话要和您讲呢，安娜·绥米诺夫娜……很多……当我第一次看见您的时候……鱼在吃您的了……我才明白自己是为什么活着的，我才明白应当贡献我诚实的勤劳生活的神象是在那里了……好吧一条大鱼……在吃哩……我一看见您，这才是得了爱，我爱得您要命！且不要拉起来……等它再吃一点……请您告诉我，我的宝贝，我对您起誓：我希望能是彼此之爱——不的，不是彼此之爱，我不配，我想也不敢想，——倒是……您拉呀！"

安娜·绥米诺夫娜把那拿着钓竿的手，赶紧一扬，叫起来了。空中闪着一条银绿色的小鱼。

"我的天，一条鲈鱼！阿呀，啊呀……快点！脱出了！"

鲈鱼脱出了钓钩，在草上向着它故乡的元素那里一跳……扑通——已经在水里了！

追去捉鱼的拉普庚，却替代了鱼，错捉了安娜·绥米诺夫娜的手，又错放在他的嘴唇上……她想缩回那手去，然而已经来不及了：他们的嘴唇又不知怎么一来，接了一个吻。这全是自然而然的。接吻又接连的来了第二个，于是立誓，盟心……幸福的一瞬息！在这人间世，绝对的幸福是没有的。幸福大抵在本身里就有毒，或者给外来的什么来毒一下。这一回也如此。当这两个青年人正在接吻的时候，突然起了笑声。他们向水里一望，僵了：河里站着一个水齐着腰的赤条条的孩子。这是中学生珂略，安娜·绥米诺夫娜的弟弟。他站在水里面，望着他们俩，阴险的微笑着。

"嗳哈……你们亲嘴。"他说。"好！我告诉妈妈去。"

"我希望您要做正人君子……"拉普庚红着脸，吃吃地说。"偷看是下流的，告发可是卑劣，讨厌，胡闹的……我看您是高尚的正人君子……"

"您给我一个卢布，我就不说了！"那正人君子回答道。"要是，不，我去说出来。"

拉普庚从袋子里掏出一个卢布来，给了珂略。他把卢布捏在稀湿的拳头里，吹一声口哨，浮开去了。但年青的他们俩，从此也不再接吻了。

后来拉普庚又从街上给珂略带了一副颜料和一个皮球来，他的姊姊也献出了她所有的丸药的空盒。而且还得送他雕着狗头的硬袖的扣子。这是很讨坏孩子喜欢的，因为想诓得更多，他就开始监视了。只要拉普庚和安娜·绥米诺夫娜到什么地方去，他总是到处跟踪着他们。他没有一刻放他们只有他们俩。

"流氓，"拉普庚咬着牙齿，说。"这么小，已是一个大流氓！他将来还会怎样呢?！"

整一个七月，珂略不给这可怜的情人们得到一点安静。他用告发来恐吓，监视，并且索诈东西；他永是不满意，终于说出要表的话来了。于是只好约给他一个表。

有一回，正在用午餐，刚刚是吃蛋片的时候，他忽然笑了起来，用一只眼睛使着眼色，问拉普庚道"我说罢？怎么样？"

拉普庚满脸通红，错作蛋片，咬了饭巾了。安娜·绥米诺夫娜跳起来，跑进隔壁的屋子去。

年青的他们俩停在这样的境遇上，一直到八月底，就是拉普庚终于向安娜·绥米诺夫娜求婚了的日子。这是怎样的一个幸福的日子呵！他向新娘子的父母说明了一切，得到许可之后，拉普庚就立刻跑到园里去寻珂略。他一寻到他，就高兴得流下眼泪来，一面拉住了这坏孩子的耳朵。也在找寻珂略的安娜·绥米诺夫娜，恰恰也跑到了，便拉住了他的那一只耳朵。大家必须看着的，是两个爱人的脸上，显出怎样的狂喜来，当珂略哭着讨饶的时候：

"我的乖乖，我的好人，我再也不敢了！阿唷，阿唷，饶我！"

两个人后来说，他们俩秘密的相爱了这么久，能象在扯住这坏孩子的耳朵的一瞬息中，所感到的那样的幸福，那样的透不过气来的大欢喜，是从来没有的。

一八八三年作

难解的性格

头等车的一个房间里。

绷着紫红色天鹅绒的长椅上，靠着一位漂亮的年青的太太。

值钱的缀有须头的扇子，在她痉挛地捏紧了的手里咯咯地响；眼镜时时从她那美丽的鼻子上滑下来；胸前的别针，忽高忽低，好象一只小船的在波浪里。她很兴奋……她对面坐着一位省长的特委官，是年青的新作家，在省署时报上发表他描写上流社会的短篇小说的……他显得专门家似的脸相，目不转睛地在看她。他在观察，他在研究，他在揣测这出轨的，难解的性格，他已经几乎有了把握……她的精神，她的一切心理，他完全明白了。

"阿，我懂得您的！"那特委官在她手镯近旁的手上接着吻，说。"您那敏感的，灵敏的精神，在寻一条走出迷宫的去路呀……一定是的！这是一场厉害的，吓人的斗争，但是……您不要怕！您要胜利的！那一定！"

讨好贵夫人的特委官

"请您写出我来吧，渥勒兑玛尔！"那位太太悲哀的微笑着说道。"我的生活是很充实，很有变化，很多色采的……但那要点，是在我的不幸！我是一个陀思妥耶夫斯基式的殉难者……请您给世界看看我的心，渥勒兑玛尔，请您给他们看看这可怜的心！您是心理学家。我们坐在这房间里谈不到一点钟，可是您已经完全懂得我了！"

"您讲罢。我恳求您，请您讲出来罢！"

"您听罢。我是生在一家贫穷的仕宦之家的。我的父亲是一个好人，也聪明，但是……时代和环境的精神……vous comprenez（您明白的），我并不想责备我那可怜的父亲。他喝酒，打牌……收贿赂……还有母亲……我有什么可说呢！那辛苦，那为了一片面包的挣扎，那自卑自贱的想头……唉唉，您不要逼我重新记它出来了。我只好亲自来开拓我自己的路……那吓人的学校教育，无聊小说的灌输，年青的过失，羞怯的初恋……还有和环境的战斗呢？是可怕的呀！还有疑惑呢？还有逐渐成长起来的对于人生和自己的不信的苦痛呢？……唉唉！……您是作家，懂得我们女人的。您都知道……我的不幸，是天生了的呀……我等候着幸福，这是怎样的幸福呢？我急于要成一个人！是的！要成为一个人，我觉得我的幸福就在这里面！"

"您可真的了不得！"作家在手镯近旁吻着她的手，低声说。"我并不是在吻您，您这出奇的人物，我是在吻人类的苦恼！您记得拉斯可里涅可夫吗？他是这样的接吻的。"

"阿，渥勒兑玛尔！我极要荣誉，……要名声，要光彩，恰如那些——我何必谦虚呢？——那些有着不很平常的性格的人们一样。我要不平常……简直不是女性的。于是……于是……在我的路上，我遇到了一个有钱的老将军……您知道罢，渥勒兑玛尔！这其实是自己牺牲，自己否定呀，您要知道！我再没有别的法子了。我接济了我的亲属，我也旅行，也做慈善事业……但是，这将军的拥抱，在我觉得怎样的难堪和卑污呵，虽然另一面,他在战争上曾经显过很大的勇敢,也只好任他去。有时候……那是可怕的时候呀!然而安慰我的是这一种思想,这老头子不是今天,就是明天便会死掉的,那么,我就可以照我的愿望过活了,将自己给了相爱的人,并且得到幸福……我可是有着这么的一个人的,渥勒兑玛尔!上帝知道,我有着这么一个的!"

那位太太使劲地挥扇,她脸上显出一种要哭的表情。

"现在是这老头子死掉了……他留给我一点财产,我象鸟儿一样的自由。现在我可以幸福了……不是吗,渥勒兑玛尔?幸福在敲我的窗门了。我只要放它进来就是,然而……不成的!渥勒兑玛尔,您听哪,我对您起誓!现在我可以把自己给那爱人,做他的朋友,他的帮手,他的理想的承受者,得到幸福……安静下来了……然而这世界上的一切,却多么大概是讨厌,而且庸俗的呵!什么都这样的卑劣,渥勒兑玛尔!我不幸呵,不幸呵,不幸呵!我的路上,现出障碍来了!我又觉得我的幸福远去了,唉,远得很!唉唉,这苦楚,如果您一知道,怎样的苦楚呵!"

"但这是什么呢?怎样的一种障碍呢?我恳求您,告诉我罢!那是什么呀?"

"别一个有钱的老人……"

破扇子遮掩了漂亮的脸。作家把他那深思的头支在手上,叹一口气,显出专门家和心理学家的脸相,思索了起来。车头叫着汽笛,喷着蒸气,窗幔在落照里映得通红。

一八八三年作

假病人

将军夫人玛尔法·彼得罗夫娜·贝絅基娜,或者如农人们的叫法,所谓贝絅金家的,十年以来,行着类似疗法的医道,五月里的一个星期二,她在自己的屋子里诊察着病人。她面前的桌子上,摆着一个类似疗法的药箱,一本类似疗法的便览,还有一个类似疗法药的算盘。挂在壁上的是嵌在金边镜框里的一封信,那是一位彼得堡的同类疗法家,据玛尔法·彼得罗夫娜说,很有名,而且简直是伟大的人物的手笔;还有一幅神甫亚理斯泰尔夫的象,那是将军夫人的恩人,否定了有害的对症疗法,教给她认识了真理的。客厅里等候着病人们,大半是农人。他们除两三个人之外,都赤着脚,这是因为将军夫人吩咐过,他们该在外面脱掉那恶臭的长靴。

玛尔法·彼得罗夫娜已经看过十个病人了,于是就叫十一号:"格夫里拉·克鲁慈提!"

门开了,走进来的却不是格夫里拉·克鲁慈提,倒是将军夫人的邻居,败落了的地主萨木弗利辛,一个小身材的老头子,昏眼睛,红边帽。他在屋角上放下手杖,就走到将军夫人的身边,一声不响地

跪下去了。

"您怎么了呀! 您怎么了呀,库士玛·库士密支!"将军夫人满脸通红,发了抖。"罪过的!"

"只要我活着,我是不站起来的!"萨木弗利辛在她手上吻了一下,说。"请全国民看看我在对您下跪,您这保佑我的菩萨,您这人类的大恩人! 不打紧的,这慈仁的精灵,给我性命,指我正路,还将我多疑的坏聪明照破了,岂但下跪,我连火里面还肯跳进去呢,您这我们的神奇的国手,鳏寡孤独的母亲! 我全好了呀! 我复活了呀,活神仙!"

"我……我很高兴……!"将军夫人快活到脸红,吞吞吐吐地说。"那是很愉快的,听到了这样的事情……请您坐下罢! 上星期二,您却是病得很重的!"

"是呀,重得很! 只要一想到,我就怕!"萨木弗利辛一面说,一面坐。"我全身都是风湿痛。我苦了整八年,一点安静也没有……不论是白天,是夜里,我的恩人哪! 我看过许多医生,请喀山的大学教授们对诊,行过土浴,喝过矿泉,我什么方法都试过了! 我的家私就为此化得精光,太太。这些医生们只会把我弄糟,他们把我的病赶进内部去了! 他们很能够赶进去,但再赶出来呢——他们却不能,他们的学问还没有到这地步……他们单喜欢要钱,这班强盗,至于人类的利益,他们是不大留心的。他开一张鬼画符,我就得喝下去。一句话,那是谋命的呀。如果没有您,我的菩萨,我早已躺在坟里了! 上礼拜二我从您这里回家,看了您给我的那丸药,就自己想:'这有什么用呢? 这好容易才能看见的沙粒,医得好我的沉重的老病吗?' 我这么想,不大相信,而且笑笑的;但我刚吃下一小粒,我所有的病可是一下子统统没有了。我的老婆看定着我,疑心了自己的眼睛,'这是你吗,珂略?'——'不错,我呀。'于是我们俩都跪在圣象面前,给我们的恩人祷告:主呵,请把我们希望于她的,全都给她吧!"

萨木弗利辛用袖子擦一擦眼,从椅子上站起,好象又要下跪了,但将军夫人制住他,使他仍复坐下去。

"您不要谢我,"她说,兴奋得红红的,向亚理斯泰尔夫象看了一眼。"不,不要谢我! 这时候我不过是一副从顺的机械……这真是奇迹! 拖了八年的风湿痛,只要一粒瘰疬丸就断根了!"

"您真好,给了我三粒。一粒是中午吃的,立刻见效! 别一粒在傍晚,第三粒是第二天,从此就无影无踪了! 无论那里,一点痛也没有! 我可是已经以为要死了的,写信到莫斯科去,叫我的儿子回来! 上帝竟将这样的智慧传授了您,您这活菩萨! 现在我好象上了天堂……上礼拜二到您这里来,我还憋着脚的,现在我可是能够兔子似的跳了……我还会活一百来年哩。不过还有一件事情困住我——我的精穷。我是健康了,但如果没有东西好过活,我的健康又有什么用处呢。穷的逼我,比病还厉害……拿这样的事来做例子罢……现在是种燕麦的时候了,但叫我怎么种它呢,如果我没有种子的话? 我得去买罢,却要钱……我怎么会有钱呢?"

"我可以送您燕麦的,库士玛·库士密支……您坐着罢! 您给了我这么大的高兴,您给了我这样的满足,应该我来谢您的,不是您谢我!"

"您是我们的喜神! 敬爱的上帝竟常常把这样的好人放在世界上! 您高兴就是了,太太,高兴您行的好事! 我们罪人却没有什么好给自己高兴……我们是微末的,小气的,无用的人……蚂蚁……我们不过是自称为地主,在物质的意义上,却和农民一样,甚至于还要坏……我们确是住在石造房子里,但那仅是一座 Fata Morgana 呀,因为屋顶破了,一下雨就漏……我又没有买屋顶板的钱。"

"我可以送给您板的,库士玛·库士密支。"

萨木弗利辛又讨到一匹母牛,一封介绍信,是为了他想送进专门学校去的女儿的,而且被将军夫人的大度所感动,感激之至,呜咽起来,嘴巴牵歪了,还到袋子里去摸他的手帕……将军夫人看见,手帕刚一拉出,同时也好象有一个红纸片,没有声响地落在地板上面了。

"我一生一世不忘记的……"他絮叨着说。"我还要告诉我的孩子们,以及我的孙子们……一代一代……孩子们,就是她呀,救活了我的,她,那个……"

将军夫人送走了病人之后,就用她眼泪汪汪的眼睛,看了一会神甫亚理斯泰尔夫的象,于是又用亲密的,敬畏的眼光,射在药箱,备览,算盘和靠椅上,被她救活的人就刚刚坐在这里的,后来却终于看见了病人落掉的纸片。将军夫人拾起纸片来,在里面发现了三粒药草的丸子,和她在上礼拜二给予萨木弗利辛的丸药,是一模一样的。

"就是那个……"她惊疑着说。"这也是那张纸……他连包也没有打开呀! 那么,他吃了什么呢? 奇怪……他未必在骗我吧。"

将军夫人的心里,在她那十年行医之间,开始生出疑惑来了……她叫进其次的病人来,当在听他们诉说苦恼时,也觉得了先前没有留心,听过就算的事。一切病人,没有一个不是首先恭维她的如神的疗法的,佩服她医道的学问,骂詈那些对症疗法的医生,待到她兴奋到脸红了,于是就来叙述他们的困苦。这一个要一点地,别一个想讨些柴,第三个要她许可在她的林子里打猎。她仰望着启示给她真理的神甫亚理斯泰尔夫的善良的,宽阔的脸,但一种新的真理,却开始来咬她的心了。那是一种不舒服的,沉闷的真理。

人是狡猾的。

一八八五年作

簿记课副手日记抄

一八六三年五月十一日。我们的六十岁的簿记课长格罗忒金一咳嗽,就喝和酒的牛奶,因此生了酒精中毒脑症了。医生们以他们特有的自信,断定他明天就得死。我终于要做簿记课长了。这位置是早已允许了我的。

书记克莱锡且夫要吃官司,因为他殴打了一个称他为官僚的请愿者。看起来,怕是要定罪的。

服药草的煎剂,医胃加答儿。

一八六五年八月三日。簿记课长格罗忒金的胸部又生病了。他咳嗽,喝和酒的牛奶。他一死,他的地位就是我的了。我希望着,但我的希望又很微,因为酒精中毒脑症好象是未必一定会死的!

克莱锡且夫从一个亚美尼亚人的手里抢过一张支票来,撕掉了。他也许因此要吃官司。

昨天一个老婆子(古立夫娜)对我说,我生的不是胃加答儿,是潜伏痔。这是很可能的!

一八六七年六月三十日。看报告,说是阿拉伯流行着霍乱病。大约也要到俄国来的罢,那么,就要放许多天假。老格罗忒金死掉,我做簿记课长,也未可料的。人也真韧!据我看来,活得这么久,简直是该死!

喝什么来治治我的胃加答儿呢?或者用茇求子?

一八七〇年二月二日。在格罗忒金的院子里,一只狗彻夜的叫。我的使女贝拉该耶说,这是很准的兆头,于是我和她一直谈到两点钟,如果我做了簿记课长,就得弄一件浣熊皮子和一件睡衣。我大约也得结婚。自然不必处女，这和我的年纪是不相称的，还是寡妇罢。

昨天，克莱锡且夫被逐出俱乐部了，因为他讲了一个不成样子的笑话，还嘲笑了商业会馆的会员波纽霍夫的爱国主义。人们说，后一事，他是要吃官司的。

为了我的胃加答儿，想看波忒庚医师去。人说，他医治他的病人，很灵……

一八七八年六月四日。报载威忒梁加流行着黑死病。人们死得象苍蝇一样。格罗忒金因此喝起胡椒酒来了。但对于这样的一个老头子，胡椒酒恐怕也未必有效。只要黑死病一到，我准要做簿记课长的。

一八八三年六月四日。格罗忒金要死了。我去看他，并且流着眼泪请他宽恕，因为我等不及他的死。他也眼泪汪汪地宽恕了我，还教我要医胃加答儿，该喝橡子茶。

但克莱锡且夫几乎又要吃官司——因为他把一座租来的钢琴，押给犹太人了。虽然如此，他却已经有着史坦尼斯拉夫勋章，官衔也到了八等。在这世界上的一切，真是稀奇得很！

生姜二沙，高良姜一沙半，浓烧酒一沙，麒麟竭五沙，拌匀，装入烧酒瓶里，每晨空腹服一小杯，可治胃加答儿。

一八八三年六月七日。格罗忒金昨天下了葬。这老头子的死，我竟得不到一点好处！每夜梦见他穿了白衫子，动着手指头。伤心，该死的我的伤心：是簿记课长竟不是我，却是察里科夫。得到这位置的竟不是我，却是一个小伙子，有那做着将军夫人的姑母帮忙的。我所有的希望都完结了！

一八八六年六月十日。察里科夫家里，他的老婆跑掉了。这可怜人简直没有一点元气了。为了悲伤，会寻短见也说不定的。倘使这样，那么，我就是簿记课长。人们已在这么说。总而言之，希望还没有空，人也还可以活下去，我也许还要用用浣熊皮。至于结婚，我也不反对。如果得了良缘，我为什么不结婚呢，不过是应该和谁去商量商量罢了；因为这是人生大事。

克莱锡且夫昨天错穿了三等官理尔曼的橡皮套鞋。又是一个问题！

管门人巴伊希劝我，医胃加答儿应该用升汞。我想试试看。

一八八六年作

那是她

"您给我们讲点什么罢!"年青的小姐们说。

大佐捻着他的白胡子,扫一扫喉咙,开口了——

"这是在一八四三年,我们这团兵扎在欠斯多霍夫的附近。我先得告诉您,我的小姐们,这一年的冬天非常冷,没有一天没有哨兵冻掉了鼻子,或是大雪风吹着雪埋掉了道路的。严寒从十月底开头,一直拖到四月。那时候,您得明白,我可并不象现在,仿佛一个用旧了的烟斗的,却是一个年轻的小伙子,象乳和血拌了起来的一样,一句话,是一个美男子。我孔雀似的打扮着,随手化钱,捻着胡子,这世界上就没有一个学习士官会这样。我往往只要一只眼睛一睐,把马刺一响,把胡子一捻,那么,就是了不得的美人儿,也立刻变了百依百顺的小羊了。我贪女人,好象蜘蛛的贪苍蝇,我的小姐们,假如你们现在想数一数那时缠住我的波兰女子和犹太女子的数目,我通知你,数学上的数目恐怕是用不够的……我还得告诉你们,我是一个副官,跳玛楚尔加的好手,娶的是绝世的美人,上帝呵,愿给她的灵魂平安。我是怎样一个莽撞而且胡闹的人呢——你们是猜也猜不到的。在乡下,只要有什么关于恋爱的捣乱,有谁拔了犹太人的长头发,或是批了波兰贵族的巴掌,大家就都明白,这是微惠尔妥夫少佐干的事。

"因为是副官,我得常常在全省里跑来跑去,有时去买干草或芜菁,有时是将我们的废马卖给犹太人或地主,我的小姐们,但最多的倒是冒充办公,去赴波兰的千金小姐的密约,或者是和有钱的地主去打牌……在圣诞节前一天的夜里,我还很记得,好象就在目前一样,为了公事,叫我从欠斯多霍失到先威里加村去……天气可真冷得厉害,连马也咳嗽起来,我和我的马车夫,不到半个钟头就成了两条冰柱了……大冷天倒还不怎么打紧,但请你们想一想,半路上可又起了大风雪了。雪片团团地打着旋子,好象晨祷之前的魔鬼一样,风发着吼,似乎是有谁抢去了它的老婆,道路看不见了……不到十分钟,我们大家——我,马车夫和马——就给雪重重的包裹了起来。

"'大人,我们迷了路了!'马车夫说。

"'浑蛋! 你在看什么的,你这废料? 那么,一直走吧,也许会撞着一家人家的!'

"我们尽走,尽走,尽是绕着圈子,到半夜里,马停在一个庄园的门口了,我还记得,这是属于一个有钱的波兰人,皤耶特罗夫斯基伯爵的。波兰人还是犹太人,在我就如饭后的浓茶，都可以，但我也应该说句真话，波兰的贵族很爱客人，象年青的波兰女子那样热情的女人，另外可也并没有……

"我们被请进去了……皤耶特罗夫斯基伯爵这时住在巴黎，招待我们的是他的经理，波兰人加希密尔·哈普进斯基。我还记得，不到一个钟头，我已经坐在那经理的屋子里，消受他的老婆献殷勤，喝酒，打牌了。我赢了十五个金卢布，喝足了酒之后，就请他们给我安息。因为边屋里没有地方了，他们就引我到正屋的一间房子里面去。

"'您怕鬼吗?'那经理领我走到通着满是寒冷和昏暗的大厅的一间小房子里，一面问。

…这里是有鬼的?'我听着自己的言语和脚步的回声，反问道。

"'我不知道,'波兰人笑了起来,'不过我觉得,这样的地方,对于妖魔鬼怪是很合适的。'

"我真醉了，喝得象四万个皮匠一样，但这句话，老实说，却使我发抖。妈的，见一个鬼，我宁可遇见一百个乞尔开斯人！不过也没有法，我就换了衣服，躺下了……我的蜡烛的弱弱的光，照在墙壁上，那墙壁上可是挂着一些东西，你们大约也想象得到的罢，是一张比一张更加吓人的祖象，古代的兵器，打猎的角笛，还有相类的古怪的东西……静到象坟墓一样，只在间壁的大厅里，有鼠子唧唧地叫着，和干燥的木器发着毕毕剥剥的声音。房子外面呢，可仿佛是地狱……风念着超度亡魂经，树木被吹弯了，吼叫着，啼哭着；一个鬼东西，大约是外层窗门罢，发出悲声，敲着窗框子。你们想想看，还要加上我的头正醉得在打旋子，全世界也和我的头一同在打旋子呢……我如果闭上眼，就觉得我的床铺在空屋子里跑，和鬼怪跳着轮舞一样。我想减少这样的恐怖，首先就吹熄了蜡烛，因为空荡荡的屋子，亮比暗是更加觉得可怕的……"

听着大佐讲话的三位小姐们，靠近他去了，凝视着他的脸。

"唔，"大佐讲下去道，"我竭力地想睡着，可是睡魔从我这里逃走了。忽然觉得象有偷儿爬进窗口来，忽然听得象有谁在喊喊喳喳的说话，忽然又好象有人碰了我的肩头——一句话，我觉到一切幻象，这是只要神经曾经异常紧张过的人们，全都经验过来的。现在你们也想想看，在这幻象和声音的混沌中，我却分明的听得，象有曳着拖鞋的声音似的。我尖起耳朵来，——你们想是什么呀？——我听到，有人走近了门口，咳嗽一下，想开门……

"'谁呀?'我坐起来，一面问。

"'是我……用不着怕的!'回答的是女人的声音。

"我走到门口去……只几分钟,我就觉得鸭绒一般绵软的两条女人的臂膊,搁在我的肩上了。

"'我爱你……我看你是比性命还贵重的,'很悦耳的一种女人的声音说。

"火热的呼吸触着我的面庞……我忘记了风雪,鬼怪,以及世界上的一切,用我的一只手去搂住了那纤腰……那是怎样的纤腰呵!这样的纤腰,是造化用了特别的布置,十年里头只能造出一个来的……纤细,磋磨出来似的,热烈而轻柔,好象一个婴儿的呼吸!我真不能自制了,就用我的臂膊紧紧地抱住她……我们的嘴唇就合成一个紧密的,长久的接吻……我凭着全世界的女性对你们起誓,这接吻,我是到死也不会忘记的。"

大佐住了口,喝过半杯水,用了有些含糊的声音说下去道——

"第二天的早晨,我从窗口望出去,却看见风雪越加厉害了……完全不能走。我只好整天地坐在经理那里,喝酒,打牌。一到夜,我就又睡在那空荡荡的屋子里,到半夜,就又搂着那熟识的纤腰……真的呢,我的小姐们,如果没有这爱,我那时也许真会无聊得送命,或者喝到醉死了的哩。"

大佐叹一口气,站起身来,默默地在屋子里面走。

"那么……后来呢?"一位小姐屏息地等候着,一面问。

"全没有什么。第二天,我们就走路了。"

"但是……那女人是谁呢?"小姐们忸怩地问道。

"这是一猜就知道的,那是谁!"

"不,猜不到呀!"

"那就是我自己的老婆!"

三位小姐都象给蛇咬了似的,跳了起来。

"这究竟是……怎么的呀?"她们问。

"阿呀,天哪,这有什么难懂呢?"大佐耸一耸肩头,烦厌似的回问道。"我自己想,是已经讲得很清楚的了!我是带了自己的女人往先威里加村去的……她在间壁的空房子里过夜……这不是很明白的吗!"

"哼哼……"小姐们失望地垂下了臂膊,唠叨道。"这故事,开头是很好的,收场可是只有天晓得……您的太太……请您不要见气,这故事简直是无聊的……也一点不漂亮。"

"奇怪!你们要这不是我自己的女人,却是一个别的谁吗!唉唉,我的小姐们,你们现在就在这么想,一结了婚,不知道会得怎么说呢?"

年青的小姐们狼狈,沉默了。她们都显出不满意的态度,皱着眉头,大声地打起呵欠来……晚餐桌上她们也不吃东西，只用面包搓着丸子，也不开口。

"哼，这简直是……毫无意思！"一个忍不住了，说。"如果这故事是这样的收场，您何必讲给我们来听呢？这一点也不好……这简直是出于意外的！"

"开头讲得那么有趣，却一下子收了梢……"别一个接着道。"这不过是侮弄人，再没有什么别的了。"

"哪，哪，哪，……我是开开玩笑的……"大佐说。"请你们不要生气，我的小姐们，我是讲讲笑话的。那其实并不是我自己的女人，却是那经理的……"

"是吗！"

小姐们一下子都开心了，眼睛也发了光……她们挨近大佐去，不断地给他添酒，提出质问来。无聊消失了，晚餐也消失了，因为小姐们忽然胃口很好地大嚼起来了。

一八八六年作

波斯勋章

位在乌拉尔山脉的这一面的一个市里，传播着一种风闻，说是这几天，有波斯的贵人拉哈·海兰住在扶桑旅馆里了。这风闻，并没有引起市民的什么印象，不过是：一个波斯人来了，什么事呀？只有市长斯台班。伊凡诺维支·古斤一个，一从衙门里的秘书听到那东方人的到来，就想来想去，并且探问道：

"他要上那儿去呢？"

"我想，大约是巴黎或者伦敦罢。"

"哼！……那么，一个阔佬？"

"鬼知道。"

市长从衙门回家，用过中膳之后，他又想来想去了，而且这回是一直想到晚。这高贵的波斯人的入境，很打动了他的野心。他相信，这拉哈·海兰是命运送到他这里来的，实现他渴求梦想的希望，正到了极好的时机了。古斤已经有两个徽章，一个斯坦尼斯拉夫三等勋章，一个红十字徽章和一个"水险救济会"的会员章；此外他还自己做了一个表链的挂件，是用六弦琴和金色枪支交叉起来的，从他制服的扣子洞里拖了出来，远远地望去，就见得不平常，很象光荣的记号。如果谁有了勋章和徽章，越有，就越想多，那是一定的，——市长久已想得一个波斯的"太阳和狮子"勋章的了，他想得发恼，发疯。他知道得很明白，要弄这勋章到手，用不着战争，用不着向养老院捐款，也用不着去做议员，只要有一个好机会就够。现在是这机会好象来到了。

第二天正午，他挂上了所有的徽章，勋章，以及表链之类，到扶桑旅馆去。他的运气也真好，当他跨进波斯贵人的房间里面的时候，贵人恰只一个人，而且正闲着。拉哈·海兰是一个高大的亚洲人，翠鸟似的长鼻子，凸出的大眼睛，头戴一顶土耳其帽，坐在地板上，在翻他的旅行箱。

"请您宽恕我的打搅，"古斤带着微笑，开始说。"有绍介自己的光荣：世袭有名誉的市民，各种勋章的爵士，斯台班·伊凡诺维支.古斤，本市市长。认您个人为所谓亲善的邻邦的代表者，我觉得这是我的义务。"

那波斯人转过脸来，说了几句什么很坏的法国话，那声音就象木头敲着木头一样。

"波斯的国界，"古斤仍说他准备好了的欢迎词，"和我们的广大的祖国的国界，是接触的极其密切的，就因为这彼此的交感，使我要称您为我们的同胞。"

高贵的波斯人站起来了，又说了一点什么敲木头似的话。古斤，是什么外国话也没有学过的，只好摇摇头，表示他听不懂。

——我该怎么和他说呢？——他自己想。——叫一个翻译员来，那就好了，但这是麻烦的事情，别人面前不好说。翻译员会到全市里去嚷嚷的。——

古斤于是把日报上见过的所有外国字，都搬了出来。

"我是市长。……"他吃吃地说。"这就是 Lord－Maire（市长）……Municipalé（市的）……wui（怎样）？Komprené（懂吗）？"

他想用言语和手势来表明他社会的地位，但不知道要怎么办才好。挂在墙上的题着"威尼斯市"的一幅画，却来救了他了。他用指头点点那市街，又点点自己的头，以为这么一来，就表达了"我是市长"这一句。波斯人一点也不懂，但也微笑着说道：

"Bon（好），monsieur……bon……"

过了半点钟，市长就轻轻地敲着波斯人的膝髁和肩头，说道：

"Komprené？Wui？做 Lord—Maire 和 Municipalé……我请您去 Promenade（散步）一下……Komprené？Promenade……"

古斤又向着威尼斯的风景，并且用两个手指装出走路的脚的模样来。拉哈·海兰是在注视他那些徽章的，大约分明悟到他是本市的最重要人物了，并且懂得"Promenade"的意思，便很有些客气。两个人就都穿上外套，走出了房间。到得下面的通到扶桑饭馆的门口的时候，古斤自己想，请这波斯人吃一餐，倒也很不坏。他站住脚，指着食桌，说道：

"照俄国的习惯,这是不妨事的……我想:Purée(肉饼),entrecôte(炸排骨)……Champagne(香槟酒)之类……Komprené?"

高贵的客人懂得了,不多久,两人就坐在饭馆的最上等房间里,喝着香槟,吃起来。

"我们为波斯的兴隆来喝一杯!"古斤说。"我们俄国人是爱波斯人的。我们的信仰不同,然而共通的利害,彼此的共鸣……进步……亚洲的市场……所谓平和的前进……"

高贵的波斯人吃得很厉害。他用叉刺着燻鱼,点点头,说:

"好!Bisn(好)!"

"这中您的意?"古斤高兴地问道。"Bien 吗?那好极了!"于是转向侍者,说道:"路加,给你的大人送两尾燻鱼到房间去,要顶好的!"

市长和波斯的贵人于是驱车到动物园去游览。市民们看见他们的斯台班·伊凡诺维支怎样的香槟酒喝得通红,快活地,而且很满足地带着波斯人看市里的大街,看市场,还指点名胜给他看;他又领他上了望火台。

市民们又看见他怎样地在一个雕着狮子的石门前面站住,向波斯人先指指狮子,再指指天上的太阳,又轻轻地拍几下自己的前胸,于是又指狮子,又指太阳,这时波斯人便点头答应了,微笑着露出他雪白的牙齿。这晚上,他们俩坐在伦敦旅馆里,听一个闺秀的弹琴;但夜里怎么样呢,可是不知道。

第二天早上,市长就上衙门来;属员们似乎已经有些晓得了:秘书走近他去,带着嘲弄的微笑,对他说道:

"波斯人是有这样的风俗的:如果有一个高贵的客人到您这里来,您就应该亲自动手,为他宰一只阉过的羊。"

过了一会,有人给他一封信,是从邮政局寄来的。古斤拆开封套,看见里面是一张漫画。画着拉哈·海兰,市长却跪在他面前,高高地伸着两只手,说道:

为了尊重俄罗斯和波斯的

彼此亲善的表记,

大使呀,我甘心愿意

宰掉自己当作阉羊,

但您原谅罢:我只是一匹驴子!

市长在心里觉得不舒服,然而也并不久。一到正午,他就又在高贵的波斯人那里了,又请他上饭馆,点给他看市里的名胜,又领他到狮子门前,又指指狮子,指指太阳,并且指指自己的胸口,他们在扶桑旅馆吃夜饭,吃完之后,就嘴里衔着雪茄,显得通红的发亮的脸，又上望火台。大约是市长想请客人看一出稀奇的把戏吧，便从上面向着在下面走来走去的值班人，大声叫喊道：

"打呀，警钟！"

然而警钟并没有效，因为这时候，全部的救火队员都正在洗着蒸汽浴。

他们在伦敦旅馆吃夜饭，波斯人也就动身了。告别之际，斯台班·伊凡诺维支照俄国风俗，和他接吻三回，还淌了几滴眼泪。列车一动，他叫道：

"请您替我们问波斯好。请您告诉他们，我们是爱波斯的。"

一年另四个月过去了。正值零下三十五度的严寒时节，刮着透骨的风。斯台班·伊凡诺维支却敞开了皮外套的前胸，在大街上走，并且很懊恼，是为了没有人和他遇见，看见他那太阳和狮子的勋章。他敞开着外套，一直走到晚，完全冻坏了；夜里却只是翻来覆去，总是睡不着。

他气闷，肚里好象火烧，他的心跳个不住：现在是在想得塞尔比亚的泰可服勋章了。他想得很急切，很苦恼。

一八八七年作

暴躁人

我是一个一本正经的人，我的精神，有着哲学的倾向。说到职业，我是财政学家，研究着理财法，正在写一篇关于《蓄犬税之过去与未来》的题目的论文。所有什么少女呀，诗歌呀，月儿呀，以及别的无聊东西，那当然是和我并无关系的。

早上十点钟。我的妈妈给我一杯咖啡。我一喝完，就到露台上面去，为的是立刻做我的论文。我拿过一张白纸来，把笔浸在墨水瓶里，先写题目：《蓄犬税之过去与未来》。我想了一想，写道："史的概观。据见于海罗陀都斯与克什诺芬之二三之暗示，则蓄犬税之起源……"

但在这瞬息间，忽然听到了很可虑的脚步声。我从我的露台上望下去，就看见一个长脸盘，长腰身的少女。她的名字，我想，是那覃加或是瓦连加；但这与我不相干。她在寻东西，装作没有见我的样子，自己哼着：

"你可还想起那满是热情的一曲……"

我复看着自己的文章，想做下去了，但那少女却显出好象忽然看见了我的样子，用悲哀的声音，说道：

"晨安，尼古拉·安特来维支！您看，这多么倒运！昨天我在这里散步，把手镯上的挂件遗失了。"

我再看一回我的论文，改正了错误的笔画，想做下去了，然而那少女不放松。

"尼古拉·安特来维支，"她说，"谢谢您，请您送我回家去。凯来林家有一只大狗，我一个人不敢走过去呀。"

没有法子。我放下笔，走了下去。那罩加或是瓦连加便缒住了我的臂膊，我们就向她的别墅走去了。

我一碰上和一位太太或是一位小姐挽着臂膊，一同走路的义务，不知道为什么缘故，我总觉得好象是一个钩子，挂上了一件沉重的皮衣；然而那罩加或是瓦连加呢，我们私下说说罢，却有着热情的天性（她的祖父是亚美尼亚人），她有一种本领，是把她全身的重量，都挂在我的臂膊上，而且紧贴着我的半身，象水蛭一样。我们这样的走着……当我们走过凯来林家的别墅旁边时，我看见一条大狗，这使我记起蓄犬税来了。我出神的挂念着我那开了手的工作，叹一口气。

"您为什么叹气？"那罩加或是瓦连加问我道，于是她自己也叹一口气。

我在这里应该夹叙几句。那罩加或是瓦连加（现在我记得了，她叫玛先加）不知从哪里想出来的，以为我在爱她，为了人类爱的义务，就总是万分同情的注视我，而且要用说话来医治我心里的伤。

"您听呀，"她站住了，说，"我知道您为什么叹气的。您在恋爱，是罢！但我凭了我们的友情，要告诉您，您所爱的姑娘，是很尊敬您的！不过她不能用了相同的感情，来报答您的爱，但是，如果她的心是早属于别人的了，这那里能说是她的错处呢？"

玛先加鼻子发红，胀大了，眼睛里满含了眼泪！她好象是在等我的回答，但幸而我们已经到了目的地……篷下坐着玛先加的妈妈，是一个好太太，但满抱着成见；她一看见她女儿的亢奋的脸，就注视我许多工夫，并且叹一口气，仿佛是在说："唉唉，'这年轻人总是遮掩不住的！"除她之外，篷下还坐着许多年青的五颜六色的姑娘，她们之间，还有我的避暑的邻居，在最近的战争时，左颧颥和右臀部都负了伤的退伍军官在里面。这不幸者也如我一样，要把一夏天的时光献给文学的工作。他在写《军官回忆记》。他也如我一样，是每天早晨，来做他那贵重的工作的，但他刚写了一句："余生于××××年"，他的露台下面便有一个什么瓦连加或是玛先加出现，把这可怜人查封了。

所有的人，凡是坐在篷下的，都拿着铗子，在清理什么无聊的，要煮果酱的浆果。我打过招呼，要走了。但那些五颜六色的年青姑娘们却嚷着拿走了我的帽子和手杖，要求我停下来。我只好坐下。她们就递给我一盘浆果和一枝发针。我也动手来清理。

五颜六色的年青姑娘在议论男人们。这一个温和，那一个漂亮，然而不得人意，第三个讨厌，第四个也不坏，如果他的鼻子不象指头套，云云，云云。

"至于您呢，Monsieur尼古拉，"玛先加的妈妈转过脸来，对我说，"是不算漂亮的，然而得人意……您的脸上有一点……况且，"她叹息，"男人最要紧的并不是美，倒是精神。"

年青的姑娘们却叹息着，顺下眼睛去。她们也赞成了，男人最要紧的并不是美，倒是精神。我向镜子一瞥，看看我有怎样的得人意。我看见一个蓬蓬松松的头，蓬蓬松松的颚须和唇须，眉毛，面庞上的毛，眼睛下面的毛，是一个树林，从中突出着我那强固的鼻子，象一座塔。漂亮，人也只好这么说了！

"所以您是用精神方面，赛过了别样的，尼古拉，"玛先加的妈妈叹息着说，好象她在使自己藏在心里的思想，更加有力量。

玛先加在和我一同苦恼着，但对面坐着一个爱她的人的意识，似乎立刻给了她很大的欢乐了。年青的姑娘们谈完了男人，就论起恋爱来。这议论继续了许多工夫之后，一个姑娘站起身，走掉了。留下的就又赶紧来批评她。大家都以为她糊涂，难对付，很讨厌，而且她的一块肩胛骨，位置又是不正的。

谢谢上帝，现在可是我的妈妈差了使女来叫我吃饭了。现在我可以离开这不舒服的聚会，回去再做我的论文了。我站起来，鞠一个躬。玛先加的妈妈，玛先加自己，以及所有五颜六色的年青姑娘们，便把我包围，并且说我并无回家的权利，因为我昨天曾经对她们有过金诺，答应和她们一同吃中饭，吃了之后，就到树林里去找菌子的。我鞠一个躬，又坐下去……我的心里沸腾着憎恶，并且觉得我已经很难忍耐，立刻就要爆发起来了，然而我的礼貌和生怕捣乱的忧虑，又牵制我去顺从妇女们。我于是顺从着。

我们就了食桌。那颗颞部受了伤的军官，下巴给伤牵扯了，吃饭的模样，就象嘴里衔着马嚼子。我用面包搓丸子，记挂着蓄犬税，而且想到自己的暴躁的性子，竭力不开口。玛先加万分同情地看着我。搬上来的是冷的酸模汤，青豆牛舌，烧仔鸡和糖煮水果。我不想吃，但为了礼貌也吃着。饭后，我独自站在簷下吸烟的时候，玛先加的妈妈跑来了，握了我的手，气喘吁吁地说道：

"但是你不要绝望，尼古拉，……她是这样的一个容易感触的性子呀……这样的一个性子！"

我们到树林里去找菌子……玛先加挂在我的臂膊上，而且紧紧地吸住了我一边的身体。我真苦得要命了,但是忍耐着。

我们走到了树林。

"您听呀,Monsieur 尼古拉,"玛先加叹息着开口了:"您为什么这样伤心的?您为什么不说话的?"

真是一个奇特的姑娘:我和她有什么可谈呢?我们有什么投契之处呢?

"请您讲一点什么罢……"她要求说。

我竭力要想出一点她立刻就懂,极平常的事情来。想了一会之后,我说道:

"砍完森林,是给俄国很大的损害的……"

"尼古拉!"玛先加叹着,她的鼻子红起来了。"尼古拉,我看您是在回避明说的……您想用沉默来惩罚我……您的感情得不到回音,您就孤零零的连苦痛也不说……这是可怕的呀。尼古拉!"她大声地说,突然抓住了我的手,我还看见她的鼻子又在发胀了。"如果您所爱的姑娘,对您提出永久的友谊来,您怎么说呢?"

我哼了一点不得要领的话,因为我实在不知道,我有什么和她可说的……请您知道:第一是我在这世界上什么姑娘也不爱;第二,我要这永久的友谊有什么用呢?第三是我是很暴躁的。玛先加或是瓦连加用两手掩着脸,象对自己似的,低低地说道:

"他不说……他明明是在要求我做牺牲……但如果我还是永久地爱着另一个,那可是不能爱他的呀!况且……让我想一想罢……好,我来想一想罢……我聚集了我的灵魂的所有的力,也许用了我的幸福的代价,将这人从他的苦恼里超度出来罢!"

我不懂。这对于我,是一种凯巴拉。我们再走开去,采集着菌子。我们沉默得很久。玛先加的脸上,显出内心的战斗来。我听到狗叫:这使我记得了我的论文,我于是大声叹息了。我在树干之间看见了负伤的军官。这极顶可怜的人很苦楚地左右都憋着脚:左有他负伤的臀部,右边是挂着一个五颜六色的年青的姑娘。他的脸上,表现着对于命运的屈服。

从树林回到别墅里,就喝茶。后来我们还玩克罗开戏,听五颜六色的年青姑娘们中之一唱曲子:"不呀,你不爱我,不呀,不呀!"唱到"不呀"这一向,她把嘴巴歪到耳朵边。

"charmant!"其余的姑娘们呻吟道。"Charmant!"

黄昏了。丛树后面出现了讨厌的月亮。空气很平静,新割的干草发出不舒服的气味来。我拿起自己的帽子,要走了。

"我和您说句话,"玛先加大有深意似的,悄悄地说。"您不要走。"

我觉得有点不妙。但为了礼貌,我留着。玛先加拉了我的臂膊,领我沿着列树路走。现在是她全身都现出战斗来了。她颜色苍白,呼吸艰难,简直有扭下我的右臂来的形势。她究竟是怎么的?

"您听罢,……"她低声说。"不行,我不能……不行……"

她还要说些话,然而决不下。但我从她的脸上看出,她可是决定了。她以发光的眼睛和发胀的鼻子,突然抓住了我的手,很快地说道:

"尼古拉,我是你的! 我不能爱你,但我约给你忠实!"

她于是贴在我的胸膛上,又忽然跳开去了。

"有人来了……"她低声说,"再见……明早十一点,我在花园的亭子里……再见!"

她消失了。我莫名其妙,心跳着回家。《蓄犬税之过去与未来》在等候我,然而我已经不能工作了。我狂暴了。也可以说,我简直可怕了。岂有此理,将我当作乳臭小儿看待,我是忍不住的! 我是暴躁的,和我开玩笑,是危险的! 使女走进来,叫我晚餐的时候,我大喝道:"滚出去!"我的暴躁的性子,是不会给人大好处的。

第二天的早晨。这真是一个避暑天气,气温在零度下,透骨的寒风,雨,烂泥和樟脑丸气味,我的妈妈从提包里取出她那冬天外套来了。是一个恶鬼的早晨。就是一八八七年八月七日,有名的日蚀出现的时候。我还应该说明,当日蚀时,我们无论谁,即使并非天文学家,也能够弄出大益处来的。谁都能做的是:一,测定太阳和月亮的直径;二,描画日冠;三,测定温度;四,观察日蚀时的动物和植物;五,写下本身的感觉来,等等。这都是很重要的事,使我也决计推开了《蓄犬税之过去与未来》,来观察日蚀了。我们大家都起得很早。所有目前的工作,我是这样分配的:我测量太阳和月亮的直径,负伤军官画日冠,玛先加和五颜六色的年青姑娘们,就担任了其余的一切。现在是大家聚起来,等候着了。

"日蚀是怎么起来的呢?"玛先加问我说。

我回答道:"如果月亮走过黄道的平面上,到了联结太阳和月亮的中心点的线上的时候,那么,日蚀就成立了。"

"什么是黄道呢?"

我把这对她说明。玛先加注意地听着,于是发问道:

"用一块磨毛了的玻璃,可以看见那联结着太阳和月亮的中心点的线吗?"

我回答她,这是想象上的线。

"如果这单是想象,"玛先加惊奇了,"那么,月亮怎么能找到它的位置呢?"

我不给她回答。我觉得这天真烂漫的质问，真使我心惊胆战了。

"这都是胡说，"玛先加的妈妈说。"后来怎样，人是不能够知道的，您也没有上过天；您怎么想知道太阳和月亮出了什么事呢？空想罢了！"

然而一块黑斑，跑到太阳上面来了。到处的混乱。母牛，绵羊和马，就翘起了尾巴，怕得大叫着，在平野上奔跑。狗噪起来。臭虫以为夜已经开头了，就从它的隙缝里爬出，来咬还在睡觉的人。恰恰运着王瓜回去的助祭，就跳下车子，躲到桥下，他的马却把车子拉进了别人的院子里，王瓜都给猪吃去了。一个税务官员，是不在家里，却在避暑女客那里过夜的，只穿一件小衫，从房子里跳出，奔进群众里面去，还放声大叫道："逃命呀！你们！"

许多避暑的女人们，年青的和漂亮的，给喧闹惊醒，就靴也不穿，闯到街上来。还有许多别的事，我简直怕敢重述了。

"唉唉，多么可怕！"五颜六色的年青姑娘们呼号道。"唉唉，多么可怕！"

"Mesdames，观测罢！"我叫她们。"时间是要紧的呀！"

我自己连忙测量直径……我记得起日冠来，就用眼睛去寻那负伤的军官。他站着，什么也不做。

"您怎么了？"我大声说。"日冠呢？"

他耸一耸肩膊，用无可奈何的眼光，示给我他的臂膊。原来这极顶可怜人的两条臂膊上，都挂着一个年青姑娘；因为怕极了，紧贴着他，不放他做事。我拿一支铅笔，记下每秒的时间来。这是重要的。我又记下观测点的地理上的形势。这也是重要的。现在我要决定直径了，但玛先加却捏住了我的手，说道：

"您不要忘记呀，今天十一点！"

我抽出我的手来，想利用每一秒时，继续我的观测，然而玛先加发着抖，缒在我的臂膊上了，还紧挨着我半边的身子。铅笔，玻璃，图，——全都滚到草里去了。岂有此理！我是暴躁的，我一恼怒，自己也保不定会怎样，这姑娘可真的终于要明白了。

我还想接着做下去，但日蚀却已经完结了。

"您看着我呀！"她娇柔地低声说。

阿，这已经是愚弄的极顶了！人应该知道，和男子的忍耐来开这样的玩笑，是只会得到坏结果的。如果出了什么可怕的事情，可不要来责难我！我不许谁来愚弄我，真真岂有此理，如果我恼怒起来，谁也不要来劝我，谁也不要走近我吧！我是什么都干得出来的！

年青的姑娘们中的一个，大概是从我的脸上，看出我要恼怒来了，分明是为了宽慰我的目的，便说道：

"尼古拉·安特来维支，我办妥了你的嘱托了。我观察了哺乳动物。我看见日蚀之前，一匹灰色狗在追猫，后来摇了许多工夫尾巴。"

就这样子，从日蚀是一无所得。我回了家。天在下雨，我不到露台上去做事。但负伤军官却敢于跑出他的露台去，并且还写"余生于××××年"；后来我从窗子里一望，是一个年青姑娘把他拖往别墅里去了。我不能写文章，因为我还在恼怒，而且心跳。我没有到园亭去。这是有失礼貌的，但天在下雨，我也真的不能去。正午，我收到玛先加的一封信；信里是谴责，请求，要我到园亭去，而且写起"你"来了。一点钟我收到第二封信，两点钟第三封……我只得去。但临走之前，我应该想一想，我和她说些什么呢。我要做得象一个正人君子。第一，我要对她说，她以为我在爱她，是毫无根据的。这样的话，原不是对闺秀说的。对一个闺秀说："我不爱您"，就恰如对一个作家说："您不懂得写东西"。我还不如对玛先加讲讲我的结婚观罢。我穿好冬天外套，拿了雨伞，走向园亭去。我知道自己的暴躁的性子，就怕话说得太多。我要努力自制才好。

我等在园亭里。玛先加脸色青白，哭肿着眼睛。她一看见我，就欢喜地叫起来了，抱住我的颈子，说道：

"到底！你在和我的忍耐力开玩笑罢。听罢，我整夜没有睡着……总是想。我觉得，我和你，如果我和你更加熟识起来……那是会爱的……"

我坐下，开始对她来讲我的结婚观了。为了不要太散漫，而且讲得简洁，我就用一点史的概观开头。我说过了印度人和埃及人的结婚，于是讲到近代；也说明了叔本华的思想之一二。玛先加是很留心地听着的，但忽然和各种逻辑不对劲，知道必须打断我了。

"尼古拉，和我接吻呀！"她对我说。

我很狼狈，也不知道应该和她怎么说。她却总是反复着她的要求。没有法子，我站起来，把我的嘴唇碰在她的长脸上，这感觉，和我还是孩子时候，在追悼式逼我去吻死掉的祖母的感觉，是一样的。然而玛先加还不满于这接吻，倒是跳了起来，拼命地拥抱了我。在这瞬息中，园亭门口就出现了玛先加的妈妈。她显得吃惊的脸，对谁说了一声"嘘！"就象运送时候的梅菲斯妥沛来斯似的消失了。

我失措地，恨恨地回家去。家里却遇见了玛先加的妈妈，她含了泪，拥抱着我的妈妈。我的妈妈正在流着眼泪说：

"我自己也正希望着呢！"

于是——你们以为怎样？……玛先加的妈妈就走到我这里来,拥抱了我,说道:

"上帝祝福你们！要好好地爱她……不要忘记,她是给你做了牺牲的……"

现在是我就要结婚了。当我写着这些的时候,傧相就站在我面前,催我要赶快。这些人真也不明白我的性子,我是暴躁的,连自己也保不定！岂有此理,后来怎样,你们看着就是！把一个暴躁的人拖到结婚礼坛去,据我看来,是就象把手伸进猛虎的柙里去一样的。我们看着罢,我们看着罢,后来怎样！

……

这样子,我是结了婚了。大家都庆贺我,玛先加就总是缠住我,并且说道:

"你要明白,你现在是我的了！说呀,你爱我！说呀！"

于是她的鼻子就胀大了起来。

我从傧相那里,知道了那负伤的军官,用非常恰当的方法,从赤绳里逃出了。他把一张医生的诊断书给一个五颜六色的年青姑娘看,上面写着他因为颞颥部的伤,精神有些异常,在法律上是不许结婚的。真想得到！我也能够拿出这样的东西来的。我的一个叔伯是酒徒,还有一个叔伯是出奇的糊涂(有一回,他当作自己的帽子,错戴了女人的头巾),一个姑母是风琴疯子,一遇见男人们,便对他们伸出舌头来。再加以我的非常暴躁的性子——就是极为可疑的症候。但这好想头为什么来得这样迟呢？唉唉,为什么呢？

一八八七年作

阴谋

一,选举协会代表。

二,讨论十月二日事件。

三,正会员 M.N.望·勃隆医师的提议。

四,协会目前的事业。

十月二日事件的张本人医师夏列斯妥夫,正在准备着赴会;他站在镜子前面已经好久了,竭力要给自己的脸上现出疲倦的模样来。如果他显得兴奋的,紧张的,红红的或是苍白的脸相去赴会罢,他的敌人是要当作他对于他们的阴谋,给予了重大的意义的,然而,假使他的脸是冷淡,不动声色,象要睡觉,恰如一个站在众愚之上,倦于生活的人呢,那么,那些敌人一看见,就会肃然起敬,而且心里想道:

他硬抬着不屈的头，

高于胜利者拿破仑的纪念碑！

他要象一个对于自己的敌人和他们的恶声并不介意的人一样，比大家更迟的到会。他要没有声响地走进会场去，用懒洋洋的手势摸一下头发，对谁也不看，坐在桌子的末一头。他要采取那苦于无聊的旁听者的态度，悄悄地打一个呵欠，从桌上拉过一张日报，看起来……大家是说话，争论，激昂，彼此叫着守秩序，然而他却一声也不响，在看报。但终于时常提出他的名字来，火烧似的问题到了白热了，他才向同僚们抬起他那懒懒的疲倦的眼睛，很不愿意似的开口道：

"大家硬要我说话……我完全没有准备，诸君，所以我的话如果有些不周到，那是要请大家原谅的。我要 ab ovo（从最初）开头……在前一次的会议上，几位可敬的同事已经发表，说我在会同诊断的时候，很有些不合他们尊意的态度，要求我来说明。我是以为说明是多事，对于我的非难也是不对的，就请将我从协会除名，退席了。但现在，对于我又提出新的一串责备来了，不幸得很，看来我也只好来说明一下子。那是这样的。"

于是他就随随便便的玩着铅笔或表链，说了起来，会同诊断的时候，他发出大声，以及不管别人在旁，打断同事的说话，是真的；有一回会同诊断时，他在医师们和病人的亲属面前，问那病人道："那一个糊涂虫给您开了鸦片的呀？"这也是真的。几乎没有一回会同诊断不闹一点事……然而，什么缘故呢？这简单得很。就是每一回会诊，同事们的智识程度之低，不得不使他夏列斯妥夫惊异。本市有医师三十二人，但其中的大部分，却比一年级的大学生知道得还要少。例子是不必旁征博引的。Nomina sunt（举出姓名来），自然，odiosa（要避免），但在这会场里，都是同行，省得以为妄谈，他却也可以说出名姓来的。大家都知道，例如可敬的同事望·勃隆先生，他用探针把官太太绥略息基娜的食道戳通了……

这时候，同事望·勃隆就要发跳，在头上拍着两手，大叫起来：

"同事先生，这是您戳通的呀，不是我！是您！我来证明！"

夏列斯妥夫却置之不理，继续地说道：

"这也是大家知道的，可敬的同事希拉把女优绥米拉米提娜的游走肾误诊为脓疡，行了试行刺穿，立刻成为 exitus letalis（死症）了。还有可敬的同事培斯忒伦珂，原是应该拔掉左足大趾的爪甲的，他却拔掉了右足的好好的爪甲。还有不能不报告的一件事，是可敬的同事台尔哈良支先生，非常热心的开通了士兵伊凡诺夫的欧斯答几氏管，至于弄破了病人的两面的鼓膜。趁这机会我还要报告一下，也是这位同事，因为给一个病人拔牙，使她的下颚骨脱了臼，一直到她答应愿出五个卢布医费了，这才替她安上去。可敬的同事古理金和药剂师格伦美尔的侄女结了婚，和他是通着气脉的。这也谁都知道，我们本会的秘书，少年的同事斯可罗派理台勒尼，和我们可敬的会长古斯泰夫·古斯泰服维支·普莱息台勒先生的太太有关系……从智识程度之低的问题，我竟攻击到道德上去了。这更其好。伦理，是我们的伤口，诸君，为了免得以为妄谈，我要对你们举出我们的可敬的同事普苏耳珂夫来，他在大佐夫人德来锡金斯凯耶命名日庆祝的席上，竟在说，和我们的可敬的会长夫人有关系的，并非斯可罗派理台勒尼，倒是我！敢于这么说的普苏耳珂夫先生，前年我却亲见他和我们的可敬的同事思诺比支的太太在一起！此外，恩诺比支医师……都说凡有闺秀们请他去医治，就不十分妥当的医生，是谁呀？——思诺比支！为了带来的嫁资，和商人的女儿结婚的是谁呀？——思诺比支！然而我们的可敬的会长怎么样呢，他暗暗的用着类似疗法，还做奸细，拿普鲁士的钱。一个普鲁士的奸细——这已经确是 ultima ratio（唯一的结论）了！"

　　凡有医师们，倘要显出自己的聪明和是干练的雄辩家来，就总是用这两句腊丁话："nomina sunt odiosa" 和 "ultima ratio"。夏列斯妥夫却不只腊丁话，也用法国和德国的，爱说什么就说什么！他要暴露大家的罪过，撕掉一切阴谋家的假面；会长摇铃摇得乏力了，可敬的同事们从座位上跳起来，摇着手……摩西教派的同事们是聚作一团，在嚷叫。

　　然而夏列斯妥夫却对谁也不看，仍然说：

　　"但我们的协会又怎么样呢，如果还是现在的组织和现在的秩序，那不消说，是就要完结的。所有的事，都靠着阴谋。阴谋，阴谋，第三个阴谋！成了这魔鬼的大阴谋的一个牺牲的我，这样地说明一下，我以为是我的义务。"

　　他就说下去，他的一派就喝彩，胜利的拍手。在不可以言语形容的喧嚣和轰动里，开始选举会长了。望·勃隆公开拼命地给普莱息台勒出力，然而公众和明白的医师们却加以阻挠，并且叫喊道：

　　"打倒普莱息台勒！我们要夏列斯妥夫！夏列斯妥夫！"

　　夏列斯妥夫承认了当选，但有一个条件，是普莱息台勒和望·勃隆为了十月二日的事件，得向他谢罪。又起了震聋耳朵的喧嚣，摩西教派的可敬的同事们又聚作一堆，在嚷叫……普莱息台勒和望·勃隆愤慨了，终于辞去了做这协会的会员。那更好！

　　夏列斯妥夫是会长了。首先第一著，是打扫这秽墟。思诺比支应该出去！台尔哈良支应该出去！摩西教派的可敬的同事们应该出去！和他自己的一派，要弄到一到正月，就再不剩一点阴谋。他先使刷新了协会里的外来病人诊治所的墙壁，还挂起一块"严禁吸烟"的牌示来；于是把男女的救护医员都赶走，药品是不要格伦美尔的了，去取赫拉士合别支基的，医师们还提议倘不经过他的鉴定，就不得施行手术，等等。但最关紧要的，是他名片上印着这样的头衔："N医师协会会长"。

夏列斯妥夫站在家里的镜子前面，在做这样的梦。时钟打了七下，他也记起他应该赴会了。他从好梦里醒转，赶紧要使他的脸显出疲倦的表情来，但那脸却不愿意依从他，只成了一种酸酸的钝钝的表情，象受冻的小狗儿一样；他想脸再分明些，然而又见得长了起来，模糊下去，似乎已经不象狗，却仿佛一只鹅了。他顺下眼皮，细一细眼睛，鼓一鼓面颊，皱一皱前额，不过都没有救：现出来的全不是他所希望的样子。大约这脸的天然的特色就是这一种，奈何它不得的。前额是低的，两只小眼睛好象狡猾的女商人，轮来轮去，下巴向前凸出，又蠢又呆，那面庞和头发呢，就和一分钟前，给人从弹子房里推了出来的"可敬的同事"一模一样。

夏列斯妥夫看了自己的脸，气愤了，觉得这脸对他也在弄阴谋。他走到前厅，准备出去，又觉得连那些皮外套，橡皮套靴和帽子，也对他在弄着阴谋似的。

"车夫，诊治所去！"他叫道。

他肯给二十个戈贝克，但阴谋团的车夫们，却要二十五个戈贝克……他坐在车上，走了，然而冷风来吹他的脸，湿雪来眯他的眼，可怜的马在拉不动似的慢慢地一拐一拐地走。一切都同盟了，在弄着阴谋……阴谋，阴谋，第三个阴谋！

一八八七年作

译者后记

契诃夫的这一群小说，是去年冬天，为了《译文》开手翻译的，次序并不照原译本的先后。是年十二月，在第一卷第四期上，登载了三篇，是《假病人》，《簿记课副手日记抄》和《那是她》，题了一个总名，谓之《奇闻三则》，还附上几句后记道——

以常理而论，一个作家被别国译出了全集或选集，那么，在那一国里，他的作品的注意者，阅览者和研究者该多起来，这作者也更为大家所知道，所了解的。但在中国却不然，一到翻译集子之后，集子还没有出齐，也总不会出齐，而作者可早被压杀了。易卜生，莫泊桑，辛克莱，无不如此，契诃夫也如此。

不过姓名大约还没有被忘却。他在本国，也还没有被忘却的，一九二九年做过他死后二十五周的纪念,现在又在出他的选集。但在这里我不想多说什么了。

契诃夫

"奇闻三篇"是从 Alexander Eliasberg 的德译本《 Der persische Orden und andere Grotesken 》(WeltVerlag, Berlin, 1922) 里选出来的。这书共八篇,都是他前期的手笔,虽没有后来诸作品的阴沉,却也并无什么代表那时的名作,看过美国人做的"文学概论"之类的学者或批评家或大学生,我想是一定不准它称为"短篇小说"的,我在这里也小心一点,根据了"Groteske"这一个字,将它翻作了"奇闻"。

第一篇介绍的是一穷一富,一厚道一狡猾的贵族;第二篇是已经爬到极顶和日夜在想爬上去的雇员;第三篇是圆滑的行伍出身的老绅士和爱听艳闻的小姐。字数虽少,角色却都活画出来了。但作者虽是医师,他给簿记课副手代写的日记是当不得正经的,假如有谁看了这一篇,真用升汞去治胃加答儿,那我包管他当天就送命。这种通告.固然很近于"杞忧",但我却也见过有人将旧小说里狐鬼所说的药方,抄进了正经的医书里面去——人有时是颇有些稀奇古怪的。

这回的翻译的主意,与其说为了文章,倒不如说是因为插画;德译本的出版,好象也是为了插画的。这位插画家玛修丁(V.N.Massiutin),是将木刻最早给中国读者赏鉴的人,《未名丛刊》中《十二个》的插图.就是他的作品,离现在大约已有十多年了。

今年二月,在第六期上又登了两篇:《暴躁人》和《坏孩子》。那后记是——

契诃夫的这一类的小说,我已经介绍过三篇。这种轻松的小品,恐怕中国是早有译本的,但我却为了别一个目的:原本的插画,大概当然是作品的装饰,而我的翻译,则不过当作插图画的说明。

就作品而论,《暴躁人》是一八八七年作;据批评家说,这时已是作者的经历更加丰富,观察更加广博,但思想也日见阴郁,倾于悲观的时候了。诚然,《暴躁人》除写这暴躁人的其实并不敢暴躁外,也分明的表现了那时的闺秀们之鄙陋,结婚之不易和无聊;然而一八八三年作的大家当作滑稽小品看的《坏孩子》,悲观气息却还要沉重,因为看那结尾的叙述,已经是在说:报复之乐,胜于恋爱了。

接着我又寄去了三篇:《波斯勋章》,《难解的性格》和《阴谋》,算是全部完毕。但待到在《译文》第二卷第二期上发表出来时,《波斯勋章》不见了,后记上也删去了关于这一

坏孩子和别的奇闻

篇作品的话,并改"三篇"为"二篇"——

木刻插画本契诃夫的短篇小说共八篇,这里再译二篇。

《阴谋》也许写的是夏列斯妥夫的性格和当时医界的腐败的情形。但其中也显示着利用人种的不同于"同行嫉妒"。例如,看起姓氏来,夏列斯妥夫是斯拉夫种人,所以他排斥"摩西教派的可敬的同事们"——犹太人,也排斥医师普莱息台勒(Gustav Prechtel)和望·勃隆(Von Bronn)以及药剂师格伦美尔(Grummer),这三个都是德国人姓氏,大约也是犹太人或者日耳曼种人。这种关系,在作者本国的读者是一目了然的,到中国来就须加些注释,有点缠夹了。但参照起中村白叶氏日文译本的《契诃夫全集》,这里却缺少了两处关于犹太人的并不是好话。一,是缺了"摩西教派的同事们聚作一团,在嚷叫"之后的一行:"'哗啦哗啦,哗啦哗拉,哗啦哗啦……'";二,是"摩西教派的可敬的同事又聚作一团"下面一句"在嚷叫",乃是"开始那照例的——'哗啦啦哗啦,哗啦哗啦'了……"但不知道原文原有两种的呢,还是德文译者所删改?我想,日文译本是绝不至于无端增加一点的。

平心而论,这八篇大半不能说是契诃夫的较好的作品,恐怕并非玛修丁为小说而作木刻,倒是翻译者 Alexander Eliasberg 为木刻而译小说的罢。但那木刻,却又并不十分依从小说的叙述,例如《难解的性格》中的女人,照小说,是扇上该有须头,鼻梁上应该架着眼镜,手上也该有手镯的,而插画里都没有。大致一看,动手就做,不必和本书一一相符,这是西洋的插画家很普通的脾气。虽说"神似"比"形似"更高一着,但我总以为并非插画的正轨,中国的画家是用不着学他的——倘能"形神俱似",不是比单单的"形似"又更高一着吗?

但"这八篇"的"八"字没有改,而三次的登载,小说却只有七篇,不过大家是不会觉察的,除了编辑者和翻译者。谁知道今年的刊物上,新添的一行"中宣会图书杂志审委会审查证……字第……号",就是"防民之口"的标记呢,但我们似的译作者的译作,却就在这机关里被删除,被禁止,被没收了,而且不许声明,象衔了麻核桃的赴法场一样。这《波斯勋章》,也就是所谓"中宣……审委会"暗杀账上的一笔。

《波斯勋章》不过描写帝俄时代的官僚的无聊的一幕,在那时的作者的本国尚且可以发表,为什么在现在的中国倒被禁止了?——我们无从推测。只好也算作一则"奇闻"。但自从有了书报检查以来,直至六月间的因为"新生事件"而烟消火灭为止,它在出版界上,却真有"所过残破"之感,较有斤两的译作,能保存它的完肤的是很少的。

自然,在土地,经济,村落,隄防,无不残破的现在,文艺当然也不能独保其完整。何况是出于我的译作,上有御用诗官的施威,下有帮闲文人的助虐,那遭殃更当然在意料之中了。然而一面有残毁者,一面也有保全,补救,推进者,世界这才不至于荒废。我是愿意属于后一类,也分明属于后一类的。现在仍取八篇,编为一本,使这小集复归于完全,事虽琐细,却不但在今年的文坛上为他们留一种亚细亚式的"奇闻",也做了我们的一个小小的纪念。

一九三五年九月十五之夜　记

域外小说集

序言

《域外小说集》为书,词致朴讷,不足方近世名人译本。特收录至审慎,移译亦期弗失文情。异域文术新宗,自此始入华土。使有士卓特,不为常俗所囿,必将犁然有当于心,按邦国时期,籀读其心声,以相度神思之所在。则此虽大涛之微沤与,而性解思维,实寓于此。中国译界,亦由是无迟莫之感矣。

己酉正月十五日

略例

集中所录,以近世小品为多,后当渐及十九世纪以前名作。又以近世文潮,北欧最盛,故采译自有偏至。惟累卷既多,则以次及南欧暨泰东诸邦,使符域外一言之实。

装订均从新式,三面任其本然,不施切削;故虽翻阅数次绝无污染。前后篇首尾,各不相衔,他日能视其邦国古今之别,类聚成书。且纸之四周,皆极广博,故订定时亦不病隘陋。

人地名悉如原音,不加省节者,缘音译本以代殊域之言,留其同响;任情删易,即为不诚。故宁拂戾时人,移徙具足耳。地名无他奥谊。人名则德,法,意,英,美诸国,大氐二言,首名次氏。俄三言,首本名,次父名加子谊,次氏。二人相呼,多举上二名,曰某之子某,而不举其氏。匈牙利独先氏后名,大同华土;第近时效法他国,间亦逆施。

!表大声,?表问难,近已习见,不俟诠释。此他有虚线以表语不尽,或语中辍。有

直线以表略停顿，或在句之上下，则为用同于括弧。如"名门之儿童——年十四五耳——亦至"者，犹云名门之儿童亦至；而儿童之年，乃十四五也。

文中典故，间以括弧注其下。此他不关鸿旨者，则与著者小传及未译原文等，并录卷末杂识中。读时幸检视之。

谩

[俄国]安特来夫

一

吾曰，"汝谩耳！吾知汝谩。"

曰，"汝何事狂呼，必使人闻之耶？"

此亦谩也。吾固未狂呼，特作低语，低极耳耳然，执其手，而此含毒之字曰谩者，乃尚鸣如短蛇。

女复次曰，"吾爱君，汝宜信我。此言未足信汝耶？"遂吻我。顾吾欲牵之就抱，则又逝矣。其逝出薄暗回廊间，有盛宴将已，吾亦从之行。是地何地，吾又安知者。唯以女祈吾苌止，则遂来，观彼舞偶如何婆娑至终夜。众不顾我，亦弗交言，吾离其群，独茕然坐室隅，与乐工次。巨角之口，正当吾坐，自是中发滞声，而每二分时，辄有作野笑者曰，呵——呵——呵！

白云馥郁

白云馥郁，时复近我，则彼人也。吾不知胡以能辟除众目，来贡媚于吾一人。顾一刹那间，乃觉其肩与吾倚。一刹那间，吾下其目，乃见颈色皎洁，露素衣华缝中。上其目，乃见辅颊，其白如象齿，发亦盛制。计惟天神，屈膝幽垅之上，为见忘于世之人悲者，始有之也。吾又视其目，则美大而靖，憬于流光，目睛蔚蓝，抱黑瞳子。方吾相度时，其为黑常尔，为深邃不可彻常尔。特能视者又止一时，恐且不逾吾心一跃。惟所感至悠之久，至大之力，皆不前经。吾为之恂栗痛苦，似全生命自化微光，见摄于眸子，以至丧我，——空虚无力，几死矣。而彼人复去，运吾生俱行。偕一伟美傲岸者舞，吾因得审谛其纤微，凡履之形，膊之广，以至卷发回旋同一之状皆悉。时是人忽目我，初不经意，而几迫吾入于壁。吾受目，亦自平坦无有，若室壁也。

众渐灭火，吾始进就之曰，"时至矣，请导君归。"女愕然曰，"第吾偕斯人往耳。"随指一高华美丽，目不瞬及吾辈者相示。次入虚室，乃复吻我。吾低语曰，"汝谩耳。"而女对曰，"今日尚当相见，君其访我矣。"

及吾就归路时，碧色霜晨，已见屋山之背，而全衢止二生物，其一御者，一我也。御者坐而沉思，首前屈，吾坐其后，亦垂首至匈。御者自有其思，吾亦自有，而吾辈所过长衢垣后，睡者百千，又莫不自具所思，自见所梦。吾方思彼人，思彼人谩，复思吾死，时则若崇垣之浴曙色者，实已前见吾死，故其森然鹄立有如此也。吾殊不识御者何思，亦不识睡垣阴者何梦，而吾何思何梦，人亦弗能知。时经大道，既长且直，晨光登于屋脊，万物未动，其色皓然，有冷云馥郁，忽来近我，接耳则闻笑作滞声曰，呵——呵——呵！

二

彼人竟弗至，吾期虚矣，暮色降自旻天，而吾殊弗知如何自昏入夕，夕复入夜，一切特如一遥夜，思之栗然。吾惟运期人之步，反复往来，第又不敢近吾欢所居，仅往来相对地而止。每当面进，目必注琉璃小窗，退则又延伫反顾者屡。雪华如针，因刺吾面，而针复铦冷且长，深入心曲，以惌期之嗔恚苦恼，来伤吾心。寒风起于白朔，径趣玄南，拂负冰屋山，则挟雪沙俱下，乱打人首；复扑路次虚镫，镫方有黄焰茕茕，负寒而伏。伤哉焰也！黎明而死耳。以是则得吾怜，念彼乃必以孤生留此道上，况吾亦且去矣。居孤虚凛冽中，焰颤未已，而雪华互逐，正满天下也。

吾待彼矣，而彼乃弗至，时思孤焰与我，殆有甚仿佛者，独吾镫未虚已耳。前此往来大道，已见行人。往往窃起吾后，渐过吾前，状巨且黯，次忽没入白色大宅之隅，旋灭如影。而隔次行人复见，益益密迩，终又入缁色寒空而隐。人悉重裹，弗辨其形，且寂然，甚与吾肖。意往来者十余人，盖无不类我矣。皆有待，皆寒冻，皆寂然，又方深思，悲哀而闷。

吾待彼矣，而彼乃弗至！

吾不知陷苦恼中，胡为不泣且呼也！

吾不知胡以时复大乐，破颜而笑，指则拳曲如鹰爪，中执一小者，毒者，鸣者，——厥状如蛇，——谩也。谩蜿蜒夺手出，进啮吾心，以此啮之毒，而吾首遂眩。嗟夫，一切谩耳！——

既往方在，方在将来之界域泯矣。时劫之识，如吾未生，与吾生方始，其在我同然，无不似吾常生，或未生，或常生既者。——盖吾未生与吾生方始时，彼实已君我。而思之尤殊异者，乃以彼为有名与质，有始与终。然不也，彼安有名，彼特常谩，彼特常令人待而弗至耳。吾不知吾何忽破颜而笑，时雪镞方刺吾心，接耳则有笑作滞声者，曰，呵——呵——呵！

逮吾张目，乃见巨室明窗出青赤舌作微语曰，"汝见诳矣。当汝孤行期待惆怅时中，彼方在是，妖冶谩虵，与伟美丈夫之侮汝者语。使汝能疾入杀之，则甚善，缘汝所杀，特谩而已。"吾力握匕首，莞尔答曰，"诺，誓杀之。"而窗愀然目我，又愀然言曰，"汝弗能杀，盖汝手中匕首，谩亦犹彼吻也。"时吾影已失，独小黄焰尚战栗于冽寒断望中，与吾并留道上。寺钟忽动，声泣且颤。雪华方狂踊，则排之直度皓气。吾计其数，乃哑然，钟凡十五击，盖萧寺已古，钟亦如之，其指时虽诚，击乃恒妄，每迫守伺者疾登，急掣其痉挛之槌止之。嗟此耆艾战栗悲凉之音，自且制于严霜，抑又为谁谩者？如是徒谩，不甚愚且惨耶！

末击已，宅门随辟，有华美者降阶，吾仅见其背，顾立识之，此骄蹇之状，昨已视之审矣。吾又识其步，视昨益轻，且有胜态。因念昔者自出此门，步亦常尔，盖凡有男子，使方自善谩女子之唇，得其软唉，则步之为状皆然矣。

三

吾切齿迫之曰，"语我诚！"而面目依然如冰雪，惊扬其眉，顾盼亦复幽闅不可彻，曰，"吾尝谩耶？"彼知吾不能示之谩，则仅以一言，——以一新谩，——摧吾覃思弘构，俾无孑遗。吾固期之，彼亦终尔。其外满敷诚色，而内乃暗然，曰，"吾爱君，——吾悉属汝，非耶？"

吾居遥在市外，大野被雪，进瞰幽窗，环野皆黯黯，此外亦惟黯黯屹立，茂密无声。野乃自发清光，如死人面目之在深夜。——巨室盛热，一烛方然，其红焰中，死野又投以碧采。吾曰，"求诚良苦，苟知此，吾其死矣。顾亦何伤，死良胜于罔识。今在汝拥抱欵喽中，独觉谩存，……吾且见诸汝眸子，……幸语我诚，则吾亦从此别矣。"顾彼默然，目睐睐直贯吾心，斯裂吾神魂，第以探奇之心视我。吾乃呼曰，"答之，不者杀汝。"曰，"趣杀我，吾生亦太久矣。特汝以迫拶求诚，误亦甚哉。"吾闻言长跽，握其手，泣祈相感，——并以求诚，彼则加手吾顶曰，"可怜哉！"吾曰，"幸柔汝心，吾但欲知诚耳。"遂视其额，思此薄壁之后，诚乃攸居，因不觉作异念，顿欲披其头颅，俾得见诚于此。而跃然隐匈次者，心房也，——又安得以此爪裂其匈，俾一观人心何状。时红焰突发悲光，下然及跋，四壁渐入暗中，寂寞悲凉，怖人欲绝。

女低语曰，"可怜哉！"

黄焰忽转作青赤光，一闪而灭，全室黯然。吾已不见彼人颜色，特觉有纤手触肤，遂亦并忘其谩。吾阖目，去想离生，只觉其手，而手乃诚甚。在幽靖中，独闻私语怅然曰，"君拥我，吾甚怖也。"——次复幽靖，次私语怅然又继之，——曰，"君求诚耶？顾我岂知诚者？吾岂自不欲知诚耶？幸护我，吾甚怖也。"逮吾张目，而微黯已仓皇离枭嬰，渐集垣上，继乃自匿于屋角。有巨物作死色，临窗来窥，似死人二目，冷如坚冰，来相踪迹。吾辈乃战栗互抱，女则低语曰，"吁，吾甚怖也。"

四

吾杀彼矣。吾既杀彼，且目击其僵死，当窗横陈，白野外曜，则加足尸上，笑屑屑然。

咄，此笑岂狂人耶！吾所为笑，以匈臆朗然，呼吸顿适，且中心阔彻，蛊之啮吾心者亦坠耳。吾乃屈身临彼人之上，观其目，此巨而憬于流光者，时已洞辟，既大且浊，状如蜡人，吾能以指开阖之，绝不生怖。盖此幽黑瞳子中，已无复药叉，司谩诡疑忌，且啜吾血者寓之矣。比人牵我行，吾复失笑，众遂恂惧，多毕瑟退去，或则先来相吓，顾其目一与吾目大欢喜光遇，辄又变色止立，足若丁于大地者。

曰，"狂人也！"吾知众作是言，盖自谓已解幽隐之半，而一人独不然。其人肥壮和易，颊如渥丹，乃以他辞目我。顾此辞也，则沉我九渊，目亦弗睹光曜矣。曰，"此可怜人也！"言时至有情，不为恶谑，盖吾已前言之，是人固肥壮而和易者耳。

曰，"此可怜人也！"

吾呼曰,"否否,汝不当以是名我!"吾不知胡为狂呼,则自缘不欲令斯人怅恨耳。而众鲰生之谓吾狂者,乃又大怖而叫,吾视之咥然。

迨众牵吾出陈尸之室,吾即迹得此肥壮和易人,断断作大声曰,"吾实福人! 唯唯,福人也!"

而此诚甚……

五

吾幼尝见豹动物苑中,致碍构思之力,且梗塞吾思久久。此豹甚异他兽,状不惘然,或怒目睨观者,特往来两隅间,由此涉彼,行迹反复相同,合于数术。胁黄金色,每行必触槛阑之一,不及他阑,其首下锐,频俯而行,目不旁睐。槛前聚观者,或谈或笑,而豹往来自如,视众人蔑尔。众对此阴沉不可救之生象,哂者二三,其太半状乃甚虔,色甚闷,喟然径行,次复反顾而叹,若已悟世所谓自由人,阴实有类于柙兽者。迨吾长而读书,且闻人言无穷之事,则陡念此豹,似无穷暨其苦恼,吾已蚤识之矣。

而今者已亦往来石柙中,弗殊此豹矣。吾行且思,……行两隅间,由此涉彼,思路至促,所思亦苦不能申,似大千世界,已仔吾肩,而世界又止成于一字,是字伟大惨苦,谩其音也。时则匍匐出四隅,蜿蜒绕我魂魄,顾鳞甲灿烂,已为巴蛇。巴蛇啮我,又纠结如铁环,吾大痛而呼,则出吾口者,乃复与蛇鸣酷肖,似吾营卫中已满蛇血矣。曰"谩耳。"

吾行且思,足次缁色之地,俄乃化为深渊,其底不可极,吾足若蹈虚,身亦越烟雾昏冥,出于天外。匈作一息;则深处徐起反响,闻之栗然。响既徐且嘶,似本历劫相传,而每一刹那,辄留其力少许于烟雾质点中者。吾知其物固如迅风,能拔大木,顾入吾耳,乃不过一低语,曰"谩耳。"

低语怒我,顿足叱之曰,"讵复有谩,吾杀之矣。"言已疾退,冀答不入吾耳,而答仍徐出深渊中,曰"谩耳。"

嗟夫,吾误矣! 吾杀女子,而使谩乃弗死。吁,使未以祈求讯鞫,黏诚火于汝心,则慎毋杀女子矣! 吾往来柙之两隅,由此涉彼,反复思且行。

六

彼人之判分诚谩也,幽暗而怖人,然吾亦将从之,得诸天魔坐前,长跪哀之曰,"幸语

中华传世藏书

鲁迅全集

域外小说集

一九六三

我诚也！"

嗟夫，惟是亦谩，其地独幽暗耳。劫波与无穷之空虚，欠申于斯，而诚不在此，诚无所在也。顾谩乃永存，谩实不死。大气阿屯，无不含谩。当吾一吸，则鸣而疾入，斯裂吾匈。嗟乎，特人耳，而欲求诚，抑何愚矣！伤哉！

援我！咄，援我来！

默

［俄国］安特来夫

一

五月之夜，仓庚和鸣枝上，月光皎然，牧师伊革那支时则居治事之室。其妇趋进，色至惨苦，持小镫，手腕战动，比近其夫，乃引手触肩际，呜咽言曰，"阿父，盍往视威洛吉伽矣！"

伊革那支不顾，惟张目上越目镜，疾视久之。妇断望，退坐于榻，徐曰，"汝二人……忍哉！"其语至末辞，声乃甚异，颜色亦益凄苦，似以表父女忍心何似者。牧师微笑，渐起阖书，去目镜，收之匣内，入思颇深，黑鬒丰厚，星星如杂银丝；垂匈次作波状，应息而动。已忽曰，"诺，然则行矣。"其妇亦疾起，惴惴语曰，"汝盖知彼何如者，阿父，汝幸勿酷也。"

威罗楼居。木阶至不宽博，曲为弓形，且受伊革那支足音，声作厉响。伊革那支体本修伟，因必屡俯以避牴，而阿尔迦．斯提斑诺夫那素衣拂其面，则辄复蹙蹙，色至不平，盖已知今日之来，将不获善果如前此矣。

威罗祖其臂，引一手复目，一则陈素衾之上，漫问曰，"何也？"神气萧索，状亦漠然。母呼之曰，"威洛吉伽，……"顾忽呜咽而止。父则曰，"威罗，"言次力柔其声曰，"告汝父母，汝今何如矣？"

威罗默然。

父复曰，"威罗，今其语我，讵尔母及我，尚弗足见信于汝耶？汝试念之，孰则亲过我二人者？抑乃以爱汝未挚耶？汝其信我年齿阅历，直陈毋隐，……则忧思将立平。盍视尔母，其困顿亦已甚矣。"时母呼曰，"威洛吉伽，……"而伊革那支仍曰，"而我……"时声微战，似有物突然欲出者，曰，"而我岂亦能堪者。汝有殷忧，顾殷忧何事，则乃父不之知，此当乎？"

威罗默然。

伊革那支轻拂其髯，用意至密，似恐不意中为指所乱者。既乃曰，"汝逆吾意，自诣圣彼得堡，乃怨吾谯责太甚耶？汝不顺之子，或者以不畀汝多金，抑缘吾不喜汝，遂怅怅耶？汝胡乃默然者？吾知之矣，以汝圣彼得堡，……"伊革那支神思中，时仿佛见一博大不祥之市，飞灾生客，充实其间，而威罗又以是获疾，以是绝声，则立萌憎念，且又烈怒其女，盖以女终日湛默，而其默又至坚定也。

威罗恚曰，"彼得堡何干我者。"已乃阖其目曰，"不如睡耳，此何干我者，时晏矣。"母啜泣曰，"威洛吉伽毋置我，……"威罗似不能忍，叹曰，"嗟夫，母氏！"伊革那支就座，微笑曰，"汝终无言耶？"威罗略举其身以自理，曰，"父，父盖知我尝挚爱父母，顾今兹已矣，不如归睡耳！……吾亦且睡，逮明晨或至后日，会当有时言之。"

牧师蹶起，撞几几触于壁，掣妇手曰，"去之！"妇尚延伫，曰，"威洛吉伽！"伊革那支遮之曰，"去之，诏汝！彼忘明神，吾侪其能救耶。"遂力牵之出，妇故迟其步，低语曰，"汝耳！父师，凡事悉起于汝，汝当自结此公案耳。嗟我苦人！"言已泪下，目几无见，临梯屡踬，如临深渊。

次日，伊革那支即不理其女，而女亦若弗知，时或独瞑，时或漫步，俱如往日，惟时必取帨拭其目，似是中满以尘埃者。其母性本乐易，嗜笑善谐，今遇默人，则大戚，左右不知所可。威罗平时好游眺，越七日，亦出游步如常，——顾其归地，——乃不以生返，已自投铁轨之上，轹车轹之，碎矣。

伊革那支自治葬礼，妇则弗临，当死耗达其家，骇震儿绝，手足劲直，舌强不能声。比伽蓝钟动时，方挺然卧于暗室，第闻人陆续出寺，且作挽歌，欲举手作十字，而臂不之应，又进力欲呼曰，"威罗别矣！"而舌亦重滞如凝铅。使人见其状，必谓妇方偃息，否者盖入睡也。时观者大集寺中，伊革那支识者强半，莫不伤威罗夭折，第见牧师无悲色，则怃然。众咸弗爱牧师，以其人少矜恕，憎罪人，而礼拜者来，则虽赤贫亦力汲其润，殊不自憎。故人闻变大悦，竞欲睹其凌夷，亦俾自悟二恶，为牧师酷，为父凶，缘此罪障，乃不能自保其骨肉。顾众目聚嘱，而伊革那支之立屹然，时盖绝不为殇女悲，特力护神甫威棱，使勿失坠已耳。

木工凯尔合诺夫曰，"铁牧师也！"是人盖尝为制画橱，直五罗布而不获偿者。特伊革那支之立，则仍屹然，先就垅上，次过市而归家。比达其妇室外，始微屈，然此亦以户低，惧撞其首耳。入室发燧,见妇乃骇绝。其状靖谧无方,忧苦皆退,二目无泪,寂然默然,体则委顿无力,陈胡床之上。伊革那支进询之曰,"若无恙耶?"而声亦寂然类其目。继抚额际,乃湿且寒,妇亦弗动,似绝不觉牧师之相抚者。比引手去,则无动又如故,惟二目厉张,是中更无人感。伊革那支渐怖而栗,曰,"吾归吾室矣。"

伊革那支入客室,见全室整洁,弗殊平时,几衣纯白。卓立如死人临敛。呼其婢曰,"那思泰娑,"则自觉声在虚室中,至复犷厉。窗外悬鸟笼,阑槛已启,其中虚矣。因复微呼曰,"那思泰娑,鸟安在?"婢哀毁,鼻已赤如芦葩,嗫嚅对曰,"自……自然去矣!"伊革那支蹙额曰,"胡为纵之?"婢复泣失声,掣軫角拭其目,咽泪曰,"此性命,……此女士性命,……何可留耶!"

伊革那支闻言瞿然,念此黄色小禽,终日伸首嘤鸣者,殆信威罗性命矣。假此鸟尚存,则威罗殆不云死。因大愤,厉声叱曰,"去矣汝!"婢仓皇未得户,乃又继之曰,"白痴人!"

二

威罗既葬,阖宅默然,而其状复非寂,盖寂者止于无声,此则居者能言,顾不声而口闭,默也。伊革那支如是思维,每入闺,遇妇二目,目光艰苦,乃似大气俄化流铅,来注其背,——又若开威罗曲谱,叶中尚留故声,或视画象之得自圣彼得堡者,亦复如是。

伊革那支视象有常法,必先审辅颊,受光皓然,特颊际乃见微痕,与睹之威罗尸者密合,此殊弗知其故。使车轮践面而过,颇当糜矣,顾骸乃无损,殆必值移尸去轨,伤于靴尖,或偶创于指爪耳。伊革那支审谛久久,意渐怖,急越颊观其目,乃黑而美,睫毛甚长,投影至于颊际,映着目睛,光益炯炯。目匡似见黑缘,色至悲凉,且画师多能,施之殊采,凡目光所向地,辄作澄明薄膜间之,似夏日轻尘,集于琴台,以减綦木之曜。伊革那支欲去像弗视,而幽默之语,乃息息相从,其默又至昭明,几于人听。伊革那支际此,亦自信幽默为物,自能闻之矣。

每日晨褥已,伊革那支辄入客室,先眺虚笼,次及室中器具,乃据胡床而坐,闭目止息,谛听默然。时所闻至异,虚笼之默,微而柔,满以苦痛,中复有久绝之笑寓之。其妇之默,乃度壁微至,冰重如铅,且绝幽怪,虽在长夏,入耳亦栗然如中寒。若其悠久如坟,闷密如死,则其女之默也。第默亦若自苦,进力欲转他声,顾暗有机括之力,阻其转化,乃渐牵掣如丝缕,终至颤动且鸣,鸣低而晰,——伊革那支知有声将至,乃悦且怖,引手据胡床之背,屏息俟之。已而闻声益迩,顾忽复中绝,全宅默然。

伊革那支薄怒曰,"音!"遂渐渐起立,则度窗见大道,满负日光,其平如砥,每石均作圆形。并有马厩石垣,浑沌无户牖,屋角立一御者,不动如石人。是人蠢立奚为,又乌能解,意者道绝行客,殆已久矣。

三

伊革那支他适时,颇多言议,如语法师,或对众述其勤修义务,亦时就识者,博塞以游。顾一返故家,乃若永日必绝其声息者,盖当长夜不眠,方思大故,而不能与家人言,思盖曰威罗何由死也。

伊革那支殊不悟时节已晏,尚欲寻绎因缘,且冀解其隐阕。深夜耿耿,每念往日自与其妇立威罗榻前,祈之曰,"语我!"特幻想所造,乃与成事迥殊,见两目朗然,不同画象,威罗欢笑起立,进而陈辞。——顾其辞云何,似此无言之辞,能解大阆,且复密迩,使倾耳屏息,怳忽愈益昭明,惟又迢远不可究极。伊革那支举皱皴之手出空中,挥而问曰,"威罗乎?"然答之则幽默也。

一夕,伊革那支往视其妇,弗入闺已且七日矣,时乃就坐床头,思柔其目光,令勿冰重乃曰,"阿母,吾欲与汝谈威罗,愿闻之乎?"

妇目默然。伊革那支扬其声,使益威严,如语自忤者状,曰,"吾知之,汝盖谓威罗之死,皆出我手。顾吾岂爱之不若汝耶?汝想诡矣!——吾严厉,顾实未尝妨彼,彼不纵行其欲吗?逮其视吾呵责如无物,吾又不立弃威权,自偃其背乎?……然汝何如者,汝不尝痛器呼吁之乎?微吾诏者,泣且无已,而威罗不悛,吾何当独任其罪。且吾又不屡面明神,诏之谦,教之爱耶?"言次疾窥妇目,又急避之曰,"使不以苦恼相告,吾何能为?命之与?——吾命之矣。哀之与?——吾亦哀之矣。将必屈膝求婢子,哀号如媪耶?其心!吾乌知其心何蕴者?忍耳冷耳!"伊革那支遂举手击其膝曰,"是人无爱,然也。人谓我奈何?……诚专制耳。顾汝乃号泣不惜自屈,彼终爱汝未?"

伊革那支忽失笑而无声曰,"爱也,何以慰汝?则死耳!其死惨凶,轻如飞羽,……死于粪土,犹犬豕也,人蹑以足!"

伊革那支声渐低,……

曰"吾自愧,——行途中自愧,——立祭坛前自愧,——而明神自愧,——有女贱且忍!虽入泉下,犹将追而诅之!"

伊革那支言已视其妇,已厥死矣,历时许方苏。比苏,而目旋默,闻其言或未尝闻,人莫能测也。

是日之夜,——显煦宁靖,七月之夜也。伊革那支惧惊其妇及侍者睡,乃以趾点梯而升,入威罗之室。小窗自威罗逝后,即严扃不启,全室干晶,烈日贯铁叶屋山,长日照临,入夜留炎熇之气,人迹永绝,则颢气殊异懒散,遍于太空,室壁家具,久而朽败,亦有气蒸蒸涌出。月色度窗,投文至地,且以余光朗照室隅。卧榻雅素,上遗小大二枕,阴森欲动。伊革那支启窗,外气随辟而入,清新芬馥,来自近郊水次,且挟菩提树华香。远有歌声,似出艇内。伊革那支徒跣白衣,状如鬼物,行就威罗榻旁,长踞于地,投首枕上,引手向空而拥,曩日女首所在处也。如是久久,既而歌声顿辍,顾牧师伏如故,长发越肩分披,曼延及枕。少顷,月易其轨,小楼就昏,伊革那支始昂其首,随作微语,声至雄浑,更函不知之爱,如对所生,曰,"威罗吾女!威罗,——汝知否此谊云何?吾女吾女!吾血吾生!……汝老父,颢首骈背,……"言次,两肩忽战,全身随之而动,发声甚柔,若诏孺子,曰,"汝老父祈汝,……唯,威洛吉伽祈汝矣!——彼且泣,彼前此未尝泣也。孺子,汝有忧,忧亦属我,否否,且甚也。"伊革那支时摇其首,曰,"且甚也。威洛吉伽,吾老矣,死则奚惧。然汝,……使汝自知荏弱娇小者,汝念之耶?幼时伤指见血,泣失声矣。孺子,汝爱我,吾深知之。汝实爱我。第语之!语我,胡为自苦?吾将以此手去其忧,此尚强也,威罗,此手!"

伊革那支遂起,复曰,"言之!"随张目视四壁,伸其手,而小楼寂寞,远闻汽笛有声。伊革那支目益厉张,自顾身外,似见形残厉鬼。离榻徐起。渐举柴瘠之手自按其头。及门,尚微语曰,"言之!"而为之对者,又独——幽默也。

四

一日,午食早已,伊革那支趋赴墓场,威罗葬后,此其初次矣。其地炎热靖谧,杳无人踪,虽夏日如在月夜。牧师欲挺身徐行,肃然四顾,自意弗异往时,而不知二足已屦,风度亦变,须髯皓白,如被严霜。墓场前道路修坦,渐高如坡坂,其端墓门,幽黑有光,若张巨口,四周则白齿抱之。威罗葬于杪端,至是已无沙砾。伊革那支旁皇隘路中,左右悉为丘垅,遍长莓苔,久不得出。其间时见断碑,绿华斑驳,或坏槛废石,半埋土中,如见抑于幽怨。内则有威罗新坟,短草就黄,外围嫩绿,榛楛依枫树而立,胡桃柯干,交于墓顶,新叶蒙茸。伊革那支坐邻坟,吐息四顾,上见昊天,净无云气,日轮如如不动,乃初觉在幽宅中。每当风定，万籁辍声，则寂漠满其地。其寂至莫可比方，此刹那间，并起幽默，默似远涉幽宅之垣，且逾垣直至市集，终于目睛，是目则澄碧无声，永靖于默。伊革那支耸其肩，运目至威罗墓上，观纠结之草久久。草曼衍遍地，遥尽于负雪之野，似无暇更被异域者。时乃观之而疑，思地下不六尺，乃为威罗所宅，四周缥缈，莫可执持，则俄有俶扰执迷，起于胸臆。盖往尝谓纵有物没深邃无穷中，顾得之实不在远，殊不知诚乃无有，且亦将终无有也。尔时陡有所念，似倘作一言，此言已冲唇且发，或作一动，则威罗将离墓起立，顾长妙好，一如生时，即四邻陈死人，方以坚冷之默感人者，亦将由是言动，辞其幽宅。伊革那支乃去广缘黑冠，自抚其发，微呼曰："威罗！"

言已，惧人人耳，则起登坟颠，越十字架外望，见绝无生人，于是复扬其音曰，"威罗！"

此牧师伊革那支垂老之声也。其声干涸，如求如吁，异哉！祈求之切如是而无应也。曰，"威罗！"

时声朗而定矣。比默，怳忽有应者出于渊深，若复可辨。伊革那支复四顾屈其身，倾耳至于草际，曰，"威罗答我！"则有泉下之寒，贯耳而入，脑几为之坚凝。顾威罗则默，其默无穷，益怖益閟。伊革那支力举其首，面失色如死人，觉幽默颤动，颢气随之，如恐怖之海，忽生波涛，幽默偕其寒波，滔滔来袭，越顶而过，发皆荡漾，更击胸次，则碎作呻吟之声。伊革那支眙目愕顾，五体栗然，渐进力伸背而起，自肃其状，俾勿震越。又拂冠及膝际，以去沙尘，交臂三作十字，徐行而去。顾幽宅乃突呈异状，道亦绝矣。

伊革那支自哂曰，"误矣！"遂止歧路间。顾不能竢，未一秒时，即复左折，默迫之耳。默出自碧色坟中，十字架亦各嘘气，地怀疆蜕，孔孔均吐幽波。伊革那支行益急，左右奔驰，越墓撞于阑槛，铁制华环，刺手见血，法服亦斯裂如鹑衣，第心中则止存一念，曰觅去路耳。

伊革那支尽其心力，跳跃往来，久乃益疾，长发散乱法服之上，而去路终不在前。其时状至怖人，张口垒息，色如狂酲，厉于幽鬼。终乃奋力一跃，突出墓场。其地有伽蓝，垣下见一老人，方据榻假寐，状似远方行脚，旁有二句妇，断断互争。比归家，闺中镫光已曜，牧师不及易衣冠而入，风尘零落，即跽其妇足下曰，"阿母，……阿尔迦，恕我！"言次啜泣曰，"吾且狂矣！"遂撞首于几，泣至哀厉，如未尝泣者之泣也。

迨举首，伊革那支盖信异事将见矣。妇且有语，恕其前愆。因曰，"吾妇！"——则伸首就之，相其二目，而是中恕宥怨愤，两复无有。妇殆已恕其罪，寄之同情与？顾目乃一无所示，寂然默然耳。……而此荒凉萧瑟之家，则幽默主之矣。

中华传世藏书

鲁迅全集

杂文集

一九七〇

四日

[俄国]迦尔洵

吾辈趋经大野,铳丸雨集有声,树枝为动,复入棘林,宛延而进,吾今兹犹记之也。射益烈,天垂时起赤光,隐见无定处。什陀洛夫者,少年军人,第一中队属也,——时吾自念,彼胡为妄入此战线耶?——陡仆于地,默不声,张目厉视吾面,血溢于口如涌泉。是诚然,吾今犹记之确也。且又记之,当大野尽处,丛棘之中,吾乃兄……彼。彼巨而壮,突厥人也。顾吾直奔之,虽吾弱且瘠乎。有声霍然,似有物尔许大,飞经吾侧而去,耳为之鸣。吾自念曰,"彼射我矣!"而彼遽大呼,急退走入丛棘。使绕道以出棘林,易易耳,顾惊怖时,乃思虑不能及此,其衣钩于棘枝。吾一击堕其铳,次举铳端利矛力刺之,似中其身,似闻呻吟声。吾遂奔而之他。吾军大呼,——或仆,或射,吾去野入田间时,则亦引机射一两次。

俄复大呼,其声加厉,吾辈皆疾走。顾此不能曰辈,当曰我军也。所以者何,缘吾独止于此耳。异哉!惟尤异者,乃觉一切顿失,如一切呐喊,一切铳声,莫不寂然。吾无所闻,第见少许苍苍者,殆天也,已而即此亦杳矣。

异境如是,昔未尝遇也。吾似伏地卧,当吾前者,有土一小片,草数茎,为去岁槁干,有蚁缘其一,蠕蠕而行,厥首向下,——目前全世界,如是而已。且能视者又止一目,其一乃有坚物阻之。物盖枝柯,下障吾首,而首又加于枝,状至不适。吾欲动,然又不能。胡为不能耶?而如是者久之。吾第闻阜螽振羽及蜜蜂嘤鸣,舍此更无他事。终而奋力自曳右手,出于身下,乃并两手抵地,思踉而兴。

有锐而速者,——若电光然,——骤彻于全身,自膝至匈,匈而至首,——吾复仆,遂复惘然,遂复无觉。

吾觉矣。乃又胡以见星,见此灿然于勃尔格利亚蔚蓝天宇者耶?讵吾非在穹庐中,且见弃于众者又何耶?时自动其身,乃骤觉剧痛发于足。

然夫,吾伤于战矣!惟创之轻重奈何耶?渐伸手抚痛处,则右足满以血污,如左足焉。且手之所触,痛乃加剧,其为痛如——龋齿,绵绵无止,彻于心曲。耳大鸣,首亦岑岑然,知两足皆创矣。第众置我于此者曷故?讵已见败于突厥耶?吾回念之,初殊恍忽,继乃了然,终知我军不北。缘吾仆——吾不知此,惟记众趋进,而青色物犹留我目前已耳。——甫田中，在小丘之上。大队长则指之大呼曰，"儿郎，吾辈得此矣！"于是据甫田，然则我军固未败也。——顾众胡不将我俱去耶？原田坦荡，无物障其眼界，且敌军射极烈，伤者当不止吾一人也。盍且举首一审视乎？今滋适矣。盖前此更生，见草茎及到行蚁子时，曾进力欲起，继乃仰仆，故今者亦见明星也。

吾欲起而坐地，然两足皆创，綦难也。勉强久之，渐乃得坐，负痛甚，泪满于目矣。

临吾上者，有苍天一角，天半见一巨星，灿然作光，益以小星三四。四周何有，为暗为高，此棘丛也。吾卧棘林中，众遗我矣！

时觉毛发森然皆立。虽然，吾负伤于田，今何缘忽在丛薄中耶？意者受丸而后，因痛失神，遂自狂走人此与？惟今且不能少动其身，昔何能奔逸而至，乃思之殊不可解。是殆初仅一创，比至，如复受其一耳。

地面处处生白，朗而微红，巨星之光渐暗，小者皆隐，月上矣。嗟夫，倘在故乡，其佳胜当何如！……

有异声至吾耳际，如人呻吟。诚然，此呻吟声也！岂不远有伤人见弃，其足糜烂，抑铳丸人于腹耶？唯，否否！其声至迩，而吾侧复无他人。汝！呜呼，天乎！此我也！吾之微吟，吾之哀鸣也！岂痛剧乃至于此乎？然，痛固也，惟吾脑若笼于雾，若压以铅，故遂亦无觉。今良不如寐耳，寐哉寐哉！……第使终古不复觉者奈何！然此亦何惧为？

吾就卧，则月色苍凉，朗照四近，相距不五步，有巨物横陈，黝然而黑，月光所照，处处烂有光辉，殆衣结或兵刃也。此其死骸，抑伤人耶？

皆同耳！吾则且寐，……

否否，此何能者？吾军未去，逐突厥遁矣，今方守伺于此，然胡为无人语声或篝火爆列声耶？必吾疲敝既极，不之闻耳，顾吾军乃实在是。

曰，"援我！援我！"其声野且嘶，突吾胸而出。顾无人声为之对，仅有反响发于夜气，其他寂然，独蛩吟如故，及满月在天，凄然临我已耳。

使卧者而为伤人，当闻吾声而觉矣，然则尸也！特不知其为伙伴，抑突厥人耳。咄，为仇为友，在今兹不皆同耶？……而吾浮肿之目，时已渐合于瞑卧矣。

吾虽早觉，然尚靖卧，阖其目，吾殊不欲张也。目虽阖，日光犹穿眶而入，比启，则受刺不可堪矣。且卧而不动，于我亦良适。……昨日——吾思殆昨日也，——负伤，至今一日已过，第二日且继之——吾当死矣。凡事皆同，不如弗动胜。人当弗动其身，尤善则弗动其脑，然不可得也，纪念思惟，交错于内，第此亦至暂矣，不久将终，仅留数行字于新报中曰，"吾军损失极鲜，伤者若干。一年志愿兵伊凡诺夫战死。"否，不然，报纸且不举氏姓,第约略言之曰死者——一人已耳。兵一人,犹彼犬也。

时吾神思中,则全图昭然皆见,盖昔日事矣。——所谓昔者不止此,在吾一生中,当吾足未见创前,皆昔日事矣。——吾尝见众聚于市,遂延伫审视之,众乃默立,目注一白色物,方流血哀鸣,状至可闵,小犬也,轹于车轮,已垂死如吾今日。乃忽有执事者排众入,攫其领,提之他去,众则亦鸟兽散。今者孰提我去诸此乎?嗟夫,野死而已!……人生亦奇觚哉!……昔之日,——即小犬遭祸之日也,——吾生多福,逍遥以游,为状如酩酊,第此亦有其所由然也。——嗟汝古欢!其毋苦我,且趣离我矣!——昔日之福,今日之苦,……苦固不可逃,特愿不见窘于怀旧,与往日相仇比耳。呜呼,忧乎忧乎!汝困人良甚于创哉!

今热矣,日乃如炙也。吾启目,见同此丛薄,同此高天,特在昼耳,而邻人亦依然在是。突厥人,尸也!躯体又何伟哉!吾识之,斯人耳!……

见杀于我者,今横吾前。吾杀之何为者耶?

斯人浴血死,定命又何必驱而致之此乎?且何人哉?彼殆亦——如我——有老母与?每当夕日西匿,则出坐茅屋之前,翘首朔方,以望其爱子,其心血,其凭依与奉养者之来归也!

而吾何如者?皆同耳!……然吾甚羡之,斯人幸哉!其耳无闻,其伤无痛,不衔哀,不苦渴,……利矛直贯其心,……在是,——穴在戎衣,大而黝然,四周满以碧血,——此吾业也!

然此岂亦吾愿与?当吾出征,不怀恶念,亦无戕人之心,唯知吾当以匈臆为飞丸之臬,则遂出而受射已耳。

而今又何如者?咄,愚人愚人!然哀哉此莆罗!——斯人盖衣埃及戎衣者,——不较我尤无罪耶?有人令之,则如青鱼入筌,以汽船送之君士但丁堡,为俄罗斯,为勃尔格利亚,两未有所前闻也。人复令之行,则遂行,使其不尔,则轻亦鞭箠,甚或有巴伩之铳,引火射其胸者矣。于是苦辛悠远,自君士但丁堡从军以至卢司曲克,我军进攻,彼则守御,比见吾曹健儿,虽当英国特制之庇波地或马梯尼铳,亦坦然径前,乃始恂惧思退走。此瞬息中,又不图突来一小丈夫,平日仅挥黑拳,击之可踣耳,而今乃举利矛刺其心。则是人究何罪耶?

杀斯人者我,然吾亦何罪乎?吾何罪?……漱乃苦我至于此耶?漱也,人亦知、漱之为事奈何耶?虽昔日过罗马尼亚时,酷热至四十度,日行五十威尔斯忒,其漱不若此也。吁,安得有人至乎!

天乎！彼人军持中不有水耶？惟必就而取之，不知痛当如何耳。

咄，同也，吾进矣。

吾匍匐前，曳足于后，两手失力，才足动垂僵之躯。尸距我不及二克拉式佗，而自吾视之，乃多，——不然，非多也，劳于十二威尔斯忒也。顾亦当勉之，咽且焦矣，如发烈火，汝即失水且死耳。虽然，万一……

吾匍匐前，二足为地所泥，每动辄作大痛，为之号叫，为之呻吟，而匍匐前不止。今终至矣，军持在斯，……其中有水，——水若干，似且越军持之半也。猗，水足用矣！——以至于死。

吾曰，"施主，汝救我矣！……"则以肘支体，解其军持，重心失，遂仆。吾面适触救主之胸，尸气已扑鼻矣。

吾得水狂饮之，水虽晶，然尚不腐，且甚多也，可支数日。吾昔读生理易解，记书中有言曰，"人苟饮水，则虽无食亦能活逾七日以上。"次复举事实为证，谓尝有人绝粒图自杀，顾久之不死，即以不废饮也云。

咄，复次奈何？使更活五日——六日者，其后奈何？吾军已行，勃尔格利亚人亦遁，左近又非达道，终亦死而已矣。惟二昼夜濒死之苦，今则易以七日，殆不如自殊胜耳。邻人之侧，有铳在地，颇似英伦良品，仅劳一举手，——诸事毕矣。且铳丸亦累累满地，似当日用未尽也。

要而论之，吾宁自决，抑且——待耶？何也？待救，抑待死与？且待，待突厥来，更褫吾足负伤之革耶？则良不如自……

不然，人何当自失其勇气，在理宜力图活以至终也。有见我者，吾即得救矣。吾骨或无损，受治当瘥，于是乃复见故乡，复见吾母，复见玛萨，……

嗟，幸毋令彼知实事矣！幸告之曰即死。假使知其实，知吾受殊苦历二日三日以至四日者，……

吾目忽眩，邻右之游，膂力悉竭矣。复有异气，色亦渐益黝然，……明日及又明日，更将如何？吾亦姑卧此，今无力，不能移也。且容少休，乃返故处，幸适有风，吹奇嗅悉他向矣。

吾罢极而卧，日照吾手及头，又无物足以作障。使其顷刻入夜，则——吾自思——似已第二夜矣。

思绪忽乱，——遂复入忘。

吾寐久之。比觉，日已夕矣，见一切如故，足仿依然作剧痛，邻人庞然僵卧，亦复

中华传世藏书

鲁迅全集

域外小说集

如前。

欲弗念是人，不可得也。何者？吾弃爱绝欢，跋涉远道，陵冻馁，忍炎热，终则陷于巨苦，——乃仅为戕杀斯人来耶？戕杀斯人而外，吾又尝有微利于战事耶？

杀人，杀人者，……顾谁耶？

我也！

念吾自决志从征时，吾母及玛萨泣皆甚哀，顾不相沮。吾则眩于幻想，弗睹其泪，亦未尝知，——今乃知之，——将有忧患之加于眷属也。

然念之奚益，往事不可追矣。

当是时，有故旧数人，其为状亦至异耳。众皆曰，"愚物，徒是扰攘，自且弗知后事，究何为者？"——然此何言？一则曰爱国，再则曰英雄，而此口乃亦能作如是语乎？在彼辈目中，吾非英雄与爱国者又何物？虽然，此固耳，而吾则——愚物也！

杀人者，顾谁耶？

吾于是至契锡纳夫，众以革囊及此他武具相授，从军而行。从可千人，中之出自志——如我——者仅三四。他乃不然，假能免其役，皆愿遄返故乡者也，然仍力前，绝不逊自觉之吾辈，徒步至千威尔斯式，临敌而战无慑，视吾辈或且胜也。倘放之归，固当投兵立散，惟今则服其义务不荒。

晨风徐来，棘枝摇动，惊睡鸟出林而飞，明星亦隐，天字已见晓色，白云如毛羽，蓂然蔽之，昏黄渐去大地，吾之第三日至矣。……将何以名？谓之生，抑谓之死乎？

第三日，……

将更历若干日耶？谅不多矣。吾罢极，恐不能离此尸而去，且不久将类之，不相恶矣。

吾每日当三饮，——朝，午，夕也。

太阳已出，黑色棘枝，纵横分划巨轮，视之朱殷如人血。意今日者，天气其将酷热矣。

吾之邻人，——今日汝当如何？汝已怖人甚矣！

诚然，彼滋怖人也。毛发渐脱，其肤本黎黑，今则由苍而转黄，面目臃肿，至耳后肤革皆列，蛆蠕蠕行罅隙中，足缄行膝，胫肉浮起成巨泡，见于两端钩结之处，全体彭亨若山丘。更历一日，乃将如何耶？

傍之卧，抑何可堪者，虽必出死力，吾亦迁矣。特不知能动否耳？吾固能自动其手，能启军持，能饮水，特未识运我重滞不动之体则何如？不也。姑试之，纵令动极微，阅一时而得半步与。

迁徙既始，终朝方已，足创固剧痛，然亦何有于我耶！吾尔时已不记常人感觉作何状，渐习于痛矣。阅一朝，乃迁地不及二克拉式佗，顾已至故处，昂首吐吸，将得新气以舒心神者暂耳。离腐尸不六步也。风向忽变，挟异殐正扑吾鼻，其殐至强，吸之欲哕，虚胃亦作痉挛且痛，五内如绞矣。而臭腐之气，则续续扑鼻无已时。

方术已穷，吾遂泣。

时困顿达于极地，乃颓然卧，识几亡，忽焉——此岂神守已乱，耳有妄闻耶？似闻……不然，否，诚也！——人语声也。马蹄声，人语声。吾欲号，顾力自制，万一其人为突厥，则将奈何？恐所遭惨苦，即就报纸诵之，亦毛发立矣。彼辈将生剥人肤，伤足则烙之以火，……善，且不止此，彼辈长于此道，未可测也。——然则见杀于彼，殆不如野死胜乎。顾使来者而为我军，嗟汝鬼棘，何事繁生若崇垣者，吾目不能透棘有所见也。仅得一处，在枝柯间若小窗，能就之少窥外状，远见平隰，其地似有小川，记战前曾饮之，诚然，亦有石片，横亘水之两岸如小桥，来者殆当过此也。——而人声默矣。众操何国语言，绝不能辨，讵吾耳亦已聩耶？天乎，使来者果为我军，……则吾呼号于此，众当能在桥上闻之，此良较见俘于黎什珂，见俘于巴希皤支克优也。胡以不闻蹄声耶？不能忍矣。时尸气虽恶，顾已不之知。

忽而行人见桥上，珂萨克也。戎衣色青，赤条在裤，持矛，数可五十。率之行者乘骏马，为黑髯军官，众方渡，即据鞍反顾，大声呼曰，"疾走！"

吾亦呼曰，"且止且止！嗟乎，援我来，兄弟！"顾马蹄佩剑声及珂萨克朗语，皆高出吾声之上，——众不我闻也。

吁，吾遂失力而伏，以面亲土，呜咽继之。军持仆，是中之水，——吾性命，吾援救，吾延生之药，乃忽外流。比扶之起，则所余已不及半盏，地面干涸，此他悉为所吸矣。

是举既空，吾已不复能振，惟微合其目，奄然僵卧耳。且风向屡变，时或觌清新之气，时或依然以腐殐来。邻人为状，今日亦益凶，不能尽以楮墨。吾偶启目微睨之，乃栗然。面肉已消，脱骨而去，槁骸露齿，吾虽多见髑髅，或制人体为标本，顾未睹凶厉怖人有如此也。骸著戎服，衣结作光烂然，令吾震慑，心乃作是念曰，"所谓战事，——此耳，其象在是！"

酷热不少减，面与手皆且灼矣，乃饮余水尽之，初苦澂，仅欲饮其一滴，殊不图一吸尽之也。嗟夫，珂萨克自过吾旁，又胡不止之。纵为突厥，亦胜于此，彼苦我不过一二小时耳，今则辗转呻吟，特不知当历几日也。呜呼吾母，使其知此，殆将自擢皓发，抵首于墙，以诅吾诞生之日，——且为此始作战斗以苦人群之全世界诅也。

然汝与玛萨，又胡能知吾之惨死耶？别矣吾母，别矣吾爱吾妻！嗟夫，此苦何可言者！有物填吾膺，……又复此小犬也。忍哉执事人，就墙撞其首，投之尘屯，犬未死，故受楚毒至一日。顾吾之惨苦甚于犬，受楚毒者已三日矣，诘朝而为——四日，于是至五日，至六日。……死！汝安在？趣来前，趣来前，趣攫我矣！

顾死乃不来，亦不攫我。吾惟卧烈日之下，咽干且坼，而水无余滴，尸殣则弥漫空气中，彼肉全尽矣，有无量数蛆，蠕蠕而坠，蠢动满地，既食邻人尽，仅余槁骨戎衣，——则以次及于我，而吾之为状，于是如前人！

白昼既去，深夜继之，亦复如是。比夜阑而东方作，亦复如是。又空过一日矣。……棘枝动摇，有声如私语，右谓我曰，"汝死矣，死矣，死矣！"左则应之曰，"不复相见也，不复相见也，不复相见也！"

侧有声曰，"伏藏于此，又何能见耶？"

吾忽归我，乃见二碧瞳，自棘枝内瞰，此雅各来夫，吾军之伍长也。曰，"将锄来，此间犹有两人，其一，盖伙伴也。"

曰，"毋以锄来，亦勿瘗我，吾生也。"吾心欲号，而唇吻干涸，仅自其间扁微叹而已。

雅各来夫惊叫曰，"嗟乎！彼诚生，伊凡诺夫也。儿郎，彼生也。速召医者！"

可十五分时，似有水注入吾唇，复有勃兰地酒及他物，次乃冥然。

篮舆徐动，其动爽神，吾似觉矣，而眩晕。创伤既裹，痛苦皆失，四肢舒泰，至不可言。……

"止！降！卫者交代！举舆！走！"

施令者彼得·伊凡涅支，为摄卫队护视长，身顾长而瘠，和易善人也。虽异舆者四人，体悉伟硕，而吾视其人，乃先见其肩，次见疏髯，渐乃见首。微呼之曰，"彼得·伊凡涅支。"曰，"何也？小友，"则屈身临我。吾曰，"医何言？顷刻死耶？彼得·伊凡涅支。"曰，"此何言，伊凡诺夫，——虽然，……汝安得死，汝骨皆无损，此幸事也。动脉亦无故。惟汝何能自活至三日，汝何所食耶？"吾曰，"无之。"曰，"然则何所饮？"吾曰，"得突厥人军持，彼得。伊凡涅支。今兹不能言，尔后……"曰，"诺，神相汝，小友，盍且寐矣。"

又复入寐，入忘。……

觉乃在医院中，医及护视者绕而立。此外更见名医，为圣彼得堡大学主讲，旧识其面，则俛而临吾足次，血满其手，似有所为。少顷，乃顾我言曰，"神则佑汝，少年，汝生矣。吾辈仅取汝一足，然此特——小事耳。今能言耶？"

今能言矣。遂具告之，如上所记。

杂识

安特来夫

安特来夫生于一千八百七十一年。初作《默》一篇，遂有名；为俄国当世文人之著者。其文神秘幽深，自成一家。所作小品甚多，长篇有《赤笑》一卷，记俄日战争事，列国竞传译之。

迦尔洵

迦尔洵 V.Garshin 生一千八百五十五年，俄土之役，尝投军为兵，负伤而返，作《四日》及《走卒伊凡诺夫日记》。氏悲世至深，遂狂易，久之始愈，有《绛华》一篇，即自记其状。晚岁为文，尤哀而伤。今译其一，交情皆异，迥殊凡作也。八十五年忽自投阁下，遂死，年止三十。

《四日》者，俄与突厥之战，迦尔洵在军，负伤而返，此即记当时情状者也。氏深恶战争而不能救，则以身赴之。观所作《孱头》一篇，可见其意。"莿罗"，突厥人称埃及农夫如是，语源出阿拉伯，此云耕田者。"巴侅"，突厥官名，犹此土之总督。尔时英助突厥，故文中云，"虽当英国特制之庇波地或马梯尼铳……"

短篇小说译补

捕狮

[法国] 腓立普

何苦要紧,我们的留襄·吉尔穆竟要住在边鄙的蒙庐什的深处了呢？即使是怎样宽缓的他,自己每夜要在腊丁路的咖啡店里坐夜到一点钟之类的事,不也可以想到吗？那自然,用马车送到自己的家里,本来也并非办不到的事,但转侧一想,车钱的两法郎,实在是爽口的麦酒四十杯的价值呀。

不止一回,在行人绝迹的街道上,在意料之外的时候,突然有人从背后来,追上了留襄走过去了。那是什么人呢？留襄大吃一惊之后,才知道从他的背后来,一言不发,走上去了的行人,并不是恶党。唉唉,巴黎的一个好市民,总算又免于被谋害了。

但是,虽然如此,对于侵袭我们的犯罪的大军,谁是能够战斗到最后的呵,凶日终于来到了。这正是"培尔福的狮子"的祭典的时候。实在,品行方正,是什么用也没有的。这一夜,留襄是破例的夜半十一点便上归途。平常总要到一点,但这天独独赶早回去了。他刚刚弯进阿尔来安的废路,在可以走到他家里去的无数小路的最初的一条上,走不到几步,便发生了这可怕的遭逢。

一匹很大的黄色的狗,跑近留襄来,嗅过他的气味,于是"向左转开步走",用全速力飞跑,将形影没在黑夜里了。最近,强盗们已经利用了狗的风传,留襄是听到过的。这实在是巧妙的办法。他们只要在什么地方悠悠然吸烟,其时狗子便替主人巡视着四近。狗是本能底地,知道辨别乞丐的。所以要教导狗子,使它从许多过客里而,辨别出似乎带着钱的人来,也并不是很费时光的事。那狗嗅了获物的气味之后,便又跑回强盗那里,领了他们来。留襄仿佛觉得曾在什么地方听到过这样的话。

他这时回到阿尔来安大路来，那就好。因为那里也有巡警，也有过往的行人。于是绕一下，从别的路回家去，那就好了。然而在我们人类里，是有愚蠢的自尊心的。比起怕危险来，还是怕失体统的心这一面强。我们是一直到死，不失赤子之心的。是患着死症的人们，以为从来在谁那里都没有出现过的奇迹，却要出现于自己身上的世间。

留襄向左一转，那地方站着三个男人。果然，强盗们是三个一党的。他们穿胶皮底鞋，戴便帽，身穿蓝包的工作服。三个人，个个都如《哀史》的插画上的恶人一样，捏着大棍子。这时狗已不在他们旁边了。大约因为狗要叫，反而妨害做事，所以攻击之际，便特地不用似的。这时候，狗该是在寻觅那收拾了留襄之后，可以袭取的新方面的获物罢。

留襄呢，这时候，就如我们大约谁都这样的一般行动。他装作没有看见三个恶汉模样，想走过去了，然而恶汉们却不待他走，便自走进来。阿阿，都完了！留襄的耳朵听到说，

"请等一等。"

他毫无等一等的意思。然而强盗会追上他，留襄也知道的。他将忽然为三个大汉所包围罢。他想象着非常可怕构事，待到听了下一句，这才有些放心了。

"你没有遇见狮子吗？"

留襄没有法，只得停下来。狮子？那个狮子？讲起狮子来了呀。他大模大样地回答道。

"你们在说什么呀？"

留襄的这话里，实在是有效力的。三个男人们只得说明白。阿阿，留襄听到的是什么呢？三个人并不是留襄所想象的那样的恶人。一个是来赴"培尔福狮子象"庆典的猛兽群的主人，一个是驯兽者，一个是猛兽的侍人。他们养着一头狮子。因为看管人的大意，没有关拢门，狮子便逃跑了。三个人似乎也都吃着惊。

留襄也没有法，便讲了那黄色的大狗的事。他说，那动物嗅了他的气味之后，就跑掉了。三个男人异口同音地叫道，

——一定是"那家伙"。"那家伙"怕着了。

三个人热心倾听了留襄所说，那动物逃去的方向之后，似乎就要追上去。但留襄现在却碰了险道了。到他家里，路还很不少。他的路上，委实是危险之极的。就在先前，他已经拾了一条命，实在是天惠。狮子没有咬了他，这是无比的运气。他如果又遇见狮子，怎么办才好呢？他问道，

"你们的狮子不咬人吗？"

走在一伙的两人之前的一个，只听得留襄的这话的声音，却不懂得意思，于是问道，

——说什么？

——是在问呀：狮子可会咬人？一个回答说。

三个人都失声大笑了，并且用了开玩笑似的调子道，

——如果害怕，那就只好和我们一同走了。因为狮子和我们熟，只要我们在，是决不会闹什么乱子的。

似乎还是依了这忠告，要算最简单。于是开手捕狮了。四个人在一起，向着狮子的去向前行。他们运气好。就在左近一条路的深处，远看也知道，发现了载在四条腿上的黑块，向他们这面走来了。

一个男人说，

——看见我们，"那家伙"一定要逃的，还是躲在这门影子里罢。

别一个却想出了更好的计策，

——谁一个和我一同来罢。从小路绕过去，到这大路的那头，去攻"那家伙"的背后去。只留两个在这里，守着狮子的前面。

立刻决定了施行这计策。猎人分成两班。于是狮子便被夹攻了。实在是惴惴的数分钟。两旁的门都关着，是不愁狮子横冲的。狮子无论前进，无论后退，都遇到了猎人。它或是挨着墙，或是钻着人缝，还想逃出去。但每一回，一个男人便发出打喷嚏一般的声音，叫道，

——嚯咻！

狮子害怕，就退走，它无处存身了。无论向那里，这"嚯咻"的声音便侵袭它。

两班猎人渐渐地逼紧。猛兽完全受了包围。驯兽者将鬣毛抓住了。留襄也大放心，要趁这围猎未完之前，便也叫了一声"嚯咻！"来试试。但驯兽者生气了。

——狮子不要骇得闹起来的么！

最繁难的，是将狮子带到安笼的地方去。狮子十分不听话。幸而狮子的侍者想出一条妙计来。当觉得狮子逃走了的时候，侍者是正在吃面包和小牛肉的。他将这些塞在衣袋里，便跑来了。他说道，

——且慢，我给它看着食物，在前面走。那么，就会跟来的罢。

驯兽者为注意起见，还说，

——给看牛肉是不行的呵！这狮子是极厌恶肉类的！

侍者策略居然奏了功。人们的扰弄狮子，就如扰弄发脾气的驴子一样。一个人拿着

面包,走在前头,狮子便大踏步跟着走。狮子是想吃,便走了。狮子还走得太快。要它走得慢一点,还要从背后拉住了鬃毛。

狮子的回家,很简单地完结了。巡警是一回也没有遇见。倘遇见,巡警也大吃一惊了罢!大家含着笑,到了动物安置场的入口。四人都走进去。亚非利加产的山狗和白熊都睡着。狮子笼的门是开着。侍者将面包摔进笼里去。狮子便以惊人的威势,扑向面包去了,攫在伟大的爪间,在将吃之前,发出可怕的声音来怒吼。

最费事的是守犬。它不认识留襄,便猛烈地叫了起来不肯歇。幸而狗是锁住的。男人们中的一个说道,

——逃出的不是"这家伙"是运气的。如果逃出的是"这家伙",那是一定咬了人了的。

查理路易·腓立普(Charles—Louis Philippe 1874—1909)是一个木鞋匠的儿子,好容易受了一点教育,做到巴黎市政厅的一个小官,一直到死。他的文学生活,不过十三四年。

他爱读尼采,托尔斯泰,陀思妥夫斯基的著作;自己的住房的墙上,写着一句陀思妥夫斯基的句子道:

"得到许多苦恼者,是因为有能堪许多苦恼的力量。"但又自己加以说明云:

"这话其实是不确的,虽然知道不确,却是大可作为安慰的话。"

即此一端,说明他的性行和思想就很分明。

《捕狮》和《食人人种的话》都从日本堀口大学的《腓立普短篇集》里译出的。

载一九二九年四月上海朝花社出版的近代世界短篇小说集(1)《奇剑及其他》

食人人种的话

[法国]腓立普

这话,是食人人种的话。关于吃人的人,一向就写得很不少了,但我相信,这些记录和故事,都未必怎样确实。果然,最近我所实现了的中部亚非利加内地的旅行,竟教给了别人所说的闲话之类,是绝不可信的。无论怎样的败德的人的心底里,也总剩着一点神圣之处。为要竭力表明这事实,所以我在这故事里,就专着重于人类的本性,勉力隐去

了和事实相连的地方色彩,用我自己所得的材料,将食人黑种的生活的一面,照样叙出来。

称为"谟泰拉司"的一个黑人部落,所以成为好战的部落的理由,并不因为这部落的喜欢战争;这不过是不喜欢劳动的结果。要去战斗,原也须费去许多劳力和勇气的,然而当战争时,发大叫喊,跳过沟渠,砰砰的放枪,凡这些事,虽在本不喜欢战斗的人们,也觉得好象在玩一种什么户外运动。以运动而论,自然也未免有多少过激之处,但倘若看作一种手段,借此来这体育保健等类体面的目的,那就当然成为应该的事了。

在谟泰拉司部落中,一定也有奸细的,因为最近他们向邻接的部落去远征之际,他们不过发现了住民逃走之后的空部落。那是一定有谁去通知了他们的来袭,所以敌人便逃跑了。黑人是决不加害于自己们的一伙的。这个谟泰拉司的勇士们,也没有在敌人的村子上放火。而他们向故乡凯旋的时候,只将一个女人和她的孩子作为俘虏,合计带了两个人。这在他们,也并非有什么另外的恶意,不过要表示他们所花费的时光之正当的理由罢了。

谟泰拉司的勇士们当凯旋之际,从本部落的女人和老人们受了非常的薄待。无论那里的老人,是都象法国的千八百四十八年的共和党的。他们看着我们造成的共和国,显得几乎要说"现在的人们是做不出一件满足的事了呀"的脸相。至于女人呢,她们是,无论在什么时代,总向男人这样说,

——你还是在家里看看孩子的好,因为你的事情,我能更好的给你办的。

他们还被嘲骂为败北者,因为他们寻不出可战的对手,所以也没有背了战胜来。勇士们对于这辱骂,恰如对于不名誉似的,辩解了一场。他们这时候记起了一件事。就是在白人渡来以前,他们曾经吃过敌人的肉。他们以为提起这传统来,一定能博父老的欢心的;况且讲到吃,也该可以给贪嘴的妇女们的感情高兴。他们自己,原也并非乐于做食人人种的,然而事出于不得不然。

他们的回答,是这样说,

——我们虽然只提了两个俘虏来,但这是为了将两个都吃掉的。

看起来,俘虏来的女人是出色的女人。她二十岁。她是胖胖的。她的肉色,是带紫的黑色,腰的周围尤其肥。她为大家所中意了。人们说,

——是的,她该是很好吃的。

然而,那孩子呢(她不过上了七岁),就是骨头粗,手脚却又小又细。因为先前的食料太不好了罢。恰如专吃不消化东西的人们的肚子一样,她的肚子鼓起着。仅有的一点

肉,也很宽松,不坚紧。

多数的人们嚷起来,

——这样的孩子,那里有可吃的地方呢!

谟泰拉司的勇士们,绝不是残忍的人们,他们还在专心避开纷争的,所以用了调停的口气回答,

——没有法子,留着吧。好好的养起来,会肥也难说。

他们对于决计吃掉的孩子的母亲,他们也决不蛮来的。不用屠牛者,却使一个巫女来杀。这巫女,同时也是一位神官。他们决不将这俘虏的女子,来做野蛮的本能的牺牲,是用她来报复爱秩序和正义而强有力的诸神的。所以吃这受难者的肉的祝祭,特地不在平常日子举行,却选定了宗教上的祭日。

黑人是信仰很深的人。没有一个迟到的。祝日的早晨,便聚集在村的广场上的面包树荫下,老幼男女,和酋长的家眷一起,等候时间的到来。

规定的时间一到,执事人便分送了各人的份儿。

大家吃了。

然而这祝典,却没有大家所高兴地豫料着那样的快活。

虽是会众中最残酷的人们,一听到那做了牺牲的女子的遗体的女孩的哭喊声,也不禁有一些不舒服,好好的祭日,给一个不作美的女小孩弄糟了。愤怒的私语,从各处发出,

——那贱种,也得放了血才好!

然而许多女人们,和尝过了人生的辛苦的经验的几个男人们,却回答道,

——不要说那样的话,那娃儿,就给这样静静地放着罢。

大家都被这女孩子分了心。惯于抚慰小儿的母亲们,从自己的碟子里挟出煮透了的美味似的肉片来,送给那孩子,一面说,

——瞧这个哪,很好吃的,来,好孩子,吃罢。

可怜的孩子却谁的话都不听。她将小小的自己的指头插在眼睛里,只是哭,仿佛她要取出更多的眼泪,撒在四方上下似的。当啜泣中,她间或叫喊。她说,

——要母亲呀! 给我母亲!

——对你说过,你的母亲是死掉了的,好不懂事的孩子呀。女人们回答说。

因为太不听话了,谁都生气,想呵斥她一通。无论怎么说,她总不吃。大家恼怒起来了。将一声不响的别的小孩给她看,

——看那个男孩罢,他不哭,在和大家一同吃哩。你也莫哭了,来吃呀,呵,吃起来有那么好味儿呢。

但这说谕也无益,那愚蠢的女孩只说着,

——要母亲呀! 还我母亲来呀! 哭得不肯歇。

一个男人来摇着女孩的肩膀,指教道,

——喂,不要和肚子闹脾气,吃罢,吃罢。

就是这样,从宴会的开头到煞尾,她总是哭。因为她发了非常的大声,到后来,竟至于大家的耳朵也痛起来了。但是虽然如此,看她哭着专慕母亲到这样,便是平日不很喜欢孤寂人物的人们,也不禁渐渐发生感动。母亲们告诉自己的孩子,说那是很好的女孩。诚然,在这女孩的悲痛里,是有着很美的一面的。

——看那女孩吧,不哭着么。那是因为她的母亲,遭了不幸的事呵。

向着不孝顺的孩子,便是

——即使我死掉了,你也不见得那么哭罢。

有些人流着泪哭了,那从小便是孤儿的男女,和经了不幸的少年时代的人们。他们说,

——我很懂得那孩子的悲痛。真的,在那孩子,这世上已经没有一个肉亲了,当那么幼小时候,当然,那是凄惨的。

其中竟还有了向部落的勇士们说出不平来的人们。

——你们为什么不就将这可怜的两个人,留在她们的故乡的呢!

多话的女人们即刻说,

——疯话呵! 即使我们遭了杀掉的那个女人似的殃,你们是也以为不要紧的哩。

勇士们知道对于他们的诘责是重要的,竭力辩解道,

——这不是我们的罪过呀。今天的祝祭,是因为我们从远征回来时,大家都是很不高兴的样子,实在也不能不开这样的罪过的筵宴了。原来是想讨大家的欢喜的,但到现在,便是我们,也象你们一样的在后悔。

的确,这筵宴,是凄凉的筵宴。一个孩子的眼泪,就够在国民全体的心里,唤起道德之念来。酋长站起身,说,

——不要为这女孩哭泣了罢,因为我感于她的诚心,要收她为义女了。可怜,死了的母亲,是已经迟了,一点法子也没有! 只有因为她的死,弄出来的这悲哀的事,但愿作为我们的规诫。我们永远不要忘却,人肉的筵宴是悲哀的,而不给一点高兴的事吧。

会众都垂了头，而在心底里，是各在责备自己，竟犯了那么可耻的口腹的罪过。

载一九二九年四月上海朝花社出版的近代世界
短篇小说集（1）《奇剑及其他》

……

这一篇是从日本堀口大学的《腓立普短篇集》里译出的，是他的后期圆熟之作。但我所取的是篇中的深刻的讽喻，至于首尾的教训，大约出于作者的加特力教思想，在我是也并不以为的确的。

一九二八年九月二十日
载一九二八年《大众文艺》月刊第一卷第二期

一篇很短的传奇

[俄国] 迦尔洵

霜，冷……正月进来了，而且使各个窘迫的人，——门丁，警察——约而言之，凡是不能将他们的鼻子放在一个温暖地位里保得平安的人们，全都觉着了。而对我也吹来了他的冰冷的嘘气。我原也有着我那舒服而且暖和的小房子的。然而幻想挑唆我，赶我出去……

其实，我为什么要在这荒凉的埠头上徘徊呢？四脚的街灯照耀得很光明，虽然寒风挤进灯中，将火焰逼得只跳牛。这明晃晃的摇动的光亮，使壮丽的宫殿暗块，尤其是那窗户，都沉没在更深的阴郁的中间。大镜面上反射着雪花和黑暗。风驰过了涅跋（Neva）河的冰冻的荒野，怒吼而且呻吟。

丁——当！丁——当！这在旋风中发响了，是堡垒教堂的钟声，而我的木脚，也应了这严肃的钟的每一击，在一面冰冻的白石步道上打敲，还有我的病的心，也合了拍，用了激昂的调子，叩着他狭小的住家的墙壁。

我应该将自己绍介给读者了。我是一个装着一只木脚的年轻人。你们大约要说，我是模仿狄更斯（Dickens）仿那锡拉思威格（Silas wegg，小说《Our Mutual Friend》中的一个人物），那装着木脚的著作家的罢？不然，我并不模仿他；我委实是一个少年的残兵。不多久之前，我才成了这样的……

丁——当！丁——当！

丁——当！丁——当！钟是先玩了他那严肃悲哀的"主呵，你慈悲！"于是打一下……才一点钟！到天明还须七点钟！这乌黑的夜满着湿漉漉的雪，这才消失了去，让出灰色的白昼的地位来。我还是回家去罢？我不知道：其实在我是全不在意的。我不能睡一刻觉。

在春天，我也一样的爱在这埠头上整夜来往的逍遥。唉唉，那是怎样的夜呵！有什么比得他们呢！这全不是用了他那异样的，昏暗的天空和大颗的星，将眼光到处跟着我们的，南国的芬芳的夜。这里是一切都光明，都清爽。斑斓的天是寒冷而且美观。那历本上，载着的"彻夜的夜红"将东北两面染成金红；空气又新鲜，又尖利；涅跋的水摇动着，傲岸而有光，并且将他的微波软软的拍着埠头的岸石。而且在这河岸上站着我……而且在我的臂膊上支着一个姑娘……而且这姑娘……

阿阿，和善的读者！为什么我来开了首，对你们诉说起我的伤痛来呢？但这样的是可怜的呆气的人心。倘若这受了伤，便对着凡有什么遇到的都跳动，想寻到一点慰安，然而寻不到。这却是完全容易了然的。谁还要一只旧的没有修补的袜子呢？各人都愿意竭力地抛开——愈远就愈好。

当我在这年的春天，和玛沙（Masha），确是世间所有一切玛沙们中最好的一个的她相识的时候，我的心还用不着来修补。我和她相识便在这埠头，只是那时却没有现在这般寒冷。我那时并非一只木脚，却是真的，长得好好的脚，正如现在还生在左侧的一般。我全体很像样，自然并不是现在似的什么一只瘪脚。这是一句粗蠢话，但现在教我怎么说呢……并且我这样地和她相识了。这事出现得很简单：我在那里走，她也正在那里走（我现在并非一个洛泰理阿，或者还不如说先前并不是，因为我现在有一段木橛了）。我不知道，有什么刺激了我，我便说起话来。最先自然是说这些，说我并不属于不要脸的一流之类；尤其是说这些，说我有着纯洁的志向之类之类。我的良善的脸相（现在是一条很深的皱纹横亘了鼻梁了，一条阴郁的皱），使这姑娘安了心。我伴玛沙到匾船街，一直到她的家里。她是从她的老祖母那里回来的，那老人住在夏公园，她天天去访问，读小说给老人听，这可怜的老祖母是瞎的。

现在这老祖母是故去了。这年里死了许多人，并非单是老祖母们。我也几乎死，我老实说。但我挣住了。一个人能担多少苦恼呢？我不知道，你也不知道。

了不得！玛沙命令我做英雄，而因此我应该进军队去……

十字军时代已经过去：骑士是消灭了。但假如亲爱的女人对你说，"这里的这指环——便是我！"便将这掷在大猛火的烟焰里，即使这在大火海，我们看来，宛如法庚（Feigin）的水车的火灾一般，你不也想钻进去，去取出这东西来吗？

"阿呀，这是怎样一个古怪的人呵，"我听到你们回答说，"我一定不去取这指环。决计不。人可以认赔，给她买一个十倍价钱的指环。"她于是说，这并不是那原来的，却是极值钱的指环吗？我永不会相信呢。唉，不然，我却并不同你们的高见。你们所爱的女人，这么办，也许可以的。你们一定是几百张股票的股东，而且，恐怕是，也还是拼开大商号的东家，所以能够满足那不论怎样的欲望。你们或者还豫定了一种外国杂志，在那里供自己的娱乐罢。

想来，你们该经验过你们孩子时代的事情的罢，一个飞蛾怎样地扑进火里去？那时这很使你们喜欢，当飞蛾发着抖，仰卧地拍着烧焦的翅子的时候。你们以为这很有趣；然而你们终于将这飞蛾弄碎了。这可怜的东西便得了救。——唉，唉，恳切的读者呵，倘你们也能够这样的消灭我，我的苦恼也就得了收场了。

玛沙是一个不寻常的姑娘。人宣告了战争的时候，她恍惚了好几日，而且少开口；我没有方法使她快活起来。

"你听哪，"有一天她说，"你是一个贵重名誉的人罢？"

"我可以承认，"我回答说。

"贵重名誉的人们是言行一致的，你是赞成战争的：现在你应该打仗去了。"

她锁了双眉，并且用她的小手使劲地握了我的手。

我只是看定了玛沙，说道，"是的。"

"倘你回来，我做你的妻，"这是她在车站上告别的话。"你回来呵！"

我含泪了，几乎要失声。然而我竭力熬住，并且寻到了回答玛沙的力量："你记着，玛沙，贵重名誉的人们是……"

"言行一致的。"她结束了这句话。

我末次将她抱在胸前，于是跳进列车里面了。

我虽然体了玛沙的意志去战争，但对于祖国也体面的尽了我的义务。我勇敢的经过了罗马尼亚，在尘埃和暴雨里，酷热和寒冷里。我折节的嚼那"口粮"的饼干。和土耳其人第一次接触的时候，我并没有怕；我得了十字勋章而且升到少尉。第二回交锋有一点什么炸开了；我跌倒了。呻吟……烟雾……白罩衫和血污的手的医生……看护妇……从膝髁下切下来的我的有着青斑的脚……这一切我都似乎过在夜梦里。一列挂着舒适的吊床的伤兵车，在优雅的大道姑的看护之下，将我运到圣彼得堡去了。

假如人以两只脚离开这都市，而以一只脚和一段木橛回来，这可是很不寻常了，我想。

人送我进病院去。这是七月间。我托人,向住址官去查玛利亚·伊凡诺夫那(Marya Ivanovna)G 的住址,那好心的看护手,是一个兵,将这通知我了。她还是住在那地方呢,在圌船街!

我写一封信,第二封,第三封——没有回信。我的和善的读者呵,我将这些都告诉你们了,自然,你们不相信我。这是怎么的不象真实的故事呵!你们说,一个武士和一个狡狯的负心人——这古老的,古老的故事。我的聪明的读者呵,相信我,我之外,有着许多这样的武士哩。

人终于给我装好了木造的脚,我现在可以自己去探访什么是我的玛沙的沉默的原因了。我坐车直到圌船街,于是我跷上那走不完的阶级去。八个月之前我怎样的飞上这里的呵!——竟也到了门口了。我带了风暴似的心跳而且几乎失了意识的去叩门……门后面听到脚步响;那老使女亚孚陀却(Avdotja)给我开了门,我没有听到她的欢喜的叫喊,却一径跑(假如人用了种类不同的脚也能跑)进客厅里。

"玛沙!"

她不单是一个人:靠她坐着很远的亲戚,是一个极漂亮的年青的男人,和我同时毕了大学的业,而且等候着很好的差使的。他们两个很恳切的招待我(大半因为我的木脚吧),然而两个都很吃惊,并且慌张得可怕。十五分钟之后我全明白了。

我不愿妨害他们的幸福——你们一定不信我;会说,这一切不过是纯粹的小说罢了。那么,谁肯将他那所爱的姑娘,这么便宜的付给什么一个粗鲁人,一个精穷的少年呢,你们明察……

第一,他不是一个粗鲁,精穷的少年;第二,——那么,我告诉你们;只有这第二条是你们不会懂的,因为你不信现在这道德和正义的存在。你将以为与其一人的不幸,倒不如三人的不幸。聪明的读者,你们不相信我吧?那是不相信的!

前天是结婚日;我是相礼的。我在婚仪时,威严的做完了我的职务,其时正是那我在世上最宝贵的物事飞到另一个的心中。玛沙时常惴惴的看我。她的男人对我也极不安的注意的招呼。婚仪也愉快地完成了。大家都喝香槟酒。她的德国亲戚们大叫"Hoch!(好冠冕)"而且称我为"Der Russische Held(俄罗斯的英雄)"。玛沙和她的男人是路德派。

"哈,"聪明的读者说,"英雄先生,你看你怎样的将自己告发了?你何以定要用路德教呢?只因为十二月中没有正教的结婚罢了!这是全个的理由和说明,全篇的故事是纯粹的造作。"

请你随意想,亲爱的读者呵,这在我是全不在意的。然而倘使你们和我在这样十二月的夜里沿着宫城的埠头走,倘使你们听到风暴和钟声,我的木脚的敲撞,我的病的心的大声的鼓动——那你们就会相信我罢……

丁——当!丁——当!钟乐打了四点钟。这是回到家里,自己倒在孤单冰冷床上去睡觉的时候了。

Au revoir(再会),读者!

迦尔洵(Vsevolod Michailovitch Garshin)生于一八五五年,是在俄皇亚历山大三世政府的压迫之下,首先绝叫,以一身来担人间苦的小说家。他的引人注目的短篇,以从军俄土战争时的印象为基础的《四日》,后来连接发表了《屏头》,《邂逅》,《艺术家》,《兵士伊凡诺夫回忆录》等作品,皆有名。

然而他艺术的天赋愈发达,也愈入于病态了,悯人厌世,终于发狂,遂入癫狂院;但心理的发作尚不止,竟由四重楼上跃下,遂其自杀,时为一八八八年,年三十三。他的杰作《红花》,叙一半狂人物,以红花为世界上一切恶的象征,在医院中拼命撷取而死,论者或以为便在描写陷于发狂状态中的他自己。

《四日》,《邂逅》,《红花》,中国都有译本了。《一篇很短的传奇》虽然并无显名,但颇可见作者的博爱和人道的彩色,和南欧的但农契阿(D'Annunzio)所作《死之胜利》,以杀死可疑的爱人为永久的占有,思想是截然两路的。

载一九二九年四月朝花社出版的近代世界
短篇小说集(1)《奇剑及其他》

迦尔洵(Vsevolod Michailovitch Garshin 1855—1888)生于南俄,是一个甲骑兵官的儿子。少时学医,却又因脑病废学了。他本具博爱的性情,也早有文学的趣味;俄土开战,便自愿从军,以受别人所受的痛苦,己而将经验和思想发表在小说里,是有名的《四日》和《屏头》。他后来到彼得堡,在大学听文学的讲义,又发表许多小说,其一便是这《一篇很短的传奇》。于是他又旅行各地,访问许多的文人,而尤受托尔斯泰的影响,其时作品之有名的便是《红花》。然而迦尔洵的脑病终于加重了,入狂人院之后,从高楼自投而下,以三十三岁的盛年去世了。这篇在迦尔洵的著作中是很富于滑稽的之一,但仍然是酸辛的谐笑。他那非战与自我牺牲的思想,也写得非常之分明。但英雄装了木脚,而劝人出战者却一无所损,也还只是人世的常情。至于"与其三人不幸,不如一人——自己——不幸"这精神,却往往只见于斯拉夫文人的著作,则实在不能不惊异于这民族的伟大了。

一九二一年十一月十五日附记
载一九二二年二月一日《妇女杂志》月刊第八卷第二期

贵家妇女

[苏联]淑雪兼珂

格里戈黎·伊凡诺微支接连打了两个呃逆,用袖子拭了面颊之后,就说。

——我呀,兄弟,戴帽子的女人,是不喜欢的。如果贵家妇女戴着帽子,穿着细丝袜,手上抱着巴儿狗,镶着金牙齿的时候,那么,从我看来,那里是什么贵家妇女呢,就是象一个讨厌的怪物。

但在先前,自然,我也迷过贵家妇女的。和她散步,上戏园。后来就在那戏园里,一切都拉倒了。是她在戏园里,从头到尾,打开了她自己的观念形态的呀。

——你从那里来的——我说——女市民?第几号呢?

——我,她说,——是从第七号来的。

——哦哦,日安——我说。

于是忽然迷了她。我常常到她那里去。到第七号。装着职员似的脸。府上怎么样,女市民,自来水和厕所里,没有障碍吗?走得好好的吗?就是这等事。

——唔唔——她回答说——都好好的。

贵家妇女

她包着粗羽纱的衣服,别的什么也不说。只是睐睐眼。还有,是金牙在嘴里发着光。我去了一个月光景——她也惯了。回话比先前多一点。自来水是走得好好的,多谢多谢,格里戈黎·伊凡诺微支先生,就是那些话。

再——走下去,我竟和她渐在街上散步了。两个人一上街,她叫我扶她的臂膊。一拿了她的臂膊,不知怎的,就好象觉得被拉着了似的。但是,也谈起来——不知道怎么好。在人面前,有些担心。

于是乎呀，有一回，她对我这样说。

——您哪——她说——格里戈黎·伊凡诺微支，你这样拉着我各处跑，我头晕起来了呀。你是带勋者，是官，何妨陪我上上戏园，或那里去呢。

——好——我说。

第二天，恰好从共产党支部送了歌剧的票子来了。一张，是送给我自己的，还有一张，是铁匠华西卡让给我的。

票子我没有细看，然而两张都不同，我的是下面的座位，华西卡的呢——是最上层的便宜座儿。

总之，我们俩出去了。走进戏园去。她坐在我的票位上，我坐在华西卡的票位上。因为是便宜座儿呀，什么也看不见。但是，弯起腰来，却能从入口望见她。可也不容易。

我有些倦了，走下去散散闷。不久——一幕完了。她也趁这闭幕时候，在散步。

——晚安——我说。

——晚安。

——你的府上——我说——自来水出得还好吗？——不知道呀——她说。

她却跨进食堂去了。我跟着她。她在食堂里走来走去，瞧着食物摊。那地方有碟子。碟子里面，装着肉馒头。

我简直是鹅一般，还没有倒霉的资本家一般，跟在她后而提议。

——倘若——我说，——"你要吃肉馒头，那么，请不要客气罢。因为我会来付钱的。

——多谢——她用法国话说。

于是慌忙用了下等的走相，走近碟子那边，便取那浇着乳酪的，一口一个。

但是，说到我的零钱——可是不成话。至多，也不过三个肉馒头。她是在用点心，而我却因为不放心，所以一只手揉进衣袋里去在数钱，看看有多少。钱呢，实在是只有一点点。

她将那浇着乳酪的东西吃完一个之后，又吃第二个。我咳了一声。于是就不响。这样的资本家式的羞耻，捉住了我了。情郎，和钱无缘呀。

雄鸡似的，我在她周围走，她就呵呵地笑着，来应酬。

我开口了。

——不是已经到了回座的时候了吗？也许摇了铃哩。

然而她却这么说。

——还没有呀。

于是拿起第三个肉馒头。

我说。

——空肚子上，不太多么？如果吐起来。

但她却道，

——不要紧。因为我们是惯了的。

于是拿起第四个。

这时候，我的血，突然直奔头上了。

——放下我说。

她吃了一惊。嘴张开了。那嘴里，金牙发着光。

我好象将缰绳落在马尾巴下似的心情。无论怎样都好，未必再和她散步了，我想。

——教放下呢——我说——要小心呀！

她将肉馒头放在前面了。我便问食堂的主人公。

——吃了三个肉馒头，多少钱呀？

然而主人公是悠悠然——玩着不倒翁。

——因为——他说——客人是用了四个。

——那里——我说——四个？第四个在碟子上。

——不——他回答说——即使碟子上还有一个，也咬过了的，又给指头捏软了。

——什么——我说——说是咬过了，唔？这是什么话。

然而主人公却冷冷然——而在眼前旋着肉馒头。

那不消说，人们聚集起来了。他们是鉴定人。有的说是已经咬过了，有的却说是——没有咬。

我翻转衣袋来——于是所有的钱，都滚落在地板上。大家都笑了。我却不发笑。付钱。

对于四个肉馒头，恰恰——够付出。真是争了一些无聊的事情。

我付过钱，便向那贵家的女人。

——吃掉它罢——我说——因为是已经付了钱的。

但贵女一动也不动。她于吃掉的事，在客气了。

于是有一个老头子来捣乱。

——给我罢——他说——我来吃掉它。

于是吃掉了，那个坏种。我付的钱。

我们回了座,看歌剧一直到完。此后是向自己的家里。

到了家的近旁,她对我说。

——你是多么粗疏呵。没有钱的人——不是陪着贵妇人出来玩的呀。

我说。

——幸福是不在钱里的。这么说虽然有点失礼。

这样,我就和她告别了。

在我,是不欢喜贵家女人的。

《贵家妇女》是从日本尾濑敬止编译的《艺术战线》译出的;他的底本,是俄国 V·理丁编的《文学的俄罗斯》,内载现代小说家的自传,著作目录,代表的短篇小说等。这篇的作者,并不算著名的大家,经历也很简单。现在就将他的自传,译载于后——

"我于一八九五年生在波尔泰瓦。我的父亲——是美术家,出身贵族。一九一三年毕业古典中学,入彼得堡大学的法科,并未毕业。一九一五年,作为义勇兵向战线去了,受了伤,还被毒瓦斯所害。心有点异样。做了参谋大尉。一九一八年,作为义勇兵,加入赤军。一九一九年,以第一席的成绩回籍。一九二一年,从事文学了。我的处女作,于一九二一年登在《彼得堡年报》上。"

《波兰姑娘》是从日本米川正夫编译的《劳农露西亚小说集》译出的。

载一九二九年四月上海朝花社出版的近代世界
短篇小说集(1)《奇剑及其他》

波兰姑娘

[苏联]淑雪兼珂

美洲那边,咱们也还没有去走过。所以那边的事,老实说,是什么也不知道。

然而外国之中,如果是波兰呢,可是知道着。岂但知道,便是剥掉那国度的假面,也做得到的。

德国战争(世界大战——译者)的时候,咱们在波兰地方就满跑了三整年……不行!咱们是最讨厌波兰的小子们的。

一说到他们的性质,咱们统统明白,是充满着一切谲诈奸计的。

还是先前的事,女人呀。

那边的女人,是在手上接吻的。

一进他们的家去,

"Niet nema. Pan."(什么也没有,老爷——的意思。)便说些这样的事,自己想在手上接吻,滥货!

在俄国人,这样的事是到底受不住的。

一说到那边的乡下人,可真是老牌的滑头哩。整年穿得干干净净,胡子刮得精光,积上点钱。小子们的根性,现在就被暴露着呀。虽然还是先前的事,就是那上部希莱甲的问题呀……。

究竟为什么波兰人一定要上部希莱甲的呢,为什么要愚弄德国的国民的呢?我要请教。

成为独立国了,要决定本国的单位货币了,那自然也很好,但还要有那么不通气的要求,又是怎的呀?

哼,咱们不喜欢波兰的小子们……。

但是,怎么样?岂不是遇见一个波兰姑娘之后,便成了波兰的死党,以为没有人们能比这国度里的人们再好了吗?

然而这是一个大错。

索性说完罢,是咱们的身上现了非常的神变,可怕的烟雾罩满了头了——只要是那个漂亮的美人儿所说的事,什么都奉行了。

还是先前的事,杀人,咱们是不赞成的——手就发抖。可是那时是杀了人了。自然并没有亲自去动手,可是死在自己的奸计里的。

现在一想起也就不适意,咱们竟轻率到以新郎自居,在那波兰姑娘的身边转来转去。还要将胡子剪短,在那贱手上接吻哩……。

那是一个波兰的小村落,叫作克莱孚。

一边的尽头,有一点小小的土冈——德国兵在挖洞,这一面的尽头也有一个土冈——我们在掘壕。这波兰的小村落,就成了在两壕之间的谷里了。

波兰的居民,自然决计告辞。只有身为家长,舍不得家财的先生们还留着。

说到他们的生活——想的也就古怪了。枪弹是特别呜呜,呜呜地在叫,但他们却毫不为奇,还是在过活。

我们是常到他们的家里去玩的。

无论去放哨也好,或是暗暗地偷跑也好,路上一定要顺便靠一靠波兰人的家。

于是渐渐常到一家磨坊去了。

有一个,可是年纪很大的磨夫。

据那老婆的话,这人是有钱——并且是不在少数的钱的,但决不肯说这在什么处所。虽然约定在临死之前说出来,现在却怕着什么罢,还是隐瞒着。

可是,磨夫先生——是真藏着自己的钱的。

话得投机的时候,他都告诉咱们了。

据那说明,是要在去世之前,尝一尝家庭生活的满足。

"唔,这么办,他们才也还将我放在眼里呵。倘一说钱的所在,便会象菩提树似的连皮都剥掉,早已摔出了。我是内亲外眷,一个也没有的呀。"就是这么说。

这磨夫的话,咱们很懂得,倒要同情起来。不过完全的家庭生活的满足,是什么也没有的。他生着咽喉炎,从咱们看来,连指甲都发了白,唔,总之,同情了。

实际家的人们,都在将老头子放在眼里。

老头子是含糊敷衍,家里的人们始终窥伺着他的眼色,希望也许忽然说出钱的所在来,真是战战兢兢的样子。

叫作这磨坊的家族的,是很上了年纪的老婆婆,和一个领来的女儿名叫维多利亚-迦叶弥罗夫那的波兰美人。

咱们前回讲过了关于上了年纪的公爵大人的,上流社会的事件——如果赤脚的强剥衣服是确确凿凿的事实,那么,我们的遭了木匠家伙的打,也就是真的。但那时,好看的波兰姑娘维多利亚·迦叶弥罗夫那还没有在……也不会在的。因为这姑娘的故事,是在另一时候,和另一事件相关……。

那是,咱们,那个,对不起,撒了一点谎了。

那个维多利亚·迦叶弥罗夫那,是很上了年纪的磨夫的女儿。

总之,就是到这姑娘那里,咱们去玩的是。

但是,究竟怎么会成了这样的事的呢?

首先的几天之中,两人之间的关系,就已经出色起来了。

大家坐着笑着的时候,在一座之中,维多利亚·迦叶弥罗夫那不是特别看上了咱们,挨着咱们吗?有时候——好吗——是用肩,有时候,是用脚呀。

"唔,来了。"咱们大大地惊喜,"好,得了——实在是好机会嘘。"

但咱们还是暂且小心,离开她身边,一声也不响。

过了些时之后,不是那姑娘总算拉了咱们的手,看中咱们了吗。

"我呀。"就这么来了。"希涅布柳霍夫先生,就是爱你,也做得到的(真是这样说了的呵)。心里还在想着好事情呢。即使你不是美少年,也一点不碍事的。

"不过,有一件事要托你。请你帮帮我罢。我想离开这家,到明斯克,否则,就是什么别的波兰的市镇去。我在这里,你瞧,弄得一生毫无根底,只好给鸡儿们见笑。家里的父亲——那很老的磨夫,是有着一宗大款子的。藏在哪里呢,总得寻出来才好。我没有钱,就无法可想。于父亲没有好处的事,我原也不想做的,只是一想到会不会一两天死在咽喉炎上,终于不说出钱的所在来的呢,便愁起来了。"

一听这,咱们也有些发怔。然而那姑娘岂不是并非玩笑,呜咽到哭出来了吗?而且还窥探着咱们的眼睛,在心荡神移的。

"唉唉,那札尔·伊立支,喂,希涅布柳霍夫先生,你是在这里的最明白道理的人,还是你给想一个方法罢。"

咱们于是想出了一条出色的妙计。为什么呢,因为眼见得这姑娘的花容月貌要归于乌有了。

向那老头子——我这样想——那很老的磨夫去说,有了命令,叫克莱孚村的人们都搬走罢。那么,他一定要拿出自己的财产来的……那时候,就大家硬给他都分掉。

第二天,到老头子那里去。咱们是剪短了胡子,好吗,换上了干净的衣服,这才简直好象是漂亮的女婿的样子,走进去了。

"维多利亚·迦叶弥罗夫那,现在立刻照你托我那样的来做。"

装着严重的脸相,走近磨夫的旁边去,

"为了如此如彼的缘故,"咱们说。"你们得走了。因为明天作战上的方便,出了命令,叫克莱孚的居民全体搬开。"

唉唉,那时候,我的磨夫的发抖,在床上直跳起来的模样呵。

于是就只穿着短裤——飘然走出门去了。对谁都不说一句话。

老头子走到院子里了,咱们也悄悄地在后面。

那是夜里的事。月亮。一株一株的草也看得见。老头子的走路模样,看得很分明。浑身雪白,简直骸骨一般。咱们伏在仓屋的阴影里。

德国兵的小子们,至今也还记得,在开枪呀。但是,好的,老头子在走。

然而,岂不是走不几步,就忽然叫了一声啊唷么。

一叫啊唷,便将手拿到胸前去了。

一看,血在顺着白的衣服滴滴地淌下来。

阿,出了乱子了——是枪弹呀,咱们想。

看着看着,老头子突然转了方向,垂着两只手,向屋子这面走来了。

但是,看起来,那走法总有些怕人。腿是直直的,全身完全是不动的姿势,那步调不是很艰难吗?咱们跑过去,自己也栗栗地,一下子紧紧捏住他的手,手是冷下去了,一看,已经没有气儿——是死尸了。

被看不见的力量所拉扯,老头子进了房。眼睛还是合着的。可是一踏着地板,地板便瑟瑟缩缩响起来——这就是,大地在叫死人往他那里去。

于是家里的人发一声喊,在死人前面让开路。老头子就用死人的走法,蹩到床前,这就终于完事了。

就这样,磨夫是托了咱们的福,死掉了。那一宗大款,也烂完了——唉唉,归于永久,亚门。

维多利亚·迦叶弥罗夫那就完全萎靡不振了。

哭呀哭呀,哭了整整一礼拜,眼泪也没有干的工夫。

咱们走近去,便立刻赶开。连见面都讨厌。

不忘记的,恰恰过了一礼拜去看看,眼泪是已经没有了。她还跑到咱们的旁边来,并且仿佛很亲热似的说。

"你做了什么事了呀,那札尔·伊立支?什么事都是你不好,所以这回倘不补报一点,是不行的。便是到海底里去也好,给我办点钱来罢。要不然,在我,你便是第一名的坏人,我要跑掉了。那里去呢,那是明明白白的,辎重队呵。拉布式庚少尉说过要给我做情人,连金手表都答应了我了。"

咱们完全悲观了,左右摇头。象咱们似的人,怎能弄到整注的钱呢。于是那姑娘将编织的围巾披在肩上,对咱们低低地弯了腰。

"去哩。"她这样说。"拉布式庚少尉在等我哩。再见罢,那札尔·伊立支,再见罢,希涅布柳霍夫先生。"

"且住,且住,维多利亚·迦叶弥罗夫那。请你等一下。因为这是,不好好地想一想,是不行的。"

"有什么要想的?到什么地方去,便是海底里也好,去偷了来。无论如何,如果我的请托办不到。"

那时候,咱们的头里忽然浮出妙计来。

"打仗时候,是做什么都不要紧的。大概德国小子就要攻来了罢——如果得着机会,只要摸一摸口袋就可以了。"

不多久,接连打仗的机会就到了。

咱们的壕堑里有一尊大炮……唔唔,叫什么呀——哦,名叫诃契吉斯的。

海军炮诃契吉斯。

小小的炮口,说到炮弹,是看看也就可笑,无聊的炮弹。但是,放起来,这东西却万万笑看不得。

镗地开出去,虽是颇大的东西,也不难毁坏的。那炮,有指挥官——是海军少尉文查。少尉呢,是毫不麻烦的,颇好的少尉。对于兵丁,也并不打,不过是教扛枪站着之类。

咱们都很爱这小小的炮,总是架在自己的壕堑里的。

譬如这里是有机关枪的罢,那么,这一面就有密种着小松树一般的东西——还有这炮。

德国人也很吃了这东西的苦。也打过一回波兰的天主教堂的圆屋顶。那是因为德国的观测兵跑在那上面了。

也打过机关枪队。

所以这炮,在德国兵,是很没办法的。

但是出了这样的事。

德国的小子们在夜里跑进来,偷了这炮的最要紧的东西——炮闩去,还将几架机关枪拿走了。

怎么会有这样的事的呢,想起来也古怪得很。

那是很寂静的时刻。咱俩是在维多利亚·迦叶弥罗夫那那里。哨兵在炮旁边打瞌睡,换班的小子(这没法想的畜生)是到值班的小队里去了。在那里,正是打纸牌的紧要关头。

于是,好吧,就去了。

只因为打牌的开头是赢的,这畜生,就连回去看一看动静的想头也没有。

可是这之际,就成了德国兵的小子们偷去炮闩那样的事了。

将近天亮,换班的到大炮这里来一看,哨兵是不消说,死尸一般躺着,岂不是什么都给偷去了吗?唉唉,那时的骚扰,真不得了呵!

海军少尉的文查是虎似的扑向我们,教值班的小队全都抗了枪站着,个个嘴里都咬一张纸牌。换班的小子们是咬三张,象一把扇。

傍晚时候,将军骑着马来到了——大人是很兴奋着。

不，那里，很好的将军。

将军向小队一瞥，即刻平了气了。不是三十个人，都几乎一样地个个咬着一张纸牌吗？将军笑了一笑，

"去走一趟罢。老鹰似的勇士诸君，飞向德国的小子们去，给敌人看着颜色。"

至今没有忘记，那时五个人走上来了，咱们也就在里面。

将军大人还有高见，

"今夜就去飞一遭，老鹰君。割断德国的铁丝网；就是一架也好，还带点德国的机关枪来罢。如果顺手，就也将那炮闩呀。"

是，遵命。

咱俩就乘夜出发。

咱们半玩乐地进行。

因为第一，是想起了一件事，况且自己的性命之类，咱们是全不当作什么的。

咱们是，先生，抽着了好运了的。

不会忘记的十六年（一九一六年——译者）这一年，皮色黑黑的，据人说，是罗马尼亚的农夫，巡游着来到了。那农夫是带着一匹鸟儿走路的呀。胸前挂着笼子，里面装着也不是鹦哥（鹦哥是绿的），不知道什么，总之是热带的鸟儿。那鸟儿，畜生，真是聪明的物事，不是用嘴抽出运道来吗？——各人不同。

咱俩是得了忘不掉的巨蟹屋，还有预言，说要一直活到九十岁。

也还有各样的预言，但是已经都忘掉了。总之，没有不准，是的确的。

那时候，也就想到了那预言，咱们便全象散步一般的心情前进。

于是到了德国的铁丝网的旁边。

昏暗。月亮还没有出。

沉静地割开路，跑下德国的壕里去。大约走了五十步，就有机关枪——多谢。

咱们将德国的哨兵打倒在地上，就在那里紧紧地捆起来……。

这实在是难受，可怕。因为恰象是半夜的噩梦般的事件呵。

唔，这也就算了罢。

将机关枪从架上取下，大家分开来拿。有拿架子的，也有拿弹匣的。咱们呢，至今还记得，倒运，轮到了其中的最重的东西——是机关枪的枪身。

那东西，真是，重得要教我想：唉，不要了罢！别的小子们身子轻，步步向前走，终于望不见了影子。可是咱们呢，肩着枪身，哼哼哼呀地在叫。真要命。

咱们想走到上面去，一看——是交通路呀——于是，就往那边去了。

忽然，角落里跳出一个德国兵来。吓，那是高大得很，肩膀上还扛着枪哩。

咱们将机关枪抛在脚下，也拿起枪来。

但是德国兵觉到了要开枪——将头靠着枪腿在瞄准。

要是别人，一定吃惊了罢，那是，真不知道要吃惊到怎样的。但咱们却毫不为意地站着。一点也不吃惊。

倘若咱们给看了后影，或是响一声机头，那是咱们一定就在那里结果了的。

咱们俩就紧紧地相对了站着。那中间，相差大约至多是五步。

大家都凝视着，是在等候谁先逃。

忽然，德国兵的小子发起抖来，向后去看了。

那时候，咱们就镗地给了一下。

于是立刻记起那条计策来了。

慢慢地爬进去，在口袋里摸了一遍——实在是不愉快的事。那里，这有什么要紧呢，自己宽着自己的心，掏出野猪皮的皮夹和带套的表（德国人是谁都爱将表装在套子里的）来，就将枪身扛在肩头，即刻往上走。

走到铁丝网边来一看，并不是前回的旧路。

在昏暗里，会被看见之类的事，是想也不想到的。

于是咱们就从铁丝之间爬出去——呵呀，实在费力。

大概是爬了一点钟，或者还要久罢。脊梁上全被擦坏了，手之类是简直一塌糊涂。

但是，虽然如此，总算钻出了。

咱们这才吐了一口放心的气。并且钻进草里，动手给自己的手缚绷带——血在汩汩地流呀。

这样子，咱们竟忘却了自己是在德军那面了——这多么倒运——可是天却渐渐地亮了起来。

即使逃罢，那时德国兵们却正在骚扰起来。大约是看见自己营里的不象样了，对着俄军开炮。自然，那时候，如果爬出去，是一定立刻看见咱们，杀掉了的。

看起来，这里简直是空地，前面一点，连草也几乎没有的，到村，是大约有三百步。

唔，没有法子，那札尔·伊立支，希涅布柳霍夫先生，还是静静地躺着罢，有草在给遮掩，还要算是运气的呀——就这样想。

好。静静地躺着。

德国的小子们大概是生气了,在报仇罢——无缘无故乱放。

快到中午,枪是停止了,但看起来,只要有谁在俄国那边露一点影子,就又即刻对准那里开枪。

那么,小子们是警戒着的,所以便非静静地躺到晚上不可。

就是罢。

一点钟……两点钟,静静地躺着。对于皮夹起了一点好奇心,来一看——钱是很不少,然而都是外国的东西……咱们是看中了那只表。

可是太阳竟毫不客气地从头上尽晒,呼吸渐渐地艰难,微弱了。加以口渴,那时候,咱们记起了维多利亚·迦叶弥罗夫那。但是,忽然之间,看见一匹乌鸦要飞到咱们的头上来。

咱们用了小声音,嘘嘘的赶。

"嘘,嘘,嘘。那边去,这畜生。"

这样说着还挥了手,但乌鸦大概是并不当真罢,忽然停在咱们的头上了。

鸟儿之类,真是无法可想的畜生——忽然停在前胸了。但是即使想捉,也不能捉。手是弄得一塌糊涂,简直弯不转。而乌鸦畜生不是还用了小小的利害的嘴在啄呀,用翼子在拍呀吗?咱们一赶,它就一飞,不过就又并排停下,于是飞到咱们的身上来。而且还飞得呼呼作响。畜生,是嗅到咱们手上的血的了。

不,已经不行了——心里想。唔,那札尔·伊立支,喂,希涅布柳霍夫先生,至今倒还没有吃枪子,现在是这样的下贱的什么鸟畜生(虽然是说出这样的话来,也许要受神的责罚的),却不当正经,要糟掉一口人儿。

德国兵现在也一定要觉到在铁丝网对面所发生的事件的。

发生了什么事件呢——是乌鸦畜生想活活地吃人。

就是这样,咱们俩战斗了很久。咱们始终准备着要打它,不过在德国兵面前动手,是应该小心的,咱们真要哭出来了。岂不是手是弄得一塌糊涂,还流着血,并且乌鸦畜生还要来啄吗?于是生了说不出的气,乌鸦刚要飞到咱们这里来的时候,蓦地跳了起来,

"呔。"这样说了。"极恶的畜生。"

这样吆喝了,德国兵自然也一定听到了的。

一看,德国兵们是长蛇似的在向铁丝网爬过来。

咱们一下子站起,拔步便跑。步枪敲着腿,机关枪重得要掉下来。

那时德国兵们就发一声喊,开枪来打咱们了——但咱们却连躺也不躺下——跑

怎样跑到了面前的农家的呢,老实说罢,是一点也不知道。

只是跑到了一看——血从肩膀上在流下来——是负了伤了。

于是顺着屋子的隐蔽处,一步一步蹩到自家的阵里,忽然死了似的倒下了。

到现在也还记得的,醒过来时,是在联队地域中的辎重队里。

只是,急忙将手伸进口袋里去一摸,表是确乎在着的,然而那野猪皮夹呢,却无踪无影。

咱们忘记在那里了吗,乌鸦累得我没有藏好吗,还是卫生队的小子掏去了呢?

咱们虽然很流了些悲痛之泪,但一切都只好拉倒,其间身子也渐渐好起来了。

不过由人们的闲话,知道了在这辎重队的拉布式庚少尉那里,住着一个标致的波兰姑娘维多利亚·迦叶弥罗夫那。

好吧。

大概是过了一星期之后罢。咱们得到了若耳治勋章。便挂上这物事,跑到拉布式庚少尉的宿舍去了。

一进屋子里,

"您好呀,少尉大人。您好呀,漂亮的波兰姑娘维多利亚小姐。"

一看,两个人都慌张了。

少尉站了起来,庇护着那姑娘,

"你,"他说。"你早先就在我的眼前转来转去,在窗下蹩来蹩去的罢。滚出去,这混账东西,真是……"

咱们挺出胸脯子,傲然地这样对付他。

"你虽然是军官,但因为这不过是民事上的事,所以我也和别人一样,有开口的权利的。还是请那个标致的波兰姑娘,在两人里挑选一个罢。"

于是少尉突然喝骂咱们了。

"哼,这泰谟波夫的乡下佬! 说什么废话! 咄,拿掉你这若耳治罢。我可要打了。"

"不,少尉大人,你的手虽然短,我却是曾在战场上象烈火一般,流过血来的人呀。"

这么说着,咱们就一直走到门边,等候那女人——标致的波兰姑娘说什么话。

然而她却什么也不说,躲到拉布式庚的背后去了。

咱们很发了悲痛的叹息,呸的在地板上吐了一口唾沫,就这样地走出了。

刚出门,不是就听到谁的脚步声吗? 一看,是维多利亚·迦叶弥罗夫那在走来。编织的围巾从肩头滑下着。

那姑娘跑到咱们的旁边，便使尖尖的指甲咬进手里去，但自己却一句话也不能说。

似乎好容易过了一秒钟的时候，忽然用标致的嘴唇在咱们的手上接吻，一面就说出这样的话来了。

"那札尔·伊立支，希涅布柳霍夫先生，我真要诚心认错……请你原谅原谅罢，因为我就是这样的女人呀。可是，运道是大家不一样的。"

咱们倒在那里，想说些话了……然而，那时候，突然记起了乌鸦在咱们上面飞翔的事……心里想，吓，妈的，便将自己的心按住了。

"不，标致的波兰姑娘，你，无论如何，是没法原谅的。"

载一九二九年四月上海朝花社出版的近代世界

短篇小说集（1）《奇剑及其他》

农夫

［苏联］雅各武莱夫

辛苦的行军生活开头了。在早晨，是什么地方用早膳，什么地方过夜，一点也不知道的。市街，人民，虚空，联队，中队，丛莽，大小行李，桥梁，尘埃，寺院，射击，大炮（依兵卒的说法，是太炮），篝火，叫唤，血，剧烈的汗气——这些一切，都云一般变幻，压着人的头。也疑心是在做梦。

有时也挨饿。以为要挨饿罢，有时也吃得要满出来。从小河里直接喝水。这四近的水——小河——非常之好，简直是眼泪似的发闪。身子一乏，任凭喝多少，也不觉得够。

互相开炮的事情是少有的。单是继续着行军。

一到晚上，兵卒因为疲劳了，就有些不高兴——大家都去寻对手，发发自己的牢骚。

"奥太利的小子们，遇见了试试罢，咬他……"

但这也大抵因为行军的疲劳而起的。

休息到早晨，便又有了元气了。玩笑和哄笑又开头——青铜色的脸上，只有牙齿象火一般闪烁。

"毕理契诃夫，喂，你，晚上做什么梦了？"

就在周围的人们，便全部——半中队全部——全都微笑着，去看毕理契诃夫。但那本人,却站在篝火旁边,正做着事。从穿了没有带的绿色小衫,解着衣扣看起来,好象是一个壮健的汉子。拿了人臂膊般粗细的树枝来,喝一声"一,二呀,三!"抵着膝盖一折,便掷入火里去。这人最以为快活的,就是烧篝火。

"昨夜呵,兄弟,我呀,是梦到希哈努易去了。就是带着儿子,在自己的屋子里走来走去……那小畜生偷眼看着我呀。那眼睛是蓝得吓人,险些要脱出来的——这究竟是什么兆头呢?"

毕理契诃夫暂时住了口,蹙着脸吹火去了——火花聚着飞起,柱子似的。

"那是,一定又要得勋章了。"有人愚弄似的说。

"唔,那样的梦,有时也做得。但是,得到勋章的时候,我觉得好象是讨老婆……"

"阿唷,阿唷……要撇了现在的老婆,另讨新的了吗?"

"不是呀。我自己也着了慌的。我说,我已经有老婆的。可是大家都说,不,你再讨一个罢。一个老婆固然也好,但有两个,是好到无比。这时我说了。我们是不能这么办的。我有一个老婆就足够。因为是俄罗斯人,不是鞑靼人呀……这么说,硬不听……他们也说着先前那些话,硬不听。可是到底给逼住了。早上,醒过来,我呀,自己也好笑,心里想这究竟是怎么一回事呢?但不久,中队的命令书来到了,是给毕理契诃夫勋记的。不过这些事由它去吧……无论什么,好不有趣呵。"

兵卒们嘲笑他。但已经没有疲劳,也没有牢骚了。

于是集合喇叭响了起来。

——准备!

于是又是行军。新的土地,再是道路,市街,大炮,尘埃,叫唤,射击——疲劳。

然而——毕理契诃夫是不怕的。他这人就是顽健。总是很悬切,爱帮忙,一面走,一面纳罕地看着四处的丛林,园圃,房屋,而且总将自己的高兴的言语,拉得曼曼长。

"有趣,呀——"

并不是说给谁的,就是发了声,长长地这么说。

但是,忽而,又讲起想到的事来,别人听着没有,是一向不管的。

"喂,兄弟,怪不怪?瞧呀,——寺院也同俄国一样;便是脸相,不也和我们一样吗?只有讲话,却象满嘴含着粥或是什么似的,不大能够懂。不过,那寺院呵。——这几天,我独自去看过了,都象我们那里一样,画着十字;圣象也一样的,便是描在圆房顶上的萨拉乎神,也是白头发,大胡子哩。

"'开尔尼谟天使'也和我们那里一样的。这样子了,大家却打仗……真奇怪呵!"

于是沉默了。用了灰色的,好事的眼,环顾着四近。忽然又象被撒上了盐一样,慢慢深思起来。

"有趣,呀……"

有一回,枝队因为追赶那退却的敌人,整天的行军。

敌人,依兵卒的用语来说,是"小子们",似乎还在四近。他们烧过的篝火,还没有烧完。道路的灰尘上,还分明看见带钉的鞋子的印迹。有时还仿佛觉得有奥太利兵所留下的东西的焦气味和汗气,从空中飘来。

"瞧呀,瞧呀,是小子们呀。"

到晚上,知道了"小子们"的驻处了。大约天一亮,就要开仗。

中队和联队,便如堰中之水似的集合起来;开始作成战线,好象墙壁。

毕理契诃夫的中队,分布在一丛树林的近旁,这林,是用夹着白的石柱子的木栅围绕起来的。一面,有一所有着高栋的颇干净的小尾子——在这里,是中队长自己占了位置。疲劳了的兵卒们,因为可以休息了,高兴得活泼地来做事,到树林里拖了干草和小树枝来,发火是将木栅拗倒,生了火。但在并不很远,似乎是树林的那一面的处所,听得有枪声。然而在惯透了的他们,却还比不上山林看守人的听到蚊子叫。那样的事,是谁也不放在心里的。

毕理契诃夫正在用锅子热粥。

在渐渐昏暗下去的静穆的空气中,弥漫着烟气。从兵卒们前去采薪的树林里,清清楚楚地传来折断小枝的声音。

远处的树林上,带绿的落日余红的天际的颜色,已经烧尽,天空昏黯——色如青玉一般。在那上面,星星已经怯怯地闪起来了。兵卒们吃完晚餐,便从小屋里,走出那联队里绰号"鲤鱼"的浓胡子的曹长来。

"喂,有谁肯放哨去吗吗?"大家都愕然了。

"此刻不是休息时候吗? 况且在这样的行军之后,还要去放哨?! 不行呀。脚要断哩。"

谁也不动,装着苦脸。笑影一时消失了。但总得有一个人去,是大家都很明白的。

因为很明白,所以难当的寒噤打得皮肤发冷。

曹长从这篝火走到那篝火边,就将这句话,三番四复地问。

"有谁肯放哨去吗?"

"有了,叫毕理契诃夫去!"有谁低笑着,说。

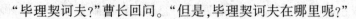

"毕理契诃夫?"曹长回问。"但是,毕理契诃夫在哪里呢?"

"叫毕理契诃夫,叫毕理契诃夫去!"兵卒们都嚷了起来。因为寻到推上责任去的人了,个个高兴着。

已经如此,是无论愿否,总得去的。

"毕理契诃夫,在那里呀?"

"在这里呀。"

"你,去么?"

"去呀……"

"好,那么,赶快准备罢。"

不多久,一切都准备了。毕理契诃夫出了树林;在平野中,从警戒线又前进了半俄里,于是渐渐没在远的昏黄中了。

右手,有一座现在已为昏暗所罩,看不见了的略高的丘。中队长就命令他前去调查,看敌军是否占据着这处所的。

毕理契诃夫慢慢地前进了大约三百步,便伏在栅旁的草中。栅边有烂东西似的气味。有旧篝火的留遗的气息。心脏突突地跳了起来——非镇静不可了。已经全然是夜——一切都包在漆黑的柔软的毯子里了。

树林早已在后面。在树林中,有被篝火和群集所惊的,既不是猫头鹰,也不是角鹰,连名字也不知道的夜鸟,不安地叫着。

左手的什么地方,在远处有枪声。那边的天,是微见得帽子般的样子上,带一点红色——起火罢。毕理契诃夫放开了鼻孔。有泥土和草的气息——惯熟的气息。和在故乡希哈努易,出去守夜的时候,是一样的。

在前面,远的丘冈的那边,浮着落日的临终的余光,四近是静静的,单是漆黑。"小子们"就在这些地方。也许还远。或者一不凑巧,也会就在旁边,和自己并排,象毕理契诃夫一样的伏着,也说不定的。专等候和自己相遇,要来杀,装着狠狠的脸,躲在那里,也说不定的。

"记着罢,如果遇见敌人,万万不要失手呵!"中队长命令说。"一失手,不但你死,我们也要吃大亏的。"

尼启孚尔·毕理契诃夫自己也知道,失手,是不行的,不是杀敌,便是被杀于敌的。

旁边的什么地方,有猫头鹰在叫,黑暗似乎更浓重了。心脏跳得沉甸甸地,砰,砰,砰。

毕理契诃夫几乎屏了呼吸,再往前走。木栅完了,此后是宽广的路。路的那边,堆着谷类,如墙壁一般。毕理契诃夫用指头揉一揉穗子看。

"是小麦呵。"

但是,这时候,跨进一步去,田圃就象活的东西一样,气恼地嚷起来了——"不要踏我!"忽然觉得害怕。也觉得对不起。因为比践踏谷类的根更不好的事,是再没有了的。

"跟着界牌走吧,"毕理契诃夫就决计在左边走。

中队长曾嘱咐他数步数。毕理契诃夫数是数的。但数到七十,就一混,是出了八十步呢,还是九十步呢,一点也不清楚了。一面数步数,一面侦敌人,分心到这边来,自然也是万万办不到的花样,只好弯着身子,耸起耳朵向前走。并且寻出界牌来。道路忽然成了急坂,走进洼地了,界牌就在那洼地的尽头。潮湿的空气,从下而喷起,这里的草,润着露水,是湿的。

因为湿气,还是别的原因呢,毕理契诃夫骤然颤抖起来了。脊梁上森森的发冷,牙齿打得格格地响。心脏是仿佛上面放了冰块似的,停住了。毕理契诃夫在心里,觉到了自己现在完全是一个人。在全世界,只一个人。在这星夜之下,在这昏暗之前,完全只是一个人。即使此刻被杀了,谁也不知道……

恐怖使他毛发直竖了。

黑暗忽而变了沉闷的东西,似乎准备着向他扑来,将他撕碎的敌人,就满满地充塞在这些处所。

毕理契诃夫骤然之间,就挫了锐气。

他仿佛被从下面推翻,软软的坐在地面上。周围很寂静,黑暗毫不想动弹。树林里而,还有禽鸟在叫。远处的天空中,已不见火灾的微红了。略一镇静,毕理契诃夫便竖起一膝,脱下帽子,侧着耳朵听。从不知道那里的远处,听到有钝重的轰声。

毕理契诃夫将耳朵紧贴在地面上。

这是向来的农夫的习惯。

夜里一个人走路的时候,用耳朵贴着地面听起来。说是凡有路上是否有人,是远是近,并且连那数目,也可以知道的。

现在呢,地面是平稳地,钝重地在作响。

他这样地听了许多时。于是仿佛觉得远远的什么处所,散布着呻吟声,故意按捺下去似的呼吸的声音。

呜,呜,呜……

毕理契诃夫发抖了,拼命紧靠着地面。

兵卒们说过,地面是每夜要哭的。

他从一直先前起,就想听一听地面的哭声,但还没有这机会。然而现在,如果静静地屏住呼吸,便分明听到那奇怪的呻吟。这究竟是怎么一回事呢?也许远处正在放大炮罢……但他不能决定一定是这样。他相信地面真在啼哭了。况且地面也怎能不哭呢?每打一回仗,基督的仆人不是总要死几千吗?地面——是一切人类的生身母亲……自然觉得大家可怜相……

呜,呜,呜……

"嗡,哭着呀。"

毕理契诃夫直起上身来。

"母亲在哭哩。地面在哭哩。"

他感动了,亲热地向暗中看进去。有母亲在,有大地在,自己并非只是一个人。这又怕什么呢?有爱怜自己者在,有自己的生身母亲在,有大地在。

他即刻勇壮起来,觉得周围的一切,都如希哈努易一样的亲热的东西,无论是地面,是草气息,是天空的星星。

心脏跳得很厉害,使毕理契诃夫想要用手来按住它。触着灰色的外套,触着扣子,触着那得到以后,从未离身的小小的若耳治勋章。

但是,辗转之间,这也平静了。于是在黑昏中,浮出中队长的脸来。

"要检查那丘冈上可有敌人的呵。"

黑暗便又成了包藏敌意的东西。尼启孚尔又觉得自己是一个人,没有一些帮助。他忍住呼吸,缩了身子,并且将中队长的命令放在心上,再往前面走。恐怖又一点一点来动他的心。他两手捏着枪,沿着界牌,走下洼地去,是想从这里,暗暗走近丘边去的。他现在分明知道,友在那里,敌在那里了。周围的幽静,也可怕起来了。静到连心跳也可以听到。靴子作响,野草气恼地嚷。为了疲劳和紧张,眼睛里时时有黄金色的火星飞起。

忽而听到异样的声音。好象在那里的远地里,转动着机器一般的声音。那声音,每隔了一定的时光,规则整然的一作一辍。是什么曾经听得惯熟了的那样的声音。在尼启孚尔,是极其亲热的声响,只是猜不出是什么,他便一面侧着耳朵,一面向前走。声音逐渐清楚起来了。似乎就从这丘的斜坡上的草里面发出来的。

"是什么呢?"毕理契诃夫十分留心地侧着耳朵想。

平常是一定知道的声音——但是,竟不知道究竟是什么!

于是他忽而出惊，就在那里蹲下了。

"阿阿，有谁在打鼾呵！"

全身骚扰起来。

"逃罢！"

然而，好容易又站住了。好象周身浇了冷水。他紧张着全身，侧着耳朵，是的，的确是有谁在打鼾。健康的鼾声，真正老牌的农夫的鼾声。毕理契诃夫野兽似的将全身紧张起来，爬近打鼾的处所去。进一步，又停一回，上两步，又住一次，一面爬，一面抖。他准备着无论什么时候都能够开枪，以及用刺刀打击。两只手象铁钳一样，紧紧地捏着枪。

黑暗中微微有一些白，就从这里，发出粗大的，喇叭似的鼾声来。是睡得熟透的人的，舒服的，引得连这边也想睡觉的鼾声。

毕理契诃夫又放了心。他一直接近那睡着的人的旁边去。

是这小子。是这小子。这小子就是了。撒开了两条臂膊，仰着，歪了头。但是，究竟是什么人呢？也许是俄国兵呀。毕理契诃夫的鼻子，嗅到了不惯的气味。

"是奥太利呵。我们，是没有那样的气味的。"

他蹲在那里，开始向各处摸索。

旁边抛着枪支和革制的背囊。

枪上是上着枪刺——开了刃的家伙——的。在夜眼里，也闪得可以看见。毕理契诃夫拖过枪支来。这么一来，就是敌人已经解除武装了。

"哼，好睡呀。有趣呵……"毕理契诃夫想着，凝视那睡着的人。

是一个壮健的奥太利兵。生着大鼻子。嘴大开着，喉咙里是简直好象在跑马车。这打鼾中，就蕴蓄着一种使毕理契诃夫怜爱到微笑起来，发生了非常的同情的声响。

"乏了呀。也还是，一样的事情。"

他绝不定怎么办才好，便暂时坐在睡着的人的身旁，忍住呼吸，耸着耳朵听。除远远的枪声之外，没有一点声音。

他于是慢慢地背了背囊，右手拿了奥太利兵的枪，左手捏着自己的枪，很小心的，退回旧来的路上，走掉了。自己十分满足，狡猾地微笑着——但敌人还是在打鼾。

当站在中队长的面前时，尼启孚尔几乎已经不知道自己有脚没有了。吓！也许又要得一个勋章哩。因为夺了奥太利的步哨的军器来，实在也并不很容易呀……

但是，在中队长的面前笑，是不行的，于是紧紧地闭了嘴，一直线几乎要到耳朵边。脸上呢，却象斋戒日的煎饼一般发亮。

中华传世藏书

鲁迅全集

短篇小说译补

二〇〇九

"查过了吗?"

"唔,查了,队长,查过了。队长说的那丘上呵……"

"唔?"

"那丘上呵,是有奥太利的小子们的。"

他的脸,是狡猾地在发亮。他挨次讲述,怎样的自己偷偷地走过去,猫头鹰怎样的叫,在什么地方遇见了敌人。

"将枪和背囊收来了。"

中队长取起枪支来,周身看了一遍。收拾得很好,还装着子弹。

"唵,办得好。背囊里面,查了没有。"

"不。还没有看呀。"

打开背囊来看。装着小衫裤,食料,还有小小的书。

"唔——"中队长拉长了声音说。

"但是,将那奥太利兵,竟不能活捉了来吗?"

"那是,到底,近旁就有听音呀。虽然悉悉索索,可是听得出的。要是打醒了拖他来呢,杂种,就要叫喊……"

"那倒也是。好,办得不错。"

"办妥了公事,多么高兴呵,队长。"

"但是,那小子怎么了?"

"唔?"

"又'唔'什么呢?"军官皱了眉。"我问的是,将那小子,那敌人,怎样处置了。"

"将枪和背囊收来了。"

"那我知道。我说,是将那敌人怎样办了?"

"那小子是还在那地方呵。"

"还在那地方,是知道的。问的是,你怎样的结果了那小子。"

毕理契诃夫圆睁了吃惊的眼睛,凝视着军官的脸。他是微麻的顽健的汉子,而浮在脸上的幸福的光辉,是忽然淡下去了。微微地张着嘴。

"你,将他结果了的罢。"

"不。"

"什么? 竟没有下手么!?"

"因为他睡着呀,队长。"

"睡着,就怎样呢,蠢材!"

军官从椅子站起,大声吆喝了。"你应该杀掉他的。看得不能捉,就应该即刻杀掉的。那小子究竟是你的什么?是亲兄弟?还是你的老子吗?"

"不,那并不是。"

"那么,是什么呢?敌人不是?"

"是呀。"

"那么,为什么不将那小子结果的?"

"所以我说过了的……那小子是睡着的,队长。"

军官显出恨恨的暗的眼色,凝视着尼启乎尔的脸。

"这样的木头人,没有见过……。唔?我将你交给军法会议去。"

军官从桌子上取了纸张,暂时拿在手里,但又将这抛掉了。他满脸通红。"队长还没有懂——倘不解释解释……"毕理契诃夫想。

"队长,奥太利的小子,是睡着的。打着鼾。一定是乏了的。如果没有睡着,那一定不是活捉,就是杀掉。但是,那小子睡着,还打鼾哩。好大的鼾。只要想想自己,就明白。我们乏极了,不知道有脚没有的时候,一伙的小子们在营盘里,也是这么说的。尼启希加,不要打鼾哪。"

军官牢牢地注视着毕理契诃夫的脸。看眼睛,便知其人的。

操典上也这样地写着。

灰色眼球的壮士,什么事也能做成似的脸相,在胸膛上,是闪着若耳治勋章。

忽然之间,军官的唇上浮出微笑来。并不想笑,但自然而然地笑起来了。

"唉唉,你是怎样的一个呆子呢!蠢才!你也算是兵吗?你是乡下人罢了。好了,去罢!"

毕理契诃夫就向右转,满心不平地走到外面去。一出小屋,便是一向的老脾气,不一定向谁,只是大声地说。

"因为那小子是睡着呀。大半就为此呀。是睡着,还在打鼾的。……"

雅各武莱夫(Alxandr Iakovlev)是在苏维埃文坛上,被称为"同路人"的群中的一人。他之所以是"同路人",则译在这里的《农夫》,说得比什么都明白。

从毕业于彼得堡大学这一端说,他是知识分子,但他的本质,却纯是农民的,宗教的。他是禀有天分的诚实的作家。他的艺术的基调,是博爱和良心。他的作品中的农民,和毕力涅克作品中的农民的区别之处,是在那宗教的精神,直到教会崇拜。他认农民为人类正义和良心的保持者,而且以为唯有农民,是真将全世界联结于友爱的精神的。将这见解,加以具体化者,是《农夫》。这里叙述着"人类的良心"的胜利。但要附加一句,就是他还有中篇《十月》,是显示着较前进的观念形态的。

日本的"世界社会主义文学丛书"第四篇,便是这《十月》,曾经翻了一观,所写的游移和后悔,没有一个彻底的革命者在内,用中国现在时行的批评式眼睛来看,还是不对的。至于这一篇《农夫》,那自然更甚,不但没有革命气,而且还带着十足的宗教气,托尔斯泰气,连用我那种"落伍"眼看去也很以苏维埃政权之下,竟还会容留这样的作者为奇。但我们由这短短的一篇,也可以领悟苏联所以要排斥人道主义之故,因为如此厚道,是无论在革命,在反革命,总要失败无疑,别人并不如此厚道,肯当你熟睡时,就不奉赠一枪刺。所以"非人道主义"的高唱起来,正是必然之势。但这"非人道主义",是也如大炮一样,大家都会用的,今年上半年"革命文学"的创造社和"遵命文学"的新月社,都向"浅薄的人道主义"进攻,即明明白白证明着这事的真实。再想一想,是颇有趣味的。

A.Lunacharsky 说过大略如此的话:你们要做革命文学,须先在革命的血管里流两年;但也有例外,如"绥拉比翁的兄弟们",就虽然流过了,却仍然显得白痴的微笑。这"绥拉比翁的兄弟们",是十月革命后莫斯科的文学者团体的名目,作者正是其中的主要的一人。试看他所写的毕理契诃夫,善良,简单,坚执,厚重,蠢笨,然而诚实,象一匹象,或一个熊,令人生气,而无可奈何。确也无怪 Lunacharsky 要看得顶上冒火。但我想,要"克服"这一类,也只要克服者一样诚实,也如象,也如熊,这就够了。倘只满口"战略""战略",弄些狐狸似的小狡狯,那却不行,因为文艺究竟不同政治,小政客手腕是无用的。

载一九二九年九月上海朝花社出版近代世界
短篇小说集(2)《在沙漠上及其他》

这一篇,是从日文的《新兴文学全集》第二十四卷里冈泽秀虎的译本重译的,并非全卷之中,这算最好,不过因为一是篇幅较短,译起来不费许多时光,二是大家可以看看在俄国所谓"同路人"者,做的是怎样的作品。

这所叙的是欧洲大战时事,但发表大约是俄国十月革命以后了。原译者另外写有一段简明的解释,现在也都译在这下面——

曾经有旁观者,说郁达夫喜欢在译文尾巴上骂人,我这回似乎也犯了这病,又开罪于"革命文学"家了。但不要误解,中国并无要什么"锐利化"的什么家,报章上有种种启事为证,还有律师保镖,大家都是"忠实同志",研究"新文艺"的。乖哉乖哉,下半年一律"遵命文学"了,而中国之所以不行,乃只因鲁迅之"老而不死"云。

十月二十七日写讫

载一九二八年《大众文艺》月刊第一卷第三期

恶魔

[苏联]高尔基

当凋零和死灭的悲哀时节的秋季,人们辛辛苦苦地苟延着他的生存:

灰色的昼,呜咽的没有太阳的天,暗黑的夜,咆哮的风,秋的阴影——非常之浓的黑的阴影! ——这些一切,将人们包进了沉郁的思想的云雾,在人类的灵魂里,惹起对于人生的隐秘的忧闷来。在这人生上,绝无什么常住不变的东西,只有生成和死灭,以及对于目的的永远的追求的不绝的交替罢了。

高尔基

当暮秋时,人们往往不感到向着拘禁灵魂的那沉思的黑暗,加以抗争的力……所以凡是能够迅速地征服那思想的辛辣的人们,是都应该和它抵抗下去的。惟这沉思,乃是将人们从憧憬和怀疑的混沌中,带到自觉的确固的地盘上去的唯一的道路。

然而那是艰难的道路……那道路,是要走过将诸君的热烈的心脏,刺得鲜血淋漓的荆棘的。而且在这道路上,恶魔常在等候你们。他正是伟人瞿提(Goethe)所通知我们的,和我们最为亲近的恶魔……

我来谈一谈这恶魔吧——

恶魔觉得倦怠了。

恶魔是聪明的,所以并不总只是嘲笑。他知道着连恶魔也不能嗤笑的事项,在世上发生。例如,他是决不用他锋利的嘲笑的刀子,去碰一碰他的存在这俨然的事实的。仔细地查考起来,就知道这样受宠的恶魔,与其说是聪明,其实原是厚脸,留心一看,他也虚度了最盛的年华,正如我们一样。但我们是未必去责备的——我们虽然绝不是孩子了,然而也不愿意拆掉我们的很美的玩具,来看一看藏在那里面的东西。

当昏暗的秋夜,恶魔在有坟的寺院界内彷徨。他觉得倦怠,低声吹着口笛,并且顾盼周围,看能寻到什么散闷的东西不能。他唱起吾父所爱诵的听惯的歌来了——

素秋一来到,

木叶亦辞枝,

火速而喜欢,

如当风动时。

风萧萧地刮着,在坟地上,在黑的十字架之间咆哮。空中渐渐绷上了沉重的阴云,用冷露来润湿死人的狭隘的住宅。界内的可怜的群树呻吟着,将精光的枝柯伸向沉默的云中,枝柯抚摸着十字架。于是在全世界内,都听到了隐忍的悲泣,和按住似的呻吟——听到了阴惨的沉闷的交响乐。

恶魔吹着口笛,这样地想了——

"倘知道这样天气的日子,死是觉得怎样,倒也是有趣的,死人总浸透着湿气……即使死于痛风之后,得了魔力,……一定总是不舒服的罢……叫起一个死人来,和他谈谈天,不知道怎样?一定可以散闷罢……恐怕他也高兴罢……总之,叫他起来吧!唔,记得我有一个认识的文学家,埋在不知哪里的地里……活的时候,是常常去访问他的……使一个认识的人活过来,算什么坏事呢。这种职业的人们,要求大概是非常之多的。我们真想看一看坟地可能很给他们满足。但是,他在那里呢?"

连以无所不知出名的恶魔,到寻出文学家的坟为止,也来来往往。徘徊了好些时……。

"喂,先生!',他喊着,敲了他认识的人睡在那下面的沉重的石头。"先生,起来吧!"

"为什么呢?"从地里发出了被按住着似的音。

"有事呵。……"

"我不起来……"

"为什么不起来的?"

"你究竟是谁呀?"

"你知道我的……"

"检查官吗?"

"哈哈哈哈! 不是的!"

"一定……是警官罢?"

"不是不是!"

"也不是批评家罢?"

"我——是恶魔呵……"

"哦！就来……"

石头从坟里面推起,大地一开口,骸骨便上来了,完全是平常的骸骨,和学生解剖骨骼时的骸骨,看去几乎是一样的。不过这有些肮脏,关节上没有铁丝的结串。眼窝里是闪烁着青色的磷光。骸骨从地里爬了上来,拂掉了粘在骨上的泥土。于是使骨骼格格地响着,仰起头骨,用了青的冷的眼色,凝眺着遮着灰色云的天空。

"日安！你好呵!"恶魔说。

"不见得好呀,"著作家简单地回答了。他用低声说话,响得好象两块骨头,互相摩擦,微微有些声音一般……。"请宽恕我的客套罢。"恶魔亲密地说。"一点不要紧的……但是你为什么叫我起来的呢?""我想来邀请你,一同散步去,就为了这一点。""阿,阿!很愿意……虽然天气坏得很……""我以为你是毫不怕冷的人。"恶魔说。"那里,我在还是活着的时候,是很恼着重伤风的。""不错。我记起来了,你死了的时候,是完全冰冷了的。""冷,是当然的！……我一生中,就总是很受着冷遇……"

他们并排走着坟和十字架之间的狭路。从著作家的眼里,有两道青光落在地上,给恶魔照出道路来……细雨濡湿着他们,风自由地吹着著作家的露出的肋骨,吹进那早已没有心脏的胸中。

"到街上去吗?"他向恶魔问。

"街上有什么趣味呢?"

"是人生呵,阁下。"著作家镇静着说。

"哼！对于你,人生还是有着价值吗?"

"为什么会未必有呢?"

"什么缘故?"

"怎样的来说明才好呢？人们,是总依照了劳力多少,来估计东西的……假如人们从亚拉洛忒山的顶上,拿了一片石来,那么,这石片之于人们,大约便成为贵重品了……"

"实在是可怜的东西呵!"恶魔笑了。

"然而,也是……幸福者呀!"著作家冷然地答道。

恶魔默默地耸一耸肩。

他们已经走出界内,到得两边排着房屋,其间有深的暗黑的一条路上了。微弱的街灯,分明地在做地上缺少光明的证据。

"喂,先生!"暂时之后,恶魔开始说。"你在坟里,是在做什么的?"

"住惯了坟的现在,倒也很耐得下去了……但在最初,却真是讨厌得毛骨悚然呵。将棺盖钉起来的粗人们,竟将钉打进我的头骨里去。自然,那不过是小事……然而总是不舒服的。仗了我的头的力量,虽然,常常在人们之间流了些毒害,但对于要加害于我的脑髓的欲望,我却只看作怀挟恶意的象征主义罢了。后来,是虫豸们光降了。畜生!虫豸们就慢慢地吃起我来。"

"那是毫不作怪的!"恶魔说。"那不能当作恶意,——因为在湿地里浸过的身子,绝不是可口的东西呵……"

"我究竟有多少肉啊!那是不足道的!"著作家说。

"总之,非吃完这些不可,与其说满足,倒是不舒服的命运哩……老话里就有,说是烂东西会招苍蝇呀。"

"它们明明吃得很可口的……"

"在秋天,坟地可潮湿吗?"恶魔问。

"是的。颇潮湿……但这也惯了……比起这来,倒是对于走过界内,还来注目于我的坟墓的各色各样的人们相,却令人气愤。土里面,躺着的不知有多少……我自己……我的周围的一切东西,是都不动弹的——我毫没有时间的观念……"

"你在泥土里,躺了四年了,不,不久,就要五年了哩。"恶魔说。

"是吗?那么……这之间,有三个人跑到我的坟前来过了……是使我烦乱的访问。该死的东西!他们里面的一个,竟简单地否定了我的存在,他跑了来,读过墓碑铭,便断然地说道,'这人死掉了……这人的东西,我什么也没有看过……但是谁都知道的名字呵——我的年轻时,有一个同姓的人,在我的街上玩着犯禁的赌博的。'就是你,也不见得高兴罢。我是十六年间,接连地印在销路很旺的杂志上,而且活着的时候,就发表了三种著作的。"

"你死后,还出了第三版了哩。"恶魔说。

"请你听罢!……其次,是来了两个人,一个说,'唉唉!这就是那人吗?'别一个便回答道,'是那人呀。''那人活着的时候,实在也是很时行的——他们都时行的……''不错,我记起来了。'……'躺在这土里的,真不知多少人呵……俄罗斯的大地,实在是富于才干呀……'这样地胡说着,蠢材们就走了……温言不能增加坟地的热度,我是知道的。也并不愿意听温言……无论哪一种,都令人难受。多么想骂一通小子们啊!"

"想是痛骂一场了罢。"恶魔笑了。

"不,那不行……二十一世纪一开头,便连死人们也非忽然喜欢论争不可,那是不成样子的。就是对于唯物论者,也太厉害呀。"

恶魔又觉无聊,想了——

"这著作家,当活着的时候,总是高高兴兴,去参与新郎的婚礼和死人的葬礼的罢。在一切全都死掉了的现在,他的名誉心却还活在他里面。在人生,人类究竟有什么意义呢?只有他的精神,是有意义的。而且唯有这意义,值得赏赞和服从……唉唉,人类,是多么无聊呵!"……

恶魔正要劝着作家回到他的坟里去的时候,他的头里又闪出一种意见了。他们走到四面围着长列的屋宇的开朗的广场。天气低低地靠在广场上,看去好象天就休息在屋脊上一样,而且用了阴沉的眼,俯视着污浊的地面似的。

"喂,先生,"恶魔开口了,并且高兴似的将身子弯到著作家那边去。"你不想会一会你的夫人:看她什么情形吗?"

"能会不能,自己是决定不了的。"著作家缓缓地回答道。

"唉唉,你是从头到尾死掉了呀!"恶魔要使他激昂起来,大声说。

"唔,为什么呢?"著作家一面说,一面夸耀似的使他的骨骼格格地作声。"并不是我愿意……是说,恐怕我的女人,不来会我了罢……即使会见我——也未必认识哩!"

"那是一定的!"恶魔断定说。

"因为我离家很久的时候,我的女人就不爱我了,所以这么说的。"著作家说明道。

屋宇的围墙忽然消失了。或者倒是屋宇的围墙成了透明,好象玻璃了,著作家能够看见了体面的屋子的内部——屋子里面,非常明亮,优雅宜人……。

"多么出色的屋子呵!倘使我这样地住起来,恐怕至今还不会死掉……"

"我也中意了,"恶魔笑着说。"这屋子,并不化掉许多钱——大约三千……"

"呵……委实不贵吗?……我记起来了。我的庞大的著作,弄到了八百十五卢布……而这是几乎做了一整年……但住在这里的究竟是什么人呢?"

"就是你的太太。"恶魔回答说。

"多么……呵……多么体面……说是她的东西……而且这位太太……那就是我的女人吗?"

"是的啊……你瞧,她的丈夫也在着哩。"

"她漂亮了……阿阿,穿的是多么出色的衣服。是她的丈夫吗?是很庸碌的丑相的小胖子,但看来倒仿佛是一个好好先生……实在好象是什么也不懂的汉子似的!况且平平常常……然而那样的脸,是为女人们所心爱的哪……"

"倘若你愿意,为你浩叹一声罢!"恶魔说,并且恶意地看着著作家那边。但著作家却神往于这情景了。

"他们多么畅快,多么活泼!他们俩彼此玩乐着生活……她爱那男人不爱呢,你大约知道的罢?"

"晤晤,很……"

"那个男人是做什么的?"

"时行杂志的贩卖人……"

"时行杂志的贩卖人……"著作家慢腾腾地复述了一回。于是暂时之间,不说一句话。恶魔看着他,满足地笑起来了。

"喂,这些事,可中你的意呢?"他问。

"我有孩子……他们……是活着的。我知道。我有两个孩子——一个男孩和一个女孩……那时候,我想过了的——男孩子长大起来,是会成一个切实的人的罢……"

"切实的人,世上多得很……世上所想望的,是完全的人。"恶魔冷冷地说。于是唱起勇壮的进行曲来了。

"我想——商人这东西,一定是看透了一切的教育家。而我的儿子……"

著作家的空虚的头骨,悲哀地摇了一摇。

"看一看那男人紧抱着她的样子罢!他们正显得称心满意之处哩。"恶魔大声说。

"实在……他……那商人,是有钱的吗?"

"比我还穷。但那女人,是有钱的……"

"我的女人吗?她怎样赚了钱的?"

"卖了你的著作呵。"

"阿阿,"著作家说。于是用了他露出的空虚的头骨,慢慢地点了几点。

"阿阿,原来!可见我大半也还在给一个什么商人作工哩。"

"的确,那是真的。"恶魔满足地加添说。

著作家望着土地,对恶魔道——

"领我回到坟里去吧。"

周围都昏暗,在下雨。空中罩着沉重的云。著作家格格地摇着骨骼,开快步跑向他的坟地里去了,恶魔随在后面,吹着嘹亮的好调子……

自然,读者大概是不会满足的。读者已经餍足于文学。连单为满足读者而写的人们,也很难合读者的趣味了。在此刻,因为我毫没有讲到关于地狱的事,读者也许要觉得

不满。读者真相信死后要赴地狱，所以要在生前听一听那里的详情。但可惜我关于地狱，却一点有趣的事也不能说。为什么呢，就因为地狱这东西，是不存在的——人们所容易地想起，描写的火焰地狱这东西，是不存在的。但倘是充满着恐怖的别样的事情，我却能够讲……

医生对诸君一说"他死了，"便立刻地……诸君跨进了无限的晃耀的领域。这就是诸君的错误的意识的领域。

诸君躺在坟里，狭小的棺里。可怜的人生，就如车轮的旋转一般，在诸君的面前展开去。从意识到的第一步，到诸君的人生的最后的瞬间，人生动得太慢，于是人们绝望了。诸君将知道在生前暗暗地挂在自己之前的一切，便是诸君生前的虚伪和迷谬的罢。对于一切思想，诸君将另行详审，注目于个个错误的步武的罢——诸君的全生活，将在一切个体里重新复活的罢——诸君一知道诸君所曾经走过的道上，别人也在行走，焦躁地相挤，相欺，则诸君的苦恼，也还要加添的罢，而且诸君还将懂得，明见，即使做了这些一切事，结局他不过和时光一同，经验到度了这样空虚的没有灵魂的生活，是怎样地有害的罢。

即使诸君看见了别人的疾趋于他们的衰灭，诸君也不能训诫他们——诸君自己不能开一句口，也不能有什么法——援救他们的愿望，将在诸君的精神里，毫无结果而消掉的……

诸君的生活，这样地经过于诸君之前，而人生一到终局之际，那经过便又重新开始。诸君将常常看见……诸君的认识的劳作，将没有穷期……绝没有穷期……而诸君的可怕的苦恼，是万万没有终局的。

这一篇，是从日本译《戈理基全集》第七本里川本正良的译文重译的。比起常见的译文来，笔致较为生硬；重译之际，又因为时间匆促和不爱用功之故，所以就更不行。记得Reclam′sUniversal — Bibliothek 的同作者短篇集里，也有这一篇，和《鹰之歌》（有韦素园君译文，在《黄花集》中），《堤》同包括在一个总题之下，可见是寓言一流，但这小本子，现在不见了，他日寻到，当再加修改，以补草率从事之过。

创作的年代，我不知道；中国有一篇戈理基的《创作年表》，上面大约也未必有罢。但从本文推想起来，当在二十世纪初头，自然是社会主义信者了，而尼采色还很浓厚的时候。至于寓意之所在，则首尾两段上，作者自己就说得很明白的。

这回是枝叶之谈了——译完这篇，觉得俄国人真无怪被人比之为"熊"，连著作家死了也还是笨鬼。倘如我们这里的有些著作家那样，自开书店，自印著作，自办流行杂志，自做流行杂志贩卖人，商人抱着著作家的太太，就是著作家抱着自己的太太，也就是资本家抱着"革命文学家"的太太,而又就是"革命文学家"抱着资本家的太太,即使"周围都昏暗,在下雨。空中罩着沉重的云"罢,戈理基的"恶魔"也无从玩这把戏,只好死心塌地去苦熬他的"倦怠"罢了。

载一九三〇年一月《北新》半月刊第五卷第一期

鼻子

［俄国］果戈理

一

三月二十五那一天,彼得堡出了异乎寻常的怪事情。住在升天大街的理发匠伊凡·雅各武莱维支(姓可是失掉了,连他的招牌上,也除了一个满脸涂着肥皂的绅士和"兼放淤血"这几个字之外,什么都看不见)——总之——住在升天大街的理发匠,伊凡·雅各武莱维支颇早的就醒来了,立刻闻到了新烤的面包香。他从床上欠起一点身子来,就看见象煞阔太太的,特别爱喝咖啡的他那女人,正从炉子里取出那烤好的面包。

果戈理

"今天,普拉斯可夫耶·阿息波夫娜,我不想喝咖啡了,"伊凡·雅各武莱维支说;"还是吃一点儿热面包,加上葱。"(其实,伊凡·雅各武莱维支是咖啡和面包都想要的,但他知道一时要两样,可决计做不到,因为普拉斯可夫耶·阿息波夫娜就最讨厌这样的没规矩。)"让这傻瓜光吃面包去,我倒是这样好,"他的老婆想,"那就给我多出一份咖啡来了,"于是就把一个面包抛在桌子上。

伊凡·雅各武莱维支在小衫上罩好了燕尾服,靠桌子坐下了,撒上盐,准备好两个葱头,拿起刀来,显得象煞有介事的脸相,开手切面包。切成两半之后,向中间一望——吓他一跳的是看见了一点什么白东西。伊凡·雅各武莱维支拿刀轻轻地挖了一下,用指头去一摸,"很硬!"他自己说,"这是什么呀?"

他伸进指头去,拉了出来——一个鼻子! ……

伊凡·雅各武莱维支不由得缩了手,擦过眼睛,再去触触看:是鼻子,真的鼻子! 而且这鼻子还好象有些认识似的。伊凡的脸上就现出惊骇的神色来。但这惊骇,却敌不过他那夫人所表现的气恼。

"你从那里削了这鼻子来的,你这废料?"她愤愤地喝道。"你这流氓,你这酒鬼! 我告诉警察去! 这样的蠢货! 我早听过三个客人说,你理发的时候总是使劲地拉鼻子,快要拉下来!"

但伊凡.雅各武莱维支却几乎没有进气了;他已经知道这并非别人的鼻子,正是每礼拜三和礼拜日来刮胡子的八等文官可伐罗夫的。

"等一等,普拉斯可夫耶·阿息波夫娜! 用布片包起来,放在角落上罢;这么搁一下,我后来抛掉它就是。"

"不成! 什么,一个割下来的鼻子放在我的屋子里,我肯的! ……真是废料! 他光会皮条磨剃刀,该做的事情就不知道马上做。你这闲汉,你这懒虫! 你想我会替你去通报警察的吗? 对不起! 你这偷懒鬼,你这浑蛋! 拿出去! 随你拿到什么地方去! 你倒给我闻着这样的东西的气味试试看!"

伊凡·雅各武莱维支象被打烂了似的站着。他想而又想——但不知道应该想什么。"怎么会有这样的事情的呢,"他搔着耳朵背后,终于说,"昨晚上回来的时候,喝醉了没有呢,可也不大明白了。可是,这事情,想来想去,总不象真的。首先,是面包烤得熟透了的,鼻子却一点也不。这事情,我真想不通!"伊凡·雅各武莱维支不作声了。一想到如果警察发现这鼻子,就会给他吃官司,急得几乎要死。他眼前已经闪着盘银线的红领子,还看见一把剑在发光——他全身都抖起来了。于是取出裤子和靴子来,扮成低微模样,由他的爱妻的碎话送着行,用布片包了鼻子,走到街道上。

他原是想塞在那里的大门的基石下,或者一下子在什么街上抛掉,自己却弯进横街里面的。然而运气坏,正当紧要关头,竟遇见了一个熟人,问些什么"那里去,伊凡·雅各武莱维支? 这么早,到谁家出包去呀"之类,使他抓不着机会。有一回,是已经很巧妙的抛掉的了,但远远地站着的岗兵,却用他那棍子指着叫喊道:"捡起来吧,你落了什么了!"这真叫伊凡·雅各武莱维支除了仍然拾起鼻子来,塞进衣袋里之外,再没有别样的办法。这时候,大店小铺,都开了门,走路的人也渐渐的多起来,他也跟着完全绝望了。

他决计跑到以撒桥头去。也许怎么一来,可以抛在涅伐河里的罢? ——但是,至今没有叙述过这一位有着许多可敬之处的我们的伊凡·雅各武莱维支,却是作者的错处。

恰如一切象样的俄国手艺工人一般，伊凡·雅各武莱维支是一个可怕的倒醉鬼；虽然天天刮着别人的脸，自己的却是向来不刮的。他那燕尾服（他绝没有穿过常礼服）都是斑，因为本来是黑的，但到处变了带灰的黄色；硬领是闪闪的发着光，扣子掉了三个，只剩着线脚。然而伊凡·雅各武莱维支是一位伟大的冷嘲家，例如那八等文官可伐罗夫刮脸的时候，照例的要说：“你的手，伊凡·雅各武莱维支，总是有着烂了似的味儿的！”那么，伊凡·雅各武莱维支便回问道：“怎么会有烂了似的味儿的呢？”“这我不知道，朋友，可是臭的厉害呀。”八等文官回答说。伊凡·雅各武莱维支闻一点鼻烟，于是在面庞上，上唇上，耳朵背后，下巴底下——总而言之，无论那里，都随手涂上肥皂去，当作他的答话。

这可敬的市民现在到了以撒桥上了。他首先向周围一望，接着是伏在桥栏上，好象要看看下面可有许多鱼儿游着没有的样子，就悄悄地抛掉了那包着鼻子的布片。他仿佛一下子卸去了十普特重的担子似的，伊凡·雅各武莱维支甚至于微笑了起来。他改变了去刮官脸的豫定，回转身走向挂着“茶点”的招牌那一面去了，因为想喝一杯热甜酒，——这时候，他突然看见一位大胡子，三角帽，挂着剑的风采堂堂的警察先生站在桥那边。伊凡·雅各武莱维支几乎要昏厥了。那警察先生用两个指头招着他，说道：“来一下，你！”

伊凡·雅各武莱维支是明白礼数的人，他老远地就除下那没边的帽子，赶忙走过去，说道：“啊呀，您好哇。”

“好什么呢。倒不如对我说，朋友，你站在那里干什么了？”

“什么也没有，先生，我不过做活回来，去看了一下水可流得快。”

“不要撒谎！瞒不了我的。照实说！”

“唔唔，是的，我早先就想，一礼拜两回，是的，就是三回也可以，替您先生刮刮脸，自然，这边是什么也不要的，先生。”伊凡·雅各武莱维支回答道。

“喂，朋友，不要扯谈！我的胡子是早有三个理发匠刮着的了，他们还算是很大的面子哩，你倒不如说你的事。还是赶快说：你在那里干什么？”

伊凡·雅各武莱维支的脸色发了青……但到这里，这怪事件却完全罩在雾里了，后来怎么呢，一点也不知道。

二

八等文官可伐罗夫醒得还早，用嘴唇弄了个“勃噜噜……”——这是他醒来一定要弄的，为什么呢，连他自己也说不出。可伐罗夫打过欠伸，就想去拿桌上的小镜子，为的是要看看昨夜里长在鼻子尖上的滞气。但他吓了一大跳,该是鼻子的地方,变了光光滑滑的平面了!吓坏了的可伐罗夫拿过水来,湿了手巾,擦了眼,但是,的确没有了鼻子!他想,不是做梦么,便用一只手去摸着看,拧着身子看,然而总好象不能算做梦。八等文官可伐罗夫跳下床,把全身抖擞了一通——但是,他没有鼻子!他叫立刻拿了衣服来,飞似的跑到警察总监那里去了。

但我们应该在这里讲几句关于可伐罗夫的话,给读者知道这八等文官究竟是怎样的一个人。说起八等文官来,就有种种。有靠着学校的毕业文凭,得到这个头衔的,也有从高加索那边弄到手的。这两种八等文官,就完全不一样。学校出身的八等文官……然而俄罗斯是一个奇特的国度,倘有谁说到一个八等文官罢,那么,从里喀以至勘察加的一切八等文官,就都以为说着了他自己。而且也不但八等文官,便是别的官职和头衔的人们,不妨说,也全是这样的。可伐罗夫便是高加索班的八等文官。他弄到了这地位,还不过刚刚两年,所以没有一刻忘记过这称号。但是,为格外体面和格外出色起见,他自己是从来不称八等文官的,总说是少佐。"好吗,懂了吧,"如果在路上遇见一个卖坎肩的老婆子,他一定说,"送到我家里去。我的家在花园街。只要问:可伐罗夫少佐住在这里吗?谁都会告诉你的。"倘是漂亮的姑娘,就还要加一点秘密似的嘱咐悄悄地说道:"问去,我的好人,可伐罗夫少佐的家呀。"所以,从此以后,我们也不如称他少佐罢。

这可伐罗夫少佐是有每天上涅夫斯基大街散步的习惯的。他那坎肩上的领子总是雪白,挺硬。颊须呢,现在就修得象府县衙门里的测量技师,建筑家,联队里的军医,或是什么都独断独行,两颊通红,很能打波士顿纸牌的那些人们模样。这颊须到了面颊的中央之后,就一直生到鼻子那里去。可伐罗夫少佐是总带着许多淡红玛瑙印章的,有些上面刻着纹章,有些是刻着"星期三""星期四""星期一"这些字。可伐罗夫少佐的上圣彼得堡,当然有着他的必需,那就是在找寻和他身份相当的位置。着眼的是,弄得好,则副知事,如果不成,便是什么大机关的监督的椅子。可伐罗夫少佐也并非没有想到结婚,但是,必须有二十万圆的陪嫁。那么,读者也就自己明白,当发现他模样不坏而且十分稳当的鼻子,变了糟糕透顶的光光滑滑的平面的时候,少佐是怎样的心情了。

不凑巧的是街上连一辆马车也没有。他只好自己走,裹紧了外套,用手帕掩着脸,象是出了鼻血的样子。"也许是误会的。既然是鼻子,想来不至于这样瞎跑,"他想着,就走近一家点心店里去照镜。幸而那点心店里没有什么人;小伙计们在打扫房间,排好桌椅。还有几个是一副渴睡的脸,正用盘子搬出刚出笼的馒头来。沾了咖啡渍的昨天的报纸,被弃似的放在桌椅上。"谢天谢地,一个人也没有,"他想,"现在可以仔细地看一下了。"

他惝惝地走到镜子跟前，就一望，"呸，畜生，这一副该死的脸呵！"他唾了一口，说，"如果有一点别的东西替代了鼻子，倒还好！可是什么也没有！……"

他懊丧得紧咬着嘴唇，走出了点心店。并且决意破了向来的惯例，在路上对谁也不用眼睛招呼，或是微笑了。但忽然生根似的他站住在一家的门前，他看见了出乎意料的事。那门外面停下了一桶马车，车门一开，就钻出一个穿礼服的绅士来，跑上阶沿去。当可伐罗夫看出那绅士就是他自己的鼻子的时候，他真是非常害怕，非常惊骇了！一看见这异乎寻常的现象，他觉得眼前的一切东西都在打旋子，就是要站稳也很难。但是，他终于下了决心——发疟疾似的全身颤抖着——无论如何，总得等候那绅士回到车子里。两分钟之后，鼻子果然下来了！他穿着高领的绣金的礼服，软皮裤，腰间还挂着一把剑。从带着羽毛的帽子推测起来，确是五等文官的服装；也可见是因公的拜会。他向两边一望，便叫车夫道："走罢！"一上车，就这么的跑掉了。

可怜的可伐罗夫几乎要发疯。他不知道对于这样的怪事情，自己应该怎么想。昨天还在他脸上，做梦也想不到它会坐着马车，跑来跑去的鼻子，竟穿了礼服——怎么会有这样的事情呢！他就跟着马车跑上去。幸而并不远，马车又在一个旅馆前面停下了。

他也急急忙忙地跑到那边去。有一群女乞丐，脸上满包着绷带，只雕两个洞，露着那眼睛。这样子，他先前是以为可笑的。他冲过了乞丐群。另外的人还很少。可伐罗夫很兴奋，自己觉得心神不定，只是圆睁了眼睛，向各处找寻着先前的绅士。终于发现他站在一个铺子前面了。鼻子将脸埋在站起的高领里，正在很留神似的看着什么货色。

"我怎么去接近呢，"可伐罗夫想，"看一切——那礼服，那帽子——总之，看起一切打扮来，一定是五等文官。畜生，这真糟透了！"

他开始在那绅士旁边咳嗽了一下，但鼻子却一动也不动。

"可敬的先生……"可伐罗夫竭力振作着，说，"可敬的先生……"

"您贵干呀？"鼻子转过脸来，回答说。

"我真觉得非常奇怪，极可敬的先生……您应该知道您自己的住处的……可是我忽然在这里看见了您……什么地方？……您自己想想看……"

"对不起，您说的什么，我一点也不懂……请您说得清楚些罢。"

"教我怎么能说得更清楚呢？"可伐罗夫想，于是重新振作，接下去道，"自然……还有，我是少佐，一个少佐的我，没了鼻子在各处跑，不是太不像样吗？如果是升天桥上卖着剥皮橘子的女商人或者什么，那么，没了鼻子坐着，也许倒是好玩的罢。然而，我正在找一个职位……况且我认识许多人家的夫人——譬如五等文官夫人契夫泰来瓦以及别的……请您自己想想看……真的是没有法子了，我实在……（这时可伐罗夫少佐耸一耸肩膀）……请您原谅罢……这事情，如果照着义务和名誉的法律说起来……不过这是您自己很明白的……"

"我一点也不懂，"鼻子回答说，"还是请您说得清楚些罢。"

"可敬的先生，"可伐罗夫不失他的威严，说，"倒是我不懂您的话是什么意思了……我们的事情是非常明白的……如果您要我说……那么，您是——我的鼻子吗！"

鼻子看定了少佐，略略的皱一皱眉。

"您弄错了，可敬的先生；我是我自己。我们之间，不会有什么密切关系的。因为看您衣服上的扣子，就知道您办公是在别的衙门里的。"说完这，鼻子就不理他了。

可伐罗夫完全发了昏；他不知道应该怎么办，甚至于不知道应该怎么想了。忽然间，听到了女人的好听的衣裙声；来了一个中年的，周身装饰着镂空花条的太太，并排还有她的娇滴滴的女儿，穿的是白衣裳，衬得她那苗条的身材更加优美，头上戴着馒头似的喷松的，淡黄的帽子。她们后面跟着高大地从仆，带了一部大胡子，十二条领子和一个鼻烟壶。

可伐罗夫走近她们去，将坎肩上的薄麻布领子提高一点，弄好了挂在金索子上的印章，于是向周围放出微笑去，他的注意是在那春花一般微微弯腰，有着半透明的指头的纤手遮着前额的女人身上了。可伐罗夫脸上的微笑，从女人的帽子荫下，看到胖胖的又白又嫩的下巴，春初的日荫的蔷薇似的面庞的一部分的时候——放得更其广大了。然而他忽然一跳，好象着了火伤。他记得了鼻子的地方，什么也没有了。他流出眼泪来了。他转脸去寻那礼服的绅士，想简直明明白白地对他说：你这五等文官是假冒的，你是不要脸的骗子，你不过是我的鼻子……然而鼻子已经不在，恐怕是坐了马车，又去拜访谁去了。

可伐罗夫完全绝望了。回转身，在长廊下站了一会，并且向各处用心地看，想从什么地方寻出鼻子来。鼻子的帽子上有着羽毛，礼服上绣着金花，他是记得很清楚的。然而怎样的外套，还有车子和马匹的颜色，后面可有好象跟班的人，如果有，又是怎样的服色，他却全都忘掉了。而且来来往往，跑着的马车的数目也实在多得很，又都跑得很快，总是认不清。即使从中认定了一辆罢，也绝没有停住它的法子。这一天，是很好的晴天，涅夫斯基大街上的人们很拥挤。从警察桥到亚尼七庚桥的步道上，都攒动着女人，恰如花朵的瀑布。对面来了一个他的熟人，是七等文官，他却叫他中佐的，尤其是在不知底细的人面前。还有元老院的科长约里斤，他的好朋友，这科长，如果打起八人一组的波士顿纸牌来，是包输的人物。还有别一个少佐，也是从高加索捞了头衔来的，向他挥着手，做着他就要过来的信号。

"啊唷,倒运!"可伐罗夫说,"喂,车夫,给我一直上警察总监那里去!"

可伐罗夫刚一跳上车,就向车夫大喝道:"快走——愈快愈好!"

"警察总监在家吗?"他刚跨进门,就大声地问道。

"不,没有在家,"门房回答说,"刚才出去了。"

"真可惜!"

"是呀,"门房接下去道,"是刚才出门的,如果您早来一分钟,恐怕您就能够在家里会到他了。"

可伐罗夫仍旧用手帕掩着脸,又坐进了马车,发出完全绝望的声音,向车夫吆喝道:"走,前去!"

"那里去呀?"车夫问。

"走,一直去!"

"怎么一直去呢? 这里是转角呀。教我往右——还是往左呢?"

这一问,收住了可伐罗夫的奔放的心,使他要再想一想了。到了这样的地步,第一着,是先去告诉警察署。这也并非因为这案件和警察直接相关,倒是为了他们的办案,比别的什么衙门都快得远。至于想往鼻子所在的衙门的长官那里去控告,希图达到目的,那恐怕简直是胡思乱想,这只要看鼻子的种种答辩就知道,这种人是毫无高尚之处的,正如他说过和可伐罗夫毫不相识一样,那时真不知会说出些什么来呢。可伐罗夫原要教车夫上警察署去的,但又起了一个念头:这骗人的恶棍,那时是初会,装着那么不要脸的模样,现在就说不定会看着机会,从彼得堡逃到什么地方去的。这么一来,一切的搜索就无效了,即使并非无效,唉唉,怎么好呢,怕也得要一个整月的罢。但是,好象天终于给了他启示,他决计跑往报馆,赶快去登详情的广告。那么,无论谁,只要看见了鼻子,就可以立刻拉到可伐罗夫这里来,或者至少,也准会来通知鼻子的住址。这么一决计,他就教车夫开到报馆去。而且一路用拳头冲着车夫的背脊,不断的喝道:"赶快呀,你这贼骨头! 赶快呀,你这骗子!""唉唉,这好老爷唷,"车夫一面摇着头,说,一面用缰绳打着那毛毛长得好象农家窗上的破布一般的马的脊梁。马车终于停下了。可伐罗夫喘息着,跳进了小小的前厅。在那地方,靠桌坐着一个白发的职员,身穿旧的燕尾服,鼻上架着眼镜,咬了笔,在数收进的铜钱。

"谁是收广告的?"可伐罗夫叫道。

"阿,您好! 我就是的!"那白头职员略一抬眼,说,眼光就又落在钱堆上面了。

"我要在报上登一个广告……"

"请您再稍稍的等一下，"职员说，右手写出数目来，左手扶好了眼镜。一个侍役，从许多扁绦和别的打扮上，就知道是在贵族家里当差的，捧着一张稿纸，站在桌子旁，许是要显显他是社交上的人物吧，和气地说："这是真的呢，先生，不值一戈贝克的小狗——这就是说，倘是我，就是一戈贝克也不要；可是伯爵夫人却非常之爱，阿嚏，爱得要命——所以为了寻一只小狗，肯悬一百卢布的赏。我老实对您说，您要知道，这些人们的趣味，和我们是完全不同的；为了这么一匹长毛狗或是斑狗，他们就化五百呀，一千卢布，只要狗好，他们是满不在乎的。"

这可敬的职员认真地听着谈天，同时也算着侍役手中的稿纸上的字数。侍役的旁边，还站着女人，店员，以及别的雇员之类一大群，手里都拿着底稿。一个是求人雇作品行方正的马车夫；别一个是要把一八一四年从巴黎买来的还新的四轮马车出售；第三个是十九岁的姑娘，善于洗衣服，别的一切工作也来得。缺了一个弹簧的坚牢的马车。生后十七年的灰色带斑的年青的骏马。伦敦新到的萝卜子和芜菁子。连装饰一切的别墅。带着足够种植白桦或松树的余地的马棚两间。也有要买旧鞋底，只要一通知，就在每日八点至三点之间，趋前估价的。挤着这一群人的屋子，非常之小，里面的空气也就太坏了；八等文官可伐罗夫却并没有闻着那气味，虽然也有手帕掩着脸，但还是因为顶要紧的鼻子，竟不知道被上帝藏到哪里去了。

"我的可敬的先生，请您允许我问一声——我是极紧急的，"他熬不住了，终于说。

"就好，就好！……两卢布和四十三个戈贝克！……再一下子就好的！……一卢布和六十四个戈贝克！"白发先生一面将底稿掷还给老女人和男当差们，一面说。"那么，您的贵干是？"他转过来问道可伐罗夫了。

"我要……"可伐罗夫开始说，"我遭了诓骗，遭了欺诈了——到现在，我还没有抓住那家伙。现在要到贵报上登一个广告，说是有谁提了这骗贼来的，就给以相当的谢礼。"

"我可以请教您的贵姓吗？"

"我的姓有什么用呢？这是不能告诉你的。我有许多熟人。譬如五等文官夫人契夫泰来瓦呀，大佐夫人沛拉该耶·格里戈利也夫娜呀……如果他们一知道，那可就糟了！您不如单是写：一个八等文官，或者更好是：一位少佐品级的绅士。"

"这跑掉了的小家伙是您的男当差罢？"

"怎么是男当差？那类角色是玩不出这样的大骗局来的！跑了的是……那是……我的鼻子嚜……"

"唔! 好一个稀奇的名字! 就是那鼻子姑娘卷了您一笔巨款去了?"

"鼻子……我说的是……你这么胡扯,真要命! 鼻子,是我自己身上的鼻子,现在不知道逃到那里去了。畜生,拿我开玩笑!"

"不知道逃到那里去,是怎么一回事呢? 这事情我总有点儿不明白。"

"是怎么一回事? 连我也说不出来呀。但是,紧要的是它现在坐着马车在市上转,还自称五等文官。所以我来登广告,要有谁见,便即抓住,拉到我这里来的。鼻子,是身体上最惹眼的东西! 没有了这的我的心情,请您推测一下罢! 这又不比小脚趾头,倘是那,只要穿上靴子,就谁也看不见了。每礼拜四,我总得去赴五等文官夫人契夫泰来瓦的夜会,还有大佐夫人沛拉该耶·格里戈利也夫娜·坡陀忒契娜,很漂亮的她的小姐,另外还有许多太太们,和我都很熟识,你想想看,现在我的心情是……我竟不能在她们跟前露脸了!"

职员紧闭了嘴唇,在想着。

"不成,这样的广告,我们的报上是不能登的。"沉默一会之后,他终于说。

"怎,什么? 为什么不能?"

"您想,我们的报纸的名声,先就会闹坏的。如果登出鼻子跑掉了这些话来……人们就要说,另外一定还有胡说和谎话在里面。"

"但是,怎么这是胡说呢? 谎话是一句也没有的!"

"是的,您是觉得这样的。上礼拜我们就有过很相象的事情。恰如您刚刚进来时候的样子一样,来了一位官员,拿着稿纸,费用是两卢布七十三戈贝克。广告上说的是一匹黑色的长毛狗跑掉了。我告诉您,这是什么意思呢? 这是嘲骂;这长毛狗是说着一个会计员的——我不记得是那一个机关里的了。"

"但是,我并不要登长毛狗的广告,倒是我自己的鼻子。这和我要登关于我自己的广告,完全一样的。"

"不成,这样的广告,我是断不能收的。"

"但是,如果我的鼻子真是没有了呢?"

"如果没有了鼻子,那是医生的事情了。能照各人心爱的样式,装上鼻子的医生,该是有着的。不过据我看起来,您是一位有趣的先生,爱对大家开开玩笑。"

"我对你赌咒! 天在头上! 既然到了这地步,我就给你看罢。"

"请您不要发火!"职员嗅了一点鼻烟,接着说。"总之,如果您自己可以的话,"他好奇似的说,"我倒也愿意看一看的,究竟……"

八等文官于是从脸上拿开了手帕。

"这真是出奇，"职员说，"这地方竟完全平滑了，平滑得象剃刀一样。这是只好相信的了。"

"那么，您也再没有什么争执了罢？可以登报的事实，是你亲自看见了的。我还应该特别感谢您，并且从这机会，使我得到和您熟识的满足，我也很喜欢。"看这些话，这一回，少佐是想说得讨好一点的。

"登报自然也并不怎么难，"职员说，"只是我想，这广告恐怕于您也未必有好处。还不如去找一个会做好文章的文学家，告诉他这故事，使他写一篇奇特的纪实，怎么样呢？这东西如果登上了《北方的蜜蜂》（这时他又闻一点鼻烟），既可以教训青年（这时他擦一擦鼻子），也很惹大众的兴味的。"

八等文官是什么希望也没有了。他瞥见了躺在眼前的报章，登着演剧的广告。一看到一个漂亮透顶的女优的名字，他脸上就已经露出笑影来。一面去摸衣袋，看看可有蓝钱票。因为据可伐罗夫的意见，大佐夫人之流是都非坐特等座不可的。但是，一想到鼻子，可又把这个计划打得粉碎了。

报馆人员好象也很同情了可伐罗夫的苦况。他以为照礼数，总得用几句话，来表明自己的意思，以安慰他悲哀的心情。"真的，遭了这等事，多么不幸呵。你要用一点鼻烟吗？头痛，气郁，都有效；医痔疮也很灵验的。"馆员一面说，一面向可伐罗夫递过鼻烟壶来，顺手打开了嵌着美人小象的盖子。

这是太不小心的举动。可伐罗夫忍耐不住了。"开玩笑也得有个界限的！"他愤怒的喝道，"你没见我正缺了嗅嗅的家伙吗？妈的你和您的鼻烟！什么东西。这么下等的培力芹烟。自然，就是法国的拉丕烟，也还不是一样！"他说着，恨恨地冲出报馆，拜访警察分局长去了。

当可伐罗夫走进去的时候，分局长正在伸一个懒腰，打一个呵欠，说道，"唉唉，困他这么三个钟头罢！"这就可见八等文官的拜访，是不大凑巧的了。这位分局长，是一切美术品和工艺品的热心的奖励家。但是，顶欢喜的是国家的钞票。"这还切实，"他总爱这么说，"这还切实。再好没有了。不用喂养，不占地方。只要一点小地方，在袋子里就够。即使掉在地上罢——它又是不会破的。"

分局长对可伐罗夫很冷淡。并且说，吃了东西之后，不是调查事情的适宜的时光；休息一下，是造化的命令（听了这话，可伐罗夫就知道这位分局长是深通先哲遗留下来的格言的了），倘不是疏忽的人，怕未必会给谁拉掉鼻子的。

　　这就是并非眉毛上,却直接在眼睛上着了一棍子。而且还有应该注意的,是可伐罗夫乃是一位非常敏感的人。有人说他本身,他总是能够宽恕的,但如果关于他的官阶和品级,就决不宽恕。譬如做戏的时候,假使是做尉官级的事情,他都不管,然而一牵涉佐官级的人,却以为不该放任了。可是在分局长的招待上,他却碰得发了昏,只是摇着头,保着两手稍稍伸开的姿势,想不失去他的威严,一面说,"我可以说,你这面既然说了这么不客气的话,我还有什么好说呢。"他于是出去了。

　　他一直回了家,连脚步声也轻得很。已经黄昏了。找寻是完全没有用。碰了大钉子回来,觉得自己的家也很凄凉,讨厌,一进门,就看见他的男当差伊凡躺在脏透了的软皮沙发上。他仰卧着,在把唾沫吐到承尘上面去,而且又很准,总是吐在同一的地方。真是悠闲无比。一看见,可伐罗夫就大怒了,用帽子打着伊凡的头,喝道:"总做些无聊事,这猪狗!"

　　伊凡立刻跳起身,用全速力跑过来,帮他脱下了外套。

　　于是少佐进了自己的屋子里,坐在沙发上,又疲倦,又悲哀,叹了几声,说道:

　　"唉唉,唉唉,真倒运!如果我没有了一只手,一只脚,或者一条腿,倒还不至于这么坏,然而竟没有了鼻子——畜生!没有鼻子,鸟不是鸟,人也不是人了——这样的东西,立刻撮来,从窗口摔出去吧!倘使为了战争,或是决斗,或是别的什么自己不小心,弄掉了,那没有法,然而竟抛得连为什么,怎么样,也一点不明白,光是不见了就完。真奇怪。绝不会有这样的事的。"他想了一下,就又说,"无论如何,总是参不透。鼻子会不见的,这多么稀奇。这一定是在做梦,要不然,就是幻想了。也许是刮过胡子,涂擦皮肤的烧酒,错当水喝了罢。伊凡这浑蛋既然模模糊糊,自己就随随便便地接过来了也说不定的。"因为要查明自己究竟醉了没有,少佐就竭力拧一把他的身体,痛得他喊起来。那就全都明白了,他醒着的,他清楚的。他慢慢地走到镜子前面去了,细眯着眼睛,心里想,恐怕鼻子又在老地方了罢,但忽然跳了回来,叫道:"这可多么丑!"

　　这真是参不透。倘是别的东西:一粒扣子,一个银匙,一只表,那是也会不见的——但却是这样的一个损失……有谁失掉过这样的东西的?而且在自己的家中!可伐罗夫少佐记出一切事情来,觉得最近情理的,是大约只好归罪于大佐夫人坡陀忒契娜才对。她要把她的女儿和他结婚。他也喜欢对这位小姐献媚,不过到底没有开口,待到大佐夫人自己明白表示,要嫁女儿给他了,他却只敷衍一下就完全推脱,说是他年纪还太青,再得办五年公事——那么,自己就刚刚四十二岁了。大佐夫人为了报这点仇,要毁坏他的脸,便从什么地方雇了一两个巫婆来,也是很可能的事。要不然,是谁也不会想到割掉人的鼻子的!那时候,并没有人走进他的屋子来。理发匠伊凡·雅各武莱维支的来刮脸,是礼拜三,礼拜三不必说,就是第二天礼拜四,鼻子也的确还在原地方的——他记得很分明,知道得很清楚。况且不是会觉得疼痛的吗?伤口好得这么快,光滑到象剃刀一样,却真是怎么也想不通。他想着各种的计划:依法办理,把大佐夫人传到法庭上去好,还是自己前去,当面斥骂她好呢?……忽然间,从许多门缝里钻进亮光来,将他的思想打断了。这亮光,是伊凡点上了大门口的蜡烛。不一会,伊凡也捧着蜡烛,明晃晃地走进屋里来。可伐罗夫首先第一着,是抓起手帕,遮住了昨天还有鼻子的地方。因为伊凡是昏人,一见他主人的这么奇特的脸,他是会看得张开了嘴巴的。

伊凡刚回到他狗窝一般的小屋里去了不多久,就听得大门外好象有生客的声音,道:"八等文官可伐罗夫住在这里吗?"

"请,请进来,是的,他住在这里,"可伐罗夫少佐说着,慌忙跑出去,给来客开门。

进来的是一个两颊很胖,胡子不稀不密,风采堂堂的警察。就是这小说的开头,站在以撒桥根的。

"恐怕您失掉了您的鼻子了罢?"

"一点不错。"

"这东西可又找到了。"

"你说什么?"可伐罗夫少佐不禁大叫起来。高兴得连舌头也不会动了。他只是来回地看着站在自己面前的,在抖动的烛光中发亮的警察的厚嘴唇和面颊。"怎,怎么找到的?"

"事情也真怪:在路上捉住的。他几乎就要坐了搭客马车,逃到里喀去了。护照是早已办好了的。还是一个官员的名字。最妙的是,连我也原当他是一个正人君子的。但幸而我身边有眼镜,于是立刻看出,他却是一个鼻子。我有些近视,即使你这样地站在当面,我也不过模模糊糊的看见你的脸,鼻子呀,胡子呀,以及别的小节目,就分不清。我的丈母,就是我的女人的母亲,也是什么都看不见的。"

可伐罗夫忘了自己了。"在哪里呢?那里?我就去,好……"

"您不要着慌就是。我知道这是要紧的,已经自己带了来了。而且值得注意的事是,这案子的主犯乃是住在升天大街的理发匠这坏家伙,他已经脚镣手铐,关在牢监里了。我是早已疑心了他的,他是一个酒醉鬼,也是一个贼骨头,前天他还在一个铺子里偷了一副扣。你的鼻子倒是好好的,一点也没有什么。"警察一面说,一面从衣袋里掏出用纸包着的鼻子来。

"是的是的,这就是的!"可伐罗夫叫了起来,"不错,这就是的! 您可以和我喝一杯茶吗?"

"非常之好,可是我实在没有工夫了。我还得立刻到惩治监去……现在的食料品真贵得吓人……我有一个丈母,就是我的女人的母亲,还有许多孩子。最大的一个倒象很有希望的——这么一个乖角儿。但要给他好教育,我简直没有这笔款……"

警察走了之后,好一会,八等文官还是昏昏的呆着。这样地过了两三分钟,这才慢慢地能够看见,能够觉得了。弄得那么糊涂,也就是他的欢喜太出意外了的缘故。他用两手捧起寻到的鼻子来,看了一通,又用极大的注意,细看了一次。

"一点不错。正是这个。"可伐罗夫少佐说,"唔,这左边;就有着昨天生出来的滞气。"因为太高兴了,他几乎要出声笑起来。

然而在这地面上,永久的事情是没有的。欢喜也并不两样。后一霎时,就没有那么大了,再后一霎时,就更加微弱,终于也成了平常的心情,恰如被小石子打出来的波纹,到底还是复归于平滑的水面。可伐罗夫又在想,并且悟到这事件还没完结了。鼻子是的确找到了的,但这回必须装上原先的地方去。

"如果装不牢呢?"少佐自己问着自己,发了青。

说不出的恐怖赶他跑到桌子跟前去。为了要鼻子装得不歪不斜,他拿一面镜。两只手抖得很厉害。极小心,极谨慎的他把鼻子摆在老地方。但是,糟了,鼻子竟不粘住!他拿到嘴巴边,呵口气温润它一下,然后再放在两颊之间的平面上,但鼻子却无论如何总不肯粘牢。

"喂,喂,喂! 这样地带着罢,你这蠢货!"他对鼻子说。然而鼻子很麻木,象木塞子似的落在桌上了,只发出一种奇特的声音。少佐的脸痉挛了起来。"无论如何,总不肯粘住吗?"他吃惊地说。但还去装了好几回——那努力,仍旧没有用。

他叫了男当差来,教他去请医生。那医生,是就住在这大楼二层楼上的好屋子里的。风采非凡,有一部好看的络腮胡须和一位健康活泼的太太。每天早上吃鲜苹果,漱口要十五分钟,牙刷有五样,嘴里总弄得非常的干净。医生即刻就到了,问过这事情的发生时期之后,便托着少佐的下巴,抬起他的脸,用第二个指头在原有鼻子的地方弹了一下,少佐赶紧一仰头,后头部就撞在墙壁上。医生说,这是没有什么的,命令他离开些墙壁,把头先往右边歪过去,摸一摸原有鼻子的处所,说道"哼!"然后命令他往左边歪过去,说道"哼!"终于用大指头再弹了一下,使少佐象被人来数牙齿的马匹似的缩了头。经过这样的调查之后,于是他摇摇头,开口道:"不成,这是不行的。还是听它这样好。一不小心,

也许会更坏的。自然，我可以替您接上鼻子去，马上接也可以。但我得先告诉您说，这是只会更坏的。"

"顾不得这些了！没有鼻子，我还能出门吗？"可伐罗夫大声说。"没有能比现在更坏的了。畜生！这样的一张丑脸，我怎么见人呢？我的熟人，都是些阔绰的太太，今晚上该去的就有两家！我说过，我有许多熟人；……首先是五等文官夫人契夫泰来瓦，大佐夫人坡陀忒契娜……虽然吃了她这样的亏，只好在警厅里见面。请你帮一下子罢，先生……"可伐罗夫又恳求地说，"莫非竟一点法子也没有吗？接起来试试看。不论好坏，只要安上了就好。不大稳当的时候，我可以用手轻轻地按住的。跳舞是从此不干了。因为一有不相宜的动作，也许会弄坏的。至于您的出诊的谢礼呢，请放心吧，只要我的力量办得到……"

"请您相信我，"医生用了不太高，也不太低，但很清楚。似乎讨好的声音说，"我的行医，是决不为了自己的利益的。这和我的主义和技术相反。的确，我出诊也收些报酬，但这不过因为恐怕不收，倒使病人的心里不舒服罢了。当然，就是这鼻子，倘要给你安上去，那就可以安上去，然而我凭着我的名誉，要请您相信我的话——这是只会更加坏下去的。最好是听其自然。时常用凉水来洗洗。我并且还要告诉您，即使没有鼻子，那健康是和有着鼻子的时候并没两样的。至于这鼻子呢，我劝你装在瓶子里，用酒精泡起来。更好是加上满满的两匙子烧酒和热醋——那么，你一定可以赚一大笔钱，如果你讨价不很贵的话，我带了去也可以。"

"不行，不行，怎么卖！"可伐罗夫少佐绝望地叫道，"那倒不如单是不见了鼻子的好了！"

"那么，少陪，"医生鞠一个躬，说，"我真想给您出点力……有什么法子呢？但是，至少，我的用尽了力量，是您已经看得很明白的了。"他说完话，便用了堂皇的姿势，走出屋子去。可伐罗夫连医生的脸也没有看清。深深的沉在无感觉的底里，总算看见了的，是只有黑色燕尾服的袖口和由此露出的雪白干净的小衫的袖子。

第二天，他决定在控告大佐夫人之前，先给她一封信。这信，是问她肯不肯将从他那里拿去的东西，直截爽快的归还的。内容如下：

"亲爱之亚历山特拉·格里戈利耶夫娜！

敝人诚不解夫人如此奇特之行为矣。由此举动，盖将一无所得；亦不能强鄙人与令爱结婚也。今敝鼻故事，全市皆知，夫人之外，实无祸首。此物突然不见，且已逃亡。或化为官员，或仍复本相，此除我夫人，或如我夫人，亦从事于伟业者之妖术之结果而外，岂有他哉。鄙人自知义务,兹特先行通知,假使该鼻于今日中,不归原处,则唯有力求法律之防御与保护而已。

> 然仍以致敬于夫人为荣之忠仆
>
> 柏拉敦·可伐罗夫"

"亲爱的柏拉敦·古兹密支!

你的信真吓了我一大跳。我明白地对你说,好象干了什么坏事似的,得了你这样的训斥,我真是没有想到的。我明白地对你说,象你所说那样的官员,无论他是真相,是改装,我家里都没有招待过。只有腓立普·伊凡诺维支·坡丹七科夫来会过我,好象想要我的女儿(他是一位品端学粹的君子人),但是我连一点口风也没有露。你又说起鼻子。如果这说的是我们回绝了你,什么都落空了的意思,那么,这可真使我奇怪了。首先说出来的倒是你,至于我们这一面,你想必也明白,意思是恰恰相反的。就是现在,只要你正式要求,说要我的女儿,我也还是很高兴的立刻答应你。这不正是我诚心地在希望的吗。我实在是总在想帮帮你的忙的。

> 你的
>
> 亚历山特拉·坡陀忒契娜"

"唔,"看过了信之后,可伐罗夫说,"并不是她。不会有这等事!这封信,就完全不象一个犯人写出来的。"八等文官还在高加索的时候,就受过委派,调查了几个案件,所以深通这一方面的事情。"那么,究竟是怎么着,为了怎样的运命的捣乱,弄成了这样的呢?畜生,这可又莫名其妙了!"他的两只手终于软了下来。

这之间,这一件奇特事件的传说,已经遍满了全市。照例是越传越添花样的。那时候,人们的心都向着异常的事物。大家的试验电磁,就刚刚风行过,而且棚屋街有着能够跳舞的椅子的故事,也还是很新的记忆,所以有了这样的风传,说八等文官可伐罗夫的鼻子每天三点钟一定到涅夫斯基大街去散步,正也毫不足怪的。每天总屯集起一大堆好事之徒来。倘有人说一声鼻子现在雍开尔的铺子里——那铺子近旁便立刻人山人海,不叫警察不行。一个仪表堂堂的投机家,却生着一副很体面的络腮胡子,原是在戏院门口卖着各种饼干和馒头的,福至心灵,就做了许多好看而坚固的木头椅,排起来,每人八十戈贝克,在卖给来看的人们坐。一个武功赫赫的大佐,因为要拥进这里去,特地一早出门,用尽气力,这才分开人堆,走到里面了。但使他非常愤慨的,是在这铺子的窗上所看见的却并非鼻子,不过一张石印画片,画着一个在补毛线衫和袜子的姑娘,和一个身穿翻领的坎肩,留一点小胡子的少年,在树荫下向她看。而且这画片挂在那里,也几乎有十年了。

大佐回出来,恨恨地说:"为什么人们竟会给这样无聊的,胡说的谣言,弄得起哄的呢?"后来那传说,又说是可伐罗夫少佐的鼻子的散步,不在涅夫斯基大街了,是在滔里斯公园,并且是早在那里了的,当诃莱士夫·米尔沙(一八二九年到彼得堡来的波斯王之孙)还住在那近旁的时候,他就被这奇特的造化游戏吃过吓。外科专门学校的一般学生也来参观了。一个有名的上流的太太,还特地写信给公园的经理,说是他极想给他的孩子们看看这稀罕的现象,如果可以,还希望加一些能做青年们的教训的说明云。

有了这故事,欢欣鼓舞的是夜会的常客,社交界的绅士们。他们最擅长的是使女人们发笑,然而那时却已经再也没有材料了。但是,有很少的一些可敬的,精神高尚的人物,却非常之不满。一位先生愤愤地说,他不解现在似的文明的世纪,怎么还会传布那么愚蠢的谣言;而且他更深怪政府对于这事,何以竟不给它些微的注意。这位先生,是分明属于要政府来管一切事件——连自己平时的夫妇口角的事件的人们之一的。于是而……这事件,到这里又完全罩在雾里了,以后怎样呢——一点也不知道。

三

世间也真有古怪得极的事情。有时候,竟连断不能相信的事情也会有。曾经以五等文官的格式,坐着马车,那么轰动过全市的鼻子,居然若无其事似的,忽然在原地方,就是可伐罗夫少佐的两个面颊之间出现了。其时已经是四月初七日。少佐早上醒来,在无意中看了一看镜,却看见了鼻子!用手一搓——真的是鼻子!"嗳哈!"可伐罗夫说,高兴到几乎要在屋子里跳起德罗派克来。但因为伊凡恰恰走进来,他就中止了。他命令他立刻准备洗脸水。洗过脸,再照一照镜——有鼻子!用手巾使劲地擦一下,又照一照镜——有鼻子!

"来瞧一下,伊凡,好象鼻子尖上生了一粒滞气,"他说着,一面自己想:"如果伊凡说:'啊呀,我的好老爷,不要说鼻子尖上的滞气,你连鼻子也没有呢。'这不是完了!"

然而伊凡说:"没有呀。没有滞气。鼻子干干净净的!"

"好!很好!"少佐独自说,并且两指一擦,响了一声。这时候,门口出现了理发匠伊凡·雅各武莱维支,但好象因为偷了黄油,遭人毒打过一顿的猫儿,惴惴的。

"先对我说,手干净吗?"他还远,可伐罗夫就叫起来。

"干净得很。"

"你说谎!"

"天在头上,干净得很的,老爷!"

"那么,来就是!"

可伐罗夫坐着。伊凡·雅各武莱维支围好白布,用了刷子,渐渐地将胡子全部和面颊的一部分,都涂上了商人做生日的时候,常常请人那样的奶油了。"瞧!"理发匠留心地望着鼻子,自己说。于是将可伐罗夫的头转向一边,又从侧面望着鼻子。"瞧!正好。"他说着,总是不倦地看着那鼻子。到底是极其谨慎地,慢慢地伸出两个指头来,要去撮住鼻子尖。这办法,就是伊凡·雅各武莱维支派。

"喂,喂,喂,小心!"可伐罗夫叫了起来。伊凡·雅各武莱维支大吃一惊,垂下手去,着了一生未有的慌。但终于很小心地在下巴底下剃起来了。刮脸而不以身体上的嗅觉机关为根据,在伊凡·雅各武莱维支是很觉得不便,并且艰难的,但总算只用他毛糙的大指按着面颊和下颚,克服了一切障碍,刮完了。

这事情一结束,可伐罗夫就急忙地换衣裳,叫了马车,跑到点心店。一进门,他就大喝道,"伙计,一杯巧克力!"同时也走到镜前面——不错,鼻子是在的!他很高兴的转过脸去,睐着眼,显得滑稽的相貌去看两个军人。其中的一个生着的鼻子,无论如何,总难说它比坎肩上的扣子大。出了点心店,他到那捞个副知事,倘不行,便是监督的椅子的衙门里的事务所去了。走过迎接室,向镜子瞥了一眼——不错,鼻子是在的!他于是跑到别一个八等文官,也是少佐的那里去。那人是一个非常的坏话专家,总喜欢找出什么缺点来,教人不舒服,当这时候,他是总回答他说:"说什么,我知道你是全彼得堡的聪明才子的。"他在路上想:"如果一见面,那少佐并不狂笑起来,便可见一切处所,全有着该有的东西的了。"但那八等文官却什么话也没有说。"好,很好!"可伐罗夫自己想。回家的路上,他又遇见了大佐夫人坡陀忒契娜和她的女儿。一招呼,就受了欢呼的迎接,也可见他的肉体上,并无什么缺陷了。许多工夫,他和她们站着谈闲天。还故意摸出鼻烟壶来,当面慢慢地塞进两个鼻孔里去给她们看。心里却想道:"怎么样,鸡婆子,你的女儿我却是断断不要的呢。倒也并不是为了什么——par amour——哼,就是怎么着!"

从此以后,可伐罗夫少佐便好象毫没有过什么似的,又在涅夫斯基大街闲逛;戏园,舞场,夜会——总而言之,无论那里都在出入了。鼻子也好象毫没有过什么似的,安坐在脸中央,绝不见有想要跑掉的样子。后来呢,只见可伐罗夫少佐总是很高兴,总是微笑着,总在恼杀所有的美妇人。有一回,他在百货公司的一个铺子里,买了一条勋章带,但做什么用呢,可是不知道,因为他的身份,是还不够得到无论什么勋章的。

但是——在我们广大的俄罗斯的首府里,发生出来的故事的详细,却大略就如上面

那样的东西！在现在，无论谁，只要想一想，是都会觉得有许多胡说八道之处的。鼻子跑掉了，穿起五等文官的礼服来，在种种地方出现的这一种完全是超自然的，古怪的事实，姑且不说罢——但怎么连象可伐罗夫那样的人，就不能托报馆登出一个鼻子的广告之类的事，也会不懂的呢？我在这里，也并非说广告费未免贵一点：这是小事情，而且我也绝不是吝啬的人。然而我总觉得这些不妥当！不切帖！不高明！还有一层，是鼻子怎么会在烤熟的面包里面的呢？而且伊凡·雅各武莱维支又是怎么的？……不，我不懂。什么也不懂！但是，最奇怪，最难懂的是怎么世间的作家们，竟会写着和这一样的对象。其实，这是已经应该属于玄妙界里的了。说起来，恰恰……不，不，我什么也不懂。第一，即使说出许多来，于祖国也没有丝毫的用处；第二……第二也还是并无丝毫的用处呀。我，是什么也不懂的，这究竟是……

但是，将这事件的全体一点一点，一步一步地考察下去，却是做得到的，或者连这样做也可以……然而，是的，那有绝无出乎情理之外的事情的地方呢？——这么一想，则这事件的本末里，却有什么东西存在的。确是存在的。无论谁怎么说，这样的事故，世间却有的——少罢了，然而确是有。

果戈理（Nikolai V.Gogol 1809—1852）几乎可以说是俄国写实派的开山祖师；他开手是描写乌克兰的怪谈的，但逐渐移到人事，并且加进讽刺去。奇特的是虽是讲着怪事情，用的却还是写实手法。从现在看来，格式是有些古老了，但还为现代人所爱读，《鼻子》便是和《外套》一样，也很有名的一篇。

他的巨著《死掉的农奴》，除中国外，较为文明的国度都有翻译本，日本还有三种，现在又正在出他的全集。这一篇便是从日译全集第四本《短篇小说集》里重译出来的，原译者是八位利雄。但遇有可疑之处，却参照，并且采用了 Reclam's UniversalBibliothek 里的 Wilhelm Lange 的德译本。

载一九三四年九月十六日《译文》月刊

第一卷第一期，署许遐译

饥馑

[俄国]萨尔蒂珂夫

千七百七十六年这一年，在古尔波夫市，是以大吉大利的兆头开场的。以前的整六年,市里既没有火灾和凶荒,也没有人们的时症和牲口的恶疫,市民们以为编年史上未曾写过的这幸福,乃是市长彼得·彼得洛维支·菲尔特活息兼珂旅长的质朴的行政之赐,原也一点不错的。的确,菲尔特活息兼珂的办事,是既质朴,又简单,至于使编年史家特笔叙述了好几回,作为在他的治世中,市民之所以非常满足的当然的缘故。他什么也不多事,只要一点年礼就高兴,还喜欢到酒店去,和店主人闲谈,每天晚上,披着油渍的寝衣站在市长衙门的大门口,也和下属斗纸牌。他爱吃油腻,也喝酸汤,还爱用"喂,朋友"这种亲昵口气来装饰自己的言语。

萨尔蒂珂夫

"喂,朋友,躺下来,"他对着犯了事,该打板子的市民也这么说。或者是:"喂,朋友,你得卖掉那头牛了,年礼还欠着呢。"

因为是这样,所以在市公园里腾空的兑·山格罗德公爵的无孔不入的行政之后,这老旅长的平和的统治,就令人觉得实在是"幸福"的"值得出惊"的了。古尔波夫的市民这才吐出了满肚子的闷气,明白了"不是高压的"的生活,比起"高压的"的来,真不知要好到多少。

也不看操,也不叫团兵来操练,但这些都由它,——古尔波夫的市民说——托旅长大人的福,却给我们也见了世面了。现在是即使走出门外面,要坐,坐着也可以,要走,随便走也可以,可是先前是多么严紧呵。那样的时代,是已经过去了。

然而,到了旅长菲尔特活息兼珂治世的第七年,他的脾气竟不料起了大变化。先前是那么老实,至于带点懒惰的上司,这回却突然活动起来,发挥出绝顶执拗的性子来了。他脱下六年来的油渍的寝衣,穿上堂堂的军服,到市上来阔步,再不许市民们在街上漫不经心,要总是注意着两边,紧张着。他那无法无天的专制,是几乎要闹出乱子来了的,但聪明的市民们当愤慨将要炸裂之际,就恍然大悟道:"且慢,诸位,就是做了这样的事,也不会有好处的。"这才幸而没有什么了。

旅长的性格的突变,然而是有原因的。就为了市外那伏慈那耶村的百姓的老婆里面,有一个名叫亚梨娜·阿息波华的出名的美女。这女人,是具有俄罗斯美人特殊的型式,只要一看见,男人并不是烧起了热情,却是全身静静的消融下去的。身中,肉胖,雪白的皮肤上，带一点微红，眼睛是灰色的凸出的大眼睛，表情是似乎有些不识羞，却又似乎也有些羞怯。肥厚的樱唇，分明的浓眉，拖到脚跟的密密的淡黄色的头发，仿佛小鸭似的在街上走。她的丈夫特米忒里·卜罗珂非耶夫，是赶马车的，恰是一个配得上她的年青的可靠的出色的汉子。他穿着绵劈绒的没有袖子的外套，戴着插孔雀毛的绒帽。特米忒里迷着亚梨娜，亚梨娜也迷着特米忒里。他们俩常常到近地的酒店去，那和睦地一同唱歌的样子，是令人见了也开心的。

但是，他们的幸福的生活却不长久。千七百七十六年开头的有一天，那两人享着休息时候的福的酒店里，旅长走进来了。走了进来，喝干一瓶烧酒，于是问店主人，近来酒客可有增加之数，在这一刻，他竟看见了亚梨娜。旅长觉得舌头在喉咙上贴住了，但究竟是老实人，似乎连这也不好明说，一到外面，便设法招了那女人来。

"怎么样，美人儿，和我一起好好的过活去吧。"

"胡说。我顶讨厌你那样的秃头，"亚梨娜显出不耐烦模样，看看他的眼睛，说，"我的男人，是好男人呀！"

两个人来回了几句问答，但是没有味儿的问答。第二天，旅长立刻派两个废兵到特米忒里·卜罗珂非耶夫家去把门，命令他们要管得紧。自己是穿好军服，跑到市场，为了要训练自己，惯于严肃的行政，看见商人，便大声吆喝道：

"你们的头儿是谁呀，说出来。莫非想说我不是你们的头儿吗？"

但是特米忒里·卜罗珂非耶夫怎么样呢，他如果赶快屈服，劝劝他老婆，倒还好，然而竟相反，说起不中听的废话来了。亚梨娜又拿出铁扒来，赶走了废兵，还在市上跑着叫喊道：

"旅长这东西，简直象臭虫似的，想爬进有着丈夫的女人这里来！"

听到了这样的名誉的宣言的旅长，悲观是当然的。然而正值自由思想已在流布，居民里面，也听见议会政体的声音的时光，虽是老旅长，也觉得了单用自己的权势来办的危险。于是他召集了中意的市民们，简单地说明了事情之后，马上要求罚办这不奉长官的命令的两个人。

"请你们去查一查书，"他显得坦白的态度，申明说，"每一个人，应该给多少鞭才是呢，全听你们的决定。现在是谁都有自己的意见的时候了呀。我这一面，只要执行笞刑就好了。"

中意的人们便来商量，微微的嚷了一阵，回答道：

"对这两个坏蛋，请您给他们天上的星星一样数目的鞭子罢。"

旅长(编年史家在这里又写道:"他是有如此老实的。")于是开手来数天上的星星,但到得一百,就弄不清楚了,只好和护兵商量怎么办。那受着商量的护兵,回答是:天上的星星,多到不知道有多少。

旅长大约很满足了这护兵的回话,因为亚梨娜和米吉加受过刑罚,回到家里来的时候,简直象烂醉似的走得歪歪斜斜了。

但是,虽然吃了这样的苦头,亚梨娜却还是不屈服。借了编年史的话来说,那就是"该妇虽蒙旅长之鞭,亦未能发明有益于己之事。"她倒更加愤激了。过了一礼拜,旅长又到酒店来,抓住她说:

"怎么样,小蹄子,懂了没有?"

"这不要脸的老东西!"她骂了起来。"难道我的××还没有看够吗?"

"好,"旅长说。

然而老年人的执拗,竟使亚梨娜决了心。她一回家,什么事也不做,过了一会,便伏在男人那里,唏唏吁吁地哭起来了。

"可还有什么法子吗?难道我总得听旅长的话吗?"她呜咽着,说。

"敢试试看,我把你的头敲得粉碎!"她的男人米卡刚要上炕床上去取缰绳,忽然好象想到了什么似的,全身一抖,倒在长板椅子上,喊了出来。

米吉加拼命地吆喝,吆喝什么呢,那可不知道,然而,总而言之,这是对于上司的暴动,却明明白白的。

一看见他的暴动,旅长更加悲观了。暴徒即刻上了铐,捉进警察局里去。亚梨娜好象发了疯,闯进旅长的府邸去了,但能懂的话,却一句也不说。只是撕着自己的衣服,无缘无故的嚷:

"吓,狗子,吃罢,吃罢,吃罢!"

但是,奇怪的是旅长挨了这样的骂,不但不生气,却装作没听见,把点心呀,雪花膏的瓶子呀,送给了亚梨娜。见了这赠品的亚梨娜,便完全失掉勇气,停止吆喝,幽静地哭起来了。旅长一看见这情形,就穿着崭新的军服,在亚梨娜面前出现。同时也到了团长的家里的仆妇头目,开始来劝亚梨娜。

"你怎么竟这样的没有决断的呀,想一想罢,"那老婆子说些蜜甜的话,"你只要做了旅长的人,可就象是用蜜水在洗澡哩。"

"米吉加可怜呵。"亚梨娜回答说,那音调已经很无力,足见她已在想要屈服了。

恰在这一夜里,旅长的家里起了火。幸而赶快救熄了,烧掉的只是一间在祭日之前,

暂时养着猪子的书房。然而也疑心是放火，这嫌疑，当然是在米吉加身上的。而且又查出了米吉加在警察局里请看守人喝酒，这一夜曾经出去过。犯人马上被捕，加了严审，但他却否认了一切。

"我什么都不知道。知道的只是这老畜生，你偷了人家的老婆去了。这也算了就是，请便罢。"

然而米吉加的话并没有人相信，因为是紧急事件，所以省去种种的例行公事，大约过了一个月，米吉加已经在市的广场上打过鞭子，加上烙印，和别的真正的强盗和恶棍一同送到西伯利亚去了。旅长喝了庆祝酒，亚梨娜却暗暗地哭起来。

但这事件，对于古尔波夫市的市民们，却并不这样就完结，上司的罪业，那报应，是一定首先就落在市民们的头上的。

从这时候起，古尔波夫的样子完全改变了。旅长穿着军装，每早晨跑到各家的铺子里，拿了东西去。亚梨娜也跟在一起，只要抢得着的就拿。而且不知道为什么，说自己并非马车夫的老婆，乃是牧师的闺女了。

如果单是这一点，倒还要算好的，然而连天然的事物，竟对古尔波夫也停止了表示它的好意。编年史家写道，"这新的以萨贝拉，将旱灾带到我们的市里来了，"从尼古拉节，就是水开始进到田里的时候起，一直到伊利亚节，连一滴雨也没有下。市里的老人也说，自从他识得事情以来，未曾有过这等事，他们将这样的天灾，归之于旅长的罪孽，原也并非无理的。天空热得通红，强烈的光线，洒在一切生物上。空中闪着炫眼的光，总好象满是火焦的气味。地面开了裂，硬到象石头一样，锄锹都掘不进去。野草和菜蔬的萌芽，统统干枯了，裸麦虽然早抽了穗子，但又瘦，又疏，连收麦种也不够。春种的禾谷，就简直不抽芽，种着这些东西的田，是柏油一般漆黑，使看见的人心痛。连藜草也不出。家畜都苦得呜呜地叫。野地里没有食物，大家逃到市里来，街上都塞满了。居民只剩着骨和皮，垂头丧气的在走。只有做壶的人，起初是喜欢太阳光的，但这也只是暂时之间，不多久，就觉得虽然做好许多壶，却没有可盛的肉汁，不得不后悔他先前的高兴的轻率了。

但是，虽然如此，古尔波夫的市民却还没有绝望。这是因为不很明白那等候他们的不幸有多么深。在还有去年的积蓄之间，许多人们是吃，喝，甚至于张宴，简直显着仿佛无论怎么化消，那积蓄也永不会完的态度。旅长大人仍然穿着军装，俨然的在市上阔步，一看见有些疲乏的忧郁的样子的人，就交给警察，命令他带到自己那里去。还因为振作民气起见，他教御用商人到郊外的树林里去做野游，放烟火。野游也游过了，烟火也放过了,然而"这不能使穷人有饭吃"。于是旅长又召集了市民中的"中意的人们",使他们振作民气去。"中意的人们"就各处奔波,一看见疲乏了的人,便一个也不放过地给他安慰。

"我们是惯了的角儿呀,"他们中的一个说,"看起来,我们是能够忍耐的。即使现在把我们聚在一起,四面用枪打起来,我们也不会出一句怨言的!"

"那自然,"别一个附和道。

"我们能够忍耐。因为是有上司照顾我们的!"

"你在怎么想?"第三个说,"你以为上司在睡觉吗?那里的话,兄弟,他一只眼睛闭着,别一只却总是看着,什么地方都看见的。"

但是到收割枯草的时候,却明白了可以果腹的东西,是一点也没有了。到得割完了的时候,也还是明白了人们可吃的东西,竟一点也没有。古尔波夫的市民们这才吃了一惊似的,跑到旅长的府上那边去。

"这怎么好呢,旅长?面包怎么样了?您在着急吗?"他们问。

"在着急呵,朋友们,在着急呵。"旅长回答说。

"这就好,请您使劲的干罢。"

到七月底,虽然下了一点已经不中用的雨,但到八月里,就有了吃光储蓄,饿死的人了。于是想尽方法,来做可以果腹的食物,将草屑拌在小麦粉里试试看,不行。春碎了松树皮,吃了一下,也不能使人真的肚子饱。

"吃了这些,虽然好象肚子有些饱了,但是,因为原是没有力量的东西……"他们彼此说。

市场也冷静了。既没有出卖的东西,市里的人口又渐渐地减少了,所以也没有买主。有的饿死——编年史家记载着说——有的拼命往各处逃。然而旅长却还不停止他的狂态,新近又给亚梨娜买了"特拉兑檀"的手帕。知道了这事的市民,就又激昂起来,拥到旅长的府里去了。

"旅长,还是您不好,弄了人家的老婆去,"大家对他说。"上头派您到这里来,怕不见得是要使我们为了您的傻事,大家来当灾的罢!"

"忍耐一下罢,朋友们。马上就什么都有了!"

"这就好,我们是什么都会忍耐的。我们是惯了的角儿。不但饥馑,就是给火来烧,也能够忍耐。但是,大人,请您细细的想一想我们的话。因为时候不好。虽然忍耐着,忍耐着,我们里面,可也有不少浑蛋,会闹出事来也难保的!"

群众静静的解散了，好个旅长，这回可真的来想了一想。一切罪孽，都在亚梨娜，那是明明白白的，不过也不能因此就和她走散。没有法，只好派人去请牧师去，想说明这事，得点慰安。然而牧师却反而讲起亚呵伐和以萨贝拉的故事来，使大人更加不安了。

"狗还没有把她撕得粉碎的时候，人民已经统统灭亡了。"牧师这样的结束了他的故事。

"那里的话，师傅。教我拿亚梨娜喂狗吗？"

"讲这故事，是并非为着这事的。"牧师说明道。"不过要请你想一想。这里的檀越既然冷淡，教职的收入又少，粮价却有那么贵。教牧师怎么过得下去呢，旅长大人？"

"唉唉，我真犯了重罪了，"旅长呻吟着，于是大哭起来了。

他又动手来写信。写了许多，寄到各处去。

他在报告里，写着倘使没有面包，那就没有法，只好请派军队来的意思。但什么地方也没有回信来。

古尔波夫的市民，一天一天的固执起来了。

"怎么样，旅长，回信来了没有呢？"大家显得未曾有的傲慢的态度，问。

"还没有来哩，朋友们。"

大家正对着他，毫无礼貌地看着，摇摇头。

"因为你是秃子呀。所以就没有回信了。废料。"

总而言之，古尔波夫市民的质问，颇有点令人难受了。现在是已经到了肚子说话的时候，这性质，是无论用什么理由，什么计策，都没有效验的。

"唔，无论怎么开导，这人民，可到底不行，"旅长想。"没有开导的必要了。必要的是两样里的一样。面包，否则……军队！是的，军队！"

正如一切好官一样，这旅长，也忍痛承认了最后的思想。但是，一想惯，就不但将军队和面包混在一起，而且终于比面包更希望军队了。他预先写起将来的禀帖的草稿来——

"因接连反抗行政官之命令，遂不得已，决予严办。本职先至广场，加以适当之告诫后……"

写完之后，便开始望着街道，等候大团圆的到来。

每天每天，旅长一清早就起来靠着窗门，侧耳去听可有什么地方在吹号——

小队，散开！

向障蔽的后面，

两人一排。

不行，没有听到，"简直好象连上帝也把我们的地方忘记了，"旅长低声说。

市里的青年，已经全都逃走了。据编年史家的记载，则虽然全都逃走，有许多却就在路上倒毙；有许多是被捉回来，下了狱，然而他们倒自以为幸福云。在家里，就只剩了不会逃走的老人和小儿。开初，因为减少了人口，留着的是觉得轻松一点的，总算好歹挨过了一礼拜，但接着就又是死。女人们只是哭，教堂里停满了灵柩，真成了所谓"饿莩载路"的情形。因为腐烂的尸臭，连呼吸也吃苦，说是怕有发生时疫的危险，就赶忙组织委员会，拟定建筑能收十个人的临时医院的办法，做起纱布来，送到各处去。但是，上司虽然那么热心的办事，居民的心却已经完全混乱，时常给旅长看大拇指，还叫他秃子，叫他毒虫。感情的激昂，真也无以复加了。

然而，"古尔波夫"市民还开始用了那昏庸的聪明照古来的"民变"老例，在钟楼附近聚集，大家来商议。商议的结果，是从自己们里面举出代表来，于是就请了市民中年纪最大的遏孚舍支老头子。民众和老人，彼此客气了好一会。民众说一定要托他，老人说一定请饶放，但民众终于说：

"遏孚舍支老头子，你已经活得这么老了，见过了多少官员。但是，不是还是好好地活着吗？"

一听到这话，遏孚舍支就熬不住了。

"不错，活到这样的年纪了。"他忽然奋兴地叫起来。"也见过许多官，可是活着呢。"

老头子哭出来了。编年史家附记道，"他的老心，动了，要为民众服务。"遏孚舍支于是接了公禀，暗自决定，去向旅长试三回。

"旅长，你知道这市里的人们都快要死了吗？"老人用这话开始了第一试。

"知道的，"旅长回答说。

"那么，可知道因为谁的罪孽，惹出了这样的事的呢？"

"不，不知道。"

第一试完结了。遏孚舍支回到钟楼那里，详详细细的报告了民众。编年史家记载着："旅长看见遏孚舍支的声势，颇有恐怖之意"云。

过了三天，遏孚舍支又到旅长这里来，"然而，这一回，已经没有先前那样的声势了。"

"只要和正义在一起，我无论到那里都站得住，"他说，"我做的事，如果是对的，那就即使你拿我充军，我也不要紧。"

"对啦。只要和正义在一起，那一定是无论在哪里都好的。"旅长回答说。"不过我要告诉你一句话。象你似的老东西，还是和正义一起坐在家里好。不要管闲事，自己讨苦吃罢！"

"不，我不能和正义一起坐在家里面。因为正义是坐不住的。你瞧。只要你一走进谁的家，正义马上逃走……这样的！"

"我么，也许就是这样的罢，但我对你说的是不要使你的正义遭殃！"

第二试于是告终，遏孚舍支又回到钟楼那里，详详细细的报告了民众。据编年史家说，则其时旅长已经省悟了一个事实，就是倘无特别的必要，却转转弯弯的来做正义的说明，那便是这人不很确信着自己绝没有为正义而吃皮鞭之虑的证据，所以早不如第一回那样的害怕老人了。

过了三天，遏孚舍支第三次又到旅长这里来。

"你，老狗，知道吗……"

老人开口了，但还不很开口，旅长就大喝道：

"锁起这浑蛋来！"

遏孚舍支立刻穿上囚衣，"象去迎未来之夫的新娘似的"，被两个老废兵拉往警察局里去。因为行列走来了，群集就让开路。

"是的，是遏孚舍支呀。只要和正义在一起，什么地方都好过活的！"

老人向四面行礼，说道：

"诸位，宽恕我吧。如果我曾经得罪了谁，造了孽，撒了谎……请宽恕我吧。"

"上帝要宽恕的，"他听到这答话。

"如果对上头有不好的地方……如果入过帮……请宽恕我吧。"

"上帝要宽恕的。"

从此以后，遏孚舍支老人就无影无踪了。象俄国的"志士"的消失一样，消失了。但是，旅长的高压手段，也只有暂时的效验。后来市民们也安静了几天，不过还是因为没有面包（编年史云："因无困苦于此者"），不得已，又在钟楼左近聚集起来了。在自己的府门口，看看这"捣乱"的旅长，就心里想，"当这时候，给吃一把卫生丸，这才好哩。"但古尔波夫的市民，聚起来却实在并不是想捣乱，他们在静静的讨论此后的办法，只因为另外也想不出新的花样来，便又弄成了派代表。

这回推选出来的代表巴呵密支，意见却和那晦气的前辈略有些不同，以为目前最好的办法，是将请愿书寄到各方面去。他说：

"要办这事，我认识一个合适的人在这里。还是先去托他的好吧。"

听了这话的市民们，大半都高兴了。虽然大难临头，但一听到什么地方有着肯替他们努力的人在那里，人们也就觉得好象减轻了担子一样。不努力，没有办法，是谁都明白的。然而谁都觉得如果有别人来替自己努力，总比自己去努力还要便宜得远。于是群集即刻依了巴呵密支的提议，准备出发了，但临行又发生了问题，是应该向那一面走，向右，还是向左呢。"暗探"们，就是后来（也许连现在）博得"聪明人"的名声的人们，便利用了这狐疑的一刹那，发了话：

"诸位，等一等吧。为了这人，去得罪旅长，是犯不上的，所以还不如先来问一问这个人，是怎样的一个人的好吧。"

"这个人，东边，西边，出口，入口，他都知道，一句话，是一个了不得的熟手呀。"巴呵密支解释说。

查起来一看，原来这人是因为"右手发抖"，撤了职的前书记官波古列波夫。手的发抖的原因，是饮料。他在什么地方的"洼地"上，和一个绰号"山羊"呀，"洋杯"呀的放浪女人，同住在她快要倒掉了的家里，也并无一定的职业，从早到夜，就用左手按着右手，做着诬告的代笔。除此以外，这人的传记就什么也不知道了，但在已经豫先十分相信了的民众的大半，是也没有知道的必要的。

然而，"暗探"们的质问，却又并非无益。当群众依照巴呵密支的指点，出发了的时候，一部分便和他们分开，一直跑到旅长的府上去了。这就是团体起了分裂。那"分开党"，也就是以对于将来要来的振动，保护住自己的脊梁为急务的慧眼者。他们到得旅长的府上，却什么也说不出，单在一处地方顿着脚，表示着敬意。但旅长分明看见，知道善良的，富足的市民，乃是不屑捣乱，能够忍耐的人们。

"哪，兄弟，我们绝没有，"他们趁旅长和亚梨娜同坐在大门的阶沿上，咬开胡桃来的时候，絮叨着说，"没有和他们一同去，这是应该请上帝饶恕的，但只因为我们不赞成捣乱。是的！"

然而，虽然起了分裂，"洼地"里的计划却仍然在进行。

波古列波夫仿佛要从自己的头里，赶走宿醉似的，沉思了一下，于是赶忙从墨水瓶上拔起钢笔，用嘴唇一吸，吐一口唾沫，使左手扶着右手，写起来了——

最不幸之古尔波夫市，窘迫之至的各级市民请愿书

俄罗斯帝国圣国诸君公鉴：

（一）谨以此书奉告俄罗斯帝国各地诸君。我等市民，今也已臻绝境。官宪庸碌，苛敛诛求，其于援助人民，毫不努力。而此不幸之原因，盖在与旅长菲尔特活息兼珂同居之

马车夫之妻亚梨娜也。当亚梨娜与其夫同在时，市中平稳，我等亦安居乐业。我等虽决计忍耐到底，但唯恐我等完全灭亡之际，旅长与亚梨娜加我等以污蔑，导上司于疑惑耳。

（二）再者，古尔波夫市居民中，多不识字，故二百三十人，其署名皆以十字代之。

读完这信，签好十字署名之后，大家就都觉得卸了重担似的。装进封套里，封起来，寄出去了。看见了三匹马拉的邮车，向着远方飞跑，老人们便说：

"出去了，出去了，那么，我们的受苦，也不会长久了。面包那些，怕不久就有许多会来的了。"

市里又平静了。市民不再企图更厉害的骚扰，只坐在人家前面的椅子上，等候着。走过的人问起来，他们回答道：

"这回可是不要紧了。因为信已经寄出去了。"

但是过了一个月，过了两个月，毫无消息。市民们却还在等候粮食。希望逐日地大起来，连"分裂"了的人们，也觉得先前的自危之愚，至于来运动一定要把自己加在一伙里。这时候，如果旅长手段好，不做那些使群众激昂的事，市民就静静的死光，事情也就这样的完结也说不定的，然而被外貌的平稳所蒙的旅长，却觉得自己是居于很古怪的地位了。他一面明知道什么也无可做，一面又觉着不能什么也不做。于是他选了中庸之道，开手来做孩子所玩的钓鱼的游戏似的事情了。那就是在群集中放下钓钩去，拉出黑心的家伙来，关到牢里去。钓着一个，又下钩，这一钓上，便又下，一面却不停地向各处发信。第一个上钩的自然是波古列波夫，他吓得供出了一大批同伙的姓名，那些人们，又供出一大批自己的伙伴。旅长很得意，以为市民在发抖了罢，却并不，他们竟在毫不介意的交谈：

"什么，老巴儿狗，又玩起新花样来了。等着罢。马上会出事的。"

然而什么事也没有出。旅长是不住的在结网，逐渐的将全市罩住了。危险不过的是顺着线索，太深的深入根里去。旅长呢——和两个废兵一伙，几乎将全市都放在网里面，那情形，简直是没有一两个犯人的人家，连一家也寻不出了。

"兄弟，这可不得了。他象是要统统抓完我们哩。"市民们这才觉到了，但要在快灭的火上添油，这一点就足够。

从旅长的爪里逃了出来的一百五十个人，并没有什么豫先的约会，却同时在广场上出现（那"分开"党，这回也巧妙地躲开了）。而且拥到市长衙门前面去了。

"交出亚梨娜来！"群众好象失了心，怒吼着。

旅长看破了情形的棘手，知道除了逃进仓库之外，没有别的法，便照办。亚梨娜跟着

中华传世藏书

鲁迅全集

全译本 短篇小说译补

他，也想跳进去，但不知道是怎么的一顺手，旅长刚跨过门限，就砰地关上了仓库的门，还听得在里面下锁。亚梨娜就张着两臂，在门外痴立着。这时候，群众已经拥进来了。她发了青，索索地抖着，几乎象发疯一样。

"诸位，饶命罢，我是什么坏事也没有做的，"她太恐怖了，用了没有力气的声音，说，"他硬拉我来，你们也知道的罢。"

但大家不听她。

"住口，恶鬼。为了你，市里糟成这样了。"

亚梨娜简直象失了神，挣扎着。她似乎也自觉了事件的万不能免的结果，连琐细的辩解也不再说，单是叠连地说道：

"我苦呀，诸位，我真苦呀。"

于是起了那时的文学和政治新闻上，记得很多的可怕的事情。大家把亚梨娜抬到钟楼的顶上，从那十来丈高的处所，倒摔下来了。

于是这旅长的慰藉者，遂不剩一片肉。因为饿狗之群，在瞬息间，即将她撕得粉碎，搬走了。

然而这惨剧刚刚收场，却看见公路的那边忽然起了尘头，而且好象渐渐地向古尔波夫这面接近。

"面包来了。"群众立刻从疯狂回到高兴，叫喊道。然而！

"底带，底带，带，"从那尘头里，分明听到了号声。

排纵队，归队。

用刺刀止住警钟呀。

赶快！赶快！赶快！

（一八六九年作。）

萨尔蒂珂夫（Michail Saltykov 1826—1889）是六十年代俄国改革期的所谓"倾向派作家"（Tendenzios）的一人，因为那作品富于社会批评的要素，主题又太与他本国的社会相密切，所以被绍介到外国的就很少。但我们看俄国文学的历史的论著的时候，却常常看见"锡且特林"（Sichedrin）的名字，这是他的笔名。他初期的作品中，有名的是《外省故事》，专写亚历山大二世改革前的俄国社会的缺点；这《饥馑》，却是后期作品《某市的历史》之一，描写的是改革以后的情状，从日本新潮社《海外文学新选》第二十编八杉贞利译的《请愿人》里重译出来的，但作者的锋利的笔尖，深刻的观察，却还可以窥见。后来波兰作家显克微支的《炭画》，还颇与这一篇的命意有类似之处；十九世纪末他本国的阿尔志

跋绥夫的短篇小说,也有结构极其相近的东西,但其中的百姓,却已经不是"古尔波夫"市民那样的人物了。

载一九三四年十月十六日《译文》月刊
第一卷第二期,署许遐译

恋歌

[罗马尼亚]索陀威奴

一

我们的车辆歇在济果那尔的林间草地上了。细枝烧成的一堆大篝火,用它的红光照着车夫们。远处的暗地里,休息着脱了羁勒的牛。有时火焰一闪,它们便显得分明,接着又沉没在昏暗里。旁边停着装载木板的车子,火光时常微微一照,也象对于睡着的生物似的。

车夫们围住篝火,坐作一圈,我躺着,用肘弯靠定一辆圆篷的车,在倾听我的祖父讲述一个早先的故事。他那平静的,深沉的声音,在悠闲的夏夜中发响,恰如林间草地上起了一种微波。他那白眉毛下面的活泼的黑眼珠,凝神地看着篝火,他那白色的长髯盖着前胸,宛如积雪一样。在他灵活的眼前,一一展开他曾在济果那尔的林间草地里所遇见的久经忘却的事情,他还用了温和的声音,从昏黑中变幻出过去的图像。

面目经过雨淋日炙的车夫们,围着火,默默地在长林中听着先前的故事。轻微的瑟索之声,在幽静的夏夜里通过睡着的林间,草地却是醒的,睁着火一般的眼。从远地里,在密叶中处处传来一种微声,又远远地消失在森林的黑夜里了。时时也有猫头鹰的寂寞的哀鸣,听去很象人的叫唤,于是很轻的拍翅声——一种叶子的仅能觉察的颤动。这回是秧鸡在草地边的湿草里,含糊地叫起来了,停了一会,远处又起了鹌鹑的拍翅声——别一匹就在我们的近旁响应;此刻是一只蝙蝠,乌黑的飞箭似的掠过了微红的光圈,但一刹那又布满了颠扑不破的幽静,只有蟋蟀开始在大沉默中鸣叫,好象从过去的雾里传来。一种新的声息又在密叶中流过去了,满含着悲哀,仿佛是古森林的叹息。

祖父讲述着——过去的精灵重新苏醒,在昏黑中飞升起来了。

我看见，并且追随它；我看见绥累河边的，在克拉尼绥尼的雄踞高原的皤耶尔的宅子。我看见小冈子上的树林，沿边种着菩提树和接骨木的小路，还有在山脚下，一直流到白桦林间的草地里的力谟尼支河，在这中间，我也瞥见那些卖了身的济果那尔的荒凉的土小屋。绥累河的涨潮，通过密林，离城堡不过一百步，也听到波涛的节泪和喧器。

自从皤耶尔那思泰绥·克拉尼舍奴结过婚以来，将近一年了，他那年青的太太，白嫩得像一朵睡莲，他爱她，恰如他的爱他那些野生的，不驯的东西一样。

他把大半的时光都献给了打猎——他的最大的嗜好；她却相反，无望地，无爱地，在幽闺里梦一般度着她的光阴，不过当主人不在时，间或沿了力谟尼支河边，在通着林间草地的林荫路上去走走。

有一天，皤耶尔那思泰绥出去了，上了走向卖身的济果那尔的住居的路。

太阳正照着丘冈，通过了山毛榉林的空隙在发闪。它那黄色的光辉，由树林枝间落到地上，还映着皤耶尔的红头发和金红色的胡须，他那乌黑的钢光的眼睛，正目送着几匹迅速地拍着翅子，飞在空中的野鸭。

后来他又凝神地望着前面了。

可怜的济果那尔的小屋子，凌乱的散在山脚下，是用粘泥涂壁，芦苇盖顶的。小门歪歪斜斜的挂在铰链上，要走过去，还得用两只手来帮忙。小小的，不过手掌般大的窗洞，斜视眼似的，凝视着皤耶尔，而且到处看不到一座板壁或一间仓屋，只能在踏实了的粘泥地面上，看见灶火的烧痕。

许多粗毛的鸡，在寻找食物，向各处乱跑，几匹黑色的小猪，饿得在门边吱吱地叫。

小屋前面烧着几堆火，黑眼睛的济果那尔女人们，用土耳其的古钱装饰着头发，靠火边蹲在锅子旁。小屋后面响出活泼的锤击和一个风箱的喘息声，一两个赤脚的，只穿一点破布的少年，也肩着钓竿，从近地的池塘那里回来了。

皤耶尔走近一间小屋去。一个年青的姑娘连忙从火边站起了，她那如火的眼睛，也紧盯着皤耶尔。

那思泰绥老爷的红胡子倒立着，在尖鼻子下面翘得高高的，他那雪白的牙齿发光了，这比起皤耶尔那思泰绥的笑来，还有更多的意义。

"你还要怎样，那力札？"他问，"你还是总不想结婚吗？"

"我敢起誓，我不高兴结婚，"她用一种唱歌似的声音回答说，于是侧着头，顺下那长眼毛，低声补足道："还是在城堡里好；"就从她如火的眼睛里，向皤耶尔投了一道闪电一般的眼光。

"嘻,嘻,嘻!"那思泰绥老爷笑着,"时候过去了!这磨子现在磨着别的粉了,不过你是应该结婚的。瞧罢!伊黎要你做老婆,有些等不及了。"

皤耶尔把两只手交叉在背后,走过去了,那姑娘就又靠着火坐了下去。

这时候,小屋后面的锤击声和风箱的喘息声也停止了。在黑脸上闪烁着眼白的铁匠们,身上只穿一点破布,走近皤耶尔来,在他的衣角上接吻。于是又驯良的退向一旁,只是那发光的眼睛,还向皤耶尔偷偷地投了锐利的一瞥。女人们赶紧从火边站起,拉着孩子们的臂膊,一同躲进小屋里去了;只有几个醒醒的小子们,却还伸着手求乞道:"您好心的老爷,好心的老爷,我们求求您,您好心的老爷!"

太阳落在丘冈后面了,从山毛榉林的空处,透出夕照来,好象一幅金色的雾谷。在清爽的傍晚的空气里,由远地里隐约地传了公牛的鸣声,到黄昏了,周围都是一种隐逸的安静。只在山毛榉的发红的枝梢上,还有一只画眉鸟唱着幽婉的清歌。

皤耶尔的红胡子又倒立起来了,在尖鼻子下面翘得高高的。

在一棵树桩上,脸孔对了落日,坐着一个瘦长的青年,头上戴一顶密插许多孔雀羽毛的珍珠装饰的帽子。

他在拉一个提琴,那抑制住的才能听到的声音,在梦境里似的诉着哀怨。他的脸,有湿润的眼睛在那里生辉,苍白,瘦削,镶着亮晶晶的头发。

山毛榉树上,画眉鸟低低地,疲倦地唱着它的歌,而济果那尔的提琴,则迸出一种悲凉的谐调来,仿佛低声的哀诉。

皤耶尔微笑着听了一会,到后来,他的声音突然冲破那深的寂静了:"你爱她的很吗,伊黎?"

济果那尔大吃一惊,恰如一声狂呼,将歌辞打断。他连忙跳起来,恭敬地从头上除下了饰着羽毛和珍珠的帽子,挟着提琴,走近皤耶尔去。

"你爱她的很吗,伊黎?"那人又笑着问。

"我敢起誓,您好老爷,"济果那尔仓皇的,吃吃地说,他又喃喃自语了一会,没有去看皤耶尔,在他苍白的脸上,涌起了炽热的红潮:"我没有爱什么人,您好老爷。"于是把乌黑的头发一摇,如火的眼睛仍复对着皤耶尔了。

那红胡子又倒立了。

"你为什么不说呀,伊黎!那么,整夜唱着恋歌,在力谟尼支河边逛荡,象一个疯子的是谁呢?"

济果那尔失神似的站着,只有那提琴在他的手里发抖。

"嘻,嘻,嘻!"皤耶尔笑道,"你为什么要这么瞒,苦小子,好象我不知道你在爱她一样! 你为什么要这么怕? 这对于你,是一件大祸事,她还会送你的命的——那那力札!"

到这末一句,伊黎才喘了一口气,那紧张的脸上,也显出一道欢喜的光辉,其时皤耶尔也又嘲弄的微笑了一下。

"我祝您老爷长生不老,"那青年说。"您会给我办的,照您的意思"——

"哼,是的! 我会给你安排的,照我的意思……但是你爱她得很吗?"

"愿您老爷长生,象我的眼睛的光——"

"是的,象你的眼睛的光,所以你在城堡附近找她的呀——嘻,嘻,嘻——所以……"

皤耶尔回转身,开着缓步,红胡子倒立着,高高地翘到尖鼻子,走向城堡那面去了。

伊黎留着,湿润的眼睛发着光,他那苍白的脸上显出疑惑和惊惧。在他手里的提琴又抖起来了。

夜晚已经到临,画眉鸟不再歌唱了,只有晚风象一条温暖的水波,直向林中冲过。远处响着放牧归来的家畜的铃铎,夹着绥累河的波声。

伊黎还总是惘然的在树桩旁边痴立着。

忽然从小屋里,由开着的门里来了发沙的声音:"你怎么好呀,苦小子! 你还要拿了你的心到那里去找死? 倒不如抛给狗子罢。你没有看见他已经知道了吗? 你怎么好昵,苦小子! 一个又苦又贱的济果那尔,竟敢向他的太太抬起眼睛来……天下有这等事吗!"

那青年转过脸去看;老婆子很轻蔑的在凝视他。她的小小的冒火的眼睛,两粒水银丸子似的在发闪。

"住口,老年人,不要多来苦我了! 我很明白,这不会有好结果的。那一定! 但他大约并没有料到。"

他坐在树干上,苦楚地说道:"我这可怜的心呵。"

在夜的浅蓝色的暗中,小屋前面烧着的火,那火焰升上来了,时时有黑影在这些四近溜过。有几处响着年青的嗓音,吞声地,悄悄地,在唱先前的民歌。

伊黎低声地说道:"那么,我怎么办才是呢,妈妈?"

"我的好孩子,"那老婆子回答说,声音也就低下去了。"这没有别的道儿了,我们只好来试一试给你来破掉妖法。——有大火伏在你这里了——不知道这是谁干的,——人给你喝下毒药去,现在烧起来了。"

"我这可怜的心呵!"济果那尔又诉苦说,"它在我的里面烧,使我不得安静。好象有什么东西在赶我到城堡那边去……如果一看见她,我为什么就这么苦恼呢?"

他深深地叹息着，目不转睛地仰望着城堡，那点了灯火的地方。

老婆子懊恼地摇摇头，默默地坐下了。

深夜拥抱了小森林，只有力谟尼支河清醒着，显得好象一面明镜，在那底里，照出明红窗户的城堡的昏暗的倒影来。

伊黎戴上帽，叹息着站起身，垂着头，挟着提琴，走了。

老婆子在昏暗中，不高兴似的说了几句话。

"我不能，妈妈，"伊黎呻吟道，"我不能了！给我一点什么罢，我拿这去死，因为消磨着我的火，比死还凶哩！唉，我死罢，妈妈，我死吧。"

"那去就是，我的孩子！但那路，那你在走的，可是一条火热的路呵。"

小屋前面的明亮的火，渐次消灭了。只还有几声低低的谐调，在夜的寂静中，叹息似的在发响。

二

当皤耶尔那思泰绥叫他的管家来见的时候，夜已经侵了进来了。

皤耶尔把两臂交叉在背后，还在厚厚的地毯上来来往往的踱了一会，烛火是在幽静的屋子里，散布着颤动的光辉。

忽然间，他在他所收集的兵器前面站住了，他的眼光钉在一把明晃晃的短刀上，烛光照得它在发闪。

红胡子倒立起来了，在尖鼻子下面翘得高高的。

那思泰绥沉思着，站了一下，于是去开开一扇门，这门通着一条长路。壁龛上点着一盏红灯，笼罩着紫罗兰色的半明半暗。脚步在冷的石板上踏出钝重的回声来。以后他就推开一扇低小的门，走进了明亮的，好象宝石箱子一般的，铺着地板的卧室。

安娜夫人吃了一惊，从窗口转过脸来。但当她看见那思泰绥时，却微微一笑。

两个活泼的济果那尔娃儿，很机灵地从别一扇门溜掉了。

"我在听伊黎的歌，"安娜说，"他在力谟尼支的谷里唱着呢。你听见吗？"

皤耶尔站在屋子的中央，锋利的看定着他的夫人的碧眼。于是他慢慢地说道："那是伊黎，你怎么知道的？"

"是那娃儿告诉我的。你没有听见吗？——那娃儿告诉我的。"

那思泰绥目不转睛地对她看。

"想想就是,他每晚上都在那里唱呀,"安娜在嶓耶尔的刺人的眼光之下,狼狈的接着说。

"哼,是的;我知道,"那思泰绥迟疑地说道,"我也听见的,而且也知道,他为什么在唱的。"

"我也知道,"安娜夫人微笑着说。

"你也知道?……"她的男人述说着,在屋子里往来的踱起来了,"嗳哈,你竟知道,他为什么在唱的吗?"

他忽然对安娜站住——他的胡子倒立了。

"嘻,嘻,嘻,"他高兴地笑着,"我叫格力戈黎下去了,叫他去略略的说他几句……"

于是他那不定的,活动的眼睛,就很注意的看定了他夫人的白净的脸,他的眼光也笼罩了她那苗条的,穿着罗縠的身躯。

只有琴弦的凄凉的振动,来冲破屋子里的幽静。那思泰绥走近窗户,推上一扇玻璃,向外面望出去。那里的空气是温和的,在好象洒满了火焰的天宇之下、响着奇妙的谐调,安乐的夜里,弥漫了一种满是悲哀得清楚的声音:

"只要我活在人间,我爱你,

因为倘使我死了,你会把我忘记,

草丛儿生满了坟头。

虽然我还这么的爱你,

却没有人问起,在这地上的,

谁是我的宝贝。"

提琴含着深哀的在叹息,嶓耶尔的心里,就浮动着一个漂亮的,出色的女性的形象——安娜,而且也火一般明白,想到她被他所捐弃,寂寞地凄凉地过着她的日子了。

外面忽然起了提琴的失手的声音,停止了——接着是人声的数说——一声喊打破了夜的寂静——于是听到急遽的脚步声。

"那济果那尔的疯狂,现在是消失了,"嶓耶尔说着,缩进头去,放下了窗玻璃。

安娜默默地坐在躺椅的一角里,她的思想,停在指引她的悲哀的生活上面了。寂寞——沉默,阴郁的和妖媚的眼光——这是这女人的一生的全体。

那思泰绥走向门口去,但他突然站住了,转过来向着他的女人,笑笑地问道:"你没有什么要对我说吗?"

"一个可怜的,无能的女人,有什么对你说的呢?"安娜温柔地回答说。

"我的可怜的老婆，"那思泰绥微笑道，"你寂寞的，凄凉地过着你的光阴，已经很长久了，也没有人在这里能够帮你消遣消遣……这是女人们的命运，有什么办法呢，总是这样的，也只能这样的……但是我爱你！"

"事情怎么样，格力戈黎？你去过 Valea Seaca 了吗？"

格力戈黎站着，左右摇动着他那魁伟的身子，给他做衣服，是要用一张全牛皮的。

"是的——我去过了。"

"那么，你找到了些什么吗？"

"找到的，"这话从格力戈黎的嘴里洪亮的迸出，一面撮着唇上的亚麻色胡子，使他翘起来。

"讲罢，是怎么一回事！"

格力戈黎咳嗽着，深深地吸一口气——这声音好象一个风箱的扇风——讲起来了，还用他那粗大的手指，整理着上唇的胡子："是这样的……我先到管林子的妥玛那里去。在 Valea Seaca 有野猪吗？我问他说。——有的。——那么，如果你看见它们过，就同去指给我它们走过的地方。——去吧，他说。——我们去了。——一处的平野上有一株大楡树。我们就爬在那上面。我们等着，等着，等到快要天明，听到林子里有一种响动的时候。又过了一会工夫，那可忽然的来了，你没有见过的哩！一大群野猪。它们又好看，又壮大，小牛似的，又很多，很多。——它们从那里来的呀？我问妥玛。——这只有老天爷知道，我回答说，只有这一点是很的确的，它们在向着绥累河走。——它们奔过野地去，象被赶着似的。"

"哦，后来呢？"皤耶尔问道。

"我讲完了，"格力戈黎回答说，轻轻地咳嗽着。

"这很好。——听哪，格力戈黎，你要好好的留心，凡我所说的话。"

他把右边的上唇胡子拉了一下，又把左边地拉了一下，并且向皤耶尔鞠一个躬，那主人就又说下去道："今天是几时呀？礼拜一，那就在礼拜四——你好好的留心着，格力戈黎。"

格力戈黎低低的自语道——"在礼拜四"——

"在礼拜四，你给我在苍加和芬谛内莱准备下打猎的一切。你再跑到我的表兄弟约尔达希和服尔尼支·衣利米那里去一趟，懂了吗？再到巴斯凯来奴，拉司滔舍，厄内斯古和波台奴这些邻居们，以及我的姻兄弟和岳父那里，请他们在礼拜三的正午都到我这里来。我一定等着他们，懂了吗，格力戈黎？"

"懂了，老爷，在礼拜三的正午。"

"好！以后——"

蟠耶尔忽然停住说话，张开了嘴，只在倾听了。格力戈黎也张着臂膊呆立着，一样的大开了嘴巴，却并不知道为什么。

有一种低吟似的妙音，在外面的昏暗的树林中发响。

蟠耶尔从躺椅上站起身，在摇动的烛光中踏着土耳其的地毯，走到窗前，推上了窗户的下半扇，把头伸到外面去。

夜是温和的，在深蓝的天上，明着黄金色的点滴。森林稳睡在浓荫里，只有夜静的弦的悲哀的颤动，时时从力谟尼支那面传来。一种神秘的乐音，奇怪的笼罩了蟠耶尔的石造的城堡，还有一个人影，好象为悲歌所痛苦，悄悄地在水滨徘徊。

蟠耶尔把眼光移到城堡的别一边。好象他的夫人的分明的姿首就在窗口，这是真的，还是不过他自己觉得这样呢？

"听哪，格力戈黎，"他转过脸来，阴凄凄地皱着眉头很快地说，"我简直全不能安静一下吗？"

格力戈黎沉默着，莫名其妙地看着窗门。

"格力戈黎！我要生气了，那你也就没有好处，格力戈黎！为什么那个济果那尔又在力谟尼支河边唱了起来的？"

"我可知道他为什么在唱的吗？"格力戈黎镇静地回答说。

"你不知道的！让他唱到我不要再听了就是，——你去！我不要再听了，你懂了我没有？——要不然，我要生气了。我不高兴再听他——你懂了吗？"

"懂了，老爷，"格力戈黎镇静地回答说。

"好！以后你再回来，我还有话对你说。"

"我就回来，老爷。"

格力戈黎张着臂膊，走出门去了。

他接近安娜去，眼睛发着光。

"不要懊恼罢，我不走了，"他用了发抖的声音接着说，"我还要和格力戈黎商量一点事——但让他等着就是，我相信他会在我的门边一直站到明天早上，拧着他的亚麻胡子的……"

他的张开的臂膊象钢弦一般颤动着——安娜默默地，娇柔地投在他的怀里了。

三

凄凉的,寂寞的乡村生活,暂时为相识之声的热闹所打破了。车子摇动着,在马夫的喊叫和挥鞭声里,拉进别墅来。大胡子的旛耶尔们和他们的红颜的太太们,从车辆上走下,而温和的太阳光,也在高兴的人之子的头上笑着。

"所有的马你们都给我不要卸,"克拉尼舍奴站在石级上,向下面大声说,"给我准备下两辆车!"

男人们欢笑着,戏谑着,大家在拥抱和接吻,其时女客们则围绕着安娜。

老旛耶尔衣利米·拉可威奴抚着他雪白的胡子,问那思泰绥道:"女婿,你家里的景况怎么样?"

"谢谢您的关切,丈人,好的。"

"但愿永是这样子!"

这旛耶尔于是走近安娜去,伸出手来,给她接吻,又在她的额上吻了一下。

"听说你们是过得好的,不过我还有一点放心不下。我相信,邀我来是做岳父的——要小心些,我的孩子,你不要给我丢脸呀。"

大家高声地笑起来了,旛耶尔那思泰绥说道:"也会有这时候的。"

谦虚而仔细地向着大家,表兄弟约尔达希,斯妥扬,姻兄弟杜米忒卢,服尔尼支·衣利米,以及所有邻人们:巴斯凯来奴,拉司滔舍,厄内斯古,波台奴,问过家眷的安否和事业的情形之后,就说,先请大家去吃一些点心。

人们并排着走进大厅去,这里脱了帽,就会照出分开的,涂着香油的长头发来。旛耶尔们把沉重的外衣也脱去了,抚着他们的长髯,在躺椅上就坐。

女客们久已在安娜的房里商量事情了。一向如此:男人们有他们的事件,女人们也有她们的。单在只有四只眼睛的时候,男人们这才谈女人,不谈国事,不谈功业,谈的是会闯大祸的眼睛和眉毛。

旛耶尔们吃过点心之后,换了话来说,就是他们吃完四只炙火鸡,并且大杯的喝过酒之后,克拉尼舍奴说道:"请大家原谅我们没有拿出好一点的东西来,我的朋友们,但我们上马罢,太太们就坐车。晚快边,我希望我们就到 Valea Seaca,那里有一席大宴在等候着。在那地方,我们也准备好明天的猎取野猪了。"

"你瞧,这滑头,"服尔尼支·衣利米说,老拉可威奴也高擎着酒杯,叫道:"这玩得很好,女婿!唉!这使我记起我的年青时代来了!"

对于这准备妥当了的惊人之举,别的皤耶尔们都高兴得闹起来,至于使仆役们也惴惴地捧着的酒杯跑过去。

在这六月里,太阳散布着宜人的温和,轻风掠过茂盛的稻田,吹动着它,摇摆得好象黄色的波浪。车辆嘎嘎的前进着,遗下了浓密的尘土,马夫们活泼地在空中飕飕的鸣着长鞭,在催促小巧的马匹。前面是皤耶尔们骑着怒马;他们的枪械在日照下发光,他们的长头发和须髯在风中飘动。

四面都是广大的亚麻田。风吹着亚麻实,大波一般起伏着。处处闪耀着澄清的积水,在那里面映出天上的白云,骑马人的队伍和沉重的车辆来。嫩蓝的天宇下,远远的有一只鹰,象御风而行似的,

在温暖的日光中澡浴它的身子。碧绿的丘冈间时时露出一个村落,幽静得很。高出于人家之上的是教堂的塔和井的桔槔干。水上架着小桥,水底里映出旁边的荒废的房屋,高塔,井的桔槔干,那看去好象歪斜的十字架的东西。

当这一小队将到森林时,太阳已经西沉了不少。树木微微的发着气息,周围都弥漫着舒适的清凉和带香的森林气。这时车子减了速度了,男人们也使他的马慢步前进。

鸟儿吓得在丛莽中飞起来,黄毛画眉穿枝间的日光而去,仿佛发光的金弹子。斯妥扬,是皤耶尔们中最年轻的人,是那思泰绥的表兄弟,他唱起来了,一首古时候的陀以那,便在碧绿的殿堂中嘹亮。在林间草地上,一株老槲树下,仆役们和伊黎所率领的济果那尔乐队,已经在等候了。来人全都停住,皤耶尔们跳下马来,黑眼珠的夫人们也高兴地轻快地走出了车子。

大家坐在盛开着花的,铺好毛毡的草地上,济果那尔竭力地奔走着。

那思泰绥的红胡子倒立了,在尖鼻子下面翘得高高的。

"格力戈黎!"他叫道。

"我在这里,老爷,"格力戈黎镇静的回答着,走了过去。

"你都办妥了?"皤耶尔问。

"都办妥了,老爷,"格力戈黎说,"明天一早就动手打猎。会场也弄好了;选玛希那厨子也准备停当了;我还带了一小桶可忒那娄酒来,伊黎也在这里,虽然他胁肋上还有一点痛。"

夜已经开始到临。太阳把它的光线,金丝似的穿过密叶,在碧草地上画出花朵模样的光斑来。森林在梦似的黄昏中微微地呼吸着。人们用他的声音唤起响亮的回声,而在一

瞬息中,从远地里,画眉鸟的最末的鸣声就声明了安静。

明亮的日光消失了,夜的神秘的阴影,于是降在林间草地上。

在一株很老的槲树下,奴隶们烧起一堆大火来,草上铺开雪白的麻布,玩乐也就开始了。

首先,他们做得象土耳其人一样:不说话,只管吃。但立刻大家高兴了起来,用有趣的谈天,来助吃喝的兴致,胖大的火鸡和鹅,就象活的一般,刚刚到得桌上,却又无影无踪了。还有那酒呢——谢谢上帝——。

谁都在这时候记得起别的相像的宴会来,谁都愿意在这时候应酬得好,使大家在同一时中谈天,欢笑,喝酒。

只有太太们却在高兴她竟也逃出了幽郁的深闺,用了低声,在谈她们的家务。

森林又起了响亮的谈笑声了,大篝火在快活的队伍上,布满着一片绯红的光辉。

然而突然静了下来,提琴和可勃思发了响,骨制的可步思的颤动,充满了林间。红光闪过济果那尔的阴暗的脸上,映出他又长又黑的头发。

伊黎,是受窘的,苍白的脸色,湿润的,发光的眼睛,站在第一排。提琴和可勃思低吟起来了,他凝视着篝火,他的发抖的手,把弓轻柔的拉动了琴弦。

古森林就起了战栗,一种谐和的音响弥漫在树林里,忽然又被甚深的寂静所主宰了,象在暴风雨之前一样。

在这大沉默中,伊黎的提琴发声了,恰如死亡在叙述那渐灭之苦。在可步思的仿佛一个受苦的生物的叫唤里,可勃思便低低的引出歌词来。

森林中唱起了陀以那,泄露着大痛苦,忽如哭泣,忽如风暴,冲进了听着的人们的心,于是发出一种由苦楚和懊恼的声音而成的妙音,变作叹息似的幽婉悲凉的谐调。

深的寂静主宰着周围,连森林也好象在倾听,密叶中起了一种忧郁的响动,象是远处的瀑布声。篝火在静静的燃烧,并且用它那红色的光,照着昏暗的林间草地。皤耶尔们默默地抚着自己的须髯,他们的思想停在永远消逝了的少年时候了,那些太太们,却在这最末的一个声音时,才如出了深梦似的叹息着觉醒。

"女婿,"老拉可威奴说,"这济果那尔就值全部家产。他叫什么?伊黎?——到这里来,伊黎,这是我给你的五块钱。——那真感动了我了!"

伊黎露着顶,慢慢地走近皤耶尔来,给他把金钱抛在帽子里。

"不过要问问他,"那思泰绥笑着喊道,"他可是爱她得很!你爱她的很吗,伊黎?——他不开口。他很爱她;爱到胁肋也痛了!"

蟠耶尔们都大笑起来,于是愉快的彼此碰杯喝酒。

伊黎回到自己的原位上,张了发闪的限,从那里望着安娜。

酒象大河一般奔流,愉快有加无已。过了一会,那老人又站起来了,说道:"我这可怜的老骨头还想记得一回少年时代。我看年轻人却并没有跳舞的准备——你们不羞吗?你们为什么闷闷地站在那里的呢,祖父的女儿们? 可爱的伊黎,给我们弹起一点什么来罢,要会使我出神的,还要跳得久,直到我没有话说!"

"祝你长寿,丈人,"那思泰绥叫道,"这很好!"

蟠耶尔们脱掉外面的长衣,伊黎动手来弹猛烈的勃留,森林也为之震动,女人们快活地从她们的座位上跳起来,用臂膊围住了蟠耶尔的颈子,跳舞就开头了,起先是慢慢地,总在这一地点上,于是愈跳愈快,终于在火焰的红光里,成了一个黑色的旋涡。

以后是大家又在酒边坐下,但那思泰绥的姻兄弟,杜米忒卢,却好象不再愿意用杯子上口,他竟用他夫人的拖鞋儿喝起来了。

还是这样地跳下去:勃留之后是巴土泰,巴土泰之后是卡拉舍儿,林间草地上就又响亮着欢笑和歌唱。

济果那尔忙碌的搬了新做的热点心和酒来,伺候着客人:忽而酒,忽而点心,一直弄到两脚不再听话了,心情也开始了愁闷。

"伊黎,"老拉可威奴叫道,"响动你的琴弦,给我玩点什么罢,我想由此记起青春和年少哩!"

伊黎要唱恋歌了。周围又归于寂静,蟠耶尔们抚着他那被酒湿了的长髯。

济果那尔的琴弦上,进出了哀怨彻骨的清音。一种微颤的痛苦和疲乏的热望在夜里悠扬,恰如秋风的最后的叹息。

镇静地,石头雕成的一般,济果那尔屹立着,只有他的两只手在动弹,他那深沉的眼睛诉说着哀愁,固执地,懊恼地向安娜凝视。

她觉得他在向她看,便转过脸来了,看着济果那尔的消瘦的脸。他那如火的眼光,几乎造成她一种肉体上的痛苦,然而眼睛却总不能离开他。

蟠耶尔那思泰绥昂起头。这几天之前,他曾在力谟尼支河边,自己的城堡前面听过的声音,又在森林中发响了,他那钢铁一般发光的眼睛,也牢牢地对自己的女人凝视着。

伊黎的声音很痛苦地在林间草地上响起:

"只要我活在人间,我爱你,

因为倘使我死了,你会把我忘记……"

两滴清泪在安娜的睫毛上发光，克拉尼舍奴的眼里却炎上了情火，他的眉毛也阴森森的蹙起来了。

当济果那尔的歌在一种发狂似的幻想里收梢时，他的两手就在背后摸着兵器。

"唱得好，伊黎！"老拉可威奴叫喊说，幡耶尔们便都去拿斟满的酒杯。只有那思泰绥却显得凶恶的眼光，慢慢地，踉跄的走近济果那尔去。在他强壮的右手里，闪着一把弧形的短刀。

大家都诧异地茫然地对他看。

那思泰绥把短刀在头上一挥，于是静静的立定了，凝视着济果那尔的脸。伊黎吓得不成样子了，他脸色发黄，抖得很厉害，但那如火的眼睛却还总是看住着安娜。

克拉尼舍奴的红胡子倒立了，在尖鼻子下面翘得高高的。

"伊黎！"他喊道，"你爱她的很吗？嘻——嘻——嘻！再唱一点讲爱的东西罢，伊黎！"

在他狰狞的声音中沸腾着愤怒，在浓眉下面的他那凶恶的眼好象狼眼睛。

别的幡耶尔们也跟跟跄跄地站起来，诧异的向他看。伊黎抬眼一望克拉尼舍奴，懂得了。他发着抖拿了他的提琴，他的黑眼睛里闪耀着疯狂的光焰，他转身向了安娜，用至哀极苦的声音唱起歌来。当这济果那尔的歌，挽歌似的，颤抖着进出琴弦来的时候，大家都围绕着活泼的火光，站着，仿佛化了石的一样。

"是罢，伊黎，你懂得我的？"那思泰绥叫喊道。

他前进了三步，举起发光的短刀，就刺在济果那尔的前胸。

一声响，提琴跌碎在湿草上面了。伊黎呻吟着仰天而倒，站在周围的人们是默默地，象做噩梦似的在对他看。从济果那尔的胸脯上，喷出一道通红的血箭，打湿了碎裂的提琴。他痉挛着，用臂膊支起他的上半身来，向着发抖的，蜡一般黄了的安娜抬起他那已经因为死的影子显得朦胧了的眼睛，唇间还流露着最末的，消减下去的才能听出的谐调。

他的嘴里涌出血流来，他沉重的仰天倒在湿草上，象钉十字架似的，张开臂膊，躺在那里不动了，他那固结了的眼，是凝视着碧绿的林树织成的穹窿。

祖父暂时停讲了他的故事，枝叶茂密的树木里，起了一种悲哀的微声。车夫们默默地围篝火而坐，显得深思的神情，牛儿躺在车后面，反嚼着刍草。

祖父又用低声讲起来了："第二天却有很大的围猎。打到七匹的野猪，安娜和别的太太们还都去看会场呢。他们把伊黎埋在老槲树下——瞧罢，就是那地方。——现在是他们也完结了，只还剩着烧过的树杆子——那地方现在也还睡着济果那尔的骨头。"

祖父住了口,自在深思了。从森林的深处,传来了一匹猫头鹰的寂寞的鸣声,好象一个人的叫唤。还听到远处的水磨坊的瀑布声,依稀如在梦境里。火的闪光,时时照着密树,恍是微微的叹息,经过了古老的林间。

车夫们早在火边打鼾了,只有祖父还醒,被篝火的临灭暂旺的火焰照映着。

过不多久之后,我悄悄地问道:"祖父,安娜太太哭了吗?"

"躺下睡觉,"老人喃喃地说,"听哪!野鸡在叫……已经不早了。"

许多工夫,我总是睡不着。我睁大了眼睛,去看林间草地上的躺着烧过的槲树桩子的地方。林中有一种悲哀的声响,我仿佛觉得济果那尔的影似的形象,罩着夜雾,就在寂寞的墓上飘浮,至哀极痛的苍白的面庞,胸脯上是一轮血红的花朵。

罗马尼亚的文学的发展,不过在本世纪的初头,但不单是韵文,连散文也有大进步。本篇的作者索陀威奴(Mihail Sadovea—nu)便是住在不加勒斯多(Bukharest)的写散文的好手。他的作品,虽然常常有美丽迷人的描写,但据怀干特(G. Weigand)教授说,却并非幻想的出产,倒是取之于实际生活的。例如这一篇《恋歌》,题目虽然颇象有些罗曼的,但前世纪的罗马尼亚的大森林的景色,地主和农奴的生活情形,却实在写得历历如绘。可惜我不明白他的生平事迹;仅知道他生于巴斯凯尼(Pasca—ni),曾在法尔谛舍尼和约希(Faliticeneund Jassy)进过学校,是二十世纪初最好的作家。他的最成熟的作品中,有写穆尔陶(Moldau)的乡村生活的《古泼来枯的客栈》(Crisma lui mos Precu 1905)有写战争,兵丁和囚徒生活的《科波拉司乔治回忆记》(Amintifile caprarului Gheorghita, 1906)和《阵中故事》(Povestiri din razboiu;1905);也有长篇。但被别国译出的,却似乎很少。

现在这一篇是从作者同国的波尔希亚(Eleonora Borcia)女士的德译本选集里重译出来的,原是大部的"故事集"(Povestiri,1904)中之一。这选集的名字,就叫《恋歌及其他》(Das Lisebeslied und andere Erzahlungen)是"莱克兰世界文库"(Reclam's Universal Bibliothek)的第五千零四十四号。

载一九三五年八月十六日《译文》月刊第二卷第六期

中华传世藏书 鲁迅全集 短篇小说译补

村妇

——（历史的插话）——

[保加利亚]伐佐夫

一

一八七六年五月二十日，下午时候——就在这一天，就在幡退夫（Botev）的部队在巴尔干连山中大败，连幡退夫自己，也死于贪残的强巴拉斯（Zhambalas）所率领的乞开斯帮的枪弹之下的这一天——在伊斯开尔左岸，卢谛勃罗特（Lutibrod）对面，站着从这村子里来的一群妇女们。她们在等候小船，轮着自己渡到河的那面去。

伐佐夫

她们里面，大多数不明白四近有些什么事，因此也没有怎么发愁。符拉札（Vratza）那边的喧嚣的行军，已经继续了两天之久，她们却毫不觉得什么——而且也并不荒废了她们的家务。其实，这里是只剩下女人了，因为男人们都不敢露面。一撅者和乞开斯帮的打仗的地方，虽然离卢谛勃罗特还很远，但消息传来，使男人们非常恐怖。

就在这一天，村子里到了几个土耳其兵，为的是捉拿可疑的人，并且盘查往来的过客。

就在这时候，我们在讲的时候，小船正在河对岸，村妇们想过渡，也正在等得不耐烦。那小船可也到底回来了。船夫——一个卢谛勃罗特人——用橹把船定住，以免被水淌开去，于是走到岸上来。

"喂，上去，娘儿们！……赶快！……"

忽然出现了两个骑马的土耳其的宪兵。他们冲开了女人们，向船上直闯。其中较老的一个，是胖大的土耳其人，鸣着鞭子，开口就骂道："走开，改奥儿的猪猡！……滚，滚你

二〇六三

们的！……´,

女人们都让开了,预备再等。

"滚开去,妖怪！……"第二个吆喝着,挥鞭向她们打了过来。

她们叫喊着向各方面逃散。

这之间,船夫拉马匹上了船,宪兵们也去了,胖子转脸向着船夫,发怒地叫道:"一匹母狗也不准放上来！……滚开去！……''他又向这边吆喝一声,凶恶的威吓着。

恐怖的女人们就开始回家去了。

"大人老爷！……我恳求你:等一等！……"一个村妇叫喊道,那是慌慌忙忙地从契洛贝克(Chelopjek)跑来的。

宪兵们凝视着她。

"你什么事,老婆子？……"那胖子用保加利亚语问道。

跑来的是一个六十来岁的女人,高大,瘦削,男人似的眼光,臂膊上抱一个裹着破烂麻布的孩子。

"准我们过去吧,大人老爷！……准我上船罢,上帝保佑你,给你和你的孩子们福寿！……"

"唉,你是那,伊里札？……发疯的改奥儿！……"

他认识她,因为她曾在契洛贝克给他办过饭食。

"我正是的,阿迦·哈其——哈山。带我去吧,看这孩子面上……"

"你带这袋子上那去？……"

"这是我的孙子,哈其。没有母亲了……他生病……我带他到修道院去……"

"又为什么呢？……"

"为了他的痊愈,去做一个祷告……"那女人恳求地说,眼光里带着很大的忧虑。

哈其——哈山在船里去下了,船夫拿了橹。

"阿迦,看上帝面上！……做做这件好事,想一想罢,你也有孩子的！……我也要给你祷告！……"

土耳其人想了一想,于是轻蔑地说道:"上来,浑蛋！……"

那女人连忙跳上船,和船夫并排坐下。船夫就驶出了雨后暴涨的伊斯开尔的浊流。沉向山崖后面的太阳,用它那明晃晃的光辉,照得水面金光灿烂。

二

那女人的到修道院去，实在很匆忙。她臂膊上躺着病了两个礼拜的，两岁的孩子，是一个孤儿。他已经衰弱了十四天。巫婆的药味和祝赞，都没有效验……连在符拉札的祝由科，也找不出药来了。村里的教士也给他祷告过，没有用。她最末的希望，只靠着圣母。

"到修道院给他祷告去……请道人祷告……"村里的女人们不断地对她说。

当今天午间细看孩子的时候，她大吃一惊……孩子躺的象死了的一样。

"现在赶快……赶快……恐怕圣母会救我们的……"

所以天气虽然坏，她也上了路，向"至圣处女"的契洛贝克修道院去了。

她经过槲树林，正向伊斯开尔走下去，树木间出现了一个服装古怪的青年，胸前挂着弹药带，手里拿一支枪。他的脸是苍白，着急。

"女人，给我面包！……我饿死了！……"他对她说，一面挡住了去路。

她立刻猜出是什么人了。那是在山崖上面的他们中间的一个。

"我的上帝！……"伊里札吓得喃喃地说。

她把自己的袋子翻检了一通，现在才知道，她忘记了带面包来了……只在袋子底里找到一点干燥的面包皮。她就给了他。

"女人！……我可以躲在这村子里吗？……"

他怎么能躲在这村子里呢！……他们会看见他，交出他去的……况且是这样的衣服！……

"不能的，我的孩子，不能的……"她回答道，一面满心同情地看着他那显出绝望之色的疲倦的脸。她想了一想，于是说道："孩子，你在树林里躲一下罢……这里是要给人看见的……夜里来等我……使我在这里看见你！……我给你拿了面包和别的衣服来……这模样你可见不得人。我们是基督徒……"她加添说。

那青年的满是悲哀的脸上，闪出希望来了。

"我来等在这里，妈妈……去吧吧……我感谢你……"

她看见，他怎样跟跟跄跄得躲进树林里去了。她的眼里充满了眼泪。

她赶忙地走下去，心里想：我应该来做这好事……这可怜人！他是怎么的一副样子呵！……恐怕上帝会因此大发慈悲，给我救这孩子的……但愿圣母帮助我，使我能到修道院……仁慈的上帝,保佑他……他也是一个保加利亚人……他是为着信仰基督做了牺牲的……

她自己决定,修道院的院长是一个慈爱的老头子,也是很好的保加利亚人,不如和他悄悄地商量,取了农民衣服和面包,做过祷告,就赶紧的回来,在还未天明之前,找到那个一撅者。

她用了加倍的力量,匆匆的前行,为了要救两条男性的生命。

三

夜已经将他那漆黑的翅子,展开在契列毕斯(cherepis)的修道院上面了。伊斯开尔的山谷,阴郁的沉默在昏暗的天空下,河流在深处单调的呻吟的声响,想带着沉重的澎湃,扑到高高在上的悬崖。对面屹立着乌黑的影子,是石壁……它荒凉地站着,和上帝亲手安排的它的山洞,它的峰峦,宿在它顶上的老雕一同入了梦。

幽静而寂寞的道院,也朦胧地睡去了。

出来了一个侍者……跟着又立刻走出一个道人来,披着衣服,不戴帽。

"伊凡,谁在那里敲门呀?……"道人担心的叫道……靠壁有一张床,上面摊着些衣服……那道人就撞在高的床栏上。

又敲了几下。

"一定是他们里面的人……教我怎么办呢?……不要放进来!……现在院长又没有在这里……"

"且慢!……先问一问……"

"谁呀?"侍者喊着,向外面倾听——"这声音……好象是一个娘儿们……"

"你简直在做梦!……一个女人!……在这时候!……不是那个,就是土耳其人……一定是土耳其人……他们要在这夜里把我们统统杀掉……他们到这里来找什么呢?……这里什么也没有,我没有放进一个形迹可疑的人来呀……主呵,发发慈悲!……"

又听到大门外面的声音了。

"是一个女人,那在喊的……"侍者重复说。

"你是谁呀?……"

"我们是教子,伊凡。契洛贝克的伊里札呀……开罢……唉唉,开罢!……"

"你一个吗？……"伊凡问。

"一个，带着孙子，伊凡。开罢，上帝要给你好报的！……"

"看清楚，是不是撒谎！……"神父蔼夫谛弥向侍者说。

那侍者奋勇地走近了大门，从小窗里望出去。待到连道人也确信了在昏暗中，外面只有一个女人的时候，他才吩咐伊凡去开门。

门只开了一条缝，放进农妇来，立刻又关上了。

"见鬼的！……你到这里来干什么，伊里札？……"道人懊恼地问道。

"我的小孙子病得很利害……住持神父在哪里呢？……"

"培可维札去了。你找他什么事？……"

"找他做一个祷告……不过要快！……你来罢，神父……"

"什么?! ……在夜里?! ……我怎么能救生病的孩子……"道人恼怒的吆喝道。

"你不能救，但上帝都会处置的……"

"现在睡去吧。明天早上……"

然而女人恳请着，并且固执地咬定了她的要求。

到明天早上……会怎么样，谁知道呢……孩子显得很不好……病是不肯等待的……只有上帝能救。听起来，她也愿意付款子。

"你发疯了……你逼我们，修道院在夜里开门，好给'暴徒'冲进来，好把土耳其人招进来，消灭了教会！……"

那道人唠叨着走到自己的小屋子里去，但立刻穿好道袍，光着头，回来了。

"来！……"

她跟着他走进了教堂。他点起一支蜡烛，披上法衣，拿了日读祷告书。

"抱孩子到这里来……"

伊里札把孩子靠近了亮光。他的脸黄得象黄蜡一样。

"可是已经不很活了的哩！……"那道人通知说。

深沉的眼睛睁开来了，似乎要反驳这句话，烛光反照在那里面，闪闪的好象两颗星……

道人把法衣角放在孩子的头上，赶快的为他的痊愈念过祷告，用十字架的记号给他祝福，于是台上了日读祷告书。村妇在他手上接了吻，放上两个别斯太尔去。

"如果他一定会活，那是就好起来的……现在到仓间里睡觉去吧……"

于是那道人转身要走了。

"等一等,蔼夫谛弥神父……"那女人踌躇着叫喊道。

他回过来,走近她去。

"还有什么事呢?……"

放低了声音,她说:"我拜托你一点事……我们都是基督徒……"

那道人可是发怒了。

"你托什么事……什么要找基督徒?……睡觉去……蜡烛不能点,有人会从上面看见,来做客人的……"

道人所指的是"暴徒"。那女人也懂得。她的脸上露出苦恼来了,声音发着抖:"你不要怕……没有人来的……"

并且用了更加秘密的神情,她说:"当我走出村子,在我们的树林子里的时候……"

恐怖和愤怒,在道人的打皱的脸上一隐一现了。他明白,那女人要告诉他一点什么危险事,于是就来打断她。大声说道:"我不要听……不要告诉我……你知道什么,自己藏着就是……你是来把教会送进火里去的吗?……"

村妇还想说下去,但一听到这些话,她就把话吞住了;她全无希望地跟着发怒的道人走到院子里。

"但是我不在这里过夜!……"她一看见道人正要指给她走往仓间的路的时候,就叫喊了起来。

道人很诧异地对她看。

"为什懂吗?……"

"我走……立刻……"

"你发了疯了吗?……"

"我发了疯,也许并没有发……都一样……我走……明天一早,我有工做呢……给我面包罢,我饿了……"

"面包你要多少有多少……给她,伊凡!但是我不准开大门!……"

然而这村妇固执着自己的意见。

神父蔼夫谛弥沉思了一下。又开大门吗?……这是危险的……坏人会闯进来……谁知道会闹出什么事来呢……他即刻记起,这女人还已经看见过他们了……她会给教会招到不幸的,而且如果给土耳其人一知道……不成……还不如放她走,不使她在这里罢……

"那么，走吧！……"他喝道。

女人接过伊凡递给她的半个面包去，放在袋子里，接着就抱起了孩子，走了。

大门跟着她走出就关上了，锵的一声下了锁。

四

老伊里札连夜赶回伊斯开尔去，"暴徒"在那里等候她。她很亢奋。她从替住持神父来招待她的神经过敏的道人那里，不能，也不敢打听一声有益的意见。

她爬上修道院后面的山谷的高地边去，要径奔那沿着伊斯开尔的小路。

星夜照出了河对面的峭壁和悬崖，白天是阴凄凄的，现在却显得不祥之兆。

老伊里札的眼里和心中，都充满着不安和恐怖，就什么都见得显得不祥之兆了。待到她走上高地时，便疲乏地坐在一株大榆树下的冰冷的地面上。

连山中的荒地睡觉了……为荒凉所特有的一种寂静，笼罩了宇宙，只有波涛在那里的深处奔腾，那上面屹立着毫无灯光的修道院的屋宇和屋顶。

从右边传来了卢谛勃罗特的犬吠声。

她由地上站了起来，但又不敢经过村庄，便绕到悬崖的左边，于是急急的跑过了荒地。

她立即望见伊斯开尔了。小船泊在岸边。伊里札走近板棚去，向来是船夫就睡在那里面的。其中却没有人，显见得船夫也怕在这里过夜了。

她吓得没有了主意，她走向小船去……伊斯开尔在吓人的奔腾……她看看浊流的昏暗的影子……她打了一个寒噤……

怎么办呢？……等到天亮吗？……她决不愿意这样子，虽然卢谛勃罗特的雄鸡叫，已在报告将近的黎明……

她应该怎么办呢？……她敢独自渡河吗？……怎么使橹，她是常常看见的……这出路她觉得非常危险，然而，如果她要和那等在那里，快要死于饥饿和不安的一揆者相见，却也不能选择了。

她把孩子放在沙滩上——她不大想到他了——弯了腰，去解那把小船系在树桩上的索子。她发抖了：原来那索子不单是系着，却用一把大锁锁住的……这是土耳其人所做的事，意在阻碍夜里的行人。

她发着抖，站在那里……

卢谛勃罗特的雄鸡叫,越来越多了……天在东方显了淡淡的颜色……再一两点钟就要开始黎明了……

她绝望的呜咽起来,竭了全力,去破坏大锁或是弄断那索子。然而这一件也和那一件相同,都是一个不能够。

她发热的,喘息的直起身,绝望地站着……

忽然她又第三次弯下腰去了,用两手抓住了树桩,想把它拔起……但树桩钉得很深,好象铁铸的一样……

她两倍,三倍了努力……给太阳晒黑了的臂膊下着死劲……她的筋肉赛过了钢铁的力量和坚韧……骨节为着过度的用力在发响,热汗在她的脸上奔流……

气急,疲乏,仿佛她砍倒了一大车的树木,直起身来,呼吸一下,就又抓住了树桩,用了新的力气和阴沉的固执,重新向各方面摇动,要拔起它……

她那年迈的胸脯喘息得嘘嘘作响……两脚陷在沙地里,一直到了脚踝,在半个钟头的可怕的争斗之后,这地方动了起来,泥土发了松,她终于做到,把树桩从地上拔出了。

索子在夜静中钝重的发响……

伊里札放心的叹一口气,劳乏地倒在沙滩上。

停了一会,小船就载着老伊里札,孩子和树桩,浮在浊流上面了……

五

伊斯开尔立刻出了狭窄之处,向低下而平坦的两岸间直涌下去。

小船就乘着急流而行,不再听这老农妇的生疏的手里的橹枝的操纵。因此比平常停泊的处所,已经驶过得很远了。伊里札只好用尽力量,不给它回到她曾经上船的那一岸去。

一个有力的洪流,终于将小船送到对面,那女人用了最大的努力,总算靠了岸。

她上了陆,抱着孩子……攀上高地,向树林跑过去。

当她走近那曾经遇见过一揆者的地方的时候,只见有一个男人影子在树干之间隐现。她知道,这就是她在找寻的。

一揆者也走近她来了。

"晚安,我的孩子……这是你的……"

和这句话同时,她就递过面包去,她很明白,他现在是最要这东西了。

"谢谢你,妈妈……"他萎靡不振地回答道。

"等一等……穿上这个……"她又交给他盖着孩子的衣服。

"这是我偷偷地从教堂里带来的……上帝宽恕我……我造了一回孽了……"

伊里札从墙上取了这衣服来,原以为是侍者的东西。但一撅者穿在身上的时候,她这才诧异地看明白,竟是一件道袍!

"那倒是都一样的……我先来暖一暖……"青年说,就披上了又干又暖的衣服。

他们一同地走着。

一撅者默默的吃东西……他冻得在发抖,也跟跄得很厉害。他是一个大约二十来岁的青年,瘦削,长得高大。

因为不去打搅他饥饿者的平静,女人没有问他是什么人,从哪里来——她自己也不过低声的说话——然而好奇心终于蔓延开来了,她就问,他是从那里过来的?……

他告诉她,他并不是从山里,倒大抵是从平野里过来的。在那一夜,在威司烈支(Vesletz)的葡萄山里,给人和自己的部队截断了。也从那地方窜走,遭了很大的恐怖,冒了各种的危险,这才挨到这里来。他两整天和两整夜没有吃东西,他支撑地走得怎样疲乏,两只脚都受了伤,发着热……现在他要往山里去,在那里找寻伙伴,或者自己躲起来。

"我的孩子,你实在走不动了……"那女人说——"把枪交给我吧……你就轻松一点了。"

她用左手接了他的枪,右手抱着孩子,

"来,来!……聚起你的力气来罢。我的孩子。"

"现在我到那里去呢,妈妈?……"

"怎么:那里去?……家里去呀……我这里!……"

"这是真的吗?!……妈妈,我感谢你,你是好的,妈妈!……"那青年感激得流出眼泪来,弯下身子,吻了她抱着孩子的那只瘦削的手。

"人们因为害怕,现在不到外面来,如果给他们一知道,是会把我活活地烧死的……"那村妇说——"但我怎么能放下你呢……你逃不掉……乞开斯人捉住你……上帝得惩罚他们——在村子里呢,他们也……为什么要这样呢,孩子?……就是毁灭了这可怜的地方,也没有什么了不得!……他们象小鸡一般的杀掉你们……可是你也再没有力气往上走了……"

于是她把枪由左手抛在右手里,就用左手支住了他的臂膊。

他们在槲树林里,越走越深了。从树干间,望见天空的东边,逐渐的发白……契洛贝克的雄鸡叫,更加听得分明……天上的星星褪色了。

已经到了黎明,他们——照平常的走法——离村子却还有半个钟头的路,——但像一撑者的那么走,可是连两个钟头也还是走不到的。

村妇非常着急,倒情愿来背他。

他向四面看了一看。

"天亮了,婶子……"他的声音放高了一点。

"这可糟……我们不能按时走到……"那女人悄悄地说。

他们又走了一段路。

从外面已经传来了人声。

村妇站住了。

"这可去不得了,我的孩子……得想一点别的什么法……"

"你想怎样呢,婶子?……"青年问道,看着他的母亲,亲戚,他的恩人和他的神明的这不相识者!

"你在树林里躲到夜……天一暗,我就来等候你……在这里……这么一来,你就躲到我的家里去……"

青年根相信,这条出路是要算最好的了。村妇就又交还了他的枪。

于是他们做了别。

这时伊里札摸了一摸孩子。她哭起来了……

"阿,孩子,我的孩子!……可是死了呀!……小手象冰一样了!"

一撑者站定了,仿佛遭着霹雳……村妇的悲痛抓住了他……他想来劝慰她,然而说不出一句话。

现在他知道,这崇高的女性,那魂灵已被大悲痛所碎裂,他不能再望更多的帮助了。

"阿,孩子!……我的亲爱的孩子!……"那可怜人呜咽着,看定了他的孩子的苍白的脸。

明明白白,一切希望都被抢去了,一撑者就走进树林的深处去。女人的呜咽的声音还在他后面叫喊道:"我的孩子……要藏得好好的……到晚上……我在这里见你……"

伊里札也走进树丛里,不见了……

六

一到早晨,天空中浮上五月的太阳来了,在几天的阴晦和下雨的日子之后,明朗而且澄净。

美丽的,延长的峡谷,从希锡曼山岩的脚下开头,装饰着春天的丛绿,为银带似的蜿蜒的河流所横贯,在太阳光中洗沐。

这里——在希锡曼山岩这里,河流却把《阿迭绥》结束了,行程是经过了狭窄的隘岭和无数连山的曲折,忽而从险峻的,满生榆槲的山坡间飞过,忽而在浑身洞穴的岩石下潜行,这岩石,是涌成幻想的宫阙和尖碑,在嘲笑着五行和时光之力。

太阳刚露到地平线上,土耳其的骑兵就在路上出现,他们后面,是走在禾黍之间的一大群步兵,望不见煞末。骑兵和步兵,立刻到了伊斯开尔,扎住了。

正式的步兵大约有三百人;他们前面走着排希——幡苏克斯,带着各种的武器。其余——大部分都是这些——是乞开斯人,也同是各式各样的武装着。

少顷之后,骑兵就使乞开斯人前进,自己却留在旁边。

这些喧嚣扰攘的人们,是在一个有名的乞开斯人的指挥之下的,这就是强巴拉斯,一个凶残的,喝血的高加索的强盗。昨天就由他的手里放出子弹去,打死了一撮的指导者,幡退夫。

强巴拉斯骑在马上,对着树林,离一个旧教堂的废墟不很远。

树林的左边屹立着艰险的山岩和谿谷,右边是契洛贝克的田野和果园,一直到第二道精光的山背脊。在山坡上,看见树木之间有一所唯一的牧人小屋,是它的主人新近抛弃的。

眼睛都向着深邃的,空虚的,寂静的树林,那里面藏着一撮者。

但部队却找不着他。

这夜里从符拉札送来了报告,说在天明之前一点钟,有一队叛徒,由山上窜入这森林中,确系要在渡过伊斯开尔之后,躲进斯太拉·普拉尼太(Stara Planita)的广大的巴兰(Balan)去。

因为昨天的胜利,兵们都兴奋而且骁勇,等候着命令,这时强巴拉斯刚刚下了马,带着几个优秀的排希——幡苏克斯的关于冲锋的方法和手段的忠告。

他是一个四十岁左右的人,深的皮色,高大,黑须,身穿一种五光十色的乞开斯衣,从头顶一直武装到双脚。他那贪残的,狞野的两眼,在高高的乞开斯帽子底下发光。

就在这一瞬间,小屋里开了一声枪,群山就起了许多声音的回响。

"叛徒们!……叛徒们!……"人们叫喊道。

大家的眼睛都向小屋注视,但只见那门口有一缕硝烟,轻微的早风把它吹到枝梢上去了。

惊疑了一瞬息,于是全部队一齐开火了,树林里也起了无数的回响。

但忽然间,有大声出于硝烟中:"强巴拉斯!……强巴拉斯中弹了!……"

强巴拉斯确是躺在地面上……他跌倒了,一粒枪弹穿通了他的脖子,嘴里涌出鲜血来。

从小屋里飞来的枪弹,打中了他了。

这消息传布了开去,兵们立刻非常害怕……全部队纷纷迸散了,谁都拼命地藏躲。

头领的死尸很快地就运走。骑兵也接着不见了。

然而从树林里,也没有再开第二枪。

过了许多时候——由笼罩四近的寂静和非常的沉默断定,一揆者应该已经退进山里去——一群乞开斯人就大家商量,冲到树林里去搜索他一下。

他们只在一株槲树底下,发现了一个暴徒的尸骸……那是三十来岁的人,黑胡须,用布裹着一只腿上的伤口。

乞开斯人确切的相信,一揆者是逃在山里了。

自从皤退夫战死之后,他的部下的一部分——四十人——就在那一条腿受了伤,英雄的贝拉(Pera)的领带之下,躲在山里面。他们整夜的在树丛里迷行,终于是疲乏的,饥饿的,半睡地走,到了契洛贝克的林子里,于是真的死一般地睡着了,也不再管会有人发现了他们的踪迹。

乞开斯人的一粒枪弹,偶然打死了贝拉。却没有找到另外的牺牲。

但当乞开斯人闯进小屋里去的时候,他们可又看见了一具死尸。

"一个牧师!……一个暴徒!……"乞开斯人诧异地喊道。

一个没有胡子的青年躺在那地方,头上中了一粒弹。

他身穿一件道袍,那道袍的开岔之处,却露着一揆者的浑身血汗的衣服。从给硝烟熏黑的伤口看起来,就知道他是自杀的,在他打死了强巴拉斯之后。

这回是违反了他们的习惯,排希——皤苏克斯不再割下一揆者的头来,戳在竿子上,迎来迎去,作为胜利的标记了……头领的死,在他们算不得胜利。

他们只好烧掉小屋，把死尸抛在那里面来满意。到得晚上，当两队土耳其兵杀害了十三个走下山来，要到伊斯开尔去的一揆者的时候，也还在冒着烟。

伊里札是早已死掉了。但半死的孩子却活着，现在是一个壮健的，能干的汉子，叫作P少佐。

那亡故的祖母，先前如果给他讲起这故事来，她总是接着说，她可不相信他那神奇的痊愈，是很会气恼的道人的随随便便的祷告，见了功效的，由她看来，倒是因为她做不到，然而她一心要做到的好事好报居多……。

在巴尔干诸小国的作家之中，伊凡·伐佐夫（Ivan Vazov，1850—1921）对于中国读者恐怕要算是最不生疏的一个名字了。大约十多年前，已经介绍过他的作品；一九三一年前，孙用先生还译印过一本他的短篇小说集：《过岭记》，收在中华书局的《新文艺丛书》中。那上面就有关于保加利亚文学和关于伐佐夫两篇文章，所以现在已经无须赘说。

《村妇》这一个短篇，原名《保加利亚妇女》，是从《莱克兰世界文库》的第五千零五十九号萨典斯加（Marya Jonas yon Szatanska）女士所译的选集里重译出来的。选集即名《保加利亚妇女及别的小说》，这是第一篇，写的是他那国度里的村妇的典型：迷信，固执，然而健壮，勇敢；以及她的心目中的革命，为民族，为信仰。所以这一篇的题目，还是原题来得确切，现在改成"熟"而不"信"，其实是不足为法的；我译完之后，想了一想，又觉得先前的过于自作聪明了。原作者在结末处，用"好事"来打击祷告，大约是对于他本国读者的指点。

我以为无须我再来说明，这时的保加利亚是在土耳其的压制之下。这一篇小说虽然简单，却写得很分明，里面的地方，人物，也都是真的。固然已经是六十年前事，但我相信，它也还很有动人之力。

载一九三五年九月十六日《译文》月刊终刊号。

现代小说译丛

黯淡的烟霭里

［俄国］安特来夫

一

　　他到家已经四星期了，四星期以来，恐怖与不安便主宰了这家宅。凡是说话以及做事，大家都竭力地想要全照平常，也并未觉得，他们讲话的惨淡地响，他们眼睛的负疚的张皇的看，而且一见他的房，便大抵背转脸去了。但在这家里的别的处所，他们却不自然的大声地走，且又不自然得大声喧笑起来。只是倘若经过那几乎整天的从里面锁着，仿佛这后面并无生物一般的白的门，他们便放缓脚步，弯了全身，似乎预料着可怕的一击模样，惴惴的避向旁边去了。即使早已经过，已用了全脚踏地，但他们的行步还极轻低，仿佛只踮着脚尖在那里偷走。

安特来夫

　　人向来没有叫过他的名字，却只简单的称一个"他"，大家整日的悬念他，所以给了不定的称呼当作本名，也从没有人问是谁氏。人又觉得，也如指一切别人似的，这样的称呼他，未免太狎昵而且简慢了；然而"他"这一个字，却很能够将由他的高大阴沉的相貌所给予的恐怖，又完全又锋利的显现出来。只有住在楼上的老祖母，是叫他古略的；但是伊也感到了主宰全家的不幸的埋伏和紧张的情形，伊常常落些泪。有一回，伊问使女凯却说，为什么小姐长久不弹钢琴了。凯却单是诧异地看伊，全不答话，临走时摇摇头，——显出分明的表示来，伊对于这种问题是不对付的。

他的回来是在十一月的一个灰色的早晨，除了彼得已经到中学校去，大家正在家里围着呈餐的食桌的时光。屋外很寒冷，低垂的灰色云撒下雨点来，虽然有着阔大的窗，屋子里也昏暗，有几间并且点上灯火了。

他的拉铃是响亮而且威严，连亚历山大·安敦诺微支自己也战栗。他想，这是一个重要的宾客来访问了，于是他缓缓地迎将出去，在她丰满庄重的脸上含着和气的微笑。但这微笑立即消失了，当他在大门的半暗中瞥见一个可怜而且污秽的服饰的人的时候，这人的面前站着使女，仓皇的要拦住他的前行。他大概是从车站走来的，只坐了几小段的橇，因为他那短小古旧的外衣已经沾湿，裤的下半也溅污了，宛然是泥水做就的圆筒。他的声音又枯裂又粗毛，想因为受湿和中寒罢，否则便是长途中守着长久的沉默的缘故了。

"你为什么不答话？我问，亚历山大·安敦诺微支·巴尔素珂夫可在家，"那来客再三地问。

然而亚历山大要替使女回话了。他并不走到大门，只是望出去，半向着客人；他以为这无非是无数请托者之中的一个罢了，便冷淡地说道："你到这里来什么事？"

"你不认识我吗？"这闯入者嘲笑似的问，然而声音有些发抖了。"我便是尼古拉，说起我的父名来是亚历山特罗微支。"

"怎么的……尼古拉？"亚历山大退后一步问。

但诘问时，他已经知道站在他面前的是怎么的尼古拉了。即刻消失了威严，刚死似的可怕的衰老的苍白色便上了他的脸；两手按着胸前，嘘一口气。接着便忽然的伸开这手，抱住了尼古拉的头，老年的灰白的胡须，触着温润的乌黑的短髭，那衰迈的久不接吻的嘴唇，也寻得了他儿子的年青的鲜活的嘴唇，很热爱的接吻。

"且慢，父亲，我先得换衣服，"尼古拉柔和地说。

"你释放了吗？"那父亲问，浑身发着抖。

"唉，可笑！"尼古拉将父亲送在一旁，阴郁的严厉地说。"这算得什么呢？释放！"

他们走进食堂去，巴尔素珂夫先生对于含着非常的情爱的自己的慌张，也觉得有些惭愧了。然而团聚的欢喜，中了毒似的在他心脏里奔腾，而且要寻出路；七年以来不知所往的儿子的再会，使他的态度活泼而且喜欢，他的举动忽略而且狼狈了。当尼古拉立在他妹子面前,搓着冻僵的手,问道:"这位小姐该是我的妹子了——可是吗?"的时候,他不由得发出真心的微笑来。

尼那,一个苍白消瘦的十七岁的姑娘,就在桌旁站起身,脑膑似的用指头弄着桌面,那大的吃惊的眼看着伊的哥哥。伊记得,这是尼古拉,这是比伊的父亲还记得分明的,但是伊不知道现在应当怎么办。待到厄古拉用握手来代接吻时,伊便将用力地一握去回答他,而且同时——弯一弯膝髁!

"还有,这是大学生安特来·雅各罗微支先生,彼得的家庭教师,"亚历山大又介绍说。

"彼得?"尼古拉诧异了,"已经上了学吗?——呵,这么!"

其次又介绍到一个尖脸的女人,伊正在斟茶,单叫作安那·伊凡诺夫那。于是大家都新奇似的看他,他也正在四顾房中,看一切是否还是七年以前的模样。

他有些古怪,是捉摸不定的。高大的精悍的身躯,头的高傲的姿势,锐利的射人的眼睛在突出的险峻的眉毛下,叫人想起一匹雏鹰。蓬松的乱发上弥漫着粗野和自由;沉着轻捷的举动,宛然是伸出爪牙来的鸷兽的颤动的壮美。那手,倘有所求,也便要确实牢固的攫取似的。他仿佛全不理会自己地位的不稳,只是平静深邃的遍看各人的眼睛,即使他眼里浮出喜色来,人也觉得这里面藏着什么秘密和危机,如见那正施蛊惑的猛兽的眼。他的言语是严重而且简单;他并不管自己怎么说——仿佛这已不是那不知不觉地陷了迷谬和虚伪的人语的声音,却就是思想本身发着响。在这样人物的灵魂上,是不能有悔恨之情的位置的。

然而,假如他是一匹鹰,他的羽翼却显得因为战斗很受了伤损,他——算是胜利者——这才出了重围。证明的是他的衣裳,带着露宿的痕迹,污秽,不称他的身躯,而且在这衣裳上又留着一点难解的掠夺的不安的处所,能使穿着美服的人们发生一种漠然的恐怖的心情。而且每瞬间——那强壮的全身,因为特别的心忧发着莫名其妙的战栗,于是身体似乎缩小了,头发都野兽似的直竖起来,那眼光又快又野地向着在座的人们都一瞥。他饮食的很贪婪,仿佛一个饥渴多时,或者久未吃饱的人,所以要在瞬息之间,卷尽桌上的一切了。饮食完,他说:"这很好,"便嘲弄似的摩一摩肚。他复绝了父亲的雪茄,取过大学生的纸烟来,——他自己从来没有纸烟,——于是命令道:"谈谈吧!"

尼那便说。伊说,刚在女学校毕了业,在校里是怎样的情形。伊最初怯怯地说,但是说了几回,便容易易的记出所有滑稽的言语来,很满足地讲下去了。伊不甚了然,尼古拉可曾听着;他微笑,然而并不定在说得滑稽的时分,而且始终用了他那浮肿的眼睛四顾着房屋里。他有时又打断了讲说,问出全不相干的话来。

"你买这画要多少钱?"例如他忽然去问那默着的,而且含着一点嘲笑的父亲。

"二千卢布,"安那没有开过口,这时很惜钱似的回答了,又惴惴的一看亚历山大的脸。

"记不清楚了!"

父子都微笑。这微笑中,很带些拘谨,亚历山大已经不再慌张,变了不甚大方的严紧了。

"事务怎么了?"尼古拉仍然简短地问他的父亲。

"做着。"

"买了一所意大利式的新房子,三层楼的,还有一所工场,"安那几乎低语一般地说。在巴尔素珂夫之前,伊本抱着战兢的尊敬,但又熬不住要说出财产来,因为伊日夜忘不掉的是伊的小积蓄——伊有五百五十六个卢布存在银行里——和这大宗钱财的比较。

"唔,尼那,讲下去,"尼古拉说。

然而尼那倦怠了。伊胁肋上又复刺痛起来,端正地坐着,很瘦弱,苍白,几乎透了明,但却是异样的动人的美女,象一朵要萎的花。伊发出一种微香,使人联想到黄叶的秋和美丽的死。胆怯的面麻的大学生目不转睛地对伊看,似乎尼那颊上的红色消退下去时,他的脸色也苍白起来了。他是一个医学生,而且对于尼那又倾注着初恋的虔敬。

这时来了菲诺干——那老仆。他的相貌出现于推开的门,如一个初升的月:很圆,红而且光。菲诺干是到浴堂去的;他汽浴之后喝了一点酒,刚回家,听得使女说,他曾经一同骑着马游戏过的那小主人已经回来了。不知道因为醉是因为爱,他欷歔的哭!他扯直了燕尾服,洒香了秃头——他的主人也这样做的——便兢兢业业的走向食堂去。他在门外站了片时,于是仿佛恭迎巡抚似的装着恭敬地吹胀的脸,出现在尼古拉的面前。

"菲诺盖式加!"尼古拉高兴地叫,他声音有些孩子似的了。

"小主人!"菲诺干大声地叫,冲翻椅子,奔向尼古拉。他想要先在尼古拉肩上去接吻,然而这面却给他一个用力地握手,他奉了军令似的一倒退,再用一握去回礼,重到要生痛了。他自己想,他不是仆人,却是尼古拉的朋友,而且很高兴给大家看出了这资格来。然而照老规矩,他总得在肩上一接吻!……

"而且还是喝!"尼古拉闻到酒气,对于菲诺干照旧的脾气,吃惊而且高兴地说。

"真的吗?"家主也威严的夹着说。

菲诺干否认地摇摇头,温顺的倒退几步,斜过眼光去,想寻门口。然而他走过头了,便撞在墙壁上，于是摸索着到了门口，也颇费去不少的时光。菲诺干到得大门，立了片时，感动地看着尼古拉握过的手，然后仿佛是一件贵重的东丙一般，极小心谨慎的带进下房去了。他各处都很自尊；仅在这瞬间，他的右手是全体中最尊贵的部分。

这一天巴尔素珂夫先生不赴事务所，午膳之后，许是多喝了葡萄酒罢，他心情颇是柔软而且畅快了。他挽了尼古拉的腰，领到藏书室，点起一支雪茄，想做一回长谈，便和善地说道："那个、现在讲罢，你先在那里，你在做什么？"

尼古拉没有便答。那异样的心忧的震动又通过了他的全身，眼睛向门口射出无意的神速的一瞥去，只有声音却还是沉静而且真诚。

"不，父亲。我恳请你，不提起我的经历的话罢。"

"我看见你有外国的钱币；——你到过外国了吗？"

"是的，"尼古拉简短的答。"然而我恳请你，父亲，就此够了。"

亚历山大皱了眉头，从软榻上站立来。他在外衣下面负着手，往来的踱；于是他问，并不看着儿子：

"你还是先前一样吗？"

"就是这样。你呢，父亲？"

"就是这样。去吧，我事务多！"

尼古拉一出房外，巴尔素珂夫便合了门，走近火炉，默默的，然而用力地敲那光亮洁白的炉台的砖块，于是用手巾拭净了手上的白垩，坐下去办事了。在他脸上，又盖满了令人想起死尸来的，可怕的青苍……

和祖母的会见，并没有目睹的人，但他显得阴沉的脸相走出伊房外来，也似乎微微有些感动。当尼古拉关上他住房的白门之后，大家都暂时觉得舒畅了。从这一瞬间起，他便不再算作客人，而且从此又发生了异样的不安和忧虑，这骤然蔓延开去，立即充满了全家。似乎有谁混进了家里来，永远盘踞着，那是一个猜不透的危险的人，比路人更其全不相知，比伏着盗贼更可怕。只有菲诺干一人没有觉得，因为为了非常之欢喜他还有些酩酊，睡在厨子的床中；在睡眠中，他也还保着他那有价值的人格的尊贵的观瞻，右手略略的离开看身体。

在客厅里，尼那低声地说给大学生听，七年以前是怎样的情形。那时候，尼古拉和别的学生因为一件事，被工业学校斥退了，靠着父亲的联络，他才免了可怕的刑罚。激烈的互相争论中，易于发恼的亚历山大便打了他，这一夜他即离了家，直到现在才回来了。那两人，讲的和听的，摇着头，放低了声息；而且为慰勉尼那起见，大学生取过伊的手来，给伊抚摩着……

二

尼古拉从不搅扰人。他自己少说话;他也不愿倾听别人的话,带着一种尊大的淡漠,仿佛人要和他怎么说,他早经知道的了。当别人说话的中途,他也会走了开去,脸上显出这神色,似乎他倾听着什么辽远的,只有他能够听到的东西。他不嘲笑人也不诘责人,但倘若他走出了那几乎整日伏在里面的图书室,到各处去徘徊,忽而到妹子那里,又忽而到仆役或大学生那里的时候,在他的所有踪迹上便散布了寒冷,使各人发生自省的心情,似乎他们做下了一点坏事情,并且是犯罪的事,而且就要审判和惩治了。

他现在服饰都很好了;但便是穿着华美的衣装,他与房屋的豪华的装饰也毫不融和,却孤零零的有一点生疏,有一点敌意。假使陈设在房屋里的一切贵重的物件都能够感觉和说话,那么,倘他走近这些去,或者因为他那特别的好奇心,从中取下一件来看的时候,他们定将诉苦,说这可忧愁得要死了。他向来没有坠落过一件东西,全是照旧地放存原位上,但倘使他的手一触那美丽的雕塑,这雕塑在他走后便立即失了精神,全无价值地站着。成为艺术品的灵魂,全消在他的掌中,这就单剩了并无神魂的一块青铜或粘土了。

有一回,他走到尼那那里,正是伊学画的时间;伊从什么一幅图画中,很工的摹下一个乞丐的形象。

"画下去。尼那!我不来搅乱你,"他说着,便靠伊坐在低的躺椅上。尼那怯怯的微笑着,又临摹一些时,画笔上蘸了错误的颜色。于是伊放下画笔来,说:

"我也疲倦了。你看这好吗?"

"是的,好。你也弹得一手好钢琴。"

这冰冷的夸奖很损毁了敏感的尼那的心情。伊想要批评似的侧了头,注视着自己的画,叹息说:

"可怜的乞丐!他使我很伤心!你呢?"

"我也这样。"

"我是两个贫民救济所的会员,事务非常之多!"伊热心地说。

"你们在那里做些什么事?"尼古拉冷淡地问。

尼那于是说,开初很详,后来简略,终于停止了。尼古拉默默地翻着尼那的集册,上面保存着伊的朋友和相识者的诗文。

现代小说译丛

"我还想听讲义去;然而爹爹不许我。"尼那忽然说,伊似乎想探出他的注意的门径来。

"这是好事情。唔——那么?"

"爹爹不许。但是我总要贯彻我的意志的。"

尼古拉出去了。尼那的心里觉得悲痛而且空虚。伊推开集册,凄凉地看着刚画的图像,这似乎是很讨厌,全无用的恶作了;伊镇不住感情的偾张,便抓起画笔来,用青颜色横横直直的叉在画布上,致使那乞丐不见了半个的头颅。从尼古拉和伊握手的第一日起,伊对他便即亲爱了,然而他从来没有和伊接一回吻。倘使他和伊接吻,尼那便将对他披示那小小的、然而已经苦恼不堪地全心,在这心中,正如伊自己写在日记上似的,忽而是愉快的小鸟的清歌,忽而是乌鸦的狂噪。而且连日记也将交给他了,这上面便写着伊如何自以为无用于人以及伊有怎样的不幸。

他想,伊只要有伊的绘画,伊的音乐,伊的会员便满足了。然而这是他的大误,伊是用不着绘画,用不着音乐,也用不着会员的。

倘他旁观着彼得到大学生那里授课的时候,他却笑了,因为这笑,彼得嫌恨他。彼得反而很高的竖起膝髁来,至于连椅子几乎要向后倒,轻蔑的睐着眼,他虽然明知道万不可做,却用指头挖着鼻孔,而且当了大学生的面说出无礼的话来。这家庭教师的麻脸上通红而且流汗了,他几乎要哭,待彼得走后,又诉苦说,他是全不愿意学习的。

"我真不解;彼得竟全不想学。我真不解,他将来怎样……先一会,使女来告诉,他对伊说些荒唐话。"

"他会成一个废物罢了,"尼古拉并不显出怎样明白的表示,断定了他兄弟的将来。

"人用尽了气力,为他用尽了气力,为他费了心神,有什么用处呢?"家庭教师一想起不是打杀彼得,便得自己钻进地洞里的,许多屈辱和惭愧地时候,便几于要哭地说。

"你不管他就是了。"

"然而我应当教导他呵!"大学生很惊疑地叫道。

"那么,你教导他就是,照人家所托付的那样!"

大学生竭力的还想发些议论,尼古拉却不愿了。尼那和安特来.雅各罗微支也曾研究多回,想阐明尼古拉的真相,但归结只是一个空想的图像,连他们自己也发笑起来。但两人一走开;他们却又以他们的失笑为奇,觉得他们那空想的推测又近于真实。于是他们怀着恐惧和热烈的好奇心,专等候尼古拉的出现,而且笑着,以为今天终于到了这日子,可以解决那繁难的问题了。尼古拉出现了,然而这谜的解决的辽远,今日却也如昨日一般。

特别的陆离，又不象真实的是仆役室里的猜测。而菲诺干站在所有论客的先头。他喝了一点酒，他的幻想便非常之精彩而汪漫了。连他自己也觉得吃惊而且疑惑。

"他是——一个强盗！"他有一回说，他那通红的脸，便怕得苍白起来。

"哪，哪，……就是强盗吗？"厨子不信地说，但惴惴地看着房门。

"是专抢富翁的，"菲诺干接着订正说。——当尼古拉还是孩子时候，曾经说过，他听得，有着这一种强盗的。

"他何必抢人呢，父亲这里就有这许多钱，他自己还数不清。"马夫说，这是一个很精细的人物。

"三个工厂，四所房屋，天天结股票。"安那低语着，伊的积蓄，到现在已经加上四卢布，弄到五百六十卢布了。

然而菲诺干的假定也就推翻了。安那将尼古拉带来的一切，仔细地搜检了一番，除了一点小衫，却丝毫没怠别样的物件。但正因为小衫之外没有别的，便愈加不安而且诡秘了。倘使他皮包里藏着手枪，子弹，刺刀，则他大约就要算是一个强盗。本体一定，大家倒可以安静，可以轻松；因为最可怕是莫过于不知什么职业的人，那容貌态度，样样迥异寻常，单是听，自己却不说，只对大家看，用了刽子手的眼光。于是这不安增长起来，终于变了迷信的恐怖，寒冷的水波似的弥漫了全家了。

有一次，泄漏了尼古拉和他父亲之间的几句话；但这并不消散家中的恐怖，却相反；使可怕的谜和疑惧的思想的空气更加浓厚了。

"你曾经说，你厌恶我们的一切生活法。"那父亲说，每个音都说得很分明；"你现在也还厌恶吗？"

一样是缓缓的，而且明白地说出尼古拉的诚实的答话来："是的，我厌恶这些，——从根底里到最顶上！我厌恶这些，也不懂这些。"

"你可曾发现了更好的没有？"

"是的，我已经发现了。"尼古拉确乎的答。

"留在我们这里吧！"

"这是无从想起的，父亲——你自己知道。"

"尼古拉！"亚历山大愤然的叫。暂时间紧张的沉默之后，尼古拉低声的悲哀地回答道："你永是这模样，父亲——又暴躁，又好心。"

这殷实的人家临近了圣诞节，也显得凄怆而且无欢。现有一个人，那思想和感情都不与家族相关联,阴沉的磐石似的悬在大家的头上,不独夺去了期望着的愉快的祭日的特征,并且连那意义也消灭了。这似乎尼古拉自己也明白,他怎样的苦恼着他人,他便不很走出他的房外去——然而不看见他,却更其觉得他格外的可怕了。

圣诞节前几天,巴尔素珂夫这里不期的来了若干的宾客。尼古拉向来不会那些无涉的人,也仍然不去相见了。他和衣躺在自己的床上,倾听着音乐的声音,这受了厚墙的浑融,柔软调匀的传送过来,宛如清净声的远地里的歌颂;而且这声音又极柔和的在他耳朵边响,仿佛便是空气本身的歌讴。尼古拉倾听着,他的孩子时候的远隔的时代,便涌现上他的心头来,那时他还小,他的母亲也还在;……那时也是来了客人,他也远远的听着音乐,而且一面做着梦……不是梦形象,也不是梦音响,却梦着别的东西,那形象和音响只是纠结起来,很明而且很美——这东西如一个美丽的唱歌的飘带,闪在天空中……他那时知道这闪闪的是什么;然而他不能对人说,也不能对自己说;他只是竭力的教自己尽力地醒着——但是睡着了。有一回也如此,并没有人留心,他睡在大门口的客人的皮裘上,至今还分明地记得那蒙茸的棘手的皮毛的气息。而且莫名其妙的恐怖的战栗,冷的针刺似的又通过了他的全身……但这回又奇特的同时有什么柔软的温暖的东西照着他的脸,有如温和的爱抚的手,来伸展他的愁眉。他的脸全不动,然而平静,温良,柔顺,仿佛是死人。人判不定他是睡还是醒,是生还是死。人只有一句话可以说:这人安息着……

到了圣诞节的前夜了。在黄昏时,菲诺干走到尼古拉的屋里去。他大概不算醉,沉了脸向着旁边,眼里闪闪的象是泪。

"祖母教请。"他在门口说。

"什么?"尼古拉惊疑地问。

菲诺干叹息,重复说:"祖母教请。"

尼古拉走到楼上,他刚刚跨进门槛,两条纤细的女儿的臂膊突然抱住他的头颈了;在他脸上,贴近了一个柔弱的脸,带着睁大的湿润的眼睛,一种可怜的声音含着唏嘘,低低地说:"哥哥,哥哥!——你为什么教我们吃苦!亲爱的,亲爱的哥哥,你和父亲和好了罢……也和我……并且留在我们这里……千万,千万,留在我们这里!"

渺小的瘦弱的全身的震动,在他手上也觉得了,而且这小小的无用的心却口如是之伟大,将无限的,苦恼的全世界注入他的心中了。阴郁的皱了眉头,尼古拉向周围投了嗔恚的一瞥,从榻上又向他伸出祖母的手来,苍白枯瘦得可怕,更有一种声音,已经是那一世界的声响似的,枯裂歔欷的呻吟道:"尼古拉!孩子!……"

门槛上哭着菲诺干。他的谨严的态度都失掉了,鼻涕挥在空中,牵动着眉毛和嘴脸,

而且他眼泪非常多！——流水似的淌下两颊来，这似乎并不象别人一样，从眼里出来的，而却出在枯皱的头皮上的所有的毛孔。

"我的朋友！尼古林加！"他低声的祈求，也向他伸出捏着冰块似的红手帕的手。

尼古拉孤独的微笑，又轻轻地说。他自己不知道，现在在阴暗的鹰眼里，也极难得的落下几滴眼泪来了——于是从昏暗的屋角显在明亮处，是一个男人的花白的发颤的头，这是他的父亲，是他厌恶而且不懂他的生活的。

然而他忽然懂得了。

也如先前的狂督的厌恶一样，因为狂督的亲爱，他奔向他的父亲，尼那也很感动，三人拥抱着，象是活着的哭着的一团，都以毫无隐蔽的心，发着抖，这瞬息间，融成了一个心和一个灵魂的强有力的存在了。

"他不走了，"老人声嘶的，胜利的叫喊说。"他不走了！"

"我的朋友尼古林加！"菲诺干低声的祈求。

"是啦！是啦。"尼古拉说，然而连他自己也不知道对着谁。"是啦！是啦！"他反复地说，一面接吻于默默地摩着他的头的老人的手上……

"……是啦！是啦！"他还是反复说，但他已经感到在他的精神上，弥漫了倔强的奔腾的短的，尖利的"不可"了。

已经入了夜，在这大宅子的全部里，从仆役室以至主人的房屋，都辉煌起愉快的灯光。人人喜滋滋地热闹的谈笑，那贵重的脆弱的装饰品也失去了怯怯的忧愁；从高的位置上，傲慢地俯视着龉龊奔走的人间。坦然的恢复了他们的美丽；仿佛是，凡有在这里的一切，无不侍奉他们，而且臣伏于他们的美丽似的。

亚历山大，尼古拉和大学生，还都聚在祖母的屋子里；忽而叙说自己的幸福，忽而倾听尼古拉的谈论。菲诺干，因为高兴了，又喝了一点酒，走出院子去，要凉快他火热的头，雪花消在他通红的秃头上，如在热灶上一般，他正在摸，他又吃惊地看着——尼古拉！手上提一个小小的行囊。尼古拉正走出屋角的便门的外面。当他瞥见菲诺干的时候，他也懊恼地吃了惊。

"阿，菲诺干，老动物！"他低声说……"那么，送我到大门。"

"朋友……"菲诺干着了慌，窃窃地说。

"不要声张。我们到那边说去。"

街上完全没有人，两端都没在徐徐的静静的飞下来的雪花的洁白的大海里。尼古拉忽然当菲诺干面前站住了，用了他那闪闪的突出的眼睛看定他，抬起手来搭在他肩上，而且缓缓地说,仿佛命令一个小儿:"对父亲说去,尼古拉·亚历山特罗微支愿他安好,并且告诉他,说他去了。"

"那里去?"

"单说了去就是,保重罢。"尼古拉叩一下老仆的肩头,便走了。菲诺干省悟,尼古拉对他也没有说出那里去,于是尽其所有的力量拖住了他的手。

"我不放你!上帝很神圣,我决不放你!"

尼古拉推开他,又诧异的向他看。然而菲诺干拱了两手,如同祷告似的,吐出歆歆的声音,祈恳道:"尼古林加!唯一的朋友!都算了……那里有什么呢?这里有钱,三个工场,四所房屋,我们天天结股票……"他无意识的背诵着老管家女人的成语。

"你说什么?"尼古拉蹙额说,大踏步便走。但那佳节模样的穿着全新的燕尾服的菲诺干却受了践踏一般瘫软了。他喘吁吁的只是不合的追。终于抓住了他的手,祷告似的哀求道:"现在,那么……我也……也带我去——这怕什么?你——做强盗去吗?——好;那就做强盗!"

于是菲诺干做了一个绝望的举动,似乎他已经要决绝了这尊贵的人间。

尼古拉站住,默默地对着仆人看,而在这眼光里,闪出一点非常可怕的东西,冰冷的酷烈和绝望来,菲诺干的舌头便在运动的中途坚结了,两足都生根似的粘在雪地里。

尼古拉的后影小了下去,隐在莽苍里了,仿佛消融在夹色的烟雾的中间。再一瞬间,尼古拉便又没在他先前曾经由此突然而来的,那不可知的,怕人的,黯淡的烟霭里。寂寞的道路上已不见一个生物了,然而菲诺干还站着看。衣领湿软了粘在他脖子上;雪片慢慢地消释在他冻冷的秃头上,和眼泪一同流下他宽阔的刮光的两颊来……

安特来夫(Leonid Andrejev)以一八七一年生于阿莱勒,后来到墨斯科学法律,所过的都是十分困苦的生涯。他也做文章,得了戈理奇(Gorky)的推助,渐渐出了名,终于成为二十世纪初俄国有名的著作者。一九一九年大变动的时候,他想离开祖国到美洲去,没有如意,冻饿而死了。

他有许多短篇和几种戏剧,将十九世纪末俄人的心里的烦闷与生活的暗淡,都描写在这里面。尤其有名的是反对战争的《红笑》和反对死刑的《七个绞刑的人们》。欧洲大战时,他又有一种有名的长篇《大时代中一个小人物的自白》。

安特来夫的创作里,又都含着严肃的现实性以及深刻和纤细,使象征印象主义与写实主义相调和。俄国作家中,没有一个人能够如他的创作一般,消融了内面世界与外面表现之差,而现出灵肉一致的境地。他的著作是虽然很有象征印象气息,而仍然不失其现实性的。

这一篇《黯淡的烟霭里》是一九〇〇年作。克罗绥克说,"这篇的主人公大约是革命党。用了分明的字句来说,在俄国的检查上是不许的。这篇故事的价值,在有许多部分都很高妙的写出一个俄国的革命党来。"但这是俄国的革命党,所以他那坚决猛烈冷静的态度,从我们中国人的眼睛看起来,未免觉得很异样。

一九二一年九月八日译者记

书籍

[俄国]安特来夫

一

医生在病人的裸露的胸前,安上听诊筒,静心的听——大的,过于扩张的心脏,发出空虚的声音,撞着肋骨,啼哭似的响,吱吱的轧。这是表示活不长久的凶征候,医生"唔"的侧一侧他的头,但口头却这样说,——

"你应该竭力的避去感动的事才好。看起来,你是在做什么容易疲劳的事务的罢?"

"我是文学者,"病人回答说,微笑着。"怎样,危险吗?"

医生一耸眉,摊开了两手。

"危险呵,自然说不定因为什么病……然而再十五年二十年是稳当的,这还不够吗?"他说着笑话,因为对于文学的敬意,帮病人穿好了小衫。穿好小衫之后,文学者的脸便显出苍白颜色来,看不清他是年青还是很年老了。他的口唇上,却还含着温和的不安的微笑。

"阿,多谢之至,"他说。

胆怯似的从医生离开了眼光,他许多时光,用眼睛搜寻着可以安放看资的处所,好容易寻到了——办事桌上的墨水瓶和笔架之间,正有着合宜的雅避的好地方。就在这地方,他轻轻地放下了旧的褪色的打皱的三卢布的绿纸币。

"近时似乎没有印出新的来。"医生看着绿纸币,一面想,不知为什么,凄凉的摇一摇头。

五分钟之后,医生在那里诊察其次的病人;文学者却在路上走,对了春天的日光细着眼睛,并且想——为什么红毛发的人,春天走日荫,夏天却走日下的呢? 医生也是一个红毛发的。这人倘若说是五年或十年,那还象,现在却说是二十年——总而言之,我是不久的了。这有些怕人,不不,非常怕人,然而……

他窥向自己的胸中,幸福的微笑。

阿阿,太阳的晃耀呵! 这如壮盛者,又如含笑而欲下临地面者。

二

原稿非常厚,那页数非常多。每页上,都密密的填满了细字的行列,这行列,便全是作者的滴滴的精神。他用了瘦得露骨的手,慎重的翻书。纸面的反射,光明似的雪白地映着他的脸。身旁跪着他的妻,轻轻地接吻于他的那一只骨出细瘦的手上,而且啼哭着。

"喂,不要哭了罢,"他恳求说。"何必哭呢,岂不是并没有要哭的事吗?"

"你的心脏,……而且我在世界上要剩了孤身了。剩了孤身,唉唉,上帝呵!"

文学者一手摩着伏在他那膝上的妻的头,并且说,——

"你看!"

眼泪昏了伊的眼力了,原稿的细密的横列在伊眼睛里,波浪似的动摇,断续,低昂。

"你看!"他重复说。"这是我的心脏! 这是和你永远存留的。"

垂死的人想活在自己的著作上,是太可伤心的事了。妻的眼泪更其多,更浓厚了,伊所要的是活的心。一切的人们,——无缘无故的人们,冷淡的人们,没有爱的人们,这些一切人们无论谁何所读的死书籍,在伊是用不着的。

三

书籍交给印刷所了。这名曰《为了不幸的人们》。

排字匠们一帖一帖的拆散原稿来,他们各人单将自己所担任的一部分去排版。拆散的原稿里,常有着一语的中途起首,不成意义的东西。例如"亲爱"这一字,"亲"留在这一人的手里,"爱"却交在别一个的手里了。然而这完全没有碍。因为他们是决不读自己所排的文句的。

"这半文不值的文人! 这糊里糊涂的字是什么!"一个絮叨着说,因为愤怒和讨厌装了嫌脸,用一手遮着眼睛。手指被铅色染得乌黑,那年青的脸上也横着铅色的影,而且一吐痰唾,这也一样的染着死人似的昏暗的颜色。

别一个排字匠,也是年青的男人,——这里是没有老人的,——以猿类的敏捷和灵巧,检出需用的文字来,便低声地开始了哼曲子,——

唉唉,这是我们的黑的运命么,

在我是铁的重担呵重担呵!……

以后的句子他不知道了。调子也是这人随意的捏造,——是一种单调的,吹嘘秋叶的风的低语似的,无可寄托的声音。

别的人都沉默,或者咳嗽,或者吐出暗色的唾沫。各人的上面,电灯发着光,前面的铁

《为了不幸的人们》插图

网栏的那边,模糊的现出停着的机器的昏暗的形象,机器都等候得疲倦了一般伸出他漆黑的手,显一副沉重的繁难的模样,压着土沥青的地面。机器的数目很不少。而充满着含蓄的精力和隐藏的音响与力量的沉默的黑暗,怯怯的包住了这周围。

四

书籍成了杂色的列,站在书架上,看不见后面的墙壁了。书籍又堆在地板上,又积在店后的昏暗的两间屋子里,排得无容足之地了。而且选在其间的人类的思想,在沉默里向外面颤动而且迸流,似乎在书籍的域中,是全不能有真的平安和真的寂静。

上等似的脸和留了颊须的男人立在电话口,和谁恭敬的交谈。于是低声地骂了"昏虫!"然后大叫道。——

"密式加!"

走进一个孩子来,他便突然间变了冷酷的厉害的严谨的脸,指斥说:"你要叫几次才好?废料!"

孩子吃了一惊睐着眼,这时胡子的气也平下去了。他并用了手和脚,推出一个书籍的沉重的包来,本想单用手来提,但有点不如意,便摔在原处的地板上。

"拿这个送到雅戈尔·伊凡诺微支那里去。"

孩子用两手去捧包,但那包不听话。

"好好地拿!"那男人大声说。

孩子好容易捧起包来,搬出去了。

五

在步道上,密式加挤开了往来的行人。他泥沙似的涂满了雪,被赶到灰色的街心里。沉重的包压在他脊梁上,他跄跄了。马车夫呵斥他。他这时一想那路的远近;便觉得害怕,以为这就要死了。他将沉重的包溜下脊梁来。一面看,一面禁不住歔歔的哭。

"你为什么哭着的?"路过的人问。

密式加呜呜地哭了。群众立刻围上来,走到一个带着腰刀和手枪的性急似的巡警,将密式加和书籍都装在零雇马车上,拉到派出所去了。

"怎么的?"当值的警官从正在写字的簿子上抬来脸来问。

"是背着太大的包裹的。"性急似的巡警回答说,将密式加推到前面去。

警官擎起一只手来,关节咯咯地响了;其次又擎起了那一只。于是交互地伸直了他瞪着宽阔的漆长靴的脚。斜了眼睛,从头到脚看一遍这孩子,他然后发出许多的问题,——

"你什么人? 那里来的? 姓名呢? 什么事?"

密式加一一答应了。

"密式加。百姓。十二岁。主人的差遣。"

警官走着,又复欠伸一回,迈开步,挺着胸脯,走近包裹,嘘一口气,然后伸手轻轻地去摸书籍。

"阿呵!"他用了满足似的口吻说。

包皮的一角已经破损了,警官拨了开来,读那书名——《为了不幸的人们》。

"那么,你,"他用手指招着密式加说,"读读瞧。"

"我认不得字。"

警官笑起来了——

"哈哈哈!"

走进一个络腮胡子的专管护照的人来,烧酒和洋葱的气息喷着密式加,也一样的笑——

"哈哈哈！"

此后他们便做起案卷来。而密式加在末尾押了一个小小的十字。

这一篇是一九〇一年作，意义很明显，是颜色黯淡的铅一般的滑稽，二十年之后，才译成中国语，安特来夫已经死了三年了。

一九二一年九月十一日，译者记

连翘

［俄国］契里珂夫

阿阿，春天一清早，连翘花香得怎样的芬芳呵，当太阳还未赶散那残夜的清凉，从夜的花草上吸尽了露水的时候！

是年轻时的一个早晨。我和一个温文美丽的少女，正在野外散步之后的归途。愉快的小鸟的队伙似的，他们跳出小船，便两个两个的分开，各因为送女人回家去，都在街上纷纷走散了。

太阳才照着街市，那金色的光线，正闪闪的晃耀在教会的屋顶和十字架以及高的房屋的窗间。道路还静默而且风凉，人家的窗户里都垂着帷幔。……那窗后面的人们还都落在沉睡中。……我们的足音在早晨的寂静里便听得高声地发响……

从密密的攒着铁钉的长围墙上，沉甸甸的垂着湿润的，盛开着紫的和白的球花的连翘。

契里珂夫

阿阿，春天一清早，连翘花香得怎样的非常呵！当你才二十岁，和温文美丽的少女同了道。每一互相瞥视，互相微笑，便喜滋滋地发抖的时候。……

"给我拗一枝那连翘花罢。……"

我们立住了。围墙又高又滑。而且簇着钉。想用手杖钩下那著花最盛的枝条，终于不如意。下雨一般，在我们上，连翘洒下了香露的珠玑。……

"一枝也可以！……"、

中华传世藏书　鲁迅全集　现代小说译丛

"白的？"

"就是，……不不，——紫的！……"

我为了温文美丽的少女，去偷连翘花，将自做了牺牲，爬上围墙去了。我被锈的钉刺破了手腕，然而我绝不留心；因为我丝毫没有觉得痛。香气很强烈，我的头便不由地转向了旁边。露滴从枝头直洒在我脸上，捏着的手杖唧唧地响，少女欣然的微笑着，我在伊头上，香雨似的降下了凌晨的清露。……我想将凡是著花的连翘，尽折给伊，白的，以及紫的。……

"已经够了！……"

我便勇士一般的跳下围墙来。那高兴快活的含着爱情的眼睛，以沉默的感谢向了我晃耀。

"这给你……做个……纪念。……"

伊不说了，而且将红晕起来的脸藏在连翘里。

"纪念！什么的？"

"今朝的散步的纪念呵！……连翘的，而且，一清早，这花怎样的香得非常的事。……"伊说着，向我的脸这一面，递过那润泽的连翘的花束来。

"你的手怎么了？那血？……"

这时我才知道，自己的腕上有着渗出鲜血的伤痕。

"痛吗？"

"并不，……这也是纪念罢。……"

伊给我一块小小的绢手巾。我用这包了手。于是仿佛为了爱人的名誉的战斗，因而受伤的勇士似的前进了。我们站住，刚要话别的时候，伊讨回手巾去。……

"将这个还了我吧。……"

"不。这存在我这里，……做纪念。……"

我还给伊了，是让了步的。这手巾不是已经被我的血染得通红了的吗？……

然而，唉唉，所谓人生这一种卑下的散文，……这常常干涉我们的生活，我们向着辽远的太空的莽苍苍的高处，刚刚作势要飞，正在这瞬间，这便来打断了我们的翅子了。

我在眼睛里，浮着心的弛放和幸福的颜色，捏着那纤细的发抖的少女的手，没有放，以为数秒钟也好，总想拖延一点离别的时光。我凝视着两颊通红的，一半遮在连翘的花束里的少女的脸；而且仿佛觉得酩酊了。但不知道，这是因为连翘的香气，还因为少女的红晕的两颊和娇怯的双眸。……睡得太多的懒洋洋的门丁出来了，而且搔着脑后说：

"唉唉，先生，裤子撕破了，……得缝缝，……这不好……"

我回头向背后看。少女挣出了捏着的手，高声笑着，跑进院子的里面去了。

"伊逃掉了，这是怎的？喂，管门的，你刚才怎么说？你没有怎么样吗？"

门丁委细的说明了理由：

"挂在钉子上了似的！……这不好……"

我一看自己的衣服。于是因为惭愧和屈辱和卑下，脸上仿佛冒出火来……全然，在我那白的连翘花上，似乎被谁唾了一口唾沫。……我向着家，静静地在街上走。早晨的祷告的钟发响了。虽然很少，却已有杂坐马车在石路上飞跑。大门的探望扉开合着，……现世的生活已经开始了。……

便到现在，我还记得那一个春天的早晨，……攒着铁钉的围墙，垂下的连翘地盛开的枝条，馥郁的露水的瀑布，掩映在紫的和白的连翘花间的娇怯的少女的脸。……

而且便到现在，在我的耳朵里，也还听得赶走了幻想和春日清晨的香气的，那粗鲁的门丁的声音。

阿阿，一清早，连翘怎样的香得非常呵，在太阳还未从连翘上吸尽了露水的时候，而且你才二十岁，一个温文美丽的少女和你并肩而立的时候！

契里珂夫（Evgeni Tshirikov）的名字，在我们心目中还很生疏，但在俄国，却早算一个契诃夫以后的知识阶级的代表著作者，全集十七本，已经重印过几次了。

契里珂夫以一八六四年生于凯山，从小住在村落里，朋友都是农夫和穷人的孩儿；后来离乡入中学，将毕业，便已有了革命思想了。所以他著作里，往往描出乡间的黑暗来，也常用革命的背景。他很贫困，最初寄稿于乡下的新闻，到一八八六年，才得发表于大日报，他自己说：这才是他文事行动的开端。

他最擅长于戏剧，很自然，多变化，而紧凑又不下于契诃夫。做从军记者也有名，集成本子的有《巴尔干战记》和取材于这回欧战的短篇小说《战争的反响》。

他的著作，虽然稍缺深沉的思想，然而率直，生动，清新。他又有善于心理描写之称，纵不及别人的复杂，而大抵取自实生活，颇富于讽刺和诙谐。这篇《连翘》也是一个小标本。

他是艺术家，又是革命家；而他又是民众教导者，这几乎是俄国文人的通有性，可以无须多说了。

一九二一年十一月二日，译者记

省会

[俄国]契里珂夫

　　我所坐的那汽船，使我胸中起了剧烈的搏动，驶近我年轻时候曾经住过的，一个小小的省会的埠头去了。又温和又幽静，而且悲凉的夏晚，笼罩了懒懒的摇荡着的伏尔迦的川水，和沿岸的群山，和远远的隔岸的森林的葱茏的景色。甜美的疲劳和说不出的哀感，从这晚，从梦幻似的水面，从繁生在高山上的树林映在川水里的影，从没到山后去的夕阳，从寂寞的渔夫的艇子，以及从白鸥和远方的汽笛，都吹进我的灵魂中来……自己曾经带了钓鱼具，徘徊过，焚过火，提过蟹的稔熟的处所，已经看得见了。自己常常垂钓的石崖上，也有人在那里钓鱼呢。奇怪……而且正坐在自己曾经坐过的处所。我忽然伤心到几乎要哭了。我于是想，自己已经有了白发，有了皱纹，再不会浮标一摇，便怦怦的心动，或如那人一般，鱼一上钩，便跳进水里去捉的了。心脏为了一去不返的生涯而痛楚了……我所期待的是欢喜，但迎迓我的却是悲哀。一转弯，从伏尔迦的高岸间，又望见了熟识的教会的两个圆形的屋顶，和有着绿色和灰色屋顶的一撮的人家……我的眼眶里含了泪……从那时以来，这省会近于全毁的已有两回了。我们住过的家，还完全的留着吗？我于是很想一见我和父母一同住过的，围着碧绿的树篱的老家。父亲已经不在，母亲也不在，便是兄弟也没有一个在这世上了。还是活着似的，记忆浮在眼前来。仿佛不能信他们都已不在这世上。我下了汽船，走过那洼地的小路——那时因为图近，常在这地方走——再过土冈，经过几家的房屋，便望见我家的围墙，……这样地想，……

　　"母亲，父亲！"

　　于是从门口的阶沿上，进出了父亲和母亲和弟妹们的满是欢喜的脸来。……

　　"此刻到的吗？"

　　"正是，此刻到的。……"

　　汽笛曼声地叫了。汽船画着圆周，缓缓地靠近埠头去。埠头上满是人。为要寻出有否知己的谁，一意地注视着人们的脸。然而没有，并无一个人。奇怪呵，那些人都到哪里去了呢？阿，那拿着阳伞的女人，却仿佛有一些相识。不，伊又并不是那伊！倘若那伊，那时候已经二十五，所以现在该有五十上下了，而这人不到三十岁。当那时候，我在这里的时候，伊还是五六岁的孩子，我们决不会相识起来。这五六个年青的姑娘们，……我在这里的时候,伊们一定还没有出世罢。

"先生,要搬行李吗?……"

"晤,好好,搬了去。"

没有遇着什么人。也没有人送给我心神荡摇的事件。没有接吻的人,也没有问道"到了么"的人。单是敌对似的,不能相信似的,而且用了惊讶的好奇心,看着人们罢了。——"那人是怎么的!到谁的家里去?"

"我到谁的家里去吗?我不知道。我现在是谁的家里都不去。曾经见过年轻时的我的这凄凉萧索的省会呵,我是到你这里来的,我们还该大家相识罢。"

我不走那通过洼地的小路,我现在早不必那样的匆忙,因为已没有先前似的抱了欢喜的不安的心,等候着我的了。……

"得用一辆马车,……"

"不行,这镇里只有两辆,一辆是刚才厅长坐了去了,还有那一辆呢,不知道今天为什么没有来。不要紧,我背去就是。先生是到那里去的?"

"我么?晤,晤,有旅馆罢?"

"那自然是有的!体面得很呢。叫克理摩夫旅馆。"

"克理摩夫!那么,那人还活着吗?"

"那人是死掉了,只是虽然死掉,也还是先前那样叫着罢了。"

"那么,他的儿子开着吗?"

"不是,开的是伊凡诺夫,但是还用着老名字呵。他的儿子也死掉了。"

我跟在乡下人的后面走,而且想。市镇呵,你也还完全地活着吗?也许还剩下一条狗之类罢?

"先生是从那里下来的?"

"我吗?……我是旅客……从彼得堡来的。"

"如果是游览,先生那里不是好得多吗?或者是有些买卖的事情罢?"

"没有。"

"不错,讲起买卖来,这里只有粉,先生是不见得做那样的生理的。那么,该是,有什么公事罢?"

"也不,单是来看看的。我先前在这里居住过。忽然想起来,要到这里来看看了。……"

"那么,不认识了罢。有了火灾,先前的物事也剩得不多了。"

我们在街上走。我热心地搜寻着熟识的地方。街道都改了新样了。新的人家并不欣然的迎迓我。

"这条街叫什么名字呢?"

"就叫息木毕尔斯克。"

"息木毕尔斯克！阿阿,真的么?"

"真的。"

在息木毕尔斯克街上,就有祭司长的住家。而且在祭司长这里,说是亲戚,住着一个年青的姑娘。伊名叫赛先加,极简单的一篇小传奇闪出眼前来了。带着钓鱼器具和茶炊的一队嚷嚷的人们,都向水车场这方面去……激在石质的河床上,潺潺作声的小河里,很有许多的鳔鱼。红帕子裹了黄金色的头发,手里捏着钓竿,两脚隐现在草丛中的赛先加的模样,唉唉,真是怎样的美丽呵！我们屹然地坐着,看着浮标。我们这样的等人来通报,说是"茶已经煮好了"。

这时的茶炊很不肯沸。那茶炊是用了杉球生着火的。我和赛先加早就生起茶炊来。赛先加怕虫,我给伊将虫穿在鱼钩上。唉唉,伊怎样的美丽呵,那赛先加是!……

"又吃去了,……给我再穿上一个新的罢!"

"阿阿,可以,可以。"

我走过去,从背后给伊去穿虫。但是可恶的虫,一直一弯的扭,非常之不听话。赛先加回转头来,抬起眼睛从下面看着我。

"快一点罢!"

"这畜生很不肯穿上钩去呢!"

我坐在伊身边,从旁看着伊的脸,而且想,——

"我此刻倘给伊一个接吻,不知道怎样?……"

我们的眼光相遇了。伊大约猜着了我的罪孽的思想,两颊便红晕起来。而我也一样。不多久,我穿好了虫,然而不再到自己的钓竿那里去了。我坐在赛先加的近旁,呼吸吹在伊脖颈上。

"那边去吧。你的浮标动着呢。"

"我不去,……去不成!……"

"为什么?"

"不,离开你的身边,是不能的。……"

默着。垂了头默着。不再说到那边去了。

"亚历山特拉·维克德罗夫那!"

"什我吗在想些什么事,你猜一猜。……"

"我不是妖仙呵。你在怎么想,谁也不会知道的!"

"如果你知道了我在怎样想,一定要生气吧。……"

"人家心里想着的事,谁能禁止他呢。……"

"知道我在想着的事吗?"

"不知道,什么事?"

"你会生气吧。……"

"请,说出来。……"

"你可曾恋过谁没有?"

"不,不知道。"

"那么,现在呢?"

"一样的事。"

伊牡丹一般通红了。

"那么,我却……"

"说罢!"

"我却爱的……"

"爱谁呢?"

"猜一猜看!"

"不知道呵,……"

伊的脸越加通红,低下头去了。我躺在赛先加很近旁的草上。伊并不向后退。啮着随手拉来的草,我被那想和赛先加接吻这一个不能制御的心愿,不断的烦恼着了。

我吐一口气。

这是怎么一回事呢?"

"自己判断看。……"

伊的脸又通红了。不管他事情会怎样,……我站起来,弯了身子,和赛先加竟接吻。伊用两手按了脸,没有声张。我再接吻一回,静静的问道:

"Yes 呢,还是 No 呢?"

"Yes!"赛先加才能听到的低声说。

"拿开手去! ……看我这边! ……"

"不。"

伊还是先前一样的不动弹，……我坐在伊旁边，将头枕在伊膝上。伊的手静静的落在我的头发上了，爱怜地抚摩着。……

"茶炊已经沸了！"

赛先加忽然被叫醒了似的。伊跳起来，径向水车场这方面走。到那里我们又相会，一同喝着茶。但没有互相看；两人也都怕互相看。傍晚回到市上，告别在祭司长的门前，赛先加跨下马车的时候，我才一看伊的脸。伊露着惘惘地不安的神情；伊向我伸出手来，那手发着抖。而且对于我的握手的回答，只是仅能觉得罢了。此后我每日里，渴望着和赛先加的相见，常走过祭司长的住宅的近旁。而且每日每日的，我的爱伊之情，只是热烈起来，然而伊象是沉在水里一般的没有消息了。不多久，我便知道那天的第二日，赛先加便往辛毕尔斯克去。因为得了电报，说伊的父亲亡故了。……

我此后没有再见赛先加。伊现在哪里呢？伊一定嫁了祭司，现正做着祭司夫人罢，……伊不是也已经上了四十岁吗？……

"记得有一个叫尼古拉的祭司长，还在吗？"

"死掉了。"

"那么，他的住宅呢？"

"烧掉了。你看，那住宅本来在这里，……在那造了专卖局的地方。……"

房屋新了，但大门是石造的，还依旧。我一望那门，仿佛从那门里面，便是现在也要走出年青的美丽的赛先加来，头上裹着红帕子——到水车场去的时候这模样——红了脸说：

"你还记得我们在水车场捉鳟鱼时候的事吗？"

专卖局里走出一个乡下人来；在门口站住了，拿酒瓶打在石柱上，要碰落瓶口的封蜡。……

"做什么？……这不是你这样胡闹的地方。……"

"和你有什么相干呢？"

诚然，……二十年前，那赛先加曾经站在这里的事，正不必对这些乡下人说。唉唉，赛先加和我的关系，于他有什么相干呢！

然而教堂也依旧。这周围环绕着繁茂的白杨，那树上有白嘴鸟做着窠，一种喧闹的叫声，响彻了全市镇，简直是市场的商女似的。我只是想，镇不住伤感的神魂，彻宵祭的钟发响了。明天是日曜。也仍然是照旧的钟，殷殷的鸣动开去，使人的灵魂上，兴起了逝者不归的哀感,想起那人生实短,万事都在他掌握之中的事来,……而且,又记起了为要看赛先加,去赴教堂的事来了,……那时候,钟也这样响。然而那时候,还未曾看见人生的收场。而且那音响也完全是另外的。

"呵,到了。……"

孤单的在屋子里。死一般寂静而且阒然。时钟在昏暗的回廊下懒懒的报时刻。在水车场和赛先加接吻那时候的事,逃得更辽远了。很无聊。窗外望见警厅的了台,什么都依旧;连油漆也仍然是黄色,象先前一般。这一定是没有烧掉罢。这是烧不掉的。

"请进来!"

"对不起,要看一看先生的住居证书呢。"

"阿阿,证书! ……这是无限期的旅行护照。无论到什么时候,可以没有期限的居住下去的。"

"我们这里,现在是非常严谨了。"

"连这里也这么严紧吗?"

"对啦。有了革命以后,不带护照的就不能收留了。"

"那么,连此地也起了这样的革命吗?"

掌柜的微微地一笑,招了不高兴似的说——

"那自然是有的! 真的革命,什么都定规做了。……"

"这个,那你说的规定,是怎样的事呢。"

"这就是,照通常一样,……监察官杀掉了,大家拿着红旗走,可萨克兵也到了的。……"

他傲然地说,一面打手势。

"可萨克来了,……那么,你们吃打没有呢?"

"吃打呵,那是打得真凶!"

他仍旧傲然的,很满足似的说。

"近来呢?"

"现在是平静了。这一任的厅长很严紧,是一个好厅长。"

"那么,前任呢?"

"前任的送到审判厅里去了。"

"何以?"

"他跟在红旗后面走啦。……"

全不懂是怎么一回事。我摇手。掌柜的出去了。我暂时坐在窗前,于是走到街上去。这里有一道架在满生着荨麻的谷上的桥梁。那谷底里,蜿蜒着碧绿的小河。那河是称为勃里斯加的。谷的那一岸的山上,就该有我们住过的房屋了。单是去看也可怕,怕心脏便立刻会抽紧罢。我在桥上站住了。连呼吸也艰涩。从桥的阑干里,去窥探那谷中。这便是我的兄弟和荨麻打仗的处所。他用木刀劈荨麻,一个眼光俊利的,瘦削的神经质的男孩子,立时浮到我的记忆上来了。

"摩阖!你在那里做什么?"

"打仗。……"

"用膳了,来罢!"

"不行,追赶了敌人之后,会来的!"

这全如昨日的事。现在这少年在哪里呢?在这谷里,和荨麻曾作拟战游戏的那少年,难道便是被杀在跋凡戈夫附近的那摩阖吗?我不信。我吐一口气,低了头前进了。我攀上山,幸而一切都还在。火灾和革命,全没有触着这在我的回忆上极其贵重的地方。看呵,那边是墙!阿阿,连翘又怎样的繁茂呵,连窗门都看不见了。有谁在那里弹钢琴。我站在对面,侧耳的听。是旧的破掉的钢琴。我家也曾有这样的一个的。我仿佛回到青年的时代去,觉得那是母亲弹着钢琴了。我想着昨天在水车场接吻的赛先加的事。弹的是什么呢?阿阿,是了,是先前自己也曾知道的曲调。而且还吹来了那时的风。那是什么曲调呢?阿阿,是了,那是"处女之祈祷"呵!正是!正是……合了眼倾听着。将我和青年时代隔开了的二十年的岁月,渐渐地消失了。似乎我还是大学生,因为暑假回到家里来,团栾的很热闹,在院子里喝了许多果酱的茶。父亲衔着烟卷,坐在已经冷熄了的茶炊旁边看日报。母亲是在弹钢琴。我的竞争者,那神学科的大学生,也恋着赛先加的戈雅扶令斯奇来邀我游泳伏尔伽河去。他也想娶赛先加,常常准备着求婚。他和我来商量;他不信自己的趣味。我们在游泳时候,是专谈些赛先加的事的。他脱下一只长靴来,敲着靴底说:

"结婚的事,可不比买一双靴呵。"

"的确!"

"那么,你以为怎样?……你看来怎样?"

"对谁?"

"阿阿,赛先加呀!"

"我也没有别的意见在这里。"

"倘教我说，那是美人！什么都贡献伊也还嫌少。就在目下开口呢，还等到毕业呢，那一边好，我自也决定不。但怕被别人抢去呵。因为伊是一个非常的美人。……"

他又脱下那一只长靴来，抛在旁边说：

"决定了。明天便求婚。……"

说着，他便从筏子上倒跳在河水里。

他今天也来邀游泳，而且谈赛先加的事。他竟绝不疑心，昨天在水车场上，他的赛先加已经失掉，不会回来的了。

"喂，游泳去吧！"

"求了婚没有？"

"不，还没有。也不是定要这样急急的事。"

"不行的。你以为伊爱你吗？"

"伊？"

戈雅扶令斯奇气壮地点头；睐眼，叩我的肩头。

"那美的赛先加已经是我的了！"

我觉得可笑，也以为可憎。第一，是太唐突了赛先加了。我几乎想将昨天我们已经接了吻，以及赛先加对我说了 Yes 的事说给他。

"你去罢！我不想去游泳。还有赛先加的事，你好好的办，不要过于失败罢。你已经很自负着！……然而……"

"你说什么？"

"阿，还是看着罢。"

"看着什么，倘我得了许可，怎么样？"

"胡说！赛先加已经许了我了。……"

"阿阿，这真是干了惊人的事！……"

"走罢！不走，我就会打你的脸呢！"

"阿阿！……这可是不得了！……"

那戈雅扶令斯奇现在哪里呢？一定和赛先加结了婚，做到祭司长了罢。而且伊已经告诉了他水车场的事吧？

钢琴停止了。我也定了神。我又想走进这家里去，一看那里面变换到怎样的情状。谁住在这家里，谁弹着钢琴，而且食堂和客厅和书室又成了什么模样了？倘我走进去说，——

"请你给我看一看这家里，我是年轻时住在这里的人。现在禁不住要一看这家，回到自己的少年时代去。"这却又甚不相宜似的。

我心里很迟疑；几次走过这家的门前，进了小路，从篱间去望院落。我在这院落里，曾经就树上吃过坚硬的多汁的果实。母亲煮果酱，将泡沫分给兄弟们的，也就在这地方。在这里，很有许多隐在连翘和木莓的丛莽之中的僻静的处所。我常在这里面，看那心爱的书信，而且想得出了神。

"故国呵！我为了你的幸丽，奉献了我的生命罢。"

现在仿佛觉得那时的我，是这样一个渺小的无聊的人。唉唉，生命也就流去了，而你却依然如很远地往音一般，还是一个渺小的无力的人物。而且你比先前更渺小更无力了。因为你在如今，对于自己的力，已没有先前那样的确信，并且在将来能够目睹那幸福的自己的祖国的一种希望，也已消亡了，……记起了谈到革命的旅馆掌柜来，……于是也想到了跟在红旗后面走的那厅长。……

"可怜的厅长呵！你是没有料到一切事全会这样悲哀的收场的。我也一样，厅长呵，也想不到那一件事竟如此，……所以我和你，现在都到了这样的境地了，你去听审判，我受着警察的看守。……"

我在身体和精神上都抱了忧郁和颓唐，回到旅馆里。掌柜的端进茶炊来。不多时，他出去了。关上房门之后，他在那里悄悄地窥探情形，侧着耳朵听。……

"什么都照旧！只有我不照旧了，……我已经不相信传单，手上也不再染那胶版的蓝墨。……喂，掌柜的，你大可以不必如此了。你疑心我到达省里来，还要再行革命吗？……这省里现在是有着非常严谨的厅长的了。"

又是照样的事。大清早，警兵送了——本日前赴警厅——的传票来。

"唉唉，这种传票。我已经厌倦了。然而总比他们到我这里来好。到警察厅去吧，而且会一会那严谨的厅长罢。"

我到了警察厅，引向副厅长的屋里去。我装了和心思相反的不高兴的脸，进去了。

"请，请坐。特地邀了过来，很抱歉。就是想一问，为了什么目的，到这省里来。……"

"并没有目的。单是想到了，所以来的。只要目所能见的随便什么地方，莫非我没有自由行走的权利的吗？"

"是呵，不错的。……你打算什么时候动身呢？"

"我倒还没有打算到这一件事。"

"过于好事似的,很失礼,请问你,……你不是著作家吗?"

"是著作家。不幸而是一个著作家。……"

"大家识了面,实在很愉快。"

"当真愉快吗?"

副厅长惶惑了。

"我本来也是大学生。我和你同在大学里。我在三年级的时候,你已经在毕业这一级了。"

"阿阿,原来!"

"是的。吸烟卷吗? 我也在闹事的一伙里,……就是和你在一起的时候,……大概还记得的罢,我的姓是弁纯斯奇呵!"

"弁纯斯奇吗? 这有些记得似的。……"

"是的! 那时候,我不是打了干事的嘴巴么!"

"那是你吗?"

"对了,……那是我! 的确是我!"

"你就是! 实在认不出了。……"

副厅长傲然的要使我确信他在闹事的那时候,打了干事的嘴巴,而且将现在做着警官的事,完全忘却了。他愈加活泼起来,详详细细地讲闹事。他脸上已没有近似警官的痕迹,全都变掉了。大学的闹事,在他一定算是最贵重的回忆罢。……我抱着不能隐藏的好奇心对他看,而且想。你怎么不被警察的看守,却入了警官的一伙呢? 他似乎也明白了我的意思了。

"请你不要这样地看我,我只是穿着警官的制服呵。但是这样的东西是无聊的,随便他就是……"

于是他又讲起闹事的事来。有着狗一般的追蹑的脸的一个人来窥探了。一定是书记罢。副厅长皱了眉,怒吼说,——

"没有许可,不要进我的屋里来。我忙得很。"

书记缩回去了。

"唉唉,我们那时候,各样的人都有呵。……"副厅长突然的说。而且他昂奋了似的,在屋子里往来地走。

"唉唉,你实在撕碎了我的心了。……还记得乌略诺夫吗? 那受了死刑的! 我和这人是同级。……"

"总之,为了什么,你叫我到警察厅来的呢,可以告诉我吗?"

"阿阿,就为此,……记起了年轻时的,大学生时候的事来,不知道你已经什么模样,就想和你见一面,……因为我是在大学时代就知道你的,因此……"

"因为要略表敬意罢!"

"你生了气吗?请你大加原谅罢!一想到我们的大闹的事,便禁不住,……况且我也看着你的著作,所以想和你见见了。"

他忽而沉默了。而且他向着窗门,不动地站着,我站起来咳嗽了,……他迅速地向我这边看。他的脸很惘然,而唇边漏着抱歉的微笑。

"我也不能再攀留你了。"他温和地说,微微的叹息;略再一想,伸出手来。

"那么,愿上帝赐你幸福!……大概未必再能见面罢,倘若……"

"倘若不再传到警亭里?"

他失笑了。他于是含着抱歉的微笑说,——

"我们的生命实在短,什么都和自己一同过去了。"

我出了警察厅。而且许多时,我不能贯穿起自己的思想来。为要防止和扑灭那一切无秩序而设的警官,却回想起自己所做的无秩序的事来以为痛快,而且仿佛淹在水里的人想要抓住草梗似的,很宝贵的保存着这记忆,这委实是不可解的事。或者也如我一样,因为他也已经白发满头,在人生的长途上,早已失掉了生命之花的缘故罢?

幸福

[俄国]阿尔志跋绥夫

自从妓女赛式加霉掉了鼻子,伊的标致的顽皮的脸正象一个腐烂的贝壳以来,伊的生命的一切,凡有伊自己能称为生命的,统统失掉了。

留在伊这里的,只是一种异样的讨厌的生存,白天并不给伊光明,变了无穷无尽的夜,夜又变作无穷无尽的苦闷的白天。

饿与冻磨灭伊的羸弱的身体,这上面只还挂着两个打皱的乳房与骨出的手脚,仿佛一匹半死的畜生。伊不得不从大街移到偏僻的地方,而且做起手,将自己献与最龌龊最惹厌的男人了。

一晚上,是下霜的月夜,伊来到一条新街,是秋末才造好的。这街在铁路后面,已经是市的尽头，一直通到遍地窟窿的荒凉的所在，在这里几乎没有人家。这地方绝无声响。街灯的列，混着平等静肃地落在死一般的建筑物上的月光，只是微微的发亮。

黑影，那从地洞里爬出来的，咄咄逼人的横在地上，还有电报柱，由电线联结着，白白的蒙了霜，月神一般闪烁。空气是干燥的，但因为严霜，刺得人皮肤烧热。

这宛然是，在这寒冷之下，全世界都已凝结，而且身上的各圆部都用着烧红的铁刺穿。于是身体碎

阿尔志跋绥夫

了，皮肤的小片，全从身上离开。从口中呼出的气，象一片云，略略升作青色的亮光，便又凝冻了隐去。

赛式加已经是第五日没有生意了。在这以前，伊就被人从伊的旧寓里打出，并且扣下了伊的最末的好看的腰带。

缓缓地怯怯的动着伊瘦小低弯的形体，在空虚的月下的路边；伊很觉得，仿佛伊在全世界上已经成了孤身，而且早不能通过这荒凉的境地了。伊的脚冻得一刻一刻的加凶，在索索作响的雪上，每一步都引起伊痛楚，似乎露出了鲜血淋漓的骨骼在石头上行走似的。

走到这惨淡的区处中间，赛式加才悟到了伊的没意义的生存的恐怖，伊于是哭了。眼泪从伊的发红的冷定的眼睛里进出，凝结在暗的烂洞里面，就是以前安着伊的鼻子的地方。没有人看见这眼泪，月亮也同先前一样在大野上亮晶晶的浮着，散布出一样的明朗的青色的光辉。

没有人到来。说不出的感情，在伊只是增高增强起来，而且已经达到了这境界，就是以为人们际此，便要陷入野兽的绝望，用了急迫的声音，狂叫起来。叫彻全原野，叫彻全世界。然而人是默着，只是痉挛的咬紧了牙关。

赛式加祈愿说："我愿意死，只是死，"但伊忽又沉默了。

这时候，在白色的路上，忽地现出一个男人的黑魆魆的形象，很快的近前，不久便听到雪野踏实的声音，也看见月亮照在他羔皮领上发闪。

赛式加知道，那是在道路尽头的工厂里的一个仆人。

伊在路旁站定，等候着他，用麻木的手交换地拽着袖口，将头埋在肩膀中间，脚是一

现代小说译丛

上一下的顿着。伊的嘴唇似乎是橡皮做的了,只能牵扯的钝滞的动。伊很怕,怕要说不出一句话来。

"大爷～～,"伊才能听到的低声说。

走来的人略略转过脸来,便又决然的赶快走了。赛式加奋起绝望的勇气,直向前奔,伊跟住他走,一面逼出不自然的亲热的声音劝他说:

"大爷～～……你同来,……真的。……好罢,就去……我们去吧。我给你看一件东西,会笑断你的肚肠的。……好,我们去。……总之,一定,我什么都做给你看,……我们去罢,爱的人。……"

过客仍旧只是走,对伊并不给一点什么主意。在他板着的脸上圆睁着眼睛,很不生动,似乎是玻璃做的。

赛式加从他的前面跳到后面,又紧缩了双肩,声音里是钝滞的呻吟,而且冷得只是喘气:

"你不要单看这,大爷～～,我现在这模样了,……我的身子是干净的。……我的住家并不远,我们去吧。……怎?……"

月亮高高地站在平野上,赛式加的声音在霜气的月光中异样的微弱的响。

"好,我们去吧,"赛式加喘息着又踢绊着说,但还是用了跳步在他前面走。"好,你不愿意,……那就求你给两个格利威涅克就是了。买点面包,我整一日还没有吃呢。……你给罢。……好,一个格利威涅克,大爷～～……爱的人。……"

他们来到一处极冷静的地方的时候,那过客默默的和伊走近了。他的异样的玻璃似的眼睛还是毫无生气的睁在月光里。

"好,你就只给一个格利威涅克,……我的好大爷～～……这在你算什么呢。"

一个最末的绝望的思想,忽然在伊的脑里想到了。

"我做,什么你乐意的。……真的,……我给你看这么一件东西,……我是会想法儿的。……你愿意,我揭起衣服来,……便坐在雪里;……我坐五分钟,……你可以自己瞧着表,……真的,……我只要十戈贝克就座了。……你真会好笑哩,大爷～～"

这过客站住了,他的玻璃样的眼睛也因为一种感觉而生动起来,他用了短的断续的声音笑了。

赛式加正对他站着,冷得发抖,伊的眼睛紧紧地钉住他手上或脸上,竭力的赔笑。

"但你可愿意,我却给五卢布,不是十戈贝克吗?"过客四顾着说。

赛式加冷得发抖;不信他,也不开口。

"你……听着,……脱光了衣服站在这里。我打你十下。——每一下半卢布,你愿吗?"

他不出声的笑而且发抖。

"这冷呢,"赛式加哀诉似的说,惊讶和饿极和疑惑的恐怖,也神经的痉挛的穿透了伊的全身。

"这算什么,……你因此就赚到五卢布,就因为冷。"

"这也很痛罢,你的打,"赛式加含含糊糊地并且十分苦恼的吞吐着说。

"唔,什么,什么——痛?你只要熬着,你就赚到五卢布。"

这过客往前走去了。

赛式加愈抖愈厉害:

"你……那就给五戈贝克罢。……"

这过客往前走去了。

赛式加想拉住他的手,但他擎上来便要打,而且忽然大怒起来,吓得伊倒跳。

这过客已经走远了两三步了。

赛式加哀诉地叫道,"大爷〰〰……大爷〰〰……这就是了,大爷〰〰。"

那人站住了,回过身来。

他从齿缝里简洁的说道,"唔。"

赛式加迷迷惑惑地站着。于是伊慢慢地解了身上的结束。伊的冻着的手指,在伊仿佛是别人的了,而且自己也不知道,为什么缘故,伊的眼光总不能离开了那玻璃似的眼睛。

"喂,你……赶快,……有人会来,……"过客从齿缝里不耐烦地说。

寒气四面八方的包围了赛式加的裸体。伊的呼吸要堵住了,似乎有烧得通红的铁忽然粘着了伊的全身,冰冻的皮肤,都撕裂下来了。

"你快打罢,"赛式加喃喃地说,便自己转过背来向着男人;伊的牙齿格格的厮打。

伊一丝不挂地站在他面前,这精赤的小小的身体,在月光寒气和夜里的大野中间,皎洁的雪上,显得非常别致。

"喂,"他鸣动着喉咙喘吁吁地说,"瞧这……要是你能熬,……在这里,五卢布;……要是不能,你叫了,那就到鬼里去!……"

"是了,……你打。……"伊的冻坏的嘴唇喃喃地说;伊全身因为寒冷,都痉挛蜷缩起来了。

过客走到身旁便打,突然间举起他细的手杖,使了全力,落在赛式加的瘦削伶仃的脊梁上。刀割似的创伤从伊身上直钻到脑子里。伊的周围的一切仿佛都成了怕人的痛楚的感觉,合凑着奔流。

"阿,"赛式加的嘴唇里进出一个短的惊怖的声音来。伊前走了两三步,用伊的两手痉挛的去按那遭打的处所。

"拿开手,……拿开手!……"他跟在伊后面,喘吁吁的叫喊说。

赛式加抽回膊肘,第二下便忽然的又将一样的难当的痛楚烙着伊了。伊呻吟倒地,两手支拄着。正倒下去时,又在伊裸体上,加上了白热的刀剜似的打扑。伊的裸露的肚子便匍在地面,并且几乎失了知觉地咬着积雪。

"九,"有钝滞的喉鸣的声音计着数;同时在伊的身体上又飞过了新的闪电,发出一个新的湿的响声。有东西迸裂了,极象是冰冻的芜菁,于是鲜血喷在雪上。赛式加辗转着象一条蛇,翻过脊梁去,积雪都染了血;伊的洼下的肚皮,在月光底下发亮。正在这一刻,又打着伊左边的胸脯,噗的破了。

"十,"有人在远地里叫。于是赛式加失了神。

但伊又即刻苏醒过来了。

"喂,起来,你这死尸,拿去,"一个急躁不过的声音叫喊说,"我去了,……唔?"

裸体的赛式加将发抖的手痉挛的爬着地面,踉踉跄跄地想站起身,鲜血顺了伊的身子往下滴。伊已经不很觉得寒冷,只在伊所有的肢节里,都有一种未尝经历过的衰弱,不快,苦闷的颤抖,和拉开。

伊惘惘地摸着打过的湿的处所,去穿伊的衣裳。待到伊穿上那冰着的褴褛衣服,很费却许多工夫;伊在月光皎洁的大原野上静静的蠢动。

当过客的黑影已经消灭,伊穿好了衣裳之后,伊才摊开伊捏着拳头的手来。在血污的手掌上,金圆象火花一般灿烂。

——五个,伊想,伊便抱了大的轻松的欢喜的感情了。伊迈开发抖的腿向市上走去,金圆在捏紧的手中。衣服擦着伊身体,给伊非常的痛楚。但伊并不理会这件事。伊的全存在已经充满了幸福的感情,……吃,暖,安心和烧酒。不一刻,伊早忘却,伊方才被人毒打了。

——现在好了;不这么冷了——伊喜滋滋地想,向狭路转过弯去,在那里是夜茶馆的明灯,忽然在伊面前辉煌起来了。

阿尔志跋绥夫（Mikhail Artsybashev）的经历，有一篇自叙传说得很简明："一八七八年生。生地不知道。进爱孚托尔斯克中学校，升到五年级，全不知道在那里教些什么事。决计要做美术家，进哈尔科夫绘画学校去了。在那地方学了一整年缺一礼拜，便到彼得堡，头两年是做地方事务官的书记。动笔是十六岁的时候，登在乡下的日报上。要说出日报的名目来，却有些惭愧。开首的著作是 V Sljozh，载在 Ruskoje Bagastvo 里。此后做小说直到现在。"

　　阿尔志跋绥夫虽然没有托尔斯泰（Tolstoi）和戈里奇（Corkij）这样伟大，然而是俄国新兴文学的典型的代表作家的一人；他的著作，自然不过是写实派，但表现的深刻，到他却算达到极致。使他出名的小说是《阑兑的死》（Sment Lande），使他更出名而得种种攻难的小说是《沙宁》（Sanin）。

　　阿尔志跋绥夫的著作是厌世的，主我的；而且每每带着肉的气息。但我们要知道，他只是如实描出，虽然不免主观，却并非主张和煽动；他的作风，也并非因为"写实主义大盛之后，进为唯我，"却只是时代的肖像；我们不要忘记他是描写现代生活的作家。对于他的《沙宁》的攻难，他寄给比拉尔特的信里，以比先前都介涅夫（Turgenev）的《父与子》，我以为不错的。攻难者这一流人，满口是玄想和神閟，高雅固然高雅了，但现实尚且茫然，还说什么玄想和神閟呢？

　　阿尔志跋绥夫的本领尤在小品；这一篇也便是出色的纯艺术品，毫不多费笔墨，而将"爱憎不相离，不但不离而且相争的无意识的本能"，浑然写出，可惜我的译笔不能传达罢了。

　　这一篇，写雪地上沦落的妓女和色情狂的仆人，几乎美丑泯绝，如看罗丹（Rodin）的雕刻；便以事实而论，也描尽了"不惟所谓幸福者终生胡闹，便是不幸者们，也在别一方面各糟蹋他们自己的生涯"。赛式加标致时候，以肉体供人的娱乐，及至烂了鼻子，只能而且还要以肉体供人残酷的娱乐，而且路人也并非幸福者，别有将他作为娱乐的资料的人。凡有太饱的以及饿过的人们，自己一想，至少在精神上，曾否因为生存而取过这类的娱乐与娱乐过路人，只要脑子清楚的，一定会觉得战栗！

　　现在有几位批评家很说写实主义可厌了，不厌事实而厌写出，实在是一件万分古怪的事，人们每因为偶然间"夜茶馆的明灯在面前辉煌"便忘却了雪地上的毒打，这也正是使有血的文人趋向厌世的主我的一种原因。

一九二〇年十月三十日记

中华传世藏书

鲁迅全集

现代小说译丛

二一〇九

医生

[俄国]阿尔志跋绥夫

一

和一个沉默寡言的巡警做了伴,医生跨过了潮湿的边路,穿着空虚的街道走。他的高大的模样在这边路上,仿佛反映在破碎的昏暗的镜里一般。围墙后摇着干枯的树枝;大风一阵一阵地吹,冲着铁的屋山,而且将冷的水滴掷到人脸上。倘使他的怒吼停顿下来,那就暂时的寂静了,人便从远处听得隐隐的,然而十分清楚,忽而单响,忽而连发的枪声。在南边大教堂的黑影后面,交互的起伏着一道微弱的红色,从下面照着垂下的云;那云在熹微的光线中,宛然是一条大蟒的红灰色的蜿蜒的身体。

"在那里放枪呢?"医生探问说,两手深藏在袖子里,又看着自己的脚。

"这我不能知道,"巡警回答说,但医生在他音调上,就觉察出他是知道的,只是不愿意说。

"在坡陀耳吗?"医生固执地问,其时他已经很嫌恶,几乎下颏要生痛了。

"那地方,我不知道,"巡警用了一样的声音答话。"我们该赶快了。先生。……"

"这被诅咒的蠢物!"医生一面想,一面咬了牙,赶快地走。

风还是一阵一阵地吹;在间断时,还只是听得这一样的远的隐隐的射击。

"但是谁将警厅长打伤了?"医生一面生病似的仔细听着射击,并且追问说。

"被犹太人,大约是那里面的谁,……"巡警用了照样的毫无区别的声音回答;这神情,似乎无论谁伤了谁或者杀了谁,都于他全不相干,而且其时只是固执地想着一件全属于个人的事务。

"用了什么?"

"用一柄手枪……放了,据说,于是伤了他。"

"这为什么呢?"

"这我不能知道。"

在这单调的简短的回答里藏着些东西,就是各样详细的探问,请求,激昂,全都无用的事。

医生的胸脯里，沉重的不平只是升腾上来，几乎塞住了喉咙。他自己内中推定，那警厅长是被犹太人自卫团的一个团员打伤的，据医生所知道，那哥萨克兵，曾经奉了他的命令，射击过他们。

他眼前浮出一幅图像来，是一群不整齐的人堆，都是没有好兵器的惊跳起来的气厥的人们，被他们的狂督的激昂和他们的同情所驱使，奔向市区里去，那地方是在狞野的非人类的咆哮里，捣毁房屋，撕裂可怜的破衣，弄在污秽里，而且在绝望的恐怖中已经发了狂的人，正受着屠戮。他们闯过去，拿着不完全的兵器，凌乱的去突击那凶徒队，于是整齐的毫不宽容的一齐射击，便径射这人堆；在汗秽的街道上面撒满了他们的死尸。医生在自己面前看得这图像非常分明，便这样反对起来，至于他以为最好是即时回去，并且对这巡警粗鲁地说：……

"哪，听他象一条狗子似的倒毙去！……生来是一条狗子便该狗子似的死！"但他又自己制住了。

"我没有这样做的道理……我是医生；不是法官！"

这根据在他已经觉得不可动摇。他却又从别的思路上，增加上去想：

"况且……倒在地上的人，不要去打他！"

这感想，是自己也以为含糊，同时又不愿意来承认的感想，激动而且苦恼他。这内心的战争和在光滑的路角上被风地吹着，使他很不容易向前进。

巡警在后面不停地走，而在医生，对于这乌黑的单调的形象的跟随，渐渐耐烦不得了。一种苦恼的冤屈的感情，仿佛无端被人叱责似的，紧紧地钉住了他。

"我想，人可以给我送一匹马来！"他的声音生病似的发着抖；他对于他这无谓的抗议，自己也觉得奇异。

"马是都在路上了。在全市里寻医生，我本想给先生叫一辆马车，然而他们，这鬼，全都藏起来了。"巡警用了较为活泼的仔细想过的音调说。

"还是赶快罢，先生！……"

二

警厅长的住宅面前站着许多巡警和两个骑马的哥萨克，鞍上横着枪。那马时时摇头，风将他的尾巴向着一旁吹拂。哥萨克人全不动，似乎他并非活人，却是那马的没有灵魂的附加物;……如果马匹走到街心,也仿佛是,只是他自己的意思,将骑者从这地方驮到别的地方去。巡警们默默地看着走来的医生,又默默地让给他路,灰色外套的沃珂罗陀契尼恭恭敬敬的举手到帽檐。

"你得到了?……一个医士?……"他问。

"是的,医士!"巡警得胜似的回答,往前走去,开了通到楼梯的门。

"请,先生!……"

通到前房的门是开着的,……这地方颇暗,但邻室却点着一盏灯,那光斜射到前房的地上,走出一个胖的区官来;门口还现出许多别的警官和一个漂亮的宪兵官。

"一个医士?"区官一样的明晰地问。"得到了吗?"

"得到了!"那跑在前面的,灰色外套的沃珂罗陀契尼开了门才回答说。

医生不说话,勉强着态度,抱了屈辱的感想,似乎他意外的搅在不愉快的案件中间,不知道如何才能逃脱,他摸弄了许多时的领襟,脱去外套和橡皮鞋,于是又除下眼镜来,用手帕比平常格外长久的摩擦。

这瞬间他忽然想起了,怎样的当他还在学生时候,为着一件要事必须往一家人家去,而先前不久却因了误会被人从这里逐出的,而且那羞辱的感情怎样厉害的压迫于他,致使他肢节的每一运动都造成近乎天然的痛楚。这时他无端的咳嗽,皱了眉心,从眼镜边下放出眼光来,拙笨地踏着地板,走进那明亮的屋里去。

"病人在哪里?"他烦恼地问,并不看人;他又努了力,不去注意那些正向他的专等的许多脸。他只看见,宪兵官便正是那一个,是近时来搜查过他的住所的。

"即刻,先生,……请这边,这边,……"区官急口地说,指着路。

迎面匆匆地走出一个苗条的女人,衣裳缠着伊的脚。伊长着漆黑的,哭过的因此显得非常之大的眼睛;伊的柔软的脖颈全伸在衣领的花边镶条的外面。伊是这样美,至于连医生也吃惊地看了。

"柏拉通·密哈罗微支,医士吗?"伊问,用了枯燥的,因为激动而进散了的声音。

"医士,医士,安玛·华希理夫那,……那就,你放心吧,……现在一切都就好了。……现在——我们就使他站起来!……"区官急口地说,显出莽撞,男子常常对着标致的女人说的,不应有的家庭的亲切来。

伊抓住医生的两手,紧紧地一握,软软的,并且说,其时伊大开的两眼正看着他的脸:"体上帝的意志,先生,请你帮助,……你这边来,赶快,……如果你看见他怎样的苦恼!……我的上帝呵,他们将他……打在……肚里了,……先生!"

于是伊唏嘘起来,用伊的柔软的两手掩了脸,也如伊的胸脯一般,在又白又软的花边镶条下,露出嫩玫瑰的颜色来。

"安玛.华希理夫那,你不要这么急!现在,怎样了?"那胖区官抬起了短的两手。

"你镇静点,慈善的太太,……这即刻……"医生也喃喃地说,同情使他软和了声音。但当说话时,他的眼光落在伊手上;他就记得了,今日一个相识的人怎样对他说:凶徒们撕开了怀孕的犹太女人的肚皮,塞进床垫的翎毛去。

"你为什么不另请一个别人呢?"他很含混地问,没有抬起眼来。

伊诧异的圆睁了眼睛。

"上帝呵,我们请谁去呢?合市里只有你是唯一的俄国的医生,……却不能去请犹太人:……他们现在对他都怀恨,……先生!……"

区官走近一些了;医生懂得这举动。他满抱着嫌恶一瞥周围,却又制住了自己;只是红了脸,而且愤愤地一睐他近视的眼睛。

"唔,好,那就……病人在哪里?"

"这边,这边,先生!……"伊慌忙大声说,提起衣裳,赶快地往前走。

"大约你要人帮忙,……"区官急口说。

"我用不着人!"医生截断了话,自己得意着趁这机会的撒些野,跟了警厅长的妻走去了。

他们忽忽的经过了两间昏暗的房屋,大约是食堂和客厅;因为医生以为在昏黄中,看出一张白的桌上摆着还未撤去的茶炊,图画,一张翼琴,虽然漆黑,却在暗地里发光,以及一面镜。两脚互换地踏着坚硬的矸蜡的地板,和柔软的毛毡;一切东西上都带着不可捉摸的奢华的气味。医生因此又觉得非常苦闷起来,仿佛有一件不愉快的可耻的事的缠绕,使他自己堕落了。

在一个门后面响着在医生是听惯的,单调的,垂死的人的断续的呻吟,这音响却使他轻松了;他立刻明白,他什么应当做,和什么是搁下不得的了。这时他已经自己向前;他首先跨进了病人的屋里去。

这地方很明亮,嗅到撒勒蒺克精(Salmiakgeist),沃度仿谟(Yedform),和一些更烈的气息;其中透出沉重的深邃的从内部发出的呻吟。慈善的看护妇胸前挂着红十字站在床边;那褥子上,血污的罩布挂在一旁,没有枕,伸开了全身,异样得挺了胸脯躺着的,是警厅长。他的蓝色的裤子解了纽扣褪向下边,小衫高高的卷在胸上,而其间断续的,非常费力似的,起伏着精光的肚皮。

医生仔细地看定他,并且说:

"姊妹,你给亮,请……"

但警厅长的妻便自己跳到桌旁去,拿过灯来,很俯向前,似乎驮着一个可怕的重负。这时火焰从下而向伊照着伊眼里含着异样的闪光;如果这从伊丈夫的肚子上移到医生脸上的时候,又显出伊那孩子似的,天真的恐怖的神色。

医生弯下身去,在这炫目的光线的范围中,于他只剩下发红的肚皮带着一个暗色的肚脐以及下面的乌黑的毫毛,抖抖的起落。受伤的人的脸正在阴影里,医生是完全忘却了。

"哦,这里……"他机械地对自己说。

那地方,当肋骨弓的尽处,是一个细小的,暗红色的窟窿。那周围非常整齐,已经有些青肿而且染了玫瑰色的血污了,这似乎很微细,至于使人全不能相信他的危机,但那苦痛的挣扎,仿佛全身尽了所有的力,都在伤处用劲一般的,却分明说出了这可怕的苦恼和逼近的危险。

"哦,哦,……"医生重复说。

他伸出两个手指去按那伤口的周围,皮肉软软的跟着下去了,但这上面忽而轩起一道可怕的波纹来,一种简单的不象人的狂呼,便在左近什么地方,医生的肘膊底下发喊。

玫瑰色衣服女人手里的灯,到了这模样了,至于医生即刻机械的接住他。他前面看见一个苍白的,可怜的而且极美的脸,于是他的心又起了热烈的同情,伊放下臂膊,无助的挂在身上。

"伊抽紧了!"医生想,——仔细的察看着伊这仓皇的举动。

"慈善的太太,……你不要这样着急。……我们还是出去的好,……在这里没有你的事,"他拘谨的试向伊去劝告,同时又抓住了伊的臂膊。

伊用了粗野的圆睁的眼睛看定他。

"不,不……不用,不用……赶快,先生,赶快……体上帝的意志!"

但医生扶了臂膊只向外边送,伊也从顺地离开了房间。

使女在客厅上点了灯,那柔和的红光,便使弯曲的家具的圆面和画框的昏沉的金色,都从阴暗里显露出来了。门口是区官的红而且圆的脸,想问不问地往里看,医生将女人几乎勉强的引到这地方,给伊坐到躺椅上去。

"你不要到那边去,……你停在这里!……那边看护妇就够了。我立刻去叫助手①来。你太着急了,……你停着,……"

"已经遣人到助手那里去了，"区官答应说。

伊听着，伊的黑而发光的眼并不离开了医生；似乎伊有点没有懂。医生刚一动，伊便敏捷的象猫一样，抓住了他的手。

"先生，体上帝的意志，你说实话，……这不危险吗？……他要死吗？……"

言语间有什么阻碍了伊；最末的话伊努了力才能含糊地说。

医生愈加悟到，伊正感着怎样的忧愁；他的同情更其强盛了。

"唔，什么，……"他想，是回答他自己的不分明的感情；"各有各的，……这暴行也和那各种别的暴行一样可怕。……在伊自然是只有他：在世界上最贵重，纵然有一切的，……而在他便是他的性命最贵重，也如别的人。……我的职务是，救助一切，……不应当……将病人分出有罪和无罪来！……"

"你镇静点，慈善的太太，"他弯了过于高大的瘦身子，柔和地向伊俯视下去，"一切，靠上帝保佑，将要有头绪了。伤是重的，的确，但你们邀我，还是这时候，……真的，这幸而，邀我有这样快，……"他反复地说，使他的话加起斤两来。

虽然一切全未妥当不异从前，他还没有动手，那黑眼睛却柔软了，消失了伊的发热似的闪光；蕴借而且感荷，伊忽然觉得很软弱，倒在躺椅里了。

"我谢你，先生！……"伊用了深信的妩媚的调子低声说。

"你去就是，我不再搅扰了。……但如有事，……那边，……你便叫我。先生！"

医生违反了自己的意志，又将眼光瞥到洁白的花边工作的波纹，黑头发，玫瑰色的身体和瑟瑟发响的绢衣上面去。

"怎样的一个壮观的美呵！"他诧异地想。"而又是……女人，……这凶徒的同衾的人！……稀奇，上帝在上！……是的，在这光明的世界上都这样！"——一面跨进房去，他转上了门的旋锁。先前一样的闻得药气味，先前一样的在床上笼着苦楚的声嘶的呻吟。慈善的看护妇不动的坐在旁边，在伊胸前是惹眼的红十字。

"你听，姊妹，你叫助手去，并且给我取了器具来，此外的我写给他罢，他应该自己给我，……他都知道。……"

"就是，"看护妇顺从的说，站起身。"但这已经遣人到各处去了，先生。……"

"你又说去，暂时不要有人来；……受伤的人要安静。……你止住了他的夫人。……"

医生独自留在受伤的人的床前，他小心地将灯安在几上，近些床，自己便坐在近旁的椅子上。

警厅长永远是不动地躺着。他的脸长着又多又美的胡子,他的手在指上戴着指环,他的腿登着长筒的漆靴,也一样的不动。只有那精光的发红的肚子,却用了紧张的摆动,异样的难熬的而且受逼似的动弹,筋肉都杂乱无章的抽向一边,似乎他正在枉然费力,想推出一件什么深入在他里面地做鲠的东西来。

每当枉然的费力之后,全身便发一回抖,又从蓬松的红须底下,进出嘶哑的声音,宛然是不自觉的病中的笑声,也象是极悲痛极恐怖的叹息。

医生知道,他能够怎样做,来助这有机组织对于苦痛的战胜;他第一眼先行看定,这警厅长的苗实的身体虽然重伤,倘其间不生变状,或疗治并不过迟,是担受得住的。他又照例的不耐烦起来了。

他拿过那满盖着金红色毫毛的手来,这先前确是很强壮,但现在却橡皮一般软了,于是便诊脉。

这霎时,呻吟停止了。医生忙向受伤的人看,知道他已经苏醒了。

"现在,你觉得怎样?"他问。

警厅长默着。他的肚子还照旧,艰难的高低。眼珠在低垂的眼睑底下浑浊的无生气地看。

医生已经相信他自己是看错了,但这瞬间胡子发了抖,一种异样的声音,似乎从身体的最里面的深处发出来的,轻微的而且分明地说:

"痛,……先生,……我要死了,……安玛在哪里呢,……我的妻?"

"你的夫人由我送出去了。因为伊太兴奋。你不会死,没有的事。并没有这样重。……"医生回答说,安慰着。用了他常对病人说的,用惯的切实的声音。

"痛,……"警厅长更低声的重复说,叹一口气。

"不要紧,……我们将要一切理出头绪来了。……你只忍耐一点。"医生用了同样的声音回答说。

然而警厅长已经又昏过去了,从金红色的胡子底下,连续的进出艰苦的呻吟来。

医生看了表,叹息,站起身,那伤口早经看护妇洗净了,暂时也没有事情做。他觉得烦躁的不安。房里面闷而且热,灯火点得太明。他混乱起来了,思想象烟之在风中一般环绕。他走近窗户;他开了眺望窗,靠着冷玻璃向街上看;那清冷的洁净的空气,波涛似的从他头上流进房中,吹动他的头发,他觉得舒服了。

街上正寂静。寂寞的黄色的街灯俨然的无聊地点着,并且照着人家漆黑的窗户和沉默的招牌。许多屋脊上头,耸着大教堂里昏暗的钟楼的高轮廓;这后面是闪着才能辨认的远远的微红。

这提起了医生的坡格隆的记忆了;他忽又含糊地失去了主见,这正是整日的呕吐似的给他烦恼的事。他从眺望窗伸出头去,侧耳的听。确乎没有听到什么,但随后却风送了单发的远地里的枪声来。

……吧,……啪,……啪,……这隐隐的在空中飘浮,而在这短的钝的声响中,便跟着悲惨的运命。

"上帝呵,这何时有一个终局! ……"医生想。

在房后面,对他回答似的发出提高的断续的呻吟。

迫压似的思想透过了医生的脑里了。

"上帝呵。他这里,……他有着怎样一个又美又可爱的妻,他自己多少强壮而且健康,围绕着他是怎样的丰裕的奢华,他还该有怎样的健康而且活泼的孩子;……但他却并不满足这幸福。欢喜这生活,并且宝重这欢喜;他倒去干这等事! 这在他是无须的,属于分外的,可怕的,……他该明白吧。那是造了怎样的孽了。然而虽然……"

寒风更烈地吹着屋脊;床上又发了呻吟。

医生靠着窗边不安的细听;他以为听得一声喊,但也不能辨别,是否并非他自己的疑心。在他脸上,本已通红而且汗湿的,下起不甚可辨的雨的细滴来了。伸开长颈子,他左右的看,在正对面认出一方大的白色的招牌:"鱼栈。"

隐约的有一种东西来到他脑里了,但忽而用了极大的速率弥漫了他的思想,又从这长成一幅鲜明的眩目的图像来。六七个月以前他应过一个商人的邀请,这人是得了轻的中风症了。

这胖东西躺在安乐椅子上象一匹新剥皮的母猪;他的脸是青的,宛然一个死人;他的呼吸又艰难又嘶哑,他的手脚抽搐了许多回,人就知道,他有怎样的苦闷了。

医生那空用尽了方法,只要是学问所及的事;他不睡而且不倦的整夜的医治,终于使他站起来了。而这一个商人莫斯科皤涅珂夫在三日之前,曾对着一群破烂而且酩酊,几乎不象人样的人们,在大教堂前,分给他们烧酒和做旗的花布。他那又红又胖的脸兴奋得发亮,又用了他的嘶哑的声音乱嚷些糊涂话,这就化了这一次的残虐,杀人与强奸。

"那我曾,……倘那时我不曾医好他,"医生想,"现在就许要多活出几十个人,……我做了什么事?……"

他惘惘地离开了窗门,似乎自己要唤起一种记忆来,而却没有。他走到床边,对了警厅长的脸锋利的看。这很青,衰惫,有许多回,呻吟每一厉害,金红色的胡子下面便露出白而且阔的牙齿;于是全脸上现了狡猾的,动物的表情。

一个愤怒的嫌恶的大波动忽而冲着医生了,所有环象——这卧室的奢侈的陈设,夫妇床的显然的无耻的并列,和裸露的身子带着他红肿的皮肤,……都成了难堪的实质的反感了。

"人应该自制,……我没有这权利,没有依照一己的感情的权利!"他自己在思想中叫喊。"而且,我自然是不走的,不要合弃了将死的人,"他想,用了假作的切实,分明的决定了表情。

"何以舍他不得?何以!——这却不能。……"

完全的无主失了他的气力了。他从礼服的后袋里很拙地扯出手巾来,那衣缝便不可收拾的开了裂,于是慢慢地接续的在那流着大粒的汗的脸上只是揩。

"呸,鬼!……但这是什么事,……终于没有人来呢?"他突然暴躁地想,已经忘却,是他自己禁止的了。但他自己又立时觉察,他之所以只指望什么地方有一个来人,便因为想靠一个别的人抱着别的感情,来替代和鼓舞他的固有的"我"。

"那真可怕呵,倘若一个人的神经坏掉了!这被诅咒的时间,"他很绝望,无声地说,徐徐回转身。他的举动又暧昧又游移,仿佛违反了一个别人的意志而行止,而且对于这反抗,又时时刻刻,必须战胜似的。

因为一种什么的原因,又只引他向窗口去了。

他刚向黑暗中一探望,他前面立刻现出一幅临末这几日的纷乱的悲惨的炫目的光景来。一个少年的尸体运到他的医院里来了。缺了脸,人已经不能推测,被害的是怎样的人,只在头颅所变得丑恶的一团,血污淋漓的质地上,现出那软头发的攒簇。随后他又记起一个高等女学生来,是年幼的犹太的闺女,他几于每天早上,和伊遇见在前往医院的涂中,伊是苗条,快乐,以及伊干净的灰色的制服,黑的裙,高鞋,和黑头发围着玫瑰色的额角,在伊都见得很出色。对于这劳倦的医生,从伊姿态上,常常嘘出最初的女性青年的清新的吹息来;他愿意和伊遇见,正如愿意遇见每年中,还瑟缩,然而已经是光明快乐的春天。而伊也被害了。伊的死尸,是医生在这一日里所见的第二个。在一条巷内,一所门窗破碎的熏坏了的房子的近旁,末屑和污秽的破布中间,灰色的潮湿的步道上,他看见一点特别的鲜明的东西:凶徒们将伊在这房子里强奸了,剥光衣服,从窗洞摔在街石上,在那地方,据医生耳闻,人还拖着伊的一只脚,在泥泞里拽了许久的时光。在伊还未长成的胸脯上,挂着几片黑条,是被石头撕裂的皮肉,乌黑的解散的头发,在污泥中浆硬了,离头有一噚辛之长，一条精光的折断的腿，无力的弯在石缝里。

这才在他合着的眼睑下含了热泪，流出眼镜边外来了。于是这说不尽的悲惨的光景，带着噩梦似的恐怖，骤然间变了商人莫斯科蟠涅珂夫得不成样子的胀大的嘴脸了。生着走血的大眼睛，歪着阔嘴，而周围又鬼怪一般的跳着破烂的，因为烧酒而肿胀的人们的，发狂似的形相。

"不，……这不是人！"忽而外观上很冷静，响亮而且坚决的，医生说。

在这恐怖中，那被害的闺女的脸消失了。

踉踉跄跄地，又喃喃地自己说些话，医生竭全力支撑起来，离开了窗门，又向警厅长的床这边走，但他刚到房子中央，又火急地转了向，做一个拒绝的手势，并不向病人一瞥，便出去了。

"我不能！"他很悲愤地说。

<h2 style="text-align:center">三</h2>

他在客厅里正撞着慈善的看护妇；他便闪在一旁，让给伊的路。这一瞬间，他是在一种异样的半无意识状态里了，他后来自己也不能记忆，其时正想些什么事。看护妇站住，安安静静地问他，从下面仰看了他的脸：

"又遣人去了。先生，……到谛摩菲雅夫和医院里。……"

医生似乎正在倾听什么别的东西，向着伊的额上，那白帽子下面露出一小团毛发的地方，沉思地看；于是他答应说：

"嗳，哦，……是了。……"

"你许是要什么罢？我准备去。……水么？"看护妇又问。

"好，……水！"医生愤怒地大叫，对于这鹘突和叫喊连自己也惊怖了。这刹那，他的眼光正遇到看护妇的诧异的眼，在伊眼光里，他看出了以为受侮的神情。

他想要说，给一个申明，自己是为着什么事。但只是无力地一挥手，穿过客厅出去了。

他走，并不留心的，经过了一切的房屋，他觉着警厅长的妻的犹疑恐惧的眼光，那正从躺椅里站起来的，向着自己。但也并不对伊看，走进前房，使用那发抖的手穿起外套来。

伊跟在他后面，向他略伸开了一半露出的，裹着花边的手臂，不安地问道：

"你要到那里去，先生？什么事？"

在伊后面，拙笨的伸开了两手，站着区官，从他头上，探着宪兵官的脸。

医生转过身去，是已经穿好了橡皮鞋和外套的了，帽子拿在手里，不知何故的他经过他们的前面，进了食堂，并且说，看着地板，满脸发青：

"我不能，……你另外叫别的人！……"

惑乱的惊怖睁大了伊乌黑的眼睛了。伊合了手。

"先生，你怎么了！我去邀谁呢？……我已经对你说过，……到处……只有你是唯一的……为什么？你自己欠康健吗？"

医生吐出不知怎样的一种声气，因为他不能即刻说出话来。

"呜，……不的，……我康健！我完全康健！。他大声说，激昂起来，全身发着抖。

死人似的青色骤然一律的盖了伊的脸。伊闭了口，注视着他，从这固定的玻璃一般的眼光上，医生忽然知道，伊也懂得他了。

"先生！"宪兵官恫吓的开口，但伊便用手阻止了他。

"你不肯医治我的男人，因为他……"伊低声说，伊只微微地动着发抖的松懈的嘴唇。

"是的，……"医生想要简明的答复，但这话粘在喉咙里没有出来。他只抽动着肩膀和手指。

"请你听！"区官焦躁起来了；但不知何故的仍然吞住，迷惑地向各处看。

沉默了片时。那女人显出失据和无望的表情。紧紧地看定了医生的眼睛，医生是执拗的只看着加罩的食桌的桌脚。

"先生！"伊用了紧张的畏葸的哀求说。

医生骤然抬起眼来，但没有答话。他这里正起了一场苦闷的隐藏的战争：对一个垂死的人和伊，在无助的绝望里，舍弃了，这似乎全然不该，是犯罪和不法；一走，而且因为这一走便可以分明切实地说，竟是宣告了一个全无抵抗的困苦的人的死刑。

象一个回旋圈子的可怕的速率似的，他只想寻出一条出路来，而竟没有。他忽而相信，这是简单明白的事，进去，医治，慰安，但紧接着觉得这也是简单明白的事，正应该——走。这儿的缭绕了别的。

"先生！"伊又用了一样的紧张的哀求说，这时伊很屈向他，张开了臂膊。

医生突然感到了全在这思想串子以外的事，是他因为穿了外套温暖了，倘他走到街上，便会受寒；于是他仿佛觉得，脱下外套来，到了病人那里，而当他面前又看见了这脸，带着金红色的美观的胡须和又白又阔的牙齿。

"不,这是不能的!"这通过了他的脑中。

在这思想之前他又恐怖起来了,他眼前又浮出那被杀的少年的打烂的脸的血粥,和高等学校女学生的裸露的腿来,他听得一个相识的人说:"他们撕开了肚子而且塞进床垫的翎毛去,"而一种新的,几乎闷煞人的愤懑,又复抓住他了。他声嘶地叫道:

"我不能!"

于是他向伊略略弯身,做一个拒绝的手势,转向门口去,一声全出于意外的着急的大叫又从伊留住了他。

"你不应当这样! ……你是有医治的责任的,……我要控诉去,你要后悔的,……柏拉通密哈罗微支! ……"

区官宪兵官和两个别的警官都一样地向前房走近一步来。似乎是,他们一伙,由玫瑰色衣服的女人率领着,要挡住他。他蹙了脸回过头去。

女人当面站着,伊的黑眼睛已经睁圆了;伊的纤手痉挛地捏了拳头,对他伸出了全体:

"你不应当! 你知道,什么? 我要强迫你! ……"

"伊凡诺夫!"区官叫喊说,红着脸。

"嗳哈! 伊凡诺夫吗?"医生说,用了异样的声音,拖长着,将那门的把手,那已经用手捏住了的,放下了。"你恫吓我吗? ……那么,好! ……如果我这样做,自己知道,为什么,……我是有医治人的责任的? ……谁说的? ……如果我嫌恶,我就毫没有什么责任。……你的男人是野兽,他现在苦恼着,唔。虽然对不起,还是很少。……我医治他? 救这人的命,这……你说的是什么,你懂吗? ……你倒不自己羞,亏你能说出口,替他哀求。……唉! 不能,……不〜〜能! 他倒毙去,他倒毙去,狗似的,我连指头也不动。……拘留我! ……我们瞧罢。……"

他那低的略带女性的声音嚷着说,他的细小的近视眼得胜而且毫不姑容的发了光。这霎时他尝着甜美的复仇的感觉,一切道德的苦痛的出路,以及从他全生涯中抢去了欢乐的,气馁的愤怒的出路,是寻到了。他不自觉的奇特的微笑,渐渐高声地咆哮,全不管周围要出什么事。

花边镶条的女人似乎要跌倒了;伊这变了可憎的凋萎的脸上,被苍白色扫尽了最后的颜色了。伊无助的跄踉,痉挛的动着嘴唇,而且无声的无力的哀求似的,向他伸着手。

"先——先生!"他终于在自己的叫喊里,听出伊的微弱的声音来。

他赶紧住了话,诧异似的向伊看,仿佛他完全忘却了当着伊的面了。

"我……我知道,先生,……"伊涩滞地说。"先生,……他自己有,……先生!……"医生骤然改变了神情。

"这……这不能算一个辩解,"他吃吃地说。

"我知道,先生,……但这样他就要死。……"

"然而……"医生发话,又复愤恨起来。

伊一面抓住他外套的袖子,打断了他的话。

"是的,是的,先生,……我并不这样想。……我懂……并不这样。……但我爱他。先生,……没有他我就要死。……唔,我也难受的,我……先生,凭一切圣灵的名字。在你这里没有一滴的同情吗?……我们有孩子!……"伊突然跪下了。

"安玛·华希理夫那,你做什么!"喊着,径奔向伊,是区官和宪兵官,但伊推开了他们。

这是非常之意外而且异样,至于医生也跟跄倒退了。伊膝行向他,后面拖着发响的玫瑰色的裙裾,而一个华美的弱女子的外表是这样动人,致使医生的精神上,又回来了一切的锋利的苦痛了。

汗珠成了大粒流在他脸上,手脚都颤动,几乎要破碎了。他暂时之间,觉得他已经不能反抗,自己觉得失了意志,但这时区官来捉住他的袖子,便涨满了愤恨的可怕的狂涛,将已经准备了的允许都破裂了,他掣回手,向门口直闯过去。

伊抓住他的袖子,对他叫喊,因为伊未经抓紧,两手落在地上了,不动的倒着,象一个玫瑰色衣服和乱头发的堆。

伊被搀起了,但当医生关门时候,他见伊还在地上;很使他有些难堪;人在他后面奔走,区官叫着兵们;他听得他们的脚步声已经在楼梯下震动。医生浑身抖着,胡乱地抓住了阑干,他急急的,逃走着,用那跨下去的脚尖探着楼梯。他眼前转着火光的圆圈,一种沉重的散漫的感情压住了他,如一座山之于一颗砂砾。

一九○五至六年顷,俄国的破裂已经发现了,有权位的人想转移国民的意向,便煽动他们攻击犹太人或别的民族去,世间称为坡格隆。Pogrom 这一个字,是从 Po(渐渐)和 Gromit(摧灭)合成的,也译作犹太人虐杀。这种暴举,那时各地常常实行,非常残酷,全是"非人"的事,直到今年,在库伦还有恩琴对于犹太人的杀戮,专制俄国那时的"庙谟",其可谓"毒遍四海"的了。

那时的煽动实在非常有力,官僚竭力的唤醒人里面的兽性来,而于其发挥,给他们许多的助力。无教育的俄人,以歼灭犹太人为一生抱负的很多;这原因虽然颇为复杂,而其主因,便只是因为他们是异民族。

阿尔志跋绥夫的这一篇《医生》(Doktor)是一九一〇年印行的《试作》(Etivdy)中之一，那做成的时候自然还在先，驱使的便是坡格隆的事，虽然算不得杰作，却是对于他同胞的非人类行为的一个极猛烈的抗争。

在这短篇里，不特照例的可以看见作者的细微的性欲描写和心理剖析，且又简单明了的写出了对于无抵抗主义的抵抗和爱憎的纠缠来。无抵抗，是作者所反抗的，因为人在天性上不能没有憎，而这憎，又或根于更广大的爱。因此，阿尔志跋绥夫便仍然不免是托尔斯泰之徒了，而又不免是托尔斯泰主义的反抗者——圆稳地说，便是托尔斯泰主义的调剂者。

人说，俄国人有异常的残忍性和异常的慈悲性；这很奇异，但让研究国民性的学者来解释罢。我所想的，只在自己这中国，自从杀掉蚩尤以后，兴高采烈的自以为制服异民族的时候也不少了，不知道能否在平定什么方略等等之外，寻出一篇这样为弱民族主张正义的文章来。

一九二一年四月二十八日译者附记

战争中的威尔珂

一件实事

［勃尔格利亚］跋佐夫

人取他入营的时候，他藏在草料阁上的干草里，……年老的父亲往镇里去了，为的是央求官府，不要取威尔珂去，因为他是独养子，没有人能理生计，饲牛和布种的了。

留在家里的只有年老的母亲，是须得打发开那些问起威尔珂的人的。

"巴巴维陀……叫威尔珂来！他应该上镇去，……他是预备兵，……他须得扛枪，……"克米德对伊说。

"威尔珂没有在家；我的小儿子。"

"母亲维陀！……威尔珂大概是躲了罢？……"经过门旁的预备兵们问说。

"没有，小儿子！……我藏他在哪里呢？……从前天起，我便不知道他在那里，……他不是废物！……你们都知道他。……"

但此时来了伊凡摩利希维那，是预备兵的指挥者。他从头一直武装到脚。人知道他是一个狠毒的人，全村的人们在他面前都发抖。

"祖母！……倘若威尔珂在明天早晨我们开拔之前，还不来入伍，我一捉到他，立刻给他一百棍！……你要记取！……"

"但那是为什么呢！……你们寻到他，就立刻打死我！……他不是一个废物！你不知道吗？……"吃惊的母亲维陀喃喃地说，而且挂念着坐在草料阁上的威尔珂。

"用骨樱树做的棍子一百下！……一下也不能少！……"伊凡重复说，走了。

那威尔珂呢？……他热病似的抖着，从他自己挖在屋顶上的窟窿里，窥探着他。他听到了可怕的摩利希维那的恐吓，而且更加害怕了。

跋佐夫

他赶紧溜到顶篷上的一个角落里，爬向干草，自己埋在这里面一直到脖颈。

他这样的等到夜。

第二日一清早他从罅隙间往外看：村的空地上站着一群预备兵，都是他的伙伴，都高兴，都穿制服，而且他们用秋花装饰着的帽子上，在太阳里耀着小小的金狮子，……他们嘴里衔着黄杨木的小枝条，他们也用这饰了枪口，……子弹，珍珠一般的排着，交叉在他们的胸前，……而且挂在他们身旁的铁叶的水瓶，又安排得怎样好，……太阳反射在这上面！……

寂静笼罩了全群。预备兵们成了行列对着他的小屋子走。

伊凡摩利希维那从酒铺子走近这边来。他戴一顶帽高得象一条烟囱，这旁边插一支白羽。

他在队前面站住，向他们说了几句话，用手做一个信号，……他们便缓缓地动作了，一律，整齐，而他在他们的前面。他们之后，在杂色的一大群里，是亲属和朋友，来和他们做别的。

歌是大声地唱起来了，很响亮。……

威尔珂倾听着，……他听不饱这甜美的音节，……而且歌将他的声调弥漫了全村落，……天空和森林。……

他们走了，……消失了……

风时时送给他在空中反响的歌的声调来。

这真是战争的一点妙处呵！……

糊涂威尔珂的心在胸膛里发了抖，……他向下边看，……从上到下满是尘土挂着干草和蛛网。……围住他的是浑浊的气味，黑暗，鼠子弄剩的零星。……有几处，从罅隙间射进些微的太阳光线来，……所谓偷偷地光亮。……

而那边……开阔的平野，明朗的天，照耀着纯净的太阳，……溪涧里的流水潺潺地响，鸟雀自由的腾上天空中，……而他的伙伴向着碧绿的旷野里开步走而且歌唱。……

没有多想，威尔珂从阁上的四方口溜进房中，在壁上抓了枪，走过牛棚，抚摩了花牛，在那额上的星点上接了吻，不使母亲看见的跳过篱笆，便奔向平野去，仿佛有人追赶他似的。

预备兵们开步走而且歌唱，……他们的刺刀在太阳下电光一般闪烁，……他们的军旗象张开两翅的大鸟似的飞扬。……

众人之前走着伊凡摩利希维那。他时时转过身来，发些号令，于是又和他的大帽子向前大踏步地走。

威尔珂追到他们的时候，歌沉默了，队伍解散了，大家叫喊起来，因为威尔珂一光降，各人都得了愿意的人了。

"乌玛利丹……乌玛利丹！……你怎样了？……你是怎样的一个英雄呵！……你究竟先在哪里呢？……"这一部分大声说。

"乌玛利丹来了！……"别一部分叫道，——"现在我们不怕什么了，而且要俘虏苏丹哩！……"

"开步走！……开步走！……而且高兴罢！……开步走！……开步走！……君士但丁堡是我们的！……"

预备兵们都欢笑而且纳罕地看着乌玛利丹的威尔珂，在他身上有几处还挂着蛛网。

威尔珂红了脸，也不作声。

伊凡摩利希维那微微的笑，但他便即皱了额，锋利的叫喊道："够了，这够了！……你们为什么这样笑？……好，威尔珂！……开步走！……"

预备兵们又成了行列向前走。

但在他们过第一个土冈以前，人已经将乌玛利丹的威尔珂改称"少尉"了。

晚上，他们到了菲列波贝尔。

人使他们歇在饥饿之野的新营里。

第二日早晨，兵官来巡逻，听过摩利希维那的报告，去了。

这于威尔珂都适意：有肉的汤，新的兵外套和伙伴，和军歌和愉快，——一切，只要是心里所希求的。他惯熟了新生活，同化了兵们的习惯和言语，……他早没有一点再象先前的威尔珂了。

人来点名。

"有！"他尽力地叫，其时挺直的象一条弦，而且从从容容地一瞥长官的眼。

别的人戏弄他。

"威尔珂……"。伊凡摩利希维那大声说，他已经任为军官了，——"你将帽上的小狮子缀颠倒了！……野东西！……"

"遵命，您勃拉各罗提。……"而且威尔珂很尊敬地看一看他的长官。

每瞬间都到来新兵的输送，是分给预备兵去教练的。

威尔珂分到了大约十个村人和五个市人。伊凡摩利希维那对于一个市人有些反对而且可怕的苛待他。

他现在寻到报仇的机会了。

"威尔珂！……"他将他的下属叫到旁边。

当威尔珂傍他站着的时候，他问，这时他用眼睛睃着站在队伍里的新兵："他们服从你？……"

"他们服从，您勃拉各罗提。……"

"你看见那边的那一个大个儿人吗？……"

"我看见他，您勃拉各罗提。……"

"这是一个狗子，……这是，……你懂吗？……好好的留心着，……不准他动一动，……倘若他走得坏，给他一脚；……他看得不直，便一拳打在狗嘴上：……不要宽容他，……前面去，给我能看到，……"

"遵命！……"

威尔珂回到他的新兵那里，少尉也背向了市人了。

威尔珂理会不得，何以少尉只吩咐打那大个儿人。村人中却有几个是练习的狮儿，按着号令，那大个儿走得最好，少尉大人不是错误了吗？他的头脑不能捉摸这事，但自从那时以来，不知什么缘故，他在这大个儿人之前自己觉得慌张了。

晚上，摩利希维那叫他到官房里。

"威尔珂，对那驴子究竟怎样了？……"

"遵命，您勃拉各罗提。……"

"他那狗嘴肿了吗？……"

"一点没有，您勃拉各罗提，他的事做得很合法。……"

少尉蹙了额。

"听着，你是一匹骆驼。明早操练的时候我来，……无论他怎样，你便在我的面前将他大骂，否则鬼捉你！……"

威尔珂悚然地去了。

他觉得，自从那少尉升迁之后，更加坏了，到末后，……谁知道呢，……这大约是这样的风气。……

次日早晨，少尉到操练这里来，额上带着一道很深的皱。

威尔珂觉得滴下冷汗来。

刚发首先的号令："一，二！"威尔珂便立刻走向大个儿人，拉住他的制服，喊出钝的，低微的声音来，似乎是出在地底里："请……您！……"

此外他不能再说了，他单是哀求似的看着大个儿。

几个兵，是市人，不由得微笑起来，当他们看见威尔珂的可怜的地位，他自己不知道，他是在天上还在地上的时候。……

摩利希维那愤然的咬了牙，青了脸，跳向威尔珂并且打在他脸上，至于他鲜血直涌出鼻子来。

这使军官更加暴躁了，他喊道，"威尔珂！……二十四小时的禁锢……没有面包！……"

威尔珂的罚是严重的。

他哭了一整夜，他全走进他的忧愁里了。他记起他的母亲，那伊如果想到他，便在那里唏嘘的，……他的父亲，那两脚已经不能做吃重的工作的，……棚里的花牛，那此时正在四顾，看威尔珂来抚摩他与否的，……他想的很久。雄鸡啼到第三回，最初的黎明开始了，暗暗地进了小窗子，……全营立刻醒来，惩罚的期间过去了，他又去操练，……而且又看见野少尉的颦蹙的脸了。

不，……他今晚便跑开这里，只要一昏暗，……出什么事，出来就是……

虽然，威尔珂却并不能实行了他的计划。人将伊凡摩利希维那调到不知什么地方去了，而他的位置上来了一个有理的象人的军官。

于是威尔珂留着。

第一个军官即刻看出了威尔珂的能干，他的服从和心的简单来。

有一天,他当着大队之前,因为一件任务的好成绩,大声地称赞他。

"好,威尔珂!……你是一个勇敢的汉子。……我希望大家,都象这样的兵士,象你似的。……"

威尔珂仿佛觉得,他有如回了天堂了,从这霎时起,他就准备定,只要有长官的一个眼色便拼死。这使他活泼起来了,而且他又开始问那伙伴,是否立刻便有对于土耳其人的战争,他有这样的兴致,要用他的刺刀刺死几个土耳其人,他日见其好战了。

"威尔珂……你在战争中真要打死一群土耳其人吗?……"他的伙伴恶意地问他说。

"他们的娘要哭他们。……"

"你怎样打死他们呢?……你实在还没有战争过。……"

"什么……我?……"激昂的威尔珂回答说,他走到旁边,紧捏了枪,——看一看,用刺刀向空中便刺。

大家都躲闪,因为这赫怒的威尔珂,是真会将人刺在那刀尖在日光下发闪的刺刀上的。无意中有人拍他的肩膀。

他转过去。

他面前站着他的长官,而且一半微笑一半严厉的对他看。

威尔珂挺直地站着,羞得没有话。

"我愿意看见你对着真的敌人也有这样勇。……"长官说。

"遵命,您勃拉各罗提。……"

这是一八八五年。十一月二日(旧历,即新历的十五)人将全团运到饥饿之野去,并且排了队,不久,团长骑着马到来,晓谕大众,说那米兰,那塞尔比亚王,对勃尔格利亚宣告了不合理的战争,以及当晚这全团便向野外进军去对仗,防守祖国的边疆。

为了同塞尔比亚开战而起的,首先的无意识的快乐之后,(普通的高兴是威尔珂也有份的)威尔珂的头里起了大扰乱了。他捉摸不到两件事:第一,塞尔比亚何以倒不向那又坏又非基督教徒的土耳其去出兵呢,此外,是人要到塞尔比亚,渡过海去,不可怕吗?……

然而他没有工夫,打听这些事了;大家满手都是事,这边那边的跑而且匆匆的集起东西来,因为都要上火车去。

车站上塞满了人,……母亲们哭着和兵们别离,……女儿用树叶环绕他们的帽,……另外的人又用松柏枝插在枪膛上。……单是和他做别的没有人,……没有人诉说,说他出征的事,……热情抓住了他,但没有时候了;他们要归队,音乐演奏起来,大众诀别他们，高叫一声"呼而啦！……"而且列车走动了。

自两天以来，苏飞亚的旷野，已经被在高峻的连根震动的密朵式山发出反响来的炮声轰得烦厌的了，……山将他愤怒的头角包在浓云里。……

旧苏飞亚，勃尔格利亚的首都，也一样的恐怖，……市街上是纷乱和拥挤，……市街上是哀愁，……而且人心——闷闷的。

白旗缀着红十字的到处飘扬，市镇变成一所医院了，车子载着伤兵不绝的到来，……而且从战场上又永是传来暗淡的消息，……大炮声愈加逼近，愈加怕人，空气激荡了，玻璃在窗户上发着抖。……

苏飞亚后边，在斯理夫尼札这方面，大道全被军人掩得乌黑了，他们来：从罗陀贝尔沼泽的内地，从黑海和白海的沿岸，从多瑙来的这些英雄们。他们将黑夜做成白天，他们一面走一面睡，他们没有一点食物到嘴里，而且这于他们是很适意的！

你听到吗？……他们还唱歌当作大炮的轰声的答话，虽然他们直到唇边部溅满了泥污，只有他们的枪发着闪，而欢喜却主宰了他们的心。……他们知道，勃尔格利亚人看他们，谈论他们，期待他们什么事，他们知道，勃尔格利亚人为他们祷告。

向西方望过去，只见满路是拿着插上的刺刀的步兵，……铁的车轮轧轧地响，……他们曳着沉重的大炮和弹药车，……倘他们一躲闪，困倦的骑兵便将他们溅上了泥污！……但是如何奇特的骑兵呵！……三个人骑在一匹马上，正如拉兑兹奇的兵，当他们驰向式普加去战争，帮助民军的时候似的。

现在斯理夫尼札是第二式普加了，多一个兵一粒弹——便能救得祖国，……我们的英雄们都知道这事，而且上帝所以将铁一般的力量和不可见的羽翼给他们。……

在一小时之前，斯理夫尼札后面的全线上，激起了可怕的战斗。

三日以来，已经是大炮不住的怒吼，而且千万的枪弹呼哨着的了。浓密的青色的烟雾罩着战场，不肯收敛了去。

敌人的集合的车垒从各方面奔突进来，又到处退了回去。前天他们比我们强三倍，昨天强两倍，今天是势力相等了。

战争在左翼发作起来了，在中军，以及在右翼，这是我们的威尔珂就在里面的。他战的以一当十，很骇人。

那坟山，勃尔格利亚人从这里射击出去的处所，昨天是属于塞尔比亚人的。经反抗袭击之后，我们的军队将塞尔比亚人从这阵地上逼走了，——敌人退到对面的土冈上，是

他在夜间筑了堡垒的地方。……他向我们四面用了火来，又用枪弹的雹霰来震动比塞尔比亚较低的我们的阵地，……塞尔比亚人是看不见的，……在烟雾里，这边那边的出没着黑帽的尖顶，而雾时都又消灭了。

时间经过了，战斗永是继续着。每瞬间升起塞尔比亚人堡垒的那可怕的火来。

我们的队伍节省子弹，不再徒然的来开枪，他们等候着号令"前进！"以用刺刀去回报那射击，……其时我们的少年静听着枪弹的呼哨，或者那打在地面的钝滞的声音。……我们的大炮一发响，他们便将眼光跟着榴霰弹而且呐喊道："呼而啦！……"倘若这炮火命中了的时候。

只有威尔珂一个人没有停止开枪，……他一个人定规的回答敌人，因此大抵的枪弹都落在他四近。大半是这事使他发怒，就是从昨天早上起没有一点食物到过嘴里，……因为这不住的火，面包是不能运到堡垒的了。威尔珂的脏腑抽得如一条蛇的圆圈。他在牙齿间咒骂而且永是接连的射击。……

然而——饥饿克服了市镇。……

威尔珂站起身来，伸直了，并且开手向战友的背囊里去搜索，看可能发现一片面包，……他全没有一回听到枪弹的呼哨，那永是稠密地落在他四近的。

"你伏在地面上，乌玛利丹！……"众人都嚷，因为吃惊着威尔珂的鲁莽。

但威尔珂默着，站直了，又弯下去，遍摸所有的衣袋，……他终于寻到一片霉了的饼干，于是他站得挺直的咬进去，对抗塞尔比亚人，……一粒枪弹贴近了他的嘴直飞过去，将那饼干带得很远了。……

这是塞尔比亚人的一个大错：他使威尔珂狂怒了；……为惩罚他们起见，他将臂膊擎在空中，并且用了死力叫喊起来道："呼而啦！……呼而啦！……呼而啦……"

百数颗枪弹攒着这狂怒者呼呼的响……威尔珂不害怕，……"天使保佑无罪者"——谚语说，……战友相信，威尔珂是发了疯了，但他们不能反对他，而且躺在地上跟着威尔珂的号令呐喊道："呼而啦！……"

队的指挥官惴惴地看着威尔珂的无畏；但这出戏是每瞬间都能变成悲剧的，而威尔珂是一个出类拔萃的兵。……

"威尔珂！……伏在地上！……"军官命令说。

但他似乎聋聩了，威尔珂只是不住地向塞尔比亚人挥着臂膊而且叫喊："呼而啦！……呼而啦！……呼而啦！……"

而且躺在地面上的伙伴们学着他的话："呼而啦！……呼而啦！……呼而啦！……"

稀奇！……这愤怒的狂度是传染的，威尔珂的叫喊延烧了众人的心，……几个人起来了，因为要照着威尔珂做，……现在他是真的指挥官了。

排长将额蹙成皱襞，命令地叫道："乌玛利丹，我命令你，……伏在地上！……大家都伏在地上！……我不愿无益的牺牲！"

"您勃拉各罗提，……"威尔珂第一回说，——"他们逃走了！……呼而啦！……"指挥官起来，用他的望远镜去照看塞尔比亚的阵地。

而且真的，……塞尔比亚人逃走了，……从这喊声"呼而啦"上，他们推想，以为勃尔格利亚人攻进来了。

二十分时之后，勃尔格利亚军占领了高的塞尔比亚的阵地并没有开一回枪。

威尔珂躺在医院里三个月，因为左臂上一个伤，是他在札里勃罗特所受的，左手从此以来于工作便没有用。他以后还是在战地一般模样，而且永是成了这样的威尔珂乌玛利丹。伙计们仍是玩笑的称他"少尉"，虽然他们忘不掉，他便是，在斯理夫尼札占领堡垒的一个人。他也并没有忘记这件事，他每遇机会便讲他战争的回忆。

倘若兵营是兵的学校，战争便是他的高等学校了。而且——事实上——威尔珂知道了领解了许多的事物。只有一件，这简单的农夫不能懂：人为什么和塞尔比亚人打仗呢？

我们的聪明的政治家对于这肤浅的幼稚的问题，立刻给我们一个准备妥帖的回答。……

然而我觉得，正如在我们这里一样，在我们的邻人那里也有百千的简单的农夫正如威尔珂的，直到现在，还不能懂得为了谁，这战争是必要而且不可免呢，因为他们是只用得着及时的太阳和雨泽的。……

简单的头脑！

勃尔格利亚文艺的曙光，是开始在十九世纪的。但他早负着两大害：一是土耳其政府的凶横，一是希腊旧教的锢蔽。直到俄土战争之后，他才现出极迅速地进步来。唯其文学，因为历史的关系，终究带着专事宣传爱国主义的倾向，诗歌尤甚，所以勃尔格利亚还缺少伟大的诗人。至于散文方面，却已有许多作者，而最显著的是伊凡跋佐夫（Ivan Vazov）。

跋佐夫以一八五〇年生于梭波德，父亲是一个商人，母亲是在那时很有教育的女子。他十五岁到开罗斐尔（在东罗马尼亚）进学校，二十岁到罗马尼亚学经商去了。但这时候勃尔格利亚的独立运动已经很旺盛，所以他便将全力注到革命事业里去；他又发表了许多爱国的热烈的诗篇。

跋佐夫以一八七二年回到故乡;他的职业很奇特,忽而为学校教师,忽而为铁路员,但终于被土耳其政府逼走了。革命时,他为军事执法长;此后他又与诗人威理式珂夫(Velishkov)编辑一种月刊曰《科学》,终于往俄国,在阿兑塞完成一部小说,就是有名的《轭下》,是描写对土耳其战争的,回国后发表在教育部出版的《文学丛书》中,不久欧洲文明国便几乎都有译本了。

他又做许多短篇小说和戏曲,使巴尔干的美丽,朴野,都涌现于读者的眼前。勃尔格利亚人以他为他们最伟大的文人;一八九五年在苏飞亚举行他文学事业二十五年的庆典;今年又行盛大的祝贺,并且印行纪念邮票七种:因为他正七十周岁了。

跋佐夫不但是革命的文人,也是旧文学的轨道破坏者,也是体裁家(Stilist),勃尔格利亚文书旧用一种希腊教会的人造文,轻视口语,因此口语便很不完全了,而跋佐夫是鼓吹白话,又善于运用白话的人。托尔斯泰和俄国文学是他的模范。他爱他的故乡,终身纪念着,尝在意大利,徘徊橙橘树下,听得一个英国人叫道:"这是真的乐园!"他答道。"Sire 我知道一个更美的乐园!"——他没有一刻忘却巴尔干的蔷薇园,他爱他的国民,尤痛心于勃尔格利亚和塞尔比亚的兄弟的战争,这一篇《战争中的威尔珂》,也便是这事的悲愤的叫唤。

这一篇,是从札典斯加女士的德译本《勃尔格利亚女子与其他小说》里译出的;所有注解,除了第四第六第九之外,都是德译本的原注。

一九二一年八月二二日记

疯姑娘

[芬兰]明那·亢德

人叫伊"疯姑娘"。伊住在市街尽头的旧坟地后面,因为人在那里可以付给较为便宜的房价。伊只能节俭的过活,因为伊的收入只是极微末:休养费二百八十马克和手工挣来的一点的酬劳。在市街里,每一问每月要付十马克,伊租伊的小房子只七个,这当然是不好而且住旧的了,火炉是坏的,墙壁是黑的,窗户也不严密。但伊在这里已经住惯,而且自从伊住了十年之后,也不想再搬动;于伊仿佛是自己的家乡了。

伊没有一个可以吐露真心的人,然而伊倘若沉思着坐在伊的小房子里,将眼光注定了一样东西,这房手在伊眼睛里便即刻活动起来,和伊谈天,使伊安静。伊现在和别的人们少有往来了。伊觉得躲在这里,伊因此只在不得已时才出外,只要伊的事务一完结,伊便用急步跑了回来,并且随手恨恨的锁了门,似乎是后面跟着一个仇敌。

人并非历来叫伊"疯姑娘"。伊曾经以伊的名字赛拉赛林出过名,而且有过一时期,这名字是使心脏跳动起来,精神也移到欢喜里。然而这久已过去了。伊现在是一个瘦削的憔悴的老处女。孩子们,那在街上游戏的,倘看见伊,便害怕,倘伊走过了,却又从后面叫道:"疯姑娘!疯姑娘!"先生们走过去,并不对伊看,还有妇女们,是伊给伊们做好了绣花帐幔的,使伊站在门口,而且慈善的点一点头,倘伊收过工钱,深深地行了礼。再没有人想到,伊也曾经年轻过,美丽过的。在那时认识伊的,已经没有多少,而且即此几个,也在生活的压迫里将这些忘却了。

然而伊自己却记得分明,而且那时的纪念品也保存在伊那旧的书架抽屉里。在那里放着伊那时的照相,褪色而且弯曲,至于仅能够看出模样来。然而却还能看出,伊怎样的曾经见得穿着伊的优美洁白的舞蹈衣服,并那颀长的螺发,露出的臂膊,和花缘的绫衫。伊当这衣服的簇新的华丽时,在伊一生中最可宝贵而且最大成功的日子里,穿着过的。伊那时和伊的母亲在腓立特力哈文。一只皇家的船舶巡行市镇的近旁,一天早晨在哈泰理霍伦下了锚。人说,一个年青的大公在船上,并且想要和他的高贵的随员到陆地来。市镇里于是发生了活泼的举动了。家家饰起旗帜花环和花卉来,夜间又在市政厅的大厅上举行一个舞蹈会。

在这舞蹈会上赛拉得了一个大大的忘不掉的光荣:年青的大公请伊舞蹈而且和伊舞蹈!他只舞蹈了一次,只和伊——那夜的愉快是没有人能够描写。赛拉到现在,倘伊一看照相,还充满着当时享用过的幸福的光辉。伊当初似乎是昏惯了,但此后不久大公离开宴会,众人都赶忙来祝贺伊的时候,伊的心灌满了高兴和自负。伊被先生们环绕着,都称伊为"舞蹈会的女王",希求伊的爱顾,从此以后,伊便无限量地统治了男人的心了。

在这"纪念品"中,又看见一堆用红绳子捆着的,从伊的先前的崇拜者们寄来的信札,而且满是若干平淡若干热烈的恋爱的宣言。但当时伊对于这些现已变黄褪色的信札并不给以偌大的价值,伊只是存起来当作胜利的留痕。他们里面没有一个能够温暖了伊的心,伊对于写信者至多也不过有一点同情罢了。

"你究竟怎样想呢?"伊的母亲屡次说。"你总须选定一个罢!"

但赛拉惦着大公并且想,"我已经选好了!"伊就是幻想,对于大公生了深刻的印象了。他何以先前只和伊舞蹈呢;这岂不能,他一旦到来而且向伊求婚吗?这类的事不是已经常有吗?有着怎样的自负,伊便不对他叙述伊的诚实的恋爱,只使他看伊的崇拜者的一切的信札,给他证明,伊已经抛掉了几多的劝诱了。

年代过去了;但大公没有来。赛拉读些传奇的小说而且等候。伊深相信,倘使大公能够照行他本身的志向,他便来了。然而人自然是阻挠他,所以他等着。赛拉是全不忧愁,虽然伊的母亲已经忍不下去了。母亲实在不知道,伊抱着怎样的大希望,打熬在寂寞里;这希望倘若实现出来,伊才更加欢喜的。

但有一回,母亲说出几句话,这在伊似乎剑尖刺着心坎了,当伊又使一个很有钱很体面的木材商人生了大气,给母亲一个钉子的时候:"你便会看见了,你要成一个老处女!"

最初,赛拉过分的非笑这句话,但这便使伊懊恼起来;因为伊忽然觉得诧异,近来那些先生们并不专是成群的围在伊身边了。这因为这里钻出了两个小丫头来,人说,那是很秀丽,但据赛拉的意思是不见得的。那还是"全未发育的,半大的雏儿",没有体统和规矩。而人以为这秀丽!这是一种不可解的嗜好!倘伊对于这事仔细地想,伊觉得是不至于的。男人们追随着女孩儿其实只是开玩笑,而伊们因为呆气却当作真实了;伊对于这些并不怕。但是伊决计,在其次的舞蹈会上伊因此要立起一个赫赫的证据来。为了这目的,伊便定好一件新的,照着最近的时装杂志做出来的衣裳,用白丝绸,没有袖子,前后面深剪截,使可以显出伊的腴润的身段。

满足着而且怀抱着伊的胜利,伊穿过明晃晃的大厅去。那些小女孩们可敢,和伊来比赛吗?还没有!伊们都逗留在大厅的最远的屋角里,互相密谈,瞥伊一眼,又窃窃的嬉笑,用手掩着嘴,正是在这一种社会生活里没有阅历的很年轻的女儿所常做的。伊们里面能有一个是"舞蹈会的女王"么?不会有的,只要伊在这里!

但伊们的嬉笑刺激了伊,伊有这兴趣,要对伊们倨傲一回,而这事在舞蹈的开初便提出一个便当的机会了,当伊在圆舞之后走进梳妆室去,整理伊的额发的时候。伊们在这里站立和饶舌,那时是最适当的。伊直向桌子去,并且命令地说:"离开镜子罢,你们小女孩!"

人叫伊们"小女孩"的时候,不会怎样触怒的,这赛拉很知道。但是伊们不能反抗,该当服从,并且给伊让出一个位置来。在镜中伊能看见,那些人怎样的歪着嘴而且射给伊愤怒的眼光呵。这在伊都一样;然而伊看见一点别的东西,使伊苦痛起来了:伊看见一个金闪闪的卷螺发的头,澄蓝的眼睛和一副年少清新的脸——这该便是那个,是人所特别颂扬的那个了。赛拉转过身去,为要正对着伊看。伊实在不见得丑。在伊这里,对于赛拉确可以发生一个危险的竞争者,因为伊有一点东西是赛拉所不能再有的——最初的青年的魔力。一种忧惧的感情将伊威逼地抓住了,伊再受不住对着这面貌更久地看。伊们为什么站在门口，伊们为什么不让伊只剩一个人呢？或者伊还应该给伊们一个"钉子"罢。

"这间屋是专为着完全的成人的，"伊说，向伊们转过背去。

女孩子懂了，便开了门，为的是要出去。但伊们出去时喃喃地说，赛拉听到了这句话："伊多少大模大样呵，这老处女！"

其时伊追向伊们，闪电一般，而且不及反省，便给那金卷螺发的一个发响的嘴巴。这瞬间，从聚着许多女士们的邻室中，起了一种惊愕的叫喊。

那金卷螺发的啼哭了。赛拉推伊出去，跟着关了门。

老处女！她们敢于叫伊老处女！血液涌上伊的头，而且在伊血管里发沸。痉挛的紧握了伊的手。伊的心动悸，伊的颤颤，伊的脉突突地跳了。伊从官能里，寻不出一个明白的思想来。在伊耳朵里只是反复地响着这不幸的言语：老处女！

伊无意地走到镜前面。阿，怕人，伊什么模样了！脸色灰白，眼睛圆睁，眼光粗野，脖颈紫涨了。这一照又使伊发起反省来。这形象是伊不能回到舞蹈厅里去的。伊试使伊平静下去，喝些水，又在房里面往来地走。伊听到音乐的合奏了。

老处女！伊们对伊不得再是这样叫！伊的最近的求婚者，材木商人，现就在场的。伊赶紧决了意，再喝一杯水，再向镜里看一回伊的象，见得那形象已经回复伊的平常模样了。伊匆匆地从桌上取起伊的扇子来，用快步走进大厅去。那时正奏法兰西，而且伊还没有被邀请。

伊站在厅门口的近旁，用眼光向四处只一溜。这里站着材木商人。赛拉招呼他过来："我和你舞这法兰西，倘你有这兴致？"伊同时微笑，伊相信，这话是给他一个大大的印象了。

材木商人诚实的鞠躬，然而冷冷的。"可惜我对于这娱乐定该放弃了，我这里已经约好了一位女士！"于是他退回去了。

对偶都排成了。许多先生们仿佛还没有女士，但没一个到伊这里来。这是什么意思呢？伊满抱了坏的猜疑向各处看。而且的确，现在伊觉得：女人都用了伊的眼光打量伊并且互相絮絮地说。人分明谈着梳妆室里的事。但那些先生们也听到了这事吗？这在伊，仿佛是绞住了伊的喉咙了。

人发一个信号，法兰西便开场。伊还是永远站在伊的地位上。伊内中满怀了忧惧。这能吗？伊的确不被邀请吗？这类的事在伊是未曾有过的！伊的眼前发了黑，伊仅能够支持了。各样变换的感情在伊这里回旋，被损的自负，气愤，苦痛，羞辱，最末是顾虑，怕伊的魔力会要永远过去了。这似乎一个重担子搁在伊身上。

当伊看见各对偶穿插的舞出变化多端的动作的时候，伊忽而觉得无力，至于怕要躺下了。女人们的近旁是一把空椅子，伊想走到那边去，但这瞬间又看到了乐祸的眼睛和叵测的微笑。伊缩住了，转向门口去。伊只得走了，出去空地里！

伊穿上外衣，经过了整条的长路来到家里，自己并没有知道。待到进了伊的屋子里，这才慢慢地有起意识，能寻出清楚的思想来。伊究竟做了什么呢？不过惩治了一个倔强的女孩子。最先伊们又实在太不识羞了，但伊们自然不肯对人说。为什么大家相信伊们呢？为什么没有一个人来询问伊，究竟这事实是怎样的昵？唉，人们统统是这样之坏而且恶呵！

伊哭出来了，而且自己觉得平静点。伊觉得女人们统在伊的眼前，以及在伊们脸上的这高兴！人嫉妒伊，所以伊们喝着彩。但那些向来先意承志的，伊的所有的崇拜家，伊的武士，在那里呢？他们也都是可怜的骗子。但伊要对他们报仇。伊决不再到宴会那里去，假使在街上遇到他们，伊也不看他们了，他们在这晚上还须想！

伊从此留在家里许多时。舞蹈会有了多次了；伊永是等候着，等人来通知，来约会，但是总没有这宗事。没有人到伊这里来，倘伊有时遇见了伊的旧相识，他们对伊也异常的冷淡而且拒绝。伊自然也不招呼了。

伊觉得不幸而且寂寞。伊未曾感受过，也并不知道，伊须怎样的救伊的忧愁。母亲是从早到晚管理着家务。赛拉不能帮助伊，这在伊觉得干燥，平常，没风韵！伊还不如坐在伊房里，做梦而且痴想，或者看些冒险的小说，借此忘却伊的生活的无聊。伊在这中间发现了伊的将来的新希望和新信仰。大公便是不来，也可以有一天有一个富足的高贵的旅客，看见伊而且即刻爱上伊的。他们即刻结了婚，而这富翁便携伊远走了去，这时市镇上的少年先生们可就要根本的懊恼了。

伊的避暑庄旁有一个小小的丘样的土堆，汽船在这前面经过。每逢好天气，伊便走到那里，白装束，披着长的卷螺发，头上戴一顶优美的夏帽子。伊躺在丘上面，用肘弯支柱起来，将衣服安排好许多的襞积，卷螺发的小圈子在肩膀周围发着光，而且那一只手，那支着脸的，是耀眼的白。在自己前面伊摊着一本翻开的书；但眼光并不在这里，却狂热的射在水面上。伊这样地等着伊的豪富的高贵的新郎，伊的幻想的目的。只要他在船上，他便应该看出伊在山上的了。他们看见而且感动而且赶到伊这里来，那只是一眨眼间的事。

船舶永远是驶过去，每天，望远镜和镜子正在照看伊；但伊仍然保着原模样，也不敢将眼光太向那边看；他该是狂热的在水面上远远地浮过去了。然而伊却也看，谁在船上，尤其是怎样的先生们；因为伊委实在他们中间搜寻着盼望者，豫想者，不识者，在他全生涯中对伊眷爱，崇拜，仰慕的人。

然而日子过去了。伊的热望更加强。伊永是切实的候在山上。星期去得快，夏天消失，秋天进来了。伊早不半躺在那里了，捏了手端正地坐着。眼睛早不止在水面上，却向那边搜索汽船去了。倘这一出现，伊便抱了恐怖和希望迎头的看，一直到近来。伊满腔恐惧地看那些伊在舱面上寻出来的各旅客。难道他永久不来吗？没有人来。人都回市镇去了。冬天携了他的长串的宴会又开首，——这时节，是伊向来满抱了欢喜的盼望，而且总是给伊新的胜利的。但现在多少各别呵！伊和市镇的"社会"早没干系了。现在伊满装了愤恚，从外面眺望着这生活和活动；人并不缺少伊，人不愿意和伊在一处。而且伊也不愿意迁就，无论如何——不能，也不愿的！伊尽其所能之多，咒骂那意见有这样坏这样下等的人间，并且为自己领到一种安静的封锁的生活里去。一个孤独的老女人的无欢的日子横在伊面前，早已无可挽救了。这一天一天地向伊逼近来的，是一件确实的事。在男人们的冷淡的招呼里，女人们的轻视的眼光里，伊读出这话来：老处女！而且这话对于伊的效力是蛇咬一般了。

接着这些年只是形成了一长串的无效的希望。伊的生活是没有彩色的凄凉的灰色了。并没有发生一点事，来打断这单调，并没有高兴的印象来刷新伊的精神。伊当初是接连的瞒着自己的相信着，后来便不然，因为伊已经不希望了。然而又来了运命的一击，使伊的生活更加悲哀：伊的母亲死了，伊的唯一的扶助，伊的最末的朋友。伊没有一个可以申诉伊的忧患的人，没有一个为伊担心，没有一个问起伊的事。伊啼哭而且悲叹，伊不愿意饮食了。伊咒骂这嫌憎伊驱逐伊的，侮慢那除伊之外，对于一切全都大慈大悲的神明的世界。然而母亲躺着，又僵又冷，合着眼睛，死色盖了脸，没有听到伊的哀鸣。

终于是伊的气力耗尽了。伊再也不觉得悲哀或忧患。伊的心，伊的将来，一切啼哭和忧苦之后的伊的脑，是空虚了。伊并无感觉地坐在那里，而且向前看。债主到来，卖去伊的衣裳和家具，伊并不关心。凡有不称心的事，都不能惹起伊的注意或愤激来。伊的房屋是荒凉而且空虚；但在伊也全一样。后来有人对伊说，伊应该搬走了。当初伊没有懂，人将这说给伊许多回；于是伊大声地笑了，歇了片时，凝视他们而且又是笑。

自此以后，伊便称为"疯姑娘"而且孩子们见伊便害怕。

最初，人给伊在蒸馏巷里备了一所住屋。伊搬到那边去，带着一张床，一张桌子和一个旧书架，这抽屉里放着打皱的造花，花带，糖果说明书，伊少年时候的照相和信札，是伊一直后来收集起来并且捆在一处的。

当伊后来搬出市外的时候,伊也带了这些东西去。在这些的观览时,伊便想到伊一生中短期的欢乐,而且暂时之间,忘却伊现在是一个老处女和"疯姑娘"。

勃劳绥惠德尔作《在他的诗和他的诗人的影像里的芬兰》(Finnland im Bilde Seiner Dichtung und Seine Dichter),分芬兰文人为用瑞典语与用芬兰语的两群,而后一类又分为国民的著作者与艺术的著作者。在艺术的著作者之中,他以明那兀德(Minna Canth)为第一人,并且评论说:

"……伊以一八四四年生于单湄福尔,为一个纺纱厂的工头约翰生(Cust. Wilh. Johnsson)的女儿,他是早就自夸他那才得五岁,便已能读能唱而且能和小风琴的'神童'的。当伊八岁时,伊的父亲在科庇阿设了一所毛丝厂,并且将女儿送在这地方的三级制瑞典语女子学校里。一八六三年伊往齐佛斯吉洛去,就是在这一年才设起男女师范学校的地方;但次年,这'模范女学生'便和教师而且著作家兀德(Joh. Ferd. Canth)结了婚。这婚姻使伊不幸,因为违反了伊的精力弥满的意志,来求适应,则伊太有自立的天性;但伊却由他导到著作事业里,因为他编辑一种报章,伊也须'帮助'他;但是伊的笔太锋利,致使伊的男人失去了他的主笔的位置了。

"两三年后,寻到第二个主笔的位置,伊又有了再治文事的机缘了。由伊住家地方的芬兰剧场的邀请,伊才起了著作剧本的刺激。当伊作《偷盗》才到中途时,伊的男人死去了,而剩着伊和七个无人过问的小孩。但伊仍然完成了伊的剧本,送到芬兰剧场去。待到伊因为艰难的生活战争,精神的和体质的都将近于败亡的时候,伊却从芬兰文学会得到伊的戏曲的奖赏,又有了开演的通知,这获得大成功,而且列入戏目了。但是伊也不能单恃文章作生活,却如伊的父亲曾经有过的一样,开了一个公司。伊一面又弄文学。于伊文学的发达上有显著的影响的是勃兰兑思(Georg Brandes)的书,这使伊也知道了泰因,斯宾塞,弥尔和蒲克勒(Taine, Spencer, Mill, Buckle)的理想。伊现在是单以现代的倾向诗人和社会改革家站在芬兰文学上了。伊辩护欧洲文明的理想和状态,输入伊的故乡,且又用了极端激进的见解。伊又加入于为被压制人民的正义,为苦人对于有权者和富人,为妇女和伊的权利对于现今的社会制度,为博爱的真基督教对于以伪善的文句为衣装的官样基督教。在伊创作里,显示着冷静的明白的判断,确实的奋斗精神和对于感情生活的锋利而且细致的观察。伊有强盛的构造力,尤其表见于戏曲的意象中,而在伊的小说里,也时时加入戏曲的气息;但在伊缺少直率的艺术眼,伊对一切事物都用那固执的成见的批评。伊是辩论家，讽刺家，不只是人生观察者。伊的眼光是狭窄的，这也不特因为伊起于狭窄的景况中，又未经超出这外面而然，实也因为伊的理性的冷静，知道那感情便太少了。伊缺少心情的暖和，但出色的是伊的识见，因此伊所描写，是一个小市民范围内的细小的批评。……"

现在译出的这一篇，便是勃劳绥惠德尔所选的一个标本。亢德写这为社会和自己的虚荣所误的一生的径路，颇为细微，但几乎过于深刻了，而又是无可补救的绝望。培因也说，"伊的同性的委曲，真的或想象的，是伊小说的不变的主题；伊不倦于长谈那可怜的柔弱的女人在伊的自然的暴君与压迫者手里所受的苦处。夸张与无希望的悲观，是这些强有力的，但是悲惨而且不欢的小说的特色。"大抵惨痛热烈的心声，若从纯艺术的眼光看来，往往有这缺陷；例如陀思妥也夫斯奇的著作，也常使高兴的读者不能看完他的全篇。

一九二一年八月十八日记

父亲在亚美利加

［芬兰］亚勒吉阿

也象许多别的农夫和流寓的人们一样，跋垒司拉谛密珂忽然想起来了，到"亚美利加"去。这思想，不绝的烦劳他，于是他一冬天，既如正二月时节，全不能将他抛开了。现在这已经不只是时时挂在心上的想头了，却成了一种苦恼的真心的热望。他的思想，已经流连于亚美利加的希望之山，而在那地方，访求着他时时刻刻所访求的幸福之石了。

他当初全不过自己秘密地想。但有一回，当他的女人悲伤的诉说，说是"穷苦总不会完"的时候，密珂便忍不住说了出来：

"这总有一个完，倘我春天到亚美利加去！"

"你！"女人叫着说，伊的眼便异样的发了光，这是欢喜呢还是惊愕呢？

这一日伊不再诉苦了。伊待遇伊丈夫，只是用了一种较深的敬畏和较大的留神，过于从前了。

这出行实在定在春天。密珂从他田庄的抵押，筹到了旅费。

出行的日期愈逼近，那女人也愈忧虑了。但如男人问道："你有什么不舒服呢？"伊也不说出特别的缘由来。

出行的日期正到了。女人从早晨便哭，——至于使伊那有病的眼睛再没有法子好。

"不要这样哭，"过了一会之后，男人说。"倘若上帝给我幸福，我们不至于长久分离的！"

"不是……，但……"

"什么但……"

这在男人，似乎觉得其中藏着一种的疑惑。但当告别的瞬间以前，女人凄楚的哭着，倒在他怀里，并且吃吃地说：

"不要忘却我，父亲，……要想到孩子们。"

"忘却！你想到哪里去了？……你用了你的猜疑，使我直到心的最里面也痛了！"

"不，爱的密珂，我不是这意思！但世界是这样坏，……而我一人和三个小的孩子们留在这里，……田庄是为了你的旅费，抵押出去了，……不要生气，父亲，但我的心是这样的塞满了！"

密珂对于这话，几乎要给一句强硬的回答；但在他女人还只是拥抱着的时候，他的心柔软了。于是他将孩子抱在臂上，接吻他们，——挨次的个个接了吻，此后便是那母亲。……

是的，上帝知道，密珂全没有想到，撇下他们竟有这样的艰难。——只要有人肯来要他工作，他便不再出门去了——不，决不的。

然而现在他必须出门去！

女人哭了整两日。这是极凄楚的恐慌，是各样忧惧的想象的一个结果，这其间便要发现的。但伊的眼泪为了"道罗"（Dollars）这一个思想，也渐渐的干燥起来。孩子们也想着他，而且在村里说："父亲寄亚美利加道罗给我们，我们便可以买点什么好东西了！"

最初密珂屡次的写信。他也时时寄一点钱。他常说：后来要寄一宗大款，这只是一点小零用。

年月过去了。书信的间隔愈加久长，银信的间隔也愈加不可靠。时候坏，他不能不换他的工作而且又生病了，他这样写。但其他盼望将来的嘱咐，是不绝的。

母亲的面容永是显得忧愁，而面包也永是紧缩起来了。

密珂已经去了五年。从三年多以来，他便没有写一封信给家里。

春天到了。

燕子又从南方回来了，造伊的巢在跢垒司拉谛的低矮的屋脊下。伊每日对着孩子们，讲那丰饶的南方的土地，那里是葡萄已熟，圆的美丽的无花果弯曲了树上倔强的枝条。燕子讲些什么，孩子们没有懂；然而他们领会得，这是一点快活的事，即此一点，人就可以欢喜而且拍起他们那瘦的小手来。

"或者这燕子见过父亲?"有一天,中间的孩子质问说,是一个女儿。

"是的,倘能够知道这个,"最大地说。那最小的一个,是因此才引起他想到父亲,而于此却全不能记起的,问题:

"父亲强壮吗?"

"是的,的确,"最大的保证说。

"如果父亲回家来,"那中间地又说。

然而人还是永远听不到父亲的事。

野草在茅屋周围渐渐的发绿了,土垠上的小果树丛也着起花来。母亲掘开了石质的屋旁的田地,栽下马铃薯去,孩子们都热心地帮伊。夏天将他们青白的两颊染得微红了,……单是空气里有滋养料的! 母亲也觉得心里轻松些;夏季用了轻妙的画笔,在他色彩装饰上描出将来的希望,较为光明一点了。

伊晒出密珂的皮衣,皮帽和衣裳来,都挂在马铃薯田的篱柱上,——"倘他回来,他看见,我们并没有忘了他,也不使他的衣裳给虫子蛀坏呢。"

正是这瞬间来了那衣人,是借给密珂旅费的:"哪,人还没有听到你们的密珂吗?"

那女人不安起来了。否认的回答,不是好主意,而承认也一样的危险:"近时他没有,……"

"这是一个坏人! 倘没有从他便寄钱来,我就得卖了这草舍和一点田地。这快要不够了。"

这在女人,似乎心脏都停顿了,而且伊也全不知道,应该怎样的回答。当那农人许可,还等到明年春天的时候,伊才能够再嘘出一口气来。

秋天到了。

母亲哭的愈多了。伊的按捺的语气,往往当对待孩子的时候,在忍不住的愤激的话里,发表出来。于是他们便自己蹲在炉灶后面的昏黑的角里,而其中的一个偷偷地说道。"倘若父亲永不回到家里来,……"

别一个便说:"回家! 一定! 倘若他有了别的女人,……"

孩子们不很懂,这是什么意思,倘遇见人们说着这事,说那父亲在外面有了别的女人了,但他们倘看见他们的母亲,泪在眼里永没有干,他们便直觉的感到,父亲是很不好很不好,母亲是很艰难,而且他们是很饥饿。……

然而人还是永没有听到父亲的事!

芬兰和我们向来很疏远;但他自从脱离俄国和瑞典的势力之后,却是一个安静而进步的国家,文学和艺术也很发达。他们的文学家,有用瑞典语著作的,有用芬兰语著作的,近来多属于后者了,这亚勒吉阿(Arkio)便是其一。

亚勒吉阿是他的假名,本名菲兰兑尔(Alexander Filander),是一处小地方的商人,没有受过学校教育,但他用了自修工夫,竟达到很高的程度,在本乡很受尊重,而且是极有功于青年教育的。

他的小说,于性格及心理描写都很妙。这却只是一篇小品(Skizze),是从勃劳绥惠德尔所编的《在他的诗和他的诗人的影像里的芬兰》中译出的。编者批评说:亚勒吉阿尤有一种优美的讥讽的诙谐,用了深沉的微笑盖在物事上,而在这光中,自然能理会出悲惨来,如小说《父亲在亚美利加》所证明的便是。

现代日本小说集

挂幅

夏目漱石

大刀老人决计在亡妻的三周年忌日为止，一定给竖一块石碑。然而靠着儿子的瘦腕，才能顾得今朝，此外再不能有一文的积蓄。又是春天了，摆着赴诉一般的脸，对儿子说道，那忌日也正是三月八日哩。便只答道，哦，是呵，再没有别的话。大刀老人终于决定了卖去祖遗的珍贵的一幅画，拿来做用度。向儿子商量道，好么？儿子便淡漠到令人愤恨的赞成道，这好吧。儿子是在内务省的社寺局里做事的，拿着四十圆的月给。有妻子和两个小孩子，而且对大刀老人还要尽孝养，所以很吃力。假使老人不在，这珍贵的挂幅，也早变了便于融通的东西了。

这挂幅是一尺见方的绢本，因为有了年月，显得红黑颜色了。倘挂在暗的屋子里，黯淡到辨不出画着什么东西来。老人则称之为王若水所画的葵花。而且每月两三次，从柜子里取了出来，拂去桐箱上的

夏目漱石

尘埃，又郑重的取出里面的东西，立刻挂在三尺的墙壁上，于是定睛地看。诚然，定睛地看着时，那红黑之中，却有瘀血似的颇大的花样。有几处，也还微微的剩着疑是青绿的脱落的瘢痕，老人对了这模糊的唐画的古迹，就忘却了似乎住得太久了的住旧了的人间。有时候，望着挂幅，一面吸烟，或者喝茶。否则单是定睛地看。祖父，这什么，孩子说着走

来，想用指头去触了，这才记起了年月似的，老人一面说道动不得，一面静静的起立，便去卷挂幅。于是孩子便问道，祖父，弹子糖呢？说道是了，我买弹子糖去，只是不要淘气罢，嘴里说，手里慢慢地卷好挂幅，装进桐箱，放在柜子里，便到近地散步去了。回来的时候，走到糖店里，买两袋薄荷的弹子糖，分给孩子道，哪，弹子糖。儿子是晚婚的，小孩子只六岁和四岁。

和儿子商量的翌日，老人用包袱包了桐箱，一清早便出门去，到四点钟，又拿着桐箱回来了。孩子们迎到门口，问道，祖父，弹子糖呢？老人什么也不说，进了房，从箱子里取出挂幅来挂在墙上，茫然的只管看。听说走了四五家古董铺，有说没有落款的，有说画太剥落的，对于这画，竟没有如老人所预期的致敬尽礼的人。

儿子说，古董店算了罢。老人也道，古董店是不行的。过了两星期，老人又抱着桐箱出去了。是得了绍介，到儿子的课长先生的朋友那里去给赏鉴。其时也没有买回弹子糖来。儿子刚一回家，便仿佛嗔怪儿子的不德义似的说道，那样没有眼睛的人，怎么能让给他呢，在那里的都是赝物。儿子苦笑着。

到二月初旬，偶然得了好经手，老人将这一幅卖给一个好事家了。老人便到谷中去，给亡妻定下了体面的石碑，其余的存在邮局里。此后过了五六天，照常的去散步，但回来却比平常迟了二时间。其时两手抱着两个很大的弹子糖的袋。说是因为卖掉的画，还是放心不下，再去看一回，却见挂在四席半的啜茗室里，那前面插着透明一般的蜡梅。老人便在这里受了香茗的招待。这比藏在我这里更放心了，老人对儿子说。儿子回答道，也许如此吧。一连三日，孩子们尽吃着弹子糖。

克莱喀先生

夏目漱石

克莱喀（W.J.Craig）先生是燕子似的在四层楼上做寨的。立在阶石底下，即使向上看，也望不见窗户。从下面逐渐走上去，到大腿有些酸起来的时候，这才到了先生的大门。虽说是门，也并非具备着双扉和屋顶；只在阔不满三尺的黑门扇上，挂着一个黄铜的敲子罢了。在门前休息一会，用这敲子的下端剥啄剥啄地打着门板，里面就给来开门。

来给开的总是女人。因为近视眼的缘故罢，戴着眼镜，不绝的在那里出惊。年纪约略有五十左右了，想来也该早已看惯了世间了，然而也还是只在那里出惊，睁着使人不忍敲门的这么大的眼睛,说道"请。"

一进门,女的便消失了。于是首先的客房——最初并不以为是客房,毫没有什么别的装饰,就只有两个窗户,排着许多书。克莱喀先生便大抵在这里摆阵。一见我进去,就说道"呀"地伸出手来。因为这是一个来握手罢的照会,所以握是握的,然而从那边却历来没有回握的时候。这边也不见得高兴握,本来大可以废止的了,然而仍然说道"呀",伸出那毛毿毿的皱皮疙瘩的,而且照例的消极的手来。习惯实在是不可思议的事。

这手的所有者,便是担任我的质问的先生。初见面时,问道报酬呢? 便说道是呵,一瞥窗外边,一回七先令怎么样,倘太贵,多减些也可以的。于是我定为一回七先令的比例,到月底一齐交,但有时也突然受过先生的催促。说道,君,因为有一点用度,可以付了去吗等类的话。自己便从裤子的袋里掏出金币来,也不包裹,说道"哦"的送过去,先生便说着"呀,对不起"的取了去,摊开那照例的消极的手,在掌上略略一看,也就装在裤子的袋里面了。最窘的是先生决不找余款。将余款归入下月分,有时才到其次的星期内,便又说因为要买一点书之类的催促起来。

先生是爱尔兰人,言语很难懂。倘有些焦躁,便有如东京人和萨摩人吵闹时候的这么烦难。而且是很疏忽的焦急家,一到事情麻烦起来,自己便听天由命而只看着先生的脸。

那脸又绝不是寻常的。因为是西洋人,鼻子高,然而有阶级,肉太厚。这一点虽然和自己很相象,但这样的鼻子,一见之后,是不会起清爽的好感情的。反之,这些地方却都乱七八糟的总似乎有些野趣。至于须髯之类。则实在黑白乱生到令人悲悯。有一回,在培凯斯忒理德(Becker Street)遇见先生的时候,觉得很象一个忘了鞭子的马去。

先生穿白小衫和白领子,是从来没有见过的。始终穿着花条的绒衫,两脚上是臃肿的半鞋,几乎要伸进暖炉里面去,而且敲着膝头,——这时才见到,先生是在消极的手上戴着金指环的。——有时或不敲而擦着大腿,教给我书。至于教给什么,则自然是不懂。静听着,便带到先生所乐意的地方去,决不给再送回来了。而且那乐意的地方,又顺着时候的变迁和天气的情形,发生各样的变化。有时候,竟有昨日和今日之间搬了两极的事情。说得坏,那就是胡说八道罢,要评得好,却是给听些文学上的座谈。到现在想起来,一回七先令,本来没有可以得到循规蹈矩的讲义的道理,这是先生这一面不错,觉得不平的我,却糊涂了。况且先生的头,也正如那须髯所代表的一般,仿佛有些近于杂乱的情势,所以倒是不去增加报酬,请讲更其高超的讲义的好,也未可知的。

先生所得意的是诗。读诗的时候,从脸到肩膀边便阳炎似的振动。——并非诳话,确乎振动了。但是归根究底，却成了并非为我读，只是一人高吟以自乐的事，所以总而言之，也还是这一面损失。有一次，拿了思温朋（Swinburne）的叫作《罗赛蒙特》（Rosamond）的东西去，先生说给我看一看罢，朗吟了两三行，却忽而将书伏在膝髁上，说道，唉唉，不行不行，思温朋也老得做出这样的诗来了，便叹息起来。自己想到要看思温朋的杰作《亚泰兰多》（Atalanta）便在这时候。

先生以为我是一个小孩子。你知道这样的事么，你懂得那样的事么之类，常常受着无聊不堪的事的质问。刚这样想，却又突然提出了伟大的问题，飞到同辈的待遇上去了。有一回，当我面前读着渥忒孙（Watson）的诗，问道，这有说是有着象雪黎（Shelley）的地方的人和说全不相象的人，你以为怎样？以为怎样，西洋的诗，在我倘不先诉诸目，然后通过了耳朵，是完全不懂的。于是适宜的敷衍了一下。说这和雪黎是相象呢还是不相象，现在已经忘却了。然而可笑的是，先生那是照例地敲着膝头，说到我也这样想，却惶恐得不可言。

有一日，从窗口伸出头去，俯视着匆匆地走过那辽远的下界的人们，一面说道，你看，走过的人们这么多，那里面，懂诗的可是百个中没有一个，很可怜。究而言之，英吉利人是不会懂诗的国民呵。这一节，就是爱尔兰人了得，高尚得远了。——真能够体会得诗的你和我，不能不说是幸福哩。将自己归入了懂诗的一类里，虽然很多谢，但待遇却比较的颇冷淡，我于这先生，看不出一点所谓情投意合的东西来，觉得只是一个全然机械的在那里饶舌的老头子。

然而有过这样的事。因为对于自己所住的客寓很生厌了，就想寄居在这先生的家里看，有一天，照例的讲习完毕之后，请托了这一节，先生忽然敲着膝髁，说道，不错，我给你看我的家里房屋，来罢，于是从食堂，从使女室，从边门，带着各处走，全给看遍了。本来不过是四层楼上的一角，自然不广阔。只要两三分时，便已没有可看的地方。先生于是回到原位上，以为要说这样的家，所以什么处所都住不下，给我回绝了罢，却忽而讲起跋尔忒惠德曼（Waltwhitman）的事来。先前，惠德曼曾经到自己的家里来，逗留过多少时，一一说话非常之快，所以不很懂，大半是惠德曼到这里来似的，——当初，初读那人的诗的时候，觉得有全不成东西的心情，但赞过几遍，便逐渐有趣起来，终于非常之爱读了。所以……

借寓的事，全不知道飞到哪里去了。我也只得任其自然，哦哦地答应着听。这时候，似乎又讲到雪黎和谁的吵闹的事，说道吵闹是不好的，因为这两人我都爱，我所爱的两个人吵闹起来，是很不好的，颇提出抗议的话。但无论怎样抗议，在几十年前已经吵闹过的了,也再没有什么法。

因为先生是疏忽的,所以自己的书籍之类很容易安排错。倘若寻不见,便很焦急,仿佛起了火灾似的,用了张皇的声音叫那正在厨下的老妪。于是那老妪也摆着一副张皇的脸,来到客房里。

"我,我的《威志威斯》(Wordsworth)放在那里了?"

老妪依然将那出惊的眼,睁得碟子似的偏看各书架,无论怎样的在出惊,然而很可靠,便即刻寻到《威志威斯》了。于是 Here Sir 的说着,仿佛聊以相窘似的,塞在先生的面前。先生便掣夺一般的取过来,一面用两个手指,毕毕剥剥地敲着髓髓的书面,一面便道,君,威志威斯是……的讲开场。老妪显了愈加出惊得眼退到厨下去。先生是二分间三分间地敲着《威志威斯》。而且好容易叫人寻到了的《威志威斯》。竟终于没有翻开卷。

先生也时时寄信来。那字是决计看不懂的。文字不过两三行,原也很有反复熟读的时间,但无论如何总是决不定。于是断定为从先生来信,即是有了妨碍,不能授课的事,省去了看信的工夫了。出惊的老妪偶然也代笔,那就很容易了然。先生是用着便当的书记的。先生对了我,叹息过自己的字总太劣,很困窘。又说,你这面好得多了。

我很担心,用这样的字来起稿,不知道会写出怎样的东西来呢。先生是亚覃本《莎士比亚集》(Arden Shakespeare)的出版者。我想,那样的字,竟也会有变形为活版的资格吗?然而先生却坦然的做序文,做札记。不宁唯是,曾经说道看这个罢,给我读过加在《哈谟列德》(Hamlet)上头的绪言。第二次去的时候,说道很有趣,先生便嘱咐道,你回到日本时,千万给我介绍介绍这书罢。亚覃本《莎士比亚》集的《哈谟列德》,是自己归国后在大学讲讲义时候得了非常的利益的书籍。周到而且扼要,能如那《哈谟列德》的札记的,恐怕未必再有的了。然而在那时,却并没有觉得这样好。但对于先生的莎士比亚研究,却是早就惊服的。

在客房里,从门键这一边弯过去,有一间六席上下的小小的书斋。先生高高的做窠的地方,据实说,是这四层楼的角落,而那角之又角的处所,便有着在先生是最要紧的宝贝在那里了。——排着十来册长约一尺五寸阔约一尺的蓝面的簿子,先生一有空一有隙,便将写在纸片上的文句,钞入蓝面簿子里,仿佛悭吝人积蓄那有孔的铜钱一般,将那一点一点地增加起来,作为一生的娱乐。至于这蓝面簿子就是《沙翁字典》的原稿,则来此不久便已知道的了。听说先生因为要大成这字典,所以抛弃了威尔士(Wales)某大学的文学的讲席,腾出每日到不列颠博物馆去的工夫来。连大学的讲席尚且抛弃,则对于七先令的弟子的草草,正不是无理的事。先生的脑里,是唯此字典,终日终夜盘桓磅礴而已的。

也曾问过先生，已经有了晁密特（Schmidt）的《沙翁字典》了，却还做这样的书吗？于是先生便仿佛不禁轻蔑似的，一面说道看这个罢，一面取出自己所有的《勖密特》来给我看。试看时，好个《勖密特》前后两卷一叶也没有完肤的写得乌黑了。我说着"哦"地吃了惊，只对《勖密特》看。先生其时颇得意。君，倘若做点和《勖密特》一样程度的东西，我也不必这样的费力了。说着，两个手指又一齐毕毕剥剥地敲起乌黑的《勖密特》来。

"究竟，从什么时候起，来做这样的事的呢？"

先生站起身，到对面的书架上，仿佛寻些什么模样，但又用了照例的焦躁的声音叫道，全尼（Jane），全尼，我的《道罩》（Dowden）怎么了？老妪还没有出来，已经在问《道罩》的所在。老妪又出惊的出来了。而且又照例的 Here sir 的相窘一回，退了回去。先生于老妪的一下并不介怀，肚饿似的翻开书，唔，在这里，道罩将我的姓名明明白白地写在这里；特别地写着研究沙翁的克莱喀氏。这书是一千八百七十……年的出版，所以我的研究，还在一直以前呢……自己对于先生的忍耐，全然惊服了。顺序便问什么时候才完功。谁知道什么时候呢，是尽做到死的呵，先生说着，将《道罩》放在原处所。

我此后不久便不到先生那里去了。当不去的略略以前，先生曾说，日本的大学里，不要西洋人的教授吗？倘我年纪轻，也去罢。颇显着无端地感到无常的神色。先生的脸上现出感动，只有这一回。我宽慰说，岂不还年轻吗？答道那里那里，说不定什么时候有什么事，因为已经五十六岁了，便异样的入了静。

回到日本之后，约略过了两年，新到的文艺杂志上，载着克莱喀氏死掉的记事。是沙翁的专门学者的事，不过添写着两三行文字罢了。那时候，我放下杂志想，莫非那字典终于没有完功，竟成了废纸了吗？

游戏

森鸥外

木村是官吏。

或一日，也如平日一样，午前六点钟醒过来了。是夏季的初头。外面是早就明亮了的，但使女顾忌着，单不开这一间的雨屏。蚊帐外是小小的燃着的洋灯的光，这独寝的闺，见得很寂寞。

伸出手去，机械地摸那枕边。这是寻时表。是颇大的一个镍表，有的说，这就是递信省买给车掌的东西。指针也如平日一样，恰恰指着正六点。

"喂，不开屏门吗？"

使女一面拭着手，出来开雨屏。外边照旧是灰色的天空中，下着微细的雨，并不热，但是湿漉漉的空气触在脸上。

使女在单衫上，嵌进肉里去的绑了卷袖绳，将雨屏一扇一扇的装进屏箱去。额上沁出汗来了，这上面，紧贴着缭乱的短头发。

心里想："哦，今天也是一运动便热的日子呵。"从木村的租住屋到电车的停留场为止，有七八町。步行过去时，即使出门时候以为凉，待走到却出汗了。就是想到了这件事。

走出廊下洗着脸，记起今天有须赶紧送给课长的文件的事来。然而课长的到来是在八点半，所以想，八点钟到衙门就是了。

于是显得颇高兴的快活的脸，看着阴气的灰色的天空。倘给不知道木村的人一看见，便要诧异他有甚有趣，却装着那样的脸的罢。

出来洗脸的时候，使女便赶忙地跌了蚊帐，卷起被褥来。走过这处所，开了纸障子，便是书房。

两个书几，拦成九十度角的摆着。这前面铺着垫子。坐在这里，擦着了火柴，吸一支朝日。

木村做事，是分为立刻非做不可的事，和得闲才做的事的。将一张几收拾得精空，逢到赶紧要做的事，便拿到这上面去。而且这赶紧要做的事一完结，便将搁在那一张几上的物件，接着拿到这边来。搁着的物件总很多堆积着的。这是照了缓急积叠起来的，比较的急的便放在最上面。

木村拿起那搁在垫子旁边的《日出新闻》来，摊在空虚的一张几上，翻开第七面。这是文艺栏所在的地方。

将朝日的掉下的灰，吹落在几的那边，一面看。脸上仍然很快活。

从纸障子的那边，听得拂子和扫帚的声音很剧烈。是使女赶忙地在那里扫卧房。拂子的声音尤厉害，木村也常常发过话，但改了一日，便又照旧了，不用那扎在拂子上的纸条拂，却用柄的一头拂的。木村称这事为"本能的扫除"。鸽子孵卵的时候，用那削圆棱角的白粉笔兑换了鸽卵，也仍然抱着白粉笔。忘了目的，单将手段来实行。不记得为了尘埃而拂，却只是为了拂而拂了。

但这位使女,虽然躬行本能的扫除,躬行"舌战",然而活泼,也还中用,所以木村是满足的。舌战云者,是罗曼主义时代的一个小说家所说的话,就是说使女一遇着主人出门,便跑到四近各处去饶舌。

木村看完了什么之后,略略皱一皱眉。大概无论何时,凡是放下新闻的时候,若不是极 Apathique(漠然)的表情,便是皱一皱眉。这就因为新闻的记载,是成不了毒也做不了药的东西,或者是木村以为不公平的东西的缘故。既如此,似乎不看也就是了,然而仍然看。看了之后,显出无动于衷的神色,或者略略皱一皱眉,便立刻回复了快活的脸。

木村是文学者。

在衙门里,办着麻烦的,没精打采的,增添补凑的那些事,快要成为秃头了,也历来没有阔,但在当作文学者这一面,却颇也为世所知的。并没有做什么好著作,而颇也为世所知。且不特为世所知而已。一旦为世所知,做官这一面便变了外放之类,被当作已经死了似的看待,一直到将成秃头之后,再回东京,才作为文学者而复活起来。实在是很费手脚的履历。

倘说木村看了文艺栏,觉得不公平是因为自利,被贬便怒,被褒便喜,哪怕是冤枉的罢。不论我的事,人的事,看见称赞着无聊的东西,糟蹋着有味的东西,所以觉得不公平的。不消说:遇有说着自己的时候,便自然感到更切实。

卢斯福(Roosevelt)遍地地走,说着"见得不公平就战罢"的道要。木村何以不战呢?其实,木村前半生中,也曾大战过来的。然而目下正在做官,一发议论,便做不出著作了。自从复活以来,虽然坏,也在做著作,议论之类是不能发的。

这一日的文艺栏上,写着这样的事:

"在文艺上有所谓情调。情调是成立于 Situation(情况)的上面,然而是 Indéfinissable(不可言说)的。登在与木村有关系的杂志上的作品,无一篇有情调。木村自己的东西也似乎没有情调。"

约而言之,就是这一点。而且反之,还揭着所谓有情调的文艺的例,但这些也并不是木村——佩服的东西。这之中,连木村以为体面的作家,不做那样的文章才好的东西之流,也举在例子里。

要之写在那里的话,在木村是不很懂。即使看了"成立在 Situation 之上的情调"这话,也是什么都不能想清楚的。哲学的书,论艺术的书,木村也看得颇不少了,但看这句话,却是什么都不能想清楚。诚然,在文艺里,也有着要说是 Indéfinissable,便也可以说得似的,有趣的地方的。这能想。然而 Situation 是什么呢?不是说古来的剧曲之类,将人物分配了时候和处所而做成的东西吗？这与巴尔(Hermann Bahr)以为旧文艺的好处,在急剧,丰富,有变化的行为的紧张这些话,岂不是没有差别吗？说是单能在这样的东西上成立,在木村是不懂的。

木村也并非自信有如此之强的人,但对于这不懂,却不以为自己的脑力坏。其实倒反为记者想起了颇可悯而且失敬的事。一看那揭着的有情调的作品的例,便想到尤其失敬的事来了。

木村的颦蹙的脸,即刻快活起来了。而且因了单身人都整饬的脾气,好好的折了新闻,放在书房的廊下的角落里。这样放着,使女便拿去擦洋灯,有用剩的,卖给废纸担。

这写得颇长了,而实际是二三分间的事。吸一支朝日之间的事。

将朝日的烟蒂抛在当作灰盘用的石决明壳里,木村同时仿佛想到了什么似的,独自笑着,一捧就捧着积在旁边几上的十几本 Manu—seripts(原稿)似的东西,搬到衣橱上去了。

这是日出新闻社所托付的应募剧本。

日出新闻社悬了赏,募集剧本的时候,木村是选者。木村有着连呼吸也运不过来的事务,没有看应募剧本的工夫。要匀出这样的工夫来,除了用那吸烟的休憩时间之外再没有别的法。

在吸烟休憩时候,是谁也不愿意做不愉快的事的。应募剧本之流,看了觉得有趣的,是十之中说不定是否有一。

而竟答应了看卷者,是受了托,勉勉强强地答应下来的。

木村常常被《日出新闻》的第三面上说坏话。无论什么时候,总是用"木村先生一派的风俗坏乱"这一句话的。有一回,因为有一个剧场,要演西洋的谁所做的戏剧,用了木村的译本的时候,也写着这照例的坏话。要说起这是怎样的剧本来,却不但是在 Censure (检阅)严到可笑的柏林和维也纳,都准印成书本去发行,连在剧场扮演,也毫不为奇的,颇为甜熟的剧本罢了。

然而这是三面记者所写的事。木村不明白新闻社里的事情,新闻社的艺术上的意见,没有普及到第三面也并不见怪的。

现在看见的却两样。在文艺栏,即使有着个人的署名,然而并不加什么按语,便已登载的议论,则也如政治的社说一般,便当作该社的文艺观来看待,也就无所不可罢。在这里,说木村所做的东西没有情调,木村参与选择的杂志上所载的作品也没有情调,那就是说木村是不懂文艺的了。何以教不懂文艺的人,来选剧本的呢？倘若没有情调的剧本入了选，又怎么好呢？这样做法，对得起应募的作者吗？作者那边固然对不起，而于这边也对不起的，木村想。

木村是被称为坏的意义这一面的 Dilettante（游戏于艺术的人）的，以此即使不落这样的难，来看并不有趣的东西，也还可以过活。总而言之，廓清这一大堆的事，是敬谢不敏了，这样想着，所以搬到衣橱上去的。

写起来长了，然而这是一秒间的事。

隔壁的屋子里，本能的扫除的声音停止了，纸障子开开了。搬出饭来了。

木村用那混着芋头的酱汤来吃早饭。

吃完饭，喝一杯茶，脊梁上便沁出汗来。夏天究竟是夏天哪，木村想。

木村换上洋服，将一个整包的朝日塞在衣袋里，走向大门去。这里已经摆着饭包和洋伞，靴子也擦好了。

木村撑了伞，囊囊的出去了。到停留场去的路，是一条店铺栉比的狭路，经过的时候，店主人要打招呼的店是大抵有一定的几家的。这里便留心着走。这四近，对木村怀着好意来打招呼之类的也有，冷淡的装着不相干的脸的也有，至于抱着敌对的感想的人，却仿佛没有似的。

于是木村先推察这些招呼的人是怀着怎样的心情。第一，他们确乎想，做小说的人是一种古怪人。以为古怪人的时候，立刻又觉得是可怜的人，所以来给一点 Protégé（惠顾）的。这在招呼的表情上可以看得出。木村对于这事，并不以为可憎，但不消说，自然也不觉得多谢。

正如邻近的人的态度一样，木村这人，在社交上也不很有什么对头。也只有当作呆子看，来表点好意的人，和全然冷淡，置之不理的人罢了。

加以在文坛上，又时时被驱除。

木村想，只要人们肯置之不理，这就好了。虽说置之不理唯有著作却要请准他做做的。心里想，不要看错了东西，便破口骂倒等等就好，倘有和自己有着相同的感的人，那就运气了。这是在心的很深很深的地方这样想。

到停留场的路走了一半的时候，从横街里走出一个叫作小川的人来了。这人也在同衙门里办事，每三回里大约总有一回遇在路上的。

"自以为今天早一点，却又和你遇着了。"小川说，偏了伞子，并着走。

"这样的吗，……"

"平常不是总是你先到么。想着些什么似的。想着大作的趣向罢。"

木村每听到这样的话,便感着被搔了痒的心情。但仍旧摆着照例的快活的脸,不开口。

"近来,翻了一翻《太阳》,里面有些说你在衙门里的秩序的生活和艺术的生活,是正相矛盾,到底调和不得的这类话。见了吗?"

"见过了。说的是坏乱风俗的艺术和官吏服务规则,并无调和的方法这等意思罢。"

"原来,是有着风俗坏乱这类字面的。我却没有这样的去解释。单当作艺术和官吏了。政治之流,倘尽着现状这样下去,是一时的东西,艺术是永远的东西呵。政治是一国的东西,艺术是人类的东西呵。"小川是衙门里的饶舌家,木村始终觉得讨厌的,但努力不教露出这颜色。他仿佛老病复发似的,响亮起来了。"然而,你看着卢斯福在各处讲演的演说罢。假使依了此公所说的来做,政治也就不是一时的东西了。不单是一国的东西了。再将这事高尚一点,政治便成为大艺术哩。我想,这和你们的理想或许是一致的,怎样?"

木村以为很糊涂,极要皱一皱眉了,却熬着。

这之间,到了停留场。因为是末站,所以早出晚归,便必须坐在满座的车子上。两人在红柱子下,并撑了伞立候着,走过二辆车,好容易才挤上了。

两人都挽在皮带上。小川似乎饶舌还没有够。

"喂,我的艺术观如何?"

"我是不去想这些事的。"木村懒懒地答。

"怎样想,才动笔的呢?"

"并不怎样想。要做的时候便做。可以说,仿佛和要吃的时候便吃差不多罢。"

"本能吗?"

"也并非本能。"

"何以?"

"意识了做的。"

"哼。"小川显了异样的脸色说,不知道怎么想去了,从此直到下电车,没有再开口。

和小川分了手,木村走到自己的房屋面前,将帽挂在帽架上,插了伞。挂着的帽子还只有二三顶。

门开着,挂着竹帘。经过了穿着自制服的听差的旁边,走到自己的桌前去。先到的人也还没有出手来办公,在那里摇扇子。也有交换"早上好"的。也有默默地用下颏打招呼的。所有的脸都是苍白的没有元气的脸。这也无怪,每一月里没有一个不生一回病的。不生的，只有木村。

木村从贴着"特别案卷"的签条的，熏旧的书架上，取出翻潮的文件来，在桌子上堆了两大堆。低的一堆，是天天办去的东西，那上面，有一套拖着舌头似的，贴着红签的文件。这就是今天必须交给课长的要紧的事情。高的一堆，是随时慢慢办去便成的公事。除了本分的分任事务之外，因为要订正字句，从别的局所里，也有文件送到木村这里来。那些东西，倘有并不紧急的，便也归在这里面。

取出了文件，坐在椅子上，木村便摸出那照例的车掌的表来看。到八点还差十分。等课长到来为止，还有四十分。

木村翻开那高的一堆的上面的文件来，看了一回，便用糊板上的糊糊，帖上纸条，在这里写上些什么去。纸条是许多张的用纸捻子穿着，挂在桌子旁边的。在衙门里，称之为附笺。

木村泰然地坐着，飒飒的办公，这其间，那脸始终很快活。这样的时候的木村的心情，是颇有些难于说明的。这人不论做什么事，总抱着孩子正在游戏一般的心情。同是游戏，有有的趣，也有无聊的。这办事，却是以为无聊的这一类。衙门的公事，并不是笑谈。那是政府的大机关的一个小齿轮，自己在回旋的事，是分明自觉着的。自觉着，而办着这些事的心情，却象游戏一般。脸上之所以快活者，便是这心情的发现。

办完一件事，就吸一支朝日。这时候，木村的空想也往往胡闹起来。心里想，所谓分业者，在抽了下下签的人，也就成了很无聊的事了。然而并没有觉得不平。虽然这样，却又并不怀着以此为己的命运的，类乎 Fataliste（运命论者）的思想。也常想，这样的事务，歇了怎样呢。于是便想到歇了以后的事。假定就目前的景况，在洋灯下写，从早到晚的著作起来吧。这人在著作时候，也抱着孩子正在闹心爱的游戏似的心情的。这并非说没有苦处。无论做什么 Sport（玩耍），都要跳过障碍。也未尝不知道艺术是并非笑谈。拿在自己手上的工具，倘交给巨匠名家的手里，能造出震惊世界的作品的事，是自觉着的。然而一面自觉，一面却怀着游戏的心情。庚勃多（Gambetta）的兵，有一次教突击而气馁了，庚勃多说吹喇叭罢，但是进击的谱没有吹，却吹了 Réveil（起床）的谱。意大利人站在生死的界上，也还有游戏的心情。总而言之，在木村，无论做什么都是游戏。同是游戏，心爱的有趣的这一种，比无聊的好，是一定不易的。但倘若从早到晚专做这一种，许要觉得单调而生厌罢。现在的无聊的事务，却也还有破这单调的功能。

歇了这事务之后，要破那著作生活的单调，该怎么办呢？这是有社交，有旅行。然而都要钱的。既不愿用旁观别人钓鱼一般的态度，到交际社会去；要做了戈理基（Gorki）那

样的 Vagabondage(放浪)觉得愉快，倘没有俄国人这样的遗传，又仿佛到底不行似的。于是想，也许仍然是做官好吧。而这样想来，也并没有起什么别的绝望似的苦痛的感想。

有时候，空想愈加放纵起来了，见了战争的梦，假设着想，喇叭吹着进击的谱，望了高揭的旗，快跑，这可是爽快呵。木村虽然没有生过病，然而身材小，又瘦削，不被选去做征兵，因此未曾上过阵。但听人说过，虽曰壮烈的进击，其实有时也或躲在土袋后面爬上去的，这时记起来了。于是减少了若干的兴味。便是自己，倘使身临其境，也不辞藏身土袋之后而爬的。然而所谓壮烈呀爽快呀之类的想象稀薄了。其次又设想，即使能够出战，也许编入辎重队，专使搬东西。便是自己，倘教站在车前就拉吧，站在车后便推罢。然而与壮烈以及爽快，却愈见其辽远了。

有时候，见着航海的梦。倘凌了屋一般的波涛，渡了大洋，好愉快罢。在地极的冰上，插起国旗来，也愉快罢，这样架空地想。然而这些事也有分业的，说不定专使你去烧锅炉的火，这么一想，Enthousiasme(热诚)的梦便惊醒了。

木村办完了一件事，将这一起案卷，推向桌子的对面，从高的一堆上又取下一套案卷来。先前的是半纸的格子纸，这回的是紫线的西洋纸了。密密的贴在手掌上，宛然是和竹竿一同捏着了蜗牛的心情。

这时为止，已经渐次地走出五六个同僚来，不知什么时候桌子早都坐满了。摇过八点的铃，暂时之后，课长出来了。

木村当课长还未坐下的时候，便拿了贴着红签的文件过去了，略原地站着，看课长慢慢地从 Portefeuille(护书)里取出文件来，揭开砚匣的盖子，磨墨。磨完了墨之后，偶然似的转向这边来了。是比起木村来，约小三四岁的一个年青的法学博士，在眼鼻紧凑，没有余地，敏捷似的脸上，戴着金边的眼镜。

"昨天嘱咐的文件……"说了一半话，送上文件去。课长接了，大略的看完，说道，"这就好。"

木村觉着卸了重担似的心情，回到自己的位子上。一回通不过的文件，第二回便很不容易直截了当的通过。三回四回的教改正。这之间，那边也种种地想，便和最先所说的话有些两样起来。于是终于成为无法可施。所以一回通过便喜欢了。

回到位子上一看，茶已经摆着了。八点到地的时候一杯，午后办公时候三点前后一杯，是即使不开口，听差也会送来的。是单有颜色，并无味道的茶。喝完之后，碗底里沉着许多滓。

木村喝了茶，照旧泰然地坐着，不歇的飒飒的办事。低的一堆的文件的办理，只要间或拿出簿子来一参照,都如飞的妥帖了。办妥的东西,加了检印,使听差送到该送的地方去。文件里面,也有直送给课长那里的。

这其间又送来新文件。红签的立刻办,别的便归入或一堆中;电报大抵照红签的一样办。

正在办事,骤然热起来了,一瞥对面的窗,早上看见灰色的天空的处所,已经团簇着带紫的暗色的云了。

看那些同僚的脸,都显得非常疲乏的颜色,大抵下颚弛缓挂下了,脸相看去便似乎长了一些了。屋子里潮湿的空气,浓厚起来,觉得压着头脑。即使没有现在这样特别的热的时候,办公时间略开头,从厕所回来,一进廊下,那坏的烟草的气息和汗的气味,也使人有要噎的心情。虽然如此,比起到了冬天,烧着暖炉,关上门户的时候来,夏天的此时又要算好得多了。

木村看了同僚的脸,略略皱一皱眉,但立刻又变了快活的脸,动手办公事。

过了片时,动了雷,下起大雨来了,雨点打着窗户,发出可怕的声音。屋里的人都放下事务向窗户看。木村右邻的一个叫山田的人说:

"正觉得闷热,到底下了暴雨了。"

"是呵,"木村向右边转过快活的照例的脸去说。

山田一见这脸,仿佛突然想到了似的,低声说道:

"你固然是迅速的办着事,但从旁看来,不知怎的总仿佛觉得在那里开玩笑似的。"

"哪有这样的事呢。"木村恬然的答。

木村被人这么说,已经不知多少次了。说这人的表情,言语,举动,都催促别人说出这样的话,也无所不可的。在衙门里,先代的课长也说是欠恳切,很厌恶。文坛上,则批评家以为不认真,正在贬斥他。娶过一回妻,不幸而走散了,平生因为什么机会冲突起来的时候,说道"你只在那里愚弄我",便是那细君的非难的大宗。

木村的心情,是无所谓认真认假的,但因为对于一切事的"游戏"的心情,致使并非哪拉(Nora)的细君,也感到被当作傀儡,当作玩物的不愉快了。

在木村呢,这游戏的心情是"被给予的事实"。和木村往还的一个青年文士曾经说,"先生是欠缺着现代人的紧要的性质的。这是 Nervosité(神经质)呵。"然而木村也似乎并不格外觉得不幸。大雨之后,接着小雨,但也没有什么很凉。

一到十一点半,住在远处的人便进了食堂吃饭去。木村是办事办到放午炮,于是一个人再吃饭的。

两三个同僚走向食堂的时候,电话的铃响起来了。听差去听了几句话,说道"请候一候"便走到木村这里来。

"日出新闻社的人,说要请说几句话。"

木村走到电话机那里。

"喂,我是木村,什么事呢?"

"木村先生吗?劳了驾,对不起的很好。就是那应募的剧本呵,不知道什么时候可以看了呢。"

"是呵。近来忙,还不能立刻就看呢。"

"哦。"怎么说才好,暂时想着似的。"那就再领教罢。拜托拜托。"

"再见。"

"再见。"

微笑的影,掠过木村的脸上了。而且心里想,那剧本,一时未必走下衣橱来哩。倘是先前的木村,就会说些"那是决定不看了"之类的话,在电话上吵嘴。现在是温和得多了,但他的微笑中,却有若干的 Bosheit(恶意)在里面。然而这样的些少的恶意,也未必能成为尼采主义的现代人罢。

午炮响了。都拿出表来对。木村也拿出照例的车掌的表来对。同僚早已收拾了案卷,一下子退出去了。木村只和听差剩了两人,慢慢地将案卷收在书架里,进食堂去,慢慢地吃了饭,于是坐上了汗臭的满员的电车。

现代日本小说集

沉默之塔

森鸥外

高的塔耸在黄昏的天空里。

聚在塔上的乌鸦,想飞了却又停着,而且聒耳地叫着。

离开了乌鸦队,仿佛憎厌那乌鸦的举动似的,两三匹海鸥发出断续的啼声,在塔旁忽远忽近地飞舞。

乏力似的马,沉重似的拖了车,来到塔下面。有什么东西卸了下来,运进塔里去了。

一辆车才走,一辆车又来,因为运进塔里去的货色很不少。

我站在海岸上看情形。晚潮又钝又缓的,噼啪噼啪地打着海岸的石壁。从市上到塔来，从塔下到市里去的车，走过我面前。什么车上，都有一个戴着一顶帽檐弯下的，软的灰色帽的男人，坐在马夫台上，带了俯视的体势。

懒洋洋地走去的马蹄声，和轧着小石子钝滞的发响的车轮声，听来很单调。

我站在海岸上，一直到达塔象是用灰色画在灰色的中间。

走进电灯照得通明的旅馆的大厅里，我看见一个穿大方纹羽纱衣裤的男人，交叉了长腿，睡觉似的躺在安乐椅子上，正看着新闻。这令人以为从柳敬助的画里取下了服饰一般的男子，昨天便在这大厅上，已经见过一回的了。

森鸥外

"有什么有趣的事吗?"我声张说。

连捧着新闻的两手的位置也没有换，那长腿只是懒懒的，将眼睛只一斜。"Nothing at all!"与其说对于我的声张，倒不如说是对于新闻发了不平的口调。但不一刻便补足了话："说是椰瓢里装着炸药的，又有了两三个了。"

"革命党罢。"

我拖过大理石桌子上的火柴来，点起烟卷，坐在椅子上。

因为暂时之前，长腿已在桌子上放下了新闻，装着无聊的脸，我便又兜搭说：

"去看了有一座古怪的塔的地方来了。"

"Malabar hill 罢。"

"那是什么塔呢?"

"是沉默之塔。"

"用车子运进塔里去的，是什么呢?"

"是死尸。"

"怎样的死尸?"

"Parsi 族的死尸。"

"怎么会死得这样多，莫非流行着什么霍乱吐泻之类吗?"

"是杀掉的。说又杀了二三十，现载在新闻上哩。"

"谁杀的呢?"

"一伙里自己杀的。"

"何以?''

"是杀掉那看危险书籍的东西。"

"怎样的书?"

"自然主义和社会主义的书。"

"真是奇怪的配合呵。"

"自然主义的书和社会主义的书是个别的呵。"

"哦,总是不很懂。也知道书的名目吗?"

"——写着呢。"长腿拿起放在桌上的新闻来,摊开了送到我面前。

我拿了新闻看。长腿装着无聊的脸,坐在安乐椅子上。

立刻引了我眼睛的"派希族的血腥的争斗"这一个标题的记事,却还算是客观的记着的。

派希族的少壮者是学洋文的,渐渐有些能看洋书了。英文最通行。法文和德文也略懂了。在少壮者之间,发生了新文艺。这大抵是小说;这小说,从作者的嘴里,从作者的朋友的嘴里,都用了自然主义这一个名目去鼓吹。和 Zola(左拉)用了 Le roman expérimental(《实验的小说》)所发表的自然主义,虽然不能说是相同,却也不能说是不相同。总而言之:是要脱去因袭,复归自然的这一种文艺上的运动。

所谓自然主义小说的内容上,惹了人眼的,是在将所有因袭,消极的否定,而积极的并没有什么建设的事。将这思想的方面,简括说来,便是怀疑即修行,虚无是成道。从这方向看出去,则凡有讲些积极的事的,便是过时的呆子,即不然,也该是说谎的东西。

其次,惹了人眼的,就在竭力描写冲动生活而尤在性欲生活的事。这倒也没有西洋近来的著作的色彩这么浓。可以说:只是将从前有些顾忌的事,不很顾忌地写了出来罢了。

自然主义的小说,就惹眼的处所而言,便是先以这两样特色现于世间;叫道:自己所说的是新思想,是现代思想,说这事的自己是新人,是现代人。

这时候,这样的小说间有禁止的了。那主意,便说是那样的消极的思想是紊乱安宁秩序的,那样的冲动生活的叙述是败坏风俗的。

恰在这时候,这地方发生了革命党的运动,便在带着椰瓢炸弹的人们里,发觉了夹着一点派希族的无政府主义者的事。于是就在这 Propagande par le fait(为这事实的枢机传道所)的一伙就缚的时候,也便将凡是和社会主义共产主义无政府主义之类有缘,以至似乎有缘的出版物，都归在社会主义书籍这一个符牒之下，当作紊乱安宁秩序的东西，给禁止了。

这时禁止的出版物中，夹着些小说。而这其实是用了社会主义的思想做的，和自然主义的作品全不相同。

但从这时候起，却成了小说里面含有自然主义和社会主义的事。

这模样，扑灭自然主义的火既乘着扑灭社会主义的风，而同时自然主义这一边所禁止的出版物的范围，反逐渐扩大起来，已经不但是小说了，剧本也禁止，抒情诗也禁止，论文也禁止，俄国书的译本也禁止。

于是要在凡用文字写成的一切东西里，搜出自然主义和社会主义来。一说是文人，是文艺家，便被人看着脸想：不是一个自然主义者么，不是一个社会主义者吗？文艺的世界成为疑惧的世界了。

这时候，派希族的或人便发明了"危险的洋书"这句话。

危险的洋书媒介了自然主义，危险的洋书媒介了社会主义。翻译的人是贩卖那照样的危险品的，创作的人是学了西洋人，制造那冒充洋货的危险品的。

紊乱那安宁秩序的思想，是危险的洋书所传的思想。败坏风俗的思想，也是危险的洋书所传的思想。

危险的洋书渡过海来，是 Angra Mainyu 所做的事。

杀却那读洋书的东西！

因为这主意，派希族里便学了 Pogrom 的样。而沉默之塔的上面，乌鸦于是乎排了筵宴了。

新闻上也登着杀掉的人的略传，谁读了什么，谁译了什么，列举着"危险的洋书"的书名。我一看这个，吃了一惊了。

爱看 Saint-Simon（圣西蒙）一流人的书的，或者译了 Marx（马克思）的《资本论》的，便作为社会主义者论，介绍了 Bakunin（巴枯宁），Kropotkin（克鲁巴金）的，便作为无政府主义者论，虽然因为看的和译的未必便遵奉那主义，所以难于立刻教人首肯，但也还不能说没有受着嫌疑的理由。

倘使译了 Casanova（凯萨诺跋）和 Louvet de Courvay（寇韦）的书，便被说是败坏了风俗，即使那些书里面含有文明史上的价值，也还可以说未免缺一点顾忌罢。

但所谓危险的洋书者，又并不是指这类东西。

在俄罗斯文学里，何以讨厌 Tolstoi（托尔斯泰）的几篇文章呢，便因为无政府党用了

《我的信仰》和《我的忏悔》去做主义的宣传，所以也可以说没有错。至于小说和剧本，则无论在世界上那一国里，却还没有以为格外可虑的东西。这事即以危险论了。在《战争与和平》里，说是战争得胜，并非伟大的大将和伟大的参谋所战胜，却是勇猛的兵卒给打胜的，做这种观念的基础的个人主义，也是危险的事。这样穿凿下去，便觉得老伯爵的吃素，也因为乡下得不到好牛肉；对于伯爵几十年继续下来的原始生活，也要用猜疑的眼睛去看了。

Dostojevski（陀思妥夫斯奇）在《罪与罚》里，写出一个以为无益于社会的贪心的老婆子，不必给伊有钱，所以杀却了的主人公来，是不尊重所有权；也危险的。况且那人的著作，不过是羊癫痫的昏话。Gorki（戈理奇）只做些羡慕放浪生活的东西，蹂躏了社会的秩序，也危险的。况且实生活上，也加在社会党里呵。Artzibashev（阿尔志跋绥夫）崇拜着个人主义的始祖 Stirner（思谛纳尔），又做了许多用革命家来做主人公的小说，也危险的。况且因为肺病毁了身体连精神却异样了。

在法兰西和比利时文学里，Maupassant（莫泊桑）的著作，是正如托尔斯泰所谓以毒制毒的批评，毫没有何为而作的主意，无理想，无道德的。再没有比胡乱开枪更加危险的事。那人终于因为追蹑妄想而自杀了。Maeterlinck（梅迭林克）做了《Monna Vanna》一类的奸通剧，很危险呵。

意大利文学里，D'Annunzio（但农智阿）在小说或剧本上，都用了色彩浓厚的笔墨，广阔的写出性欲生活来。《死的市》里，甚至于说到兄妹间的恋爱。如果这还不危险，世间便未必有危险的东西了罢。

北欧文学里，Ibsen（易勃生）将个人主义做在著作中，甚而至于说国家是我的敌。Strindberg（斯忒林培克）曾叙述过一位伯爵家的小姐和伊的父亲的房里的小使通情，暗寓平民主义战胜贵族主义的意思。在先前，斯忒林培克本来屡次被人疑心他当真发了狂，现在又有些古怪起来了，都危险的。

在英国文学，只要一看称为 Wilde（淮尔特）的代表著作的《Dorian Cray》，便知道人类的劣根性多少可怕。可以说是将秘密的罪恶教人的教科书，未必再有这样危险的东西了罢。作者因为男色案件成为刑余之人，正是恰如其分的事。Shaw（萧）同情于《恶魔的弟子》这样的废物，来当作剧本的主人公，还不危险吗？而况他也做社会主义的议论哩。

在德国文学呢，Hauptmann（好普德曼）著一本《织工》，教他们袭击厂主的家去。Wedekind（惠兑庚特）著了《春的觉醒》将私通教给中学生了。样样都是非常之危险。

派希族的虐杀者之所以以洋书为危险者，大概便是这样的情形。

从派希族的眼睛看来,凡是在世界上的文艺,只要略有点价值的,只要并不万分平庸的,便无不是危险的东西。

这是无足怪的。

艺术的价值,是在破坏因袭这一点。在因袭的圈子里彷徨的作品,是平凡作品。用因袭的眼睛来看艺术,所有艺术便都见得危险。

艺术是从上面的思量,进到那躲在底下的冲动里去的。绘画要用没有移行的颜色,音乐要在 Chromatique(音色)这一面求变化,文艺也一样,要用文章现出印象来。进到冲动生活里去,是当然的事。一进到冲动生活里,性欲的冲动便也不得不出现了。

因为艺术的性质是这样,所以称为艺术家的,尤其是称为天才的人,大抵在实世间不能营那有秩序的生活。如 Goethe(瞿提),虽然小,做过一国的总理,下至 Disraeli(迭式来黎)组织起内阁来,行过帝国主义的政治之类,是例外的;多数却都要发过激的言论,有不检的举动。George Sand(珊特)和 Eugéne Sue(修),虽然和 leroux(勒卢)合在一起,宣传过共产主义,Freiligrath,Herwegh,Gutzkow(弗赖烈克拉德,海慧克,谷珂)三个人,虽然和马克思合在一起,在社会主义的杂志上做过文章,但文艺史家并不觉得有损于作品的价值。

便是学问,也一样。

学问也破坏了因袭向前走。被一国度一时代的风尚一掣肘,学问就死了。

便在学问上,心理学也是从思量到意志,从意志到冲动,从冲动到以下的心的作用里,渐次深邃的穿掘进去。而因此使伦理生变化,使形而上学生变化。Schopenhauer(勖本华)是称为冲动哲学也可以。正如从那里出了系统家的 Hartmann(哈德曼)和 Wundt(鸿特)一般,也从那里出了用 Aphorismen(警句)著书的 Nietzsche(尼采)。是从看不出所谓发展的勖本华的彼岸哲学里,生了说超人的尼采的此岸哲学了。

所谓学者这一种东西,除了少年时代便废人似的驯良过活的哈德曼,和老在大学教授的位置上的鸿特之外,勖本华是决绝了母亲,对于政府所信任的大学教授说过坏话的东西。既不是孝子,也不是顺民;尼采是头脑有些异样的人,终于发了狂,也是明明白白的事实。

倘若以艺术为危险,便该以学问为更危险。哈德曼倾倒于 Hegel(赫格尔)的极左党而且继承无政府主义的思谛纳尔的锐利的论法著了无意识哲学的迷惘的三期。尼采说的"神死了",只要一想思谛纳尔的"神便是鬼",便也不能不说旧。这与超人这一个结论,也不一样的。

无论是艺术，是学问，从派希族的因袭的眼睛看来，以为危险也无足怪。为什么呢？无论那一个国度，那一个时期，走着新的路的人背后一定有反动者的一伙觑着隙的。而且到了或一个机会，便起来加迫害。只有那口实，却因了国度和时代有变化。危险的洋书也不过一个口实罢了。

马刺巴冈的沉默之塔的上头，乌鸦的唱工正酣畅哩。

与幼小者

有岛武郎

你们长大起来，养育到成了一个成人的时候——那时候，你们的爸爸可还活着，那固然是说不定的事——想来总会有展开了父亲的遗书来看的机会的罢。到那时候，这小小的一篇记载，也就出现在你们的眼前了。时光是骎骎的驰过去。为你们之父的我，那时怎样的映在你们的眼里，这是无从推测的。恐怕也如我在现在，嗤笑怜悯那过去的时代一般，你们或者也要嗤笑怜悯我的陈腐的心情。我为你们计；唯愿其如此。你们倘不是毫不顾忌的将我做了踏台，超过了我，进到高的远的地方去，那是错的。然而我想。有怎样的深爱你们的人，现在这世上，或曾在这世上的一个事实，于你们却永远是必要的。当你们看着这篇文章，悯笑我的思想的未熟而且顽固之间，我以为，我们的爱，倘不温暖你们，慰藉，勉励你们，使你们的心中，尝着人生的可能性，是绝不至于的。所以我对着你们，写下这文章来。

有岛武郎

你们在去年，永久的失掉了一个的，只有一个的亲娘。你们是生来不久，便被夺去了生命上最紧要的养分了。你们的人生，即此就暗淡。在近来，有一个杂志社来说，教写一点"我的母亲"这一种小小的感想的时候，我毫不经心的写道，"自己的幸福，是在母亲从头便是一人，现在也活着，"便算事了。而我的万年笔将停未停之际，我便想起了你们。我的心仿佛做了什么恶事似的痛楚了。然而事实是事实。这一点，我是幸福的。你们是

不幸的。是再没有恢复的路的不幸。阿阿，不幸的人们呵。

　　从夜里三时起，开始了缓慢的阵痛，不安弥漫了家中，从现在想起来，已经是七年前的事了。那是非常的大风雪，便在北海道，也是不常遇到的极厉害的大风雪的一天。和市街离开的河边上的孤屋，要飞去似的动摇，吹来粘在窗玻璃上的粉雪，又重叠的遮住了本已包在绵云中间的阳光，那夜的黑暗，便什么时候，都不退出屋里去。在电灯已熄的薄暗里，裹着白的东西的你们的母亲，是昏瞀似的呻吟着苦痛。我教一个学生和一个使女帮着忙，生起火来，沸起水来，又派出人去。待产婆被雪下得白白的扑了进来的时候，合家的人便不由地都宽一口气，觉得安定了。但到了午间，到了午后，还不见生产的模样，在产婆和看护妇的脸上，一看见只有我看见的担心的颜色，我便完全慌张了。不能躲在书斋里，专等候结果了。我走进产房去，当了紧紧地捏住产妇的两手的角色。每起一回阵痛，产婆便叱责似的督励着产妇，想给从速的完功。然而暂时的苦痛之后，产妇又便入了熟睡，竟至于打着鼾，平平稳稳的似乎什么都忘却了。产婆和随后赶到的医生，只是面面相觑地吐着气。医生每遇见昏睡，仿佛便在那里想用什么非常的手段一般。

　　到下午，门外的大风雪逐渐平静起来，泄出了浓厚的雪云间的薄日的光辉，且来和积在窗间的雪偷偷地嬉戏了。然而在房里面的人们，却愈包在沉重的不安的云片里。医生是医生，产婆是产婆，我是我，各被各人的不安抓住了。这之中，似乎全不觉到什么危害的，是只有身临着最可怕的深渊的产妇和胎儿。两个生命，都昏昏地睡到死里去。

　　大概恰在三时的时候，——起了产气以后的第十二时——在催夕的日光中，起了该是最后的激烈的阵痛了。宛然用肉眼看着噩梦一般，产妇圆睁了眼，并无目的的看定了一处地方，与其说苦楚，还不如说吓人的皱了脸。而且将我的上身拉向自己的胸前，两手在背上挠乱地抱紧了。那力量，觉得倘使我没有和产妇一样的着力，那产妇的臂膊便会挤破了我的胸脯。在这里的人们的心，不由得全都吃紧起来，医生和产婆都忘了地方似的，用大声勉励着产妇。

　　骤然间感着了产妇的握力的宽松，我抬起脸来看。产婆的膝边仰天地躺着一个没有血色的婴儿。产婆象打球一般的拍着那胸膛，一面连说道葡萄酒葡萄酒。看护妇将这拿来了。产婆用了脸和言语，教将酒倒在脸盆里。盆里的汤便和剧烈的芳香同时变了血一样的颜色。婴儿被浸在这里面。暂时之后，便破了不容呼吸的紧张的沉默，很细地响出了低微的啼声。

　　广大的天地之间，一个母亲和一个儿子，在这一刹那中忽而出现了。

　　那时候，新的母亲看着我，软弱的微笑。我一见这，便无端的满眼渗出泪来。我不知

道怎样才可以表现这事给你们看。说是我的生命的全体，从我的眼里挤出了泪，也许还可以适当罢。从这时候起，生活的诸相便都在眼前改变了。

你们之中，最先的见了人世之光者，是这样的见了人世之光的。第二个和第三个也如此。即使生产有难易之差，然而在给予父母的不可思议的印象上却没有变。

这样子，年青的夫妇便陆续地成了你们三个的父母了。

我在那时节，心里面有着太多的问题。而始终碌碌，从没有做着一件自己近于"满足"的事。无论什么事，全要独自咬实了看，是我生来的性质，所以表面上虽然过着极普通的生活，而我的心却又苦闷于动不动便骤然涌出的不安。有时悔结婚。有时嫌恶你们的诞育。为什么不待自己的生活的旗色分外鲜明之后，再来结婚的呢？为什么情愿将因为有妻，所以不能不拖在后面的几个重量，系在腰间的呢？为什么不可不将两人肉欲的结果，当作天赐的东西一般看待呢？耗费在建立家庭上的努力和精力，自己不是可以用在别的地方的吗？

我因为自己的心的扰乱，常使你们的母亲因而啼哭，因而凄凉。而且对付你们也没有理。一听到你们稍为执拗的哭泣或是歪缠的声音，我便总要做些什么残虐的事才罢手。倘在对着原稿纸的时候，你们的母亲若有一件小些的家务的商量，或者你们有什么啼哭的喧闹，我便不由地拍案站立起来。而且虽然明知道事后会感着难堪的寂寞，但对于你们也仍然加以严厉的责罚，或激烈的言辞。

然而运命来惩罚我这任意和暧昧的时候竟到了。无论如何，总不能将你们任凭保姆，每夜里，使你们三个睡在自己的枕边和左右，通夜的使一个安眠，给一个热牛乳，给一个解小溲，自己没有熟睡的工夫，用尽了爱的限量的你们的母亲，是发了四十一度的可怕的热而躺倒了。这时的吃惊固然也不小，但当来诊的两个医生异口同声地说有结核的征候的时节，我只是无端的变了青苍。检痰的结果，是给医生们的鉴定加了凭证。而留下了四岁和三岁和两岁的你们，在十月份的凄清的秋日里，母亲是成了一个不能不进病院的人了。

我做完日里的事，便飞速的回家。于是领了你们的一个或两个，匆匆地往病院去。我一住在那街上，便来做事的一个勤恳的门徒的老姬，在那里照应病室里的事情。那老姬一见你们的模样，便暗暗的拭着眼泪了。你们一在床上看见了母亲，立刻要奔去，要缠住。而还没有给伊知道是结核症的你们的母亲，也仿佛拥抱宝贝似的，要将你们聚到自己的胸前去。我便不能不随意的支吾着，使你们不太近伊的床前。正尽着忠义，却从周围的人受了极端的误解，而又在万不可辩解的情况中，在这般情况中的人所尝的心绪，我也尝过了许多回。虽然如此，我却早没有愤怒的勇气了。待到象拉开一般得将你们远离了母亲，同就归途的时候，大抵街灯的光已经淡淡的照着道路。进了门口，只有雇工看着家。他们虽有两三人却并不给留在家里的婴儿换一换衬布。不舒服似的啼哭着的婴儿的胯下，往往是湿漉漉的。

你们是出奇的不亲近别人的孩子。好容易使你们睡去了，我才走进书斋去做些调查的工夫。身体疲乏了，精神却昂奋着。待到调查完毕，正要就床的十一时前后的时候，已经成了神经过敏的你们，便做了夜梦之类，惊慌着醒来了。一到黎明，你们中的一个便哭着要吃奶。我被这一惊起，便到早晨不能再闭上眼睛。吃过早饭，我红了眼，抱着中间有了硬核一般的头，走向办事的地方去。

在北国里，眼见得冬天要逼近了。有一天，我到病院去，你们的母亲坐在床上正眺着窗外，但是一见我，便说道想要及早地退了院。说是看见窗外的枫树已经那样觉得凄凉了。诚然，当入院之初，燃烧似的饰在枝头的叶，已是凋零到不留一片，花坛上的菊也为寒霜所损，未到萎落的时候便已萎落了。我暗想，即此每天给伊看这凄凉的情状，也就是不相宜的。然而母亲的真的心思其实不在此，是在一刻也忍不住再离开了你们。

终于到了退院的那一天，却是一个下着雪子，呼呼的吼着寒风的坏日子，我因此想劝伊暂时消停，事务一完，便跑到病院去。然而病房已经空虚了，先前说过的老妪在屋角上，草草的摒当着讨得的东西，以及垫子和茶具。慌忙回家看，你们早聚在母亲的身边，高兴地嚷着了。我一见这，也不由得坠了泪。

不知不识之间，我们已成了不可分离的东西了。亲子五人在逐步逼紧的寒冷之前，宛然是缩小起来以护自身的杂草的根株一般，大家互相紧挨，互分着温暖。但是北国的寒冷，却冷到我们四个的温度，也无济于事了。我于是和一个病人以及天真烂漫的你们，虽然劳顿，却不得不旅雁似的逃向南边去。

离背了诞生而且长育了你们三个人的土地，上了旅行的长途，那是初雪纷纷地下得不住的一夜里的事。忘不掉的几个容颜，从昏暗的车站的月台上很对我们惜别。阴郁的轻津海峡的海色已在后面了。直跟到东京为止的一个学生，抱着你们中间的最小的一个，母亲似的通夜没有歇。要记载起这样的事来，是无限量的。总而言之，我们是幸而一无灾祸，经过了两天的忧郁的旅行之后，竟到了晚秋的东京了。

和先前住居的地方不一样，东京有许多亲戚和兄弟，都为我们表了很深的同情。这于我不知道添多少的力量呵。不多时，你们的母亲便住在 K 海岸的租来的一所狭小的别墅里，我便住在邻近的旅馆里，由此日日去招呼。一时之间是病势见得非常之轻减了。

你们和母亲和我，至于可以走到海岸的沙丘上，当看太阳，很愉快经过二三时间了。

运命是什么意思，给我这样的小康，那可不知道。然而他是不问有怎样的事，要做的事总非做完不可的。这年已近年底的时候，你们的母亲因为大意受了寒，从此日见其沉重了。而且你们中的一个，又突然发了原因不明的高热。我不忍将这生病的事通知母亲去。病儿是病儿，又不肯暂时放开我。你们的母亲却来责备我的疏远了。我于是躺倒了。只得和病儿并了枕，为了迄今未曾亲历过的高热而呻吟了。我的职业吗？我的职业是离开我已经有千里之远了。但是我早经不悔恨。为了你们，要战斗到最后才歇的一种热意，比病热还要旺盛地烧着我的胸中。

正月间便到了悲剧的绝顶。你们的母亲已经到非知道自己的病的真相不可的窨地了。给做了这繁难的角色的医生回去之后，见过你们的母亲的脸的我的记忆，一生中总要鞭策我吧。显得苍白的清朗的脸色，仍然靠在枕上，母亲是使那微笑，说出冷静的觉悟来，静静地看着我。在这上面，混合着对于死的 Besignation（觉悟）和对于你们的强韧的执着。这竟有些阴惨了。我被袭于凄怆之情，不由得低了眼。

终于到了移进 H 海岸的病院这一天。你们的母亲决心很坚，倘不全愈，那便死也不和你们再相见。穿好了未必再穿——而实际竟没有穿——的好衣服，走出屋来的母亲，在内外的母亲们的眼前，潸然的痛哭了。虽是女人，但气象超拔而强健的你们的母亲，即使只有和我两人的时候，也可以说是从来没有给看过一回哭相，然而这时的泪，却拭了还只是奔流下来。那热泪，是惟你们的崇高的所有物。这在现今是干涸了。成了横亘太空的一缕云气么，变了溪壑川流的水的一滴么，成了大海的泡沫之一么，或者又装在想不到的人的泪堂里面么，那是不知道。然而那热泪，总之是惟你们的崇高的所有物了。

一到停着自动车的处所，你们之中正在热病的善后的一个，因为不能站，被使女背负着——一个是得得地走着——最小的孩子，是祖父母怕母亲过于伤心了，没有领到这里来——出来送母亲了。你们的天真烂漫的诧异的眼睛，只向了大的自动车看。你们的母亲是凄然地看着这情形。待到自动车一动弹，你们听了使女的话，军人似的一举手。母亲笑着略略地点头。你们未必料到，母亲是从这一瞬息间以后，便要永久地离开你们的罢。不幸的人们呵。

从此以后，直到你们的母亲停止了最后的呼吸为止的一年零七个月中，在我们之间，都奋斗着剧烈的争战。母亲是为了对于死要取高的态度，对于你们要留下最大的爱，对于我要得适中的理解；我是为了要从病魔救出你们的母亲，要勇敢地在双肩上担起了逼着自己的命运；你们是为了要从不可思议的运命里解放出自己来，要将自己嵌进与本身不相称的境遇里去，而争战了。说是战到鲜血淋漓了也可以。我和母亲和你们，受着弹丸，受着刀伤。倒了又起，起了又倒的多少回呵。

你们到了六岁和五岁和四岁这一年的八月二日，死终于杀到了。死压倒了一切。而死救助了一切了。

你们的母亲的遗书中，最崇高的部分，是给予你们的一节，倘有看这文章的时候，最好是同时一看母亲的遗书。母亲是流着血泪，而死也不和你们相见的决心终于没有变。这也并不是单因为怕有病菌传染给你们。却因为怕将残酷的死的模样，示给你们的清白的心，使你们的一生增加了暗淡，怕在你们应当逐日生长起来的灵魂上，留下一些较大的伤痕。使幼儿知道死，是不但无益，反而有害的。但愿葬式的时候，教使女带领着，过一天愉快的日子。你们的母亲这样写。又有诗句道：

"思子的亲的心是太阳的光普照诸世间似的广大。"

母亲亡故的时候，你们正在信州的山上。我的叔父，那来信甚而至于说，倘不给送母亲的临终，怕要成一生的恨事罢，但我却硬托了他，不使你们从山中回到家里，对于这我，你们有时或者以为残酷，也未可知的。现在是十一时半了。写这文章的屋子的邻室里，并了枕熟睡着你们。你们还幼小。倘你们到了我一般的年纪，对于我所做的事，就是母亲想要使我来做的事，总会到觉得高贵的时候罢。

我自此以来，是走着怎样的路呢？因了你们的母亲的死，我撞见了自己可以活下去的大路了。我知道了只要爱护着自己，不要错误的走着这一条路便可以了。我曾在一篇创作里，描写过一个决计将妻子作为牺牲的男人的事。在事实上，你们的母亲是给我做了牺牲了。象我这样的不知道使用现成的力量的人，是没有的。我的周围的人们是只知道将我当作一个小心的，鲁钝的，不能做事的，可怜的男人；却没有一个肯试使我贯彻了我的小心和鲁钝和无能力来看。这一端，你们的母亲可是成就了我。我在自己的孱弱里，感到力量了。我在不能做事处寻到了事情，在不能大胆处寻到了大胆，在不锐敏处寻到了锐敏。换句话说，就是我锐敏的看透了自己的鲁钝，大胆的认得了自己的小心，用劳役来体验自己的无能力。我以为用了这力，便可以鞭策自己，生发别样的。你们倘或有眺望我的过去的时候，也该会知道我也并非徒然的生活，而替我欢喜的罢。

雨之类只是下，悒郁的情况涨满了家中的日子，动不动，你们中的一个便默默地走进我的书斋来。而且只叫一声爹爹，就靠在我的膝上，嗳嚅地哭起来了。唉唉，有什么要从你们的天真烂漫的眼睛里要求眼泪呢？不幸的人们呵。再没有比看见你们倒在无端的悲哀里的时候，更觉得人世的凄凉了。也没有比看见你们活泼地向我说过早上的套语，于是跑到母亲的照相面前，快活地叫道"亲娘，早上好"的时候，更是猛然的直穿透我的心底里的时候了。我在这时，便悚然的在目前看见了无劫的世界。

世上的人们以为我的这述怀是呆气，是可以无疑的。因为所谓悼亡，不过是多到无处不有的事件中的一件。要将这样的事当作一宗要件，世人也还没有如此之闲空。这是确凿如此的。但虽然如此，我不必说，便是你们，也会逐渐得到了觉得母亲的死，是一件什么也替代不来的悲哀和缺憾的事的时候。世人说是不关心，这不必引以为耻的。这并不是可耻的事。我们在人间常有的事件中间，也可以深深的触着人生的寂寞。细小的事，并非细小的事。大的事，也不是大的事。这只在一个心。

要之，你们是见之惨然人生的萌芽呵。无论哭着，无论笑着，无论高兴，无论凄凉，看守着你们的父亲的心，总是异常的伤痛。

然而这悲哀于你们和我有怎样的强力，怕你们还未必知道罢。我们是蒙了这损失的庇荫，向生活又深入了一段落了。我们的根，向大地伸进了多少了。有不深入人生，至于生活人生以上者，是灾祸呵。

同时，我们又不可只浸在自己的悲哀里。自从你们的母亲亡故之后，金钱的负累却得了自由了。要服的药品什么都能服，要吃的食物什么都能吃。我们是从偶然的社会组织的结果，享乐了这并非特权的特权了。你们中的有一个，虽然模糊，还该记得 U 氏一家的样子罢。那从亡故的夫人染了结核的 U 氏，一面有着理智的性情，一面却相信天理教，想靠了祈祷来治病苦，我一想他那心情，便情不自禁起来了。药物有效呢还是祈祷有效呢，这可不知道。然而 U 氏是很愿意服医生的药的，但是不能够。U 氏每天便血，还到官衙里来。从始终裹着手帕的喉咙中，只能发出嘶哑的声气。一劳作，病便要加重，这是分明知道的。分明知道着，而 U 氏却靠了祈祷，为维持老母和两个孩子的生活起见，奋然的竭力的劳作。待到病势沉重之后，出了仅少的钱，计定了的古贺液的注射，又因为乡下医生的大意，出了静脉，引起了剧烈的发热。于是 U 氏剩下了无资产的老母和孩子，因此死去了。那些人便住在我们的邻家。这是怎样的一个命运的拨弄呢。你们一想到母亲的死，也应该同时记起 U 氏。而且应该设法，来填平这可怕的壕沟。我以为你们的母亲的死，便够使你们的爱扩张到这地步了，所以我敢说。

人世很凄凉。我们可以单是这样说了就算吗？你们和我，都如尝血的兽一般，尝了爱了。去罢，而且为了要从凄凉中救出我们的周围，而做事去吧。我爱过你们了，并且永远爱你们。这并非因为想从你们得到为父的报酬，所以这样说。我对于教给我爱你们的你们，唯一的要求，只在收受了我的感谢罢了。养育到你们成了一个成人的时候，我也许已经死亡；也许还在拼命地做事；也许衰老到全无用处了。然而无论在那一种情形，你们所不可不助的，却并不是我。你们的清新的力，是万不可为垂暮的我辈之流所拖累的。最好是象那吃尽了毙掉的亲，贮起力量来的狮儿一般，使劲地奋然地掉开了我，迈向人生去。

现在是时表过了夜半，正指着一点十五分。在阒然的寂静了的夜之沉默中，这屋子里，只是微微的听得你们的平和的呼吸。我的眼前，是照相前面放着叔母折来赠给母亲的蔷薇花。因此想起来的，是我给照这照相的时候。那时候，你们之中年纪最大的一个，还宿在母亲的胎中。母亲的心是始终恼着连自己也莫名其妙的不可思议的希望和恐怖。那时的母亲是尤其美。说是仿效那希腊的母亲；在屋子里装饰着很好的肖像。其中有米纳尔伐的，有瞿提的和克灵威尔的，有那丁格尔女士的。对于那娃儿脾气的野心，那时的我是只用了轻度的嘲笑的心来看，但现在一想，是无论如何，总不能单以一笑置之的。我说起要给你们的母亲去照相，便极意地加了修饰，穿了最好的好衣服，走进我楼上的书斋来。我诧异地看着那模样。母亲冷清清的笑着对我说：生产是女人的临阵，或生佳儿或是死，必居其一的，所以用临终的装束。——那时我也不由得失笑了。然而在今，是这也不能笑。

深夜的沉默使我严肃起来。至于觉得我的前面，隔着书桌便坐着你们的母亲似的了。母亲的爱，如遗书所说的一定拥护着你们。好好地睡着罢。将你们听凭了所谓不可思议的时这一种东西的作用，而好好地睡着罢。而且到明日，便比昨日更长大更贤良的跳出床铺来。我对于做完我的职务的事，总尽全力的罢。即使我的一生怎样的失败，又纵使我不能克服怎样的诱惑，然而你们在我的足迹上寻不出什么不纯的东西来这一点事，是要做的；一定做的。你们不能不从我的毙掉的地方，重新跨出步去。然而什么方向，怎样走法，那时虽然隐约，你们可以从我的足迹上探究出来罢。

幼小者呵，将不幸而又幸福的你们的父母的祝福带在胸中，上人世的行旅去。前途是辽远的，而且也昏暗。但是不要怕。在无畏者的面前就有路。

去罢，奋然的，幼小者呵。

一九一八年一月《新潮》所载

阿末的死

有岛武郎

一

阿末在这一响,也说不出从谁学得的,常常说起"萧条"这一句话来了。

"总因为生意太萧条了,哥哥也为难呢。况且从四月到九月里,还接连下了四回葬。"

阿末对伙伴用了这样的口吻说。以十四岁的小女孩的口吻而论,虽然还太小,但一看那伊假面似的平坦的,而且中间稍稍窈进去的脸,从旁听到的人便不由地微笑起来了。

"萧条"这话的意思,在阿末自然是不很懂。只是四近的人只要一见面,便这样的做话柄,于是阿末便也以为说这样的事,是合于时宜的了。不消说,在近来,连勤勤恳恳地做着手艺的大哥鹤吉的脸上,也浮出了不愉快的暗淡的影子,这有时到了吃过晚饭之后,也还是粘着没有消除。有时也看见专在水槽边做事的母亲将铁餐(鱼名)的皮骨放在旁边,以为这是给黑儿吃的了,却又似乎忽然转了念,也将这煮到一锅里去。在这些时候,阿末便不知怎的总感到一种凄凉的,从后面有什么东西追逼上来似的心情。但虽如此,将这些事和"萧条"分明的联结起来的痛苦,却还未必便会觉到的。

阿末的家里,从四月起,接着死去的人里面,第一个走路的是久病的父亲。半身不遂有一年半,只躺在床上,在一个小小的理发店的家计上,却是担不起的重负。固然很愿意他长生,但年纪也是年纪了,那模样,也得不到安稳,说到照料,本来就不周到,给他这样地活下去,那倒是受罪了,这些话,大哥总对着每一个主顾说,几乎是一种说惯的应酬话了。很固执,又尊大,在全家里一向任性的习惯,病后更其增进起来,终日无所不用其发怒,最小的兄弟叫作阿哲的这类人,有一回当着父亲的面,照样的述了母亲的恨话,嘲弄道:"咦,讨人厌的爸爸。"病人一听到,便忘却了病痛,在床上直跳起来。这粗暴的性气,终于传布了全家,过的是互相疾视的日子了。但父亲一亡故,家里便如放宽了楔子。先前很愿意怎样的决计给他歇绝了的,使人不得安心的喘息的声音,一到真没有,阿末又觉得若有所失了,想再给父亲搔一回背了。地上虽然是融雪的坏道路,但晴朗的天空,却温和得爽神,几个风筝在各处很象嵌着窗户一般的一天的午后,父亲的尸骸便抬出小小的店面外去了。

其次亡故的是第二个哥哥。那是一个连歪缠也不会的,精神和体质上都没有气力的十九岁的少年,这哥哥在家的时候和不在家的时候,在阿末,几乎是无从分辨的。游玩得太长久了,准备着被数说,一面跨进房里去的时候,谁和谁在家里,怎样地坐着,尤其是眼见似的料得分明,独有这一位哥哥,是否也在内,却是说不定的。而且这一位哥哥便在家,也并无什么损益。有谁一蹙蹙,便似乎就是自己的事似的,这哥哥立刻站起来,躲得不见了。他患了脚气病,约略二周间,生着连眼睛也塞住了的水肿,在谁也没有知道之间,起了心脏麻痹死掉了。那么瘦弱的哥哥,却这样胖大的死掉,在阿末颇觉得有些滑稽。而且阿末很坦然,从第二日起,便又到处去说照例的"萧条"去了。这是在北海道也算少有的梅雨似的长雨,萧萧的微凉的只是下个不住的六月中旬的事。

二

八月也过了一半的时节,暑气忽而袭到北地了。阿末的店面里,居然也有些热闹起来。早上一清早,隔壁的浴堂敲打那汤槽的栓子的声音,也响得很干脆,摇动了人们的柔软的夜梦。写着"晴天交手五日"的东京角觝的招贴,那绘画的醒目,从阿末起,全惊耸了四近所有的少年少女的小眼睛。从札幌座是分来了菊五郎班的广告,活动影戏的招贴也贴满了店头,没有空墙壁了。从父亲故去以来,大哥是尽了大哥的张罗,来改换店面的模样。而阿末以为非常得意的是店门改涂了蓝色,玻璃罩上通红地写着"鹤床"的门灯,也挂在招牌前面了。加以又装了电灯,阿末所最为讨厌地擦灯这一种职务,也烟尘似的消得没有影。那替代便是从今年起,加了一样所谓浆洗的新事情,阿末早高兴着眼前的变化,并不问浆洗是怎么一回事。

"家里是装了电灯哩。这很明亮,也用不着收拾的。"阿末这样子,在娃儿们中,小题大做的各处说。

在阿末的眼睛里,自从父亲一去世,骤然间见得那哥哥能干了。一想到油漆店面的,装上电灯的都是哥哥,阿末便总觉很可靠。将嫁了近地的木匠已经有了可爱的两岁的孩子了的,最大的大姊做来送给他的羽缎的卷袖绳,紧紧地束起来,大哥是动着结实的短小的身体,只是勤勤恳恳地做。和弟兄都不象,肥得圆圆的十二岁的阿末的小兄弟力三,伶俐的穿着高屐齿的屐子,给客人去浮皮,分头发。一到夏天,主顾也逐渐地多起来了。在夜间,店面也总是很热闹,笑的声音,下象棋的声音,一直到深更。那大哥是什么地方都不象理发师,而用了生涩的态度去对主顾。但这却使主顾反欢喜。

在这样光彩的一家子里，终日躲在里面的只有一个母亲。和亡夫分手以前，嘴里没有唠叨过一句话，只是不住地做，病人有了絮烦的使唤的时候，也只沉默着，咄嗟地给他办好了，但男人却似乎不高兴这模样，仿佛还不如受那后来病死了的儿子这些人的招呼。或者这女人因为什么地方有着冷的处所罢，对于怀着温情的人，象是亲近暖炉一般，似乎极愿意去亲近。肥得圆圆的力三最钟爱，阿末是其次的宝贝。那两个哥哥之类，只受着疏远的待遇罢了。

父亲一亡故，母亲的状态便很变化，连阿末也分明的觉察了。到现在为止，无论什么事，都不很快将心事给人知道的坚定的人，忽然成了多事的唠叨者轻躁者，爱憎渐渐的剧烈起来了。那谯诃长子鹤吉的情形，连阿末也看不过去。阿末虽然被宠爱，比较起来却要算不喜欢母亲的，有时从伊有些歪缠，母亲便烈火一般发怒，曾经有过抓起火筷，一径追到店面外边的事。阿末赶快跑开，到别处去玩耍，无思无虑地消磨了时光回来的时候，大哥已经在店门外等着了。吃饭房里，母亲还在委屈的哭。但这已不是对着阿末，却只是恨恨地说些伊大哥尚未理好家计，已经专在想娶老婆之类的事了。刚以为如此，阿末一回来，忽而又变了讨好似的眼光，虽然便要吃夜饭，却叫了在店头的力三和伊肩下的跛脚的哲，请他们去吃不知先前藏在那里的美味的煎饼了。

虽然这模样，这一家却还算是被四邻羡慕的人家。大家都说，鹤吉既驯良，又耐做，现就会从后街店将翅子伸到前街去的。鹤吉也实在全不管人们的背地里的坏话和揄扬，只是勤勤恳恳地做。

<h1 style="text-align:center">三</h1>

八月三十一日是第二回的天长节，因为在先是谅暗，没有行庆祝，所以鹤吉便歇了一天工。而且将久不理会的家中的大扫除，动手做去了。在平时，只要说是鹤吉要做的事，便出奇的执拗起来的母亲，今天却也热心的劳动。阿末和力三也都一半有趣的，趁着早凉，勤快的去帮忙。收拾橱上时候，每每忽然寻出没有见过的或是久已忘却了的东西来，阿末和力三便满身尘埃地向角角落落里去寻觅。

"唅，看哪，末儿，有了这样的画本哩。"

"那是、我的。力三、正不知道哪里去了，还我吧。"

"什么，"力三一面说，顽皮似的给伊看着闹。阿末忽而在橱角上取出满是灰尘的三个玻璃瓶来了。大的一个瓶子里，盛着通明的水，别一个大瓶和小瓶里是白糖一般的白粉。阿末便揭开盛着白粉的大瓶的盖子来。假装着将那里面的东西撮到嘴里去，一面说：

"力三，看这个罢。顽皮孩子是没分的。"

正说着，哥哥的鹤吉突然在背后叫出异常之尖的声音来了：

"干什么，阿末糊涂东西，要吃这样的东西……真吃了没有？"

因这非常的威势，阿末便吐了实，说不过是假装。

"那小瓶里的东西，耳垢大的吃一点看罢，立刻倒毙，好险。"

说到"好险"的时候，那大哥仿佛有些碍口，凝视着什么可怕的东西似的，装了吓人的眼睛，向屋里的各处看。阿末也异样的悚然了，便驯顺地下了踏台，接过回来帮忙的大姊的孩儿来，背在脊梁上。

日中之后，力三被差到后面的丰平川洗神堂的东西去了。天气只是热，跟着也疲倦起来了的阿末，便也跟在后面走。仿佛在广阔的细沙的滩上，抛着紫绀色的带子一般，流下去的水里面，玩着精赤的孩子们。力三一见，这便忍无可忍似的两眼发了光，将洗涤的东西塞给阿末，呼朋引类地跑下水里去了。而阿末也是阿末，并不洗东西，却坐在河柳的小荫下，一面眺望着闪闪生光的河滩。一面唱着护儿歌给背上的孩子听，自己的歌渐渐地也催眠了自己，还是不舒畅地坐着，两人却全都熟睡了。

不知受了什么的惊动，突然睁开眼。力三浑身是水，亮晶晶的发着光站在阿末的前面。他的手里，拿着三四支还未熟透的胡瓜。

"要么？"

"吃不得的呵，这样的东西。"

然而劳动之后，熟睡了一回的阿末的喉咙，是焦枯一般干燥了。虽然也想到称为札幌的贫民窟的这四近，流行着的可怕的赤痢病，觉得有些怕人，但阿末终于从力三的手里接过碧绿的胡瓜来。背上的孩子也醒了，一看见，哭叫着只是要。

"好烦腻的孩子呵，哪，吃去！"阿末说着，将一支塞给他。力三是一连几支，喝水似的吃下去了。

<h1 style="text-align:center">四</h1>

这晚上，一家竟破格的团聚起来，吃了热闹的晚饭。母亲这一日也不象平时，很舒畅的和姊姊说些闲话。鹤吉愉快似的遍看那收拾干净的吃饭房，将眼光射到橱上，一看见摆在上面的那药瓶，便记起早上的事，笑着说：

"好危险，好怕人，对孩子大意不得。阿末这丫头，今天早上几乎要吃升汞哩……将

这吃一点看罢,现在早是阿弥陀佛了。"

他一面很怜爱似的看着阿末的脸。这在阿末,是说不出的喜欢。无论从哥哥,或是从谁,只要从男性过来的力,便能够分辨清楚的机能渐渐成熟了,那虽是阿末自己也是无可奈何的事。不知是害怕,还是喜欢,总之一想到这是不能抗的强的力,意外地冲过来了,阿末便觉得心脏里的血液忽然沸涌似的升腾,绷破一般的勃然的脸热。这些时节的阿末的眼色,使鹤床连到角落里也都象是成为春天了。倘若阿末那时站着,便忽而坐下,假如身边有阿哲,就抱了他,腻烦的偎他的脸,或者紧紧地抱住,讲给他有趣的说话。倘若伊坐着,便突然想到了什么似的站上来,勤恳地去帮母亲的忙,或者扫除那吃饭房或店面。

阿末在此刻,一遇到兄的爱抚,心地也飘飘然的浮动起来了。伊从大姊接过孩子来,尽情纵意的啜着面颊,一面走出店外去。北国的夏夜,是泼了水似的风凉,撒散着青色的光,夕月已经朗然的升在河流的彼岸。阿末无端的怀里愿意唱一出歌的心情,欣欣地走到河滩去。在河堤上到处生着月见草。阿末折下一枝来,看着青磷一般的花苞,一面低声唱起"旅宿之歌"来了。阿末是有着和相貌不相称的好声音的孩子。

"唉唉,我的父母在做什么呢?"

这一唱完,花的一朵象被那声音摇起了似的,懵腾的花瓣突然张开了。阿末以为有趣,便接着再唱歌。花朵跟着歌声。但不出声的索索的开放。

"唉唉,我的同胞和谁玩耍呢?"

忽而有微寒的感觉,通过了全身,阿末便觉得肚角上仿佛针刺似的一痛。当初毫不放在心上,但接连痛了两三回,便突然记起今天吃了的胡瓜的事来了。一记起胡瓜的事,接着便是赤痢的事,早晨的升汞的事,搅成一团糟,在脑里旋转,先前的透激的心地,毁坏得无余,为一种预感所袭,以为力三不要也同时腹痛起来,正在给大家担忧么,又为一种不安所袭,以为力三莫不是一面苦痛着,将吃了胡瓜的事,阿末和孩子也都吃了的事,全都招认出来了吗,于是便惴惴的回家来。幸而力三却一副坦然的脸,和大哥玩着坐地角觚或者什么,正发了大声在那里哄笑呢。阿末这才骤然放了心,跨进房里去。

然而阿末的腹痛终于没有止。这其间,睡在姊姊膝上的孩子忽而猛烈地哭起来了。阿末又悚然的只对他看。姊姊露出乳房来塞给他,也并不想要喝。说是因为在别家,所以不行的罢,姊姊便温顺的回家去了。阿末送到门口,一面担心自己的腹痛,一面侧着耳朵,倾听那孩子的啼声,在凉爽的月光中逐渐远离了去。

阿末睡下之后,想起什么时候便要犯着赤痢的事来,几乎不能再躺着。力三虽然因为玩得劳乏了,睡得象一个死人,但也许什么时候会睁开眼来嚷肚痛,连这事都挂在心头,阿末终夜在昏暗中,睐着伊的眼。

到得早上,阿末也终于早在什么时候睡着了,而且也全然忘却了昨天的事。

这一天的午后,突然从姊姊家来了通知,说孩子犯了很厉害的下痢。疼爱外孙的母亲便飞奔过去。但是到这傍晚,那可爱的孩子已不是这世间的人了。阿末在心里发了抖,而且赶紧惴惴的去留心力三的神情。

从早上起便不高兴的力三,到傍晚,偷偷地将阿姊叫进浴堂和店的小路去。怀中不知藏着什么,鼓得很大,从这里面探出粉笔来,在板壁上反复地写着"大正二年八月三十一日"这几个字,一面说:

"我今天起,肚子痛,上厕到四回,到六回了。母亲不在家,对大哥说又要吃骂……末儿,拜托你,不要提昨天的事吧。"

他成了哽咽的声音了。阿末早不知道怎样才好,一想到力三和自己明后天便要死,那无助的凄凉便轰轰的逼到胸口,早比力三先行啼哭起来。而这已被大哥听到了。

阿末虽如此,此后可是终于毫不觉得腹痛了,但力三却骤然躺倒,被猛烈的下痢侵袭之后,只剩了骨和皮,到九月六日这一日,竟脱然的死去了。

阿末仿佛全是做着梦。接续的失掉了挚爱的外孙和儿子的母亲,便得了沉重的歇斯底里病,又发了一时性的躁狂。那坐在死掉的力三的枕边,眼睁睁地看定了阿末的伊的眼光,是梦中的怪物一般在依稀隐约的一切之中,偏是分明的烙印在阿末的脑里。

"给吃了什么坏东西,谋杀了两个了,你却还嘻嘻哈哈地活着,记在心里罢。"

阿末一记起这眼睛,无论什么时候,便总觉得仿佛就在耳边听得这些话。

阿末常常走进小路去,一面用指尖摸着力三留下来的那粉笔的余痕,一面满腔凄凉的哭。

五

靠着鹤吉的尽力,好容易才从泥涂里抬了头的鹤床,是毫不客气的溜进比旧来尤其萧条的深处去了。单是不见了力三的肥得圆圆的脸,在这店里也就是致命的损失。虽然医好了歇斯底里病,而左边的嘴角终于吊上,成了乖张的脸相的母亲,和单在两颊上显些好看的血色,很消瘦,蜡一般皮色的大哥,和拖着跛脚的,萎黄瘦小的阿哲,全不象会给家中温暖和繁盛的形象。虽然带着病,鹤吉究竟是年轻人,便改定了主意,比先前更其用力的来营业,然而那用尽了能用的力的这一种没有余裕的模样,实在也使人看得伤心。而阿姊也是阿姊,对阿末尤易于气恼。

这各样之中,在阿末一个人,没有了力三尤其是无上的悲哀,然而从内部涌溢出来的生命的力,却不使伊只想着别人的事。待到小路的板壁上消失了粉笔的痕迹的时候,阿末已成了先前一样的泼剌的孩子了。早晨这些时,在向东的窗下,背向着外,一面唱曲一面洗衣,那小衫和带子的殷红,便先破了家中的单调。说是只会吃东西,没有法,决定将叫作黑儿这一只狗付给皮革匠的时候,阿末也无论怎样不应承。伊说情愿竭力地做浆洗和衲抹布来补家用,抱着黑儿的颈子没有肯放。

阿末委实是勤勤恳恳的做起来了。最中意的去惯的夜学校的礼拜日的会里,也就绝了迹,将力三的高屐子略略弄低了些,穿着去帮大哥的忙。对阿哲也性命似的爱他了。即使很迟,阿哲也等着阿末的来睡。阿末做完事,将白的工作衣搭在钉上,索索地解了带子。赶紧陪阿哲一同睡。鹤吉收拾着店面而且听,低低的听得阿末的讲故事的声音。母亲一面听,装着睡熟的样子暗暗地哭。

到阿末在单衫上穿了外套,解去羽纱的垂结男儿带,换上那幸而看不见后面,只缠得一转的短的女带的时候,萧条萧条这一种声音,烦腻地充满了耳朵了。应酬似的才一热便风凉,人说这样子,全北海道怕未必能收获一粒种子,而米价却怪气的便宜起来。阿末常常将这萧条的事,和从四月到九月死了四个亲人的事,向着各处说,但其实使阿末不适意的,却在因为萧条,而母亲和哥哥的心地,全都粗暴了的事。母亲喔喔的呵斥阿末,先前也并非全然没有,而现在母亲和哥哥,往往动不动便闹了往常所无的激烈的口角。阿末见母亲颇厉害的为大哥所窘,心里也曾觉得快意,刚这样想,有时又以为母亲非常之可怜了。

六

六月二十四日是力三的末七。在四五日之前,过了孩子的忌日的大姊,不知为了缝纫或是什么,走到鹤床来,和哥哥说着话。

阿末今天一起床,便得了母亲的软语,因此很高兴。伊对于姊姊,也连声大姊大姊的亲热着,又独自絮叨些什么话,在那里做洗脸台的扫除。

"这也拜托——这只有一点,请试一试罢。"

阿末因这声音回头去看,是有人将天使牌香油的广告和小瓶的样本分来了。阿末赶忙跑过去,从姊姊的手里抢过小瓶来。

"天使牌香油呢,我明天要到姊姊家里托梳头去,一半我搽,一半姊姊搽罢。"

"好滑呵,这孩子是。"姊姊失笑了。

阿末一说这样的笑话,在吃饭房里默默地不知做着甚事的母亲,忽然变了愤怒了。用了含毒的口吻,说道赶紧弄干净了洗脸台,这样好天气不浆洗,下了雪待怎样,一面唠叨着,向店面露出脸来。哭过似的眼睛发了肿,充血的白眼闪闪的很有些怕人。

"母亲,今天为着力三,请不要这样的生气了罢。"大姊想宽解伊,便温和地说。

"力三力三,你的东西似的说,那是谁养大的,力三会怎样,不是你们能知道的事。阿鹤也是阿鹤,满口是生意萧条生意萧条,使我做得要死,但看看阿末罢,天天懒洋洋的,单是身体会长大。"

大姊听得这不干不净的碎话,古怪的发了恼,不甚招呼,便自回去了。阿末一瞥那正在无可如何的大哥,便默默地去做事。母亲永是站在房门口絮叨。铅块一般的悒郁是涨满了这家的边际。

阿末做完了洗脸台的扫除,走出屋外去浆洗。还寒冷,但也可以称得"日本晴"的晚秋的太阳,斜照着店门,微微的又发些油漆的气味。阿末对于工作起了兴趣了,略有些晕热,一面将各样花纹的布片续续贴在板上。只有尖端通红了的小小的手指,灵巧地在发黑的板上往来,每一蹲每一站,阿末的身躯都织出女性的优雅的曲线的模样。在店头看报的鹤吉也怀了美的心,无厌足地对伊只是看。

在同行公会里有着事情。赶早吃了午饭的鹤吉走出店外的时候,阿末正在拼命做工作。

"歇一会罢,喂,吃饭去。"

他和气地说,阿末略抬头,只一笑,便又快活的接着做事了。他走到路弯再回头来看,阿末也正站直了目送伊的哥哥。"可爱的小子呵,"鹤吉一面想,却匆匆地走他的路。

也不管母亲叫吃午饭,阿末只是一心的工作。于是来了三个小朋友,说园游地正有无限轨道的试验,不同去一看么。无限轨道——这名目很打动了阿末的好奇心了。阿末想去看一回,便褪下了卷袖绳,和那三个人一同走。

在道厅和铁道管理局和区衙署的官吏的威严的观览之前,稍有些异样的敞车,隆隆的发了声音,通过那故意做出的障碍物去,固然毫没有什么的有趣,但到久违的野外,和同学放怀地玩耍,却是近来少有的欢娱。似乎还没有很游玩,便骤然觉得微凉,忙看天空,不知什么时候早就成了满绷着灰色云的傍晚的景色了。

阿末愕然地站住了,朋友的孩子们看见阿末突然间变了脸色,三个人都圆睁了双眼。

七

阿末回家看时,作为依靠的哥哥还没有回,只有母亲一个人在那里烈火似的发抖:

"饭桶，那里去了。为什么不死在那里的，喂。"给碰过一个小小的钉子之后，于是说，"要他活着的力三偏死去，倒毙了也不打紧的你却长命。用不着你，滚出去!"

阿末在心里，也反抗起来，自己想道，"便杀死，难道就死么，"一面却将母亲揭下来叠好了的浆洗的东西包在包袱里，便出去了。阿末这时也正觉得肚饥，但并没有吃饭的勇气，然而临出去时，将搁在镜旁的天使牌的香油，拿来放在袖子里的余裕，却还有的。阿末在路上想道，"好，到了姊姊家里，要大大的告诉一通哩。便教死，人，谁去死。"伊于是走到姊姊的家里了。

平时总是姊姊急忙地迎出来的，今天却只有一个邻近寄养着的十岁上下的女孩儿，显得凄清的神气，走到门口来，阿末先就挫了锐气，一面跨进里间去，只见姊姊默默地在那里做针黹。因为样子不同了，阿末便退退缩缩地站在这地方。

"坐下罢。"

姊姊用了带刺的眼光，只对着阿末看。阿末既坐下，想要宽慰伊的姊姊，便从袖子里摸出香油的瓶来给伊看，但是姊姊全没有睬。

"你被母亲数说了罢。先一刻也到姊姊这里来寻你哩。"

用这些话做了冒头，里面藏着愤怒，外面却用了温和的口吻，对阿末说起教来。阿末开初，单是不知所以的听，后来却逐渐的引进姊姊的话里去了。哥哥的营业已经衰败，每月的实收糊不了口，因此姊夫常常多少帮一点忙，但是一下雪，做木匠的工作也就全没有了，所以正想从此以后，单用早晨的工夫，带做点牙行一般的事，然而这也说不定可如意。力三也死了，看起来，怕终于不能不用一个徒弟，母亲又是那模样，时时躺下，便是药钱，积起来也就是一大宗。哲是有残疾的，所以即使毕了小学校的业，也全没有什么益。单在四近，从十月以来，付不出房租，被勒令出屋的有多少家，也该知道的罢。以为这是别家的事，那是大错的。况且分明是力三的忌日，一清早，心里怎么想，竟会独自无忧无愁的去玩耍的呵。便是不中用，也得留在家里，或者扫神堂，或者煮素菜，这样的帮帮母亲的忙，母亲也就会高兴，没人情也须有分寸的。说到十四岁，再过两三年便是出嫁的年纪了。这样的新妇，恐未必有愿意来娶的人。始终做了哥哥的担子，被人背后指点着，一生没趣的过活的罢，象心纵意的闹，现就讨大家的嫌憎，就是了。这样子，姊姊一面折叠东西，一面责阿末。而且临了，自己也流下泪来：

"好罢，向来说，心宽的人是长寿的，母亲是不见得长久的了，便是哥哥，这么拼命做，说不定什么时候会生病。况且我呢，不见了独养的孩子之后，早没有活着的意味了，单留下你一个，嘻嘻哈哈的闹罢。……提起来，有一回本就想要问的，那时你在丰平川，给孩子没有吃什么不好的东西吗?"

"吃什么呢。"一向默默地低着头的阿末,赶散似的回答说,便又低了头。"便是力三,也一起在那里。……我也没有泻肚子的。"暂时之后,又仿佛分辩一般,加上了难解的理由。姊姊显了十分疑心的眼光,鞭子似的看阿末。

这模样,阿末在缄默中,忽然从心底里伤心起来了;单是伤心起来了。不知怎的象是绞搾一般,胸口只是梗塞起来,虽然尽力熬,而气息只促急,觉得火似的眼泪两三滴,轻微的搔着痒一般,滚滚地流下火热的面庞去,便再也熬不住,不由得突然哭倒了。

阿末哭而又哭的有一点钟。力三的顽皮的脸,姊家孩子的东舐西啜的天真烂漫的脸,想一细看,这又变了父亲的脸,变了母亲的脸,变了觉得最亲爱的哥哥鹤吉的脸了。每一回,阿末感到那眼泪,虽自己也以为多到有趣的奔流,只是不住的哭。这回却是姊姊发了愁,试用了各样的话来劝,但是没有效,于是终于放下,听其自然了。

阿末哭够了之后,偷偷地抬起脸来看,头里较为轻松,心是很凄凉的沉静了,分明的思想,只有一个沉在这底里。阿末的脑里,一切执着消灭得干干净净了。"死掉罢,"阿末成了悲壮的心情,在胸中深深的首肯。于是静静地说道,"姊姊,我回去了。"便出了姊姊的家里。

八

因为事务费了工夫,点灯之后许多时,鹤吉才回到家里来。店面上电灯点得很明,吃饭房里却只借了这光线来敷衍。那暗中,母亲和阿末离开了,孑然地坐着。橱旁边阿哲盖了小衾衣,打着小鼾声。鹤吉立刻想,这又有了口角了罢,便开口试说些不相干的闲话来看,母亲不很应答,端出盖着碗布的素膳来,教鹤吉吃。鹤吉看时,阿末的饭菜也没有动。

"阿末为什么不吃的?"

"因为不想吃。"

这是怎样的可怜可爱的声音呵,鹤吉想。

鹤吉当动筷之前站起身来,走向神堂前面,对着小小的白木牌位行过一个单是形式的礼,顿然成了极凄凉的心情。因为心地太消沉了。便去旋开电灯,房里面立刻很明亮,阿哲也有些惊醒了,但也就这样的静下去,只是添上了凄凉。

阿末不开口,将哥哥的碗筷拿到水槽旁,动手就洗。说明天再洗罢,也不听,默默地洗好了。回来时经过神堂面前,换了灯芯,行一个礼,于是套上屐子,要走出店外去。

鹤吉无端的心动了,便在阿末后面叫。阿末在外面说道:

"因为在姊姊家里有一件忘了的事。"

鹤吉骤然生起气来：

"糊涂虫，何必这样的夜晚去，明天早上起床去，不就好吗？"正说着，母亲因为要表示自己也在相帮，便接着说：

"只做些任性的事。"

阿末顺从地回来了。

三个人全都躺下之后，鹤吉想起来，总觉得"只做些任性的事"这一句话说得太过了，非常不放心。阿末是石头似的沉默着，陪阿哲睡着，脸向了那边。

在外面，似乎下着今年的初雪，在消沉一般的寂静里，昏夜深下去了。

九

果然，到第二日，在雪中成了白天。鹤吉起来的时候，阿末正在扫店面，母亲是收拾着厨房。阿哲在店头用的火盆旁边包着学校的书包。阿末很能干地给他做帮手。暂时之后，阿末说：

"阿哲。"

"唔？"阿哲虽然有了回答，阿末并不再说什么话，便催促道。"姊姊，什么呢？"然而阿末终于不开口。鹤吉去拿牙刷的时候，看那镜子前面的橱，这上面搁着一个不会在店头的小碟子。

约略七点钟，阿末说到姊姊那里去，便离了家。正在刮主顾的脸的鹤吉，并没有怎样地回过头去看。

顾客出去之后。偶然一看，先前的碟子已经没有了。

"阿呀，母亲，搁在这里的碟子，是你收起来了吗？"

"什么，碟子？"母亲从里间伸出脸来，并且说，并不知道怎样的事。鹤吉一面想道，"阿末这丫头，为什么要拿出这样东西来呢？"一面向各处看，却见这摆在洗面台边的水瓮上。碟子里面，还粘着些白的粉一般的东西。鹤吉随手将这交给母亲收拾去了。

到了九点钟，阿末还没有回家，母亲又唠叨起来了。鹤吉也想，待回来，至少也应该嘱咐伊再上点紧，这时候，寄养在姊姊家里的那女孩子，气急败坏地开了门，走进里面来了。

"叔父，现在，现在……"伊喘吁吁地说。

鹤吉觉得滑稽，笑着说道：

"怎么了,这么慌张,……难道叔母死了吗?"

"唔,叔父家的末儿死哩,立刻去吧。"

鹤吉听到这话,异样的要发出不自然的笑来。他再盘问一回说:

"说是什么?"

"末儿死哩。"

鹤吉终于真笑了,并且随意的敷衍,使那女孩子回家去。

鹤吉笑着,用大声对着正在里间的母亲讲述这故事。母亲一听到,便变了脸相,跌着脚走下店面来。

"什么,阿末死?……"母亲并且也发了极不自然的笑,忽而又认真地说:"昨晚上,阿末素斋也不吃,抱了阿哲哭……哈哈哈,那会有这等事,哈哈哈。"一面说,却又不自然地笑了。

鹤吉一听到这笑声,心中便不由地异样的震动。但自己却也被卷进在这里面了,附和着说道:

"哈哈,那娃儿说些什么呢。"

母亲并不走上吃饭房去,只是憬然地站着。

其时那姊姊跌着脚跑来了。鹤吉一看见,突然想到了先刻的碟子的事——仿佛受了打击。而且无端的心里想道"这完了,"便拿起烟袋来插在腰带里。

十

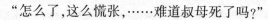

这天一清早,阿末到过一回姊姊这里来。并且说母亲服粉药很难于下咽,倘还剩有孩子生病时候包药的粉衣,便给几张罢。姊姊便毫不为意地将这交给伊了。到七点钟,又拿了针黹来,摊在门口旁边的三张席子的小房里。这小房的橱上是放着零星物件的,所以姊姊常常走进这里去,但也看不出阿末有什么古怪的模样,单是外套下面倒似乎藏着什么东西,然而以为不过是向来一样的私下的食物,便也不去过问了。

大约过了三十分,阿末站起来,仿佛要到厨下去喝水。没了孩子以来,将生水当作毒物一般看待的姊姊,便隔了纸屏呵斥阿末,教伊不要喝。阿末也就中止,走进姊姊的房里来了。姊姊近来正信佛,这时也擦着白铜的佛具。阿末便也去帮忙。而且在三十分左右的唪经之间,也殊胜地坐在后面听。然而忽然站起,走进三张席子的小屋里去了。好一会,姊姊骤然听得间壁有呕吐的声音,便赶急拉开纸屏来看,只见阿末已经苦闷着伏下了。无论怎么问,总是不说话,只苦闷。到后来,姊姊生了气,在脊梁上痛打了二三下,这才说是服了搁在家里橱上面的毒。而且谢罪说，死在姊姊的家里，使你为难，是抱歉的事。

跑进鹤吉店里来的姊姊，用了前后错乱的说法，气喘吁吁地对鹤吉就说了这一点事。鹤吉跑去看，只见在姊姊家的小房里铺了床，阿末显着意外的坦然的脸，躺着看走了进来的哥哥。鹤吉却无论如何，不能看他妹子的脸。

想到了医生，又跑出姊姊家去的鹤吉，便奔到近地的病院了。药局和号房，这时刚才张开眼。希望快来，再三地说了危急，回来等着时，等了四十分，也不见有来诊的模样。一旦平静下去了的作呕，又复剧烈的发动起来了。一看见阿末将脸靠在枕上，运着深的呼吸，鹤吉便坐不得，也立不得。鹤吉想，等了四十分，不要因此耽误了罢，便又跑出去了。

跑了五六町之后，却见自己穿着高屐子。真糊涂呵，这样的时候，会有穿了高屐子跑路的人么，这样想着，就光了脚，又在雪地里跑了五六町。猛然间看见自己的身边拉过了人力车，便觉得又做了糊涂事了，于是退回二三町来寻车店。人力车是有了，而车夫是一个老头子，似乎比鹤吉的跑路还慢得多，从退回的地方走不到一町，便是要去请的医生的家宅。说是一切都准备了等候着，立刻将伊带来就是了。

鹤吉更不管人力车，跑到姊姊的家里，一问情形，似乎还不必这般急。鹤吉不由得想，这好了。阿末一定弄错了瓶子的大小，吃了大瓶里面的东西了。大瓶这一边，是装着研成粉末的苛性加里的。心里以为一定这样，然而也没有当面一问的勇气。

等候人力车，又费了多少的工夫。于是鹤吉坐了车，将阿末抱在膝上。阿末抱在哥哥的手里，依稀的微笑了。骨肉的执着，咬住似的紧张了鹤吉的心。怎样地想一点法子救伊的命罢，鹤吉只是这样想。

于是阿末搬到医生家里。楼上的宽广的一间屋子里，移在雪白的垫布上面了。阿末喘息着讨水喝。

"好好，现就治到你不口渴就是了。"

看起来仿佛很厚于人情的医生，一面穿起诊察衣，眼睛却不离阿末的静静地说。阿末温顺地点头。医生于是将手按在阿末的额上，仔细地看着病人，但又转过头来向鹤吉问道：

"升汞吃了大约多少呢?"

鹤吉想，这到了运命的交界了。他惴惴的走近阿末，附耳说：

"阿末，你吃的是大瓶还是小瓶?"

他说着，用手比了大小给伊看。阿末张着带热的眼睛看定了哥哥，用明白的话回答道：

"是小瓶里的。"

鹤吉觉得着了霹雳一般了。

"吃，……吃了多少呢？"

他早听得人说，即使大人，吃了一格兰的十分之一便没有命，现在明知无益，却还姑且这样问。阿末不开口，弯下示指去，接着大指的根，现出五厘铜圆的大小来。

一见这模样，医生便疑惑的侧了头。

"只是时期似乎有些耽误了，……"

一面说，一面拿来了准备着的药。剧药似的刺鼻的气息，涨满了全室中。鹤吉因此，精神很清爽，觉得先前的事仿佛都是做梦了。

"难吃呵，熬着喝罢。"

阿末毫不抵抗，闭了眼，一口便喝干。从此之后，暂时昏昏地落在苦闷的假睡里了。助手捏住了手腕切着脉，而且和医生低声的交谈。

大约过了十五分，阿末突然似乎大吃一惊的张开眼，求救似的向四近看，从枕上抬起头来，但忽而大吐起来了。从昨天早晨起，什么都未下咽的胃，只吐出了一些泡沫和粘液。

"胸口难受呵，哥哥。"

鹤吉给在脊梁上抚摩，不开口，深深地点头。

"便所。"

阿末说着，便要站起来，大家去扶住，却意外的健实起来了。说给用便器，无论如何总不听。托鹤吉支着肩膀，自己走下去。楼梯也要自己走，鹤吉硬将伊负在背上，说道：

"怎么楼梯也要自己走，会摔死的呵。"

阿末便在什么处所微微地含着笑影，说道：

"死掉也不要紧的。"

下痢很不少。吐泻有这么多，总算是有望的事。阿末因为苦闷，背上象大波一般高低，一面呼呼的嘘着很热的臭气，嘴唇都索索的干破了，颊上是涨着美丽的红晕。

十一

阿末停止了诉说胸门的苦楚之后，又很说起腹痛来了。这是一种残酷的苦闷。然而阿末竟很坚忍，说再到一回便所去，其实是气力已经衰脱，在床上打下其血了。从鼻子里也流了许多血。在攫着空中撕着垫布的凄惨的苦闷中,接着是使人悚然的可怕的昏睡的寂静。

其时先在那里措办费用的姊姊也到了。伊将阿末的乱麻一般的黑发,坚牢不散的重行梳起来。没有一个人不想救活阿末。而在其间,阿末是一秒一秒的死下去了。

但在阿末,却绝没有显出想活的情形。伊那可怜的坚固的觉悟,尤其使大家很惨痛。

阿末忽然出了昏睡,叫道“哥哥。”在屋角里啜泣的鹤吉慌忙拭着眼,走近枕边来。

“哲呢?”

“哲么,”哥哥的话在这里中止了。“哲么,上学校去了,叫他来罢?”

阿末从哥哥背转头去,轻轻地说:

“在学校,不叫也好。”

这是阿末的最后的话。

然而也仍然叫了哲来。但阿末的意识已经不活动,认不得阿哲了。——硬留着看家的母亲,也发狂似的奔来。母亲带来了阿末最喜欢的好衣裳,而且定要给伊穿在身上。旁人阻劝时,便道,那么,给我这样办吧,于是将衣服盖了阿末,自己睡在伊身边。这时阿末的知觉已经消失,医生也就任凭母亲随意做去了。

“阿阿,是了是了,这就是了。做了做了。做了呵。母亲在这里,不要哭罢。阿阿,是了。阿阿,是了。”母亲一面说,一面到处的抚摩。就是这样,到了下午三点半,阿末便和十四年时短促的生命,成了永诀了。

第二日的午后,鹤床举行第五人的葬仪。在才下的洁白的雪中,小小的一棺以及与这相称的一群相送的人们,印出了难看的污迹。鹤吉和姊姊都立在店门前,目送着这小行列。棺后面,捧着牌位的跛足的阿哲,穿了力三和阿末穿旧的高屐子,一颠一拐高高低低的走着,也看得很分明。

姊姊是揉着念珠默念了。在遇了逆缘的姊姊和鹤吉的念佛的掌上,雪花从背后飘落下来。

大正五年(一九一六年)一月《白桦》所载

峡谷的夜

江口涣

就现在说起来,早是经过了十多年的先前的事了。

当时的我,是一个村镇的中学的五年生,便住在那中学的寄宿舍里,一到七月,也就如许多同窗们一般,天天只等着到暑假。这确凿是,那久等的暑假终于到来了的七月三十一日的半夜里的事。

被驱策于从试验和寄宿生活里解放出来的欢喜,嚷嚷的象脱了樊笼飞回老巢的小鸟似的,奔回父母的家去的朋友们中,我也就混在这里面,在这一日的傍晚匆匆的离了村镇了。我的家乡是在离镇约略十里的山中。那时候,虽然全没有汽车的便,然而六里之间,却有粗拙的玩具似的铁道马车。单是其余的四里,是上坡一里下坡三里的山路。若说为什么既用马车走六里路,却在傍晚动身的缘由,那自然是因为要及早地回去,而且天气正热,所以到山以后的四里,是准备走夜路的。这是还在一二年级时,跟着同村的上级生每当放假往来,专用于夏天的成例。此后便照样,永远地做下去了。

托身于双马车上的我,虽然热闷不堪的夹在涌出刺鼻的汗和脂和尘土的气味的村人们,和尽情地发散着腐透的头发的香的村女们的中间,但因为总算顺手的完了试验的事,和明天天亮以前便能到家的事,心地非常之摇摇了。已而使人记起今天的热并且使人想到明天的热的晚霞褪了色,连续下来的稻田都变了烟草和大豆的圃田,逐渐增加起来的杂木林中,更夹着松林的时候,天色在不知不觉之间已经入了夜了。教人觉到是山中之夜的风,摇动着缚起的遮阳幔,吹进窗户中来,不点一灯的马车里,居然也充满了凉气。先前远远地在晚霞底下发闪的连山,本是包在苍茫的夜色中的,现在却很近,不是从窗间仰着看,几于看不见了。一想到度过那连山的鞍部,再走下三里的峡谷路,那地方便是家乡,便不由地早已觉得宽心,不知什么时候将头靠着窗边,全然入了睡。

蓦然间,被邻人摇了醒来,擦着睡眼,走下铁道马车终点的那岭下的小小的站,大约已在九点上下了罢。叫马夫肩着柳条箱,进了正在忙着扫取新秋蚕的休憩茶店里,我才在这里作走山路的准备。用三碗生酱油气味的面条和两个生鸡子果了腹,又喝上几条石花菜,并且为防备中途饥饿起见,又买了四个生鸡子。休息一回之后,将柳条箱交给茶店里,托他明天一早教货车送到家里来,我是浴衣和鞋,裹腿,草帽的装束,将应用的东西用两条手巾担在肩头,拖着阳伞代作手杖,走出休憩茶店去了。

从扑人眉宇的耸着的连山的肩上,窥望出来的二十日左右的月,到处落下那水一般的光辉。层层叠叠的许多重排列着的群山的襞积,都染出非蓝非黑的颜色,好几层高高的走向虚空中。缀在那尖锐的襞积间的濡湿的夜雾,一闪一闪的横流着青白。那亘在峰腰的一团,是反射着下临的月光,白白的羽毛一般闪烁。仰看了这些的我,似乎觉得久违的触着了洁净的故乡的山气了。

到岭头的上行的一里,是一丈多宽的县道。因为要走货物车,所以道路很迂曲,然而因此上坡也就不费力了。既有月亮，又是走惯的路，我凭着沁肌的夜气不断的晾干了热汗，比较的省力地往上走。经过了不知什么时候已经关门睡觉的岭头的茶店前，到开始那三里的下坡路的时候，大抵早是十一点以后了。下坡的路，是要迂回于崭绝的相薄的峡谷中间，忽而穿出溪流的左岸，忽而又顺着那右岸的，因此自然也走过了许多回小桥。夹着狭窄的溪，互相穿插的两岸的山襞上，相间的混生着自然生长的褐叶树林和特意栽种的针叶树林，那红黑和乌黑的斑纹，虽在夜眼里也分明的看见。这中间，也许是白杨的干子罢，处处排着剔牙签似的，将细小的条纹，在月光里映出微白。路旁的野草，什么时候已被夜气湿透了。早开的山独活模样的花，常从沾湿了的茂草中间，很高的伸出头来，雪白的展着小阳伞似的花朵。加以不知其数的虫声，比起溪流的声音来，到耳中尤其听得清澈，然而使峡谷的夜，却更加显得幽静了。

这之间，我看见雾块一团一团的在头上的空中，静静的动着走。撕碎了白纱随流而去似的雾气的团簇，逐渐增加起来了。或者横亘了溪流，软软的拂着屹立的笋峰的肩头，或者在乌黑的塞满着溪的襞积的针叶树林上，投下了更其乌黑的影，前进的前进的走向狭的峡谷的深处。每一动弹，雾的形状也便有一些推移，照着烟雾的月光，因此也不绝地变换着光和影的位置。于是许多雾块，渐变了雾的花条，那花条又渐次广阔厚实起来，在什么时候，竟成了一道充塞溪间的雾的长流了。以前悬在空中的月，披了烟雾来看流水，露面有许多回，但其间每不过只使烟雾的菲薄处所渗一点虹色的光辉，终于是全然匿了迹。和这同时，我的周围便笼上了非明非暗的颜色，只有周身五六尺境界，很模糊的映在眼里罢了。因此我便专心地看着路，只是赶快地走。

这么着，转过右边，跨向左边的，走着长远的峡谷，大约有一小时，雾气忽而变成菲薄，躲了多时的月的面，在虹霓一般闪动的圆晕中央，虽然隐约，却已看得见了。那时候，我无意中从对面的山溪那边，透了烟雾，听到一种异样的声音。虽然低，是抖着发响的声音。那声音，倒并没有可以称为裂帛的那样强，而且，也不如野兽卧地吼着的那样逼耳，单是，微微的有些高低，凄凉地颤抖着，描了波纹流送过来。而这时时切断似的杜绝了，却又说不出什么时候起，仍然带着摇曳。我暂时止了步，侧耳的听，然而竟也断不定是什么的声音。

这之间，道路正碰着一个大的山襞，声音便忽而听不见了。我想，这大半是宿在山溪里的什么禽鸟的夜啼罢，便也并不特别放在心上，还是照旧的在雾底下走。待到转出了那山襞，声音又听到了。比先前近得多，自然比先前更清楚。那声音只是咻咻的不绝地响。比喻起来，可以说是放开了喉咙的曼声的长吟，也可以说是用着什么调子的歌唱。而在其间，又时时夹着既非悲鸣也非呻吟的一种叫，尖而且细，透过烟雾响了过来。假使是鸟声，那就绝不是寻常的夜啼了。或者是猴子罢。但如果是猴子，就应该是比裂帛尤其尖锐的声音，短促的发响。况且夜猿的叫，一定是要压倒了溪水的声响，发出悲痛的山谷的反应来的。而这不过是不为水声所乱罢了，绝没有呼起谷应的那么强大。倘使是鸟兽的声音，总得渐次的换些位置，然而那声音却始终在同一处所的山溪中间。我五步一次十步一次的止了步，许多次想辨别这声音。这样的夜半，这样的山中，不消说不会有人在唱歌，况且也没有唱歌的那样优婉，是更凄凉，更阴惨的声音。我被这有生以来第一回听到的异样的声音所吓，不安的阴影，渐渐在心上浓厚起来了。

这其间，道路又正当着一个山襞，就这样地转了弯，象先前一样，那声音又暂时听不见了。不知道绕出这山襞，是否要更近地听到刚才的声音？倘若隔溪，那倒没有什么，但不知道是否须听得接近的在路侧？倘这样，那么……这样一想，压不下的惨凛，便一步一步地增加上来。而一方面，则想要发现那本体的好奇心，也帮着想要从速的脱出了那威胁的希冀的心，使我全身都奇特的抽紧了。将搭着的什物从右肩换到左肩，捏着阳伞的中段的我，渐近山襞的转角时，也就渐渐地放轻了脚步走。

惴惴的转出了那山角的时候，从初收的烟雾间，月光又是青白地落在溪上了，然而这回却毫没有听到异样的声音。折出山襞，便是一丛郁苍的森林，从林的中涂起，是三丈左右的并不峻急的坂。下了这坂，路便顺着溪流，不多时，即可以走到一个村落了。

总而言之，只要平安给出了这树林，以后便不会有这样吓人的事。什么都看没有声音的现在了。

这样的想着的我，捏好了阳伞，向了那漆一般黑的森林，用快步直踏进去。在坂上，路旁的略略向里处有一所山神的或是什么的小祠堂。向着这祠堂的半倒的牌坊的净水里，不绝地流下来的水笕的水声，对于此时的我的心，也很给不少的威吓。然而我仍然解决了意鼓勇的一气走下坂去。待到走了大半，脱了森林的黑暗，我望见沿溪的对面的道路，浴着月光，白皓皓向前展开，这才略觉宽心，逐渐的放慢了脚步。

这怎么不出惊呢，还未走完坂路的中途，那声音突然起于眼前了。起于眼前，而且是道路的上面的树里。我被袭于仿佛忽被白刃冰冷的砍断了似的恐怖，单是蓦地发一声惊怖的呻呼，便僵直了一般的立着。以为心脏是骤然冻结似的停止的了，而立刻又几乎作痛的大而且锐的鼓动起来。和这同时，从脚尖到指尖，也不期然而然的发了抖。

试一看，相隔不到三丈的道路上，从左手的崖间，横斜的突出着一棵大树。这树的中段正当道路上面的茂密里，站着一个六尺上下的白色的东西。在掠过树梢的烟雾的余氛，和苍茫的下注的月光中，能看见那大的白东西，从阴暗的叶阴里，正在微微的左右的摇动。声音确乎便是从这里来的。崖上的左手，是接着山腰，高上去的一级一级的坟地，坟地之后便连着急倾斜的森林。路的右手呢，不消说是啮了许多岩石而奔流的溪水，一面给月光游泳着，一面到处跳起雪白的泡沫，向对面远远地流行。当看着那树上的白色的东西，和连到山上的一级一级的坟地，和冲碎月亮的溪中的流水时，推测着那声音的本体，我竟全然为剧烈的恐怖所笼罩，至于连自己也不能运用自己了。其实是，向前不消说，连退回原路也做不到了。单是抖着发不出声音的嘴唇，屏住呼吸，暂时茫然的只立着。

于是先前的悲泣一般细细的发抖的那声音，突然间变了人的，而又是女人的耸人毛骨的嘻笑了。很象是格格的在肚底里发响的声音。宽阔地摇动着大气似的那笑反复了五六回，什么时候却又变了被掠一般的低声的啜泣。那呜咽的末尾又歌唱似的变了调，逐渐细长的曳下丝缕来。

那声音，自然是全不管我站在三丈左右的面前，却总在同一处所摇曳。为激动所袭的我的心，又跟着时间的经过渐次镇静下去了。跳得几乎生痛的心脏的鼓动也略略复了原，全身的筋肉便慢慢地恢复了先前的柔软和确实。然而膝髁的颤抖很不肯歇。定神看时，捏着阳伞的中段的手掌，什么时候早被油汗沾濡了。然而明知道不至于顷刻之间便有危难临头的我，却终于决了心，从下面望进树的茂密里去。

在流进丛中去的月光里，分明看出了，那大的白东西，确乎是一个活着的女人。缠着白衣的裸体上，衣服几乎没有附体，欹斜的埋了青苍的前额的头发，解散了披在肩头。那女人用弯着的左手将一件东西紧紧抱在怀中，并且不住的摇动，右手却攀住树枝，站在横斜的干子上。而一面站着，一面左右的摆动身子，始终反复着一样的声音。

这时女人忽然看见我，右手便静静的离了树枝，雪白的伸开，从上面向我招手了。苍白骨出的两颊上，既浮着雕刻一般的锋利的笑，而弓形的吊上的眼梢，和几于看见眼寨的圆圈的陷下的眼，以及兜转似的突出的嘴唇，接连的动个不住，都使那站在深夜中的树上的白衣的女人见得更其是凄厉的东西。女人仿佛是逗弄孩子一般，暂时摇动着抱在左手的物件，低微的发出也不象歌唱的叫声，终于又将脸压在抱着的东西上，呜呜咽咽的放声哭起来了。而且一面哭，一面又诉说似的，滔滔地说些没有头尾的事。刚这样，却忽而侧了脸，锋利地望着月亮；接着便撮了嘴唇，只向月亮吐唾沫。后来，又是，阴森森的咯咯地笑倒了。但是无论怎样发笑似的笑，而嬉笑时候现在颊上的深的皱襞，却总是生硬到近于伤心。从脸相和身样看来，衰惫是衰惫了的，然而年纪似乎并不大。

暂时之间，我仰望着那女人，但还没有很推敲怎样决定自己的态度。最初，想就回到原路的岭头的茶店去，只是已经到了再走一里多路便到家乡的地方，终不愿在这深夜中，倒回将近二里的山路，去宿在那不干净的茶店里。虽这样说，便能就此平平稳稳的前进吗？那是一个狂人，所以经过下边的时候，说不定会跳下树来，拼死命的来扑取。即使进了坟地，绕过山腰去，而倘在坟地里被追着，那又怎么办呢？或者也许只能这样的互相注视着到天明罢。我将这些事，成串地想得要到劳乏，用同一处所颇站了不少的工夫。

无论过了几多时，也并没有得到好主意，我于是决了心，一定要突过那树下。只要平安地闯出，到村庄便不上二町了。这样的想定了的我，终于奋起了最后的勇气，一点一点地向前走。而且是一步一歇，一步一歇的。这样子，将阳伞和搭在肩头的物件都用力的呢得铁紧，整好了什么时候都能战斗的准备，我几乎看不出前进模样的，惴惴地走过去。

然而那女人，自然也不能不留心着我的态度。但最初，便走近些，也不过诧异的凝视我。待渐渐地进了大约不到二丈路，便又放下了捏着的树枝，招起手来了。就近处看见的女人的脸，比先前见得更阴森。不知道是因为两颊深陷的缘故，还是下颏象刀削似的尖着的缘故呢，女人的脸竟显得完全是一个青白的三角。加以凌乱纷披的头发从左边的颞颥挂到肩上，拖作异样的旋涡。那发的黑色很强地映着月光，使脸的全部愈显出凄厉的形象。

这样的接近了的两人的距离，已不过一丈远近的时候，女人便一转那伸出的手，骤然间猛烈的摇起附近的枝条来。先前的雕出一般的笑脸，忽而变了喷火似的愤怒和憎恶的形状，仿佛是锁着的猿，现给那着了投石的看客的，很可怕的容貌了。而且，极端的突出了尖形的下颌，那雪白的外露的齿牙，上下格格的相打，发了尽着咙喉的呻吟人便忽而停了呻唤。霎时之间，用两手捧了先前抱在左边的什么东西，很高的擎到头上，就要向我掷过来了。

我不由得吃惊，又跳回了五六尺。跳回之后，我便暂时蹲在地上，静静地看着情形。这时女人，似乎早已忘了适才自己所做的事，又复锋利的望着月亮，吓吓的狂笑起来。至于先前擎到头上去的东西，也早就抱在原来的胁肋里。此后暂时之间，也仍是照旧一样，悲凉地唱些歌，又说些什么话，而终于又将脸贴在抱着的东西上，呜呜咽咽的出声哭起来了。"在此刻了，失了这一瞬息，就完了。"这样想了的我，便弯腰俯首，将全身的力都聚在两脚里，咄嗟间，直进过去，闯过了那女人的下面。那时候，仿佛是从女人的全身里进涌出来似的惊骇和愤怒和憎恶的呻吟，用了吐血一样的猛烈，由头上的树里崩颓下来。刚这样想，就在这顷刻，我的领头发了一声沉重地响，有比冰还冷的一块，又大又重地落在颈子上面了。"着了手了，"刚这样想，心脏的鼓动和呼吸也就忽然的停留，我便不知不识的听凭身子向前倒。也竭力地想要支住身体，而膝髁却仿佛已经脱了节，所以我只将两手动扰了两三回，便脸向着下，扑通的倒在地上了。

此后几秒，几十秒，或者几分时，躺在那地方，我自己不知道。忽而苏来，在头上再听

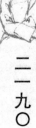

到先前一样的声音的时候，我已经全然身不由己，不得不直奔村庄里去了。最初的十五步或二十步，膝髁没了力，总不能如意地奔走。没有法，便只好使手和脚都动作，我似乎确凿象兽类一样，在道路上飞跑。待到觉得伸着腰，仰着头，总算单用了两条腿在那里专心致志地走的时候，是已经因了猛烈的苦痛，呼吸就要塞住了。

走到村口时，比较的还算快，于是放了心，这才转向逃来的那方面看。然而也并没有什么追赶过来。而且，便是以前所见的一级一级的坟地和崖上的树，也不知是因为隐在山荫里呢，或是包在雾的余氛的暮霭里呢，无论在什么处所，连看也看不见了。仰面看时，只见得愈深愈狭的折叠着的山溪的襞积，浴了水一般的月光，莽苍苍的重重叠叠的耸着。

我跌倒了的时候，抛了阳伞和搭在肩上的物件，是总须拾取回来的，加以想讨一杯水，来沾润这将近焦枯的喉咙，便去寻曾经见过的守望所。疏朗朗排着人家的细长的村庄，全都入了沉睡，连犬吠声也寂然。我用手巾拭着粘粘的流满了全身的油汗。走向村的中间，便在夜眼里，也屹然耸着的了火梯直下的守望所去。然而无论怎样的敲门，却总不容易起来。这之间，既有着生怕先前的女人重行追来的不安，而渐次又听得各处起了历乱的犬吠，我便更用了力，激剧的敲打了。每打一回，因了月光，在板门上照出自己的影的动弹，虽自己，也见得是拼命地模样。大约又叩了二三分，这才从深处发出很渴睡似的巡警的回答来：

"谁呀？这时候，胡乱叫人起来。"

"很劳驾，千万来一来罢。有了不得了的事情哩。"

"什么？有不得了的事情？你是谁？什么地方，有了什么事。强盗吗？……"

因为不得了的事情这一句话，才受了刺激似的，巡警咯咯的响着，好容易抽了门闩。接着听得推开玻璃门的声音，又拉开一扇板门，巡警这才只穿一件寝衣，带一副瞌睡的脸，出现在昏暗里。但一看见学生模样的毫不相识的我，便显出似乎莫名其妙的眼色，目不转睛地凝视起来。

"所谓不得了的事是什么？这时候。……"

重行讯问的巡警，颇有些不以为然的神情了。

"所谓不得了的事，是狂人。刚才，在那边的坟地里。"

"什么？这时候，狂人。……"

"是的。是女的狂人。"

"唔，女的……那女的狂人在坟地里怎样？"

这样回问了的巡警的脸上，已消去了先前的不高兴，却惭次添出不安的影子来。我便简短的说了刚才遇到的事的一切，巡警默默地听，到末后，略略将头一歪，说道：

"那么，一定是糕饼店的阿仙了。这怎么好呢。这样的深夜里，给跑到坟地这类地方去……"他很有为难的情形了，但也便接着说，"所以我对着那里的男人和老婆子，不知道叮嘱过多少回。那样的性质不好的狂人，倘若不小心，说不定会做出什么事，如果不是好好的严重的监禁起来，是不行的，我几次三番地地说。谁料男人还是全不管，老婆子又吝啬，虽然造了房牢，也不过用些竹栅栏之类来搪塞，所以终于出了这样的事了。"

这么说着的巡警的态度，宛然是抓住了绝不相干的我，在那里责备糕饼店的粗疏。我耐不住再等巡警说完话，一到这里，便插下话去了：

"总而言之，象刚才说过一样，因为是无意中跌倒的，所以我，将阳伞和东西都掉在那地方了，这可能请想一点法吗？"

"教我替你拾去吗？"

"不，自然一同去。"

没有法，我也只得这样说了。然而巡警还装着非常迟疑的脸，暂时不回答，只是想，但终于开口道：

"那是，比行李，比什么，都更要紧的是，第一，自然是捉住阿仙。因为就此放着，是不知道会做出什么事来的。可是真糟，这么晚的时候。"

"这实在很费神，但总要请劳一回驾。"

"自然，去是一定给你去一回的，但便是两人去，因为对手是狂人呵。说不定会做出什么事来呢。"

巡警非常之逡巡，任凭过了多少时，总不肯轻易说出一同去，我因此郑重的弯了腰，恳愿了许多回。这结果，竟涩涩地答应同去了，重复走进暗的里面的屋里去的巡警，便点起提灯来，脱下寝衣，换了制服。趁这时候，我便请他放进便门去，用那剩在铁釜里的温水，这才沾润了早就干到焦枯了一般的喉咙。

于是两人一先一后地走出带些村气的守望所去，巡警忽又站住了。

"两个人固然也不碍，但另外多带三四个少年去，一定愈加捉得快，就这么办吧。因为狂人这东西，是跑得飞快地。"

他独自说着既非解释也非商议的话，向着我那来路的反对方向走去了。我也默默地跟着走，不多时，巡警便走进一所大库房后面的一间守夜的小屋去。这守夜的小屋，是邻近各村中的少年们各尽义务的组织起来的。我在外面等，不多久，和里面的人们絮絮地说了些话的巡警，便带了四个少年出来了。少年的两个，拿着提灯和细绳，别的两个是拿着颇长的棍子。这就一共有了六个人，我和巡警都才有了元气，使四个少年居中，我们分在两旁。这样子，六人作了一横排，在夜的兰山村的道路上，迈开快步，奔向先前的坟地去。

在涂中，听着大家交互的谈话，对于刚才，在坟地旁边吓了我的叫作阿仙的，那女人的身世，渐渐明白起来了。

阿仙者，便是可以称为"山间之孤驿"的，这村中的一家小糕饼店里的媳妇。两年以前，才从离此大约三里左右的川下的村庄里，嫁到这里来，但刚做新妇，便因为男人的不规矩，很吃了许多苦。加以男人的懒散和家计的艰难，又不断地受着生活的忧虑。既这样，自然和那住在一处的姑，也不合式起来了。这之间，去年的秋天可是怀了孕。倘若生了孩子，这便引转男人，静了心，同时和姑的关系，也就会变好罢，阿仙这么想着，只管将那将来生下来的孩子当作靠山，什么都熬着。于是到这六月里，平安地发生了男孩子了，然而男人对付阿仙的态度，却丝毫没有改。不但没有改而已，在临产时候的前后，那男人，和他结婚以前曾有来往的也是这村里的女人，又有了各样的新闻了。而这些事，又常常传到在产褥上的阿仙的耳朵里。一结婚，便和那女人干干净净分手，这是男人曾经坚誓的，而竟再出了新闻，这从由外村嫁来的阿仙看来，实在比嫖妓更有猛烈的苦痛。这时候，阿仙仿佛是决计百事再不管，专为一个孩子活着自己的命似的。然而便是那孩子，也因为营养坏，终于在这七日前死掉了。那结果，可怜的阿仙便在下葬这一夜里，忽然发了狂。发狂之后的阿仙的态度，不但说不定什么时候会自杀，而且每日许多次，无法可想的乱闹。因了村医的注意，终于造了房牢，监禁起来了。这到了正当首七的今夜或者想到了要上孩子的坟了罢，便偷偷地破了栏槛，跑出来了。

大家走出村外时，月亮比先前又稍稍东下了。且走且看的经过了涨满着如雨的虫声的大豆田，到了前回的溪谷的所在，那阿仙的阴森的声音的丝缕，又和先前一样，仍然在溪水上横流。于是转出一个不甚峻急的山襞去，坟地便在右手的眼前了。路的正前面，阿仙的上着的树，也受了月光，见得漆黑而且硕大。阿仙的声音不消说，便是阿仙的白色的形状，也能在枝条间看得分明。六个人走到坟地边，或者因为看见了三个排着的提灯的灯光了罢，在树上的阿仙的形象，便如白色的影子一般，急急的溜下横干来，以为飘然的轻轻地站在崖上了，却又直奔坟地中间去。

"呵。跑了。趁没有走进山里去，捉住伊！"

有人这样说，而大家都遵了接到崖间的小径，软软的走向坟地了。这时阿仙的形象，却如淡白的布或是什么飘在风中似的，浴着月光，跳上了斜面。待到大家走到阿仙所走的宽约三尺的坂下的时候，那已经走了七成的形象象，却忽地转了左，在墓碑间往来。大约走了五六丈，又突然失了踪影。

"躲了呵。喂,这回是说不定会从那里出来,小心罢。"

巡警正这样说,少年们已经纷纷散开,对着不见了阿仙的方向,各人随意地穿过墓碑间,许多回曲曲折折的寻上去。我也跟在后面,竭力赶快地走。

不多时,大约大家已经走近了不见阿仙的地方的时候,从前面的排得宽约丈余的一堆坟荫里,忽然站起一个淡白的形象来;并且发出野兽似的很有底力的呻吟,一面胡乱的抓了泥土往外摔。然而不知道为什么,全没有想要逃走的情形。

"原来,逃进了自家的坟地里了。大约怕被人抢去了死孩子罢。"

有谁说着这些话的时候,大家便渐渐地将阿仙据守着的坟地包围起来。但阿仙毫不怕,无论是石,是泥,是木片,什么都随手的掷出来,待到知道自己完全被围住了,便忽而坐在一角的地面上。而且将全力用在两手上,不住的按地面,一面又如将捉住的饵食藏在腹下的豹一般,高耸的双肩里埋着紧缩的头,翻了眼,锋利的光溜溜的尽对大家看。颜色比先前更苍白,头发是抓乱似的披着,而且无论脸上,无论唇上,脸的全部都不住的凛凛的发着抖。这是从这之间,正在夹杂着涌出恐怖和憎恶和愤怒来。暂时之间,大家简直无从下手,单是这样的默默地注视着阿仙的模样。

"阿呀,阿仙这东西,刨了孩子的坟了。看罢。泥土掘得这样。"

因为非常吃惊似的,巡警这样的叫喊了,便望进坟地里去,只见大约是送葬用的白灯笼和白旗,以及花朵和花筒,都和掘开的泥土散得满地。此外则白木的冥屋和塔婆的断片,也被摔出一般的飞散着。而且,阿仙蹲着的处所仿佛很低洼,膝髁的大部分是埋在泥土里的。忽而阿仙象是得了机会似的,偷偷地拿过旁边的一个碗来,立刻舀了眼前的泥土,飞快地塞到膝髁底下去,而其时也毫不大意,不绝地看着周围,时时用了絮语一般的低声,接连地说道:"不行。不行,不行。"

然而倘有谁想略略走近,便发出尽力地叫喊,或者格格地磨着雪白的露出的齿牙,显了现就会扑过来,咬住喉咙的态度。大家无法可想,又是暂时之间,任其自然的只是看。

其时有一个在阿仙背后的少年,趁机会跳过了低低排着的墓碣,突然从胁下插进臂膊去,向上一弯,便捺下阿仙的领头,竭力地抱住了。一抱住,阿仙也同时站起来,骤然发了吐血一般的大声,哭着叫喊,而且拼命地挣扎。然而无论怎样叫喊,怎样挣扎,已经都无效。巡警当先,还有此外的三个少年,也都去帮忙,不管手上,脚上,身上,都密密的缚了细索子。

虽如此,也还要尽力挣扎的身体,好容易被三个少年协了力,前后提着运去了。于是巡警将提灯插在地面上,仔细的调查那掘开了的坟洞的周围。

"啊呀,这是棺桶呵。盖子全打破了。"

巡警这样的絮说着,用靴尖一踢墓碣下的一个蜜柑箱一般的箱子,这却意外的轻,在土上滑开去了。其中不消说,不象有孩子的尸体。这时候,我忽而想,以先被那女人从树上掷下来的沉重的东西,或者便是掘出了的孩子的尸体罢。这样一想,剧烈的恐怖便突然乒涌上来,立刻觉得指尖和脚尖都栗栗的发了古怪的冷。然而接着便看见那详细的检查着坟洞的底的巡警说:

　　"虽然掘了出来,却又就地埋了似的。很象这样。"一面又用棍子的头捣着洞底,我这才能够略嘘一口气。

　　那三个少年运了叫喊挣扎的女人,径下那中间坂路去,暂时又顺着崖上的小路走,此后便由眼底下的道路,回到村庄里去了。我和巡警和别一个少年,留在后面,去寻我那落掉的什物和阳伞,于是从中间的坂路,走到崖根,又略向右,走下道路去,不多时便到了先前的大树下。什物和阳伞,自然是毫无异状地落在路旁的草窠中。我将这拾了起来,因为听得巡警很怪的声音说:

　　"啊呀,孩子的死尸!"

　　便不由地回过头去,只见那女人曾经上去过的树干的几乎直下的道路上,照在巡警的提灯里,横着一个乌黑的块。走近一看,正是生得不久的婴儿的死尸。既然很腐烂。又粘着许多泥,几乎辨不出眼鼻。然而我先前被掷着的,却的确是这东西了。事情一经分明,我便觉得脊梁的两边,有什么又冷又痛的东西,锋利地爬上去。同时从胁肋向了胸脯,又是那照例的讨厌的寒冷,霎时扩张开去了。我全身仿佛坚固的包着冰一般的东西,暂时毫不能动弹,单是默默的挺立着。

　　"总而言之,阿仙是将这掷了你了。背后没有怎样吗?"

　　少年这样说,借了巡警的提灯,走到我的背后去。他即刻用了大声,说道,"呀,脏得很呢!"我不由得将手伸到领头,便有说不出是油是脓的东西,黏黏的沾满了指上了。因此我又感到了剧烈的战栗。这之间,又觉得从地上的黑块里,渐次强烈的涌起闭气似的可厌的臭味来。谁也不再说什么话。只是仁立在渐渐淡下去的月光,和浅浅的流着的溪水声和如雨的虫声中,三人都暂时没有动。

　　我在这时候,仿佛就在眼前,分明地看见被弃于男人死别了孩子的女人,可以活下去的希望全被夺尽了的女人的,对于人类对于运命的可怕的复仇心,很以为阿仙的心,实在是非常惨痛的了。而和这同时,对于那复仇心偶然选我做了对象的恐怖,却还不如对于这样的虐待了阿仙的运命这一件东西的恐怖,尤为强烈地打动了我的心。

　　"这东西究竟怎么办才好呢。"

　　过了许久才开口的巡警的声音,很带些难于处置的模样了。

三浦右卫门的最后

菊池宽

是离骏河府不远的村庄。是天正末年酷烈的盛夏的一日。这样的日子,早就接连了十多日了。在这炎天底下,在去这里四五町的那边的街道上,从早晨起,就一班一班的接着走过了织田军。个个流着汗。在那汗上,粘住了尘埃,黑的脸显得更黑了。虽然是这样扰乱的世间,而那些在田地里拔野草踏水车的百姓们,却比较的见得沉静。其一是因为弥望没有一些可抢的农作物;即使织田军怎样卑污,也必未便至于割取了恰才开花的禾稼,所以觉得安心。其二,是见惯了纷乱,已经如英国的商人们一般,悟通了 business as usual（买卖照常）,寂然无动于衷了。

府中的邸宅已经陷落的风说,是日中时候传播起来的,因为在白天,所以不能分明听出什么,但也听得呐喊,略望见放火的烟。百姓们心里想,府邸是亡了,便如盖在自己屋上的大树一旦倒掉似的,觉到一种响亮的心情,但不知怎样的又仿佛有些留恋。

菊池宽

然而大家都料定,无论是换了织田或换了武田,大约总不会有氏康的那样苛敛,所以对于今川氏盛衰的事,实在远不及田里毛豆的成色的关心。那田里有一条三尺阔狭的路。沿这路流着一道小沟,沟底满是污泥,在炎暑中,时常沸沸的涌出泡沫。有泥鳅,有蝶螈,裸体的小孩子五六个成了群,喳喳地嚷着。那是用草做了圈套,钓着蝶螈的。不美观的红色的小动物一个一个的钓出沟外来,便被摔在泥地上。摔一回,身子的挣扎便弱一点,到后来,便是怎样用力地摔,也丝毫没有动弹了。于是又拔了新的草,来做新的圈,孩子们的周围,将红肚子横在白灰似的泥土上的丑陋的小动物的死尸,许多匹许多匹的躺着。

有俨然的声音道,"高天神城是怎么去的?"孩子们都显出张惶的相貌,看着这声音的主人。那是一个十七岁左右的少年。在平分的前发下,闪着美丽的眼睛,丈夫之中有些女子气,威武气之中有些狡猾气,身上是白绢的衬衣罩着绫子的单衫,那模样就说明他是一个有国诸侯的近侍。再一看,足上的白袜,被尘埃染成灰色了。因为除下了裹腿而露出的右腓上，带一条径寸的伤痕，流着血。

"高天神城是怎么样去的？请指教。"少年有些心焦了，重复地说。然而孩子们都茫然。这时的孩子们，是还没有因为义务教育之类而早熟的，所以谁也不能明白的说话；倘若不知道，本来只要说不知道就是了，然而便是这也很不能够说。都茫然，少年连问了三回，其中一个年纪最大的孩子才开口，说道：

"天神老爷？"一听到这声音，少年立刻觉得便是暂时驻足问路的事，也很不值得了，于是向孩子们骂一声"昏虫"，抽身便要走。不凑巧一个孩子却又仓皇的塞了少年的路，少年就踢了他。这孩子便踉踉跄跄地倾跌过去，坐在沟里面；哇地哭了。似乎并不怎样痛，又是裸体，也不会脏了衣服，原不必这样号咷的大哭，然而颇号咷大哭了。孩子们都愤然了。这时的孩子们，是与一切野蛮人的通性全一样，怯于言而勇于行的。一到争闹，势派便不同，蝎子似的直扑那少年。少年也一作势，要拔出腰间的刀来。这意志，当这时候，原是很适当的，然而竟不能实现。因为一个孩子猛然跳向前，将那捏着刀柄的少年的手，下死劲咬住了。别的孩子们也个个攻击他合宜的部位，少年便全不费力的被拖倒在这地方。孩子们都很得意，有如颠覆了专制者的革命党。

少年挣扎着想逃走。然而孩子们的数目，将近十人，而且都是有机的活动着的，所以毫没有法子想。

"给他吃蝾螈啵，"一个孩子说出意见来；孩子们都嘻的交换了含着恶意的笑脸。但有一个老人来到这里，少年便没有吃蝾螈的必要了。一看见这老人，孩子们都异口同声的告状，说是"踢了安阿弥哩"。老人只一瞥，便知道这少年是今川的逃亡人。对于现在的今川氏，固然不能没有恨，但对于先代的仁政的感谢，又总在什么处所还有留遗，而况既为美少年，又是逃亡人呢。老人便自然同情于落在孩子掌中的这少年，突然叱责那些孩子了。这是和凡是自己的孩子，一与他人开了交涉的时候，即不问是非直曲，便将孩子叱责一顿的现在的父母们所取的手段，是一样的。少年显了羞愧和气忿的相貌，站起来了。这时候，孩子们怕报仇，都聚在五六丈以外的圆叶柳树下，准备着逃走；但却另换了村里的年轻人五六个，围住这少年。站在最先头，眼睛灼灼地看着少年的，名叫弥总次，是一个专门弋获逃亡人的汉子。这汉子一听得有战事，一定从本村或邻村里觅了伙伴，出去趁着混乱，抢些东西，或者给逃亡人长枪吃。这回本也要去的，无奈一月以前受了伤，还没有好，至今左手还络着哩。他在早一刻，已经估计了这少年横在腰间的东西。那是金装的极好的物品。他到现在为止，虽然偷过二三百柄刀，但单是装饰便值银钱三四十枚的奇货，却从来没有见过。

少年不知道这样捣乱的人物就在面前。从他眼睛里淌下几滴恚恨的眼泪，声音发了

抖,说出一句致命的独白来:

"竟使府里的三浦右卫门着了道儿了。"

"你便是右卫门么!"在那里的人们一齐张口说。他是这样的驰名。世间都说他是今川氏的痈疽;说氏康的豪奢游荡的中心就是他;说比义元的时候增加了两三倍的诛求,也全因为他的缘故;说义元恩顾的忠臣接连的斥退了,也全因为他的缘故。今川氏的有心的人们,都诅咒他的名字。他的坏名声,是骏河一国的角落里也统流传。没有听到这坏名声的,恐怕只有他自己了。其实是右卫门本没有什么罪恶,只是右卫门的宠幸和今川氏的颓废,恰在同时,所以简单的世人,便以为其间有着因果关系的了。他其实不过一个孩子气的少年,当他十三岁时,从寄寓在京都西洞院的父母的手里,交给今川家做了小近侍,从此只顺着主人和周围的支使,受动的甘受着,照了自己的意志的事,是一件也没有做的。但是氏康对于他的宠幸,太到了极端,因此便见得他是巧巧的操纵着主人似的了。

弥总次一听到右卫门的名字,心里想,这等候着的好机会已经到了。料来无端的劫夺,旁人是不答应的,所以先前没有敢动手。他忽而大发其怒,骂道,"倘是右卫门,为什么不殉难?"右卫门听到这话,便失了色,他委实是舍了主人逃走的;遁出府邸走了二三里,望见追赶他们的织田军的兜鍪,在四五町之后的街上发光的时候,他除了恐怖心之外,再没有别的思想了。他骑马是不熟手的,早就跟不住同伴,一想到倘被敌人赶上,最先给结果了的一定是自己,便觉得敌人的枪尖似乎已经刺透了背脊,不象是活着的心情了。他迟疑了几回,待到骑进左方的树林里,便下了马,只是胡乱地跑。因为他有这一点隐情,所以开不得口。

"剥下衣裳来示众罢!"弥总次怒吼说,这虽然是一个不通的结论,但在战国时代,则这般的说法,却还要算是讲理的了。于是三四个村壮,都奔向右卫门去。被孩子尚且拖倒,现在便自然更容易:兔一般的剥了皮。他的美艳的肉体,在六月的太阳底下,洁白到似乎立刻要变色。

"倘是右卫门,杀却也可以!"弥总次怒吼说。那时候,强者杀却弱者,是当然的事情。

"给百姓吃苦的便是这东西,绞一回!"弥总次说。一个村壮便扼住了倒在泥土里的右卫门的嗓子。右卫门很吃苦,大咳起来。这时老人又来拦阻了,说道:

"还不至于要他性命哩,饶了他吧。"村壮也没有什么不喁然;弥总次却上前一步,抬起右脚,搁在右卫门的肩头说:

"说来:要命,单是饶了命罢。不说,便不饶!"年青的村人们,以为即使怎样的稚弱,也应该吐一句武士相当的舍身的口吻了。然而右卫门低声说:

"要命,单是饶了命罢。"

"叩头还欠低！"弥总次大声说。

右卫门低下头去，几乎触到泥土上。先前又已聚集了的孩子们都笑了。

"去，快滚吧！"被两三人推揉着，右卫门跟跟跄跄地站起身来，哭肿着美丽的脸，身上只穿着一条犊鼻裤，在夕阳之下，蹒跚的向西走去了。那些百姓们，都嗤笑这怯弱者。

右卫门的到高天神城，是第二日的晚间了。城将天野刑部，三年前在今川氏为质的时候，右卫门曾经给他许多回的好意。那时候，刑部是两手抵了地，说这恩惠是没齿不忘的。右卫门信了这话，所以远远地投奔高天神城来。他到城的时候，自然已经不是裸体了；不知道他受了谁的帮助，虽然是粗恶的，却已穿着衣服。刑部一见这佳客的到来，仿佛起了多少兴味似的。况且，氏康的生死还未分明，倘使北条和武田都和氏康协了力，则克复骏河一国是十分容易的事。他想：倘如此，则于救了氏康宠臣的自己的位置，就该颇为有利的了。右卫门也能说普通的人们所说的谎。他用了巧妙的措辞，先叙述他在乱军之中和主人散失的不幸，以至因为要掩人耳目，所以自己抛去了东西。刑部对于这些也没有起疑的材料，便招在一间房子里，按照一到万一的时机不至于会被抱怨的程度，款待起来。

刑部是介在织田和今川之间的，也如欧洲战争中的希腊一般，乖巧的办得各不加入那一面。他既然养着三浦右卫门，却又另去探听氏康的消息。于是便知道氏康遭了织田军的穷追，已经切腹而死的事。这报告中还添着一段插话，说那氏康之宠萃于一身的三浦右卫门，当府中陷落这一日，早就弃了主君逃走了。一得到这报告，刑部所想到的政策，却是颇为常识的，就是斩右卫门头，献于织田氏，以明自己之无二心，他想，要杀右卫门，只要说是背主忘恩之罚，作为口实就是了。

右卫门忽然被绑上了。那时代，只要有绑人的力，是无须乎理由的。右卫门被牵到刑部的面前。刑部也如战争初起时候的欧洲文明国一般，暂借了正义来说：

"右卫门！你还记得背弃了府邸吗？要砍下不忠不义者的头来，献向府邸去。"

这样冠冕的理由，在战国时代的杀人，是一件稀有的事。然而无论含着几多的理由，被杀者的苦痛总一样。有理由的被杀，有时候或反比无端的被杀更苦痛。总之右卫门是不愿意被杀的，他很厉害的发抖了，两三日以前几乎被村人所杀的时候，那些人虽然也曾加一点恫吓，但今日的宣言却真实而带着确乎的现实性了。他无论怎样想，对于死总觉得嫌恶。他的过去的生活，是充满了安逸与欢娱。他以为再没有别的地方，能比这世上更有趣了。他全身嫌恶死，当刑部说出"总八郎拿刀"的时候，他放声啼哭起来了。

"右卫门！要命吗？"刑部嘲笑地说。

思索这一句答话的必要，在他是无须的。因为早就受了弥总次的教了。

中华传世藏书

鲁迅全集

现代日本小说集

"要命的,单是饶了命罢。"他说。刑部的家将们,看见人类中有这样贪生的东西,都意外的诧异。奋然而死的事,在他们算是一种观瞻;所以从幼小时候起,便如飞行家研究奇技一般,专研究着使别人吃惊的死方法。这时的武士道的问题,是只在怎样便可以轻轻地送命这一点。在他们,凡有生命以外的东西,是什么都贵重的:只有这生命,是无论和什么去交换,都在所不惜的。所以右卫门的哀诉,从他们看来实在是奇迹。他们一齐失笑了。刑部便想再来嘲笑一回看,说道:

"右卫门!要命么?倘要,便两手抵了地,说道要!"众人都想,既然是武士,未必会受了这样的侮辱还要命。然而想的却错了,右卫门淌着眼泪,两手抵地说:

"要命呵。"于是又引起了主从的嘲弄的笑声。刑部的心里,听了右卫门的哀诉,又生出再加玩弄的恶魔的心来。

"既然这样的要命,饶了也罢。只是不能就饶。得用一只手来兑命。倘愿意,便饶你的。"他说,刽手走近右卫门,说道:

"听到了大人的吩咐没有?愿意吗?回答吧!"右卫门不开口,动一动缚着的左手。

"那就砍左手!"刑部说。刽手的刀只一闪,右卫门的手,便如在铃之森的舞台上,被权八砍掉的云助的手一般,切下来了。

"一只手也还要命吗?"刑部重复讯问说。右卫门将可怕的苦闷显在脸上,点一点头。刑部主从又笑了。刑部又开口说:

"一只手也太便宜了,砍下两手来,便饶罢。"右卫门似乎懂得这话的意思了。刽手问他说:

"愿意吗?"右卫门略略点头;刽手再扬声,他的右手,便带着血浆,飞向二丈远的那边了。

右卫门这模样,从我们看来,觉得颇也残酷了,但在战国时代,见了只这样的光景便生怜悯的人,却并无一个。刑部又大声说:

"便是两手也还太便宜哩。要右脚。砍下右脚来,便单给饶了命罢。"

活土偶似的坐在血泊中的右卫门的脸,虽然全苍白了,却还是不住的哭。然而紧张了的神经,大抵是懂了刑部的话了。他继续地说道:

"单是饶了命罢。"

刑部主从又发了哄堂的嗤笑,侮辱了这人的崇高而且至纯的欲求。刽手伸出左手,抬起右卫门的身体,便削下他的右脚来;刀锋太近了,又截断了左脚的一半。

"右卫门,这样了也还要命吗?"刑部说。但右卫门似乎已经无所闻了,刽手将嘴凑近他的耳边,说道:

"要命吗?"右卫门翕翕的动着嘴。其时刑部使了一个眼色;刽手便第四次举起钢刀,咄的砍下头颅来。这头颅在沙上辗转的滚了二三尺,在停住的地方翕翕的动着嘴。倘使没有离了肺脏,还说道"单是饶了命罢"是无疑的了。

一读战国时代的文献,攻城野战的英雄有如云,挥十八贯铁棒如芋梗的勇士,生拔敌将的头的豪杰,是数见不鲜的,但常 Miss(觉得有缺少)于"象人样的人"的我,却待到读了浅井了意的《犬张子》,知道了"三浦右卫门的最后"的时候,这才禁不得"Here is also a man"(这里也有一个人)之感了。

复仇的话

菊池宽

铃木八弥当十七岁之春,为要报父亲的宿仇,离了故乡赞州的丸龟了。

直到本年的正月为止,八弥是全不知道自己有着父亲的仇人的。自己未生以前便丧了父,这事固然是八弥少年时代以来的淡淡的悲哀但那父亲是落在人手里,并非善终这一节,却直到这年的正月间,八弥加了元服为止,是全然没有知道的。

元服的仪式一完毕,母亲便叫八弥到膝下去,告诉他父亲弥门死在同藩的前川孙兵卫手里的始末,教八弥立了复仇的誓词。八弥看见母亲的通红的眼,而且明白了自己的身上是负着重大的责任了。

从九岁时候起,便伴着小侯,做了将近十年的小近侍的八弥,这时还是一个不知世事的稚气的孩子。况且中了较大一岁的小侯的意,几乎成了友人,他一无拘谨,和小侯比较破魔弓的红心,做双陆的对手,驱鸟猎和远道骑马,也都一同去。至于和小侯共了席,听那藩中的文学老儒的讲义,坐得两脚麻痹之后,大家抱腹相笑的时候,那就连主从关系也全然消灭了。八弥住在姓城中的一个大家族里;他是比较的幸福,而且舒服的。直到十七岁加了元服时,这才被授予了一件应该去杀却一个特定的人的,又困难又紧张的事业。

宽文年号还不甚久的或一年的三月间,八弥穿起不惯的草鞋来。上了复仇的道了。在多度津的港里作为埠头的金比罗船,将八弥充了坐客的数,就那吹拂着濑户内海的春风张了满帆,直向大阪外,溜也似的在海上走去了。

他靠着船的帆樯,背着小侯所赐的天正祜定的单刀,一个人蹲着。渐渐地离了陆地,他的心中的激动也就渐渐的平稳起来,连母亲的严重的训诫,小侯的激励的言语,那效果也都梦一般的变了微漠,在他心里,只剩了继激昂之后而起的倦怠和淡淡的哀愁。他对于那与自己绝不相干的生前的事故，也支配着自己的生涯这一件事实，不能不痛切地赶到了。他在先前，其实并没有很想着父亲的事。因为他的母亲既竭力的不使他觉得无父的悲哀，又竭力的在他听觉里避去"父亲"这词句，而且他自从服侍小侯以后，几乎感觉不到对于父亲的要求。因为他的生活是既幸福，又丰裕的。然而一到十七，却于瞬息中，应该对于先前不很想到的父亲有人子之爱，又对于先前毫不知道的前川谁某有作为敌人的大憎恶了。这是他的教养和周围，教给他对于父母的仇人须有十分的敌意的。

八弥曾经各样的想象那敌人的脸。因为他的母亲是不甚知道这敌人前川的。前川和八弥的父亲，本来是无二的好朋友，但是结婚未久的新家庭，前川不敢草率，便少有来访的事了。

于是八弥不得不访问些知道前川的人，探问他的容貌去。恳切的人们便各样的绞出十七八年前的记忆来，想满八弥的意。然而这些人们所描的印象，无论怎样缀合，八弥也终于想不定仇敌的形容。于是八弥没有法，只好从小侯的藏书中，取了藩中画师所画的《曾我物语》里的工藤的脸作为基本，再加一些修改，由此想象出敌人的脸相来。他竭力地从可恶这一面想；因为他以为觉得可恶，便容易催起杀却的精神。但那脸相的唯一的特征，却只知道右脸上有一颗的黑痣。

船舶暂时循着赞岐的海岸走，但到高松港一停之后，便指了浪华一直驶去了。

敌人有怎样强，八弥是不知道。但他从幼小时候以来，便谨守着母亲的"修炼武艺，比什么都紧要"的教训，于剑法一端，是久已专心致志的。他那轻捷而大胆的刀路，藩中的导师早就称扬。八弥的母亲教他负了复仇的事情，也就因为得了这导师的保证。

他对于复仇这一件事，也夹着些许的不安，但大体却觉得在绚烂的前途中，仿佛正有着勇猛的事，美善的事。所谓复仇，固不测有怎样的难，然而这是显赫的不枉为人的事业，却以为是确凿的。他的心，也很使自己的事务起了狂热了。

一到安治川，他歇在船寓里，再出去一看浪华的街。所有繁华的市街，他都用了搜求仇敌的心情看着走。

大约一月之后到了京都的八弥，便历访京都的宏丽的寺院；走过了室町和乌丸通这些繁华的市街；每天好几回，经过那横在鸭川上面的四条五条三条桥，听得拟声游戏的笛音和大鼓。然而京都的名胜古迹处，并没有敌人。没有敌人的祇园和岛原和四条中岛，从他看来，都不过是干燥无味的处所罢了。

他从京都动身，是初夏的一日里。舍了正在鲜活的新绿的清晨中的京都，他向江户去了。

从京都经过大津，在濑田的桥边，他因为要午餐，寻到了一个茶店。到正午本来还略早,但他觉得有些口干,所以想要歇息了。他吃些这里有名的鲫鱼。不管那茶店使女含着爱娇的交谈,他只是交了臂膊,暗忖着怎样才可以发现他的仇敌。忽而听到什么地方有和自己一样的带些赞岐口音的说话了。他早就感了轻度的兴奋,便向声音这方面看。这是从正对琵琶湖的隔离的屋子里出来的。照说话的口吻,总该是武士。赞岐口音的武士,这正是他正在搜寻的敌人的一个要件。他不由得将放在旁边的祐定的单刀拉近身边了。这其间,那武士骂着使女,莽撞地从离开的屋子来到店面里。已颇酩酊的武士用了泥醉者所特有的奇妙的步法,向着门外走,一面又忽然和八弥打了一个照面。武士的心里,便涌起轻微的恶意来。

"看起来,还是年青的武士,大约是初出门哩。哈哈哈……"他嘲笑八弥似的笑了。八弥愤然了扬起那美秀的眼睛,不转瞬地看着对手。

八弥不能不憎恶这武士了。颧骨异常之高;那鼻子,也如犹太人一般,在中涂突出鼻梁来;而且那藏着恶意的眼色,尤其足够唤起八弥的嫌恶的心情。他想,自己的敌人也是这样的男子才好;他又想,倒不如这人便是前川孙兵卫就更好了。其实从口音上,已经很可疑。他用冷静的意志来镇定了激昂,他想试探这武士看。

"实在是的。初出门,总有些不便可。"他驯良地回答说。

"一看那肩上带着木刀,该是武者修业罢,哈哈……也能使吗?"他对于稚弱的八弥,要大加嘲弄的意志,已经很分明了。

八弥因为要知道对手的生平,格外忍了气。

"很冒昧,看足下象是赞岐的人……"八弥淡然地问。

"诚然是生驹浪人呵,因为杀人,出了国的。虽然是有着仇敌的身子,脑袋却还连在颈子上,即使有父母之仇,目下的武士倒也仿佛很安闲哩。这真是天下太平的世界了。哈哈哈……"他漏出侮辱一切有着仇敌的人们的嘲笑来。八弥想,若是生驹浪人,则也许便是自己的仇敌,用着这样的假名字。但对于出去复仇的人们的侮辱,却更其激动了他的心了。要将作为一种手段的沉静,更加继续下去,则八弥还是太年少。他看定对手,双瞳烂然的发了光。

"哈,脸色变了,看来你也有仇人罢,哈哈哈……用那细臂膊,莫敌敌人,也未见得能砍一条狗。"一面说,武士在自己任意的极口的痛骂里,觉着快感似的,又大声哈哈地笑。

八弥已经不能忍了。他忘却了有着敌人的紧要的身体了。这男子,并不是自己的仇雠的孙兵卫,那是只一看颊上没有痣,早就知道了的,然而还缺乏于感情的节制的他,却不能使怒得发抖的心,归到冷静里去了。他左手拿了刀,柱起来叫喊说:

"哪,怎么说! 一条狗能砍不能砍,那么,请教罢。"他的声音上,微微的带些抖。

那武士以为八弥的战栗因为恐怖，便愈加嗤笑了。

"有趣！领教罢。"他不以为意地答了话，一面从茶店里，跟跟跄跄地走到大路的中央。将那长得不虚发的佩刀，叫一声咄，便出了鞘。

好个八弥，居然很沉静。在檐下卸了背上的行囊，缚好了草鞋的纽，濡湿了祐定的刀的柄上的钉，就此亮着，走向敌手了。

那武士，最初是以微笑迎敌的，但八弥砍进一刀去的时候，那武士分明就狼狈了。他吃惊于这少年的刀风得太锐利。他后悔自己的孟浪了。而这样的气馁的自觉，又更使这武士陷入不利的地位去。他渐渐被八弥占了上风，穷追到濑田的桥的栏边，已经没有后退的余地了。感到了性命的危急的他，耸起身来，想跳过栏杆，逃到河里去；但实行了他的意志的，却只有他的头颅。因为乘着要跳的空，八弥便给了从旁的一劈。

八弥完结了这杀人的事，回到故我的时候，他便已后悔起来。而对于敌人已想逃入水中，还要穷追落手的血气，尤其后悔了。但远远的立着旁观的人们却都来祝八弥的成功。其中几个怀着好意的人还来帮八弥结束，劝他乘村吏未到，事情还未纠缠之前，先离开了这处所。

八弥离开了濑田桥，走到草津的时候，最初的悔恨早经消失了。他很诧异杀人有这样的容易。他觉得先前以为重负的复仇，忽而仿佛是一件传奇的冒险了。因为觉得不过是上山打猎，追赶野猪似的，血腥的略带些危险的冒险。而且他对于自己的手段，也因此得了自信。他涌起灿烂的野心来，以为在路上再加修炼，则无论怎样的强敌，也可以唾手而得的了。他于是比先前更狂热于复仇，指着江户，强烈地走着东海道的往来的土地。

然而复仇的事，却并非如八弥最先所想象的灿烂的事情；这是一件极要忍耐的劳作。在这年的盛夏里，上了江户的他，一直到年底，留在江户，访求敌人的踪迹，但都不过是空虚的努力。第二年，下了中仙道到大阪，远眺着故乡的山，试进了山阳道向长州去。然而这些行旅，也只是等于追逐幻景的徒劳。第三年的春天，他连日在北陆的驿路中，结他客枕的夜梦，但到处竟不见一个可以疑是仇敌的人。他在仙台的青叶城下迎了二十岁的春季，已经是第四年了。他也常常记起故乡，想赶急报了仇，早得了归乡的欢喜。他看那杀却敌手，已没有些许的不安。四年间的巡行修业，早使他本领达了名人之域了。况且在冒险的旅行中，也有过许多斩夜盗杀山贼的事迹。他觉得无论敌人如何强，帮手怎样多，要取那目的的敌人，只是易如反掌的事罢了。

在具备了杀敌的资格的他，虽然想，愿早显了体面的行动，达到他的本怀，但有着唯一的问题，便是与那仇雠的邂逅。

二十一岁的春天的开头，八弥想从中仙道入信越，便离开江户，在上洲间庭的樋口的道场里,勾留了四五天,于是进了前桥的酒井侍从的城下。报仇的费用,是受着本藩的充足的供给的,所以他大抵宿在较好的客寓里。这一夜,也寓在胁本阵上野屋太兵卫的家中。

晚饭之后,他写了习惯了的旅行日记,然后照例是就寝。他刚要就寝,搁下日记的笔来,向着廊下的格子门推开了。回头去看,俯伏在那里的是一个按摩。

"贵客要按摩吗?"他一面说,一面又低了头。这一天,八弥在樋口的道场里,和门人们交了几十回手,他的肩膀颇觉重滞了。

"阿阿,按摩么,来得正好,教揉一揉罢。"八弥说。盲人将他非常憔悴的身子,静静的近了八弥,慢慢地给他揉肩膀。指尖虽没有什么力,但他却很知道揉着要点的。而且这按摩,又和在各处客寓里所见的不相同,沉默得很特别。在主客的沉默中,盲人逐渐的揉得入神了。八弥有些想睡觉,因为祛睡,便和这盲人谈起话来。

"你很象是中年盲目似的。"

"诚然,三十三岁失明的。因为感觉钝,什么都不方便哩。"他用了分明的声音,极低的回答。八弥一听这,对于盲人的口音觉得诧异了。

"你的本籍是哪里呢?"八弥的声音有些凛然了。

"是四国。"

"四国的那里?"

"是赞岐。"

"高松领么,丸龟领吗?"八弥焦急起来了。

"丸龟领。"

"百姓,还是商人呢?"

"提起来惭愧煞人,本来也还是武士哩。"盲人在他的话里,闪出几分生来带着的威严来。

"是武士,那便是京极府的浪人了。"一面说,八弥仰起头,看定了盲人的脸。虽然是行灯的光,但在盲人的青苍的脸上,却清清楚楚地看见了仇敌唯一的目标的黑痣。

八弥伸出右手,攫住了盲人的手腕。

"你不叫前川孙兵卫吗?怎的?"他说;用力一拉,盲人毫没有什么抵抗,踉踉跄跄地跌倒了。

"怎么,你不叫前川孙兵卫么,是罢?"他又焦急起来。

盲人当初有些吃惊,但也就归于冷静了。

"惭愧,你说的是对的。那么,你呢?"他的声音丝毫没有乱。

"招得好。我是，死在你手里的铃木弥门的独子，名叫八弥。觉悟罢，已经逃不脱了！"

盲人很惊骇；他暂时茫然了。在那灰色的无所见的眼睛里，分明可以见得动着强烈的感情。但是那吃惊，又似乎并不在自己切身的危险。

"怎么怎么，弥门君却有一个儿子吗？那么，那时候，八重夫人是正在怀孕的了。……既这样，你今年该是二十一岁了罢。……要对我来复仇，我知道了。正是漂泊的途中，失了明，厌倦了性命的时候。我也居然要放临死的花了。"盲人断断续续地说出话来，临末又添了凄凉的一笑。他那全盘的言语里，觉得弥漫着怀旧的心绪，以及平稳的谦虚的感情。

八弥一切都出了意外。他愿意自己的敌手，是一个濑田桥畔所遇到一般的刚愎骄傲的武士的。愿意是一个只要看见这人，那憎恶与敌忾便充满了心中的武士。然而此刻在眼前访得的仇敌，却是一个半死的盲人。他不由得觉着非常之失望了。况且这盲人说到八弥父母的名字时，声音中藏着无限的怀念。他从来没有听到过称他父亲的名字时候，有人用了这样眷念的声音。八弥对着仇敌，被袭于自己全末预料的感情，没有法，只是续着沉默。于是盲人又接下去说：

"死在弥门君的遗体的你手里，也就没有遗憾了。然而，在这里，却怕这照顾我多年的旅店要受窘；很劳驾，利根川的平野便在近旁，我就来引导罢。请，结束起来。"

盲人很稳静。八弥仿佛发了病似的，茫然的整了装束，茫然地跟着盲人。寓中的人们都抱着奇妙的好奇心，默送这两人的出去。到街上，两人暂时都无言。走了几步，盲人问讯道：

"冒昧得很，敢问令母上康健吗？"

"平安的。"八弥回答说，那声音已不象先前一般严峻了。

"弥门君和我，是世间所谓竹马的朋友。什么事都契合，真好到影之与形一样的，然而时会招魔罢，而且那一夜，我们两人都酩酊了。有了那一件错失之后，我本想便在那地方自己割了腹，但因为家母的劝阻，只好去国了，这实在是我的一生的失策。直到现在，二十一年中，无一夜不苦于杀了弥门君的悔恨。弥门君没有后，以为复仇是一定无人的了，谁知道竟遇到你，给我可以消灭罪愆，那里还有此上的欣喜呢。……身为武士，却靠着商人们的情来度日，原也不是本怀。……这笛子也就无用了。"他说着，将习惯上拿在右手带来的笛子抛在空地里。

八弥在先前，便努力地要提起对于这盲人的敌忾心来，但觉得这在心底里，什么时候都崩溃了。他也将那转辗的遇着杀父之仇却柔软了的自己的心，呵斥了许多回。然而在他,总不能发生要绝灭这盲人的存在的意志。他想起自己先前在各样景况之下,杀人有那样的容易,倒反觉得奇怪了。

盲人当未到河畔数町的时候,说些八弥的父亲的事情。他似乎在将死时,怀着青年时代的回想。八弥从这盲人的口里,这才知道了父亲的分明的性格,觉得涌出新的眷慕来。但对于亡父怀着新的眷慕,却决不就变了对于盲人的恶意。而且盲人最后说,不能一见八弥,这是深为遗憾的。

于是在这异样的同伴之前,现出月光照着的利根川的平野来了。盲人又抛下了他的杖,并且说:

“八弥君,很冒昧,请借给你的添刀罢。我罪也是武士,拱手听杀。是不肯的。”他借了八弥的添刀,摆出接战的身段。这只是对于八弥的好意的虚势,是明明白白的。

八弥只在心里想。杀一个后悔着他的过失,自己也否定了自身的生存的人,这算是什么复仇呢,他想。

“八弥君胆怯了吗?请,交手罢!”

盲人大声地叫喊,这叫喊在清夜的河原上,传开了哀惨的声音。八弥是交叉着两腕沉在思想里了。

第二天的早晨,河原附近的人们在这里看见一具死尸。然而这是盲人孙兵卫的尸体,却到后来才知道,因为那死尸是没有头的。而且那死尸,肚子上有一条挺直的伤,又似乎是本人的自杀。

八弥提着敌人的首级还乡了。而且还得了百石的增秩。但因为他在什么地方报仇,在什么时候报仇,没有说明白,所以竟有了敌人的首级是假首级的谣言。甚而至于毁谤他是不能报仇的胆怯者。不知是就为此,或者为了别事,他不久便成为浪人了。延宝年间,江户的四谷坂町有一个称为铃木若狭的剑客,全府里都镇服于他的勇名。有人说,这就是八弥的假名字。

鼻子

芥川龙之介

一说起禅智内供的鼻子,池尾地方是没一个不知道的。长有五六寸,从上唇的上面直拖到下颏的下面去。形状是从顶到底,一样的粗细。简捷说,便是一条细长的香肠似的东西,在脸中央拖着罢了。

五十多岁的内供是从还做沙弥的往昔以来,一直到升了内道场供奉的现在为止,心底里始终苦着这鼻子。这也不单因为自己是应该一心渴仰着将来的净土的和尚,于鼻子的烦恼,不很相宜;其实倒在不愿意有人知道他介意于鼻子的事。内供在平时的谈话里,也最怕说出鼻子这一句话来。

芥川龙之介

内供之所以烦腻那鼻子的理由,大概有二,——其一,因为鼻子之长,在实际上很不便。第一是吃饭时候,独自不能吃,倘若独自吃时,鼻子便达到碗里的饭上面去了。于是内供叫一个弟子坐在正对面,当吃饭时,使他用一条广一寸长二尺的木板,掀起鼻子来。但是这样的吃饭法,在能掀的弟子和所掀的内供,都不是容易的事。有一回,替代这弟子的中童子打了一个喷嚏,因而手一抖,那鼻子便落到粥里去了的故事,那时是连京都都传遍的。——然而这事,却还不是内供之所以以鼻子为苦的重大的理由。内供之所以为苦者,其实却在乎因这鼻子而伤了自尊心这一点。

池尾的百姓们,替有着这样鼻子的内供设想,说内供幸而是出家人;因为都以为这样的鼻子,是没有女人肯嫁的。其中甚而至于还有这样的批评,说是正因为这样鼻子,所以才来做和尚。然而内供自己,却并不觉得做了和尚,便减了几分鼻子的烦恼去。内供的自尊心,较之为娶妻这类结果的事实所左右的东西,微妙得多多了。因此内供在积极的和消极的两方面,要将这自尊心的毁损恢复过来。

第一,内供所苦心经营的,是想将这长鼻子使人看得比实际较短的方法。每当没有人的时候,对了镜,用各种的角度照着脸,热心的揣摩。不知怎么一来,觉得单变换了脸的位置,是没有把握的了,于是常常用手托了颊,或者用指甲了颐,坚忍不拔的看镜。但看见鼻子较短到自己满意的程度的事,是从来没有的。内供际此,便将镜收在箱子里,叹一口气,勉勉强强地又向那先前的经几上捧《观世音经》去。

而且内供又始终留心着别人的鼻子。池尾的寺,本来是常有僧供和讲论的伽蓝。寺里面,僧坊建到没有空隙;浴室里是寺僧每日烧着水的。所以在此出入的僧俗之类也很多。内供便坚忍的物色着这类人们的脸。因为想发现一个和自己一样的鼻子,来安安自己的心。所以乌的绢衣,白的单衫,部不进内供的眼里去;而况橙黄的帽子,坏色的僧衣,更是生平见惯,虽有若无了。内供不看人,只看鼻子,——然而竹节鼻虽然还有,却寻不出内供一样的鼻子来。愈是寻不出,内供的心便渐渐的愈加不快了。内供和人说话时候,无意中扯起那拖下的鼻端来一看,立刻不称年纪的脸红起来,便正是为这不快所动的缘故。

到最后,内供竟想在内典外典里寻出一个和自己一样的鼻子的人物,来宽解几分自己的心。然而无论什么经典上,都不说目犍连和舍利佛的鼻子是长的。龙树和马鸣,自然也只是鼻子平常的菩萨。内供听人讲些震旦的事情,带出了蜀汉的刘玄德的长耳来,便想道,假使是鼻子,真不知使我多少胆壮哩。

内供一面既然消极的用了这样的苦心,另一面也积极地试用些缩短鼻子的方法,在这里是无须乎特地声明的了。内供在这一方面,几乎做尽了可能的事。也喝过老鸦脚爪煎出的汤;鼻子上也擦过老鼠的溺。然而无论怎么办,鼻子不依然五六寸长的拖在嘴上吗?

但是有一年的秋天,内供的因事上京的弟子,从一个知己的医士那里,得了缩短那长鼻子的方法来了。这医士,是从震旦渡来的人,那时供养在长乐寺的。

内供仍然照例,装着对于鼻子毫不介意似的模样,偏不说便来试用这方法;一面却微微露出口风,说每吃一回饭,都要劳弟子费手,实在是于心不安的事。至于心里,自然是专等那弟子和尚来说服自己,使他试用这方法的。弟子和尚也未必不明白内供的这策略。但内供用这策略的苦衷,却似乎动了那弟子和尚的同情,驾反感而上了。那弟子和尚果然适如所期,极口的来劝试用这方法;内供自己也适如所期,终于依了那弟子和尚的热心的劝告了。

所谓方法者,只是用热汤浸了鼻子,然后使人用脚来踏这鼻子,非常简单的。

汤是寺的浴室里每日都烧着。于是这弟子和尚立刻用一个提桶,从浴室里汲了连手指都伸不下去的热水来。但若直接的浸,蒸汽吹着脸,怕要烫坏的。于是又在一个板盘上开一个窟窿,当作桶盖,鼻子便从这窟窿中浸到水里去。单是鼻子浸着热汤,是不觉得烫的。过了片时,弟子和尚说:

“浸够了罢。……”

内供苦笑了。因为以为单听这话,是谁也想不到说着鼻子的。鼻子被汤蒸热了,蚤咬似的发痒。

内供一从板盘窟窿里抽出鼻子来,弟子和尚便将这热气蒸腾的鼻子,两脚用力地踏。内供躺着,鼻子伸在地板上,看那弟子和尚的两脚一上一下的动。弟子常常显出过意不

去的脸相,俯视着内供的秃头,问道:

"痛罢?因为医士说要用力踏。……但是,痛罢?"

内供摇头,想表明不痛的意思。然而鼻子是被踏着的,又不能如意的摇。这是抬了眼,看着弟子脚上的皲裂,一面生气似的说:

"说不痛。……"

其实是鼻子正痒,踏了不特不痛,反而舒服的。

踏了片时之后,鼻子上出现小米粒一般的东西来了。简括说,便是象一匹整烤的拔光了毛的小鸡。弟子和尚一瞥见,立时停了脚,自言自语似的说:

"说是用镊子拔了这个哩。"

内供不平似的鼓起了两颊,默默地任凭弟子和尚办。这自然并非不知道弟子和尚的好意;但虽然知道,因为将自己的鼻子当作一件货色似的办理,也免不得不高兴了。内供装了一副受着不相信的医生的手术时候的病人一般的脸,勉勉强强的看弟子和尚从鼻子的毛孔里,用镊子钳出脂肪来。那脂肪的形状象是鸟毛的根,拔去的有四分长短。

这一完,弟子和尚才吐一口气,说道:

"再浸一回,就好了。"

内供仍然皱着眉,装着不平似的脸,依了弟子的话。

待到取出第二回浸过的鼻子来看,诚然,不知什么时候已经缩短了。这已经和平常的竹节鼻相差不远了。内供摸着缩短的鼻子,对着弟子拿过来的镜子,羞涩的怯怯地望着看。

那鼻子,——那一直拖到下面的鼻子,现在已经诳话似的萎缩了,只在上唇上面,没志气的保着一点残喘。各处还有通红的地方,大约只是踏过的痕迹罢了。既这样,再没有人见笑,是一定的了。——镜中的内供的脸,看着镜外的内供的脸,满足然的眯几眯眼睛。

然而这一日,还有怕这鼻子仍要伸长起来的不安。所以内供无论哔经的时候,吃饭的时候,只要有闲空,便伸手轻轻地摸那鼻端去。鼻子是规规矩矩的存在上唇上边,并没有伸下来的气色。睡过一夜之后,第二日早晨一开眼,内供便首先去摸自己的鼻子,鼻子也依然是短的。内供于是乎也如从前的费了几多年,积起抄写《法华经》的功行来的时候一般,觉得神清气爽了。

但是过了三日,内供发现了意外的事实了。这就是,偶然因事来访池尾的寺的侍者,却显出此先前更加发笑的脸相,也不很说话,只是灼灼地看着内供的鼻子。而且不止此,先前将内供的鼻子落在粥里的中童子那些人，若在讲堂外遇见内供时，便向下忍着笑，但似乎终于熬不住了，又突然大笑起来。还有进来承敌的下法师们，面对面时，虽然恭敬地听着，但内供一向后看，便层层的暗笑，也不止一两回了。

内供当初，下了一个解释，是以为只因自己脸改了样。但单是这解释，又似乎总不能十分的说明。——不消说，中童子和下法师的发笑的原因，大概总在此。然而和鼻子还长的往昔，那笑样总有些不同。倘说见惯的长鼻，倒不如不见惯的短鼻更可笑，这固然便是如此罢了。然而又似乎还有什么缘故。

"先前倒还没有这样的只是笑，……"

内供停了哜着的经文，侧着秃头，时常轻轻地这样说。可爱的内供当这时候，一定惘然的眺着挂在旁边的普贤象，记起鼻子还长的三五日以前的事来，"今如零落者，却忆荣华时，"便没精打采了。——对于这问题，给以解释之明，在内供可惜还没有。

——人类的心里有着互相矛盾的两样的感情。他人的不幸，自然是没有不表同情的。但一到那人设些什么法子脱了这不幸，于是这边便不知怎的觉得不满足起来。夸大一点说，便可以说是其甚者且有愿意再看见那人陷在同样的不幸中的意思。于是在不知不觉间，虽然是消极的，却对于那人抱了敌意了。——内供虽然不明白这理由，而总觉得有些不快者，便因为在池尾的僧俗的态度上，感到了这些旁观者的利己主义的缘故。

于是乎内供的脾气逐渐坏起来了。无论对什么人，第二句便是叱责。到后来，连医治鼻子的弟子和尚，也背地里说"内供是要受法悭贪之罪的"了。更使内供生气的，照例是那恶作剧的中童子。有一天，狗声沸泛的噪，内供随便出去看，只见中童子挥着二尺来长的木板，追着一匹长毛的瘦狗在那里跑。而且又并非单是追着跑，却一面嚷道"不给打鼻子，喂，不给打鼻子，"而追着跑的。内供从中童子的手里抢过木板来，使劲地打他的脸。这木板是先前掀鼻子用的。

内供倒后悔弄短鼻子为多事了。

这是或一夜的事。太阳一落，大约是忽而起风了，塔上的风铎的声音，扰人的响。而且很冷了，在老年的内供，便是想睡，也只是睡不去。辗转地躺在床上时，突然觉得鼻子发痒了。用手去摸，仿佛有点肿，而且这地方，又仿佛发了热似的。

"硬将他缩短了的，也许出了毛病了。"

内供用了在佛前供养香花一般的恭敬的手势，按着鼻子，一面低低的这样说。

第二日的早晨，内供照例的绝早地睁开眼睛看，只见寺里的银杏和七叶树都在夜间落了叶，院子里是铺了黄金似的通明。大约塔顶上积了霜了，还在朝日的微光中，九轮已经炫眼的发亮。禅智内供站在开了护屏的檐廊下,深深地吸一口气。

几乎要忘却了的一种感觉,又回到内供这里,便在这时间。

内供慌忙伸手去按鼻子。触着手的,不是昨夜的短鼻子了;是从上唇的上面直拖到下唇的下面的,五六寸之谱的先前的长鼻子。内供知道这鼻子在一夜之间又复照旧的长起来了。而这时候,和鼻子缩短时候一样的神清气爽的心情,也觉得不知怎么的重复回来了。

"既这样,一定再没有人笑了。"

使长鼻子荡在破晓的秋风中,内供自己的心里说。

罗生门

芥川龙之介

是一日的傍晚的事。有一个家将,在罗生门下待着雨住。

宽广的门底下,除了这男子以外,再没有别的谁。只在朱漆剥落的大的圆柱上,停着一匹的蟋蟀?这罗生门,既然在朱雀大路上,则这男子之外,总还该有两三个避雨的市女笠和揉乌帽子的。然而除了这男子,却再没有别的谁。

要说这缘故,就因为这二三年来,京都是接连地起了地动,旋风,大火,饥馑等等的灾变,所以都中便格外的荒凉了。据旧记说,还将佛象和佛具打碎了,那些带着丹漆,带着金银箔的木块,都堆在路旁当柴卖。都中既是这情形,修理罗生门之类的事,自然再没有人过问了。于是趁了这荒凉的好机会,狐狸来住,强盗来住;到后来,且至于生出将无主的死尸弃在这门上的习惯来。于是太阳一落,人们便都觉得阴气,谁也不再在这门的左近走。

反而许多乌鸦,不知从哪里都聚向这地方。白昼一望,这鸦是不知多少匹地转着圆圈,绕了最高的鸱吻,啼着飞舞。一到这门上的天空被夕照映得通红的时候,这便仿佛撒着胡麻似的,尤其看得分明。不消说,这些乌鸦是因为要啄食那门上的死人的肉而来的了。——但在今日,或者因为时刻太晚了罢,却一匹也没有见。只见处处将要崩裂的,那裂缝中生出长的野草的石阶上面,老鸦粪粘得点点的发白。家将将那洗旧的红青袄子的臀部,坐在七级阶的最上级,恼着那右颊上发出来的一颗大的面疱,惘惘然地看着雨下。

著者在先,已写道"家将待着雨住"了。然而这家将便在雨住之后,却也并没有怎么办的方法。若在平时，自然是回到主人的家里去。但从这主人，已经在四五日之前将他遣散了。上文也说过，那时的京都是非常之衰微了；现在这家将从那伺候多年的主人给他遣散，其实也只是这衰微的一个小小的余波。所以与其说"家将待着雨住"，还不如说"遇雨的家将，没有可去的地方，正在无法可想"，倒是恰当的。况且今日的天色，很影响到这平安朝家将的 Sentimentalisme 上去。从申末下开首的雨，到酉时还没有停止模样。这时候，家将就首先想着那明天的活计怎么办——说起来，便是抱着对于没法办的事，要想怎么办的一种毫无把握的思想，一面又并不听而自听着一那从先前便打着朱雀大路的雨声。

雨是围住了罗生门，从远处洒洒的打将过来。黄昏使天空低下了；仰面一望，门顶在斜出的飞甍上，支住了昏沉的云物。

因为要将没法办的事来怎么办，便再没有工夫来拣手段了。一拣，便只是饿死在空地里或道旁；而且便只是搬到这门里来，弃掉了象一只狗。但不拣，则——家将的思想，在同一的路线上徘徊了许多回，才终于到了这处所。然而这一个"则"，虽然经过了许多时，结局总还是一个"则"。家将一面固然肯定了不拣手段这一节了，但对于因为要这"则"有着落，自然而然的接上来的"只能做强盗"这一节，却还没有足以积极的肯定的勇气。

家将打一个大喷嚏，于是懒懒地站了起来。晚凉的京都，已经是令人想要火炉一般寒冷。风和黄昏，毫无顾忌地吹进了门柱间。停在朱漆柱上的蟋蟀，早已跑到不知哪里去了。

家将缩着颈子，高耸了衬着淡黄小衫的红青袄的肩头，向门的周围看。因为倘寻得一片地，可以没有风雨之患，没有露见之虑，能够安安稳稳的睡觉一夜的，便想在此度夜的了。这其间，幸而看见了一道通到门楼上的，宽阔的，也是朱漆的梯子。倘在这上面，即使有人，也不过全是死人罢了。家将便留心着横在腰间的素柄刀，免得他出了鞘，抬起蹬着草鞋的脚来，踏上这梯子的最下的第一级去。

于是是几分时以后的事了。在通到罗生门的楼上的，宽阔的梯子的中段，一个男子，猫似的缩了身体，屏了息，窥探着楼上的情形。从楼上漏下来的火光，微微的照着这男人的右颊，就是那短须中间生了一颗红肿化脓的面疱的颊。家将当初想，在上面的只不过是死人；但走上二三级，却看见有谁明着火，而那火又是这边那边的动弹。这只要看那昏浊的黄色的光，映在角角落落都结满了蛛网的藻井上摇动，也就可以明白了。在这阴雨的夜间，在这罗生门的楼上，能明着火的，总不是一个寻常的人。

家将是蜥蜴似的忍了足音,爬一般的才到了这峻急的梯子的最上的第一级。竭力的帖伏了身子,竭力的伸长了颈子,望到楼里面去。

待看时,楼里面便正如所闻,胡乱的抛着几个死尸,但是火光所到的范围,却比预想的尤其狭,辨不出那些的数目来。只在朦胧中,知道是有赤体的死尸和穿衣服的死尸;又自然是男的女的也都有。而且那些死尸,或者张着嘴或者伸着手,纵横在楼板上的情形,几乎令人要疑心到他也曾为人的事实。加之只是肩膀胸脯之类的高起的部分,受着淡淡的光,而低下的部分的影子却更加暗黑,哑似的永久的默着。

家将逢到这些死尸的腐烂的臭气,不由得掩了鼻子。然而那手,在其次的一刹那间,便忘却了掩住鼻子的事了。因为有一种强烈的感情,几乎全夺去了这人的嗅觉了。

那家将的眼睛,在这时候,才看见蹲在死尸中间的一个人。是穿一件桧皮色衣服的,又短又瘦的,白头发的,猴子似的老妪。这老妪,右手拿着点火的松明,注视着死尸之一的脸。从头发的长短看来,那死尸大概是女的。

家将被六分的恐怖和四分的好奇心所动了,几于暂时忘却了呼吸。倘借了旧记的记者的话来说,便是觉得"毛戴"起来了。随后那老妪,将松明插在楼板的缝中,向先前看定的死尸伸下手去,正如母猴给猴儿捉虱一般,一根一根的便拔那长头发。头发也似乎随手地拔了下来。

那头发一根一根地拔了下来时,家将的心里,恐怖也一点一点地消去了。而且同时,对于这老妪的憎恶,也渐渐的发动了。——不,说是"对于这老妪",或者有些语病;倒不如说,对于一切恶的反感,一点一点地强盛起来了。这时候,倘有人向了这家将,提出这人先前在门下面所想的"饿死呢还是做强盗呢"这一个问题来,大约这家将是,便毫无留恋,拣了饿死的了。这人的恶恶之心,宛如那老妪插在楼板缝中的松明一般,蓬蓬勃勃的燃烧上来,已经到如此。

那老妪为什么拔死人的头发,在家将自然是不知道的。所以照"合理的"地说,是善是恶,也还没有知道应该属于那一面。但由家将看来,在这阴雨的夜间,在这罗生门的上面,拔取死人的头发,即此便已经是无可宽恕的恶。不消说,自己先前想做强盗的事,在家将自然也早经忘却了。

于是乎家将两脚一蹬,突然从梯子直蹿上去;而且手按素柄刀,大踏步走到老妪的面前。老妪的吃惊,是无须说得的。

老妪一瞥见家将,简直象被弩机弹着似的,直跳起来。

"呔,那里走!"

家将拦住了那老妪绊着死尸踉跄想走的逃路。这样骂。老妪冲开了家将，还想奔逃。家将却又不放伊走，重复推了回来了。暂时之间，默然的叉着。然而胜负之数，是早就知道了的。家将终于抓住了老妪的臂膊，硬将伊捻倒了。是只剩着皮骨，宛然鸡脚一般的臂膊。

"在做什么？说来！不说，便这样！"

家将放下老妪，忽然拔刀出了鞘，将雪白的钢色，塞在伊的眼前。但老妪不开口。两手发了抖，呼吸也艰难了，睁圆了两眼，眼珠几乎要飞出窠外来，哑似的执拗的不开口。一看这情状，家将才分明地意识到这老妪的生死，已经全属于自己的意志的支配。而且这意志，将先前那炽烈的憎恶之心，又早在什么时候冷却了。剩了下来的，只是成就了一件事业时候的，安稳的得意和满足。于是家将俯视着老妪，略略放软了声音说：

"我并不是检非违使的衙门里的公吏；只是刚才走过这门下面的一个旅人。所以并不要锁你去有什么事。只要在这时候，在这门上，做着什么的事，说给我就是。"

老妪更张大了圆睁的眼睛，看住了家将的脸；这看的是红眼眶，鸷鸟一般锐利的眼睛。于是那打绉的，几乎和鼻子连成一气的嘴唇，嚼着什么似的动起来了。颈子很细，能看见尖的喉结的动弹。这时从这喉咙里，发出鸦叫似的声音，喘吁吁的传到家将的耳朵里：

"拔了这头发呵，拔了这头发呵，去做假发的。"

家将一听得这老妪的答话是意外的平常，不觉失了望；而且一失望，那先前的憎恶和冷冷的侮蔑，便同时又进了心中了。他的气色，大约伊也悟得。老妪一手仍捏着从死尸拔下来的长头发，发出蛤蟆叫一样声音，格格的，说了这些话：

"自然的，拔死人的头发，真不知道是怎样的恶事呵。只是，在这里的这些死人，都是，便给这么办，也是活该的人们。现在，我刚才，拔着那头发的女人，是将蛇切成四寸长，晒干了，说是干鱼，到带刀的营里去出卖。倘使没有遭瘟，现在怕还卖去吧。这人也是的，这女人去卖的干鱼，说是口味好，带刀们当作缺不得的菜料买。我呢，并不觉得这女人做的事是恶的。不做，便要饿死，没法子才做的罢。那就，我做的事，也不觉得是恶事。这也是，不做便要饿死，没法子才做的呵。很明白这没法子的事的这女人，料来也应该宽恕我的。"

老妪大概说了些这样意思的事。

家将收刀进了鞘，左手按着刀柄，冷然地听着这些话；至于右手，自然是按着那通红的在颊上化了脓的大颗的面疱。然而正听着，家将的心里却生出一种勇气来了。

这正是这人先前在门下面所缺的勇气。而且和先前跳到这门上，来捉老妪的勇气，又完全是向反对方而发动的勇气了。家将对于或饿死或做强盗的事，不但早无问题；从这时候的这人的心情说，所谓饿死之类的事，已经逐出在意识之外，几乎是不能想到的了。

"的确，这样吗？"

老妪说完话，家将用了嘲弄似的声音，复核的说。于是前进一步，右手突然离开那面疱，捉住老妪的前胸，咬牙的说道：

"那么，我便是强剥，也未必怨恨罢。我也是不这么做，便要饿死的了。"

家将迅速地剥下这老妪的衣服来；而将挽住了他的脚的这老妪，猛烈地踢倒在死尸上。到楼梯口，不过是五步。家将挟着剥下来的桧皮色的衣服，一瞬间便下了峻急的梯子向黑夜里去了。

暂时气绝似的老妪，从死尸间挣起伊裸露的身子来，是相去不久的事。伊吐出唠叨似的呻吟似的声音，借了还在燃烧的火光，爬到楼梯口边去。而且从这里倒挂了短的白发，窥向门下面。那外边，只有黑洞洞的昏夜。

家将的踪迹，并没有知道的人。

附录

夏目漱石

夏目漱石（Natsume Soseki，1867—1917）名金之助，初为东京大学教授，后辞去入朝日新闻社，专从事于著述。他所主张的是所谓"低徊趣味"，又称"有余裕的文学"。一九〇八年高滨虚子的小说集《鸡头》出版，夏目替他作序，说明他们一派的态度：

"有余裕的小说，即如名字所示，不是急迫的小说，是避了非常这字的小说。如借用近来流行的文句，便是或人所谓触著不触著之中，不触著的这一种小说。……或人以为不触著者即非小说，但我主张不触著的小说不特与触著的小说同有存在的权利，而且也能收同等的成功。……世间很是广阔，在这广阔的世间，起居之法也有种种的不同：随缘临机的乐此种种起居即是余裕，观察之亦是余裕，或玩味之亦是余裕。有了这个余裕才得发生的事件以及对于这些事件的情绪,固亦依然是人生,是活泼泼地之人生也。"夏目的著作以想象丰富,文词精美见称。早年所作,登在俳谐杂志《子规》(Hototo—gisu)上的《哥儿》(Bocchan),《我是猫》(Wagahaiwa neko de aru)诸篇,轻快洒脱,富于机智,是明治文坛上的新江户艺术的主流,当世无与匹者。

《挂幅》(Kakemono)与《克莱喀先生》(Craig Sensei)并见《漱石近什四篇》(1910)中,系《永日小品》的两篇。

森鸥外

森鸥外(Mori Ogai,1860—)名林太郎,医学博士又是文学博士,曾任军医总监,现为东京博物馆长。他与坪内逍遥上田敏诸人最初介绍欧洲文艺,很有功绩。后又从事创作,著有小说戏剧甚多。他的作品,批评家都说是透明的智的产物,他的态度里是没有"热"的。他对于这些话的抗辩在《游戏》这篇小说里说得很清楚,他又在《杯》(Sakazuki)里表明他的创作的态度。有七个姑娘各拿了一只雕着"自然"两字的银杯,舀泉水喝。第八个姑娘拿出一个冷的熔岩颜色的小杯,也来舀水。七个人见了很讶怪,由侮蔑而转为怜悯,有一个人说道,"将我的借给伊罢?"

"第八个姑娘的闭着的嘴唇,这时候才开口了。

'Mon verre n'est pas grand, mais je bois dans mon verre.'

这是消沉的但是锐利的声音。

这是说,我的杯并不大,但我还是用我的杯去喝。"

《游戏》(Asobi)见小说集《泪滴》(1910)中。

《沉默之塔》(Chinmoku no to)原系"代《柏拉图斯忒拉》译本的序",登在生田长江的译本(1911)的卷首。

有岛武郎

有岛武郎(Arishima TaKeo)生于一八七七年,本学农,留学英、美,为札幌农学校教授。一九一〇年顷杂志《白桦》发刊,有岛寄稿其中,渐为世间所知,历年编集作品为《有岛武郎著作集》,至今已出到第十四辑了。关于他的创作的要求与态度,他在《著作集》第十一辑里有一篇《四件事》的文章,略有说明。

"第一,我因为寂寞,所以创作。在我的周围,习惯与传说,时间与空间,筑了十重二十重的墙,有时候觉得几乎要气闭了。但是从那威严而且高大的墙的隙间,时时望见惊心动魄般的生活或自然,忽隐忽现。得见这个的时候的惊喜,与看不见这个了的时候的寂寞,与分明的觉到这看不见了的东西决不能再在自己面前出现了的时候的寂寞呵!在这时候,能够将这看不见了的东西确实的还我,确实的纯粹的还我者,除艺术之外再没有别的了。我从幼小的时候,不知不识的住在这境地里,那便取了所谓文学的形式。

"第二,我因为爱着,所以创作。这或者听去似乎是高慢的话。但是生为人间而不爱者,一个都没有。因了爱而无收入的若干的生活的人,也一个都没有。这个生活,常从一个人的胸中,想尽量地扩充到多人的胸中去。我是被这扩充性所克服了。爱者不得不怀孕,怀孕者不得不产生。有时产生的是活的小儿,有时是死的小儿,有时是双生儿,有时是月份不足的儿,而且有时是母体自身的死。

"第三,我因为欲爱,所以创作。我的爱被那想要如实的攫住在墙的那边隐现着的生活或自然的冲动所驱使。因此我尽量地高揭我的旗帜,尽量地力挥我的手巾。这个信号被人家接应的机会,自然是不多,在我这样孤独的性格更自然不多了。但是两回也罢,一回也罢,我如能够发现我的信号被人家的没有错误的信号所接应,我的生活便达于幸福的绝烦了。为想要遇着这喜悦的缘故,所以创作的。

"第四,我又因为欲鞭策自己的生活,所以创作。如何蠢笨而且缺向上性的我的生活呵!我厌了这个了。应该蜕弃的壳,在我已有几个了。我的作品做了鞭策,严重的给我抽打那顽固的壳。我愿我的生活因了作品而得改造!"

《与幼小者》(Chisaki monoe)见《著作集》第七辑,也收入罗马字的日本小说集中。

《阿末之死》(Osue no shi)见《著作集》第一辑。

江口涣

江口涣(Eguchi Kan)生于一八八七年,东京大学英文学科出身,曾加入社会主义者同盟。

《峡谷的夜》(Kyokoku no yoru)见《红的矢帆》(1919)中。

菊池宽

菊池宽(Kikuchi Kan)生于一八八九年,东京大学英文学科出身。他自己说,在高等学校时代，是只想研究文学，不预备做创作家的，但后来偶做小说，意外地得了朋友和评论界的赞许，便做下去了。他的创作，是竭力的要掘出人间性的真实来。一得真实，它却又怃然的发了感叹，所以他的思想是近于厌世的，但又时时凝视着遥远的黎明，于是又不失为奋斗者。南部修太郎在《菊池宽论》（《新潮》一七四号）上说：

"Here is also a man——这正是说尽了菊池的作品中一切人物的话。……他们都有最象人样的人间相，愿意活在最象人样的人间界。他们有时为冷酷的利己家，有时为惨淡的背德者，有时又为犯了残忍的杀人行为的人，但无论使他们中间的谁站在我眼前，我不能憎恶他们，不能诃骂他们。这就因为他们的恶的性格或丑的感情，愈是深锐的显露出来时，那藏在背后的更深更锐的活动着的他们的质素，可爱的人间性，打动了我的缘故，引近了我的缘故。换一句话，便是愈玩菊池的作品，我便被唤醒了对于人间的爱的感情，而且不能不和他同吐 Here is also a man 这一句话了。"

《三浦右卫门的最后》（Miura Uemon no saigo）见《无名作家的日记》（1918）中。

《报仇的话》（Aru Katakiuchi no hanashi）见《报恩的故事》（1918）中。

芥川龙之介

芥川龙之介（Akutagawa Riunosuke）生于一八九二年，也是东京大学英文学科的出身。田中纯评论他说："在芥川的作品上，可以看出他用了性格的全体，支配尽所用的材料的模样来。这事实便使我们起了这感觉，就是感到这作品是完成的。"他的作品所用的主题，最多的是希望已达之后的不安，或者正不安时的心情。他又多用旧材料，有时近于故事的翻译。但他的复述古事并不专是好奇，还有他的更深的根据，他想从含在这些材料里的古人的生活当中，寻出与自己的心情能够贴切的触着的或物，因此那些古代的故事经他改作之后，都注进新的生命去，便与现代人生出干系来了。他在小说集《烟草与恶魔》（1917）的序文上说明自己创作态度道：

"材料是向来多从旧的东西里取来的。……但是材料即使有了，我如不能进到这材料里去，——便是材料与我的心情倘若不能贴切的合而为一，小说便写不成。勉强的写下去，就成功了支离灭裂的东西了。

"说到著作着的时候的心情，与其说是造作着的气氛，还不如说养育着的气氛"更为适合"。人物也罢，事件也罢，他的本来的动法只是一个。我便这边那边的搜索着这只有一个的东西，一面写着。倘若这个寻不到的时候，那就再也不能前进了。再往前进，必定做出勉强的东西来了。

《鼻子》(Hana)见小说集《鼻》(1918)中,又登在罗马字小说集内。内道场供奉禅智和尚的长鼻子的事,是日本的旧传说。

《罗生门》(Rashōmon)也见前书,原来的出典是在平安朝的故事集《今昔物语》里。